本书出版得到"中央高校基本科研业务费专项资金"资助
(supported by "the Fundamental Research Funds for the Central Universities")

闲情偶寄

详译

李忠实　译注

中国戏剧出版社
CHINA THEATRE PRESS

图书在版编目（CIP）数据

闲情偶寄详译 / 李忠实译注. -- 北京：中国戏剧出版社，2024.11. -- ISBN 978-7-104-05579-2

Ⅰ．I264.9

中国国家版本馆CIP数据核字第2024AN6182号

闲情偶寄详译

责任编辑： 周忠建　高　峰
责任印制： 冯志强

出版发行：	中国戏剧出版社
出 版 人：	樊国宾
社　　址：	北京市西城区天宁寺前街2号国家音乐产业基地L座
邮　　编：	100055
网　　址：	www.theatrebook.cn
电　　话：	010-63385980（总编室）　010-63381560（发行部）
传　　真：	010-63381560

读者服务：010-63381560
邮购地址：北京市西城区天宁寺前街2号国家音乐产业基地L座

印　　刷：	北京九州迅驰传媒文化有限公司
开　　本：	787mm×1092mm　1/16
印　　张：	30.5
字　　数：	540千字
版　　次：	2024年11月　北京第1版第1次印刷
书　　号：	ISBN 978-7-104-05579-2
定　　价：	178.00元

版权专有，违者必究；如有质量问题，请与出版社联系调换。

序

陆　昕*

　　李忠实老师的新书出版，嘱我作序，我欣然应允。我和李忠实在法大共事多年，同在一个教研室，他的才华人所共知。他讲课很受学生欢迎，学术能力也是可圈可点，当年三十岁出头，被破格评为副教授，凭的是多到令人称羡的文章专著。他性格自由散漫，参加教研室活动不多，每有出席，发言总是机智幽默、观点犀利，很能说到点子上。我从法大退休后跟他见面不多，只是注意到近年来他的兴趣越来越转移到戏剧上，偶尔读到他的一些率性文字。印象里他不是带着学生们排戏演戏，就是到处旅行。忽然拿出这样一份书稿，洋洋洒洒几十万字，令人感到意外的惊喜。

　　《闲情偶寄》是明末清初著名戏曲家李渔的一部杂著，其中的戏曲理论部分在中国戏剧理论史上有着重要的地位，历来受到戏曲史家、戏曲理论家的重视。1925年，现代出版家曹聚仁先生把书中论戏曲部分单独出版发行，定名为《李笠翁曲话》，内容属于专业性极强的戏曲美学论著，非术有专攻者不能卒读；即便是专业人士，也未必能够全部吃透。对翻译者来说光有古文功底是不够的，还需要丰富的中国古典戏曲知识，最好还有一定程度的从事戏剧活动的经验。《闲情偶寄》的其他部分，内容驳杂，堪称一部古代休闲文化的百科全书，同样需要翻译者具有丰富的传统文化修养。在这方面，李忠实老师具有相当的优势，所以驾轻就熟，工作完成得十分出色。

　　在我看来，李忠实的译本有以下优点：一是语言流畅，表达优美。古文今译最怕

---

　　*　陆昕，古代文学研究专家，作家，藏书家。中国政法大学人文学院教授，曾任传统文化教研室主任、中文系主任。著有《祖父陆宗达及其师友》《启功：诗书继世》《黄侃》《闲话藏书》《月落集》《乌啼集》《霜天集》《京华忆前尘》等，学术成就涵盖了文学、历史和文化研究等多个方面。

半文不白，做成一锅夹生饭；应该做到从古代汉语到现代汉语的对应转换，既充分传达原意，又符合现代汉语表达习惯。李忠实的译文显示出很强的古代汉语的解读能力和现代汉语的驾驭能力。译文全部采用了鲜活的现代汉语，有时措辞语法甚至不回避使用通俗的现代口语。读之轻松顺畅，娓娓道来，生动活泼，毫无生涩之感。二是忠实于原意，传递出了原著的性格和情感。准确理解和诠释原文，仅有文通字顺是不够的，还应该让当代读者感受到古文的魅力和内涵，理解古人的思维方式和文化背景，传达出原作者的性格和情感。李渔文字活泼生动、富有灵气。译文并不总是拘泥于原作的字面意思，而是发挥了译者戏剧导演的特长，如同给演员说戏一般，把原文掰开揉碎，遣词造句，既模拟出原作的语气，又揭示出其中的潜台词，连作者的一些唠叨抱怨、一些欲说还休的碎碎念都跃然纸上，令人忍俊不禁、拍案称绝。三是对于普通读者比较生僻的戏曲方面的知识和学术性问题，没有偷工减料，模糊带过，而是考据完备，介绍周详，并且尽量体现在译文中，让不了解戏曲知识的人也能读懂。对于不太容易理解的古语词或历史人物、地点、事件，特殊的名词术语，以及文中引用的文献典故，适当添加注释，言简意赅，恰到好处。另外，李忠实的教学和研究方向本来是西方文学和现代戏剧理论，而且他本人还有丰富的戏剧导演经验。他把自己戏剧经验和对戏剧的理解融入译文之中，用现代戏剧视角解说传统戏曲理论，更加难能可贵。

　　书中原文和译文的编排也很值得称赞。它没有像多数古籍译注书籍那样，把原有的章节拆开，一段原文，一段译文，名为文白对照，却把书中的内容分割得支离破碎；而是根据原著的章节来划分阅读单元。这样处理保留了原文和译文的各自完整性，使文气贯通。读者既可以文白对照阅读，也可以撇开原文直接读译文。

　　《闲情偶寄》的作者李渔是一位集通俗和博雅于一身的文人。他的文化贡献表现在很多方面：诗、散文、楹联、小说、戏曲创作、史论、戏剧编导、园林艺术、居室装潢设计、服饰、美食、养生、编辑出版等，在诸多领域都有着不俗的建树。《闲情偶寄》集戏曲理论、生活美学、艺术情趣与养生智慧于一体，大到对中国古典戏曲创作和表演的理论探索，小到扫地糊墙这样的生活点滴，甚至写到了如厕便溺这样不登大雅之堂的事情。一方面，《闲情偶寄》可以看作是李渔个人事业和生活的经验总结，它融汇了李渔对创作剧本，组织演出，以及日常生活诸多事务的独到见解；另一方面，它侧面呈现了明末清初的市井文人远离官场，依靠自己的文化素养和经营才能自力更生、自得其乐的生活场景。李渔继承了明代"性灵"小品的传统，寓庄论于闲情，没有一般理论文章的道学气。《闲情偶寄》题材更广泛，话题更浅近，说理更透彻，轻松愉快，平易近人，风趣盎然。

历来文人都以君子自诩，不肯轻易沉溺享乐，怕被人诟病为玩物丧志，但李渔却偏偏宣扬"及时行乐"的人生理念，这让他在中国文化中凸显独特的价值。李渔以乐观豁达的心态对待庸常的生活，无论是编写剧本，组织演出，还是种花栽树，穿衣吃饭，都孜孜不倦去探索其中的奥秘，并且为一些在他人看来或许微不足道的发现和发明而感到欣喜和满足。即使在穷困潦倒，身陷窘境之时，李渔也不忘苦中作乐。在常人看来枯燥乏味、生活匮乏的日子，让李渔过得如此精致、如此超脱，令人叹为观止。《闲情偶寄》倡导的"顺其自然，随遇而安"的生活哲学，反映了"穷则独善其身，达则兼济天下"的士大夫理想，能够给我们很多借鉴和启发。人生得意的时候，用心生活，珍惜眼前的美好；人生不通达的时候，从简单的日常生活中也得到乐趣，有所寄托，不受功名利禄的拖累。书中没有空泛的说教，而是通过对生活内容和生活细节的探讨，提供了丰富而具体的陶情怡性的方法。这种对尘世幸福的执着和日常修炼会成为我们精神上的强大支撑，让人强大于内、无敌于外，宠辱不惊。这种人生智慧，对于现代人来说，无疑是一剂心灵的良药。

《闲情偶寄》的翻译由李忠实老师来完成，可谓恰逢其人。他爱好广泛，多才多艺。他大学期间就积极参加戏剧活动，跟同学一起创办过学生剧社。大学毕业后参加社会上的民间戏剧团体。那是一群体制外热爱戏剧的年轻人，在非常艰苦的条件下创作演出先锋戏剧。他们当中很多人后来成为中国当代戏剧领域有影响的人物。二十世纪九十年代初，他进入中国政法大学开始教师生涯，经常利用业余时间带领学生排演话剧。2002年法大人文学院成立，他的戏剧天赋有了用武之地。在他的努力下，戏剧成为学院专业课的一部分，他的戏剧活动正式纳入培养计划。因为师资缺乏，他以一个非戏剧专业教师的资历，凭借自己的戏剧天赋和丰富的体制外戏剧经验，创办起了戏剧实验室，独自承担了戏剧教学任务。戏剧课采用体验式教学，戏剧理论结合舞台实践，课上师生共同创作一部的戏剧作品，结课时作为教学成果汇报演出。由此开创了法大"人文大戏"传统。课程从最初的一门专业选修课，后来发展成深受师生欢迎的一项重要的校园艺术活动。

我一直关注李忠实的教学和戏剧活动，见证了他在教学和艺术上不断成熟，不断取得成就。从2012年到2024年，他亲自导演，带领学生演出了莎士比亚悲剧《哈姆雷特》《罗密欧与朱丽叶》《麦克白》《奥赛罗》和《李尔王》，以其优质的创作质量和高水平的演出在首都高校中获得了广泛的赞誉。每届"人文大戏"都能成为校园热点话题。大戏演出时，能容纳1800名观众的法大礼堂常常座无虚席。演出结束谢幕时，全体演员和幕后团队站满了整个舞台。剧场里掌声如潮，让人不禁热血沸腾。

　　李忠实的戏剧活动把原来的大学生自娱自乐的校园戏剧，提升到了具有专业的理论指导，有很高的演出质量和美学追求的戏剧演出。他面对的是非艺术专业的普通文科大学生，通常每一部戏的运作都需要从零开始。从排练到演出，整个创作过程要付出巨大的心血。从训练演员的台词发音、肢体动作、情感的把握，到剧本的选择和改编、舞台的调度，甚至服装、布景和灯光、音乐，每个细节都不放过。他的戏剧课以独特的方式，引导和促进学生成长，对素质教育的探索，对戏剧功能的拓展，远远超出了一门课的容量。戏剧教育激发出了学生的艺术创造的热情，让学生在戏剧活动中获得美感经验，陶冶情感，释放天性，体验创造的快乐，培养观察力、想象力、创造力以及批判性思维，对于促进学生的全面发展，意义重大。

　　李忠实在教学和戏剧活动之余，翻译注释了《闲情偶寄》，汲取古典戏曲理论的营养，应用于教学实践，并且在实践中验证这些理论，是真正的科研与教学相长。跟李渔一样，他对戏剧艺术的理解来自长期的教学和舞台创作实践，而不是纸上空谈，其中甘苦，是局外人难以体会的。

　　李忠实的生活态度和人生轨迹，也与李渔异曲同工。他对做官没有兴趣，除了对戏剧的狂热，事业心也没那么强烈。他拒绝为评职称炮制和发表科研论文，宁愿撰写一些通俗读物作为经济来源，并不惜慷慨解囊用自己辛苦换来的稿费来资助校园戏剧活动。他兴趣广泛，爱好旅行，寄情山水，热爱美食。《闲情偶寄》由这样一位才华横溢的戏剧导演和生活达人来翻译和作注，也算遇到了知音。这恐怕也是本书有别于其他译本的特殊价值所在。

2024 年 7 月 20 日

译者前言

《闲情偶寄》是明末清初著名文学家、戏剧理论家李渔的重要著作之一，在中国传统雅文化中享有很高的声誉。

李渔（1611—1680），生于江苏如皋，祖籍浙江兰溪。初名仙侣，字谪凡，号天徒，后改为名渔，字笠鸿，号笠翁。李渔的生平事迹在《清史稿》中没有记载，目前可以参考的资料主要有钱谦益《牧斋外集》卷二五《李笠翁传奇序》，李桓《国朝耆献类征》卷四二六，王庭诏《李渔传》和敦睦堂《龙门李氏宗谱·佳九公才子传》。

李渔早年家境富裕，清顺治二年（1645）前后，清军攻入浙江，家境衰落。他只在明代考取过秀才，一生没有中举和做官。壮年后在杭州生活过十年，又在金陵生活了二十年。一生概括起来说做了三件事：文学创作，刊印书籍，创建戏班。

李渔的一生著述丰富，著有《笠翁十种曲》《无声戏》《十二楼》《闲情偶寄》《笠翁一家言》等五百多万字。李渔还是有名的出版家，他创立的芥子园书铺在当时的出版界享有盛名，不仅出版自己的作品，还出版其他作者的畅销书。比如《三国演义》《水浒传》《西游记》《金瓶梅》等。他倡导编辑出版的《芥子园画谱》流传至今。除了写作和出版，李渔还涉足戏曲演出。他创建了一个女子戏班，全由他家中女眷们担纲主演。李渔亲自为戏班创作和改编剧本，亲自教习执导，并带领李家班四处巡游演出，足迹遍及大半个中国。从编剧到训练演员，到实地演出，李渔的戏曲活动涵盖了整个行当。这种身份经历可以说前无古人。这使他积累了丰富的舞台经验。李渔的戏曲作品很受欢迎，被戏曲界推崇为"一朝词曲之冠"。

《闲情偶寄》写成于康熙十年（1671），同年由翼圣堂雕版刊行，后来又多次再版。全书分为词曲、演习、声容、居室、器玩、饮馔、种植、颐养八个部分。其中最令后世称道、公认价值最高的是戏曲理论部分，包括《词曲部》《演习部》，篇幅约占全书三分之一。如果将《声容部》纳入其中，篇幅更加可观。在《词曲部》中，李渔就情节构思，结构安排，形象塑造，虚实处理和语言音律等戏曲创作的重要问题作了系统的论述。《演习部》对戏曲导演工作中的剧本选择和艺术处理，如何教习唱腔和说白，演出中需要避忌的俗套恶习等，进行了全面深入的探讨。《声容部》乍看上去是对女人肤质、衣品到妆容的观点分享，但实际上可以看作是挑选和训练演员的方法，角色安排，演员魅力修养，以及对演员扮演女角的揣摩指导，归入戏曲理论部分是毫不违和的。除此之外，细心的读者还能从本书的其他卷中找到有关戏曲活动的重要补充。比如《器玩部》中的"灯烛"一节，讲述了对舞台灯光照明的心得发明。为更好地营造舞台气氛，让演出现场灯火明亮，不影响演出和观看效果，李渔提供了他自己的灯烛设计和操作流程，差不多是在当时的技术条件下所能达到的最便捷的方案了。

李渔戏曲美学理论的核心贡献表现在两个方面：第一，打破了传统戏曲"重在唯雅、只为把玩"的文人"案头剧"观念，确立了"填词之设，专为登场"的"舞台剧"本质。历史上，金圣叹评点《西厢记》，脍炙人口，被戏曲界引为戏曲评论的标杆。但李渔认为，金圣叹所评论的《西厢记》，不过是文人把玩的《西厢记》，是文人的案头文学，并非舞台上演出的《西厢记》。金圣叹对《西厢记》的文学魅力颇有心得，但不能说真正掌握了《西厢记》的作为戏曲作品的艺术魅力。因为他评论的不是舞台上活的戏剧，所以还不能算合格的戏剧评论家。李渔自己承担起了这样的使命。他的这一观点是中国戏曲史上的一次革命，使戏曲理论摆脱了单纯对戏曲语言形式的探讨，真正视戏曲为一门舞台艺术，为戏曲赋予了独立的艺术品格。李渔的第二个贡献是打破了"以抒情为中心"的剧作创造窠臼，创立了"以叙事为中心"的剧本创作新规。李渔强调戏曲必须通过"搬演"，从而引起"雅俗同欢""智愚共赏"。他深谙观众心理和戏曲艺术引人入胜的奥秘，提出了"立主脑""脱窠臼""密针线""减头绪""戒荒唐""审虚实"等创作原则和方法，可以使戏曲叙事更集中、情节更紧密、故事更新鲜、舞台情境更真实。李渔的戏曲理论体系完备，立论周全，见解透辟。论及戏曲的编、导、演，甚至剧场气氛、观众心理等，各种戏剧要素辟为专论，条分缕析，方方面面均有创见。

李渔集戏曲作家、戏曲教师、戏曲导演和戏班班主等各种身份于一身，这些理论都来自他的创作、编导和演出实践，有深厚的生活根基，因此能够深刻把握戏剧艺术的特殊规律，回答戏曲文学创作、人才培养、导演和表演中的各种问题，发前人之所未发。和现代戏剧理论也有很多相通之处。这在300年前，是很杰出的成就。所以李渔在中国戏曲美学史上具有无可替代的地位。他的戏曲理论不仅对他生活时代的戏曲创作和演出有指导意义，而且也为后世的戏剧戏曲创作提供了借鉴。今天仍在流行的很多戏曲剧种，如昆曲、京剧、越剧、黄梅戏等，都带有浓重的李渔烙印。

《闲情偶寄》后半部分探讨了女子妆饰与技艺、房舍建造与布置、器物制作与收藏、花木种植与观赏、饮食烹调与养生医疗等话题，是李渔针对日常起居、文化休闲、养生之道、美化生活所发表的个人主张。笔调轻松，内容丰富，生活里的很多小事、无用之事，研究得都很细致。书中处处体现崇尚简朴、崇尚自然的生活哲学。李渔反复强调自己不是出生于富贵世家，对于这些事物的讲究并不是要追求生活的奢侈华美，所以话题无关豪商巨贾，或皇家气派，而是力求贴近市井生活，分享一个普通文人的日常闲情：如何饮食烹调、如何妆饰打扮、如何把玩古器，酒怎么喝、虾怎么剥、肌肤怎么保养、植物怎么欣赏、家居饰品怎么彰显格调、碗碟怎么选用摆放……从饮食起居到休闲娱乐，无不注重简约而雅致，自然而富于创意，寓艺术于生活。书中体现的另一个思想是求新求变。李渔主张居处环境需要时时更新变化，让生活保持新鲜动人的情调。书中介绍了他的各种发明，小到信笺文具，门窗家具，大到园林构建，各种制作变粗为精，变俗为雅，实用的同时又极具美感。这使得《闲情偶寄》成为一部有关艺术和生活的百科全书式的著作，同时也展示了十七世纪中国的风土人情和市井风情，是一部丰富详细的文化史料，对理解当时文人的生活内容、生活条件和生活旨趣大有裨益。书中所倡导的生活理念，不仅具有非常高的美学价值，还有一定的实用性和指导意义。在中国文学史上，尚无一个文学家有如此的才艺去从事各种艺术门类的美学实践，也不可能有哪一位艺术家和专业工匠能够像他一样从容地去创造文学和实用美学艺术理论。在李渔生活的年代，他是一个跨界的全才、通才，所以现代著名学者林语堂评价他是"一个戏剧家、音乐家、享乐家、服装设计家、美容专家兼业余发明家"，《闲情偶寄》是一部"中国人生活艺术的指南"。

李渔是中国历史上为数不多的具有世界级影响的作家之一。从十九世纪开始，他的作品引起西方读者的注意，戏剧小说作品被翻译成英文、德文、法文、日文、俄文、拉丁文等。他虽然不是中国古代文学史上最著名的作家，却得到了世界一流汉学家的专门研究。埃里克·亨利在《李渔：站在中西喜剧的交叉点上》中说："对西方读者来说，李渔是最具吸引力、最易接受的中国作家之一。他的主要品质，在西方文学传统中也是备受珍视的。他富于幽默感。他的自然主义描写，成就斐然。他有想象奇异、叙事奇巧的天赋，敢于大胆提出问题，遇事喜欢穷根究底。"说到底，李渔之所以被世界所认可，是由于他洒脱不羁的自由与快乐的个性、怀疑与批判精神、竭力创新的追求、喜好享乐的情趣。而《闲情偶寄》恰恰能够代表他的写作风格和思想趣味。明清之际是思想大解放的时代，从社会氛围，文化面貌，价值观念乃至于审美趣味和文艺创作，都折射出了时代的变易。文人士大夫逐渐拜托了宋明理学"存天理，灭人欲"思想的束缚，开始重视个人价值。特别是随着城市经济的发展，江南地区出现资本主义萌芽，市民阶层不断壮大，社会生活日趋活跃，人们沉醉于多彩的市井生活，求新求乐成了当时的社会风尚。李渔就代表了那个时代的风气。

　　李渔作为一位平民出身的文化名人，人们对他的为人和作品也有争议，甚至"毁誉参半"。以封建时代正统士大夫的标准，李渔一生所为，不学，不仕，不死国，不立功名，不思进取，流连于园林山石之间，寄情声色，赏花弄月，品茗饮酒，选姬买妾，热衷于饮食男女、活命养生的话题……真算是不务正业、斯文扫地。有人说他的作品"不为经国之大业，而为破道之小言"。也有人说他思想品位不高，世俗气太重，略显油滑，时常流露出封建文人的恶趣味。鲁迅称李渔为"帮闲文人"，说李渔既有"帮闲之志"，又有"帮闲之才"。但是，还是有更多的人喜欢他，赏识他，给予他很高的评价。说他"真正代表了中国人的基本精神"。

　　《闲情偶寄》不可避免地存在各种历史的局限，特殊的时代背景和特殊的经历，造就了李渔异于传统文人的文化人格，不同于板着面孔不苟言笑的正人君子。他身上既有旷世幽人的意趣，骚人墨客的才气，天性洒脱，不拘一格，乐于做一个闲散的市井文人，追求世俗的快乐。另一方面李渔作为以卖文为生的文化商人，长期流连于市井之间，又有精明商人的计利以求。他既不是传统意义上的文人，也不是纯粹的市井小民，而是介于二者之间。在传统文人眼中，他虽才华技艺俱佳，但商贾行为和玩世不恭的生活态度不被理解；在市民眼中，也无法欣赏他的高雅，体会他的闲愁。所以，虽然李渔精神上有着文人的骄傲，但在现实生活中却不得不为了生计混迹于市井之中，这也就构成了李渔的自我矛盾的心理，痛苦失意有之，志得意满有之。不过，李渔并没有回避这些矛盾，而是在其中找到了平衡，文人的修养与才情也成为他生计的来源，在他感到失落的时候提供精神慰藉。同时，市井生活为他的创作带来源源不断的灵感，解放了他骨子里热爱生活和享受生活的天性。就这样，"大隐隐于市"，生命力顽强并且随遇而安，最终活出了自己，成为中国文化结出的一朵奇葩。

　　本书以清康熙十年（1671）翼圣堂刻本（中国国家图书馆藏）为底本，参校其他各版本，对进行了全本翻译；对书中出现的历史人物、地名、特殊的名词术语，以及引用的文献典故，适当添加注释。

　　《闲情偶寄》被誉为中国古代戏曲理论集大成之作，其理论成果被后世的戏曲创作者和理论家广泛借鉴和引用，成为中国戏曲艺术发展的重要理论基础。希望本书的翻译能够给戏剧戏曲理论研究者创造便利，对推动戏曲文化传承有所贡献。同时，这本书呈现了明清之际社会生活的真实面貌，在当下兴起的传统文化复兴热潮中，可以帮助读者准确理解和把握中国传统文化的神韵。

目 录
CONTENTS

序	01
译者前言	05
余怀序	001
凡例七则（四期三戒）	005

第一卷　词曲部 ……………………………………………………… 011

一、结构 …………………………… 011
- 小引 …………………………… 011
- 1. 戒讽刺 …………………………… 018
- 2. 立主脑 …………………………… 023
- 3. 脱窠臼 …………………………… 024
- 4. 密针线 …………………………… 026
- 5. 减头绪 …………………………… 029
- 6. 戒荒唐 …………………………… 031
- 7. 审虚实 …………………………… 033

二、词采 …………………………… 036
- 小引 …………………………… 036
- 1. 贵显浅 …………………………… 037
- 2. 重机趣 …………………………… 041
- 3. 戒浮泛 …………………………… 043
- 4. 忌填塞 …………………………… 045

三、音律 …………………………… 047
- 小引 …………………………… 047
- 1. 恪守词韵 …………………………… 057
- 2. 凛遵曲谱 …………………………… 059
- 3. 鱼模当分 …………………………… 061
- 4. 廉监宜避 …………………………… 063
- 5. 拗句难好 …………………………… 064
- 6. 合韵易重 …………………………… 067
- 7. 慎用上声 …………………………… 069
- 8. 少填入韵 …………………………… 070
- 9. 别解务头 …………………………… 072

四、宾白 …………………………… 074
- 小引 …………………………… 074
- 1. 声务铿锵 …………………………… 075
- 2. 语求肖似 …………………………… 077
- 3. 词别繁减 …………………………… 079
- 4. 字分南北 …………………………… 083

· 01 ·

5. 文贵洁净 ······ 084
6. 意取尖新 ······ 086
7. 少用方言 ······ 086
8. 时防漏孔 ······ 089

五、科、诨 ······ 090
　　小　引 ······ 090
　　1. 戒淫亵 ······ 091
　　2. 忌俗恶 ······ 092
　　3. 重关系 ······ 093

4. 贵自然 ······ 094

六、格局 ······ 096
　　小　引 ······ 096
　　1. 家门 ······ 097
　　2. 冲场 ······ 099
　　3. 出脚色 ······ 100
　　4. 小收煞 ······ 101
　　5. 大收煞 ······ 102
　　6. 填词余论 ······ 103

第二卷　演习部 ······ 106

一、选剧 ······ 106
　　小　引 ······ 106
　　1. 别古今 ······ 108
　　2. 剂冷热 ······ 110

二、变调 ······ 111
　　小　引 ······ 111
　　1. 缩长为短 ······ 113
　　2. 变旧成新 ······ 115

三、授曲 ······ 129
　　小　引 ······ 129
　　1. 解明曲意 ······ 130
　　2. 调熟字音 ······ 132
　　3. 字忌模糊 ······ 135

4. 曲严分合 ······ 135
5. 锣鼓忌杂 ······ 136
6. 吹合宜低 ······ 137

四、教白 ······ 140
　　小　引 ······ 140
　　1. 高低抑扬 ······ 141
　　2. 缓急顿挫 ······ 144

五、脱套 ······ 146
　　小　引 ······ 146
　　1. 衣冠恶习 ······ 147
　　2. 声音恶习 ······ 148
　　3. 语言恶习 ······ 150
　　4. 科诨恶习 ······ 151

第三卷　声容部 ······ 153

一、选姿 ······ 153
　　小　引 ······ 153
　　1. 肌肤 ······ 155
　　2. 眉眼 ······ 157
　　3. 手足 ······ 160

4. 态度 ······ 163

二、修容 ······ 167
　　小　引 ······ 167
　　1. 盥栉 ······ 168

2. 薰陶 ················· 174
　　3. 点染 ················· 176
三、治服 ··················· 180
　　小　引 ················· 180
　　1. 首饰 ················· 182
　　2. 衣衫 ················· 187
　　3. 鞋袜 ················· 194
四、习技 ··················· 200
　　小　引 ················· 200
　　1. 文艺 ················· 202
　　2. 丝竹 ················· 207
　　3. 歌舞 ················· 211

第四卷　居室部 ··················· 219

一、房舍 ··················· 219
　　小　引 ················· 219
　　1. 向背 ················· 223
　　2. 途径 ················· 223
　　3. 高下 ················· 224
　　4. 出檐深浅 ············ 224
　　5. 置顶格 ·············· 225
　　6. 甃地 ················· 226
　　7. 洒扫 ················· 227
　　8. 藏垢纳污 ············ 229
二、窗栏 ··················· 231
　　小　引 ················· 231
　　1. 制体宜坚 ············ 232
　　2. 取景在借 ············ 235
三、墙壁 ··················· 243
　　小　引 ················· 243
　　1. 界墙 ················· 244
　　2. 女墙 ················· 245
　　3. 厅壁 ················· 246
　　4. 书房壁 ·············· 248
四、联匾 ··················· 252
　　小　引 ················· 252
　　1. 蕉叶联 ·············· 253
　　2. 此君联 ·············· 254
　　3. 碑文额 ·············· 255
　　4. 手卷额 ·············· 256
　　5. 册页匾 ·············· 256
　　6. 虚白匾 ·············· 257
　　7. 石光匾 ·············· 258
　　8. 秋叶匾 ·············· 258
五、山石 ··················· 259
　　小　引 ················· 259
　　1. 大山 ················· 260
　　2. 小山 ················· 262
　　3. 石壁 ················· 263
　　4. 石洞 ················· 265
　　5. 零星小石 ············ 265

第五卷　器玩部 ··················· 267

一、制度 ··················· 267
　　小　引 ················· 267
　　1. 几案 ················· 268
　　2. 椅杌 ················· 271

3. 床帐 ································· 275
4. 橱柜 ································· 279
5. 箱笼箧笥 ···························· 281
6. 骨董 ································· 284
7. 炉瓶 ································· 286
8. 屏轴 ································· 290
9. 茶具 ································· 292
10. 酒具 ································ 294
11. 碗碟 ································ 295
12. 灯烛 ································ 297
13. 笺简 ································ 301

二、位置 ································· 304
　　小　引 ······························ 304
　　1. 忌排偶 ··························· 305
　　2. 贵活变 ··························· 306

第六卷　饮馔部 ························ 309

一、蔬食 ································· 309
　　小　引 ······························ 309
　　1. 笋 ······························· 311
　　2. 蕈 ······························· 313
　　3. 莼 ······························· 314
　　4. 菜 ······························· 314
　　5. 瓜、茄、瓠、芋、山药 ·········· 316
　　6. 葱、蒜、韭 ······················ 317
　　7. 萝卜 ····························· 318
　　8. 芥辣汁 ··························· 318

二、谷食 ································· 319
　　小　引 ······························ 319
　　1. 饭粥 ····························· 320
　　2. 汤 ······························· 321
　　3. 糕饼 ····························· 323
　　4. 面 ······························· 323

　　5. 粉 ······························· 325

三、肉食 ································· 326
　　小　引 ······························ 326
　　1. 猪 ······························· 327
　　2. 羊 ······························· 328
　　3. 牛、犬 ··························· 329
　　4. 鸡 ······························· 330
　　5. 鹅 ······························· 330
　　6. 鸭 ······························· 332
　　7. 野禽、野兽 ······················ 333
　　8. 鱼 ······························· 334
　　9. 虾 ······························· 336
　　10. 鳖 ······························ 336
　　11. 蟹 ······························ 337
　　12. 零星水族 ························ 340

第七卷　种植部 ························ 343

一、木本 ································· 343
　　小　引 ······························ 343
　　1. 牡丹 ····························· 344
　　2. 梅 ······························· 346
　　3. 桃 ······························· 348
　　4. 李 ······························· 349
　　5. 杏 ······························· 350
　　6. 梨 ······························· 351

目 录

  7. 海棠 ································· 352
  8. 玉兰 ································· 354
  9. 辛夷 ································· 355
  10. 山茶 ································ 356
  11. 紫薇 ································ 357
  12. 绣球 ································ 358
  13. 紫荆 ································ 358
  14. 栀子 ································ 359
  15. 杜鹃、樱桃 ·························· 359
  16. 石榴 ································ 360
  17. 木槿 ································ 361
  18. 桂 ·································· 362
  19. 合欢 ································ 362
  20. 木芙蓉 ······························ 364
  21. 夹竹桃 ······························ 365
  22. 瑞香 ································ 365
  23. 茉莉 ································ 366

二、藤本 ···································· 368
  小 引 ·································· 368
  1. 蔷薇 ································· 369
  2. 木香 ································· 370
  3. 酴醾 ································· 370
  4. 月月红 ······························· 371
  5. 姊妹花 ······························· 372
  6. 玫瑰 ································· 372
  7. 素馨 ································· 373
  8. 凌霄 ································· 373
  9. 真珠兰 ······························· 374

三、草本 ···································· 374
  小 引 ·································· 374
  1. 芍药 ································· 375
  2. 兰 ··································· 376
  3. 蕙 ··································· 378
  4. 水仙 ································· 379

  5. 芙蕖 ································· 381
  6. 罂粟 ································· 382
  7. 葵 ··································· 383
  8. 萱 ··································· 383
  9. 鸡冠 ································· 383
  10. 玉簪 ································ 384
  11. 凤仙 ································ 385
  12. 金钱、金盏、剪春罗、剪秋罗 ········· 385
  13. 蝴蝶花 ······························ 387
  14. 菊 ·································· 388
  15. 菜 ·································· 390

四、众卉 ···································· 391
  小 引 ·································· 391
  1. 芭蕉 ································· 391
  2. 翠云 ································· 392
  3. 虞美人 ······························· 393
  4. 书带草 ······························· 393
  5. 老少年 ······························· 394
  6. 天竹 ································· 395
  7. 虎刺 ································· 395
  8. 苔 ··································· 396
  9. 萍 ··································· 396

五、竹木（未经种植者不载）················ 397
  小 引 ·································· 397
  1. 竹 ··································· 398
  2. 松、柏 ······························· 399
  3. 梧桐 ································· 400
  4. 槐、榆 ······························· 401
  5. 柳 ··································· 402
  6. 黄杨 ································· 403
  7. 棕榈 ································· 404
  8. 枫、桕 ······························· 405
  9. 冬青 ································· 405

第八卷　颐养部 ······ 407

一、行乐 ······ 407
　　小　引 ······ 407
　　1. 贵人行乐之法 ······ 409
　　2. 富人行乐之法 ······ 411
　　3. 贫贱行乐之法 ······ 413
　　4. 家庭行乐之法 ······ 416
　　5. 道途行乐之法 ······ 418
　　6. 春季行乐之法 ······ 419
　　7. 夏季行乐之法 ······ 420
　　8. 秋季行乐之法 ······ 422
　　9. 冬季行乐之法 ······ 423
　　10. 随时即景就事行乐之法 ······ 425

二、止忧 ······ 439
　　小　引 ······ 439
　　1. 止眼前可备之忧 ······ 440
　　2. 止身外不测之忧 ······ 441

三、调饮啜 ······ 442
　　小　引 ······ 442
　　1. 爱食者多食 ······ 443
　　2. 怕食者少食 ······ 443
　　3. 太饥勿饱 ······ 444
　　4. 太饱勿饥 ······ 444
　　5. 怒时哀时勿食 ······ 445
　　6. 倦时闷时勿食 ······ 445

四、节色欲 ······ 446
　　小　引 ······ 446
　　1. 节快乐过情之欲 ······ 448
　　2. 节忧患伤情之欲 ······ 449
　　3. 节饥饱方殷之欲 ······ 449
　　4. 节劳苦初停之欲 ······ 450
　　5. 节新婚乍御之欲 ······ 450
　　6. 节隆冬盛暑之欲 ······ 451

五、却病 ······ 452
　　小　引 ······ 452
　　1. 病未至而防之 ······ 453
　　2. 病将至而止之 ······ 454
　　3. 病已至而退之 ······ 454

六、疗病 ······ 456
　　小　引 ······ 456
　　1. 本性酷好之药 ······ 459
　　2. 其人急需之药 ······ 461
　　3. 一心钟爱之药 ······ 462
　　4. 一生未见之药 ······ 463
　　5. 平时契慕之药 ······ 464
　　6. 素常乐为之药 ······ 465
　　7. 生平痛恶之药 ······ 466

后　记 ······ 468

余怀[1] 序

原文

《周礼》一书，本言王道，乃上自井田军国之大，下至酒浆屝屦之细，无不纤悉具备，位置得宜，故曰："王道本乎人情。"然王莽一用之于汉而败，王安石再用之于宋而又败者，其故何哉？盖以莽与安石皆不近人情之人，用《周礼》固败，不用《周礼》亦败。《周礼》不幸为两人所用，用《周礼》之过，而非《周礼》之过也。苏明允曰："凡事之不近人情者，鲜不为大奸慝。"古今来大勋业、真文章，总不出人情之外。其在人情之外者，非鬼神荒忽虚诞之事，则诪张伪幻狰獰之辞，其切于男女饮食日用平常者，盖已希矣。余读李子笠翁《闲情偶寄》而深有感也。昔陶元亮作《闲情赋》，其间为领、为带、为席、为履、为黛、为泽、为影、为烛、为扇、为桐，缠绵婉娈，聊一寄其闲情，而万虑之存、八表之憩，即于此可类推焉。今李子《偶寄》之书，事在耳目之内，思出风云之表，前人所欲发而未竟发者，李子尽发之；今人所欲言而不能言者，李子尽言之。其言近，其旨远，其取情多而用物闳，潆潆乎，缅缅乎，汶者读之旷，僿者读之通，悲者读之愉，拙者读之巧，愁者读之忭且舞，病者读之霍然兴。此非李子《偶寄》之书，而天下雅人韵士家弦户诵之书也。吾知此书出，将不胫而走。百济之使[2]，维舟而求；鸡林之贾[3]，辇金而购矣。而世之腐儒，犹谓李子不为经国之大业，而为破道之小言者，余应之曰：唯唯否否。昔谢文靖高卧东山，系天下苍生之望，而游必携妓，墅则围棋。谢玄破贼，桓冲初忧之，郗超曰："玄必能破贼。吾尝共事桓公府，履屐间皆得其用，是以知之。"白香山道风雅量，为世所钦，而谢好、陈结、紫绡、菱角，惊破《霓裳羽衣》之曲，罢刑部侍郎时，得臧获之习管磬弦歌者，指百以归。苏文忠秉心刚正，不立异，不诡随，而琴操、朝云、蝤头、鹊尾，有每闻清歌，辄唤奈何之致。韩昌黎开云驱鳄[4]，师表朝廷，而每当宾客之会，辄出二侍女合弹琵琶筝。故古今来能建大勋业，作真文章者，必有超世绝俗之情，磊落嵚崎之韵，如文靖诸公是也。今李子以雅淡之才，巧妙之思，经营惨淡，缔造周详，即经国之大业，何遽不在是，而岂破道之小言也哉？往余年少驰骋，自命江左风流，选妓填词，吹箫跕屣，曾以一曲之狂歌，回两行之红粉。而今老矣，不复为矣！独是冥心高寄，千载相关，深恶王莽、王安石之不近人情，而独爱陶元亮之闲情作赋。读李子之书又未免见猎心喜也。王右军云："年在桑榆，正赖丝竹陶写。"余虽颓然自放，倘遇洞房绮疏，交鼓纴瑟，宫商迭奏，竹肉竞陈，犹当支颐郭袖，倾耳而听之。

时康熙辛亥立秋日建邺弟余怀无怀氏撰

译文

　　《周礼》这部书，是讲天道的，从井田军国的大政，以至酒浆草鞋这样细小的事情，都讲得面面俱到，安排得很恰当，所以说："王道本乎人情。"然而王莽用在汉朝却失败了，王安石用在宋朝也失败了，这是什么原因呢？因为他们都是不近人情的人，用《周礼》固然失败，不用《周礼》也会失败。《周礼》不幸被这两个人所用，那是用《周礼》的人的过错，而不是《周礼》的过错。苏洵说："但凡做事不近人情的人，很少不是大奸臣。"古往今来的伟大业绩和真正的好文章，总是不出人情之外。凡是出于人情之外的，不是神神怪怪荒诞不经的事，就是虚张声势的狡辩之词，切近普通人日常生活的就很少了。我读李笠翁先生的《闲情偶寄》一书，深有感触。从前陶渊明写《闲情赋》，里面写到了领、带、席、履、黛、泽、影、烛、扇、桐，缠绵委婉，聊寄一番闲情；但是由此能够推想出作者忧国忧民的心怀、以天下为己任的豪情。现在李先生的《闲情偶寄》一书，所写的都是眼前的事物，但是作者的思想感情却是高瞻远瞩，出于风云之表。前人想发而未能全发的，李先生都阐发了；今人想说而不能说的，李先生都说了。言近旨远，感情充沛，内容丰富，洋洋洒洒，蔚为大观，糊涂的人读了会变得明白，狭隘的人读了会变得旷达，忧郁的人读了会变得愉快，笨拙的人读了会变得灵巧，愁闷的人读了会欣然起舞，有病的人读了会霍然而愈。这本《偶寄闲情》不是一本寻常的书，而是天下雅人韵士家弦户诵的书。我知道此书一出便将不胫而走，百济的使者会驾船来求，鸡林的商贾会运金来买。但是世上迂腐的儒生还在说李先生不做经国的大业，却写一些不入正统的琐事。我的回答是：不。东晋谢玄高卧东山，天下苍生众望所归，但是他每次出游总要带上歌妓，在家就下围棋。谢玄率兵破敌，桓冲最初有些担忧，郗超说："谢玄一定能打败敌兵，我曾和他在桓公府共事，他就连穿鞋的事都能安排妥当，所以我知道他能行。"白居易胸怀开阔，情趣高雅，世人钦佩，却惊叹谢好、陈洁、紫绡、菱角表演的《霓裳羽衣》之曲；被免去刑部侍郎一职时，还带了一百来个懂得吹拉弹唱的仆人回乡。苏东坡秉心刚正，不标新立异，不盲从邪恶，但却爱听《琴操》之曲，养了小妾朝云，居室台阶饰以花纹图案，头戴鹊尾冠，每听清歌，便发出感叹。韩愈驱除鳄鱼，为民除害，师表朝廷，而每当宾客会集的时候，就让两位侍女出来弹奏琵琶。所以说古往今来能建立伟大的功业、写出伟大的文章的人，一定有超凡脱俗的情怀、磊落奇崛的风韵，像谢玄等各位先生那样。如今李先生以其淡雅之才，巧妙之思，惨淡经营，缔造周详，即便是经国的大业，又何尝不在其中，怎么能说它是不入正统的琐事呢？从前我少年驰骋，自命江东风流，选妓填词，挟妓吹箫，曾以一曲狂歌，令两行佳人翩翩起舞，现在我老了，这些事情做不来了；只是内心高古，挂怀历史上那些人和事，深恶王莽、王安石的不近人情，而独爱陶渊明的闲情作赋，如今读到李先生的书，又不免见猎心喜了。王羲之说："年在桑榆，正赖丝竹陶写。"我虽年迈消沉，自暴自弃，如果遇有洞房花窗，吹拉弹唱，丝竹歌乐，还会袖手托腮，侧耳倾听的。

建邺弟余怀无怀氏撰
康熙十年（1671）立秋日

注释

[1] 余怀——1616—约1696，字澹心，一字无怀，号曼翁、广霞、壶山外史、寒铁道人。福建莆田人，长期寓居南京。清初文学家、诗人。明末已有诗名，诗多表现闲情逸趣，明亡后诗风悲凉，为文长于笔记小品，著作多种。1671年为好友李渔《闲情偶寄》一书作序。

[2] 百济——古国名，在朝鲜半岛西南部。

[3] 鸡林——古国新罗，与百济相邻。

[4] 开云驱鳄——《新唐书·韩愈传》记载，韩愈为潮州刺史，境内恶溪中有鳄鱼为害，韩愈作《祭鳄鱼文》，驱鳄鱼迁走。不久恶溪之水西迁六十里，潮州境内永无鳄鱼之患。

凡例七则

（四期三戒）

❀ 原文 ❀

一期点缀太平

圣主当阳，力崇文教。庙堂既陈诗赋，草野合奏风谣，所谓上行而下效也。武士之戈矛，文人之笔墨，乃治乱均需之物。乱则以之削平反侧，治则以之点缀太平。方今海甸澄清，太平有象，正文人点缀之秋也。故于暇日抽毫，以代康衢鼓腹。所言八事，无一事不新；所著万言，无一言稍故者，以鼎新之盛世，应有一二未睹之事，未闻之言，以扩耳目。犹之美厦告成，非残朱剩碧，所能涂饰榱楹者也。草莽微臣，敢辞粉藻之力。

一期崇尚俭朴

创立新制，最忌导人以奢。奢则贫者难行，而使富贵之家，日流于侈，是败坏风俗之书，非扶持名教之书也。是集惟《演习》《声容》二种，为显者陶情之事，欲俭不能；然亦节去靡费之半，其余如《居室》《器玩》《饮馔》《种植》《颐养》诸部，皆寓节俭于制度之中，黜奢靡于绳墨之外。富有天下者可行，贫无卓锥者亦可行。盖缘身处极贫之地，知物力之最艰，谬谓天下之贫，皆同于我。我所不欲，勿施于人，故不觉其言之似吝也。然靡荡世风，或反因之有裨。

一期规正风俗

风俗之靡，日甚一日。究其日甚之故，则以喜新而尚异也。新异不诡于法，但须

新之有道，异之有方。有道有方，总期不失情理之正。以索隐行怪之俗，而责其全返中庸，必不得之数也。不若以有道之新，易无道之新，以有方之异，变无方之异，庶彼乐于从事，而吾点缀太平之念为不虚矣。是集所载，皆极新极异之谈；然无一不轨于正道，其可告无罪于世者此耳。

一期警惕人心

风俗之靡，犹于人心之坏，正俗必先正心。然近日人情，喜读闲书，畏听庄论，有心劝世者，正告则不足，旁引曲譬则有余。是集也，纯以劝惩为心，而又不标劝惩之目，名曰《闲情偶寄》者，虑人目为庄论而避之也。劝惩之语，下半居多，前数帙俱谈风雅。正论不载于始而丽于终者，冀人由雅及庄，渐入渐深，而不觉其可畏也。劝惩之意，绝不明言，或假草木昆虫之微，或借活命养生之大以寓之者，即所谓正告不足，旁引曲譬则有余也。实具婆心，非同客语，正人奇士，当共谅之。

一戒剿窃陈言

不佞半世操觚，不攘他人一字，空疏自愧者有之，诞妄贻讥者有之；至于剿窠袭臼，嚼前人唾余，而谬谓舌花新发者，则不特自信其无，而海内名贤亦尽知其不屑有也。然从前杂刻，新则新矣，犹是一岁一生之草，非百年一伐之木。草之青也可爱，枯则可焚。木即不堪为栋为梁，然欲刈而薪之，则人有不忍于心者矣。故知是集也者，其初出则为乍生之草；即其既陈既腐，犹可比于不忍为薪之木，以其可斫可雕而适于用也。以较邺架名编则不足[1]，以角奚囊旧著则有余[2]。阅是编者，请由始迄终，验其是新是旧。如觅得一语，为他书所现载，人口所既言者，则作者非他，即武库之穿窬，词场之大盗也。

一戒网罗旧集

数十年来，述作名家，皆有著书捷径，以只字片言之少，可酿为连篇累牍之繁；如有连篇累牍之繁，即可变为汗牛充栋之富。何也？以其制作新言，缀于简首，随集古今名论，附而益之。如说天文，即纂天文所有诸往事，及前人所作诸词赋以实之。地理亦然，人物、鸟兽、草木诸类尽然。作而兼之以述，有事半功倍之能，真良法也。鄙见则谓著则成著，述则成述，不应首鼠二端。宁捉襟肘以露贫，不借丧马以彰富。有则还吾故有，无则安其本无。不载旧本之一言，以补新书之偶缺；不借前人之只字，以证后事之不经。观者于诸项之中，幸勿事事求全言言责备。此新耳目之书，非备考核之书也。

一戒支离补凑

有怪此书立法未备者，谓既有心作古，当使物物尽有成规，胡一类之中止言数事？予应之曰："医贵专门，忌其杂也；杂则有验有不验矣。史贵能缺，夏五'郭公'之不增一字[3]，不正其讹者，以示能缺；缺斯可信，备则开天下后世之疑矣。使如子言，而求诸事皆备，一物不遗，则支离补凑之病见，人将疑其可疑，而并疑其可信。是故良法不行于世，皆求全一念误之也。予以一人而僭陈八事，由词曲、演习以及种植、颐养，虽曰多能鄙事，贱者之常，然犹自病其太杂，终不得比于专门之医。奈何欲举星相、医卜、堪舆、日者之事，而并责之一人乎？"其人否否而退。八事之中，事事立法者止有六种，至《饮馔》《种植》二部之所言者，不尽是法，多以评论间之。宁以支离二字立论，不敢以之立法者，恐误天下之人也。然自谓立论之长，犹胜于立法。请质之海内名公，果能免于支离之诮否？

湖上笠翁李渔识

❖ 译文 ❖

一期点缀太平

圣明的君主当朝执政，大力提倡文明教化。朝廷既陈诗赋，民间当奏风谣，这叫作上行下效。武士手中的戈矛，文人手中的笔墨，都是治国安邦的工具，乱世用它来削平反叛，治世用它来点缀太平。如今正当开明盛世，天下太平，正是文人粉饰太平的大好时机，所以暇日挥毫，作文来歌颂德政。本书中所讲的八个方面的事情，没有一样不新鲜；所写的数万言，没有一句话稍有陈旧。因为在这全新鼎盛的时代，应当有一两件没有见过的事、没有听过的话，来使人耳目一新。这就像一座漂亮的大厦刚刚落成，是不能用残朱剩碧去装潢粉饰的。我一个草野小民，怎敢推避这粉饰之劳。

一期崇尚俭朴

创立新的生活方式，最应当避免引导人们奢侈。奢侈穷人难以做到，反而使富贵人家的生活越来越奢靡。那么此书就成了败坏风俗的书，而不是弘扬文明礼教的书了。

本书中只有《演习》《声容》两部分，写的是富贵之人陶冶性情的事，没办法节俭，但也已经省去奢靡的一半；其余如《居室》《器玩》《饮馔》《种植》《颐养》各部分，都在方式方法当中包含了节俭的意思，把奢靡排除在标准之外。富有天下的人可做，穷得没有立锥之地的人也可做。因为我自己身处穷困潦倒之中，最知道过日子的艰难，误以为天下人都跟我一样穷。古人说过：己所不欲，勿施于人。所以我不觉得自己的话像是小气。这样或许能够对奢靡的社会风气有所裨益。

一期规正风俗

社会风气的腐化，一天比一天严重。究其原因，就是由于喜欢新鲜、崇尚奇异。新鲜奇异并不违背法度，但是必须新得合理、异得有度。要想合理有度，必须做到不失正常的情理。面对当今社会追求怪僻的风气，硬是要它完全回到不偏不倚的中庸之道上来，是不可能的。不如用合理的新取代不合理的新，用有度的异取代不无度的异，使得人们乐于从事，而我点缀太平的愿望也就不会落空了。本书中所讲的，都是极新极异之谈，但是没有一点离开正道，在这一点上我可以问心无愧地面对世人。

一期警惕人心

社会风气的腐化，犹如人心的败坏，要矫正社会风气，必须首先端正人心。然而近来人们喜欢读闲书，怕听严肃的议论，有心劝世的人正面劝告不足，旁征隐喻则有余。本书的写作完全是为了劝惩，但不标明劝惩，题名《闲情偶寄》，就是怕人把它看作是道貌岸然的文章而回避。劝惩的话，后半部分居多，前面都是谈风雅的。开头不载严肃的议论，而把它附在后面，是希望读者由风雅到庄重，由浅入深，而不觉得话题大得吓人。劝惩的意思，绝不明说，或者借草木昆虫之微，或者借活命养生之大，寄寓其中，这就是所谓的正面劝告不足，旁征隐喻则有余。这样做实在是出于一片苦心，不是什么客套话，正人奇士，当共谅之。

一戒剽窃陈言

我写了半辈子文章，从不剽窃他人一个字。空洞无物，就连自己都感到羞愧；荒诞不经，贻笑大方，这些我都有过。至于因袭老套，拾人牙慧，而谎称是自己的创见，这样的事情不仅自信没有，海内名贤也都知道我是不屑做的。然而从前的杂著，新是新了，还只是一年一生的草，不是百年一伐的树。青草可爱，干枯了就只能烧掉；树即便做不成栋梁，但是如果砍了当柴烧，还是于心不忍的。由此可知，这本书刚刚问世的时候，还是乍生的草，到了陈腐以后，还可以比作不忍当柴烧的树，因为它有可斫可雕的实用价值。跟邺架上的名著相比虽然不足，跟诗囊中的旧著相比却有余。阅读本书的，请从头到尾检验它是新是旧。如果从中找出一句是别的书中现成的，别人已经说过的，那么我就不是别的，正是武库的小偷、词场的大盗了。

一戒网罗旧集

几十年来，写书的名家都有著述的捷径，片言只语可以敷衍成连篇累牍，如有连篇累牍，即可变为汗牛充栋。为什么呢？因为他们把自己创作的新东西放在前面，接下来便搜集古往今来的著名言论加上去。比如讲天文，即编纂有关天文的旧事和前人所作的某些词赋，来扩充内容；地理也是这样，人物、鸟兽、草木等，也没有一样不是如此。一边创作一边转述，事半功倍，真是好办法。然而在我看来，著就应该是著，述就应该是述，不能首鼠两端。宁可捉襟见肘露出穷相，也不借死去的马来显示自己富有。有就有，没有就没有，不收录旧作当中的一句话，来弥补新书的偶缺；不借前人的只字，来证实后事的不合理。读者在阅读本书的各个部分时，千万不要事事求全责备。这是悦人耳目的书，而不是供人考证的书。

一戒支离补凑

有人责怪本书创立方法不完备，说既然有心好古以求，就应当使样样东西都有成规，为什么一类之中只讲几件事情？对此我的回答是："医贵专门，所忌在杂，杂了就有的灵有的不灵。史贵能缺，《春秋》一书中有很多脱漏之处，但是没有增加一个字来纠正它的错漏，就是表示能缺；缺才可信，完备了就让后人怀疑了。如果像您说的，各种东西都求完备，一样不漏，就会产生支离补凑的毛病，人们不但对可疑的地方生疑，就连可信的地方也怀疑了。由此看来，好办法不能实施，都是错在求全责备这种念头上。我不揣冒昧，一个人讲述八个方面的事情，从戏曲创作、排练演出，到种植、养生，虽说会这么多粗鄙的事情，对卑贱的人来说是平常事，但还是嫌它太杂，总比不上医生的专门，更怎么能把星相、医卜、看风水之类的事情，统统让一个人去干呢？"那人嘟囔着走开了。八个方面的事情当中，事事创立方法的只有六种，《饮馔》《种植》二部所讲的，不全是方法，里面夹杂着很多议论。宁可讲得琐碎一些，不敢用它立法，是怕贻误天下人。不过我自认为立论的长处，胜过立法。在此请问海内名流，这样是否真的就能免于被嘲讽说本书的话题支离破碎呢?

湖上笠翁李渔记

◈ 注释 ◈

[1] 邺架——唐朝邺侯李泌的书架,李泌家中藏书两万余卷,戒子孙不许出门,有来求读者,别院供馔。

[2] 奚囊——李商隐《李贺小传》:"每旦日出与诸公游……恒从小奚奴,骑距驴,背一古破锦囊,遇有所得,即书投囊中。"后因称诗囊为奚囊。

[3] "夏五""郭公"——都是《春秋》中有脱漏之处,作者没有随意增补。

第一卷　词曲部

一、结构

小　引

原文

　　填词一道，文人之末技也；然能抑而为此，犹觉愈于驰马试剑、纵酒呼卢。孔子有言："不有博弈者乎？为之犹贤乎已。"[1]博弈虽戏具，犹贤于饱食终日，无所用心；填词虽小道，不又贤于博弈乎？吾谓技无大小，贵在能精；才乏纤洪，利于善用。能精善用，虽寸长尺短，亦可成名；否则才夸八斗，胸号五车，为文仅称点鬼之谈[2]，著书惟供覆瓿之用[3]，虽多亦奚以为？填词一道，非特文人工此者足以成名，即前代帝王，亦有以本朝词曲擅长，遂能不泯其国事者。请历言之。高则诚、王实甫诸人[4]元之名士也，舍填词一无表见。使两人不撰《琵琶》《西厢》，则沿至今日，谁复知其姓字？是则诚、实甫之传，《琵琶》《西厢》传之也。汤若士[5]，明之才人也，诗文尺牍，尽有可观，而其脍炙人口者，不在尺牍诗文，而在《还魂》一剧。使若士不草《还魂》，则当日之若士，已虽有而若无，况后代乎？是若士之传，《还魂》传之也。此人以填词而得名者也。历朝文字之盛，其名各有所归。汉史、唐诗、宋文、元曲，此世人口头语也。《汉书》《史记》，千古不磨，尚矣！唐则诗人济济，宋有文士跄跄，宜其鼎足文坛，为三代后之三代也。元有天下，非特政刑礼乐一无可宗，即语言文字之末、图书翰墨之微，亦少概见。使非崇尚词曲，得《琵琶》《西厢》以及《元人百种》

诸书[6]传于后代，则当日之元亦与五代、金、辽同其泯灭，焉能附三朝骥尾而挂学士文人之齿颊哉？此帝王国事以填词而得名者也。由是观之，填词非末技，乃与史传诗文同源而异派者也。近日雅慕此道，刻欲追踪元人、配飨若士者尽多，而究竟作者寥寥，未闻绝唱。其故维何？止因词曲一道，但有前书堪读，并无成法可宗。暗室无灯，有眼皆同瞽目。无怪乎觅途不得，问津无人，半途而废者居多，差毫厘而谬千里者亦复不少也。尝怪天地之间，有一种文字，即有一种文字之法脉准绳载之于书者，不异耳提面命。独于填词制曲之事，非但略而未详，亦且置之不道。揣摩其故，殆有三焉：一则为此理甚难，非可言传，止堪意会。想入云霄之际，作者神魂飞越，如在梦中，不至终篇，不能返魂收魄。谈真则易，说梦为难。非不欲传，不能传也。若是，则诚异诚难，诚为不可道矣。吾谓此等至理，皆言最上一乘。非填词之学，节节皆如是也。岂可为精者难言，而粗者亦置弗道乎？一则为填词之理，变幻不常，言当如是，又有不当如是者。如填生、旦之词，贵于庄雅；制净、丑之曲，务带诙谐，此理之常也。乃忽遇风流放佚之生、旦，反觉庄雅为非；作迂腐不情之净、丑，转以诙谐为忌。诸如此类者，悉难胶柱。恐以一定之陈言，误泥古拘方之作者。是以宁为阙疑，不生蛇足。若是，则此种变幻之理，不独词曲为然，帖括诗文，皆若是也。岂有执死法为文，而能见赏于人、相传于后者乎？一则为从来名士，以诗赋见重者十之九，以词曲相传者犹不及什一。盖千百人一见者也。凡有能此者，悉皆剖腹藏珠，务求自秘，谓此法无人授我，我岂独肯传人？使家家制曲，户户填词，则无论《白雪》盈车，《阳春》遍世，淘金选玉者，未必不使后来居上，而觉糠秕在前[7]。且使周郎渐出[8]，顾曲者多攻出瑕疵，令前人无可藏拙。是自为后羿，而教出无数逢蒙，环执干戈而害我也[9]。不如仍仿前人，缄口不提之为是。吾揣摩不传之故，虽三者并列，窃恐此意居多。以我论之，文章者，天下之公器，非我之所能私；是非者，千古之定评，岂人之所能倒？不若出我所有，公之于人，收天下后世之名贤，悉为同调。胜我者，我师之，仍不失为起予之高足；类我者，我友之，亦不愧为攻玉之他山。持此为心，遂不觉以生平底里，和盘托出；并前人已传之书，亦为取长弃短，别出瑕瑜，使人知所从违，而不为诵读所误。知我罪我，怜我杀我，悉听世人，不复能顾其后矣。但恐我所言者，自以为是而未必是；人所趋者，我以为非而未必尽非。但矢一字之公，可谢千秋之罚。噫！元人可作，当必贳予。

填词首重音律，而予独先结构者，以音律有书可考，其理彰明较著。自《中原音韵》[10]一出，则阴阳平仄，画有胜区。如舟行水中，车推岸上，稍知率由者，虽欲故犯而不能矣。《啸馀》《九宫》二谱[11]一出，则葫芦有样，粉本昭然。前人呼制曲为填词。填者，布也。犹棋枰之中，画有定格。见一格，布一子，止有黑白之分，从无出入之弊。彼用韵而我叶之，彼不用韵而我纵横流荡之。至于引商刻羽、戛玉敲金[12]，虽曰神而明之，匪可言喻，亦由勉强而臻自然。盖遵守成法之化境也。至于"结构"二字，则在引商刻羽之先、拈韵抽毫之始，如造物之赋形，当其精血初凝、胞胎未就，先为制定全形，使点血而具五官百骸之势。倘先无成局，而由顶及踵，逐段滋生，则人之一身，当有无数断续之痕，而血气为之中阻矣。工师之建宅亦然，基址初平，间架未立，先筹何处建厅，何方开户，栋需何木，梁用何材。必俟成局了然，始可挥斤运斧。倘造成一架而后再筹一架，则便于前者，不便于后，势必改而就之，未成先毁。犹之筑舍道旁[13]，兼数宅之匠资，不足供一厅一堂之用矣。故作传奇者，不宜卒急拈毫，袖手于前，始能疾书于后。有奇事，方有奇文，未有命题不佳，而能出其锦心、扬为绣口者也。尝读时髦所撰，惜其惨淡经营，用心良苦，而不得被管弦、副优孟者，非审音协律之难，而结构全部规模之未善也。

词采似属可缓，而亦置音律之前者，以有才、技之分也。文词稍胜者，即号才人；音律极精者，终为艺士。师旷[14]止能审乐，不能作乐；龟年[15]但能度词，不能制词。使与作乐、制词者同堂，吾知必居末席矣。事有极细而亦不可不严者，此类是也。

❀ 译文 ❀

戏曲创作，对于文人来说似乎是末等的技艺；但是如果文人们能够放下架子去做一做，毕竟要比骑马论剑、酗酒赌博强得多。孔子说过："不是还有博弈游戏吗？干这个也比闲着好！"下棋虽然是游戏，毕竟比饱食终日、无所用心好。戏曲创作虽然是雕虫小技，但是跟下棋比起来，不是更好吗？我认为技艺没有大小之分，可贵之处在于能够精通；才能没有大小之分，只要善于发挥利用，便可从中获益。能够精通一门技艺，善于发挥利用自己的才能，那么即使只有一点点技艺和才能，也可以成名。不然的话，光是夸耀自己才高八斗，号称自己学富五车，写起文章来只会堆砌古人的姓名，写了书，也只能供人拿来盖酱缸，那么，才能再多又有什么用？创作戏曲，不仅文人当中精通它的人足可以依靠它成名，就是从前各朝代的帝王当中，也有由于本朝的词曲发达，因而使得自己的朝代也获得了美名的。请听我一一道来。

高则诚、王实甫等人，是元朝的名士。他们除了戏曲写得好以外，并没有其他特殊表现。如果这两个人不写《琵琶记》《西厢记》的话，那么时至今日，还有谁知道他们的名字？由此可见，高则诚、王实甫是由于《琵琶记》《西厢记》的传世才流芳后世的。汤显祖是明代的大才子，他的诗文、书信，都很值得一看。但是他最为脍炙人口的作品，不是他的书信和诗文，而是他的《还魂记》这出戏。假使汤显祖不创作《还魂记》，那么汤显祖在他当时就成了可有可无的了，到后代就更不必说了。由此可见，汤显祖是由于《还魂记》的传世才流芳后世的。以上是文人由于戏曲而得名的例子。

历代文学的昌盛，各自有各自的特色。汉代的史传、唐朝的诗歌、宋代的散文、元朝的戏曲，世人经常挂在嘴边儿。《史记》和《汉书》，流传千古而不磨灭，太伟大了！在唐朝，写诗者人才济济；到了宋代，写散文的人摩肩接踵。应当说，汉、唐、宋这三个朝代，在文坛上三足鼎立，可称得上是夏、商、周三代文明以后文学繁荣的"后三代"。元朝建立以后，不但国家的法律制度、礼乐民风没有什么可取之处，即使在语言文字、科举方面，日渐衰微，总体上也没有什么建树。如果不是当时崇尚戏曲，有《琵琶记》《西厢记》以及《元人百种》等作品流传下来的话，那么当时的元朝，也就与五代、金、辽一样地湮灭无闻了，哪里还会像汉、唐、宋三朝一样，被文人学士们挂在嘴边上呢？这便是由于戏曲发达而使得帝王和朝代扬名的例子。

由此看来，戏曲创作并不是什么雕虫小技，而是一种跟史传、诗歌、散文有着同一渊源的东西，只是流派不同而已。

近年来人们仰慕戏曲艺术，刻意向元朝的作家学习，追随、仿效汤显祖的人很多，但是作者毕竟寥寥无几，也没有听说有优秀的作品问世。这是什么原因呢？这是因为，在戏曲创作方面只有前人的作品可供阅读，并没有现成的方法可供遵循。这就好比黑暗的屋子里没有灯，有眼睛的人也跟盲人一样，难怪摸不着门路，也无人可以请教。半途而废的人很多，差之毫厘谬以千里的人也不少。

我曾经纳闷儿：世上有一种文学样式，就有一套与此相应的方法和技巧。书中所记载的，与从老师那里当面学来的都一样。唯独在戏曲创作方面，不仅记载得相当简略，而且把它置于正统文学之外。我揣摩其中的缘由，大概有三个方面。

第一，是因为戏曲创作的规律很难把握，只可意会，不可言传。作者在创作灵感到来之际，心驰神往，像在梦中，不写到结束，不能把心思收回来。谈论真实的事情容易，解释梦境却很困难。并不是不想把它告诉给别人，而是没办法传达出来。像这样太奇特、太困难的事情，实在是不可言传。我认为像这样精深的规律，都可以称得上是文学创作中的最高学问。不仅戏曲是这样，在文学创作的各个领域都是这样。怎能因为精深的东西只可意会不可言传，因而对于粗浅的东西也就避而不谈了？第二，戏曲创作的规律变幻莫测，有时话应当这样说，有时又不应当这样说。比如填写生角、旦角的唱词，贵在端庄典雅；填写净角、丑角的唱词，务须幽默诙谐。这是一般规律。但是有时遇到风流潇洒的生角、旦角，反倒觉得端庄典雅不合适；作为迂腐的、不近人情的净角、丑角，诙谐幽默反过来又成了应避免的东西。诸如此类，很难一概而论，总结出一套固定的说法，恐怕这些僵固的老话会贻误了那些食古不化的作者。所以宁可留下很多空白和疑问，也不画蛇添足。像这样变幻莫测的规律，不光戏曲创作如此，科举时文、诗歌、散文也是这样。有谁根据一套僵死的方式方法去写文章，却能够博得别人的赏识，使得文章流传后世呢？第三，是由于历来的名士当中，有十分之九是因为诗词歌赋作得好而被人器重，而因为戏曲写得好而被人传颂的十个人里面找不出一个，真是千百人当中才得一见。凡是有这方面才能的人，全都把戏曲创作的心法隐藏起来，心想没有人向我传授这种学问，我岂能传给别人？假如家家户户全都从事戏曲创作，遍地都是《阳春》《白雪》，到处都有能人高手，那么说不定就会使得后来者居上，显得前人低劣。况且，假如精通词曲的内行人越来越多，对你横挑鼻子竖挑眼，岂不是令前辈出乖露丑？这简直是自己成了后羿，教出来无数个逢蒙，在周围拿着家伙害我啊！不如还像前人一样，闭口不谈为妙。我认为人们对于戏曲创作的方法和技巧秘不外传的缘由，虽然三个方面的因素都有，但恐怕怀有这种想法的人居多。

在我看来，文章学问是天下人共有的东西，不能成为个人的私有之物；是非是由历史做出的评价，不是哪个人随随便便就能颠倒的。不如亮出自己所有的知识学问，公之于众，与天下后代的能者名人共同唱和。超过我的人，即便是我的学生，但是他发展了我的学说，我还是要把他当老师；跟我差不多的人，我把他当朋友，可以作为学习和借鉴的对象。怀抱着这样的心愿，把自己一辈子的家底和盘托出，与前人传下来的书本做一番比较，也可以发扬长处，摒弃不足，区别出好坏，让人知道何去何从，不被死读书、读死书所贻误。理解我、怪罪我、可怜我、中伤我，悉听世人尊便，也顾不上什么后果了。只恐怕我所说的，我自己认为正确但实际上未必正确；人们都赞同的，我认为是错误的，但实际上未必完全错误。只要一个字有失公道，我愿意接受历史的惩罚。想必元朝的那些能人高手们是能够原谅我的。

戏曲创作大都首先注重音律，唯独我却把结构放在前面来谈。这是因为在音律方面有书籍可供参考，它的原理比较清楚明白。自从《中原音韵》一书问世以后，字的阴阳平仄，各有各的归属。这就如同在水中行船、在岸上推车一样，只要稍稍懂得一点儿门路，那么即使想犯错也犯不了。《啸馀谱》《九宫谱》这两个曲谱一经出现，戏曲创作便有了样板，形式和内容全都清清楚楚。从前人们把戏曲创作叫作"填词"。"填"是分布、布局的意思。就像棋盘上面画有固定的格子，一个格子中央摆上一个棋子儿，只有黑白之分，绝不会把棋子错摆到格子外面去。该押韵的地方我押韵，不该押韵的地方我自由挥洒。至于用字的抑扬顿挫、铿锵悦耳，虽说很神奇很玄妙，无法用语言来形容，但还是可以通过努力，做到使其和谐自然，这是遵循现成的方式方法而达到出神入化的境界。至于"结构"两个字，却是应当在音韵之前首先考虑的。就像大自然造就万物的形状，必须在它们的精血刚刚凝聚、胚胎还没有形成之前，先设计出它们整体的面貌，即使是一滴血，也具备了向整体发展的趋势。倘若事先没有一定的整体布局，从头到脚，一段儿一段儿地孕育生长，那么人的身上必定会有无数断断续续的痕迹，人的气血流通就会被它们阻断了。工匠师傅建造房屋也是这样，地基刚刚打好，房子的间架结构还没有确立，先要筹划什么地方建造客厅、什么地方开门，檩子、大梁采用什么样的木料，一定要等到整体的布局清楚明白，了然于胸，才能够动家伙。如果这些事情在房架造起来之后才考虑，那么前面容易，到后面就难办了，就不得不改变房屋的结构来将就房架，房子还没有造成就已经毁了，就像古人所说的："筑舍道旁，三年不成。"本来可以用来建造好几座房子的工时和材料，结果还不够用来建造一间客厅、一间堂屋。所以，创作戏曲，不应该仓促动笔。在动笔之前认真思考、仔细筹划，到了后面才能奋笔疾书。有了新奇的事实材料，才能产生新奇的文章。主题不怎么样，写出的文章却能花团锦簇、脍炙人口，这是不可能的。我曾经读过当今附庸风雅的人创作的一些戏曲作品，可惜他们惨淡经营，用心良苦，写出来的东西却无法交给演员们演唱。这并不是由于音律使用上的困难，而在于它们在结构方面，在整体规模上没有安排好。

词采似乎属于可以暂缓说到的，但我把它也放在音律的前面来谈，是因为在这方面有才能和技艺的区别。文词写得比较好的，便可以称作才子；而在音律方面极其精通的，说到底不过是一个擅长技艺的人。师旷仅仅能够听出音乐的美感，但是他自己却不会谱曲；李龟年擅长像词谱曲、歌唱，但是他自己却不擅长作词。如果让他们跟作曲、作词的人同堂而坐，那么他们只能甘拜下风。有些事情虽然很细小，但也不能不严格对待，这就是一个例子。

◈ 注释 ◈

［1］不有博弈者乎二句——语出《论语·阳货》："子曰：'饱食终日，无所用心，

难矣哉！不有博弈者乎？为之，犹贤乎已。'"

［2］为文仅称点鬼之谈——唐初杨炯常在文章中大量堆砌古人姓名，人们讥笑他的文章是"点鬼簿"。

［3］著书惟供覆瓿之用——汉代刘歆曾指责扬雄写的书说："吾恐后人用覆酱瓿也。"后来比喻著作毫无价值。

［4］高则诚、王实甫——高则诚：高明，字则诚，元末温州瑞安人，南戏《琵琶记》的作者。王实甫：名信德，大都人，元代前期著名杂剧作家。作有《崔莺莺待月西厢记》(《西厢记》)、《吕蒙正风雪破窑记》、《四丞相歌舞丽春堂》等十四种杂剧。

［5］汤若士——明代著名戏曲作家汤显祖，字义仍，号若士，别署清远道人。

［6］《元人百种》——指明代臧懋循（晋叔）所编元代杂剧剧本集《元曲选》，因其中共收有一百个杂剧剧本而得名。其中有少数是明初人的作品。

［7］糠秕在前——《晋书·孙绰传》记载一则故事说：孙绰和习凿齿同行，孙绰走在前面，对习凿齿说："沙之汰之，瓦石在后。"西凿齿反唇相讥道："簸之扬之，糠秕在前。"

［8］周郎——三国时的周瑜。周瑜精通音乐，每当演奏有差错时，"瑜必知之，知之必顾"。所以当时有"曲有误，周郎顾"的谚语。

［9］自为后羿，而教出无数逢蒙二句——传说夏代的后羿擅长射箭，他的学生逢蒙学到他的箭术后，以为天下只有后羿的箭术超过自己，于是把后羿杀掉了。

［10］《中原音韵》——元代周德清编纂的戏曲韵书，也是第一部戏曲音韵专著。它的特点是以当时北方话和北曲的语言作为研究对象，变更《切韵》以来韵书的体例，将传统的二百个左右的韵部简化为十九部，并首倡在韵书中把平声分为阴平、阳平，把入声字分别派入阳平、上、去三声。在当时，这是一部大胆革新、基本上切合实际语音情况的韵书。明、清文人戏曲用韵，多以它为依据。

［11］《啸馀》《九宫》二谱——《啸馀》，即《啸馀谱》：明代程明善编辑的古代戏曲、音乐论著丛编。《九宫》：指明代万历年间沈璟编辑的《南九宫十三调曲谱》，简称《九宫谱》。

［12］引商刻羽二句——引商刻羽：语出宋玉《对楚王问》："引商刻羽，杂以流徵，国中属而和之者，不过数人而已。是其曲弥高，其和弥寡。"这里指讲求声律。"商""羽"，古代五声音阶中的音阶名。戛玉敲金：形容声调铿锵悦耳的用语。

［13］筑舍道旁——古代成语："作舍道旁，三年不成。"在路边盖房子，自己毫

无主见而和过路人商量怎样盖法,过路人所见个个不同,因而不得盖成。比喻人多嘴杂,意见分歧,办不成事。语出《诗经·小雅·小旻》:"如彼筑室于道谋,是用不溃于成。"

[14] 师旷——春秋时晋国的乐器演奏家、音乐家,字子野,目盲。相传他审辨音乐的能力很强。

[15] 龟年——李龟年,唐玄宗时的宫廷乐师,以善歌著称。

1. 戒讽刺

原文

武人之刀,文士之笔,皆杀人之具也。刀能杀人,人尽知之;笔能杀人,人则未尽知也。然笔能杀人,犹有或知之者;至笔之杀人,较刀之杀人,其快其凶更加百倍,则未有能知之而明言以戒世者。予请深言其故,何以知之?知之于刑人之际。杀之与剐,同是一死,而轻重别焉者。以杀止一刀,为时不久,头落而事毕矣;剐必数十百刀,为时必经数刻,死而不死,痛而复痛。求为头落事毕而不可得者;只在久与暂之分耳。然则笔之杀人,其为痛也,岂止数刻而已哉!窃怪传奇一书[1],昔人以代木铎[2],因愚夫愚妇识字知书者少,劝使为善,诫使勿恶,其道无由,故设此种文词,借优人说法,与大众齐听。谓善者如此收场,不善者如此结果。使人知所趋避,是药人寿世之方,救苦弭灾之具也。后世刻薄之流,以此意倒行逆施,借此文报仇泄怨,心之所喜者,处以生、旦之位;意之所怒者,变以净、丑之形。且举千百年未闻之丑行,幻设而加于一人之身,使梨园习而传之,几为定案,虽有孝子慈孙,不能改也。噫!岂千古文章,止为杀人而设?一生诵读,徒备行凶造孽之需乎?苍颉造字[3],而鬼夜哭,造物之心,未必非逆料至此也。凡作传奇者,先要涤去此种肺肠,务存忠厚之心,勿为残毒之。以之报恩则可,以之报怨则不可;以之劝善惩恶则可,以之欺善作恶则不可。人谓《琵琶》一书,为讥王四而设,因其不孝于亲,故加以入赘豪门,致亲饿死之事。何以知之?因"琵琶"二字有四王字冒于其上,则其寓意可知也。噫!此非君子之言,齐东野人之语也[4]。凡作传世之文者,必先有可以传世之心,而后鬼神效灵,予以生花之笔,撰为倒峡之词[5],使人人赞美,百世流芳。传非文字之传,一念之正气使传也。《五经》《四书》《左》《国》《史》《汉》诸书,与大地山河同其不朽。试问当年作者,有一不肖之人、轻薄之子厕于其间乎?但观《琵琶》得传至今,则高则诚之为人，必有善行可予。是以天寿其名，使不与身俱没，岂残忍刻薄之徒哉！即使当日与王四有隙，故以不孝加之，然则彼与蔡邕未必有隙[6]，何以有隙之人止暗寓其姓，不明叱其名？而以未必有隙之人反蒙李代桃僵之实乎[7]？此显而易见之事，从无一人辩之。创为是说者，其不学无术可知矣。予向梓传奇，尝埒誓词于首，其略云："加生、旦以美名，原非市恩于有托；抹净、丑以花面，亦属调笑于无心。凡以点缀词场，使不岑寂而已。但虑七情以内，无境不生；六合之中，何所不有？幻设一事，即有一事之偶同；乔命一名，即有一名之巧合。焉知不以无基之楼阁，认为有样之葫芦？是用沥血鸣神，剖心告世，倘有一毫所指，甘为三世之喑，即漏显诛，难逭阴罚！"此种血忱，业已沁入梨枣，印政寰中久矣。而好事之家，犹有不尽相谅者，每观一剧，必问所指何人。噫！如其尽有所指，则誓词之设已经二十余年，上帝有赫，实式临之[8]，胡不降之以罚？兹以身后之事且置勿论，论其现在者。年将六十，即旦夕就木，不为夭矣。向忧伯道之忧[9]，今且五其男、二其女，孕而未诞、诞而待孕者尚不一其人。虽尽属景升豚犬[10]，然得此以慰桑榆，不忧穷民之无告矣[11]。年虽迈而筋力未衰，涉水登山，少年场往往追予弗及；貌虽癯而精血未耗，寻花觅柳，儿女事犹然自觉情长。所患在贫。贫也，非病也；所少在贵，贵岂人人可幸致乎？是造物之悯予，亦云至矣。非悯其才，非悯其德，悯其方寸之无他也。生平所著之书，虽无裨于人心世道，若止论等身，几与曹交食粟之躯等其高下[12]。使其间稍伏机心，略藏匕首，造物且诛之夺之不暇，肯容自作孽者老而不死，犹得佯狂自肆于笔墨之林哉？吾于发端之始，即以讽刺戒人，且若嚣嚣自鸣得意者，非敢故作夜郎，窃恐词人不究立言初意，谬信"琵琶王四"之说，因谬成真。谁无恩怨？谁乏牢骚？悉以填词泄愤，是此一书者，非阐明词学之书，乃教人行险播恶之书也。上帝讨无礼，予其首诛乎？现身说法，盖为此耳。

译文

　　武士手中的刀、文人手中的笔，都是杀人的工具。刀能杀人，人人都知道；笔能杀人，人们知道的就不那么多了。笔能杀人这种事情，也许还有人知道一点；至于笔能杀人，比起用刀杀人更有百倍的快捷和凶狠，这样的事情就没人了解了，更没有人把它明说出来，以警醒世人。请听我说说其中的道理。

　　为什么说用笔杀人比用刀杀人更快捷更凶狠呢？让我们看一看处决犯人的情形就明白了。杀头和刀剐，同样是死刑，但是轻重有别。因为杀头只需要砍下一刀，时间不长，脑袋掉下来也就完事儿了；刀剐必须经过几十刀、几百刀，要经过好长一段时间，犯人想活活不成，想死一时又死不了，不得不忍受一阵阵的、越来越强烈的剧痛，想要像杀头那样脑袋掉下来就完事儿的要求都不能满足，就在于时间的长短不同而已。但是用笔来杀人所造成的痛苦，岂止是几刻钟的事儿？

当初，人们用戏曲传奇这类书来取代木铎，只因为普通的男男女女，识字的、能读书的人少，劝说他们做好事，告诫他们别做坏事，没有别的途径，因此创立了这样一种文艺形式，借演员来现身说法，让大众一起观赏，告诉人们，善良的人的结局是这样的，不善良的人的下场是那样的，让人们懂得追随什么，规避什么。这就好比是治病救人的药方、救苦救难的工具。后代有些尖酸刻薄的家伙，利用它来倒行逆施，假借这种艺术形式来报复私仇、发泄怨恨。对于自己喜欢的人，就把他塑造为生角、旦角，对于自己心中不满的人，就让他以净角、丑角的形象出现；而且将千百年来闻所未闻的丑行，通过虚构全部加在一个人身上，让戏班子排演出来，在社会上流传，其被贬损了的舞台形象，几乎成为这个人一生盖棺论定的结论，即使其人有孝子慈孙，也不能改变这种已经形成的舆论和局面。

唉！千古文章，仅仅充当了杀人的工具，一生所学的知识，只为了满足行凶造孽的需要。多么可悲呀！仓颉造字的时候，夜里有鬼哭泣。这说明造物主在当初未必没有预料到如今这种情形。创作戏曲的人，首先要洗去这种心肠，一定要有忠厚的心怀，不要做残忍恶毒的事情。用文章报答恩情是可以的，用它来发泄怨恨却万万不可；用它来惩恶扬善是可以的，用它来欺善为恶却万万不可。

有人说，《琵琶记》这部书，是为讽刺王四而写的，因为王四对父母不孝，所以书中加入了他当了富豪人家的上门女婿，致使自己的双亲饿死这段情节。何以见得？因为"琵琶"这两个字，字头加起来有四个"王"字，它的寓意也就可想而知了。唉！这不是正人君子所说的话，而是乡野之人的无稽之谈。凡是写作传世文章的人，必须首先具有忠厚的心肠，这样才会有鬼神显灵，赐给他生花妙笔，让他能够撰写出震撼山岳的词句，使得人人赞美，流芳百世。文章的流传并不是文字的流传，而是作品思想中正义的力量使它流传。《四书》《五经》《左传》《国语》《史记》《汉书》等书，与大地河山同在，永远不朽。请问，在当年的那些作者当中，有心术不正、轻薄放浪的人混迹其间的吗？只要看一看《琵琶记》，它得以流传至今，便可得知作者高则诚的为人一定善良可嘉，因此上天让他的名字永垂千古，而不是与身俱没。他难道是一个残忍刻薄的人吗？假使他当时跟王四有矛盾，所以故意把不孝的罪名强加于王四；但是他与蔡邕未必有什么矛盾，为什么他对于跟自己有矛盾的人只是暗含其姓而不直呼其名，而对于跟自己未必有什么矛盾的人，反倒让人家去李代桃僵替人顶罪呢？这是显而易见的事实，从来没有人去如此评论。因此，发明"《琵琶记》是为影射王四而作"说法的人，其不学无术，也就可想而知了。

我向来在自己的戏曲作品刊行之前，总要在篇首附上一段宣言，大致意思是："为生角、旦角起个动听的名字，并不是为了换取人情的恩惠；给净角、丑角画上花脸，也属于无心的调笑，那都是用来装饰一出戏，为了使演出热闹而已。但是考虑到人的七情六欲在任何环境中都存在；天地之大，什么样的感情没有？你虚构一件事情，实际生活中就会有一件事情跟它偶同；你虚拟一个名字，实际生活中就会有一个名字跟它巧合。谁知道会不会有人把我凭空虚构的故事、人物，当作是在以他为靶子指桑骂槐？因此我指天发誓，敬告世人，如果作品中有一丝一毫指桑骂槐之处，我甘愿当三辈子哑巴，即使逃过了人间的责骂，也逃不脱阴间的惩罚！"

我的这种发自肺腑的心迹，早已通过我的创作和刊刻实践，在世间得到了证实。但有些好事之徒还是不肯谅解，每看一出戏，一定要问影射的是什么人。唉！假如作品中的人物全有所指，那么我发出誓言已经有二十年了，上帝的愤怒早已多次降临到我头上了，为什么不给我以惩罚呢？我死后的情形暂且放下不说，只说现在，我年近六十，不久就要进棺材，干不了坏事儿了。从前我发愁自己没有儿子，如今我已经有五个儿子、两个女儿。还有肚子里怀着没有生下来的、已经生下来不久还将怀孕的，不止一人。虽然我的这些孩子不怎么争气，但是足以依靠他们来安度我的晚年，免受穷困人家无儿无女之苦。我虽然年纪大了，但是力气并没有衰竭，跋山涉水，有时年轻人也未必追得上我；我面目虽然清瘦，但是精血并没有耗尽，寻花问柳，对于男女之欢仍与正常人一样。我的不足在于贫穷，但是贫穷并不是什么毛病；我所缺少的是富贵，但富贵哪里是人人都能侥幸获得的？造物主如此地怜悯我，也算是仁至义尽了。上天并不是怜悯我的才华，怜悯我的品德，而是怜悯我心中没有杂念。我生平所写的书，虽然对于世道人心没有什么补益，但若只论数量，又何止是著作等身？如果这期间我稍有不良居心，略有害人之事，那么上天惩罚我还来不及，怎么能够容忍我这个造孽之人老而不死，还得以疯疯癫癫舞文弄墨呢？

我在此书的开篇伊始便告诫人们不要讽刺。上面所说的一段话似乎有些又喊又叫自鸣得意，这不是夜郎自大，只恐怕创作戏曲的人不明确写作的初衷，错误地相信了所谓"《琵琶记》是在讽刺王四"的说法，因袭下去，而在实践中真的犯下这样的错误。谁能没有恩怨？谁能没有牢骚？如果全都用戏曲创作来发泄自己的怨愤，那么我这本书就不是阐明戏曲原理的书，而是教唆别人实施阴险丑恶之事的书了。上帝如果要惩罚大逆不道之人，我不是首当其冲了吗？我以自己为例子现身说法，全是出于这个目的。

注释

［1］传奇——唐代的裴铏作短篇小说集《传奇》，后人即称唐、宋文人用文言写的短篇小说为传奇。明代以后又用以称呼戏曲剧本。

［2］木铎——古代一种木舌的铃铛。在施行政教、传布命令时先要摇振木铎，所以后来也用它作为宣扬教化的代称。

［3］苍颉——一般作"仓颉"，传说为黄帝史官，汉字的创造者。

［4］齐东野人之语——语出《孟子·万章》："此非君子之言，齐东野人之语也。"

［5］予以生花之笔二句——生花之笔：传说南朝梁人江淹曾梦见有人授予他以五彩笔，从此以后文思日进。倒峡之词：杜甫诗《醉歌行》："词源倒流三峡水，笔阵横扫千人军。"

［6］蔡邕——东汉末年著名文学家，字伯喈。《琵琶记》把他作为主要人物，但剧中所写的情节和史籍的记载并不相符。

［7］李代桃僵——古乐府《鸡鸣》："桃生露井上，李树生桃旁。虫来啮桃根，李树代桃僵。树木身相代，兄弟还相忘。"后人习用为互相顶替或代人受过之意。

［8］上帝有赫二句——语出《诗经·大雅·皇矣》："皇矣上帝，临下有赫。"

［9］伯道之忧——晋代邓攸，字伯道，战乱中携儿子、侄子一起逃难，因无法两全，就丢弃了儿子，保全了侄子，后终无子。当时人们为他抱憾说："天道无知，使伯道无儿。"后人借称无子为"伯道之忧"。

［10］景升豚犬——东汉末人刘表，字景升，为荆州牧，死后他的儿子刘琮没能继承他的事业，投降了曹操。曹操曾说："生子当如孙仲谋，刘景升儿子若豚犬耳。"

［11］穷民之无告——语出《孟子·梁惠王》："老而无妻曰鳏，老而无夫曰寡，老而无子曰独，幼而无父曰孤。此四者，天下之穷民而无告者。"

［12］几与曹交食粟之躯等其高下——"著作等身"的夸张说法。曹交：战国时曹人，曾经说过："交九尺四寸以长，食粟而已。"

2. 立主脑

◈ 原文 ◈

　　古人作文一篇，定有一篇之主脑。主脑非他，即作者立言之本意也。传奇亦然。一本戏中，有无数人名，究竟俱属陪宾，原其初心，止为一人而设。即此一人之身，自始至终，离合悲欢，中具无限情由，无穷关目，究竟俱属衍文，原其初心，又止为一事而设。此一人一事，即作传奇之主脑也。然必此一人一事果然奇特，实在可传而后传之，则不愧传奇之目，而其人其事与作者姓名皆千古矣。如一部《琵琶》，止为蔡伯喈一人；而蔡伯喈一人，又止为"重婚牛府"一事。其余枝节，皆从此一事而生：二亲之遭凶，五娘之尽孝，拐儿之骗财匿书[1]，张大公之疏财仗义，皆由于此。是"重婚牛府"四字，即作《琵琶记》之主脑也。一部《西厢》，止为张君瑞一人。而张君瑞一人，又止为"白马解围"一事[2]，其余枝节，皆从此一事而生：夫人之许婚，张生之望配，红娘之勇于作合，莺莺之敢于失身，与郑恒之力争原配而不得[3]，皆由于此。是"白马解围"四字，即作《西厢记》之主脑也。余剧皆然，不能悉指。后人作传奇，但知为一人而作，不知为一事而作。尽此一人所行之事，逐节铺陈，有如散金碎玉。以作零出则可，谓之全本，则为断线之珠、无梁之屋。作者茫然无绪，观者寂然无声。无怪乎有识梨园望之而却走也。此语未经提破，故犯者孔多。而今而后，吾知鲜矣。

◈ 译文 ◈

　　古人写一篇文章，必定要有一篇文章的主题。主题不是别的，就是作者写作的本来意图。戏曲作品也是这样。一出戏当中，有许许多多个人名，但是说到底，这些人大都处于从属的地位，考察作者最初的意图，这出戏只是为了一个人而创作的。而就这一个人来说，这出戏从头到尾，悲欢离合，经历了许多波折，但是说到底，这些也都属于铺张的文字，考察作者最初的意图，这出戏只是为了一件事情而创作的。这一个人、一件事，就可以作为戏曲作品的主题。但是这一个人、一件事，必须是真的很奇异、很独特，确实有可传扬之处，这才去为它作戏曲，那么这一个人、一件事才不愧是写作戏曲的好题目，这个人、这件事，也就与作者的名字一道名垂千古了。

　　例如《琵琶记》这出戏，只是为了表现蔡伯喈一个人；而蔡伯喈一个人，又只有重婚牛府一件事。其他枝节都是从这一件事生发出来的：二亲遭凶、五娘尽孝、拐儿骗财匿书、张大公仗义疏财等情节，都是从这件事生发出来的。因此，"重婚牛府"这四个字，便是《琵琶记》这出戏的主题。《西厢记》这出戏，只是为了表现张君瑞一个人；而张君瑞一个人，又只有白马解围一件事。其他的枝节都是从这件事生发出来的。夫人许婚、张生望配、红娘勇于做媒、莺莺敢于失身，以及郑恒力争原配不得等情节，都是从这件事生发出来的。因此，"白马解围"这四个字，就是《西厢记》这出戏的主题。其他的剧本也都是如此，在此不可能一一指出。

后代的人们创作戏曲作品，光知道为一个人去写，而不知道为一件事去写。只要是这个人所干的事情，一桩桩、一件件地铺陈下来，有如散金碎玉，把它作为零星的散剧还可以，认为它是全本的大戏，它也就成了断线的珍珠、没有大梁的房屋，支离破碎，不成样子。作者下笔茫然，没有头绪，看戏的人寂静无声，没有任何反应。难怪有眼光的戏班子都不上演这样的剧本。这句话从前没有被人说破，所以犯这个毛病的人恐怕很多。从今往后，犯这个毛病的人就会少了。

注释

[1]拐儿之骗财匿书——《琵琶记》中情节，描写蔡邕招赘相府后，仍然日夜思念家中父母，托人带书信、金珠回家。但所托之人拐儿是个骗子，金珠被他私吞。在剧中，这一偶然事件是造成蔡邕父母饥饿病困而死的重要原因。

[2]白马解围——《西厢记》中情节，描写孙飞虎兵围普救寺，欲抢崔莺莺为妻。崔母在危急形势下应允"但有退得贼兵的，将小姐与他为妻"。这时，张君瑞献策，写信召白马将军杜确率兵来打败了孙飞虎，解救了崔府危急。

[3]郑恒之力争原配而不得——《西厢记》中情节，描写张君瑞进京赶考后，崔夫人的侄子郑恒凭仗莺莺与他原有婚约，用造谣中伤张生等卑劣手段来争娶莺莺，后谣言被戳穿，未能得逞。

3. 脱窠臼

原文

人惟求旧，物惟求新。新也者，天下事物之美称也。而文章一道，较之他物，尤加倍焉。戛戛乎陈言务去[1]，求新之谓也。至于填词一道，较之诗赋古文，又加倍焉。

非特前人所作,于今为旧;即出我一人之手,今之视昨,亦有间焉。昨已见而今未见也。知未见之为新,即知已见之为旧矣。古人呼剧本为传奇者,因其事甚奇特,未经人见而传之,是以得名。可见非奇不传,新,即奇之别名也。若此等情节,业已见之戏场,则千人共见,万人共见,绝无奇矣,焉用传之?是以填词之家,务解"传奇"二字。欲为此剧,先问古今院本中曾有此等情节与否,如其未有,则急急传之;否则枉费辛勤,徒作效颦之妇[2]。东施之貌,未必丑于西施,止为效颦于人,遂蒙千古之诮。使当日逆料至此,即劝之捧心,知不屑矣。吾谓填词之难,莫难于洗涤窠臼;而填词之陋,亦莫陋于盗袭窠臼。吾观近日之新剧,非新剧也,皆老僧碎补之衲衣,医士合成之汤药。取众剧之所有,彼割一段,此割一段,合而成之,即是一种传奇,但有耳所未闻之姓名,从无目不经见之事实。语云千金之裘,非一狐之腋[3]。以此赞时人新剧,可谓定评。但不知前人所作,又从何处集来?岂《西厢》以前,别有跳墙之张珙?《琵琶》以上,另有剪发之赵五娘乎[4]?若是,则何以原本不传而传其抄本也?窠臼不脱,难语填词。凡我同心,急宜参酌。

译文

对人来说,还是老相知好;对东西来说,还是新的好。"新",是天下事物的美称。文章相对于其他事物来说,仍是越新鲜越好。韩愈主张"老生常谈式的陈言旧语务必要去除",说的就是追求新鲜。至于戏曲艺术,跟诗歌、散文比较起来,更是越新鲜越好。不但前人写出的作品,到了现今就变成了旧的;即使是出自一个人之手的,今天去看昨天的作品,也是有距离的,这是因为昨天已经看过了而今天还没有看。懂得了没有见过的东西是新的,也就懂得了已经见过的东西便是旧的了。

古人把剧本叫作"传奇",是因为剧本中所写的事情非常新奇独特,人们没有见过,所以把它写出来,传达出去,因此得名。由此可见,不是新鲜的事情不能作传奇,"新"就是"奇"的别名。如果剧中的情节已经在剧场里演过了,经过了千万人一起观赏,就再没有什么新奇的了,哪里还用得着去传它?因此,对于创作戏曲的人来说,务必要理解"传奇"这两个字的含义。想要写一部戏,首先要了解古今戏曲剧本当中有没有出现过类似的情节。如果没有,就赶快把它写出来;否则的话,只能白费工夫,成了东施效颦。东施的长相不一定就比西施丑陋,只是由于她仿效西施,所以历来被人所嘲笑。假如当初预料到结果是这样的话,她也就收起心思,不屑于这样做了。

我认为戏曲创作最大的困难,在于摆脱前人的老套子;而戏曲创作的最无聊的事情,莫过于剽窃和因袭前人的老套子。我看近来上演的新剧,实际上不是什么新剧,都不过是老和尚缝缝补补的百衲衣、医生合成的药汤。这些剧本把前人的各个剧本中有的东西,这里割下一段,那里割下一段,把它们合在一起,也就成了一部"传奇"。其中只有一些人们未曾听说过的名字,没有人们没见过的事实。古人说:"价值千金的皮袄,它的皮子不是从一只狐狸身上采集的。"用这句话来评价当今的新戏,可以说再合适不过了。只是不知道前人的作品,其材料是从哪里采集来的?难道在《西厢记》问世以前,另外还有一个跳墙的张生吗?在《琵琶记》问世之前,另外还有一个剪去头发的赵五娘吗?如果是这样的话,为什么原来的剧本没有传下来,抄本却传了下来?不摆脱老套子,很难谈得上什么戏曲艺术。凡是与我持同样观点的人,务须认真思考。

注释

[1] 戛戛乎陈言务去——语出韩愈《答李翊书》:"惟陈言之务去,戛戛乎其难哉!"

[2] 效颦之妇——《庄子·天运》中有一则寓言:春秋时越国美女西施因心口痛而皱眉蹙额,姿态很可爱。于是东邻的一个丑妇人学她的样子捧心而颦,效果却恰恰相反,显得更丑,后人称其为东施。

[3] 千金之裘,非一狐之腋——语出《史记·刘敬叔孙通列传》。

[4] 剪发之赵五娘——《琵琶记》中赵五娘没钱埋葬死去的公公,只得剪下头发卖钱,以作送终之用。

4. 密针线

原文

编戏有如缝衣,其初则以完全者剪碎,其后又以剪碎者凑成。剪碎易,凑成难。凑成之工,全在针线紧密。一节偶疏,全篇之破绽出矣。每编一折,必须前顾数折,后顾数折。顾前者,欲其照映;顾后者,便于埋伏。照映、埋伏,不止照映一人、埋伏一事,凡是此剧中有名之人、关涉之事,与前此后此所说之话,节节俱要想到。宁使想到而不用,勿使有用而忽之。吾观今日之传奇,事事皆逊元人,独于埋伏照映处,胜彼一筹。非今人之太工,以元人所长,全不在此也。若以针线论,元曲之最疏者,莫过于《琵琶》，无论大关节目背谬甚多，如子中状元三载，而家人不知；身赘相府，享尽荣华，不能自遣一仆，而附家报于路人；赵五娘千里寻夫，只身无伴，未审果能全节与否，其谁证之？诸如此类，皆背理妨伦之甚者。再取小节论之，如五娘之剪发，乃作者自为之，当日必无其事。以有疏财仗义之张大公在，受人之托，必能终人之事，未有坐视不顾，而致其剪发者也。然不剪发，不足以见五娘之孝。以我作《琵琶》，"剪发"一折亦必不能少，但须回护张大公，使之自留地步。吾读"剪发"之曲，并无一字照管大公，且若有心讥刺者。据五娘云"前日婆婆没了，亏大公周济；如今公公又死，无钱资送，不好再去求他，只得剪发"云云。若是，则剪发一事，乃自愿为之，非时势迫之使然也。奈何曲中云："非奴苦要孝名传，只为上山擒虎易，开口告人难。"此二语虽属恒言，人人可道，独不宜出五娘之口。彼自不肯告人，何以言其难也？观此二语，不似怼怨大公之词乎？然此犹属背后私言，或可免于照顾；迨其哭倒在地，大公见之，许送钱米相资，以备衣衾棺椁，则感之颂之，当有不罄口出者矣。奈何曲中又云："只恐奴身死也，兀自没人埋，谁还你恩债？"试问公死而埋者何人？姑死而埋者何人？对埋殁公姑之人，而自言暴露，将置大公于何地乎？且大公之相资，尚义也，非图利也。"谁还恩债"一语，不几抹倒大公，将一片热肠付之冷水乎？此等词曲，幸而出自元人；若出我辈，则群口讪之，不识置身何地矣。予非敢于仇古，既为词曲立言，必使人知取法。若扭于世俗之见，谓事事当法元人，吾恐未得其瑜，先有其瑕。人或非之，即举元人藉口，乌知圣人千虑，必有一失。圣人之事，犹有不可尽法者，况其他乎？《琵琶》之可法者原多，请举所长以盖短，如"中秋赏月"一折[1]，同一月也，出于牛氏之口者，言言欢悦；出于伯喈之口者，字字凄凉。一座两情，两情一事，此其针线之最密者。瑕不掩瑜，何妨并举其略！然传奇，一事也，其中义理分为三项：曲也，白也，穿插联络之关目[2]也。元人所长者，止居其一，曲是也。白与关目，皆其所短。吾于元人，但守其词中绳墨而已矣。

译文

  编写剧本就像缝制衣服一样，最初是把一块完整的布料剪碎，然后再把剪碎的布料缝合起来。把布料剪碎容易，把它们缝合成衣服就困难了。缝合的功夫，全在于针线紧密，有时漏掉了一针，整体上就露出了破绽。每编写一折戏，必须看一看前后几折戏。看前面的戏，是为了照应；看后面的戏，是为了打埋伏。所谓照应、埋伏，不仅照应一个人、埋伏一件事，凡是这出戏中有名有姓的人、剧中所牵涉的事情，以及剧中人物在这之前之后所说的话，每个关节都要想到；宁可想到了而不采用，也不要把有用的东西忽略掉。我看当今的戏曲作品，各个方面都比元朝人的作品差，唯独在埋伏和照应的地方，比他们略胜一筹。这并不是由于当今作者写得精细，而是由于元朝作者的擅长之处根本就不在于此。

　　如果从剧本各个部分的穿插联络来讨论，那么元朝的戏曲当中，最松散的莫过于《琵琶记》了。这出戏不论大小关节，有悖常理的地方太多了。比如，儿子中了状元三年，但是家里人却不知道；进了相府做女婿，享尽荣华富贵，却不能指派一位仆人，居然把家书托付给一位过路人；赵五娘千里寻夫，只身一人，没个伙伴儿，也不考虑这样能不能守住贞节，这谁能担保？诸如此类，都有严重违背人情事理的地方。再挑戏中的一些细节说说，赵五娘剪掉了头发，是作者凭空杜撰的，当时一定没有这回事儿。因为有仗义疏财的张大公在，他受了别人的托付，一定使事情善始善终，绝没有坐视不顾、致使赵五娘剪掉头发的道理。但是不剪掉头发，不足以表现赵五娘的孝心。如果让我来写《琵琶记》，"剪发"一折戏也是必不可少的，但必须回过头去照顾一下张大公，给他留有余地。我读"剪发"这场戏，里面没有一字照应张大公，有的地方似乎反而存心讽刺他。比如剧中赵五娘说道："前日婆婆没了，亏大公周济；如今公公又死，无钱资送，不好再去求他，只得剪发。"像她说的，那么剪发这件事就是她自愿干的了，而不是被局势所迫不得已才做的。为什么曲子中又唱道："非奴苦要孝名传，只为上山擒虎易，开口告人难？"这两句话虽然属于平常话，谁都可以说，唯独不应该出自赵五娘之口。她自己不肯开口求人，有什么理由诉苦道难呢？这两句话难道不是在埋怨张大公吗？这两句算是背后的自言自语，或许用不着照顾；但到她哭倒在地，张大公见了，答应送给她钱粮来资助她，为她公公准备好寿衣、棺材，她心里感戴张大公的恩德，钦佩和感激之词一定会脱口而出，为什么曲子中又唱道："只恐奴身死也，兀自没人埋，谁还你恩债？"请问公公死后是谁掩埋的？婆婆死后是谁掩埋的？对于敛埋了自己公公婆婆的恩人，哭诉自己死后没人埋，让张大公的脸往哪儿放？况且张大公资助赵五娘是出于道义，而不是为了谋取什么好处，"谁还你恩债"这句话，不是抹杀了张大公的功德，使他一腔热血付于东流了吗？这样的词曲，幸亏出自元朝人的手笔；如果出自当今作者之手，就会遭到众人的耻笑，羞愧得无地自容了。

　　我不是在挑剔古人，既然为戏曲著书立说，就必须让人知道应当学习什么。如果囿于世俗的偏见，时时处处效法元代人，恐怕还没获得什么精华，先得到一堆糟粕。有的人一旦遭到别人的批评，就拿元朝人作为借口。哪知圣人千虑，必有一失。圣人所做的事，尚有不可完全效仿的，更何况其他人呢?《琵琶记》这出戏值得效法的地方本来很多，让我们举一个好的例子，以填补刚才说到的不足。比如"中秋赏月"一折戏，面对同一个月亮，从牛氏嘴里说出的话句句欢欣喜悦，从蔡伯喈嘴里说出的话字字悲哀凄凉，二人同坐一处，却怀着两种截然不同的心情；两种截然不同的心情，面对的是同一桩事情。这是这出戏中针线最严密的地方。瑕不掩瑜，举出剧中的几个例子又有什么关系？但是，戏曲是一种浑然一体不可割裂的东西，它的内容有三个方面：词曲、念白、起穿插联络作用的关目。元朝作者所擅长的，只是其中的一个方面，这便是词曲。而念白和关目，都是他们的不足之处。我对于元朝的戏曲家，只遵循他们词曲方面的做法而已。

注释

［1］中秋赏月——《琵琶记》中的一折戏，描写蔡邕和牛丞相之女结婚后，中秋之夜共同赏月。夫妻二人各唱曲二支，牛氏一心玩赏万里长空的可人月色，频频赞叹说："人生几见此佳景。"而蔡邕则思念家乡父母妻子，觉得"月中都是断肠声"。两人心情迥然不同。

［2］关目——古代戏曲术语，略近于现代所说的情节、结构。

5. 减头绪

原文

头绪繁多，传奇之大病也。《荆》《刘》《拜》《杀》[1]之得传于后，止为一线到底，并无旁见侧出之情。三尺童子观演此剧，皆能了了于心，便便于口，以其始终无二事，贯串只一人也。后来作者，不讲根源，单筹枝节，谓多一人，可增一人之事，事多则关目亦多，令观场者如入山阴道中，人人应接不暇[2]。殊不知戏场脚色[3]，止此数人，便换千百个姓名，也只此数人装扮。止在上场之勤不勤，不在姓名之换不换。与其忽张忽李，令人莫识从来，何如只扮数人，使之频上频下，易其事而不易其人，使观者各畅怀来[4]，如逢故物之为愈乎？作传奇者，能以"头绪忌繁"四字刻刻关心，则思路不分，文情专一。其为词也，如孤桐劲竹，直上无枝，虽难保其必传，然已有《荆》《刘》《拜》《杀》之势矣。

译文

　　头绪繁多，是戏曲作品的一大病症。《荆钗记》《刘知远》《拜月亭记》《杀狗记》之所以能够流传后世，只由于它们都是一条线索贯穿到底，没有旁生的枝节。就连小孩子观看这些戏剧的上演，也能够了然于心，背诵得朗朗上口。这是因为这些戏由始至终都没有出现第二件事情，一直由一个人物贯穿整个故事。后来的作者不讲究主题和主线，只在细枝末节上用心筹划，认为戏中多出一个人，就可以多出一个人的事儿，事件多了，戏的关目也就多了，让看戏的人仿佛走上了山阴道，其间景象热闹，使人应接不暇。他们哪里知道，一出戏里的角色只有几个人；即使变换成百上千个名字，也只由这几个人来扮演。要看他们上场勤不勤，而不在于他们的名字换不换。与其一会儿张三一会儿李四，叫人分辨不出他们的来历，哪如只让他们少扮演几个人，让他们频繁地上场下场；事情变了但人却没有变，让观众们个个心情舒畅，就像遇到了自己熟悉的老物件，这样多好！戏曲作者能够把"头绪忌繁"这四个字时时刻刻铭记在心，就会思路集中，让文脉贯通。他所创作的戏曲作品，就能够像孤傲的梧桐、挺拔的竹子，强劲有力地生长，没有旁生的枝节。这样的作品，即使不能保证它必定流传后世，也可以说具备了《荆钗记》《刘知远》《拜月亭记》《杀狗记》等好作品的雏形了。

注释

　　[1]《荆》《刘》《拜》《杀》——《荆》，即《荆钗记》，相传元代柯丹丘作。剧中描写王十朋中状元后，因拒绝重娶丞相之女而遭受迫害，贬官潮州；此时王妻钱玉莲也因抵制继母逼其改嫁富豪孙汝权而投江自杀。后钱玉莲被人救起，夫妻团圆。《刘》，即《刘知远》，又名《白兔记》，作者不详。剧中描写刘知远外出从军，妻子李三娘在家中备受兄嫂虐待，把儿子产在磨房里，托邻居窦公送到刘知远处抚养。十多年后，其子打猎时，追赶一白兔而遇到生母，一家团圆。《拜》，即《拜月亭记》，又名《幽闺记》，相传元代施惠所作。剧中描写秀才蒋世隆和兵部尚书之女王瑞兰在战乱中邂逅，结为夫妻。王父因门第悬殊，强行把他们拆散，其后蒋得中状元，夫妻终于团圆。《杀》，即《杀狗记》，相传元末明初徐㲄所作。剧中描写孙华和胞弟孙荣不和，孙华妻杨氏用"杀狗"计促使兄弟和好。

　　[2] 山阴道中二句——山阴道：指今浙江绍兴西南郊外一代，古时以风景优美著称。王献之曾经说："从山阴道上行，山川自相映发，使人应接不暇。"

［3］脚色——中国传统戏曲中根据剧中人不同的性别、年龄、身份、性格等划分的各种不同的人物类型，本书也泛指戏曲演员。现又称角色。

［4］各畅怀来——语出《汉书·司马相如传》："于是诸大夫茫然丧其所怀来，失厥所以进。"颜师古注："初有所怀而来，欲进而陈之，今并丧失其来意也。"

6. 戒荒唐

◈ 原文 ◈

昔人云："画鬼魅易，画狗马难。"［1］以鬼魅无形，画之不似，难于稽考；狗马为人所习见，一笔稍乖，是人得以指摘。可见事涉荒唐，即文人藏拙之具也。而近日传奇，独工于为此。噫！活人见鬼，其兆不祥。矧有吉事之家，动出魑魅魍魉为寿乎？移风易俗，当自此始。吾谓剧本非他，即三代以后之《韶》《濩》也［2］。殷俗尚鬼［3］，犹不闻以怪诞不经之事被诸声乐，奏于庙堂。矧辟谬崇真之盛世乎？王道本乎人情。凡作传奇，只当求于耳目之前，不当索诸闻见之外。无论词曲，古今文字皆然。凡说人情物理者，千古相传；凡涉荒唐怪异者，当日即朽。《五经》《四书》《左》《国》《史》《汉》，以及唐宋诸大家，何一不说人情？何一不关物理？及今家传户颂，有怪其平易而发废之者乎？《齐谐》，志怪之书也，当日仅存其名，后世未见其实。此非平易可久、怪诞不传之明验欤？人谓家常日用之事已被前人做尽，穷微极隐，纤芥无遗，非好奇也，求为平而不可得也。予曰：不然。世间奇事无多，常事为多；物理易尽，人情难尽。有一日之君臣父子，即有一日之忠孝节义。性之所发，愈出愈奇，尽有前人未作之事，留之以待后人。后人猛发之心，较之胜于先辈者，即就妇人女子言之，女德莫过于贞，妇怨无甚予妒。古来贞女守节之事，自剪发断臂、刺面毁身，以至刎颈而止矣。近日矢贞之妇，竟有刲肠剖腹，自涂肝脑于贵人之庭，以鸣不屈者。又有不持利器，谈笑而终其身，若老衲高僧之坐化者。岂非五伦以内，自有变化不穷之事乎？古来妒妇制夫之条，自罚跪、戒眠、捧灯、戴水，以至扑臀而止矣。近日妒悍之流，竟有锁门绝食，迁怒于人，使族党避祸难前，坐视其死而莫之救者；又有鞭扑不加，囹圄不设，宽仁大度，若有刑措之风，而其夫慑于不怒之威，自遣其妾而归化者。岂非闺阃以内，便有日异月新之事乎？此类繁多，不能枚举。此言前人未见之事，后人见之，可备填词制曲之用者也。即前人已见之事，尽有摹写未尽之情、描画不全之态，若能设身处地，伐隐攻微，彼泉下之人，自能效灵于我，授以生花之笔，假以蕴绣之肠，制为杂剧，使人但赏极新极艳之词，而竟忘其为极腐极陈之事者。此为最上一乘。予有志焉，而未之逮也。

译文

　　从前人们常说："画鬼怪容易，画狗马难。"这是因为鬼怪没有可见的形状，画得不像也难以考证；狗和马是人们司空见惯的事物，有一笔画得不像，所有人都能指出来。由此可见，荒唐的事情，是文人掩盖自己无能的工具。近来的戏曲作品，偏偏在这种事情上精雕细作。唉！活人见鬼，是不祥的征兆；哪有办喜事的人家动辄搬出妖魔鬼怪来做寿的呢？改造社会风气，纠正不良的习俗，应当从这方面入手。

　　我认为戏曲不是别的，正是夏、商、周三代以后的《韶》乐和《濩》乐。商朝的习俗崇尚鬼怪，但是也没有听说有人把荒诞不经的事情填制成歌曲，在庙堂上演奏。商朝难道是什么讲求真理的繁荣盛世吗？一个朝代风气的好坏，其根源在于当时人们的性情。

　　创作戏曲作品，应当在耳闻目睹的现实生活中寻找素材，而不应当在这以外寻找。不用说词曲，古往今来的所有文字都是这样。凡是讲述人情事理的文章，都得以流传千古；凡是涉及荒唐怪异的东西，在它们被制造出来的当时便会朽烂。《五经》《四书》《左传》《国语》《史记》《汉书》，以及唐宋八大家的文章，哪一个不谈论人情？哪一个不关乎事理？到今天仍然家喻户晓，被人们广泛传颂，有谁因被指责为平平常常而被人抛弃了？《齐谐》是一部记载怪异之事的书，当时只有书名保留了下来，到了后代更是看不到了。这些例子不是恰恰证明了平易的文章可以久远、怪诞的东西不会流传这一道理吗？

　　有人认为家长里短的事情，已经写尽了，即使是极其细微、极其隐蔽的事情，也无一遗漏。并不是当今人们偏爱奇异的事情，而是因为想寻求平易的事情寻求不到。我说不是这样。世上奇异的事情并不是很多，寻常的事情多；自然万物的原理容易穷尽，人情道理不会有说尽的时候。存在一天君臣父子等人际关系，就会存在一天忠孝节义等道德感情。人的感情变化，越来越新，越来越奇，有许许多多的前人没有写过的事情，留待后人去发掘。后人的感情之强烈，在许多方面都超过了前辈。仅就女人而言，在品德方面没有比贞洁更为重要的了，女人的罪过没有比嫉妒更为严重的了。自古以来女人守护贞洁的事例，从剪断自己的头发，斩断自己的胳膊，刺破自己的面颊，毁坏自己的身体，直到抹脖子自杀也就到头儿了。近来失去贞洁的女人，竟然有剖开肚子割断肠子,在人家的堂前撞得肝脑涂地而死,以表示自己坚贞不屈的。还有的不动家伙,谈笑而死的,就像高僧坐化一般。这难道不正说明在人际关系当中,自然存在着变化无穷的事例吗?自古以来,嫉妒的女人制裁丈夫的方法,从罚跪,不让睡觉,让丈夫手里捧着灯盏、头上顶着水碗,直到打屁股也就到头儿了。近来有的泼妇,竟然把自己反锁在屋子里绝食,使得亲戚邻居不敢上前,无法相助,只好看着她活活饿死。还有的既不动鞭子也不打屁股、不设牢笼,宽宏大量,有如朝廷实施仁政一般,而丈夫被妻子的威严所震慑,自动把小妾打发掉,迷途知返。这难道不正说明,在每一个家庭的每一个角落,都有日新月异的事情发生吗?这类事情繁多,不能一一列举。这都是前人没有见过的事情,后人见了,可以用作戏曲创作的素材;即使是前人已经见过的事情,也还是有许许多多前人没有写尽的细节和没有描画完的情态,如果能够设身处地,发掘和搜索那些隐蔽的事情,那些九泉之下的灵魂,自然会向我们显灵,赐予我们生花妙笔,赋予我们一副委婉的心肠,使得我们写成戏剧,让人们光知道欣赏那些新奇美艳的词曲,竟然忘记了它们都是很陈腐的事情。这是创作戏曲作品的最高境界。我本人有志于此,但是还没有达到。

注释

[1]画鬼魅易二句——语出《韩非子·外储说·左上》。

[2]《韶》《濩》——相传为虞舜、商汤时的乐舞,古代把它们尊崇为礼乐经典。

[3]殷俗尚鬼——商朝祭祀祖先神灵,名目繁多,事无巨细,都要用甲骨求告、占卜于祖先,故称。

[4]《齐谐》——《庄子·逍遥游》:"〈齐谐〉者,志怪者也。"齐谐既是人名也是书名,其书不传。后来的志怪之书,也多以"齐谐"为名。

7. 审虚实

原文

传奇所用之事,或古或今,有虚有实,随人拈取。古者,书籍所载,古人现成之事也;今者,耳目传闻,当时仅见之事也。实者,就事敷陈,不假造作,有根有据之谓也;虚者,空中楼阁,随意构成,无影无形之谓也。人谓古事多实,近事多虚。予曰:不然。传奇无实,大半皆寓言耳。欲劝人为孝,则举一孝子出名,但有一行可纪，则不必尽有其事；凡属孝亲所应有者，悉取而加之，亦犹"纣之不善，不如是之甚也"，一居下流，"天下之恶皆归焉"[1]。其余表忠表节，与种种劝人为善之剧，率同于此。若谓古事皆实，则《西厢》《琵琶》推为曲中之祖，莺莺果嫁君瑞乎？蔡邕之饿莩其亲，五娘之干蛊其夫[2]，见于何书？果有实据乎？孟子云："尽信书，不如无书。"[3]盖指《武成》而言也。经史且然，矧杂剧乎？凡阅传奇，而必考其事从何来、人居何地者，皆说梦之痴人，可以不答者也。然作者秉笔，又不宜尽作是观。若纪目前之事，无所考究，则非特事迹可以幻生，并其人之姓名亦可以凭空捏造，是谓虚则虚到底也。若用往事为题，以一古人出名，则满场脚色皆用古人，捏一姓名不得；其人所行之事，又必本于载籍，班班可考，创一事实不得。非用古人姓字为难，使与满场脚色同时共事之为难也；非查古人事实为难，使与本等情由贯串合一之为难也。予既谓传奇无实，大半寓言，何以又云姓名事实必须有本？要知古人填古事易，今人填古事难。古人填古事，犹之今人填今事，非其不虑人考，无可考也。传至于今，则其人其事，观者烂熟于胸中，欺之不得，罔之不能，所以必求可据。是谓实则实到底也。若用一二古人作主，因无陪客，幻设姓名以代之，则虚不似虚，实不成实，词家之丑态也。切忌犯之。

译文

　　创作戏曲作品所使用的素材，有的来自古代，有的来自当代，有的是虚构的，有的是真实的，任凭人们挑选。来自古代的素材，是书籍中所记载的，对古人来说是现实的事情；来自当代的素材，是我们耳闻目睹的，眼下便可看见的事情。真实的素材，是指就事写事，用不着造作，有根有据；虚构的素材，是空中楼阁，随着作者的意愿虚构而成，现实中看不见摸不着。有人认为古代的材料大多是真实的，当代的材料大多是虚构的。我说不是这样。戏曲作品没有完全真实的，大半都是寓言式的。要劝告人们孝道，便举出一位出名的孝子，只要他有一件事情可供演义，就不必要求所有的事情都是真实的。凡是属于孝子所应当具有的品德和行为，都拿来加到他的身上。这就像商纣多行不义，实际上并不一定像人们说的那样坏，但是一旦居于下流的地位，人们便把普天之下所有的罪恶都归到他身上去了。其他表现忠义、表现气节，以及各种各样的劝人行善的戏，全都是这样。如果说古代的材料都是真实的，那么《琵琶记》《西厢记》被人推举为戏曲的鼻祖，但是崔莺莺果真嫁给张君瑞了吗？蔡邕让自己的双亲活活饿死，赵五娘替丈夫掩盖过错，这些是哪一本书中记载的？有什么真凭实据吗？孟子说："尽信书，不如无书。"这是针对《尚书》中的《武成》一篇而说的。对于经史尚且如此，何况杂剧呢？凡是阅读戏曲作品，一定要考证里面的事情从哪儿来的，人物住在什么地方，这都是痴人说梦，用不着去理会。

但是作者在创作中，又不能一概抱着这样的想法。如果戏中所写的是眼前的事情，但有些东西又无从考究，那么不但人物的事迹可以想象产生，连人物的姓名也可以凭空捏造，这叫作虚构就虚构到底。如果采用过去的事情做题材，由于里面出现了一位古人，那么整个戏中的所有人物全部都是古人，杜撰一个名字也不行；这个古人所做的事情，还必须依据于历史的记载，桩桩件件都有据可查，编造一件事情也不行。不是古人的姓名难用，而是让这个人物与戏中的其他角色在一起共事很困难；不是考察古人的事迹困难，而是让他的事迹与本剧的情节合而为一、融会贯通困难。我既然认为戏曲作品没有绝对的真实，大半都是寓言式的东西，为什么又说戏中人物的名字、事迹必须有所依据呢？要知道古人写古代的事情容易，当代人写古代的事情就难了。古代人写古代事，就像当代人写当代事，并不是作者不担心别人考证，而是其中人和事无从考证。这些文字流传至今，观众们对于其中的人和事已经非常熟悉了，想骗人也骗不了。所以运用古代的素材创作戏曲作品，一定要有根有据。这叫作真实就真实到底。如果用一两个古代人物作为剧中的主角，因为没有人物做配角，于是虚构一些姓名来代替古人，那么，说虚构又不像是虚构，说真实又无法完全呈现为真实，戏曲作家便出乖露丑了。一定不要犯这样的错误。

注释

［1］"纣之不善，不如是之甚也"三句——语出《论语·子张》："子贡曰：'纣之不善，不如是之甚也。是以君子恶居下流，天下之恶皆归焉。'"

［2］干蛊——旧时子女能掩盖父母的过错为"干蛊"。语出《周易·蛊》："干父之蛊……干母之蛊。"这里指赵五娘赡养蔡公、蔡婆，替丈夫掩盖了过错。

［3］"尽信书，不如无书"二句——语出《孟子·尽心下》："孟子曰：'尽信书，则不如无书。吾于武成，取二三策而已矣。'"《武成》是《尚书》中的一篇，记载周武王讨伐商纣之事，其中说武王伐纣，血流漂杵，孟子认为不真实。

二、词采

小 引

原文

　　曲与诗余，同是一种文字。古今刻本中，诗余能佳，而曲不能尽佳者；诗余可选，而曲不可选也。诗余最短，每篇不过数十字，作者虽多，入选者不多，弃短取长，是以但见其美；曲文最长，每折必须数曲，每部必须数十折，非八斗长才，不能始终如一，微疵偶见者有之，瑕瑜并陈者有之，尚有踊跃于前、懈弛于后，不得已而为狗尾续貂[1]者亦有之。演者、观者既存此曲，只得取其所长，恕其所短，首尾并录。无一部而删去数折，止存数折；一出而抹去数曲，止存数曲之理。此戏曲不能尽佳，有为数折可取而挈带全篇，一曲可取而挈带全折，使瓦缶与金石齐鸣者，职是故也。予谓既工此道，当如画士之传真、闺女之刺绣，一笔稍差，便虑神情不似；一针偶缺，即防花鸟变形。使全部传奇之曲得似诗余选本，如《花间》《草堂》诸集[2]，首首有可珍之句，句句有可宝之字，则不愧填词之名。无论必传，即传之千万年，亦非徼幸而得者矣。吾于古曲之中，取其全本不懈、多瑜鲜瑕者，惟《西厢》能之；《琵琶》则如汉高用兵[3]，胜败不一，其得一胜而王者，命也，非战之力也。《荆》《刘》《拜》《杀》之传，则全赖音律。文章一道，置之不论可矣。

译文

　　戏曲和词同样是用文字写成的。古往今来的刻本中所选的词大多是优秀之作，但是所选的戏曲却不是篇篇都好，这是因为词好选，戏曲不好选。词一般都很短，每篇不过几十个字，写词的作者虽然很多，能够被选家选中的却不多，弃其所短，取其所长，所以才显得美不胜收。在各种文学样式中，戏曲之文最长，一部戏有几十折，每折当中必须有几十个曲子，没有很高的才能，就不能始终贯彻如一。有的作家大多数作品都很好，只是偶尔显出一点儿美中不足；有的作家作品好坏并陈；还有的前面写得很卖力，到后面就松懈了，不得已只好草草收场。对于演戏和看戏的人来说，既然这个曲目存在，不得不取其所长，谅其所短，从头到尾完整地收录下来。从来没有把一部戏删掉几折，只保留其中的几折，一折戏当中删掉几个曲子，只保留其中几个曲子的道理。因此，戏曲作品不可能篇篇都好，有时一部戏当中只有几折有可取之处，因而带动全篇；一折戏当中只有几个曲子有可取之处，因而带动全折，使得戏曲作品好坏并陈，瑕瑜互见。

我认为，从事戏曲创作，应当像画家给人画像、姑娘刺绣一样认真，一笔画错了，就可能使得人物的神情不真实；一针漏掉了，就可能造成花鸟变形。如果所有的戏曲作品都能够像词的选本——如《花间集》《草堂诗余》那样，每首当中都有好的句子，每个句子当中都有绝妙的字眼儿，那才不愧为戏曲家的美名。这样的作品不用说一定能够流传后世，即使流传千万年，也是必然。我认为戏曲作品，倘若取其全本没有明显败笔或从整体上来说很优秀，只有很少一部分瑕疵的，只有《西厢记》才真正达到这个标准；《琵琶记》则有如汉高祖打仗，有胜有败，优劣混杂。汉高祖一战得胜得以登上皇帝的宝座，是因为他命好，不是打仗得来的。《荆钗记》《刘知远》《拜月亭记》《杀狗记》这几部作品能够流传下来，全凭着音律。至于它们的曲文，就没有什么好说的了。

注释

[1] 狗尾续貂——古代近侍官员的帽子上以貂尾为饰。晋时任官太多太滥，貂尾不够用，只好以狗尾代替，当时讥为"貂不足，狗尾续"。后习用以指文学艺术作品的前后不相称，后不如前，以坏续好。

[2]《花间》《草堂》——《花间集》，五代蜀赵崇祚编的晚唐、五代词选集。《草堂诗余》，南宋何士信编的词选集。明、清文人一般把这两部书并推为典范。

[3] 汉高用兵五句——汉高：指汉高祖刘邦。刘邦和项羽争夺天下，屡次战败，直到垓下一战，大获全胜，迫使项羽自刎于乌江，乃得统一中国，建立汉朝。项羽在垓下战败时曾说："此天之亡我，非战之罪也。"

1. 贵显浅

原文

曲文之词采与诗文之词采非但不同，且要判然相反。何也？诗文之词采贵典雅而贱粗俗，宜蕴藉而忌分明。词曲不然，话则本之街谈巷议，事则取其直说明言。凡读传奇而有令人费解，或初阅不见其佳，深思而后得其意之所在者，便非绝妙好词。不问而知为今曲，非元曲也。元人非不读书，而所制之曲，绝无一毫书本气，以其有书而不用，非当用而无书也；后人之曲，则满纸皆书矣。元人非不深心，而所填之词，皆觉过于浅近，以其深而出之以浅，非借浅以文其不深也；后人之词，则心口皆深矣。无论其他，即汤若士《还魂》一剧，世以配飨元人，宜也，问其精华所在，则以"惊梦""寻梦"二折对。余谓二折虽佳，犹是今曲，非元曲也。"惊梦"首句云："袅晴丝，吹来闲庭院，摇漾春如线。"以游丝一缕，逗起情丝。发端一语，即费如许深心，可谓惨淡经营矣。然听歌《牡丹亭》者，百人之中，有一二人解出此意否？若谓制曲初心并不在此，不过因所见以起兴，则瞥见游丝，不妨直说，何须曲而又曲，由晴丝而说及春，由春与晴丝而悟其如线也？若云作此原有深心，则恐索解人不易得矣。索解人既不易得，又何必奏之歌筵，俾雅人俗子同闻而共见乎？其余"停半晌，整花钿，没揣菱花，偷人半面"及"良辰美景奈何天，赏心乐事谁家院""遍青山，啼红了杜鹃"等语，字字俱费经营，字字皆欠明爽。此等妙语，止可作文字观，不得作传奇观。至如末幅"似虫儿般蠢动，把风情扇"与"恨不得肉儿般团成片，也逗的个日下胭脂雨上鲜"，"寻梦"曲云"明放著白日青天，猛教人抓不到梦魂前……是这答儿压黄金钏匾"，此等曲，则去元人不远矣。而予最赏心者，不专在"惊梦""寻梦"二折，谓其心花笔蕊，散见于前后各折之中。"诊祟"曲云："看你春归何处归，春睡何曾睡，气丝儿怎度的长天日。""梦去知他实实谁，病来只送得个虚虚的你。做行云，先渴倒在巫阳会。""又不是困人天气，中酒心期，魆魆的常如醉。""承尊觑，何时何日来看这女颜回[2]？""忆女"曲云："地老天昏，没处把老娘安顿。""你怎撇得下的万里无儿白发亲！""赏春香还是你旧罗裙。""玩真"曲云："如愁欲语，只少口气儿呵。""叫的你喷嚏似天花唾。动凌波，盈盈欲下，不见影儿那。"此等曲则纯乎元人，置之《百种》前后，几不能辨。以其意深词浅，全无一毫书本气也。若论填词家宜用之书，则无论经传子史，以及诗赋古文，无一不当熟读，即道家、佛氏、九流、百工之书，下至孩童所习《千字文》《百家姓》，无一不在所用之中。至于形之笔端、落于纸上，则宜洗濯殆尽。亦偶有用着成语之处，点出旧事之时，妙在信手拈来，无心巧合，竟似古人寻我，并非我觅古人。此等造诣，非可言传，只宜多购元曲，寝食其中，自能为其所化。而元曲之最佳者，不单在《西厢》《琵琶》二剧，而在《元人百种》之中；《百种》亦不能尽佳，十有一二，可列高、王之上。其不致家弦户诵、出与二剧争雄者，以其是杂剧而非全本，多北曲而少南音，又止可被诸管弦，不便奏之场上。今时所重，皆在彼而不在此，即欲不为纨扇之捐，其可得乎？

译文

戏曲的语言风格与诗文的语言风格不但不同，而且要截然相反。这是为什么呢？诗文的语言贵在典雅，应避免粗俗；应当含蓄，忌直截了当。戏曲却不是这样。戏曲作品中人物的语言来自老百姓的日常生活、街谈巷议，叙事讲究明明白白地直说。如果一部戏曲作品读了让人感到费解，或者刚读的时候不觉得好，深入思考以后才发现其中所含的意味，就不算是绝妙好词。有些作品，看过以后，不用问就知道它一定是当代作品，不是元代作品。元朝人并非不读书，但是他们所作的戏曲，绝没有一丝一毫的书卷气。这是因为当时虽然有书，但作者并非死抱书本不放；后人所写的戏曲，却满纸都是书本上的语言。元代作者不是不用心，但是他们所填的曲词都让人感到很浅白，很切近生活，这是因为他们的语言深入浅出，而不是内容方面的肤浅；后人创作的戏曲，则从内容到语言都比较深奥。不说别的，就拿汤显祖的《还魂记》这部戏来说，人们都认为它可以跟元朝人的作品相媲美，这种评价很正确。问一问这部戏好在什么地方，便有人回答是其中的"惊梦""寻梦"这两折。我认为，这两折戏虽然很好，但还是当代的戏曲，不是元代的戏曲。"惊梦"开头儿的唱词是："袅晴丝，吹来闲庭院，摇漾春如线。"用一缕偶然被风吹来的丝线引发情绪。开篇一句话，花费这么多的心思，可以说是惨淡经营、用心良苦了。但是看戏的人当中能有几个人明白其中的意思？如果说汤显祖写戏的初衷并不在此，只不过用眼前的事物做"起兴"，那么，瞥见一缕游丝，不妨直说，有必要搞得那么曲折隐晦吗？由一缕丝线说到春天，从春天和丝线这两种事物中，感受到春天像丝线一样轻盈飘逸。如果说这样写原有很深的用意，那么人们就不容易理解其用意了。既然不容易理解，又何必把它演唱出来，让高雅和粗俗的人一同去听、去看呢？其余的像"停半响，整花钿，没揣菱花，偷人半面"，以及"良辰美景奈何天，赏心乐事谁家院""遍青山，啼红了杜鹃"等句子，每个字都很下功夫，但是每个字都欠明白。这种玄妙的语言，只能作为文章来读，不能写成戏曲演给人看。至于结尾一篇"似虫儿般蠢动，把风情煽"，以及"恨不得肉儿般团成片，也逗的个日下胭脂雨上鲜"，"寻梦"一出中的"明放著白日青天，猛教人抓不到梦魂前……是这答儿压黄金钏匾"，这样的曲文，就与元朝的作品相差不远了。我最欣赏的不只是"惊梦""寻梦"这两折戏，我认为作者的文笔精华散见于前后的各折当中。"诊祟"一出中有:"看你春归何处归,春睡何曾睡,气丝儿怎度的长天日。""梦去知他实实谁,病来只送得个虚虚的你。做行云,先渴倒在巫阳会。""又不是困人天气,中酒心期,魆魆的常如醉。""承尊觑,何时何日来看这女颜回?""忆女"一出中有:"地老天昏,没处把老娘安顿。""你怎撇得下的万里无儿白发亲!""赏春香还是你旧罗裙。""玩真"一出中有:"如愁欲语,只少口气儿呵。""叫得你喷嚏似天花唾。动凌波,盈盈欲下,不见影儿那。"这样的曲文,则纯粹是元朝作品的风格,把它们放到《元人百种》里面,几乎分辨不出来。这是由于它们意思虽很深,但词语却很浅显,没有一点书卷气。如果说到戏曲作者应当用什么样的书,那么不管是经、传、子、史,还是诗赋、古文,没有一样不应该熟读,即便是道家、佛家的书,三教九流各行各业的书,以及小孩儿所学的《千字文》《百家姓》,没有一样用不上的。但是一旦形之于笔头,写在纸上,就应当把书本的痕迹全都去掉。虽然有时难免使用一些书本上现成的词句,用以点出旧事,但是妙在信手拈来,天然巧成,仿佛是古人专门为我所写,而并非是我到古人的书中去刻意搜求。若想达到这种艺术境界,是难以用语言文字表达和传授的,只可多买一些元人曲本,反复深入地品味,自然能够得其三昧。元代戏曲的优秀之作,不仅仅是《西厢记》《琵琶记》这两部,在《元人百种》一书当中还有一些;《元人百种》里面的作品也不是篇篇都好,十部里面只有一两部可以排在高则诚、王实甫的作品之上。它们之所以没有家喻户晓,与《西厢记》《琵琶记》一争高低,是因为它们属于杂剧,而不是全本戏;所用北方的曲调多,南方的曲调少;还有,只适合用来演唱,不适合在剧场、舞台上演出。当今人们所看重的,是作品能够在剧场里演出。因此,这些作品若想不被人们忘却、弃置一旁,又怎么可能呢?

注释

[1] 做行云,先渴倒在巫阳会——宋玉《高唐赋·序》中说楚怀王在梦中与一美女相会,美女自称住在巫山之阳,"旦为行云,暮为行雨"。剧中唱词借此暗指杜丽娘和柳梦梅在梦中相会,未免有些晦涩。

[2] 女颜回——颜回是孔子的得意门生,早死。剧中杜丽娘自觉病重,所以取颜回早死而自称"女颜回",亦未免晦涩。

2. 重机趣

原文

"机趣"二字，填词家必不可少。机者，传奇之精神；趣者，传奇之风致。少此二物，则如泥人土马，有生形而无生气。因作者逐句凑成，遂使观场者逐段记忆，稍不留心，则看到第二曲，不记头一曲是何等情形；看到第二折，不知第三折要作何勾当。是心口徒劳，耳目俱涩，何必以此自苦，而复苦百千万亿之人哉？故填词之中，勿使有断续痕，勿使有道学气。所谓无断续痕者，非止一出接一出、一人顶一人，务使承上接下，血脉相连；即于情事截然绝不相关之处，亦有连环细笋伏于其中，看到后来，方知其妙。如藕于未切之时，先长暗丝以待；丝于络成之后，才知作茧之精。此言"机"之不可少也。所谓无道学气者，非但风流跌宕之曲、花前月下之情，当以板腐为戒；即谈忠孝节义与说悲苦哀怨之情，亦当抑圣为狂，寓哭于笑。如王阳明[1]之讲道学，则得词中三昧矣。阳明登坛讲学，反复辨说"良知"二字。一愚人讯之曰："请问'良知'这件东西，还是白的，还是黑的？"阳明曰："也不白，也不黑，只是一点带赤的，便是良知了。"照此法填词，则离合悲欢、嘻笑怒骂，无一语一字不带机趣而行矣。予又谓填词种子，要在性中带来；性中无此，做杀不佳。人问：性之有无，何从辨识？予曰：不难。观其说话行文，即知之矣。说话不迂腐，十句之中，定有一二句超脱；行文不板实，一篇之内，但有一二段空灵。此即可以填词之人也。不则另寻别计，不当以有用精神，费之无益之地。噫！性中带来一语，事事皆然，不独填词一节，凡作诗文书画、饮酒斗棋与百工技艺之事，无一不具夙根，无一不本天授。强而后能者，毕竟是半路出家，止可冒斋饭吃，不能成佛作祖也。

译文

机趣这两个字，在戏曲作者的创作中是必不可少的。机，是戏曲的灵魂；趣，是戏曲的风采。缺少了这两样东西，作品就会像泥土做成的牛马、人物，只有形象而没有生气。有的作品，是作者一句句凑起来的，因此，看戏的人边看边领会，看一段熟悉一段，稍不留心，那么看到第二支曲子时，就不记得第一支曲子是什么样子了；看到第二折戏，不知道第三折戏要干什么。演员在台上身心劳累，观众在台下看得眼睛发涩、耳朵发腻，何必让这样的东西作践自己，还要拿它去作践千百万观众呢？所以，创作戏曲时，一定不要有断断续续的痕迹，不要有古板的道学气。这里所说的没有断断续续的痕迹，不光指一场戏紧接着一场戏、一个角色紧接着一个角色，还要使整部戏一气贯通，承上启下，血脉相连；即使对于有些看上去与主要情节不相关的事情，也要巧妙地把它们串通、联结起来，先设下伏笔，让人看到后来，才发现其中的奥妙。这就如同藕一样，藕在没有一节节断开之前，先长出暗丝，而后才长成整体的形状。这是说"机"不可缺少。所说的没有道学气，是指不但风流潇洒的曲子、描写花前月下的缠绵之情，应当避免古板和迂腐；即使讲到忠孝节义，以及诉说悲苦哀怨的感情，也应当放下一副圣人的面孔，将神圣的感情通过狂放的形式表现出来，寓庄于谐，寓哭于笑。如果能够做到像王阳明讲学那样，就是懂得戏曲的奥秘了。王阳明登台讲学，翻来覆去解释"良知"这两个字。有个傻瓜问他："请问'良知'这东西是白的还是黑的？"王阳明回答说："既不是白的，也不是黑的，只是有一点带红的，那便是良知（指人心）！"依照这种方法填词写戏，那么作品中的悲欢离合、嘻笑怒骂，每一句话、每一个字，都会带着机趣。我还认为，戏曲作品中的感情、行为必须是从人的天性中生发出来的，没有源于人的天性的感情、行为，光是由作者生编硬造，那么憋死你、愁死你，也不可能写得有机趣，也显示不出你的才华。有人问："怎么才能分辨出人物的天性呢？"我说：这不难。看一个人说话写文章，就可以了解这个人的天性。说话不迂腐的人，在他说的话当中，十句里面一定会有一两句很超脱；写文章不古板的人，在他写的一篇文章当中，只要有一两段空灵的文字，那么这个人就能够成为一名优秀的戏曲家了。如果不是这样，那么他应该另去选择别的行当，不应该把自己宝贵的精力浪费在毫无意义的戏曲创作上。感情、行为根源于人的天性这句话，对于任何人、任何事情都是适用的，不光创作戏曲，举凡作诗、写文章、书法绘画、喝酒下棋，以及从事各行各业，没有一样不是凭着天赋的才能。通过后天的努力获得才能的，毕竟是半路出家。这样的人只能混口饭吃，成不了大师。

注释

[1] 王阳明——王守仁，字伯安，明代浙江余姚人，官至兵部尚书，中国古代著名哲学家。主张以心为本体，提倡"良知良能"，"格物致知，自求于心"。反对宋代朱熹的"外心以求理"，提出"求理于吾心"的知行合一学说。世称"姚江学派"。因其曾筑室故乡阳明洞，学者称"阳明先生"，故其学说称"阳明学"。

3. 戒浮泛

❖ **原文** ❖

　　词贵显浅之说，前已道之详矣。然一味显浅而不知分别，则将日流粗俗，求为文人之笔而不可得矣。元曲多犯此病，乃矫艰深隐晦之弊而过焉者也。极粗极俗之语，未尝不入填词，但宜从脚色起见。如在花面口中，则惟恐不粗不俗；一涉生、旦之曲，便宜斟酌其词。无论生为衣冠、仕宦，旦为小姐、夫人，出言吐词，当有隽雅春容之度；即使生为仆从，旦作梅香，亦须择言而发，不与净、丑同声。以生、旦有生、旦之体，净、丑有净、丑之腔故也。元人不察，多混用之。观《幽闺记》之陀满兴福，乃小生脚色，初屈后伸之人也。其"避兵"曲云："遥观巡捕卒，都是棒和枪。"此花面口吻，非小生曲也。均是常谈俗语，有当用于此者，有当用于彼者；又有极粗极俗之语，止更一二字，或增减一二字，便成绝新绝雅之文者。神而明之，只在一熟。当存其说，以俟其人。

　　填词义理无穷，说何人，肖何人；议某事，切某事。文章头绪之最繁者，莫填词若矣。予谓总其大纲，则不出"情景"二字。景书所睹，情发欲言；情自中生，景由外得。二者难易之分，判如霄壤。以情乃一人之情，说张三要像张三，难通融于李四；景乃众人之景，写春夏尽是春夏，止分别于秋冬。善填词者，当为所难，勿趋其易，批点传奇者，每遇游山玩水、赏月观花等曲，见其止书所见，不及中情者，有十分佳处，只好算得五分。以风云月露之词，工者尽多。不从此剧始也。善咏物者，妙在即景生情。如前所云《琵琶·赏月》四曲，同一月也，牛氏有牛氏之月，伯喈有伯喈之月。所言者月，所寓者心。牛氏所说之月，可移一句于伯喈，伯喈所说之月，可挪一字于牛氏乎？夫妻二人之语，犹不可挪移混用，况他人乎？人谓此等妙曲，工者有几？强人以所不能，是塞填词之路也。予曰：不然。作文之事，贵于专一，专则生巧，散乃入愚；专则易于奏工，散者难于责效。百工居肆[1]，欲其专也；众楚群咻[2]，喻其散也。舍情言景，不过图其省力。殊不知眼前景物繁多，当从何处说起？咏花既愁遗鸟，赋月又想兼风。若使逐件铺张，则虑事多曲少；欲以数言包括，又防事短情长。展转推敲，已费心思几许，何如只就本人生发，自有欲为之事，自有待说之情。念不旁分，妙理自出。如发科发甲之人，窗下作文，每日止能一篇二篇，场中遂至七篇。窗下之一篇二篇，未必尽好；而场中之七篇，反能尽发所长而夺千人之帜者，以其念不旁分，舍本题之外，并无别题可做，只得走此一条路也。吾欲填词家舍景言情，非责人以难，正欲其舍难就易耳。

译文

　　戏曲贵在浅显，这在前面已经讲述得很详细了。但是，一味地追求浅显而不懂得区分情况，作品就会越来越流于粗俗，越来越不像文人写出的东西了。元曲当中经常犯这样的毛病，这是由于先前晦涩、深奥，后来矫枉过正了。

　　极端粗俗的语言，不是不可以用来创作戏曲，但是应当从角色的身份着想。比如对于花脸来说，一涉及感情，唯恐他说出来的话不粗不俗；但是对于生角、旦角来说，唱词就应该仔细斟酌了。不论生角的身份是士大夫还是官吏，旦角的身份是小姐还是夫人，言语谈吐都应当具有雍容典雅的风度。即使生角的身份是奴仆，旦角的身份是丫鬟，说什么样的话也是有选择的，不能说与净角、丑角同样的话。因为生、旦有生、旦的本分，净、丑有净、丑的腔调。元朝的作者没有发现这一点，人物的语言用得很混乱。《幽闺记》中的陀满兴福，是小生角色，先是遭受屈辱，后来得志。他在"避兵"一出中有一段唱词是："遥观巡捕卒，都是棒和枪。"这分明是花脸的口气。同样是家常话、粗俗语，有的应该用在这里，有的应该用在那里；有的语言极其粗野极其鄙俗，只改动一两个字、增减一两个字，就可以成为极新极雅的句子。人物的语言运用得出神入化，仅仅在于熟练。我暂且保留这一观点，等待人们去验证。

　　戏曲创作的原理奥妙无穷，必须做到说什么人像什么人，议论某一件事情切合某一件事情。所有的文体中，头绪最为烦琐复杂的，莫过于戏曲。我认为，归纳起来，不外乎"情景"两个字。景，是把眼睛所看到的描写出来；情，是把心中的愿望说出来。情是由内心生发的，景是由外部获得的。二者哪个容易写，哪个不容易写，是很好判断的。这是因为，情是一个人的情，说张三要像张三，不能跟李四混同；景是大家都能看到的景，写春、夏无非就是春、夏，只要跟秋、冬区别开就行了。

　　善于创作戏曲的人，应当去写那些难写的东西，不去追求容易。评点戏曲作品的人，一遇到描写游山玩水、赏月观花的曲目，如果发现作品中光是写眼睛看到的景物，不写内心生发的感情，那么作品写得再好，也只能得五分。因为单纯描写风花雪月这类东西，精通的人太多了，不是从你这部戏曲开始的，早就被人写滥了。善于咏物的句子，妙就妙在能够触景生情。像前面所举的《琵琶·赏月》中的四个曲子，同是一个月亮，在牛氏眼里是一个样子，在蔡伯喈眼里又是另外一个样子。说的是月亮，表达的是心情。能把牛氏说的话挪到蔡伯喈身上,把蔡伯喈说的话挪到牛氏身上吗?夫妻两个人说的话,尚且不能随便挪动、混起来用,更何况别人呢?

有人说,像这样的好曲词,有几个人写得出来?你强人所难,还让不让人创作戏曲了?我说:不对。在文学创作中,可贵之处在于用心专一,用心专一就能生巧,精神涣散人就愚笨;用心专一便可事半功倍,精神涣散则难以收到实效。"百工居肆",是想让他们用心专一;"众楚群咻",是譬喻人心涣散。舍弃情感去描写风景,不过是图省劲儿。竟不知道眼前的景物繁多,不知道该从什么地方写起,咏花又发愁漏掉了鸟,写月亮的同时还想把风也写进去。假如一桩桩、一件件铺张写来,却担心内容太多,曲目太少;想要用几句话来概括,又不足以抒发感情。翻来覆去地推敲,已浪费了不少心思。哪里比得上去写那些从人的内心生发出来的东西,人想做的事儿,人想表达的情感。心思不分散自然会写出高妙的东西。比如,参加科举考试得中的人,在自己家里写文章,一天只能写出一两篇,也未必篇篇都好;到了考场上,一天能写出七篇,而且能够把自己的特长全都发挥出来,在上千个人里面夺得名次。这是因为此时他的心思集中,在考官出的考题之外,没有别的题目可做,只得走这一条路。我希望戏曲作者摒弃写景而去言情,不是强人所难,而是想让他们避难就易。

注释

[1]"百工居肆"——语出《论语·子张》:"子夏曰:'百工居肆,以成其事。'"

[2]"众楚群咻"——《孟子·滕文公》中有一则寓言,说楚大夫请一位齐人教他儿子学齐语,众多楚人共同喧扰,不可能学好。咻:喧扰。

4. 忌填塞

原文

填塞之病有三:多引古事,叠用人名,直书成句。其所以致病之由亦有三:借典核以明博雅,假脂粉以见风姿,取现成以免思索。而总此三病与致病之由之故,则在一语。一语维何?曰:"从未经人道破。"一经道破,则俗语云"说破不值半文钱",再犯此病者鲜矣。古来填词之家,未尝不引古事,未尝不用人名,未尝不书现成之句;而所引所用与所书者则有别焉。其事不取幽深,其人不搜隐僻,其句则采街谈巷议;即有时偶涉诗书,亦系耳根听熟之语、舌端调惯之文,虽出诗书,实与街谈巷议无别者。总而言之，传奇不比文章，文章做与读书人看，故不怪其深；戏文做与读书人与不读书人同看，又与不读书之妇人小儿同看，故贵浅不贵深。使文章之设，亦为与读书人、不读书人及妇人小儿同看，则古来圣贤所作之经传，亦只浅而不深，如今世之为小说矣。人曰：文士之作传奇，与著书无别，假此以见其才也，浅则才于何见？予曰：能于浅处见才，方是文章高手。施耐庵之《水浒》、王实甫之《西厢》，世人尽作戏文小说看，金圣叹[1]特标其名曰"五才子书""六才子书"者，其意何居？盖愤天下之小视其道，不知为古今来绝大文章，故作此等惊人语，以标其目。噫！知言哉！

译文

填塞这种毛病表现在三个方面：一是过多地引用古代的掌故，二是重复借用著名人物，三是直接采用现成的句子。导致这些毛病的原因也有三：一是借典故来炫耀自己知识渊博情趣高雅，二是靠涂脂抹粉来显示自己的风流俶傥，三是采用现成的东西以免思索之劳。把这三种毛病和导致这些毛病的原因概括起来，就只有一句话。这句话是什么呢？那就是："从没有被人说破。"一经被人说破，那么就像俗话说的"说破不值半文钱"，以后再犯这些毛病的人就少了。

自古以来，戏曲作者未尝不引用古代掌故，未尝不借用著名人物，也未尝不采用现成句子。但他们所引用的东西与书本上的东西是有区别的。他们引用古代的掌故，不选取艰深晦涩的；所借用的人名不搜罗那些偏僻隐蔽的；所采用的句子则是从街谈巷议、日常生活中采集来的；即使有时偶然使用诗书中的句子，也都是人们听得烂熟、背得烂熟的话，这些句子虽然出自诗书，但实际上跟街谈巷议的语言并没有什么区别。总而言之，创作戏曲跟写文章不一样，文章写给读书人看，所以艰深一点儿没有什么奇怪的；戏文是写给读书的人、不读书的人一同观看的，还要给不读书的妇女和儿童一同观看，所以可贵之处在于浅显，不在于深奥。假使文章也是写给读书的人、不读书的人以及妇女和儿童一同观看，那么自古以来圣贤们所写的文章，也贵在浅显而不深奥，就像当代的小说。

有人说："文人创作传奇戏曲，与写书没有什么两样，都是为了显露自己的才华。写得浅显了，还如何展现自己的才华？"我认为：能够在浅显的地方展现出才华，才是写文章的高手。施耐庵的《水浒传》、王实甫的《西厢记》，世人都把它们当作戏曲小说来看，但是金圣叹却特意把它们叫作"五才子书""六才子书"，他这样做的用意何在？这是因为金圣叹对天下人小看这些作品感到气愤，因此故意用这些吓人的话来醒人眼目。这话真是说到点子上了啊!

注释

[1] 金圣叹——清初著名文学批评家,名人瑞,一说原姓张,名采。苏州人。他把当时被鄙视的《水浒传》《西厢记》和被尊为正统的文学名著《离骚》《庄子》《史记》《杜诗》并称为"六才子书",进行批点。

三、音律

小 引

原文

作文之最乐者,莫如填词;其最苦者,亦莫如填词。填词之乐(详后宾白之第二幅),上天入地,作佛成仙,无一不随意到,较之南面百城,洵有过焉者矣;至说其苦,亦有千态万状,拟之悲伤、疾痛、桎梏、幽囚诸逆境,殆有甚焉者。请详言之。他种文字,随人长短,听我张弛,总无限定之资格。今置散体弗论,而论其分股限字与调声叶律者。分股,则帖括时文是已[1]先破后承,始开终结,内分八股,股股相对,绳墨不为不严矣。然其股法、句法,长短由人,未尝限之以数,虽严而不谓之严也。限字则四六排偶之文是已,语有一定之字,字有一定之声,对必同心,意难合掌,矩度不为不肃矣。然止限以数,未定以位;止限以声,未拘以格。上四下六可,上六下四亦未尝不可;仄平平仄可,平仄仄平亦未尝不可,虽肃而实未尝肃也。调声叶律,又兼分股、限字之文,则诗中之近体是已。起句五言,则句句五言;起句七言,则句句七言;起句用某韵,则以下俱用某韵;起句第二字用平声,则下句第二字定用仄声,第三、第四又复颠倒用之。前人立法,亦云苟且密矣,然起句五言,句句五言,起句七言,句句七言,便有成法可守。想入五言一路,则七言之句不来矣;起句用某韵,以下俱用某韵;起句第二字用平声,下句第二字定用仄声,则拈得平声之韵,上、去、入三声之韵皆可置之不问矣。守定平仄、仄平二语,再无变更,自一首以至千百首,皆出一辙,保无朝更夕改之令阻人适从矣。是其苛犹未甚、密犹未至也。至于填词一道，则句之长短、字之多寡、声之平上去入、韵之清浊阴阳，皆有一定不移之格。长者短一线不能，少者增一字不得；又复忽长忽短，时少时多，令人把握不定。当平者平，用一仄字不得；当阴者阴，换一阳字不能；调得平仄成文，又虑阴阳反复；分得阴阳清楚，又与声韵乖张。令人搅断肺肠，烦苦欲绝。此等苛法，尽勾磨人。作者处此，但能布置得宜、安顿极妥，便是千幸万幸之事，尚能计其词品之低昂、文情之工拙乎？予襁褓识字，总角成篇，于诗书六艺之文[2]，虽未精穷其义，然皆浅涉一过。总诸体百家而论之，觉文字之难，未有过于填词者。予童而习之，于今老矣，尚未窥见一斑，只以管窥蛙见之识，谬语同心，虚赤帜于词坛，以待将来作者。能于此种艰难文字显出奇能，字字在声音律法之中，言言无资格拘挛之苦，如莲花生在火上[3]、仙叟弈于橘中[4]，始为盘根错节之才、八面玲珑之笔，寿名千古，衾影何惭[5]！而千古上下之题品文艺者，看到传奇一种，当易心换眼，别置典刑。要知此种文字，作之可怜，出之不易。其楮墨笔砚，非同己物，有如假自他人；耳目心思，效用不能，到处为人掣肘。非若诗赋古文，容其得意疾书，不受神牵鬼制者。七分佳处，便可许作十分；若到十分，即可敌他种文字之二十分矣。予非左袒词家，实欲主持公道。如其不信，但请作者同拈一题，先作文一篇或诗一首，再作填词一曲，试其孰难孰易，谁拙谁工，即知予言之不谬矣。然难易自知，工拙必须人辨。

词曲中音律之坏，坏于《南西厢》[6]，凡有作者，当以之为戒，不当取之为法。非止音律，文艺亦然。请详言之。填词除杂剧不论，止论全本，其文字之佳、音律之妙，未有过于《北西厢》者。自南本一出，遂变极佳者为极不佳，极妙者为极不妙。推其初意，亦有可原，不过因北本为词曲之豪，人人赞羡，但可被之管弦，不便奏诸场上，但宜于弋阳、四平等俗优[7]，不便强施于昆调，以系北曲而非南曲也。兹请先言其故。北曲一折，止隶一人；虽有数人在场，其曲止出一口，从无互歌迭咏之事。弋阳、四平等腔，字多音少，一泄而尽，又有一人启口，数人接腔者，名为一人，实出众口，故演《北西厢》甚易。昆调悠长，一字可抵数字，每唱一曲，又必一人始之，一人终之，无可助一臂者。以长江大河之全曲，而专责一人，即有铜喉铁齿，其能胜此重任乎？此北本虽佳，吴音不能奏也。作《南西厢》者，意在补此缺陷，遂割裂其词，增添其白，易北为南，撰成此剧，亦可谓善用古人、喜传佳事者矣。然自予论之，此人之于作者，可谓功之首而罪之魁矣。所谓功之首者，非得此人，则俗优竞演，雅调无闻，作者苦心，虽传实没。所谓罪之魁者，千金狐腋，剪作鸿毛；一片精金，点成顽铁。若是者何？以其有用古之心而无其具也。今之观演此剧者，但知关目动人，词曲悦耳，亦曾细尝其味，深绎其词乎？使读书作古之人，取《西厢》南本一阅，句栉字比，未有不废卷掩鼻、而怪秽气薰人者也。若曰："词曲情文不浃，以其就北本增删，割彼凑此，自难贴合，虽有才力，无所施也。"然则宾白之文，皆由己作，并未依傍原本，何以有才不用，有力不施，而为俗口鄙恶之谈以秽听者之耳乎？且曲文之中，尽有不就原本增删，或自填一折，以补原本之缺略；自撰一曲，以作诸曲之过文者。此则束缚无人，操纵由我。何以有才不用，有力不施，亦作勉强支吾之句，以混观者之目乎？使王实甫复生，看演此剧，非狂叫怒骂，索改本而付之祝融[8]，即痛哭流涕，对原本而悲其不幸矣！嘻！续《西厢》者之才[9]，去作《西厢》者，止争一间。观者群加非议，谓"惊梦"以后诸曲，有如狗尾续貂。以彼之才，较之作《南西厢》者，岂特奴婢之于郎主，直帝王之视乞丐！乃今之观者，彼施责备，而此独包容，已不可解；且令家尸户祝，居然配飨《琵琶》，非特实甫呼冤，且使则诚号屈矣！予生平最恶弋阳、四平等剧，见则趋而避之；但闻其搬演《西厢》，则乐观恐后。何也？以其腔调虽恶，而曲文未改，仍是完全不破之《西厢》，非改头换面、折手跛足之《西厢》也。南本则聋瞽、喑哑、驼背、折腰诸恶状，无一不备于身矣。此但责其文词，未究音律。从来词曲之旨，首严宫调，次及声音，次及字格。九宫十三调，南曲之门户也。小出可以不拘，其成套大曲，则分门别户，各有依归，非但彼此不可通融，次第亦难紊乱。此剧只因改北成南，遂变尽词场格局，或因前曲与前曲字句相同，后曲与后曲体段不合，遂向别宫别调随取一曲以联络之。此宫调之不能尽合也。或彼曲与此曲牌名巧凑，其中但有一二句字数不符，如其可增可减，即增减就之；否则任其多寡，以解补凑不来之厄。此字格之不能尽符也。至于平仄、阴阳与逐句所叶之韵，较此二者；其难十倍，诛之将不胜诛。此声音之不能尽叶也。词家所重在此三者；而三者之弊，未尝缺一。能使天下相传；久而不废，岂非咄咄怪事乎？更可异者，近日词人，因其熟于梨园之口，习于观者之目，谓此曲第一当行，可以取法，用作曲谱。所填之词，凡有不合成律者，他人执而讯之，则曰："我用《南西厢》某折作对子，如何得错？"噫！玷《西厢》名目者此人，坏词场矩度者此人，误天下后世之苍生者，亦此人也。此等情弊，予不急为拈出，则《南西厢》之流毒，当至何年何代而已乎？

向在都门，魏贞庵相国[10]取崔、郑合葬墓志铭示予[11]，命予作《北西厢》翻本，以正从前之谬。予谢不敏，谓天下已传之书，无论是非可否，悉宜听之，不当奋其死力，与较短长。较之而非，举世起而非我；即较之而是，举世亦起而非我。何也？贵远贱近，慕古薄今，天下之通情也。谁肯以千古不朽之名人抑之，使出时流下？彼文足以传世，业有明征；我力足以降人，尚无实据。以无据敌有征，其败可立见也。时龚芝麓先生亦在座[12]，与贞庵相国均以予言为然。向有一人欲改《北西厢》，又有一人欲续《水浒传》，同商于余。余曰："《西厢》非不可改，《水浒》非不可续，然无奈二书已传，万口交赞，其高踞词坛之坐位，业如泰山之稳、磐石之固。欲遽叱之，使起而让席于余，此万不可得之数也。无论所改之《西厢》、所续之《水浒》未必可继后尘，即使高出前人数倍，吾知举世之人，不约而同，皆以'续貂'、'蛇足'四字为新作之定评矣。"二人唯唯而去。此余由衷之言，向以诫人；而今不以之绳己，动数前人之过者。其意何居？曰：存其是也。放郑声者[13]，非仇郑声，存雅乐也；辟异端者，非仇异端，存正道也。予之力斥《南西厢》，非仇《南西厢》，欲存《北西厢》之本来面目也。若谓前人尽不可议，前书尽不可毁，则杨朱、墨翟[14]亦是前人，郑声未必无底本，有之亦是前书，何以古圣贤放之辟之，不遗余力哉？予又谓《北西厢》不可改，《南西厢》则不可不翻。何也？世人喜观此剧，非故嗜痂，因此剧之外，别无善本，欲睹崔、张旧事，舍此无由。地乏朱砂，赤土为佳。《南西厢》之得以浪传，职是故也。使得一人焉，起而痛反其失，别出新裁，创为南本，师实甫之意，而不必更袭其词；祖汉卿之心，而不独仅续其后，若与《北西厢》角胜争雄，则可谓难之又难；若止与《南西厢》赌长较短，则犹恐屑而不屑。予虽乏才，请当斯任，救饥有暇，当即拈毫。

　　《南西厢》翻本既不可无，予又因此及彼，而有志于《北琵琶》一剧。蔡中郎夫妇之传，既以《琵琶》得名，则"琵琶"二字乃一篇之主。而当年作者何以仅标其名，不见拈弄其实？使赵五娘描容之后，果然身背琵琶，往别张大公，弹出北曲哀声一大套，使观者听者涕泗横流，岂非《琵琶记》中一大畅事！而当年见不及此者，岂元人各有所长，工南词者不善制北曲耶？使王实甫作《琵琶》，吾知与千载后之李笠翁必有同心矣。予虽乏才，亦不敢不当斯任。向填一折付优人，补则诚原本之不逮，兹已附入四卷之末，尚思扩为全本，以备词人采择。如其可用，谱为弦索新声，若是，则《南西厢》《北琵琶》二书可以并行。虽不敢望追踪前哲、并辔时贤，但能保与自手所填诸曲——如已经行世之前后八种及已填未刻之内外八种——合而较之，必有浅深疏密之分矣。然著此二书，必须杜门累月，窃恐饥来驱人，势不由我。安得雨珠雨粟之天，为数十口家人筹生计乎？伤哉，贫也！

第一卷 词曲部

译文

从事文学创作,最快乐的莫过于创作戏曲;而最苦恼的也莫过于创作戏曲。戏曲创作的快乐在于(详见后面"宾白"中的第二篇)创作过程中,通过联想和想象,作者可以上天入地,作佛成仙,没有一样事情不能随着自己的愿望,想怎样就怎样。这种快乐跟南面为王、坐拥百城比起来,实在是有过之而无不及。至于说到戏曲创作的苦恼,也是各种各样的,与悲伤病痛、身陷囹圄等困苦的境遇相比,仍可以说是有过之而无不及。请听我详细道来。

其他体裁的文学,可以根据作者的意愿,想长就长,想短就短;我想写得紧凑些就写紧凑些,想写得松散些就写松散些,总之不受规矩的束缚。现在放下散体的不说,只说说其中分股、限定字数,以及讲究声调和押韵的。

说到分股,科举考试中作的八股文便是。写八股文时,先破题,后承题,开始放开,最后收拢,中间有八个段落,每个段落当中又分别有两段文字相对应。其规矩不能说不严格。但是八股文中段落和句子的长短还是很随意的,不曾限定字数,虽说严格,但实际上也算不上严格。

说到限定字数,四六句的骈文便是。写骈文时,每句话有一定的字数,每个字有一定的声调,对偶句必须意思相对,但是又不能重复。规矩不能说不严格。但是只限定句子的字数,不限定句子的位置;只限定字的声调,不限定格律;可以前面四个字一句,后面六个字一句;也可以前面六个字一句,后面四个字一句;仄平平仄可以,平仄仄平也未尝不可。虽说严格,但实际上也算不上严格。

既讲究声调,又讲究押韵,还讲究分股、限定字数的,近体诗便是。开头一句是五个字,那么后面每一句都必须是五个字;开头一句是七个字,那么后面每一句都必须是七个字;开头一句用某一韵,那么下面各句都得用某一韵;开头一句第二个字用平声,那么下一句第二个字必须用仄声,后面的第三、第四句再颠倒过来。前人创立的这种规矩,也可以说很苛刻很严密了。但是开头一句是五个字,后面句句都是五个字;开头一句是七个字,后面句句都是七个字,就有固定的法则可依了。脑子里想的尽是五个字的句子,那么七个字的句子就不来了;开头一句用的是某韵,下面都用某韵;开头一句第二个字用平声,下面一句第二个字一定用仄声。既然用平声字,那么上声、去声、入声的字都可以放在一边了。遵守平仄仄平这一规律,再没有别的变化,从一首写到成百上千首,都是完全统一的,保证不会说变动就变动,让人无所适从。

因此，说苛刻还不算太苛刻，说严密还不算太严密。

至于说到戏曲，那么句子的长短，字数的多少，声调的平、上、去、入，韵的轻重阴阳，都有固定的、不能变动的规矩。句子长的不能缩短，字数少的不能增加；而且一会儿长一会儿短，一会儿字数少一会儿字数多，让人把握不定。应当用平声字的地方必须用平声字，用一个仄声字也不行；应当用阴调的地方必须用阴调，换上一个阳调字也不可以；好不容易使得平仄成文了，又得担心阴阳声调颠倒；阴阳声调分清楚了，有时又与声调合不上，真是叫人搅断肝肠，极其烦恼极其痛苦。如此苛刻的要求，实在太折磨人了。作者面对这种情形，如果能够把字句布置适当、安顿妥帖，就已经是万分侥幸的了，还能计较他词采的高低、行文手法的优劣吗？

我幼年开始识字，少年时开始学习写文章，对于诗书、六艺，虽然没有精通，但都涉猎过，将各种体裁的作品放在一起比较而言，觉得在文学创作中，没有比戏曲更难的了。我从孩童时代起学习戏曲，如今老了，还没有掌握其中的奥秘，只想把自己的一些粗浅的心得体会提出来，期待着将来出现能人高手。对于如此艰难的文学创作，能够表现出奇特的才能，字字句句都合乎要求，运用自如，不感到拘束之苦，就好像莲花生在火上，神仙在橘子中下棋，这才称得上盘根错节之才、八面玲珑之笔，名垂千古，当之无愧。

古往今来的文学批评家们，看到一部戏曲作品，应该另眼相待，采用一套特殊的评论标准。要知道，这种体裁的作品，写起来困难，产生一部作品很不容易；笔墨纸砚似乎不是自己的，而是从别人那里借来的；不能充分施展胸中的才华，处处受到牵制。比不上创作诗歌散文那样，能够不受牵制地随着自己的意愿奋笔疾书，只要写得有七分好，就能得到十分；如果能得到十分，就可以抵得上其他体裁作品的二十分了。我并不是偏袒戏曲作者，实在是为了主持公道。如果有人不信，请你挑选一个题目，先写一篇文章或者一首诗，然后创作一部戏曲，试试看，哪个难写哪个容易写，哪个写得好哪个写不好，就会发现我的话没错了。但是，难写不难写只有自己知道，写得好写得坏就必须由别人来判断了。

戏曲中音律的败坏，是从《南西厢》开始的。所有的作者都应当引以为戒，不应该效仿它。不光是在音律方面，在词文方面也是这样。请听我详细道来。

戏曲抛开杂剧不说，只说说全本戏，其中文词用得好、音律用得妙的，没有比得上《北西厢》的。自从南本产生以后，把原来优秀之处都给败坏了。推测作者写作《南西厢》的初衷，也属情有可原。只因为北方词曲繁荣，人人羡慕，但是北曲只能用来演奏，不便于在戏场里演出；只适宜弋阳调、四平调，不适宜昆调。因为它属于北曲而不属于南曲。让我们首先来分析一下其中的原理：北曲当中的一折，只为一个角色而设，即使有几个人在场上，这支曲子也只由这一个角色来演唱，从来没有对歌、叠唱的。弋阳腔、四平腔字数多，乐曲短，一句话很快就唱完了；还有一个人唱、几个人接腔的情况，名义上是一个人在唱，实际上是众人唱。所以，《北西厢》表演起来比较容易。昆腔的曲调悠长，一个字抵得上几个字，每唱一支曲子，又必须由一个人从头到尾唱下来，没有接腔、帮腔的。那么长一支全套的曲子只要求一个人把它唱下来，即使有一副铁打的好嗓子，也难以担此重任。因此，《北西厢》用北曲去表现很美，但挪到南曲当中，它的美就无法表现出来。作者创作《南西厢》的目的，是想填补这个缺陷。于是把《北西厢》的词文分割开来，增加里面的念白，把北曲换成南曲，写成了《南西厢》这部戏。这也可以称得上是推陈出新的好事。但是在我看来，创作《南西厢》的人，对于该剧的原作者来说，既是功臣，又是祸首。为什么说他是功臣呢？没有他，人们竞相上演粗俗的戏曲，高雅的戏曲默默无闻，作者的一片苦心被埋没了；为什么说他是祸首呢？价值千金的狐皮被剪成了碎片，一块精金被化成了废铁。为什么会这样呢？是因为他想推陈出新，却没有适当的方法。如今的人们观看这部戏，光觉得其关目动人，词曲悦耳，有没有细心品味和深入地琢磨它的词文呢？让善读古书的人把《南西厢》拿来看上一看，里面的词句结结巴巴，没有人不觉得恶心。如果说，该剧文理不通，是因为它是根据北本增删的，拆了那一部凑成这一部，当然难以做到流畅、熨帖，因此，作者即使有才华也无从施展。如果是这样的话，那么剧中的宾白都是作者自己写的，并没有依据原来的本子，为什么有才华而不施展，却把宾白也写得粗鄙可恶呢？况且，剧本的曲文当中，有些地方不是根据原来的本子增删的，而是作者自己填制一折，来弥补原来本子的缺陷；自己撰写一支曲子，用来连接前后各曲的。这时并没有人束缚你，全凭作者自由发挥，为什么有才华而不施展呢？所谓有才华不能得以施展，难道不是勉强支吾、混淆视听吗？假使王实甫再生，看到这部戏，定会狂叫怒骂，把改本一把火烧掉，对着自己的原作痛哭流涕，为它遭此不幸而悲哀。唉！续写《西厢记》的作者的才能比《西厢记》的原作者差远了。看戏的人纷纷批评说，"惊梦"一折后面的各个曲子有如狗尾续貂。在我看来，他的才能跟原作者相比，何止是一个有如奴仆、一个有如主人，简直是一个有如乞丐、一个有如帝王！如今看戏的人们对别的戏求全责备，唯独对《南西厢》网开一面，这已经很令人费解了；居然家家户户都把它供奉起来，说它可以跟《琵琶记》相媲美，这不仅让王实甫大呼冤枉，也将令高则诚高叫委屈！

　　我生平最厌恶弋阳腔、四平腔，听了躲得远远的；但是一听说演出《西厢记》，却非常乐于观看，唯恐落在人后。为什么呢？是因为它们的腔调虽然丑陋，但是里面的曲文却没作变动，仍然是完整的一部《西厢记》，而不是改头换面、断臂瘸腿的《西厢记》。而南本《西厢记》，则是又聋又瞎又结巴，驼背弯腰，各种各样的丑陋都集于一身了。

　　我这样说仅是责备它的文词不足，并未考究它的音律。历来戏曲的要旨，首先在宫调上要求最严，其次是声音，再次是字格。九宫十三调，是南曲的特征。短一点儿的折子戏可以不受拘束，但是成套的全本大曲，则要分门别类，各有所属。不但这支曲子跟那支曲子不能彼此混用，前后次序也不能搞乱。南本《西厢记》只因为把北曲改成了南曲，因此将词曲的格局全都破坏了，有时前曲与前曲字句相同，有时后曲与后曲体式不合，于是只好从另外的曲调当中挑来一些，用以前后联络。因此，各个曲子的曲调不能完全相合。有时曲牌混用，前后重复，其中有一两个句子字数不符，在字数可增可减的地方，就增加或减少字数来将就；添不上去的地方就听之任之。因此，它们在字格方面也不符合要求。至于在声调的平仄、阴阳以及每个句子的用韵方面，跟这两者比较起来，还要糟糕十倍，举不胜举。因此，它在声音方面也是杂乱无章。戏曲作家一向注重这三个方面，而该剧三个方面的毛病一个不少，全都具备，它能够在世上流传这么久，岂不是咄咄怪事？

　　还有更怪的，近来的戏曲作者，因为这部戏被戏班子唱熟了，被看戏的人看熟了，就认为这部戏是个戏中老大，可以效仿，用它来作戏曲的范例。所填的曲文，一旦有出现不合规范之处，别人责问他，就说："我是根据《南西厢》某某折中句子写的，怎么会错呢？"唉！玷污《西厢记》名声的是此人，破坏戏曲创作规律的是此人，贻误天下后人的也是此人。对它的种种弊端，我不赶快指出的话，那么《南西厢》的流毒应该到哪朝哪代才能结束呢？

　　从前在京城的时候，魏贞庵相国把崔、郑二人合葬的墓志铭拿给我看，让我写一部《北西厢》的翻本，来纠正先前本子中出现的错误。我谢绝了。我说：已经在天下广为流传的本子，不管对是错，都应该保留它原来的面貌，不应该拼命地去跟它一争高低。写错了，人们都攻击我；写对了，人们也会攻击我。为什么呢？因为厚古薄今是天下人共有的倾向，谁愿意去贬低千古不朽的名人呢？前人的作品足以传世，已经被历史证明了；但是我的才能否超过他，还没有什么凭据。拿没有凭据的东西去跟已经被历史证明了的东西较量，必然败下阵来，这是显而易见的。当时龚芝麓先生也在座，他跟魏贞庵相国都赞同我的话。在座的人当中还有一个人想改写《北西厢》，一个人想续写《水浒传》，他们一同和我商量。我说："《西厢记》不是不可以改，《水浒传》不是不可以续；但是这两本书已经流传于世，人们对它们全都交口称赞。它们在文坛上有很高的地位，已经稳如泰山、安如磐石。要想让它们从宝座上起来，把它让给我，这是万万办不到的。且不说你改写的《西厢记》、续写的《水浒传》未必能比得上原作；即使比原作高出几倍，我也知道普天之下的人都会不约而同地用'续貂''蛇足'这四个字来评价你们的改、续之作。"那两个人听了，点头称是。

这是我的肺腑之言，我一向用它来告诫别人；而如今却不用它来约束自己，动不动就要数落前人的过失。我的用意何在呢？这是为了保留正确的东西。孔子排斥郑国的音乐，不是仇视郑国的音乐，而是为了保存高雅的音乐；回避异端邪说，不是仇视异端，而是为了保存严肃正统的学说；我本人起劲儿地批判《南西厢》，不是仇视《南西厢》，是为了保留《北西厢》的本来面目。如果说前人所做的事情都不可非议，前人所写的书都不可批评，那么，杨朱和墨翟也是前人，郑国的音乐未必没有底本，有的话也是前人写下的作品，古代人为什么不遗余力地排斥它们、回避它们呢？我还说《北西厢》不能改写，《南西厢》不可能不予翻作，这又是为什么呢？世人愿意看这样的戏，并不是他们有怪僻的嗜好，而是由于在这些戏以外再没有更好的本子了；想要看张生和崔莺莺的故事，除了这个就没处可看了。世间少了朱砂，红土就成了好东西。《南西厢》能够风传，只是由于这个缘故。假使有这么一个人站出来，用心改正《西厢记》的错误，别出新裁，创作一部《南西厢》，师承王实甫原来的思想，又不因袭他的词句；追随关汉卿的意志，又不亦步亦趋，这样的作品，要是跟《北西厢》争雄，可说是难上加难；如果只是跟《南西厢》一比高低，又恐怕他不屑一比。我虽不才，愿当此任，如今正忙着挣口饭吃，一旦有空，当即动笔。

前面已经论证了《南西厢》的本子不能没有，我想再说说《北琵琶》。蔡中郎夫妇的故事为人所知，是由于《琵琶记》一部戏而出的名。因此，"琵琶"二字乃是整个作品的主脑。但是，当年的作者为什么光是起了"琵琶"这个名字，故事里却没有写到关于琵琶的事情呢？假使让剧中的赵五娘在梳妆打扮之后，真的身背琵琶，去跟张大公告别，弹奏出一套悲哀的曲子，让看戏听戏的人感动得痛哭流涕，岂不是一件大快人心的事？但是当年作者却没有这样写，难道是元代作者各有所长，精通南词而不擅长制曲吗？假如当初让王实甫来写《琵琶记》，那么我知道他肯定会跟我想到一块儿去。

我虽然没啥才能，也大胆地担当起这一重任。从前曾经填制一折戏交给戏班子去演，以填补高则诚原来本子的不足，并把它附在本书第四卷的末尾（见《演习部》），还想把它扩写成全本戏，以备戏曲作家们指正。如果有幸被谱制成新曲，那么《南西厢》《北琵琶》二书就可以并行于世了。虽然不敢指望追赶前人，与当代高手并驾齐驱，毕竟总还可以保存自己亲手创作的若干戏曲作品。如果把它们跟我写的、已经印出来的本子以及已经写完、还没有印出来的八个本子放在一起比较，必能有深浅疏密之别。但是创作这样两部作品，必须闭门不出，经年累月，我恐怕为生计所迫，有时间还得挣口饭吃，事情由不得自己。怎样才可让老天爷开眼，从天上掉下一些珍珠财宝和柴米油盐，能让我这几十口的人家填饱肚子呢？可怜哪，穷人！

注释

［1］分股则帖括时文是已——指明、清科举考试所采用的八股文。它在形式上有着严格的规定：每篇由破题、承题、起讲、入手、虚比、中比、后比、大结八个部分组成；由虚比到大结四段中，每段的长短字数虽然不拘，但都必须是由两股排比对偶的文字组成，合共八股。

［2］六艺——《五经》和《乐经》（已佚）合称"六艺"。又，"礼""乐""射""御""书""数"也合称"六艺"。这里泛指多种内容和形式的著作。

［3］莲花生在火上——佛教故事中有许多莲花生在火上的故事，如《佛说随即求得大自在陀罗尼神咒经》说："罗睺罗（释迦牟尼的儿子和十大弟子之一）在母胎中忆念此咒，其大火坑寻即变成莲花之池。"等。

［4］仙叟弈于橘中——神话故事说古时巴丘人家的橘园中生一大橘，剖开后，有二位仙叟正在橘中悠然自得地相对下棋。见东晋干宝《搜神记》。

［5］衾影何惭——语出《宋史·蔡元定传》："独行不愧影，独寝不愧衾。"

［6］《南西厢》——明代崔时佩、李日华、陆采等都曾经将王实甫的杂剧《西厢记》改写为传奇剧本，习称《南西厢》。此处系指李日华改本。

［7］弋阳、四平——指弋阳腔、四平腔，它们都是明、清时期地方戏曲声腔。

［8］祝融——传说中的火官、火神。

［9］续《西厢》者——旧时有一种说法，认为王实甫写的《西厢记》原来只写到第四本，而第五本是关汉卿续的。

［10］魏贞庵相国——魏裔介，字石生，号贞庵。清直隶柏乡人，顺治进士，官至保和殿大学士。

［11］崔、郑合葬墓志铭——明代以来有人谬称发现有《西厢记》中人物郑恒和夫人崔莺莺合葬的墓志铭，借以指责《西厢记》所写不合事实，诬蔑了崔莺莺。

［12］龚芝麓——龚鼎孳，字孝升，号芝麓，清代合肥人。历任刑、兵、礼部尚书，以诗文著称。

［13］放郑声——春秋时郑国的民间音乐受到孔子的排斥，孔子曾说："放郑声……郑声淫。"见《论语·卫灵公》。

［14］杨朱、墨翟——杨朱和墨翟都是战国时期思想家，孟子曾经极力主张"拒杨、墨"。上文所说的"辟异端"，就是指此而言。

1. 恪守词韵

原文

一出用一韵到底，半字不容出入，此为定格。旧曲韵杂，出入无常者，因其法制未备，原无成格可守，不足怪也。既有《中原音韵》一书，则犹畛域画定，寸步不容越矣。常见文人制曲，一折之中，定有一二出韵之字。非曰明知故犯，以偶得好句，不在韵中，而又不肯割爱，故勉强入之，以快一时之目者也。杭有才人沈孚中者，所制《绾春园》《息宰河》二剧，不施浮采，纯用白描，大是元人后劲。予初阅时，不忍释卷，及考其声韵，则一无定轨，不惟偶犯数字，竟以寒山、桓欢二韵合为一处用之。又有以支思、齐微、鱼模三韵并用者，甚至以真文、庚青、侵寻三韵，不论开口闭口，同作一韵用者。长于用才而短于择术，致使佳调不传，殊可痛惜！夫作诗填词，同一理也。未有沈休文《诗韵》以前[1]，大同小异之韵，或可叶入诗中；既有此书，即三百篇之风人复作，亦当俯就范围。李白诗仙，杜甫诗圣，其才岂出沈约下？未闻以才思纵横而跃出韵外，况其他乎？设有一诗于此，言言中的，字字惊人；而以一东二冬并叶，或三江七阳互施，吾知司选政者必加摈黜，岂有以才高句美而破格收之者乎？词家绳墨，只在《谱》《韵》二书，合谱合韵，方可言才；不则，八斗难克升合，五车不敌片纸。虽多虽富，亦奚以为？

◎ 译文 ◎

　　在一出戏里，必须从头到尾用一个韵，半个字都不得用错韵，这是定格。旧时的曲子用韵很杂，动不动就用错了韵，这是因为当时还没有形成定格供人遵守，没什么奇怪的。有了《中原音韵》一书，就像划定了严格的疆界，不得跨出半步。

　　我们经常可以看到，文人创作的戏曲中总是有一两个字用韵不对。这并不是明知故犯，是因为偶然想出一个好句子，却押不上韵，而又舍不得忍痛割爱，所以不得不勉强保留下来，这是图一时看上去舒畅。

　　杭州有个叫沈浮中的才子，他所创作的《绾春园》《息宰河》两部戏，不卖弄文辞技巧，完全采用白描的手法，水平很高，堪与元代人的作品媲美。我最初阅读时爱不释手，到后来研究它的声韵，则一点也不合乎规范，不只是偶然在几个字上犯错误，竟然把"寒山""桓欢"两个韵合在一起用，有的地方还把"支思""齐微""鱼模"三个韵并用，更有甚者，把"真文""庚青""侵寻"三个韵，也不管是开口音还是闭口音，同作一个韵用。此人擅长发挥自己的才华，但是不讲究技巧，以致好作品不能得以传世，实在太可惜了！

　　作诗和写戏，原理是一样的。在沈休文没有写出《诗韵》一书以前，有些韵大同小异，有时可以在诗中混合使用；有了《诗韵》一书，那么即使《诗经》的作者们还活着的话，他们再作起诗来也得遵守有关诗韵的规范。李白号称"诗仙"，杜甫号称"诗圣"，他们的才华难道在沈约之下？但从未听说他们写起诗来只顾才思纵横完全不顾声韵，更何况其他人呢？假设我们面前有一首诗，这首诗写得句句中肯、字字惊人，但是第一二句用"东冬"韵，或者第三四句用"江阳"韵，那么出题的考官一定不会录取这位作者。哪有因为才华出众、句子优美就被考官录取的呢？对戏曲作者来说，《词谱》《词韵》二书中的规矩是必须遵守的，只有合乎规范，才谈得上才华；不然的话，即使才高八斗，也难胜过升合之能；学富五车，也抵不上一张纸，才华和学问再多，又有什么用呢？

◎ 注释 ◎

　　[1] 沈休文《诗韵》——沈约，字休文，南朝武康（今浙江）人，历仕宋、齐、梁，官至尚书令，著有《宋书》《四声韵谱》等。

2．凛遵曲谱

◈ 原文 ◈

曲谱者，填词之粉本，犹妇人刺绣之花样也。描一朵，刺一朵；画一叶，绣一叶。拙者不可稍减，巧者亦不能略增。然花样无定式，尽可日异月新；曲谱则愈旧愈佳，稍稍趋新，则以毫厘之差，而成千里之谬。情事新奇百出，文章变化无穷，总不出谱内刊成之定格。是束缚文人而使有才不得自展者，曲谱是也；私厚词人而使有才得以独展者，亦曲谱是也。使曲无定谱，亦可日异月新，则凡属淹通文艺者皆可填词，何元人、我辈之足重哉？依样画葫芦一语，竟似为填词而发，妙在依样之中，别出好歹，稍有一线之出入，则葫芦体样不圆，非近于方，则类乎扁矣。葫芦岂易画者哉？明朝三百年，善画葫芦者，止有汤临川一人[1]，而犹有病其声韵偶乖、字句多寡之不合者。甚矣，画葫芦之难，而一定之成样，不可擅改也。

曲谱无新，曲牌名有新。盖词人好奇嗜巧，而又不得展其技俩[2]，无可奈何，故以二曲、三曲合为一曲，熔铸成名，如【金索挂梧桐】【倾杯赏芙蓉】【倚马待风云】之类是也。此皆老于词学、文人善歌者能之；不则上调不接下调，徒受歌者揶揄。然音调虽协，亦须文理贯通，始可串离使合，如【金络索】【梧桐树】，是两曲串为一曲，而名曰【金索挂梧桐】，以金索挂树，是情理所有之事也。【倾杯序】【玉芙蓉】，是两曲串为一曲，而名曰【倾杯赏芙蓉】，倾杯酒而赏芙蓉，虽系捏成，犹口头语也。【驻马听】【一江风】【驻云飞】，是三曲串为一曲，而名曰【倚马待风云】，倚马而待风云之会，此语即入诗文中，亦自成句。凡此皆系有伦有脊之言[3]，虽巧而不厌其巧。竟有只顾串合，不询文义之通塞、事理之有无，生扭数字作曲名者，殊失顾名思义之体，反不若前人不列名目，只以犯字加之。如本曲【江儿水】，而串入二别曲，则曰【二犯江儿水】；本曲【集贤宾】，而串入三别曲，则曰【三犯集贤宾】。又有以"摊破"二字概之者，如本曲【簇御林】、本曲【锦地花】，而串入别曲，则曰【摊破簇御林】【摊破锦地花】之类，何等浑然，何等藏拙！更有以十数曲串为一曲，而标以总名，如【六犯清音】【七贤过关】【九回肠】【十二峰】之类，更觉浑雅。予谓串旧作新，终是填词末着。只求文字好、音律正，即牌名旧杀，终觉新奇可喜。如以极新极美之名，而填以庸腐乖张之曲，谁其好之？善恶在实，不在名也。

译文

　　词谱是填词的模本，就像妇女绣花时描的图样。描一朵花，绣一朵花；描一个叶子，绣一个叶子，必须按照图样上的轮廓来绣。绣工不好的不能随意减少一块，绣工好的也不能任意增加一块。但是花朵的图样却没有定式，完全可以日新月异地改换。对于曲谱来说，则是越旧越好，稍稍追求一点儿新奇，就会差之毫厘、谬以千里。

　　戏曲所描写的故事千奇百怪，写作手法变化无穷，但是用语都不能超出词谱中规定的格式。因此，束缚了文人的手脚，使他的才华不能得以自由施展的，是词谱；偏爱戏曲作者，使得他们的才华能够得以充分施展的，也是词谱。假如词曲的谱子也不固定，可以日新月异地变来变去，那么不管是元代人还是当代人，凡是粗通文学的人，就都能填词了。"依样画葫芦"这句话，竟然很像是针对填词说的。填词妙就妙在，依样画葫芦，能区别出画得好坏，有一根线画错了，那么葫芦的形体就不圆，不是方了就是扁了。葫芦是那么好画的吗？在明代三百年中，擅长"画葫芦"的，只有一个汤显祖，但仍有人指责他犯声韵不对、字句长短不合适的毛病。依样画葫芦实在是太难了，然而对于现成的图样，还是不能擅自改动。

　　曲谱没有新的，曲牌名有新的。这是因为填词的人喜欢趋奇讨巧，但是又没有施展的手段，无可奈何，所以把两个、三个曲子合起来成为一个曲子，造出一个新的曲牌名。比如【金索挂梧桐】【倾杯赏芙蓉】【倚马待风云】等便是。这些曲牌名只有那些对于填词学有很深的研究、同时又擅长歌曲的文人才能想得出来；不然的话，就会上调不接下调，只能遭到演唱家的嘲笑。但是音调虽然协调了，还必须文理贯通，才能够把那些不沾边儿的东西合在一起。比如【金络索】【梧桐树】这两个曲牌，把它们串联成一个曲牌，叫作【金索挂梧桐】，把金索挂在梧桐树上，是合乎情理的。【倾杯序】【玉芙蓉】这两个曲牌，把它们串联成一个曲牌，叫作【倾杯赏芙蓉】，倾杯中之酒以赏芙蓉，虽然属于勉强捏合，还是跟口头语差不多。【驻马听】【一江风】【驻云飞】这三个曲牌，将其串联成一个曲牌，叫作【倚马待风云】，倚在马上而待风云之会，这句话即使写进诗里，也很自然。这些都是有条理不走板因而说得过去的，即使有些趋奇讨巧，但也不让人厌烦。有的却只顾串联捏合，也不问文理通顺不通顺、是否合乎事理，把几个字生拉硬拽到一起来作曲牌名的。如此做法，叫人摸不着头脑，莫名其妙，从字面上琢磨不出其中的含义。这样做，倒不如前人那样，不造什么新名，只在原来的名称前加上一个"犯"字。如原来的曲牌是【江儿水】，加入另外两个曲牌，就叫作【二犯江儿水】；原来的曲牌是【集贤宾】，加入另外三个曲牌，就叫作【三犯集贤宾】；还有的在原来的曲牌前面加上"摊破"二字的，如原来的曲牌是【簇御林】【锦地花】，加入另外的曲牌后就成了【摊破簇御林】【摊破锦地花】，浑然一体，看不出破绽，更有的把几十个曲子串联成一个曲子，标出一个总的名称，如【六犯清音】【七贤过关】【九回肠】【十二峰】之类，更使人觉得自然、雅致。我认为用旧的曲牌串联成新的曲牌，说到底还是填词创作中的末等招数。只要求得文字好、音律正，即使曲牌名旧得一塌糊涂，还是让人觉得新奇可嘉；如果用了极新极美的曲牌名，填的却是平庸、陈腐、荒谬的曲词，有谁会喜欢呢？作品的好坏在于内容，不在于名称。

注释

[1]汤临川——汤显祖，因他是江西临川人，故称。

[2]技俩——古代指技能、手段。

[3]有伦有脊之言——语出《诗经·小雅·正月》："维号斯言，有伦有脊。"

3. 鱼模当分

原文

词曲韵书，止靠《中原音韵》一种。此系北韵，非南韵也。十年之前，武林陈次升先生欲补此缺陷，作《南词音韵》一书，工垂成而复辍，殊为可惜。予谓南韵深渺，卒难成书。填词之家，即将《中原音韵》一书，就平、上、去三音之中抽出入声字，另为一声，私置案头，亦可暂备南词之用。然此犹可缓，更有急于此者，则"鱼模"一韵，断宜分别为二。"鱼"之与"模"相去甚远，不知周德清当日何故比而同之，岂仿沈休文《诗韵》之例，以"元""繁""孙"三韵合为"十三元"之一韵，必欲于纯中示杂，以存"大音希声"之一线耶[1]？无论一曲数音，听到歇脚处，觉其散漫无归；即我辈置之案头，自作文字读，亦觉字句聱牙、声韵逆耳。倘有词学专家，欲其文字与声音媲美者，当令"鱼"自"鱼"而"模"自"模"，两不相混，斯为极妥。即不能全出皆分，或每曲各为一韵，如前曲用"鱼"，则用"鱼"韵到底，后曲用"模"，则用"模"韵到底，犹之一诗一韵，后不同前，亦简便可行之法也。自愚见推之，作诗用韵，亦当仿此，另钞"元"字一韵，区别为三。拈得"十三元"者，首句用"元"，则用"元"韵到底，凡涉"繁""孙"二韵者勿用，拈得"繁""孙"者亦然。出韵则犯诗家之忌，未有以用韵太严，而反来指谪者也。

译文

　　创作戏曲所依据的韵书，只依靠《中原音韵》一种。这本书中讲的是北曲的音韵，而不是南曲的音韵。十年前，武林的陈次升先生想弥补这一缺陷，写作《南词音韵》一书，眼看就要写完了，又放弃了，很是可惜。我认为南曲的音韵很深奥，很复杂，很难就此写出一部书来。戏曲作者们假使把《中原音韵》一书拿来，将其中平、上、去三声当中的入声字抽出来，另辟为一声，把它放在案头，暂时也可以供填制南曲之用。但是这件事还可以先放一放，有比这还要紧的，那就是"鱼模"这一韵，绝对应该分为两个韵。"鱼"和"模"离得太远了，我不明白周德清当初为什么要把它们等同？难道是模仿沈休文《诗韵》中的做法，把"元""繁""孙"这三个韵，合为"十三元"这一个韵，一定要把本来很清楚的东西搞得很复杂，来显示其"大音希声"吗？且不说一支曲词当中用了几种不同的韵，听到间断的地方，让人觉得曲词松散无际、杂乱无章；即使把它放在案头，当作文章来读的话，也会感到字句拗口，声韵逆耳。如果有哪位词学专家，想要使作品中的文字与声音富于同样的美感，那就应该把"鱼""模"分开，让"鱼"自成一韵，"模"自成一韵，两者不相混淆，这就妥当了。即使不能在一出戏当中的把所有"鱼""模"二韵都分开，至少也应当在每支曲子中把"鱼""模"二韵区别开用。如果前面的曲子当中用了"鱼"韵，那么就应当一用到底；后面的曲子当中用了"模"韵，也应当一用到底。就像在一组诗当中，一首诗用一个韵，后面的诗中用的韵跟前面的诗用的韵不同，这也是一种简便可行的办法。在我看来，作诗用韵，也应该照此办理。另外，"元"字一韵，分成三个韵。拈得"十三元"的，第一句用了"元"韵，那就一用到底，凡是"繁""孙"这两个韵的字一概不用；拈得"繁""孙"这两个韵时，也照此办理。在用韵方面犯错误，乃是诗家大忌，从来没有因为用韵严格反而招来指责的。

注释

　　[1] 大音希声——语出《老子》："大音希声，大象无形，道隐无名。"

4. 廉监宜避

原文

"侵寻""监咸""廉纤"三韵，同属闭口之音。而"侵寻"一韵，较之"监咸""廉纤"，独觉稍异。每至收音处，"侵寻"闭口，而其音犹带清亮。至"监咸""廉纤"二韵，则微有不同。此二韵者，以作急板小曲则可，若填悠扬大套之词，则宜避之。《西厢》"不念《法华经》，不理《梁王忏》"一折用之者[1]，以出惠明口中，声口恰相合耳。此二韵宜避者，不止单为声音，以其一韵之中，可用者不过数字，余皆险僻艰生、备而不用者也。若惠明曲中之"揞"字、"搀"字、"燂"字、"賸"字、"馅"字、"釅"字、"彪"字，惟惠明可用，亦惟才大如天之王实甫能用。以第二人作《西厢》，即不敢用此险韵矣。初学填词者不知，每于一折开手处，误用此韵，致累全篇无好句。又有作不终篇，弃去此韵而另作者。失计妨时，故用韵不可不择。

译文

"侵寻""监咸""廉纤"这三个韵，都属于闭口音。"侵寻"一韵，与"监咸""廉纤"这两个韵比较起来，稍稍有些不同。在声音结束之处，"侵寻"闭口，但是发出的声音仍很清亮。至于"监咸""廉纤"这两个韵，却有些不同。这两个韵，用它们来填制急板短曲还可以，如果填制悠扬的大套曲词，则应当回避用它们。《西厢记》中"不念《法华经》，不理《梁王忏》"一折用了这两个韵，这是因为这句话是出自惠明之口，声口恰恰相合。之所以要回避这两个韵，不单单是为声音着想，而是因为一韵当中，有实用价值的字只有几个，其余的都是很生僻艰涩、备而不用的字。比如惠明所唱曲中的"揞"字、"搀"字、"燂"字、"賸"字、"馅"字、"釅"字和"彪"字，只有出自惠明之口的曲词可用，也只有才华大如天的王实甫敢于用它。让另外一个人来写《西厢记》，就不敢用这样的险韵了。初学写戏的人不懂得这一点，常常在一折戏的开头误用此韵，连累得通篇都没有好句子；还有的写不下去了，不得不把这个韵舍弃，另外从头写起。预先筹划不妥当，就会瞎耽误工夫，所以用韵不能不用心选择。

注释

[1]《西厢》"不念《法华经》"二句——《西厢记》中惠明的一段唱词。惠明是普

救寺和尚，勇武粗豪，性格有似于《水浒传》中的鲁智深。

5．拗句难好

原文

音律之难，不难于铿锵顺口之文，而难于倔强聱牙之句。铿锵顺口者，如此声韵不合，随取一字换之，纵横顺逆，皆可成文，何难一时数曲？至于倔强聱牙之句，即不拘音律，任意挥写，尚难见才；况有清浊、阴阳及明用韵、暗用韵，又断断不宜用韵之成格，死死限在其中乎？词名之最易填者，如【皂罗袍】【醉扶归】【解三酲】【步步娇】【园林好】【江儿水】等曲，韵脚虽多，字句虽有长短，然读者顺口，作者自能随笔；即有一二句宜作拗体，亦如诗内之古风，无才者处此，亦能勉力见才。至如【小桃红】【下山虎】等曲，则有最难下笔之句矣。《幽闺记》【小桃红】之中段云："轻轻将袖儿掀，露春纤，盏儿拈，低娇面也。"每句只三字，末句叶韵；而每句之第二字，又断该用平，不可犯仄。此等处，似难而尚未尽难。其【下山虎】云："大人家体面，委实多般，有眼何曾见？懒能向前，弄盏传杯，怎般腼腆，这里新人忒杀虐，待推怎地展？主婚人，不见怜，配合夫妻事，事非偶然，好恶姻缘总在天。"只须"懒能向前""待推怎地展""事非偶然"之三句，便能搅断词肠。"懒能向前""事非偶然"二句，每句四字，两平两仄，末字叶韵。"待推怎地展"一句五字，末字叶韵。五字之中，平居其一，仄居其四。此等拗句，如何措手？南曲中此类极多，其难有十倍于此者。若逐个牌名援引，则不胜其繁，而观者厌矣。不引一二处定其难易，人又未必尽晓。兹只随拈旧诗一句，颠倒声韵以喻之。如"云淡风轻近午天"，此等句法，自然容易见好，若变为"风轻云淡近午天"，则虽有好句，不夺目矣；况"风轻云淡近午天"七字之中，未必言言合律，或是阴阳相左，或是平仄尚乖，必须再易数字，始能合拍。或改为"风轻云淡午近天"，或又改为"风轻午近云淡天"。此等句法，揆之音律，则或谐矣；若以文理绳之，尚得名为词曲乎？海内观者，肯曰此句为音律所限，自难求工，姑为体贴人情之善念而恕之乎？曰：不能也。既曰不能，则作者将删去此句而不作乎？抑自创一格而畅我所欲言乎？曰：亦不能也。然则攻此道者，亦甚难矣！变难成易，其道何居？曰：有一方便法门，词人或有行之者，未必尽有知之者。行之者偶然合拍，如路逢故人，出之不意，非我知其在路而往投之也。凡作倔强聱牙之句，不合自造新言，只当引用成语。成语在人口头，即稍更数字，略变声音，念来亦觉顺口；

新造之句，一字聱牙，非止念不顺口，且令人不解其意。今亦随拈一二句试之。如"柴米油盐酱醋茶"，口头语也，试变为"油盐柴米酱醋茶"，或再变为"酱醋油盐柴米茶"，未有不明其义、不辨其声者；"东边日出西边雨，道是无情却有情"[1]，口头语也，试将上句变为"日出东边西边雨"，下句变为"道是有情却无情"，亦未有不明其义、不辨其声者。若使新造之言而作此等拗句，则几与海外方言无别，必经重译而后知之矣。即取前引《幽闺》之二句定其工拙，"懒能向前""事非偶然"二句，皆拗体也。"懒能向前"一句，系作者新构，此句便觉生涩，读不顺口；"事非偶然"一句，系家常俗话，此句便觉自然，读之溜亮。岂非用成语易工、作新句难好之验乎？予作传奇数十种，所谓"三折肱为良医"[2]，此折肱语也。因觅知音，尽倾肝膈。孔子云："益者三友：友直，友谅，友多闻。"[3]"多闻"吾不敢居，请自呼为"直""谅"。

译文

音律把握起来很困难，但是在铿锵顺口的句子当中，并不难处理；对于读起来艰涩拗口的句子，就难了。如果一个句子当中某个字不合声韵，任意选一个别的字来替换它，纵横颠倒，皆成文章，还有什么难的？一个句子是这样，几个曲子也是这样。至于艰涩拗口的句子，即使不受音律的限制，任意挥写，也很难表现出作者的才华；更何况有轻浊、阴阳，以及明用韵、暗用韵，还有某某处不适合用韵等各种各样的规矩的严格限制呢？

曲牌当中最容易填词的，如【皂罗袍】【醉扶归】【解三酲】【步步娇】【园林好】【江儿水】等，这些曲牌中所用的韵脚虽然较多，句子虽然长短不一，但是读起来顺口，作者填起词来自然方便得多。即使其中有一两句应当故意写得拗口，也像诗歌中的古风一样。缺少才华的作者，面对这些曲牌，也勉强能够表现出一点才华。至于【小桃红】【下山虎】等曲牌，其中有的句子就很难下笔了。《幽闺记》【小桃红】一曲中段唱道："轻轻将袖儿掀，露春纤，盏儿拈，低娇面也。"每个句子只有三个字，句尾押韵；而每个句子中的第二个字，绝对应该用平声，不能用仄声。这样的地方看上去似乎很难，但是实际上还算不上太难。其中还有一曲【下山虎】唱道："大人家体面，委实多般，有眼何曾见？懒能向前，弄盏传杯，怎般腼腆，这里新人忒杀虐，待推怎地展？主婚人，不见怜，配合夫妻事，事非偶然，好恶姻缘总在天。"光是"懒能向前""待推怎地展""事非偶然"这三句，就让人觉得搅断肝肠，很难下手。"懒能向前""事非偶然"两句，每句四个字，两个字平声，两个字仄声，末尾一个字押韵；

"待推怎地展"一句五个字，末尾一个字押韵；五个字当中，一个平声字，四个仄声字。像这样拗口的句子，叫人如何下手？

南曲当中诸如此类的例子太多了，有的比这些例子还难上十倍。如果一个曲牌一个曲牌地举例说明，实在举不过来，也会使人厌烦。但是不举出一两个例子来比较判断它们的难易程度，人们又不一定明白。现只任意挑选一句旧诗，把它的声韵颠倒一下来做比方。比如"云淡风轻近午天"，这样的句法，自然容易被人看好，如果把它变成"风轻云淡近午天"，那么虽然还是一句好诗，却不那么醒目了；况且"风轻云淡近午天"这七个字当中，未必每个字都合乎声律，有的用错了阴、阳，有的用错了平、仄，必须再把它们的顺序变动一下，才能合拍。或者改为"风轻云淡午近天"，或者改成"风轻午近云淡天"，这样的句法，从音律的角度来看倒是和谐了，但是从文理上看，还成其为词曲吗？人们读到这几个字，有谁能说这句诗因为受了音律的限制，自然难以求得完美，还是体谅他原谅他吧？肯定不能。既然不能，那么作者就将删去这句不写了吗？或者自创一格，想写什么就写什么、想怎么写就怎么写吗？这肯定是不行的。由此看来，从事这项工作也太难了！

怎样才能把困难的变成容易的呢？有一个方便的窍门，填词的人有的已经不自觉地这样做了，但是还没有完全明白其中的奥秘。这样做的人是偶然合拍，有如路上遇见老朋友，乃是出乎意料，并不是他事先知道朋友正在路上，而故意迎上去。凡是艰涩拗口的句子、不适合自造新的句子，就不妨采用现成的语言。现成的话挂在人们口头，即便稍微变动一下字数，变动一下声韵，念起来也会觉得顺口；新造的句子，只要一个字读起来拗口，不仅念起来不顺溜，而且让人不解其意。现在再随手拿两个句子来验证一下。例如"柴米油盐酱醋茶"，这是人们的口头语，把它变成"油盐柴米酱醋茶"，或者再变成"酱醋油盐柴米茶"，没有不明白它的意思、分辨不清它的声音的；"东边日出西边雨，道是无情却有情"，这是人们的口头语，如果把前面一句变成"日出东边西边雨"，后面一句变成"道是有情却无情"，也没有不明白它的意思、分辨不清它的声音的。要是新造的句子也是这样的拗口，那么简直跟外国话没什么两样了，必须经过翻译才能明白，拿前面提到的《幽闺记》中的两句话来看看哪个好、哪个糟："懒能向前""事非偶然"这两句，都很拗口。"懒能向前"一句，是作者新造的，就使人觉得很生涩，读起来不顺口；"事非偶然"一句，乃是一句家常话，这句话就使人觉得自然，读起来流利、响亮。这不正说明了采用现成的语言容易写好、自造新的句子难以收到好的效果吗？

我创作了几十种传奇作品，常言道"久病出良医"，这是我的切身经验。为了寻找知音，我把心里话都说了出来。孔子说："有三种有益的朋友：一种是坦率的朋友；一种是能够理解你的朋友，一种是见识广博的朋友。"见识广博我不敢自居，但我自信自己是一个坦率的、善解人意的人。

◈ 注释 ◈

［1］无情却有情——情，也写作"晴"。

［2］三折肱为良医——语出《左传·定公十三年》："三折肱知为良医。"

［3］益者三友——语出《论语·季氏》。

6. 合韵易重

◈ 原文 ◈

句末一字之当叶者，名为韵脚。一曲之中，有几韵脚，前后各别，不可犯重。此理谁不知之？谁其犯之？所不尽知而易犯者，惟有"合前"数句。兹请先言"合前"之故。同一牌名而为数曲者，止于首只列名，其后，在南曲则曰"前腔"，在北曲则曰"幺篇"，犹诗题之有"其二""其三""其四"也。末后数语，有前后各别者；有前后相同，不复另作，名为"合前"者。此虽词人躲懒法，然付之优人，实有二便。初学之时，少读数句新词，省费几番记忆，一便也；登场之际，前曲各人分唱，"合前"之曲必通场合唱，既省精神，又不寂寞，二便也。然"合前"之韵脚最易犯重。何也？大凡做首曲，则知查韵，用过之字，不肯复用。迨做到第二、三曲，则止图省力，但做前词，不顾后语，置"合前"数句于度外，谓前曲已有，不必费心，而乌知此数句之韵脚，在前曲则语语各别，凑入此曲，焉知不有偶合者乎？故作"前腔"之曲而有"合前"之句者，必将末后数句之韵脚紧记在心，不可复用；作完之后，又必再查，始能不犯此病。此就韵脚而言也。韵脚犯重，犹是小病；更有大于此者，则在词意与人不相合。何也？"合前"之曲，既使同唱，则此数句之词意必有同情。如生、旦、净、丑四人在场，生、旦之意如是，净、丑之意亦如是，即可谓之同情，即可使之同唱。若生、旦如是，净、丑未尽如是，则两情不一，已无同唱之理，况有生、旦如是，净、丑必不如是，则岂有相反之曲而同唱者乎？此等关窍，若不经人道破，则填词之家，既顾阴阳、平仄，又调角徵宫商，心绪万端，岂能复筹及此？予作是编，其于词学之

闲情偶寄 详评

精微则万不得一，如此等粗浅之论，则可谓知无不言、言无不尽者矣。后来作者，当锡予一字，命曰"词奴"，以其为千古词人，尝效纪纲奔走之力也。

译文

句子的末尾应当押韵的一字，叫作"韵脚"。一个曲子当中有几个韵脚，前面的韵脚跟后面的韵脚应当各不相同，不应当重复。这个道理谁不明白？谁愿意犯这样的错误？掌握不好、容易犯错误的地方，是曲子中的几个"合前"的句子。先说说为什么要"合前"。用同一个曲牌来填制几首曲子的，只在第一首曲子的前面列出曲牌的名字，其后的曲牌，南曲中叫作"前腔"，北曲中叫作"幺篇"；就像在同一个题目之下作出的几首诗，在题目的后面标出"其二""其三""其四"一样。最后一首曲子中的几个句子当中，有的句子跟前面曲子中的不一样；有的句子跟前面曲子当中的句子相同，不再另外填词。这几个跟前面相同的句子，就叫作"合前"。

这虽然是戏曲作者偷懒的办法，但对演员们来说，却有两方面的好处。第一样好处是最初熟悉一首曲子时，可以少念几句新的唱词，少花一些工夫去记忆；第二个好处是，在登台演唱的时候，前面的曲子由各个角色分唱，"合前"的曲子，要全场合唱，这样既省劲儿，场面又热闹。

但是，"合前"句子中的韵脚最容易犯重复的毛病。这是为什么呢？大凡填制第一首曲子，都知道查找韵脚，前面已经使用过的字，后面就不再用了；等到填制第二、第三首曲子时，就光图省劲儿，一心填制前面的曲词，不去管后面的曲子，把后面"合前"一段中的句子置之度外，认为这几个句子在前面的曲子中已经有了，用不着再花费心思了。可哪里知道这几个句子的韵脚，在前面的曲子中各有不同，但凑到这首曲子当中，谁知会不会跟这首曲子当中的其他句子的韵脚有偶然重复的？

所以，在戏曲创作时，如果有"合前"的句子，必须把后面要重复的句子所使用的韵脚牢记在心，不能再用；写完以后，还必须再检查一遍，这样才不至于犯韵脚重复的毛病。这是针对韵脚而言。

韵脚重复，尚属小毛病；还有比这更严重的，那就是词意不合。为什么呢？"合前"的句子，既然要人们合唱，那么这几个句子的意思所表达的，必须是大家共同的心情。如果有生、旦、净、丑四个角色在场，生、旦的心情是这样的，净、丑的心情也是这样的，这就可以称为共同的心情，这就可以让他们一起合唱；如果生、旦的心情是这样的，净、丑的心情不全是这样的，各人的心情不一样，就没有一起唱的道理了；何况生、旦的心情是这样的，而净、丑的心情跟他们截然相反，就更不应该让大家合唱了。这个窍门儿，如果不被人说破，那么填词作者既要考虑用字的阴阳、平仄，又得照顾曲调，心绪万端，哪里还顾得上想这些？填词的学问博大精深，以上说的只是本人的一点粗浅的认识，可以称得上是知无不言、言无不尽了。后来者应该赐给我一个名字："词奴"，因为我为天下所有填词作者如此不厌其烦、不畏劳苦地奔走效力。

7. 慎用上声

原文

平、上、去、入四声，惟上声一音最别：用之词曲，较他音独低；用之宾白，又较他音独高。填词者每用此声，最宜斟酌。此声利于幽静之词，不利于发扬之曲；即幽静之词，亦宜偶用间用。切忌一句之中连用二、三、四字。盖曲到上声字，不求低而自低，不低则此字唱不出口，如十数字高而忽有一字之低，亦觉抑扬有致；若重复数字皆低，则不特无音，且无曲矣。至于发扬之曲，每到吃紧关头，即当用阴字，而易以阳字，尚不发调，况为上声之极细者乎？予尝谓物有雌雄，字亦有雌雄，平、去、入三声以及阴字，乃字与声之雄飞者也；上声及阳字，乃字与声之雌伏者也。此理不明，难于制曲。初学填词者，每犯抑扬倒置之病。其故何居？正为上声之字入曲低而入白反高耳。词人之能度曲者，世间颇少，其握管捻髭之际，大约口内吟哦，皆同说话，每逢此字，即作高声。且上声之字出口最亮，入耳极清。因其高而且清、清而且亮，自然得意疾书。孰知唱曲之道与此相反，念来高者，唱出反低。此文人妙曲利于案头而不利于场上之通病也。非笠翁为千古痴人，不分一毫人我、不留一点渣滓者，孰肯尽出家私底蕴，以博慷慨好义之虚名乎？

译文

在平、上、去、入这四种声调当中，上声最为特别。把上声字用到词曲当中，比其他的音调都低；把它用在宾白当中，又比其他的音调都高。戏曲作者在使用上声字的时候，最应该仔细斟酌。上声字适宜用在悠然闲适的曲词中，不适宜用在激昂的曲词里；即使是悠然闲适的曲词，也应该少用，并且要隔着用。一定不要在一个句子当中一连使用两三个上声字。因为曲子唱到上声字时，声调会自然降低，声调不低这个字就唱不出口。如果十几个字声调高，忽然出现一个声调低的上声字，也还使人觉得高低错落，很有味儿；如果一连几个字都是上声字，那么不但唱不出字声，就连曲调也唱不出来。至于激昂的曲子，每到紧要关头，就应当使用阴调的字；如果替换成阳调的字，声调就唱不上去，更何况上声当中的小字眼儿呢？

  我曾经说过，动物有雌雄之分，字也有雌雄之别。平、去、入三声以及阴调字，乃是字中之雄；上声字以及阳调字，乃是字中之雌。不明白这个原理，就难以填制曲词。初学填词的人经常犯阴阳颠倒的毛病。这是为什么呢？正是由于上声字用在曲子里，唱出来声调就低，用在宾白里念出来声调就反而高了。能填词而又熟悉制曲的作者，世上很少见。当作者拿着笔、捻着胡子写作的时候，大概是一边写嘴里一边吟诵，吟诵起来都跟念白一样，每当遇到上声字时，就提高了声音；而且上声字发音响亮，听起来又很清晰，由于这样的字激昂而又清晰、清晰而又响亮，因此作者当然感到得意，下笔疾书。哪知唱曲的原理恰恰与此相反，念出来声调高的字，唱出来声调反而低。所以文人写出来的曲词，适于捧在手中阅读，而不适于在剧场里演出，这是文人曲词的通病。要不是我这个千古傻瓜不分你我、不留一手、把所有的看家本事和盘托出的话，又有谁愿意把自己的家底儿全都端出来告诉给别人，来博取慷慨好义的虚名呢？

8．少填入韵

原文

  入声韵脚，宜于北而不宜于南。以韵脚一字之音，较他字更须明亮，北曲止有三声，有平、上、去而无入，用入声字作韵脚，与用他声无异也。南曲四声俱备，遇入声之字，定宜唱作入声；稍类三音，即同北调矣。以北音唱南曲可乎？予每以入韵作南词，随口念来，皆似北调，是以知之。若填北曲，则莫妙于此，一用入声，即是天然北调。然入声韵脚最易见才，而又最难藏拙。工于入韵，即是词坛祭酒[1]。以入韵之字雅驯、自然者少，粗俗、倔强者多。填词老手，用惯此等字样，始能点铁成金。浅乎此者，运用不来，熔铸不出，非失之太生，则失之太鄙。但以《西厢》《琵琶》二剧较其短长：作《西厢》者工于北调，用入韵是其所长。如"闹会"曲中"二月春雷响殿角""早成就幽期密约""内性儿聪明，冠世才学，扭捏着身子百般做作"，"角"字、"约"字、"学"字、"作"字，何等驯雅！何等自然！《琵琶》工于南曲，用入韵是其所短。如"描容"曲中"两处堪悲，万愁怎摸"，愁是何物而可摸乎？入声韵脚宜北不宜南之论，盖为初学者设；久于此道而得三昧者，则左之、右之，无不宜之矣。

译文

入声的韵脚，适宜用在北曲当中，而不适宜用在南曲当中。因为作为韵脚来使用的字的音调，必须比别的字音调明亮。北曲中只有三种声调，有平声、上声、去声而没有入声，用入声字做韵脚，跟用其他声调的字作韵脚没有什么区别。南曲中四种声调都有，遇到入声字，就应当唱作入声；唱得有一点儿接近其他三种声调，那就成了北方的音调了。用北方的音调来演唱南曲行吗？每当我用入声字做韵脚填制南曲，顺口念出来，都和北曲的音调相似，因此才明白这个道理。如果填制北曲，就没有比用入声字做韵脚更美妙的了，一用入声字做韵脚，便是天然北调。用入声字做韵脚，最容易表现作者的才能，但是也最难以藏拙。精通使用入声字的人，便可称得上是词坛高手，因为入声字读起来秀雅上口的少，粗俗拗口的多。填词的老手用惯了这样的字，才能够点铁成金，变粗俗为秀雅，变拗口为上口。水平低的作者使用不得法，就写不出好东西，不是过于生硬，就是过于粗俗。

现仅就《西厢记》《琵琶记》两部戏来作比较：《西厢记》的作者精通北方音调，使用入声字作韵脚是其所长。例如"闹会"曲中的"二月春雷响殿角""早成就幽期密约""内性儿聪明，冠世才学，扭捏着身子百般做作"，这段曲词中的"角"字、"约"字、"学"字、"作"字多么秀雅上口！多么自然！《琵琶记》的作者精通南曲，使用入声字做韵脚是其所短。例如"描容"曲中的"两处堪悲，万愁怎摸"一句，"愁"是什么东西？怎么能够"摸"呢？用入声字做韵脚，适于北曲而不适于南曲，这个观点是针对那些初学者提出来的；而对于那些精于此道的老手们来说，可以左右逢源，挥洒自如，没有什么不合适的。

注释

［1］祭酒——古代学官名。汉代有博士祭酒官，是博士中的最高职位；隋、唐以后有国子监祭酒，为国学的主管官。

9. 别解务头

原文

　　填词者必讲务头。然"务头"二字千古难明。《啸馀谱》中载《务头》一卷，前后胪列，岂止万言？究竟"务头"二字，未经说明，不知何物，止于卷尾开列诸旧曲，以为体样，言某曲中第几句是务头，其间阴阳不可混用，去上、上去等字不可混施。若迹此求之，则除却此句之外，其平仄、阴阳皆可混用混施而不论矣。又云：某句是务头，可施俊语于其上。若是，则一曲之中止该用一俊语，其余字句皆可潦草涂鸦，而不必计其工拙矣。予谓立言之人，与当权秉轴者无异，政令之出，关乎从违，断断可从，而后使民从之；稍背于此者，即在当违之列。凿凿能信，始可发令；措词又须言之极明、论之极畅，使人一目了然。今单提某句为务头，谓阴阳、平仄断宜加严，俊语可施于上。此言未尝不是，其如举一废百，当从者寡，当违者众，是我欲加严，而天下之法律反从此而宽矣。况又嗫嚅其词，吞多吐少，何所取义而称为务头？绝无一字之诠释。然则葫芦提三字[1]何以服天下？吾恐狐疑者读之，愈重其狐疑；明了者观之，顿丧其明了。非立言之善策也。予谓"务头"二字既然不得其解，只当以不解解之。曲中有务头，犹棋中有眼，有此则活，无此则死，进不可战、退不可守者，无眼之棋，死棋也；看不动情、唱不发调者，无务头之曲，死曲也。一曲有一曲之务头，一句有一句之务头。字不鏖牙，音不泛调，一曲中得此一句，即使全曲皆灵；一句中得此一二字，即使全句皆健者，务头也。由此推之，则不特曲有务头，诗词歌赋以及举子业，无一不有务头矣。人亦照谱按格，发舒性灵，求为一代之传书而已矣；岂得为谜语欺人者所惑，而阻塞词源，使不得顺流而下乎？

译文

　　从事戏曲创作的人总是谈论"务头"，但是"务头"这两个字历来就没有被人搞明白。《啸馀谱》中有《务头》一卷，前后罗列，篇幅很长，何止一万多字。但是其中对于"务头"这两个字并没有讲明白，还是叫人弄不懂是什么东西；只是在该卷的后面列上几只旧曲子来作例子，说某个曲子当中的第几句第几句是务头，在务头里阴调阳调不能混用，去上、上去等字不可乱填。如果真像书中说的那样，那么除了务头这个句子以外的别的句子，平仄、阴阳就可以随便混用乱填了。

书中还说：某某句是务头，可以填入漂亮的词句。像这样的话，那么一个曲子当中，只应该有一个漂亮的句子，其余的句子都可以不下功夫，愿意怎么写就怎么写，写得乱七八糟也无所谓了。我认为著书立说的人应当像掌权者一样，某项政令一旦出台，关系到具体的实施，能够具体实施的，才可以让百姓去遵守；有人稍有违背，就应该立即禁止。确信能够实施的，才可以把政令发布出去；而且，政令的言辞必须明白，行文必须通畅，使人一目了然。这本书中只提到某某句是务头，说在务头当中用字的阴阳、平仄应当严格，可以填入漂亮的词句，这话说得固然很对，然而只举其一点，其他的都不涉及，要求人们严格遵守之处少，让人可以随便发挥之处多。这样，你想要严格要求，但是天下的法律反而由此放宽了。何况书中又吞吞吐吐，闪烁其词，所谓"务头"到底是什么意思？没有解释一个字。自己糊里糊涂的，怎么能叫天下人信服？恐怕不明白的人读了会更不明白，明白人看了反倒糊涂了，这不是一种著书立说的好方法。

我认为，"务头"二字既然不好解释，就不妨别再去解释了。曲子当中有务头，就像下棋当中有"眼"，棋中有"眼"，就是活棋，没有"眼"就是死棋，下棋之所以有时战也不是，守也不起，进退两难，是因为棋中没有"眼"，是死棋；读起来不让人动情，唱起来唱不出韵味儿的曲子，便是没有务头的曲子。一首曲子有一首曲子的务头，一个句子有一个句子的务头。字不拗口，音不走调，一首曲子当中有这样一句，就会使得整个曲子优美动听；一个句子当中有这样一两个字，就会使得整个句子健全饱满，这就是务头。由此看来，不但曲子有曲子的务头，诗词歌赋，以及写文章、作八股文，没有一样不讲究务头。人们按谱填词，是为了抒发心中情感，求得世代相传，怎么可以被这些蒙人的说法所迷惑，而使写作思路受到阻碍，不得顺畅自如呢？

注释

［1］葫芦提——宋、元时期的口语，意思是含糊笼统，糊里糊涂。

四、宾白

小 引

原文

　　自来作传奇者，止重填词，视宾白为末着。常有《白雪》《阳春》其调而《巴人》《下里》其言者。予窃怪之，原其所以轻此之故，殆有说焉。元以填词擅长，名人所作，北曲多而南曲少。北曲之介白者，每折不过数言，即抹去宾白而止阅填词，亦皆一气呵成，无有断续，似并此数言亦可略而不备者。由是观之，则初时止有填词，其介白之文，未必不系后来添设。在元人，则以当时所重不在于此，是以轻之；后来之人，又谓元人尚在不重，我辈工此何为？遂不觉日轻一日，而竟置此道于不讲也。予则不然。尝谓曲之有白，就文字论之，则犹经文之于传注；就物理论之，则如栋梁之于榱桷；就人身论之，则如肢体之于血脉。非但不可相轻，且觉稍有不称，即因此贱彼，竟作无用观者。故知宾白一道，当与曲文等视，有最得意之曲文，即当有最得意之宾白，但使笔酣墨饱，其势自能相生。常有因得一句好白，而引起无限曲情；又有因填一首好词，而生出无穷话柄者。是文与文自相触发，我止乐观厥成，无所容其思议。此系作文恒情，不得幽渺其说，而作化境观也。

译文

　　有史以来，创作戏曲的人们只重视唱词，把宾白当作最不重要的东西。有的作品当中，唱词写成"阳春白雪"，十分高雅动听；而宾白却写成"下里巴人"，粗俗不堪。我对此感到奇怪。推究一下人们之所以轻视宾白的原因，是有来历的。元代作者以填词见长，在名家的作品当中，北曲多，南曲少。在北曲里面，每折戏宾白不过只有不多几句；即使把宾白抹掉而只阅读曲词，也都是一气呵成，没有断断续续的痕迹，似乎这几句宾白有没有都可以。由此看来，可能最初只有曲词，而其中的宾白说不定是后来添上去的。对于元代作者来说，因为当时人们所注重的不是这些，因此轻视了宾白的写作；而后来的作者，又认为元代作者尚且不重视宾白，我们为什么还要对它那么下功夫呢？于是不知不觉越来越轻视，最后把它放下一边不提了。我的意见跟这些人不同。我曾经说过，曲子当中有宾白，拿文章来举例说，就像经书当中有传注；拿事物的常理来说，就像房梁上头有榫子；拿人的身体来举例说，就像肢体当中有血脉。宾白不但不可小看，而且稍不合适，就会使曲词受到贬低，成了没用的东西。

由此可知，应该把宾白跟曲文同等看待。一部作品当中，有最得意的曲文，就应当有最得意的宾白。只要宾白的笔墨酣畅，写得饱满生动，就一定会产生很好的艺术效果。常常有这样的情形：因为妙手偶得一句好的宾白，勾起作者的无限情思，从而写出很好的曲词；因为填出一首好词，使得作者思绪万千，写出一部好的故事。这是由于文字之间互相触发，作者只好顺势而下，容不得你去考究、思量。这是创作中经常出现的情况，因为人们不懂得其中的奥妙，所以把它当成了一种神乎其神、不可轻易达到的神秘境界。

1. 声务铿锵

原文

宾白之学，首务铿锵。一句聱牙，俾听者耳中生棘；数言清亮，使观者倦处生神。世人但以"音韵"二字用之曲中，不知宾白之文更宜调声协律；世人但知四六之句，平间仄，仄间平，非可混施叠用，不知散体之文亦复如是。"平仄仄平平仄仄，仄平平仄仄平平"二语，乃千古作文之通诀，无一语一字可废声音者也。如上句末一字用平，则下句末一字定宜用仄，连用二平，则声带喑哑，不能耸听；下句末一字用仄，则接此一句之上句，其末一字定宜用平，连用二仄，则音类咆哮，不能悦耳。此言通篇之大较，非逐句逐字皆然也。能以作四六平仄之法用于宾白之中，则字字铿锵，人人乐听，有金声掷地之评矣。

声务铿锵之法，不出平仄、仄平二语。是已，然有时连用数平，或连用数仄明知声欠铿锵，而限于情事，欲改平为仄、改仄为平，而决无平声、仄声之字可代者。此则千古词人未穷其秘。予以探骊觅珠之苦，入万丈深潭者，既久而后得之，以告同心，虽示无私，然未免可惜。字有四声，平、上、去、入是也。平居其一，仄居其三，是上、去、入三声皆丽于仄，而不知上之为声，虽与去、入无异，而实可介于平、仄之间，以其别有一种声音，较之于平则略高，比之去、入则又略低。古人造字审音，使居平、仄之介，明明是一过文，由平至仄，从此始也。譬如四方声音，到处各别，吴有吴音，越有越语，相去不啻天渊；而一至接壤之处，则吴、越之音相半，吴人听之觉其同，越人听之亦不觉其异。晋、楚、燕、秦以至黔、蜀，在在皆然。此即声音之过文，犹上声介于平、去、入之间也。作宾白者，欲求声韵铿锵，而限于情事，求一可代之字而不得者，即当用此法以济其穷。如两句三句皆平，或两句三句皆仄，求一可代之字而不得，即用一上声之字介乎其间，以之代平可，以之代去、入亦可。如两句三句皆平，间一上声之字，则其声是仄，不必言矣；即两句三句皆去声、入声，而间一上声之字，则其字明明是仄，而却似平，令人听之，不知其为连用数仄者。此理可解而不可解，此法可传而实不当传；一传之后，则遍地金声，求一瓦缶之鸣而不可得矣。

译文

　　写作宾白，首先应当铿锵悦耳。假使有一句拗口，就会让听者有如耳朵长刺一样难受；有几句清晰响亮的宾白，会令看戏的人扫除疲劳，精神振作。世人只知道曲词当讲究音韵，却不知道宾白的文字更应该讲究声律；世人只知道四六句的骈文平声字和仄声字要交替使用，不能混合使用重复使用，却不知道散体的文章也是这样。"平仄仄平平仄仄，仄平平仄仄平平"这两句，是古往今来写文章通用的口诀，没有一句话、一个字可以不讲声律。如果前面一句末尾一个字用平声，那么后面一句末尾一个字一定应当用仄声，连用两个平声字，那么读起来就使人觉得声音低哑，听起来不清亮；如果后面一句末尾一个字用仄声，那么挨着这一句的前面一句的末尾一个字一定应当用平声，连用两个仄声字，那么读起来就会使人感到有如咆哮，很不好听。这是从全篇大的方面来讲，并不是每个句子、每个字都非要遵守这个规矩不可。如果能够把写四六骈文的法则用于戏曲宾白中去，就会使得字字铿锵悦耳，人人爱听，人们就会评价说你的文字有如金石掷地有声。

　　声韵应当讲究铿锵悦耳，其方法不出平仄、仄平这两种套路。但是有时一连使用几个平声字，或者一连使用几个仄声字，明明知道读起来声音不是那么铿锵悦耳，然而被语言所要表达的内容所限制，想要把平声字改为仄声字、把仄声字改为平声字，但是却没有任何别的平声字、仄声字可以拿来替换，因此，有史以来的填词作者都不知道如何才好。我从事创作这么多年，受了那么多劳累，花费了那么长的时间，才在这方面得出一些经验体会，我愿意把它告诉我各位同行，虽然这样可以显示我的大公无私，但是未免有点儿可惜。字有四声，这就是平声、上声、去声、入声。平声字只居其一，而上声、去声、入声这三声都属于仄声之列。这三声中的上声，虽然跟去声、入声一样都是仄声,但是实际上它介于平声和仄声之间;因为它的声调独特,所以跟平声比起来声调略高,跟仄声比起来声调略低。古代人造字定音,让上声介于平声和仄声之间,很清楚它具有一种过渡性,从平声过渡到仄声,是由此开始的。

举个例子来说,各个地方有自己的方言,每个地方的语音都不一样,吴地有吴地的方言,越地有越地的用语,它们之间的差距有如天壤之别;但是到了两个方言区接壤的地方,这个地方的语音当中,吴地的口音和越地的口音各占一半,吴地的人们听越地人说话觉得跟自己地方的人说话一样,越地的人们听吴地人说话也觉得跟自己地方的人说话没什么两样。山西、湖北、河北、陕西,以至贵州、四川,任何地方都是这样。这就是语音的过渡性,就像上声介于平声和仄声之间一样。

写作宾白的时候,想要追求音韵的铿锵悦耳,但是又受到语言所要表达的内容的限制,想找一个字来替换另一个字,但是又找不到相同音调的字的时候,可以采取这种方法。比如有两个、三个句子的韵脚都是平声,或者两个、三个句子的韵脚都是仄声,想找一个仄声字或平声字来替换但是又找不到,就不妨选用一个上声字。上声介于平声、仄声之间,可以用它来代替平声,也可以用它来代替去声、入声。如果两个、三个句子都用平声,中间某个句子用了一个上声字,那么这个字属于仄声,就不用说了;假使两个、三个句子都用了去声、入声,中间某个句子用了一个上声字,那么,这个字明明是仄声,读上去却又像平声,使人听了察觉不出这里一连用了几个仄声。这个原理可以说得明白,但又很难说明白;可以作为一种方法,但是又不能提倡这种方法。一旦人们掌握了这种方法,那么,所有的曲词音韵都会十分优美,连一句单调乏味不谐调的曲词也听不到了。

2. 语求肖似

原文

文字之最豪宕最风雅、作之最健人脾胃者,莫过填词一种。若无此种,几于闷杀才人,困死豪杰。予生忧患之中,处落魄之境,自幼至长,自长至老,总无一刻舒眉,惟于制曲填词之顷,非但郁藉以舒、愠为之解,且尝僭作两间最乐之人,觉富贵荣华,其受用不过如此。未有真境之为所欲为,能出幻境纵横之上者。我欲做官,则顷刻之间便臻荣贵;我欲致仕,则转盼之际又入山林;我欲作人间才子,即为杜甫、李白之后身;我欲娶绝代佳人,即作王嫱、西施之元配[1];我欲成仙作佛,则西天、蓬岛即在砚池笔架之前；我欲尽孝输忠，则君治亲年，可跻尧、舜、彭篯之上[2]。非若他种文字，欲作寓言，必须远引曲譬，蕴藉包含，十分牢骚，还须留住六七分；八斗才学，止可使出二三升；稍欠和平，略施纵送，即谓失风人之旨，犯佻达之嫌，求为家弦户诵者难矣。填词一家，则惟恐其蓄而不言、言之不尽。是则是矣，须知畅所欲言，亦非易事。言者，心之声也。欲代此一人立言，先宜代此一人立心，若非梦往神游，何谓设身处地？无论立心端正者，我当设身处地，代生端正之想；即遇立心邪辟者，我亦当舍经从权，暂为邪辟之思。务使心曲隐微随口唾出，说一人，肖一人，勿使雷同，弗使浮泛。若《水浒传》之叙事、吴道子之写生[3]，斯称此道中之绝技。果能若此，即欲不传，其可得乎？

译文

在各种体裁的文学创作当中，最畅快、最风雅、最有益于身心的，莫过于创作传奇戏曲。如果没有这种文学样式，简直会把有才华的豪杰之士郁闷死。我生在忧患之中，身处落魄的境地，从小到大，从大到老，总没有一时半晌开心的时候，唯独在填词制曲的片刻时光，不但可以消除忧郁、驱散烦恼，而且经常感到自己是天地之间最快乐的人，觉得人间的荣华富贵不过如此。在现实生活中人们所想干的以及所能干的事情，跟戏曲创作中幻想的境界相比，实在是相形见绌。在创作的构思想象中，我想做官，那么在顷刻之间，便可以获得荣华富贵；我想当个隐士，那么一眨眼的工夫，我又来到了山林之中；我想成为人间才子，马上就成了李白、杜甫的转世后身；我想娶一位绝代佳人，立即就成了王昭君、西施的原配丈夫；我想成仙作佛，那么天宫和蓬莱仙岛就在我的面前；我想要成为忠臣孝子，便可跻身于尧、舜、彭祖的行列。不像其他文章那样，要表达一种愿望、思想，必须引用远古之人的话，绕着弯子打比方，写得含蓄委婉；肚子里有十分的牢骚，还不得不留住六七分；身怀八斗的才学，只能使出二三升；写得稍欠温和，手法略有放纵，别人就会说你不正统、不道德、不严肃、太轻浮，要想让家家户户阅读和传诵你写的东西，也就难了。而对于戏曲作者来说，却是唯恐他有话不说，说得不详尽。

话虽然是这么说，但是必须知道，要畅所欲言并不是一件容易的事。语言是从人的心灵发出的声音，要想替作品中的人物说话，必须首先塑造人物的心灵，如果不在沉思默想当中心驰神往，与自己所塑造的人物达到心灵的默契，就不可能设身处地为他设计出得体的语言和行为。且不说作品中那些品行端正的人，我应当设身处地为他设计出得体的语言和行为,即使是品行不端的邪恶的人,我也应当暂时放弃一副正经的派头,脑子里装满邪恶的念头。一定要把心中的隐秘、脑海当中种种复杂的念头脱口说出,说一个人,像一个人,不能让人物形象雷同,不能使故事简单浮泛,就如同《水浒传》中描写的故事情节、吴道子画的人像,那才称得上具备了塑造形象的高超技艺。果真能够做到像他们那样,即使想让自己的作品不流传后世,也办不到。

注释

[1]王嫱——王昭君,西汉美女,汉元帝时匈奴韩呼邪单于向汉朝求婚,她出嫁匈奴。元配,今同"原配"。

[2]彭篯——传说中的长寿之人,名铿,尧封之于彭城,故名"彭祖",寿八百岁。见《神仙传》《搜神记》等书。

[3]吴道子——唐代著名画家,阳翟人,又名道玄。开元中召入供奉,为内教博士。其画笔法超妙,尤其擅长人物及山水,有"画圣"之称。

3. 词别繁减

原文

传奇中宾白之繁,实自予始。海内知我者与罪我者半。知我者曰:从来宾白作说话观,随口出之即是;笠翁宾白,当文章做,字字俱费推敲。从来宾白,只要纸上分明,不顾口中顺逆。常有观刻本极其透彻,奏之场上,便觉糊涂者。岂一人之耳目,有聪明聋瞆之分乎?因作者只顾挥毫,并未设身处地,既以口代优人,一复以耳当听者,心口相维,询其好说不好说、中听不中听。此其所以判然之故也。笠翁手则握笔,口却登场,全以身代梨园,复以神魂四绕,考其关目,试其声音,好则直书,否则搁笔。此其所以观听咸宜也。罪我者曰:填词即曰"填词",即当以词为主;宾白既名"宾白",明言白乃其宾,奈何反主作客,而犯树大于根之弊乎?笠翁曰:"始作俑者,实实为予,责之诚是也;但其敢于若是与其不得不若是者,则均有说焉。"请先白其不得不若是者。前人宾白之少,非有一定当少之成格。盖彼只以填词自任,留余地以待优人,谓引商刻羽我为政,饰听美观彼为政。我以约略数言示之以意,彼自能增益成文。如今世之演《琵琶》《西厢》《荆》《刘》《拜》《杀》等曲,曲则仍之,其间宾白、科诨等事,有几处合于原本,以寥寥数言塞责者乎?且作新与演旧有别,《琵琶》《西厢》《荆》《刘》《拜》《杀》等曲，家弦户诵已久，童叟男妇，皆能备悉情由；即使一句宾白不道，止唱曲文，观者亦能默会。是其宾白繁减可不问也。至于新演一剧，其间情事，观者茫然；词曲一道，止能传声，不能传情。欲观者悉其颠末、洞其幽微，单靠宾白一着。予非不图省力，亦留余地以待优人；但优人之中，智愚不等，能保其增益成文者悉如作者之意、毫无赘疣蛇足于其间乎？与其留余地以待增，不若留余地以待减；减之不当，犹存作者深心之半，犹病不服药之得中医也[1]。此予不得不若是之故也。至其敢于若是者，则谓千古文章，总无定格，有创始之人，即有守成不变之人；有守成不变之人，即有大仍其意、小变其形、自成一家而不顾天下非笑之人。古来文字之正变为奇、奇翻为正者，不知凡几。吾不具论，止以多寡增益之数论之。《左传》《国语》，纪事之书也，每一事不过数行，每一语不过数字，初时未病其少；追班固之作《汉书》、司马迁之为《史记》，亦纪事之书也，遂益数行为数十百行、数字为数十百字，岂有病其过多而废《史记》《汉书》于不读者乎？此言少之可变为多也。诗之为道，当日但有古风，古风之体，多则数十百句，少亦十数句，初时亦未病其多；追近体一出，则约数十百句为八句，绝句一出，又敛八句为四句，岂有病其渐少而选诗之家止载古风、删近体绝句于不录者乎？此言多之可变为少也。总之，文字短长，视其人之笔性。笔性遒劲者，不能强之使长；笔性纵肆者，不能缩之使短。文患不能长，又患其可以不长而必欲使之长；如其能长，而又使人不可删逸，则虽为宾白中之古风、《史》《汉》，亦何患哉？予则乌能当此，但为糠秕之导，以俟后来居上之人。

予之宾白虽有微长，然初作之时，竿头未进[2]，常有当俭不俭，因留余幅，以俟剪裁，遂不觉流为散漫者。自今观之，皆吴下阿蒙手笔也[3]。如其天假以年，得于所传十种之外别有新词，则能保为犬夜鸡晨，鸣乎其所当鸣，默乎其所不得不默者矣。

译文

戏曲作品当中宾白文字之多，实际上是从我开始的。对此，理解我和责怪我的人各居一半。理解我的人说：历来人们一向把宾白当作说话看待，顺口说出的话就是宾白。李笠翁却把宾白当作文章来作，字字都用心推敲。历来的宾白都只顾纸上看起来清楚，不顾口中念起来顺溜不顺溜。

经常有这样的情况：一部戏，本子阅读起来极为清晰，极为明朗，但是一把它放到舞台上演出，就觉得一塌糊涂。难道说人的眼睛和耳朵有好有坏吗？这都是因为作者只顾在纸上挥毫，并没有设身处地为演员演戏着想，也没有替观众听戏着想，他创作时心里设想的和演出时演员嘴里说出来的背道而驰，谁管他好说不好说、中听不中听？因此，作品用眼睛看和用耳朵听效果截然不同。李笠翁则手里拿着笔写，嘴巴却像在台上一样说唱，用自己的整个身心当成一个戏班子，而且还得考虑结构情节、安排声韵，发现有好句子，就纵笔直书，否则的话就不下笔。因此，写出的作品既可以阅读，又可供演唱。责怪我的人说：填词所以称为"填词"，就应当以曲词为主；宾白既然叫作"宾白"，就说明道白在戏中处于从属的地位，为什么要反客为主、本末倒置呢？我说：在这件事情上，我确确实实是始作俑者，那些人责备得很对；但是，我之所以敢于这样做，同时又不得不这样做，是有原因的。

　　让我先解释一下为什么说不得不这样做。前人的作品当中宾白写得少，并不是为了遵守宾白一定要少的规定，只是因为作者只管一门心思填词，把宾白留给演员，让他们有发挥的余地，填词制曲是我的事，登台演唱是他们的事。我在剧本当中写上几句提示的话，把要说的意思告诉给演员们，演员们自己自然能够把它扩展为一定的词文。比如当今上演的《琵琶记》《西厢记》《荆钗记》《刘知远》《拜月亭记》《杀狗记》等作品，曲子还是老曲子，但是里面宾白以及插科打诨等，有几句像原来的本子那样，用简单几句话敷衍过去的？况且创作新戏跟演旧戏是有区别的，《琵琶记》《西厢记》《荆钗记》《刘知远》《拜月亭记》《杀狗记》等作品，家家户户传诵已久，男女老少全都熟悉戏中的故事情节，即使不说一句宾白，光是演唱曲文，看戏的人也知道是怎么回事。因此，宾白的多少不必在意。而创作演出一部新戏，戏中的故事情节观众一点儿也不知道；词曲只是听着好听，并不能传达出剧情。要想使看戏的人熟悉故事的来龙去脉，明白其中细节的原委，就只能依靠宾白这一手了。我不是不希望省点儿力气，给演员的演出留有余地，但演员良莠不齐，有聪明的有不聪明的，不能保证他们发挥出来的东西全部符合作者的本意，难免有画蛇添足的地方。与其给演员留着让他们去扩展发挥，倒不如让他们去删减；即使删减得不那么妥当，多少还能够保留一些作者的意图，就像生了病不吃药，病也能好一半。这是我不得不这样做的原因。

　　至于说我敢于这样做的理由，我认为，自古以来，写文章一向没有什么固定不变的套路，有创造新东西的人，就有墨守成规的人；有的人在总体上保留了原来的内容，只在小的方面对于原来的形式加以改造，自成一家，而不顾天下人的非议和嘲笑。古往今来的文章样式，翻来覆去地变化，不知道经过了多少次反复。我不想一样一样地论述，只想就字数的变化情况谈谈。《左传》《国语》是两部记载历史事件的书，书中对每一历史事件的记载，不过只有几行字，每句话不过只有几个字，当初并没有嫌它们字数少；至于班固的《汉书》、司马迁的《史记》，也是记载历史事件的书，书中每记录一件事情，字数增加到几十行、几百行，字数为几十字、几百字，难道有人因为嫌它们字数多，就把《史记》《汉书》扔掉不读吗？这个例子说的是字数少的可以变成字数多的。就写诗来说，最初只有古体诗，长的有几十个、几百个句子，短的也有十几个句子，当初并没有人嫌它们字数太多；近体诗产生以后，把古诗中的几百句减少到只有八句；绝句产生以后，又从八句缩减成四句，难道因为嫌它们的字数越来越少，选诗家们就只选古体诗，把近体诗和绝句诗剔除出去而不收录的吗？这个例子说的是字数多的可以变成字数少的。

  总之，文字写得长短，完全看作者的创作个性。写文章雄健有力的作者，不能勉强他们把文字拉长；用笔洋洋洒洒、性格放纵不羁的，不能勉强他们把文字压缩变短。从事创作，唯恐不能把该长的东西写长，同时又唯恐对于不该长的东西非要把它们抻长。如果戏中的宾白能够写得很长，而又让人不可删减，即使长得就像古体诗和《史记》《汉书》那样，又有什么可担心的呢？在这方面，本人能力有限，难以当此重任，尝试着写了一些，但都很不成样子，只好等待后辈当中有高手出现了。

  我在写作宾白方面，虽说稍有一技之长；但是最初创作一部作品时，并没有达到这样的水平。常常有这样的情形：本来应该写得简短的，却没有简短，想使篇幅宽裕一些，等到以后删减，因此不知不觉地竟写得很散漫。这些东西在今天看来，文笔都很拙劣，尚有待于提高。如果老天爷开眼，多赐给我一些时间，让我能够在已经问世的十部作品以外再创作一些新的作品，则能保证会写得更好一些，就像狗在夜里叫唤、公鸡早晨打鸣一样，该叫的时候叫得响，需要静默不出声的时候又绝对静默无声。

注释

[1] 病不服药之得中医——古代成语说："有病不治，常得中医。"意思是说医术高低不等，求医服药，有得有失；而不求医、不服药，等于找到了中等的医生，病也能治好一半。

[2] 竿头未进——语出《景德传灯录》所载招贤大师偈语："百尺竿头须进步，十方世界是全身。""百尺竿头"原意比喻道行造诣的极高境界。

[3] 吴下阿蒙——三国吴人吕蒙少年时不读书，后努力学习，才识渊博，鲁肃称赞他说："非复吴下阿蒙！"

4. 字分南北

原文

北曲有北音之字，南曲有南音之字。如南音自呼为"我"，呼人为"你"，北音呼人为"您"，自呼为"俺"、为"咱"之类是也。世人但知曲内宜分，乌知白随曲转，不应两截。此一折之曲为南，则此一折之白悉用南音之字；此一折之曲为北，则此一折之白悉用北音之字。时人传奇，多有混用者，即能间施于净丑，不知加严于生旦；止能分用于男子，不知区别于妇人。以北字近于粗豪，易入刚劲之口；南音悉多娇媚，便施窈窕之人。殊不知声音驳杂，俗语呼为"两头蛮"。说话且然，况登场演剧乎？此论为全套南曲、全套北曲者言之。南北相间，如《新水令》《步步娇》之类，则在所不拘。

译文

北曲当中有北方音调的字，南曲当中有南方音调的字。例如，南方称呼自己叫作"我"，称呼别人叫作"你"；北方称呼别人叫作"您"，称呼自己叫作"俺""咱"。世人光知道曲词当中应当把一些字区别开用，却不知道，宾白与曲词有着同样重要的地位，有什么样的曲词，就应该用什么样的宾白，二者是一个整体，不能相互割裂开来。如果一折戏当中的曲词用的是南方方言的字，那么这折戏中的宾白也应当全部使用南方方言的字；如果一折戏当中曲词用的字是北方方言的字，那么这折戏中的宾白也应当全部使用北方方言的字。当代人写传奇戏曲，有很多人把它们混用；虽然在写作净角、丑角的宾白时能够把它们区别开用，但是对于生角、旦角的宾白用字就不那么严格考究了；仅仅在男性角色宾白中把它们区别开用，但却不知道在女性角色的宾白中也把它们区别开来，认为北方方言的字大多粗犷豪放，念出来刚劲有力，适合于粗朴的角色；南方方言的字念出来大多很娇媚，适合于温柔妩媚的形象；殊不知，说话南腔北调，语音杂乱，被人们称为"两头蛮"。平常说话尚且如此，更何况登台演戏呢？

以上是针对全套南曲、全套北曲而言的；有的曲子南北相间，如《新水令》《步步娇》等，就不必受它的限制了。

5. 文贵洁净

※ 原文 ※

　　白不厌多之说,前论极详;而此复言洁净。洁净者,简省之别名也。洁则忌多,减始能净,二说不无相悖乎?曰:不然。多而不觉其多者,多即是洁;少而尚病其多者,少亦近芜。予所谓多,谓不可删逸之多,非唱沙作米[1]、强凫变鹤之多也[2]。作宾白者,意则期多,字惟求少;爱虽难割,嗜亦宜专。每作一段,即自删一段,万不可删者始存;稍有可削者即去。此言逐出初填之际,全稿未脱之先,所谓慎之于始也。然我辈作文,常有人以为非,而自认作是者;又有初信为是,而后悔其非者。文章出自己手,无一非佳;诗赋论其初成,无语不妙。迨易日经时之后,取而观之,则妍媸好丑之间,非特人能辨别,我亦自解雌黄矣[3]。此论虽说填词,实各种诗文之通病,古今才士之恒情也。凡作传奇,当于开笔之初,以至脱稿之后,隔日一删,逾月一改,始能淘沙得金,无瑕瑜互见之失矣。此说予能言之。不能行之者,则人与我中分其咎。予终岁饥驱,杜门日少,每有所作,率多草草成篇,章名急就[4];非不欲删,非不欲改,无可删可改之时也。每成一剧,才落毫端,即为坊人攫去;下半犹未脱稿;上半业已灾梨;非止灾梨,彼伶工之捷足者,又复灾其肺肠,灾其唇舌,遂使一成不改,终为痼疾难医。予非不务洁净,天实使之,谓之何哉!

※ 译文 ※

　　我在前面已经详细地论述了,戏曲的宾白不怕多;现在又说到宾白要写得干净利落。干净利落,就是简洁。追求简洁,就要避免文字过多,减少文字才能做到干净利落。这种说法难道不是跟我前面的说法相背离了吗?我认为不是的。宾白的文字很多,但是并不使人感到过多,那么再多也是干净利落的;如果宾白的文字本来很少,但还是让人觉得它多余,那么再少也是一堆垃圾。

　　我所说的"多",是指作品中必不可少的"多",并不是把沙子当成大米、把鸭子当成仙鹤,滥竽充数之"多"。写作宾白,要让尽可能少的文字讲述尽可能多的意思,意思越丰富越好,文字越少越好。作者有时偏爱某些宾白文字,即使没用,也不愿意忍痛割爱把它们放弃,这是不对的,应当用心专一,使得全部文字都围绕作品的思想内容展开,为主题服务。每创作一段宾白,就要删改一段,万万删减不得的,才把它保存下来；只要是可有可无的，就要把它们删掉。这指的是在作品刚刚写出来，还没有全部定稿之前。这就是人们常言所说的凡事开头都要谨慎。经常有这样的情况：有时别人认为不应当这样写，而作者自己却觉得应当这样写；有时最初相信它很好，但是到后来又觉得很糟。文章出自自己之手，没有一篇不好；诗赋刚刚作完，没有一句话不美妙。等过了些日子再把它们拿出来看一看，那么它们到底是好是坏，不但别人能够辨别，就连作者自己也能发现其中的错误。这里所说的虽然是针对填词而言，但这种情况实际上是各种诗文创作当中古往今来文人才子的共同的毛病。创作传奇戏曲，应当从最初下笔开始，直到全部作品脱稿之后，隔一天删改一次，过一个月删改一次，这样才能披沙拣金，不至于瑕瑜互见。

在这方面，我自己常常说得很好但却做得不好，因为我的处境跟别人不同。我一年到头被生计所迫，四处奔波，关上门潜心创作的时候少，很多作品都是匆匆忙忙写成的，不是我不愿意删改，是没有时间删改，每创作出一部戏，刚刚下笔写出一部分，就被人抢走了，下半部还没有脱稿，前半部已经在戏园子里开始排练了，乐师们已经开始练习曲子了，演员们已经开始练习演唱了，致使我的作品写出来什么样就是什么样，改动得很少，其中的种种毛病难以医治。不是我不讲究简洁干净，客观条件所限，又有什么法子呢？

注释

［1］唱沙作米——南朝宋檀道济和北魏作战时，军粮供应不上，士卒恐慌，道济乃以沙充米，假装称量，唱筹计数，以示军粮充足，稳定军心。

［2］强凫变鹤——语出《庄子·骈拇》："长者不为有余，短者不为不足，是故凫胫虽短，续之则忧；鹤胫虽长，断之则悲。"

［3］雌黄——古人校书发现错误时，用雌黄来涂抹遮盖错误的地方。引申有纠正之意。

［4］章名急就——汉代史游著有一部字书，名为《急就篇》，又名《急就章》，后用此借指匆促完成的文章或工作。

6. 意取尖新

原文

纤巧二字，行文之大忌也，处处皆然，而独不戒于传奇一种。传奇之为道也，愈纤愈密，愈巧愈精。词人忌在老实，老实二字，即纤巧之仇家敌国也。然纤巧二字，为文人鄙贱已久，言之似不中听，易以尖新二字，则似变瑕成瑜。其实尖新即是纤巧，犹之暮四朝三，未尝稍异。同一话也，以尖新出之，则令人眉扬目展，有如闻所未闻；以老实出之，则令人意懒心灰，有如听所不必听。白有尖新之文，文有尖新之句，句有尖新之字，则列之案头，不观则已，观则欲罢不能；奏之场上，不听则已，听则求归不得。尤物足以移人，尖新二字，即文中之尤物也。

译文

"纤巧"这两个字，是行文的大忌，任何文体都是如此，但是唯独传奇作品例外。对传奇作品来说，愈是纤细就愈是缜密，愈是纤巧就愈是精致。填词作者所忌讳的，是老实刻板。"老实"这两个字，是"纤巧"二字的冤家仇敌。但是"纤巧"这两个字，长期以来一直被文人们看不起，说出来似乎很不中听，换成"尖新"两个字，听起来就顺耳了。其实"尖新"就是"纤巧"；就像把"朝三暮四"改成"暮四朝三"，意思并没有丝毫改变。同一句话，用新鲜的东西拿给人，就会使人开心满意；用老实刻板的东西拿给人，则会令人心灰意懒，听都不想听。一部传奇作品当中，有新鲜的宾白，宾白当中有新鲜的句子，句子当中有新鲜的字眼儿，把这样的作品放在案头，不看便罢，一看就使人欲罢不能，舍不得放下；放在舞台上演出，不听便罢，一听就使人欲罢不能，舍不得离开。美妙的女人能够改变人的性情；"尖新"二字，就是文学中的美妞儿。

7. 少用方言

原文

填词中方言之多，莫过于《西厢》一种，其余今词古曲，在在有之。非止词曲，即《四书》之中《孟子》一书，亦有方言。天下不知，而予独知之，予读《孟子》

五十余年不知，而今知之，请先毕其说。儿时读"自反而缩，虽褐宽博，吾不惴焉。"[1]观朱注云："褐，贱者之服；宽博，宽大之衣。"心甚惑之，因生南方，南方衣褐者寡；间有服者，强半富贵之家，名虽褐而实则绒也。因讯蒙师，谓褐乃贵人之衣，胡云贱者之服？既云贱衣，则当从约，短一尺，省一尺购办之资；少一寸，免一寸缝纫之力，胡不窄小其制，而反宽大其形？是何以故？师默然不答。再询，则顾左右而言他。具此狐疑，数十年未解。及近游秦塞，见其土著之民，人人衣褐，无论丝罗罕觏，即见一二衣布者，亦类空谷足音。因地寒不毛，止以牧养自活，织牛羊之毛以为衣，又皆粗而不密，其形似毯，诚哉其为贱者之服，非若南方贵人之衣也。又见其宽则倍身，长复扫地。即而讯之，则曰："此衣之外，不复有他，衫裳襦裤，总以一物代之，日则披之当服，夜则拥以为衾，非宽不能周遭其身，非长不能尽覆其足。《鲁论》：'必有寝衣[2]，长一身有半'，即是类也。"予始幡然大悟曰："太史公著书，必游名山大川，其斯之谓欤！"盖古来圣贤，多生西北，所见皆然，故方言随口而出。朱文公，南人也，彼乌知之，故但释字义，不求甚解，使千古疑团，至今未破；非予远游绝塞，亲觏其人，乌知斯言之不谬哉？由是观之，《四书》之文，犹不可尽法，况《西厢》之为词曲乎？凡作传奇，不宜频用方言，令人不解。近日填词家，见花面登场，悉作姑苏口吻，遂以此为成律；每作净丑之白，即用方言，不知此等声音，止能通于吴越；过此以往，则听者茫然。传奇天下之书，岂仅为吴越而设？至于他处方言，虽云入曲者少，亦视填词者所生之地，如汤若士生于江右，即当规避江右之方言；粲花主人吴石渠生于阳羡[3]，即当规避阳羡之方言。盖生此一方，未免为一方所囿，有明是方言，而我不知其为方言；及入他境，对人言之而人不解，始知其为方言者。诸如此类，易地皆然。欲作传奇，不可不存桑弧蓬矢之志[4]。

◈ 译文 ◈

戏曲作品中使用方言最多的，莫过于《西厢记》这部作品。除此以外，在古往今来的戏曲当中，都有使用方言的；不光是戏曲，即使在《四书》当中《孟子》一书中，也有方言。世人都不晓得这一点，唯独我发现了；我读《孟子》，读了五十多年没有发现，如今发现了。先让我讲讲这个说法的来历。

我小时候读《孟子》，书中有一句话："自反而缩，虽褐宽博，吾不惴焉"，朱熹的注解说："'褐'，是卑贱的人穿的衣服；'宽博'，就是宽大的衣服。"我感到不解，因为我生在南方，南方穿"褐"的人少，偶尔有穿这种衣服的，多半是富贵的人家，在我们那地方，这种衣服名字虽然叫"褐"，但实际上指的是毛衣。于是我去询问老师，说"褐"明明是富贵的人穿的衣服，为什么朱熹的注解把它说成是"卑贱的人穿的衣服呢"？既然是卑贱的人穿的，那么就应当做得节省一点儿，短一尺就能够省下买一尺布的钱，小一寸就能够免去一寸缝纫的麻烦，为什么不把它做得窄小一些，反而做得很宽大呢？这是什么缘故呢？老师沉默着没有答话；我又问他，他就说些别的不着边际的话来敷衍我。

我肚子里装着这个疑问，几十年来一直迷惑不解，直到近来去陕西边塞一游，看见那当地的老百姓穿的全都是粗毛缝制的衣服，不用说绫罗绸缎很难遇见，即使是粗布的衣服，也相当罕见。因为那里地处寒冷，土地不长庄稼，只能通过放牧维持生活，用牛羊毛织成衣服，针脚又很粗，形状有如毯子，说它是卑贱的人穿的衣服，真是太确切了！它完全不像南方富贵人家穿的那种衣服。我还发现，这种衣服比身体宽一倍，下摆长得拖在地上。我走上前去向人询问，人家告诉我说：除了这件衣服以外，再没有别的衣服了，里里外外就这么一件儿，白天用它来当衣服穿，晚上用它来当被子盖，要是不宽大一点儿就裹不住身体，不长一点儿就盖不住脚，《论语》里边说的"睡衣长一身半"，跟这差不多。我这时才猛然醒悟，说道："司马迁写书，总要游览名山大川，大概就是这个意思啊！"

古代的圣贤大多生在西北，他们把自己看到的东西，通过自己地方的语言随口说出来。朱熹是南方人，他哪里知道"褐"是什么东西？所以他光是解释字面的意思，没有深入解释其中的含义，致使这个千古的谜团至今没有解开；如果不是我大老远地跑到边塞来，亲眼看到穿这种衣服的人，怎么会理解他说得很对呢？由此看来，作为经典著作的《四书》里面的文章，也不能完全效法，更何况作为词曲的《西厢记》呢？

创作传奇戏曲，不适宜频繁地使用方言，以至使人困惑不解。在近来的传奇作者的作品中，一有花脸登场，说的话都是苏州口气，这成了固定的规矩；有净角、丑角道白，就大量使用方言；怎知这些语言只有吴越地方的人听得懂，一出了这些地方，听戏的人就不明白了。难道戏曲传奇光是为吴越地方的人而作？别的地方的方言字眼儿，尽管写进曲词的很少，但是也要根据具体情况回避使用方言，比如汤显祖生在江西，就应当回避江西方言；"粲花主人"吴石渠生在阳羡，就应当回避使用阳羡的方言。因为他们生在一个地方，难免受到这个地方的局限，有的字眼儿明明是方言，但是作者自己却不知道它是方言。等到了别的地区，对那个地区的人说起来，人家不明白是什么意思，这才知道自己说的是方言。诸如此类，换个地方说也都是这样。要想创作传奇作品，不能没有志在四方的远大抱负。

注释

［1］自反而缩三句——语出《孟子·公孙丑》，原文是："自反而不缩，虽褐宽博，吾不惴焉。"意思是：自省而发现没有道理，虽然是卑贱的人，也不去欺负他。

［2］《鲁论》——《论语》，汉代传授《论语》的经师有齐、鲁两派，故有《齐论》《鲁论》之称。此处引文见《论语·乡党》。

［3］"粲花主人"吴石渠——吴石渠，名炳，号"粲花主人"。作有传奇《画中人》《西园记》《情邮记》《绿牡丹》《疗妒羹》，合称《粲花别墅五种》。阳羡：今江苏宜兴。

［4］桑弧蓬矢之志——古代诸侯生子后举行仪式，用桑木做的弓、蓬梗做的箭射天地四方，象征儿子长大后能抵御四方之难。后引申有志在四方之意。

8. 时防漏孔

原文

一部传奇之宾白，自始至终，奚啻千言万语？多言多失，保无前是后非，有呼不应，自相矛盾之病乎？如《玉簪记》之陈妙常，道姑也，非尼僧也。其白云："姑娘在禅堂打坐"，其曲云："从今孽债染缁衣。"禅堂、缁衣，皆尼僧字面，而用入道家，有是理乎？诸如此类者，不能枚举。总之，文字短少者，易为检点；长大者，难于照顾。吾于古今文字中，取其最长最大，而寻不出纤毫渗漏者，惟《水浒传》一书。设以他人为此，几同笊篱贮水，珠箔遮风，出者多而进者少，岂止三十六个漏孔而已哉！

译文

一部戏曲作品中的宾白，从开头到结尾，何止千言万语！话说多了必定会出现一些错误，谁能保证不会有前面是这样后面却是那样，前后没有呼应，自相矛盾的毛病呢？例如《玉簪记》中的陈妙常，是个道姑，而不是尼姑。她在戏中有一句宾白是："姑娘在禅堂前打坐"，有一句唱词是："从今孽债染缁衣"，"禅堂""缁衣"，都是尼姑使用的字眼儿，用在道姑身上，有这样的道理吗？诸如此类的错误不胜枚举。总而言之，篇幅短小的作品比较容易写得严谨；篇幅较长的作品，有些细微之处就难以照顾得那么周到。我认为古往今来的文学作品当中，篇幅最长、又找不出一丝一毫的漏洞的，只有《水浒传》这部书。如果让其他人来写这部书的话，肯定会漏洞百出，就像在笊篱里面贮水、用竹帘子挡风一样，早就稀里哗啦，不知漏成什么样子了。

五、科、诨

小 引

原文

插科打诨，填词之末技也。然欲雅俗同欢，智愚共赏，则当全在此处留神。文字佳，情节佳，而科诨不佳，非特俗人怕看，即雅人韵士，亦有瞌睡之时。作传奇者，全要善驱睡魔；睡魔一至，则后乎此者，虽有《钧天》之乐，《霓裳羽衣》之舞[1]，皆付之不见不闻；如对泥人作揖，土佛谈经矣。予尝以此告优人，谓戏文好处，全在下半本，只消三两个瞌睡，便隔断一部神情，瞌睡醒时，上文下文已不接续，即使抖起精神再看，只好断章取义，作零出观。若是则科诨非科诨，乃看戏之人参汤也，养精益神，使人不倦，全在于此，可作小道观乎？

译文

插科打诨，是戏曲创作中比较低级的手法。但是要想使作品雅俗共赏，就应当在这些地方多用心思。作品的文采好、故事情节好，但是科诨不好，这样的戏不但粗俗的人怕看，即使是高雅的人士，看了有时也要打瞌睡。创作传奇戏曲，要善于驱走观众的瞌睡；观众的瞌睡一来，即使台上有仙女作乐、杨贵妃跳舞，他也不听不看；这时台上的演出再热闹、再好看，也像对着泥人作揖、对着土佛爷谈经一样。我曾经把这个道理告诉给演员们，说一部戏的精彩之处全在后半部分，如果中间让人打上两三个瞌睡，就把整部戏的精气神儿都给冲断了；观众打瞌睡时，对于戏中的上下文，了解得断断续续；即使瞌睡过去，抖起精神接着看，也只能是断章取义，一部戏就零零碎碎、残缺不全了。由此看来，科诨并不是简单的插科打诨，它对看的人来说是人参汤；要让人振奋精神，不觉得疲倦，全靠它了，怎么可以小看呢？

◈ 注释 ◈

[1]《霓裳羽衣》之舞——唐代著名乐舞,杨贵妃擅此舞。

1. 戒淫亵

◈ 原文 ◈

戏文中花面插科,动及淫邪之事;有房中道不出口之话,公然道之戏场者。无论雅人塞耳,正士低头,惟恐恶声之污听,且防男女同观,共闻亵语,未必不开窥窃之门。郑声宜放,正为此也。不知科诨之设,止为发笑;人间戏语尽多,何必专谈欲事?即谈欲事,亦有"善戏谑兮,不为虐兮"之法[1];何必以口代笔,画出一幅春意图,始为善谈欲事者哉?人间善谈欲事,当用何法?请言一二以概之。予曰:如说口头俗语,人尽知之者,则说半句留半句;或说一句,留一句,令人自思,则欲事不挂齿颊,而与说出相同。此一法也。如讲最亵之话,虑人触耳者,则借他事喻之;言虽在此,意实在彼,人尽了然,则欲事未入耳中,实与听见无异。此又一法也。得此二法,则无处不可类推矣。

◈ 译文 ◈

戏曲当中的花脸,一有插科打诨的地方,动不动就涉及一些淫秽的事情;有些就连在卧房之内都说不出口的话,却公然在剧场里讲出来。高雅正直的人听了低下头去塞上耳朵,生怕被那丑恶的声音玷污了耳朵;男男女女一同看戏,一起听那些猥亵的话,难免受到不良影响,想入非非,干些偷鸡摸狗的勾当。古人排斥郑国的音乐,正是出于这个考虑。戏曲当中安排一些插科打诨,仅仅是为了逗人发笑的;人世间开玩笑的话很多,何必一门心思地谈论男女隐私呢?即使谈论男女隐私,也要讲究戏谑的方法,要善于开玩笑而又不过分。为什么一定要事无巨细、赤裸裸地描绘那些令人难以启齿的场面呢?难道只有这样才算地道吗?有人问:谈论男女隐私,用什么样的法子好呢?我认为有以下两种方法:如果说的是人们口头的俗话,人人都知道是怎么回事的,就说半句,留半句;或者说一句,留一句,让人自己去想。这样,那些事情没有挂在嘴上,却跟已经说出来一样。这是第一种方法。如果所讲的事情很下流,怕人听了受不了,就借用别的事情来打比方,表面上好像在说这件事情,实际上却在说那件事情，人人都知道是怎么回事儿。这样，虽然没有听见关于男女隐私的话，而实际上跟听见没有什么两样。这是又一种方法。掌握了这两个方法，在其他任何地方都可以依此类推。

注释

［1］"善戏谑兮"二句——语出《诗经·卫风·淇奥》。

2. 忌俗恶

原文

科诨之妙，在于近俗；而所忌者又在于太俗。不俗则类腐儒之谈，太俗即非文人之笔。吾于近剧中，取其俗而不俗者，《还魂》而外，则有《粲花五种》，皆文人最妙之笔也。《粲花五种》之长，不仅在此，才锋笔藻，可继《还魂》。其稍逊一筹者，则在气与力之间耳。《还魂》气长，《粲花》稍促；《还魂》力足，《粲花》略亏。虽然，汤若士之《四梦》[1]，求其气长力足者，惟《还魂》一种；其余三剧，则与《粲花》比肩。使粲花主人及今犹在，奋其全力，另制一种新词，则词坛赤帜，岂仅为若士一人所攫哉？所恨予生也晚，不及与二老同时。他日追及泉台，定有一番倾倒，必不作妒而欲杀之状，向阎罗天子掉舌，排挤后来人也。

译文

插科打诨的高妙之处，在于贴俗；同时又应当避免的，是过于太俗。不贴俗，就类似迂腐古板的儒生说话；太过于俗，格调就不高雅了。我认为近代戏曲当中贴俗而又不过于太俗的，除《还魂记》以外，还有《粲花五种》。这两部作品的笔法都极为高妙。《粲花五种》的长处，不仅在于插科打诨用得好，而且在其他方面也都很有才气，可以跟《还魂记》相媲美；比《还魂记》稍逊一筹的是，它在气度和力度方面比《还魂记》稍差一点儿。《还魂记》气度很大，《粲花五种》却显得很局促；《还魂记》的力度很足，《粲花五种》略微有些不足。即使这样，在汤显祖的《临川四梦》当中，如果说到气度和力度，只有《还魂记》写得最好，其余三部作品则跟《粲花五种》的水平差不多。假使粲花主人到现在还活着的话，使出全身的解数，创作一部新的作品，那么词坛霸主的位子恐怕就要换人了，不会再让汤显祖一个人把持了。可恨的是我生得太晚，没赶上跟二位老先生同处一个时代。有朝一日到了九泉之下，我一定跟他们比个高低。想必他们不会嫉妒我要杀了我，向阎王爷说我的坏话来排挤我这个后来者吧？

注释

［1］汤若士之《四梦》——即汤显祖的《牡丹亭》《邯郸记》《南柯记》《紫钗记》四剧，因剧中都有和梦有关的情节而得名。

3. 重关系

原文

科诨二字，不止为花面而设；通场脚色，皆不可少。生旦有生旦之科诨，外末有外末之科诨；净丑之科诨，则其分内事也，然为净丑之科诨易，为生旦外末之科诨难。雅中带俗，又于俗中见雅；活处寓板，即于板处证活。此等虽难，犹是词客优为之事。所难者，要有关系。关系维何？曰：于嘻笑诙谐之处，包含绝大文章。多使忠孝节义之心，得此愈显。如老莱子之舞斑衣[1]，简雍之说淫具[2]，东方朔之笑彭祖面长[3]，此皆古人中之善于插科打诨者也。作传奇者，苟能取法于此，则科诨非科诨，乃引人入道之方便法门耳。

译文

"科诨"这两个字，不光是为花脸而设的；对戏中的所有角色来说，都是不可缺少的。生旦有生旦的科诨，外末有外末的科诨，净丑有净丑的科诨，插科打诨是他们的分内之事。但是，为净丑设计科诨容易，为生旦、外末设计科诨却比较困难。为生旦、外末设计科诨，必须雅中带俗，又必须俗中见雅；在活泼之处故意埋伏一些死板，在死板当中显示出活泼。达到这一步虽然很难，但也是填词作者们应当下功夫去做的。这样做很难，难就难在"关系"。什么是"关系"呢？所谓"关系"，是指人物的科诨必须跟戏中的思想内容密切相关，在嘻笑诙谐之处，包含深刻的意味，使得忠孝节义等思想感情，在它的烘托之下更加显露；就像老莱子舞动五彩衣，简雍谈论淫具，东方朔嘲笑彭祖脸长，这些都是古人善于科诨的例子。在创作传奇戏曲方面，如果能够向他们学习，那么科诨就不光是插科打诨，而是引导人们走上正道的一条方便的途径。

注释

[1] 老莱子之舞斑衣——传说古代有人名老莱子，为了引逗父母开心，年已七十，还穿着五色彩衣，装着婴儿的样子在父母面前戏舞。

[2] 简雍——三国时期蜀汉涿郡人，字宪和，少与先主善，从至荆州，为从事中郎，往来使命。先主围成都，简入城说刘璋归命，拜昭德将军。简性傲跌宕，滑稽讽谏，为先主所亲重。

[3] 东方朔——汉武帝时弄臣，字曼倩，官至太中大夫，以诙谐滑稽著名。

4. 贵自然

原文

科诨虽不可少，然非有意为之。如必欲于某折之中，插入某科诨一段；或预设某科诨一段，插入某折之中，则是觅妓追欢，寻人卖笑，其为笑也不真，其为乐也亦甚苦矣。妙在水到渠成，天机自露；我本无心说笑话，谁知笑话逼人来。斯为科诨之妙境耳。如前所云简雍说淫具，东方朔笑彭祖。即取二事论之：蜀先主时，天旱禁酒，有吏向一人家，索出酿酒之具，论者欲置之法。雍与先主游，见男女各行道上。雍谓先主曰："彼欲行淫，请缚之。"先主曰："何以知其行淫？"雍曰："各有其具，与欲酿未酿者同，是以知之。"先主大笑，而释蓄酿具者。汉武帝时，有善相者，谓人中长一寸，寿当百岁。东方朔大笑，有司奏以不敬。帝责之，朔曰："臣非笑陛下，乃笑彭祖耳。人中一寸，则百岁；彭祖岁八百，其人中不几八寸乎？人中八寸，则面几长一丈矣，是以笑之。"此二事，可谓绝妙之诙谐。戏场有此，岂非绝妙之科诨？然当时必亲见男女同行，因而说及淫具；必亲听人中一寸，寿当百岁之说，始及彭祖面长，是以可笑，是以能悟人主。如其未见未闻，突然引此为喻，则怒之不暇，笑从何来？笑既不得？悟从何有？此即贵自然不贵勉强之明证也。吾看演《南西厢》，见法聪口中所说科诨，迂奇诞妄，不知何处生来，真令人欲逃欲呕；而观者听者，绝无厌倦之色，岂文章一道，俗则争取，雅则共弃乎？

译文

科诨虽然是必不可少的，但是也不是有意安排的。如果一定要在某一折戏当中强行插进一段科诨，或者预先设计好一段科诨的文字，插在某一折戏中，就像嫖客找妓女寻乐子，又像妓女找嫖客卖笑一样，笑起来也不真实，也没有什么乐子可言。科诨的高妙之处在于水到渠成，使得天机自然而然地露出来；我本来无心说笑话，没想到笑话却来了。这才是插科打诨的最高境界。就像前面所提到的，简雍说"淫具"、东方朔嘲笑彭祖。现在让我们拿这两件事儿来讨论一下关于科诨的问题。

蜀刘备时，天下大旱，禁止人们酿酒，有个官吏从一户人家搜出了酿酒的工具，有人主张处罚储藏酿酒工具的人。简雍跟刘备一起外出，看见路上有一男一女，简雍对先主说："这两个人要通奸，请把他们绑起来。"刘备说："你怎么知道他们要通奸？"简雍说："这两个人身上分别长着淫具，和储藏酿酒工具的人一样，因此得知。"刘备大笑，命人把储藏酿酒工具的人放了。

汉武帝时，有个擅长相面的人，说人中长一寸的人能活到一百岁。东方朔听了大笑。有人向汉武帝告发，说东方朔对皇上不敬（汉武帝迷信方术，追求长生不死）。汉武帝责问东方朔，东方朔说："我不是嘲笑陛下，而是嘲笑彭祖。人中长一寸，就能活到一百岁，彭祖活了八百岁，他的人中岂不是有八寸长吗？人中八寸长，那么脸就差不多有一丈长了，所以我才发笑。"

这两件事儿，可以称得上是绝妙的幽默了。戏曲中如果有这样的幽默，就不愁没有绝妙的科诨。但是，这样的科诨也不能随便乱用；简雍必须是当时亲眼见到有一男一女两个人一块儿走路，然后说到"淫具"；东方朔必须是亲耳听到"人中长一寸就能活到一百岁"的话，然后说到彭祖脸长，这才能够逗人发笑，这才能够让皇帝明白道理；如果他们既没看见什么也没听到什么，突然说起这两件事儿，皇帝发怒还来不及，怎么又能笑得出来呢？既然笑不出来，又怎么能够明白其中所包含的道理呢？这清楚地证明插科打诨贵在自然，不可勉强。我观看《南西厢》的演出，见法聪嘴里所说的科诨，奇奇怪怪，荒诞不经，不知那些话是从哪儿来的，真是令人作呕，令人望风欲逃。然而那些看戏的人，脸上居然没有丝毫的厌倦。难道说只有低俗的文学作品才能博得观众，高雅了就会被人们共同抛弃吗？

六、格局

小　引

《原文》

　　传奇格局，有一定而不可移者，有可仍可改，听人自为政者。开场用末，冲场用生；开场数语，包括通篇；冲场一出，蕴酿全部。此一定不可移者。开手宜静不宜喧，终场忌冷不忌热；生旦合为夫妇，外与老旦，非充父母，即作翁姑；此常格也。然遇情事变更，势难仍旧，不得不通融兑换而用之。诸如此类，皆其可仍可改，听人为政者也。近日传奇，一味趋新，无论可变者变，即断断当仍者，亦加改窜，以示新奇。予谓文字之新奇，在中藏，不在外貌；在精液，不在渣滓。犹之诗赋古文以及时艺，其中人才辈出，一人胜似一人，一作奇于一作；然止别其词华，未闻异其资格。有以古风之局而为近律者乎？有以时艺之体而作古文者乎？绳墨不改，斧斤自若，而工师之奇巧出焉。行文之道，亦若是焉。

《译文》

　　传奇戏曲在结构方面有相对固定的模式，有的不能随意改变；有的改也行，不改也行，可以怎么方便怎么来。戏曲一般都用生角开场，用末角冲场；开场当中的几句话，要点明全剧要讲一个什么样的故事；冲场一出戏，要为全剧的情节演进打下基础。这是不能随意改变的。开场时应当悠然缓慢，不应该太喧哗；终场时应当避免过于冷清，以热闹一些为宜；全剧结束时，生角、旦角结成夫妻；剧中的外末与老旦不是父母就是公公婆婆，这是戏曲作品比较常见的模式。但有的时候故事情节比较独特，很难按照这些固定的模式写，就不能不有所通融，在结构上作一些变动。像上面说到的那些情况，既可以按照旧的套路走，也可以有所变化，怎么方便怎么来。

　　近来的传奇作品，一味地追求新奇，不管是可以改变的地方还是万万不可以改变的地方，都任意加以篡改，以此来显示作品的新奇。我认为文学作品的新奇与否，在于它的内容，不在于它的外部形式；在于它所表现的思想感情，而不在那些琐屑之处。

就像在诗词、歌赋、古文，以及八股文方面，人才一辈超过一辈，作品一代比一代新奇；但是只是外部形式上变来变去，内容上却没有什么不同。没有人能够用古风的形式写出近体诗来，也没有人能够用八股文的形式去创作古文。用不着改换绳墨，该怎么动刀动斧还怎么动刀动斧，能工巧匠照样能够做出新奇美妙的器具来。文学创作的道理也是这样。

1. 家门

原文

开场数语，谓之"家门"；虽云为字不多，然非结构已完，胸有成竹者，不能措手。即使规模已定，犹虑做到其间，势有阻挠，不得顺流而下，未免小有更张，是以此折最难下笔。如机锋锐利，一往而前，所谓信手拈来，头头是道，则从此折做起；不则姑缺首篇，以俟终场补入；犹塑佛者不即开光[1]，画龙者点睛有待；非故迟之，欲俟全像告成，其身向左，则目宜左视；其身向右，则目宜右观，俯仰低徊，皆从身转，非可预为计也。此是词家讨便宜法，开手即以告人，使后来作者，未经捉笔，先省一番无益之劳，知笠翁为此道功臣，凡其所言，皆真切可行之事，非大言欺世者比也。

未说家门，先有一上场小曲，如《西江月》《蝶恋花》之类，总无成格，听人拈取。此曲向来不切本题，止是劝人对酒忘忧、逢场作戏诸套语。予谓词曲中开场一折，即古文之冒头，时文之破题，务使开门见山，不当借帽覆顶。即将本传中立言大意，包括成文，与后所说家门一词，相为表里；前是暗说，后是明说；暗说似破题，明说似承题。如此立格，始为有根有据之文。场中阅卷，看至第二三行，而始觉其好者，即是可取可弃之文；开卷之初，能将试官眼睛一把拿住，不放转移，始为必售之技。吾愿才人举笔，尽作是观，不止填词而已也。

元词开场，止有冒头数语，谓之"正名"，又曰"楔子"，多则四句，少则二句；似为简捷，然不登场则已，既用副末上场，脚才点地，遂尔抽身，亦觉张皇失次。增出家门一段，甚为有理；然家门之前，另有一词。今之梨园，皆略去前词，只就家门说起，止图省力，埋没作者一段深心。大凡说话作文，同是一理，入手之初，不宜太远，亦正不宜太近。文章所忌者，开口骂题，便说几句闲文，才归正传，亦未尝不可；胡遽惜字如金，而作此卤莽灭裂之状也？作者万勿因其不读而作省文。至于末后四句，非止全该，又宜别俗。元人楔子，太近老实，不足法也。

译文

　　一部戏开场的几句话，叫作"自报家门"；虽说字数不多，但如果没有把全剧的结构情节构思清楚，胸有成竹的话，也难以下手；即使全剧的情节已经构思完成了，但是还应当考虑到会不会出现这样的情况：写到中间，因某种因素阻碍，情节不能顺利发展，难免要对原来的构思做些小小的变动。因此，一部戏开场一折最难写。如果作者文思敏捷，才华横溢，就可以一往直前地写下去，就像人们所说的：信手拈来，头头是道，那么就可以从这一折写起；不然的话，不妨先把开头一场戏暂且放一放，到全部作品写完后再补充进去。这就如同雕塑佛像的时候不马上开光，画龙的时候不急着画龙的眼睛；这不是故意拖延，是为了等全部作品完成后，根据具体情形而定。佛像的身体向左偏转，那么眼睛就应该往左看；佛像的身体向右偏转，那么眼睛就应该往右看，目光是俯视还是仰视，是朝向这边还是朝向那边，都随着身体的角度而定，这是事先不能预计的。这是戏曲作者的方便之法，我这么轻易地就把它告诉了别人，让后来的作者在没有动笔之前，先省去一番没用的劳动，就会知道我李笠翁实在是个大功臣，凡我所说的都是切实可行的办法，而不是在说大话蒙人。

　　在自报家门之前，先有一支开场小曲，如《西江月》《蝶恋花》之类，没有固定的规矩，随便用什么曲牌都行。这支曲子一般跟全戏的情节主题没有什么直接的关系，只是一些劝说人们对酒当歌、忘掉烦恼、逢场作戏等套话。我认为戏曲当中开场一折戏，就像古文当中的"冒头"，八股文当中的"破题"，一定要开门见山，不应该游离作品本身；应当把剧中所要表现的故事的主题大意包括进来，跟后面自报家门中的话互相联系、互为表里；前面是暗说，后面是明说；暗说好比是"破题"，明说好比是"承题"。这样来组织结构，才能使作品有根有据。科举考试中评阅考卷，如果一张卷子看到第二、三行，才使人觉得文章写得好，那么这张卷子就属于可要可不要的；如果一张卷子刚一看上去，就能让考官眼睛一亮，把他吸引住，这就一定能获得考官的青睐，以至榜上有名。我希望文人对于创作都能够抱以这样的态度，不光是创作戏曲，在其他方面也是这样。

　　元代戏曲开场只有几句话，叫作"正名"，又叫"楔子"，多的有四句，少的只有两句；这样做看上去似乎很简捷，但是不放到舞台上演出便罢，一放到舞台上演出，角色刚一上场，脚刚刚沾地，马上又抽身下去了，令人感到匆匆忙忙、张皇失措。所以后来的戏中增加了一段"自报家门"，很有道理。但是在角色自报家门之前，原来还有一段话，如今的戏班子演出时把它们都删掉了，一开头儿便自报家门，光图省劲儿，埋没了原剧作者的一片苦心。凡是说话写文章，都是同样的道理，开头不应该扯得太远，但是也不应该直来直去。文学创作所忌讳的是一开头儿就直奔正题，随便说几句闲话，然后书归正传，这样也没有什么不可以的；干吗非得惜墨如金，如此的急迫和鲁莽呢？作者千万不要因为人们大都不在意开头儿，就把开头儿应当写的东西省略掉。至于后面自报家门的话，则不仅要概括全剧，还要写得新鲜别致。元代作品当中的"楔子"太过于僵化死板，不值得效仿。

注释

［1］开光——佛教用语，也叫"开眼供养"。原意是指佛像塑成后，在开始供奉前点画眼睛，并诵"开眼光真言"，以开佛眼之光明。

2. 冲场

原文

开场第二折，谓之"冲场"。冲场者，人未上而我先上也。必用一悠长引子，引子唱完，继以诗词及四六排语，谓之"定场白"，言其未说之先，人不知所演何剧，耳目摇摇；得此数语，方知下落，始未定而今方定也。此折之一引一词，较之前折家门一曲，犹难措手；务以寥寥数言，道尽本人一腔心事，又且蕴酿全部精神，犹家门之括尽无遗也。同属包括之词，而分难易于其间者，以家门可以明说，而冲场引子及定场诗词，全用暗射，无一字可以明言故也。非特一本戏文之节目，全于此处埋根；而作此一本戏文之好歹，亦即于此时定价。何也？开手笔机飞舞，墨势淋漓，有自由自得之妙，则把握在手，破竹之势已成，不忧此后不成完璧；如此时此际，文情艰涩，勉强支吾，则朝气昏昏，到晚终无晴色；不如不作之为愈也。然则开手锐利者，宁有几人？不几阻抑后辈，而塞填词之路乎？曰：不然，有养机使动之法在。如入手艰涩，姑置勿填，以避烦苦之势，自寻乐境，养动生机；俟襟怀略展之后，仍复拈毫，有兴即填，否则又置。如是者数四，未有不忽撞天机者。若因好句不来，遂以俚词塞责，则走入荒芜一路，求辟草昧而致文明，不可得矣。

译文

　　开场第二折戏，叫作"冲场"。它的意思是说，在别人没有上场之前，我先上前。人物上场时，总是先用一段悠长的曲子作引子，引子一唱完，接着是一段诗词以及几个对偶的句子，这叫作"定场白"，意思是没说之前别人不知道演的是什么戏，丈二和尚摸不着头脑；听了这几句话以后，才知道剧情；最初心里没底，此时心里才有了底。这一折戏当中的一段引子、一段"定场白"，比起前面一折戏当中的"自报家门"来，更难下笔。它必须用很少的几句话把人物的一腔心事都说出来，而且还得推进后面的剧情发展，酝酿全剧的精神，像自报家门一样把要说的事情囊括无遗。它与自报家门的作用差不多，但是写起来却是一个困难一个容易，这是因为，自报家门的话可以明说，而冲场的引子和定场的诗词，却只能隐喻，一个字都不能明说。它不仅为剧情打下基础，整个作品的故事情节，全部由这里铺展开来、生发出去；而且一部戏写得是好是坏，到了这时也就能够确定了。为什么这么说呢？这是因为，有的作者一旦动笔写作，开头儿便能写得非常流畅，气势饱满，洋洋洒洒；这样一口气写下去，势如破竹，不必担心后面写不下去；有的作者在写到这里时，思路尚未展开，还在勉强支支吾吾，就像早晨的时候天气昏昏沉沉，到了晚上还没有见晴。这样的文章还是不写为好。但是话又说回来，一出手便能写得流畅自如的作者能有几个？用这样高的标准去要求所有的人，岂不是强人所难，压抑后辈，把戏曲创作的路堵死了吗？我说：不是的。有一种方法，可以使人积蓄力量，培养灵感。如果一时下笔艰难，写不下去的话，不妨暂时把它放下不写，免得越写越烦恼，写到后来愁苦不堪；先去找点儿别的乐子，积蓄力量，培养灵感；等到思路打开以后，心里敞亮了，再去动笔；有兴致就写下去，没有兴致的话就再放下。像这样几次之后，肯定会有某一时刻，灵感忽至，文思泉涌，下笔如飞。如果仅仅因为一时想不出好的句子，就勉强用一些粗俗浅薄的句子来胡乱填塞，到后来就会越写越糟，那时候要想改变局面也就办不到了。

3. 出脚色

原文

　　本传中有名脚色，不宜出之太迟。如生为一家，旦为一家；生之父母，随生而出；旦之父母，随旦而出。以其为一部之主，余皆客也。虽不定在一出二出，然不得出四五折之后，太迟则先有他脚色上场，观者反认为主；及见后来人，势必反认为客矣。即净丑脚色之关乎全部者，亦不宜出之太迟。善观场者，止于前数出所见，记其人之姓名；十出以后，皆是枝外生枝，节中长节，如遇行路之人，非止不问姓字，并形体面目，皆可不必认矣。

译文

一部戏当中有名有姓的角色，不应该出场太晚。如果生角和旦角分别属于两家人，那么生角的父母应当跟生角一起出场，旦角的父母应当跟旦角一起出场。这是因为他们是这部戏中的主要角色，其余的人不过是次要的角色。虽然这些角色不一定非得在第一、第二折戏出场，但是也不应当在第四、第五折以后才出来。如果这些角色出场太晚，那么前面已经有别的角色上场了，看戏的人会以为那些人是戏中的主要人物；等到后来的人物上场时，就会被认为是次要角色了。与整个剧情相关的角色，即使是净角、丑角，也不应当出场太晚。内行人看戏，光记前面几折戏中出场的人物的名字；戏演到十折以后，都是节外生枝，这时再有新的人物上场，已经无关紧要了；就像走路时遇到陌生的行人，不但用不着知道他们姓甚名谁，就连他们身材长相什么样，也用不着去辨认了。

4. 小收煞

原文

上半部之末出，暂摄情形，略收锣鼓，名为"小收煞"；宜紧忌宽，宜热忌冷；宜作郑五歇后，[1]令人揣摩下文，不知此事如何结果；如做把戏者，暗藏一物于盆盎衣袖之中，做定而令人射覆，此正做定之际，众人射覆之时也，戏法无真假，戏文无工拙，只是使人想不到，猜不着，便是好戏法，好戏文。猜破而后出之，则观者索然，作者赧然，不如藏拙之为妙矣。

译文

上半部戏演到末尾一出，暂时将剧情做些收敛，这叫作"小收煞"；此时节奏应当紧凑，不应当松弛；应当热闹，不应当冷清；应当像郑繁说歇后语那样，让观众去揣摩下文，不知道故事的结局如何；又如同变戏法的人把一件东西藏在衣袖里面，让人们去猜。"小收煞"正是把东西藏好让人去猜的时候。戏法没有什么真的假的，戏文没有什么精巧不精巧的；只是让人想不到、猜不着的，就是好戏法、好戏文。如果此时让人猜出了后面的剧情，观众再看下去就觉得没什么意思了，作者也当感到羞愧。因此，不如造成一种悬念，把该藏的东西暂时地藏一下。

注释

[1]郑五歇后——唐昭宗时人郑綮，字蕴武，荥阳人，善诗，多诙谐，当时人称"郑五歇后体"。

5．大收煞

原文

全本收场，名为"大收煞"。此折之难，在无包括之痕，而有团圆之趣。如一部之内要紧脚色，共有五人，其先东西南北，各自分开，到此必须会合。此理谁不知之？但其会合之故，须要自然而然，水到渠成；非由车戽，最忌无因而至，突如其来，与勉强生情，拉成一处；令观者识其有心如此，与恕其无可奈何者；皆非此道中绝技，因有包括之痕也。骨肉团聚，不过欢笑一场，以此收锣罢鼓，有何趣味？水穷山尽之处，偏宜突起波澜，或先惊而后喜，或始疑而终信，或喜极信极而反致惊疑；务使一折之中，七情俱备，始为到底不懈之笔，愈远愈大之才，所谓有团圆之趣者也。予训儿辈尝云："场中作文，有倒骗主司入彀之法。开卷之初，当以奇句夺目，使之一见而惊，不敢弃去，此一法也。"终篇之际，当以媚语摄魂，使之执卷留连，若难遽别，此一法也。收场一出，即勾魂摄魄之具，使人看过数日，而犹觉声音在耳，情形在目者，全亏此出撒娇，作"临去秋波那一转"也[1]。

译文

全剧收场，叫作"大收煞"。写这一折戏的难点在于，没有大包大揽的痕迹，却造成大团圆的结局。如果一部戏当中的主要角色有五个人，在此之前，这几个人东西南北各自分开，到了这个时候必须会合起来。这个道理谁不懂得？但是，促使他们会合的原因必须自然而然、水到渠成，而不是像水车汲水一样有人为的痕迹；此时最忌讳的就是无缘无故，突如其来，勉强地捏造一个情节，把各种人物生拉硬拽到一块儿，让人们看出是作者有意让他们这样的。这种做法很不高明，因为它有大包大揽的痕迹。骨肉团聚，不过欢笑一场，以此来使全剧收场，有什么意思可言呢？在故事山穷水尽的时候，偏偏应当突然掀起波澜，让人先是震惊，继而喜悦；或者先是怀疑，继而信以为真；或者在人们极其喜悦、信以为真的时候，突然使人惊愕。一定要在这一折戏当中，把人物的七情六欲全部展示出来，这样才称得上是笔力贯穿始终，故事扯得越远，越能展示作者的才华，越能造成大团圆的氛围。

我曾经这样教导晚辈说：在考场上写文章时，有些方法可以吸引考官的注意力。在文章的一开头儿，应当写得新奇夺目，使人一看上去，便感到震惊，舍不得放下。这是一种方法。还有一种方法，就是在文章结束时，应当使用柔媚的语言来勾人心魄，使人手拿考卷，留恋不舍。

戏曲当中收场一折戏，就应当这样去写。它是勾人心魄的手段，它使人在看过这部戏几天之后，而还觉得那声音还在耳边，剧中的情节历历在目。这全靠最后一折戏撒娇，像一位美妙的女子，与人临别之际，回眸一笑，暗送秋波。

注释

［1］"临去秋波那一转"——王实甫《西厢记》第一本第一折中的曲文。剧中崔莺莺在游殿时无意中遇见张生，在临走之前，回头望了张生一眼，张生说："怎当他临去秋波那一转。休道是小生，便是铁石人，也意惹情牵。"这里用以形容作品"终篇之际，当以媚语摄魂"的艺术效果。

6．填词余论

原文

读金圣叹所评《西厢记》，能令千古才人心死。夫人作文传世，欲天下后代知之也，且欲天下后代称许而赞叹之也。殆其文成矣，其书传矣，天下后代，既群然知之，复群然称许而赞叹之矣。作者之苦心，不几大慰乎哉？予曰：未甚慰也。誉人而不得其实，其去毁也几希。但云千古传奇，当推《西厢》第一，而不明言其所以为第一之故，是西施之美，不特有目者赞之，盲人亦能赞之矣。自有《西厢》以迄于今，四百余载；推《西厢》为填词第一者，不知几千万人，而能历指其所以为第一之故者，独出一金圣叹。是作《西厢》者之心，四百余年未死，而今死矣。不特作《西厢》者心死，凡千古上下操觚立言者之心，无不死矣。人患不为王实甫耳，焉知数百年后，不复有金圣叹其人哉。

圣叹之评《西厢》，可谓晰毛辨发，穷幽极微，无复有遗议于其间矣。然以予论之，圣叹所评，乃文人把玩之《西厢》，非优人搬弄之《西厢》也。文字之三昧，圣叹已得之；优人搬弄之三昧；圣叹犹有待焉。如其至今不死，自撰新词几部，由浅入深，自生而熟，则又当自火其书，而别出一番诠解。甚矣此道之难言也。

圣叹之评《西厢》，其长在密，其短在拘；拘即密之已甚者也。无一句一字，不逆溯其源，而求命意之所在，是则密矣。然亦知作者于此，有出于有心，有不必尽出于有心者乎？心之所至，笔亦至焉，是人之所能为也。若夫笔之所至，心亦至焉，则人不能尽主之矣；且有心不欲然，而笔使之然，若有鬼物主持其间者，此等文字，尚可谓之有意乎哉？文章一道，实实通神，非欺人语；千古奇文，非人为之，神为之，鬼为之也，人则鬼神所附者耳。

译文

读金圣叹评论《西厢记》，可以让千古以来的大才子含笑九泉了。人们写出文章来在世间流传，是为了让后代们了解它，也想获得后代的肯定和赞赏。等到文章写出来了，在世上流传开了，后代们都知道了、了解了，并且纷纷对它表示赞誉了，那么作者的心愿岂不是彻底满足了吗？我认为还没有。对别人表示赞誉却不能切合实际，这跟诽谤别人也差不了多少。光说《西厢记》是有史以来最杰出的传奇作品，但却不说明它何以杰出、何以伟大，这又有什么意义呢？比如，西施长得美，不仅长了眼睛的人能看见，都对她的美表示赞誉；即使是盲人也能说出赞誉的话。《西厢记》诞生至今已经四百多年了，有成千上万的人认为《西厢记》的作者是最杰出的戏曲作家，但是能够明确指出这部作品之所以杰出、之所以伟大的理由的人，只出了一个金圣叹。因此可以这样说：《西厢记》的作者四百多年来未曾死心，直到有了金圣叹之后他才可以瞑目了。不但《西厢记》的作者可以瞑目了，古往今来的传奇作家们，都可以含笑九泉了。人们都担心自己没有王实甫那样好的运气，没有遇到一个像金圣叹那样的知己；谁知道几百年之后，还会不会出现像金圣叹那样的人呢？

金圣叹评论《西厢记》，真可以称得上是细致入微到了极点了，把作品所包含的内容全都说尽了。但是在我看来，金圣叹只不过是从一个文人的视角去评论《西厢记》的，他所评论的《西厢记》是作为文学作品的《西厢记》，而不是舞台上演出的《西厢记》；金圣叹对于文学创作的规律把握得很准确、很熟练；但是对于舞台上演出的《西厢记》，金圣叹还没研究到。如果金圣叹到今天还没有死，他自己创作几部新的传奇戏曲，由浅到深，从生到熟，那么到了一定的时候，他或许会把自己当初所写的评论《西厢记》的著作一把火烧掉，再另外做出一番评论的。戏曲作品评论起来实在是太难了！

　　金圣叹评论《西厢记》，评得好的地方是他的细致，评得不好的地方是过于拘谨；而评得太细致了就会造成拘谨。金圣叹评论《西厢记》时，对于作品当中的每一个字，都要追根溯源，试图发现作者创作的本意，这是他的细致之处；但是你怎么会知道作者这么写到底是出于有意，还是出于无心呢？心里想到什么，就用笔把它写出来，这是人们大多能够办到的；如果是灵感所致，妙笔生花，心随笔转，那就不是每个人都能左右得了的了；况且还有这样的情况：作者心里本来不想这样写，但是一动起笔来却写成了这个样子，就好像有什么神仙在支配着作者手中的笔一样。这样的文字，还能说它是作者有意这样写的吗？文学创作有时候实在太神奇了。这并不是什么蒙人的话，古来神奇伟大的作品，从某种意义上说，不是人能够写得出来的，而是神写的、鬼写的，作者不过是鬼神附体罢了。

第二卷 演习部

一、选剧

小 引

　　填词之设，专为登场。登场之道，盖亦难言之矣。词曲佳而搬演不得其人，歌童好而教率不得其法，皆是暴殄天物。此等罪过，与裂缯毁璧等也。方今贵戚通侯，恶谈杂技，单重声音，可谓雅人深致，崇尚得宜者矣；所可惜者，演剧之人美，而所演之剧，难称尽美；崇雅之念真，而所崇之雅，未必果真。尤可怪者，最有识见之客，亦作矮人观场⁽¹⁾，人言此本最佳，而辄随声附和，见单即点，不问情理之有无，以致牛鬼蛇神，塞满氍毹之上。极长词赋之人，偏与文章为难，明知此剧最好，但恐偶违时好，呼名即避，不顾才士之屈伸；遂使锦篇绣帙，沉埋瓴甓之间。汤若士之《牡丹亭》《邯郸梦》得以盛传于世，吴石渠之《绿牡丹》《画中人》得以偶登于场者，皆才人侥幸之事，非文至必传之常理也。若据时优本念，则愿秦皇复出，尽火文人已刻之书，止存优伶所撰诸抄本，以备家弦户诵而后已。伤哉！文字声音之厄，遂至此乎！吾谓《春秋》之法，责备贤者；当今瓦缶雷鸣，金石绝响，非歌者投胎之误，优师指路之迷，皆顾曲周郎之过也。使要津之上，得一二主持风雅之人，凡见此等无情之剧，或弃而不点，或演不终篇而斥之使罢；上有憎者，下必有甚焉者矣。观者求精，则演者不敢浪习；黄绢色丝之曲，外孙齑臼之词^[2]，不求而自至矣。吾论演习之工，而首重选剧者，诚恐剧本不佳，则主人之心血，歌者之精神，皆施于无用之地，使观者口虽赞叹，心实咨嗟，何如择术务精，使人心口皆羡之为得也！

译文

  创作戏曲是为了搬上舞台演出，而演戏的方法是很难解释的。有的作品，词、曲都写得很好，但却没有合适的人把它搬上舞台；演员很好，但是教他们演唱曲子教得很不得法，这都是暴殄天物，糟蹋东西。这样的罪过，跟撕毁绸缎、砸坏玉璧差不多。如今的富贵绅士，厌恶杂耍，偏爱观看戏曲，真可谓高雅之至，很有艺术眼光；但可惜的是，演戏的人长得很美，上演的戏剧却是杂乱不堪，不是个个都美；人们推崇高雅艺术的念头是真实的，但是他所推崇的东西却未必真的高雅。更令人奇怪的是，一些很有艺术鉴赏力的人也如同矮子看戏一样，人云亦云，别人说这个剧本最好，他便随声附和，见到戏单子就点戏，也不问一问这个戏是否合乎情理，使得如今的戏台上，到处上演的都是些牛鬼蛇神之类荒诞不经的玩意儿。擅长诗词歌赋的文坛高手也偏跟文学过不去，明明知道这部戏很好，但却害怕这样说出来不符合当下人的嗜好，一提到这部戏的名字他就回避不谈，管他有才华的作者会不会蒙受委屈！因此，一些本来很优秀的作品被埋没了，跟那些下三滥的东西一道，默默无闻，自生自灭。汤显祖的《牡丹亭》《邯郸梦》能够在世上风传，吴石渠的《绿牡丹》《画中人》得以偶尔被人搬上舞台，对文人才子来说都是非常侥幸的事儿，并不是人人都像他们那样幸运。如果按照戏子们的想法去做的话，他们巴不得再有一个秦始皇出来，把文人们创作的戏曲作品一把火统统烧掉，只留下那些他们自己改编的抄本，让家家户户全都按照他们演出的样子去演唱，这样才好呢！可悲啊！戏曲作品竟然遭受着如此的命运！

  戏曲作品的命运之所以会如此，我认为责任在于那些贤者能人。如今的戏剧舞台上看不到优秀的作品演出，只有那些下三滥的玩意儿充斥其间，并不是演员们投错了胎，或者是由于导演们指错了路，而全是因为研究戏曲的学者们的失误造成的。假使在戏曲领域有一两位推崇高雅艺术的人，一旦看到这种不合情理的、荒诞不经的戏，就把它抛到一边不去上演，或者在它没有演完的时候，责令停止演出，这样的话，上面的人对它们表示憎恶，下面的人就一定比上边的人还要憎恶。看戏的人追求高雅精致的东西，演戏的人也就不敢随随便便，想演什么就演什么，想怎么演就怎么演了。这样，优秀的戏曲作品用不着特意去寻找，自己就送上门来了。我讨论演戏工作，把选择好的剧本放在首要的地位，实在是担心选用的剧本不好，使得戏班子的班主和演员们把他们的精力都用到毫无意义的地方去。看戏的人虽然嘴上赞叹不已，但是心里却在埋怨。这样的话，何不在挑选剧本上多下些功夫，上演一些精彩的作品，让人不但嘴上赞叹，心里也感到满意呢？

注释

[1] 矮人观场——语出朱熹《朱子语类》："如矮子看戏相似，见人道好，他也道好。"

[2] 黄绢色丝之曲二句——东汉蔡邕在读了曹娥碑以后，在碑的背面题了"黄绢幼妇，外孙齑臼"八个字。这等于是个字谜，每两个字暗射一个字。"黄绢"是染色的丝，暗射"绝"字；"幼妇"即少女，暗射"妙"字；"外孙"是女儿的儿子、女之子，暗射"好"字；"齑"是姜、蒜一类的辛辣之物。合起来是"绝妙好辞"四字。

1. 别古今

原文

选剧授歌童，当自古本始。古本既熟，然后间以新词，切勿先今而后古。何也？优师教曲，每加工于旧，而草草于新；以旧本人人皆习，稍有谬误，即形出短长；新本偶尔一见，即有破绽，观者、听者未必尽晓，其拙尽有可藏；且古本相传至今，历过几许名师，传有衣钵，未当而必归于当，已精而益求其精；犹时文中"大学之道""学而时习之"诸篇，名作如林，非敢草草动笔者也。新剧则如巧搭新题，偶有微长，则动主司之目矣。故开手学戏，必宗古本；而古本又必从《琵琶》《荆钗》《幽闺》《寻亲》等曲唱起。盖腔板之正，未有正于此者。此曲善唱，则以后所唱之曲，腔板皆不谬矣。旧曲既熟，必须间以新词，切勿听拘士腐儒之言，谓新剧不如旧剧，一概弃而不习。盖演古戏，如唱清曲，只可悦知音数人之耳，不能娱满座宾朋之目。听古乐而思卧，听新乐而忘倦[1]，古乐不必《箫》《韶》[2]，《琵琶》《幽闺》等曲，即今之古乐也。但选旧剧易，选新剧难。教歌习舞之家，主人必多冗事，且恐未必知音，势必委诸门客，询之优师，门客岂尽周郎，大半以优师之耳目为耳目，而优师之中，淹通文墨者少；每见才人所作，辄思避之，以凿枘不相入也[3]。故延优师者，必择文理稍通之人，使阅新词，方能定其美恶。又必藉文人墨客，参酌其间，两议金同，方可授之使习。此为主人多冗，不谙音乐者而言。若系风雅主盟，词坛领袖，则独断有余，何必知而故询？噫！欲使梨园风气，丕变维新，必得一二缙绅长者，主持公道；俾词之佳者必传，剧之陋者必黜，则千古才人心死；现在名流，有不以沉香刻木而祀之者乎？

译文

挑选剧本教歌童唱戏，应当从古代的剧本教起。在他们对古代剧本熟悉了之后，再慢慢地让他们去练习新的剧本，一定不要先用当代的剧本后用古代的剧本。这是为什么呢？因为师傅教歌童演唱曲子，常常对旧的本子很用心，对新作品却很草率；因为旧的剧本人们都很熟悉，稍微出现一点儿差错，就能够比较出水平的高低。新的剧本偶尔才能见到一部，即使露出点儿破绽，看戏和听戏的人也不一定全能发现，这样，就能掩盖自己水平的拙劣；而且，古代的剧本流传到今天，经历了许多代名师的点化，其中有不妥当的地方，也都被修改妥当了，精益求精，就像科举考试时用"大学之道""学而时习之"为题写各种文章，前面出名的佳作很多了，后来的人不敢草率动笔。新的戏曲作品却像是新出的题目，根据新题目写出的文章，只要偶尔有一点精彩之处，就能够让主考官动心。

因此，刚开始学习演戏，必须向古代的剧本学习，学习古代的剧本又必须从《琵琶记》《荆钗记》《幽闺记》《寻亲记》等本子唱起。这是因为，这些本子的唱腔很正，没有其他作品能够超过它们。这些曲子练熟了，那么以后演唱的曲子就没有唱不好的了。旧曲子唱熟了以后，还必须教他们演唱新曲子，千万不要听信有些老古董的话，认为什么新戏不如旧戏，于是把新作品不加区别一概放弃。演唱古代的曲子，就像戏曲清唱，只能让少数懂行的知音听了高兴，却不能让剧场内的广大观众都听得懂、都感到满意；听古代的曲子会使人怠倦，听当代的新曲子会使人精神振作，忘掉了疲倦；古代的曲子不一定非得是《箫》《韶》那样的古曲，《琵琶记》《幽闺记》等也都是古代的曲子。

但是选择旧剧本容易，选择新剧本却比较困难。这是因为，教唱戏曲的场所主人一定杂事很多，恐怕没时间了解新曲子，这就势必要把挑选新剧本的任务交给门客去完成，让他们去跟师傅们商量；门客当中真正对戏曲有所研究的人很少，多半是听信师傅的话，师傅说哪部作品好他们就说哪部作品好；而且，师傅里面精通文学的人也很少，他们一看见文人创作的剧本就想避开，因为隔行如隔山，驴唇对不上马嘴，他不懂得文学。所以，如果让师傅去挑选新的剧本，一定要让那些对文学原理稍稍有些了解的人去干，让这样的人阅读新剧本，才能决定剧本的好坏。同时还必须让文人墨客参与进来，出谋划策，共同商议，这样挑选出来的剧本才可以让歌童们练习演唱。这是针对杂事很多，又不熟悉音乐的主人来说的；如果主人自己情趣高雅、才华出众，是戏曲界的头面人物，那么他一个决定已经绰绰有余了，何必还要去问别人呢？唉！要想让戏曲界改变风气，提高艺术水平，推陈出新，一定要有一两位德高望重的长者来主持公道，这样，好的戏曲作品就必定会流传于世，坏的作品就会被人抛弃，那么古往今来的才子们就可以瞑目了；当代的戏曲名流，定会焚香祷祝，把他供奉起来。

注释

［1］听古乐而思卧二句——语出《礼记·乐记》："魏文侯问于子夏曰：'吾端冕而听古乐，则唯恐卧；听郑卫之音，则不知倦。'"

［2］箫韶——传说中虞舜时的音乐。

［3］凿枘不相入——语出《楚辞·九辩》："圜凿而方枘兮，吾固知其龃龉而难入。"

2. 剂冷热

原文

今人之所尚，时优之所习，皆在热闹二字。冷静之词，文雅之曲，皆其深恶而痛绝者也。然戏文太冷，词曲太雅，原足令人生倦，此作者自取厌弃，非人有心置之也。然尽有外貌似冷，而中藏极热；文章极雅，而情事近俗者，何难稍加润色，播入管弦？乃不问短长，一概以冷落弃之，则难服才人之心矣。予谓传奇无冷热，只怕不合人情。如其离合悲欢，皆为人情所必至，能使人哭，能使人笑，能使人怒发冲冠，能使人惊魂欲绝，即使鼓板不动，场上寂然，而观者叫绝之声，反能震天动地。是以人口代鼓乐，赞叹为战争，较之满场杀伐，钲鼓雷鸣，而人心不动，反欲掩耳避喧者为何如？岂非冷中之热，胜于热中之冷；俗中之雅，逊于雅中之俗乎哉？

◈ 译文 ◈

　　当今人们所崇尚的，以及演戏的人所学习的，都只在于"热闹"两个字；而看上去比较冷静的、文雅一点儿的作品，全都被人们所深恶痛绝。戏文太冷静、词曲太过于文雅，本来就令人心生厌恶。这是作者咎由自取，自讨没趣儿，并不是别人故意使它冷清。但是，有很多作品，外表看上去似乎很冷静，但是内里却藏着极大的热情；戏文表面看上去似乎过于文雅，但是里面的故事却很贴俗，只要把它们稍加修改润色，就能够成为一部很好的本子，就可以用来演出，这又有什么困难的呢？但有人却不分青红皂白，仅仅因为它们写得过于冷静，就一概而论，把它们抛在一边，这就很难令作者服气了。

　　我认为传奇作品没有什么冷静不冷静的，只怕它不合乎人情事理。如果作品中所描述的悲欢离合，都是人世间可能产生的感情，这些感情能使人哭，使人笑，使人怒发冲冠，使人撕肝裂胆，惊心动魄，荡气回肠，那么即使演出时场上鼓乐不响，寂静无声，看戏的人的叫好声反倒能够震天动地。像这样，是用演员的嘴巴取代了鼓乐，用观众的赞叹声取代了场上的战争；这种情形跟满场又打又杀、金鼓齐鸣，但是观众却不动心，反倒堵上耳朵躲避喧哗，二者比较起来，哪一种情形更好呢？这不恰恰说明了，外表看上去冷静而内里却饱含着巨大的热情，比起外表看上去很热闹但是内里却是冷冷清清，要好上许多吗？俗中有雅，难道比看上去文雅实际上却很流俗更差劲儿吗？

二、变调

小　引

◈ 原文 ◈

　　变调者，变古调为新调也。此事甚难，非其人不行，存此说以俟作者。才人所撰诗赋古文，与佳人所制锦绣花样，无不随时更变。变则新，不变则腐；变则活，不变则板。至于传奇一道，尤是新人耳目之事，与玩花赏月，同一致也。使今日看此花，明日复看此花；昨夜对此月，今夜复对此月，则不特我厌其旧，而花与月，亦自愧其不新矣。故桃陈则李代，月满即哉生，花月无知，亦能自变其调，矧词曲出生人之口，独不能稍变其音，而百岁登场，乃为三万六千日雷同合掌之事乎？吾每观旧剧，一则以喜，一则以惧；喜则喜其音节不乖，耳中免生芒刺；惧则惧其情事太熟，眼角如悬赘疣。学书学画者，贵在仿佛大都；而细微曲折之间，正不妨增减出入；若止为依样葫芦，则是以纸印纸，虽云一线不差，少天然生动之趣矣。因创二法，以告世之执郢斤者[1]。

译文

　　这里所说的"变调"，意思是把古代的旧调改编成新调。这件事做起来很困难，必须由戏曲作者亲自完成。我把这个意见提出来，供戏曲作者们参考。文人才子创作诗赋文章，与女子绣的图案花样，没有一样不随着时间的推移而变化。变了就新鲜，不变就日益陈腐；变了就富有活力，不变就日益僵化。传奇戏曲的创作，也是为了满足人们对于新鲜事物的追求，跟玩花赏月是同样的道理。假如今天赏的是这一朵花，明天赏的还是这一朵花；昨天晚上赏的是这个月，今天夜里赏的还是这个月，那么不但人们觉得它们陈旧，就连花和月亮自己也会自惭形秽，羞愧于自己不如新鲜的花朵、新鲜的月亮好看。因此，就自然规律来说，李花谢了，有桃花取代；月亮圆了，接下来便是月缺。花朵和月亮无知，尚且能够变旧为新；戏曲作品乃出自有生命有灵气的人的嘴巴，难道就不能把曲调稍稍做些变动吗？难道说一部戏演上一百年，那么在这一百年当中，三万六千个日子上演的就都是雷同的故事吗？

　　我每次观看一部旧戏的演出，都是一边高兴一边担忧。高兴的是它的音调没有被唱错，免得我的耳朵像长了刺儿一样难受；担忧的是这部戏愈演愈熟，愈看愈熟，就像眼角长了个肉瘊子，使人感到厌恶和心烦。学习书法绘画的人，可贵之处是模仿出前人作品的大模样，但是在细微的地方，就不妨与前人的作品有些出入，该加的地方加，该减的地方减；如果只是照葫芦画瓢，那么就像一个模子里印出来的，虽说一丝不差，但是缺少了天然生动的韵味儿。出于以上考虑，我创立了两种方法，把它们教给当今的戏曲高手。

注释

　　[1]执郢斤者——郢：春秋战国时楚国的国都。《庄子·徐无鬼》中有一则故事

说：郢人将白粉薄薄地涂在鼻子上，一个叫作石的匠人可以闭着眼睛挥斧成风，把白粉削掉而不碰到鼻子。后人用"执郢斤者""郢斤"来指文章高手。

1. 缩长为短

◎ 原文 ◎

　　观场之事，宜晦不宜明。其说有二：优孟衣冠，原非实事，妙在隐隐跃跃[1]之间；若于日间搬弄，则太觉分明。演者难施幻巧，十分音容，止作得五分观听；以耳目声音，散而不聚故也。且人无论富贵贫贱，日间尽有当行之事，阅之未免妨工；抵暮登场，则主客心安，无妨时失事之虑。古人秉烛夜游，正为此也。然戏之好者必长，又不宜草草完事，势必阐扬志趣，摹拟神情，非达旦不能告阕。然求其可以达旦之人，十中不得一二；非迫于来朝之有事，即限于此际之欲眠，往往半部即行，使佳话截然而止。予尝谓好戏若逢贵客，必受腰斩之刑，虽属谑言，然实事也。与其长而不终，无宁短而有尾。故作传奇付优人，必先示以可长可短之法，取其情节可省之数折，另作暗号记之，遇清闲无事之人，则增入全演，否则拔而去之。此法是人皆知，在梨园亦乐于为此。但不知减省之中，又有增益之法。使所省数折，虽去若存，而无断文截角之患者，则在秉笔之人，略加之意而已。法于所删之下折，另增数语，点出中间一段情节，如云昨日某人来说某话，我如何答应之类是也；或于所删之前一折，预为吸起，如云我明日当差某人去干某事之类是也。如此则数语可当一折，观者虽未及看，实与看过无异。此一法也。予又谓多冗之客，并此最约者，亦难终场，是删与不删等耳。尝见贵介命题，止索杂单，不用全本，皆为可行即行，不受戏文牵制计也。予谓全本太长，零出太短，酌乎二者之间，当仿《元人百种》之意，而稍稍扩充之，另编十折一本，或十二折一本之新剧，以备应付忙人之用。或即将古书旧戏，用长房妙手[2]，缩而成之。但能沙汰得宜，一可当百，则寸金丈铁，贵贱攸分，识者重其简贵，未必不弃长取短，另开一种风气，亦未可知也。此等传奇，可以一席两本，如佳客并坐，势不低昂，皆当在命题之列者，则一后一先，皆可为政，是一举两得之法也。有暇即当属草，请以下里巴人，为白雪阳春之倡。

◎ 译文 ◎

　　看戏适宜在晚上看，不适宜在白天看。这个说法依据两条理由：戏曲中演出的，本来就不是什么实事，妙就妙在隐隐约约之间；如果白天演戏，就使人觉得太亮堂了，演戏的人很难展示虚幻的技巧，唱念做打使出十分的力气，人们只能接受一半；因为在白天里人的注意力容易分散，又很喧闹，使得声音不容易聚拢。而且，每个人无论富贵还是贫贱，白天都有很多应当做的事情，看戏未免太耽误工夫了。演员到了晚上登台演戏，观众到了晚上来看戏，大家都心安理得，用不着担心耽误了什么事情。古代人到了晚上秉烛而游，正是出于这样的考虑。但是，好看的戏总是很长，一旦演出，就不应该草草完事儿，总得让剧中的人物尽情地抒发他的胸怀，仔细地模拟人物的神态表情，这样不演到天亮就完不了。但是，看戏能够看到天亮的人，十个人当中也找不出一两个，人们不是迫于第二天有事要做，就是此时此刻想要睡觉，往往看到一半的时候就走了，这就使得一部好故事被截断了。

　　我曾经说过，一部好戏如果遇到哪位贵人要看，必定会遭受腰斩之刑。这句话虽然是开玩笑，但说的却是实情。与其把一部好戏写得很长却不能让人看完，不如把它写得短一些，好使人能够看到结尾。所以，传奇作品创作出来交给戏班子演出时，一定要先告诉他们怎样对作品进行删减。在故事情节当中可以省略的几折戏，作下一个标记。遇到清闲没事儿的人来看戏，就把可以删掉的部分增加进来，演出全本，否则的话就把它们去掉。这种方法人人都知道，戏班子也都愿意这样干。但是一般人们并不知道，在对一部戏删减的同时还有一种加戏的方法。如果要想让剧中的几折戏删掉也行，不删掉也行，又不用担心人们看了戏觉得支离破碎、缺胳膊少腿，只要这部戏的原作者在写戏时稍加留意就行了。具体方法是：在有时可能不得不根据情况把它删的几折戏中，另外增加几句话，点出上下文之间的一段故事情节，比如说昨天谁谁来到、说过什么话、我如何如何回答等；或者在可能被删的一段戏的前面一折戏中，预先设计几句话，到时候可以用这几句话把前面的情节与被删掉的一段戏后面的情节连接起来，比如说我明天应当打发谁谁去干什么事情，等等。像这样的几句话可以顶一折戏；看戏的人没看到这一折戏，但是跟看了没有什么不同。这又是一种方法。

　　在我看来，对于有些昏昏沉沉的观众来说，即使一部戏写得再简约，他也难以把戏看到终场，这样的话删不删戏都一个样。我见过一些显贵们，请戏班子演出，只要杂剧的戏单，用不上全本戏。在这种情况下，能演什么就演什么，不必考虑演出会不会受剧情长短的限制。我认为全本戏太长，零散的折子戏又嫌太短，应当在这两者之间，创作另外一种不长不短的戏，应当效仿《元人百种》当中戏的长度，对它稍稍作一些扩充，另外改编出十折一本或者十二折一本的新戏，以备演给那些忙碌的人看；

或者，采用古本的旧戏，找一位高手把它缩写得短一些，只要删减适当，这样一部戏可以抵得上一百部戏。这样，作品虽然很短，但却很有演出价值；而有些戏虽然很长，但却没有演出的价值；贵贱分明了，有识之士看得明白，说不定会放弃写长戏，转而去写一些短戏，创作出另外一种形式的新戏来。这样的传奇作品，可以一部戏有两种版本，如果看戏时在座的都是些情趣高雅、耐得住性子的观众，个个情绪高昂，有人想看这个，有人想看那个，而大家又都有资格选戏，那就先演出长的，后演出短的；或者先演出短的，后演出长的，悉听尊便。这是个一举两得的方法。如果有时间的话，我当在这方面做些尝试，在下虽然不才，愿意开此先河，让我这个下里巴人为阳春白雪们蹚蹚路子。

注释

[1]隐隐跃跃——即"隐隐约约"。

[2]长房妙手——长房：费长房，《神仙传》记载，此人是东汉汝南人，有神术，能将地缩短，使千里景色尽现眼前，放之则复舒如旧。

2．变旧成新

原文

演新剧如看时文，妙在闻所未闻，见所未见；演旧剧如看古董，妙在身生后世，眼对前朝。然而古董之可爱者，以其体质愈陈愈古，色相愈变愈奇。如铜器玉器之在当年，不过一刮磨光莹之物耳；迨其历年既久，刮磨者浑全无迹，光莹者斑驳成文，是以人人相宝；非宝其本质如常，宝其能新而善变也；使其不异当年，犹然是一刮磨光莹之物，则与今时旋造者无别，何事什伯其价而购之哉？旧剧之可珍，亦若是也。今之梨园，购得一新本，则因其新而愈新之，饰怪妆奇，不遗余力；演到旧剧，则千人一辙，万人一辙，不求稍异。观者如听蒙童背书，但赏其熟，求一换耳换目之字而不得，则是古董便为古董，却未尝易色生斑，依然是一刮磨光莹之物，我何不取旋造者观之？犹觉耳目一新，何必定为村学究，听蒙童背书之为乐哉？然则生斑易色，其理甚难，当用何法以处此？曰：有道焉。仍其体质，变其丰姿，如同一美人而稍更衣饰，便足令人改观，不俟变形易貌，而始知别一神情也。体质维何？曲文与大段关目是已。丰姿维何？科诨与细微说白是已。曲文与大段关目不可改者，古人既费一片心血，自合常留天地之间，我与何仇？而必欲使之埋没？且时人是古非今，改之徒来讪笑。仍其大体，既慰作者之心，且杜时人之口。科诨与细微说白，不可不变者，凡人作事，贵于见景生情。世道迁移，人心非旧，当日有当日之情态，今日有今日之情态。传奇妙在入情，即使作者至今未死，亦当与世迁移，自啧其舌，必不为胶柱鼓瑟之谈，以拂听者之耳。况古人脱稿之初，便觉其新；一经传播，演过数番，即觉听熟之言，难于复听；即在当年，亦未必不自厌其繁，而思陈言之务去也。我能易以新词，透入世情三昧，虽观旧剧，如阅新篇，岂非作者功臣，使得为鸡皮三少之女[1]，前鱼不泣之男[2]，地下有灵，方颂德歌功之不暇，而忍以矫制责之哉？但须点铁成金，勿令画虎类狗，又须择其可增者增，当改者改；万勿故作知音，强为解事，令观者当场喷饭，而群罪作俑之人，则湖上笠翁，不任咎也。此言润泽枯藁，变易陈腐之事。予尝痛改《南西厢》，如《游殿》《问斋》《逾墙》《惊梦》等科诨，及《玉簪·偷词》《幽闺·旅婚》诸宾白，付伶工搬演，以试旧新；业经词人谬赏，不以点窜为非矣。尚有拾遗补缺之法，未语同人，兹请并终其说。旧本传奇，每多缺略不全之事，刺谬难解之情，非前人故为破绽，留话柄以贻后人，若唐诗所谓"欲得周郎顾，时时误拂弦"，[3]乃一时照管不到，致生漏孔，所谓"至人千虑，必有一失"。此等空隙，全靠后人泥补；不得听其缺陷，而使千古无全文也。女娲氏炼石补天，天尚可补，况其他乎？但恐不得五色石耳。姑举二事以概之。赵五娘于归两月，即别蔡邕，是一桃夭新妇，算至公姑已死，别墓寻夫之日，不及数年，是犹然一冶容诲淫之少妇也，身背琵琶，独行千里，即能自保无他，能免当时物议乎？张大公重诺轻财，资其困乏，仁人也，义士也。试问衣食名节，二者孰重？衣食不继则周之，名节所关则听之，义士仁人，曾若是乎？此等缺陷，就词人论之，几与天倾西北，地陷东南无异矣，可少补天塞地之人乎？若欲于本传之外，劈空添出一人，送赵五娘入京，与之随身作伴，妥则妥矣，犹觉伤筋动骨，太涉更张。不想本传内现有一人，尽可用之而不用，竟似张大公止图卸肩，不顾赵五娘之去后者。其人为谁？着送钱米助丧之小二是也。《剪发》白云："你先回去，我少顷就着小二送来。"则是大公非无仆从之人，何以吝而不使？予为略增数语，补此缺略，附刻于后，以政同心。此一事也。《明珠记》之《煎茶》，[4]，所用为传消递息之人者，塞鸿是也。塞鸿一男子，何以得事嫔妃？使宫禁之内，可用男子煎茶，又得密谈私语，则此事可为，何事不可为乎？此等破绽，妇人小儿，皆能指出，而作者绝不经心，观者亦听其疏漏；然明眼人遇之，未尝不哑然一笑，而作无是公看者也[5]。若欲于本家之外，凿空构一妇人，与无双小姐从不谋面，而送进驿内煎茶，使之先通姓名，后说情事，便则便矣，犹觉生枝长节，难免赘语；不知眼前现有一妇，理合使之而不使，非特王仙客至愚，亦觉彼妇太忍。彼妇为谁？无双自幼跟随之婢，仙客现在作妾之人，名为采苹是也。无论仙客觅人将意，计当出此，即就采苹论之，岂有主人一别数年，无由把臂，今在咫尺，不图一见，普天之下，有若是之忍人乎？予亦为正此迷谬，止换宾白，不易填词，与《琵琶》改本，并刊于后，以政同心，又一事也。其余改本尚多，以篇帙浩繁，不能尽附。总之凡予所改者，皆出万不得已，眼看不过，耳听不过，故为铲削不平，以归至当，非勉强出头，与前人为难者比也。凡属高明，自能谅其心曲。

插科打诨之语，若欲变旧为新，其难易较此奚止百倍。无论剧剧可增，出出可改；即欲隔日一新，逾月一换，亦诚易事。可惜当世贵人，家蓄名优数辈，不得一诙谐弄笔之人，为种词林萱草，使之刻刻忘忧。若天假笠翁以年，授以黄金一斗，使得自买歌童，自编词曲，口授而身导之，则戏场关目，日日更新，毡上诙谐，时时变相。此种技艺，非特自能夸之，天下人亦共信之。然谋生不给，遑问其他？只好作贫女缝衣，[6]为他人助娇，看他人出阁而已矣。

译文

演出新戏如同阅读新文章，妙在以前从来没有见过，从来没有听说过；演出旧戏就像欣赏古董，妙在身在后世，眼睛却能看见前朝的东西。但是，古董之所以可爱，是因为它经历的年代愈是久远，外表就愈是变得奇异。比如铜器、玉器，在当年不过是一个打磨光亮的物件罢了；在经历了许多年代以后，当年打磨的痕迹全都消失了，原来光亮的外表变得斑驳陆离，因此人们都把它当作宝贝；人们把它当宝贝，并不是看重它还是原来那个物件，而是看重它随着时间的推移发生的不断变化。假如它跟当年一样，仍然是一个打磨光亮的物件，那就跟今天人们造出的东西没有什么两样了，人们何必还要花比原来高出十倍百倍的价钱去买它呢？

如今的戏班子买到一个新的剧本，就因为它是新剧本，所以演起来也就追求新奇，把服饰化妆搞得奇奇怪怪，不遗余力；演出旧戏的时候，却是讲究跟原来的样子一模一样，不能有一丝一毫的不同。看戏的人像是在听小孩子背书，只觉得他背得很熟，要想换换口味，从里面找出点儿新鲜的词句来，就办不到了。像这样，古董还是古董，没见它变得斑驳陆离，仍然是一个打磨光亮的物件。我为什么不拿一个新造的来观赏呢？那会使人感到耳目一新；何必还要去充当乡村私塾里的老学究，以听小孩子背书为乐呢？

但是，要想让一件古董长出斑纹、改变颜色，做起来是很困难的，应当采用什么方法来处理呢？我认为是有办法的。这就是：保留它内在的本质不变，改换它外表的风姿，就像同样一个美女，稍稍更换一下衣服装饰，就足以让人另眼相看了；用不着改变自己的容貌，但神情却改变了。什么是内在的本质呢？剧中的曲文以及大段的情节就是。什么是外表的风姿呢？剧中的插科打诨以及宾白就是。剧中的曲文和大段的情节之所以不能变动，是因为古人在这上面花费了大量的心血，自然应当把它们保留下来，我跟作者有什么仇？非让他的才华和心血被埋没不可？况且，当代人往往厚古薄今，改变古人的东西将白白地招来耻笑。保留原来作品的主要内容，既可以安慰古人的一片苦心，又可以堵住当代人的嘴，使他们不说三道四。剧中的插科打诨以及宾白之所以不能不变动，是因为人们无论干什么事情，贵于触景生情，世道换了，人心也变了，当年有当年的情态，今天有今天的情态。传奇作品妙就妙在入情入理，合乎人之常情。假使作者到今天还没有死，他也会随着世道的变化而变化，为事情换一种说法；肯定不会顽固地坚持原来那一套，去得罪当代人；何况，古人刚刚把剧本创作出来时觉得它新鲜，本子一旦流传开来，经过几次上演，就觉得那些已经听得烂熟，很难再听下去了；即使在当年，也说不定已经对它感到厌烦，已经想到要对里面的陈词滥调进行修改了。如果我们能够给它换上新词，用它来表现新的人情世态，那么，虽说看的还是旧戏，却如同阅读一篇新的文章；这样，不仅没有埋没作者的一片苦心，而且使得作品重新焕发了青春，作者地下有灵，感谢后人的知遇之恩，歌功颂德还来不及，怎么忍心因为人们修改了自己的作品而责怪世人呢？但是话又说回来，修改归修改，必须是点铁成金才行，千万不能画虎不成反类其犬；而且，必须选择能增加的地方增加，能修改的地方修改；千万不能假装知音，勉强去做；这样不但会使看戏的人笑掉大牙，而且还会向始作俑者兴师问罪，我李笠翁可不承担这份责任。以上说的是把已经干巴的东西加以润色，让陈腐的东西变得新鲜。

我曾经狠下功夫修改《南西厢》，如《游殿》《问斋》《逾墙》《惊梦》当中插科打诨的段落，以及《玉簪·偷词》《幽闺·旅婚》当中的宾白，我都做了很大的修改，修改后把它们交给戏班演出，来作一番新旧对比，有词曲作者说我改得挺好，不认为我这样做有什么不对的。

在修改古人的剧本方面，还有一个拾遗补阙的方法，我未曾对同行们说起过，现在请让我把它说完。旧的传奇剧本，经常有一些地方残缺不全，有的地方还出现一些不可理解的错误。并不是前人有意造成这样的破绽，给后人留下议论的话柄，如同唐诗中所说的"欲得周郎顾，时时误拂弦"；而是一时照看不到，以致出现了漏洞，正像人们所说的"智者千虑，必有一失"。这样的漏洞要靠后人去填补，不能任凭这些缺陷存在下去，而使好作品被埋没。女娲炼石补天，天尚且可以补，更何况别的东西呢？只怕找不到女娲补天用的五彩石罢了。不妨举两个这样的例子：《琵琶记》中，赵五娘嫁给丈夫两个月后，就和蔡邕分了手，一个窈窕女子，在公公婆婆死后，告别了二老的坟墓，出门寻找自己的丈夫，这中间没有几年工夫，赵五娘仍然是一个年轻美貌、容易惹是生非的少妇，她身背琵琶，独自一个人远行千里，即使她能保证自己不出什么事情，但是能不遭到人们的议论吗？张大公信守诺言，仗义疏财，救济赵五娘，实在是位仁人义士。请问对一个女人来说，穿衣吃饭和贞洁，哪一样更重要？张大公对于赵五娘，吃穿匮乏，能够周济她；在关系到贞洁的事情上却听之任之，作为一位仁人义士，能够这样吗？如此重大的漏洞，对于一个词曲作者来说，简直是跟天倾西北、地陷东南没有什么区别了，没有人出来填补这个漏洞怎么行呢？如果在剧本当中凭空增添一个人物，让他送赵五娘进京，跟她贴身作伴儿，这样改动起来从情理上说是妥当了，但是改动得也太大了，简直是伤筋动骨。人们没有想到，剧本当中有一个现成的人物，本来尽可以利用，但是作者却没有利用。因此，剧本给人的感觉似乎是张大公光是希望推卸责任，完全不顾赵五娘走后情形会怎样。这个可以利用的人是谁呢？就是张大公打发去给赵五娘送钱米帮助她为公公婆婆发丧的那位伙计。剧中"剪发"一折戏中张大公有一句宾白："你先回去，我少顷就着小二送来。"可见，张大公家里并不是没有仆人，为什么不打发他护送赵五娘进京呢？我为这场戏增加了一些内容，来弥补这个漏洞，现附在本篇后面，以供知情人参阅。这是一个例子。

《明珠记》"煎茶"一场戏中，用来传递消息的人是塞鸿。塞鸿是一个男子，怎么会去侍候贵妃呢？如果宫廷之内，可以用一个男子来煎茶，还能偷偷地说悄悄话，这样的事情都可以干，还有什么事情不可以干的？这样大的破绽，就连女人和小孩儿都能够指出来，但作者却一点儿不加留心，看戏的人也听凭漏洞的存在；可是明眼人看了肯定会哑然失笑，权当没这个人。如果在本家以外，凭空虚构一个女人，与无双小姐从来没有见过面的，把她送到官内来煎茶，让她先通报自己的姓名，然后说明事情的原委，这样改起来方便是方便了，还是让人觉得有点儿节外生枝，难免有些累赘；岂不知眼前就有一个女人，按理说应当打发她去，但是作者却没有这样做。这不仅使人觉得王仙客太傻，也使人觉得那个婆娘也太忍心了。那个婆娘是谁呢？就是无双小姐从小跟随的丫鬟，如今王仙客的小老婆，名叫采苹的那个人。且不说王仙客找人出谋划策，出谋划策的人应该是她；光说采苹本人，哪有主人一去几年，没人服侍，如今近在咫尺，却不想跟主人见上一面的呢？普天之下，有这样忍心的人吗？我为了纠正这个错误，只是改动了剧中的宾白，没有修改曲文，将它跟《琵琶记》的改本一块儿刊在后面，以供知情人参阅。这是又一个例子。其余的改本还有很多，因为篇幅太多，不能把每一篇都附上。总之我所修改的剧本，都是出于万不得已，眼睛看不过去，耳朵听不过去，所以铲除不平，让它们合乎正道；不是我勉强出头儿，跟前人为难。凡是高明的人士，自然能够理解和体谅我的衷肠。

旧戏当中插科打诨的段落，如果要想把它们变旧为新，何止百倍的容易？且不说每一部戏都有的可增，每一折戏都有的可改，即使隔一天一新，隔一月一换，也实在是很容易的事情。只可惜如今的戏班子养了那么多的戏子，却没有一个诙谐幽默能够写东西的人，也好让他时不常地拿出点儿笑料来，使人忘掉烦恼。如果老天爷开眼，让我李笠翁多活几年，送我黄金一斗，让我能够自己买几个歌童，自己编写一些词曲，我亲自对他们口传身教，那么剧场里的故事就会天天更新；曲坛上笑话将会天天变换花样。不是我自夸，天下人也都相信我具备这样的技艺；可是生计还照顾不过来呢，就别提别的了；我只好像个穷姑娘那样，为他人作嫁衣裳、看着别人出阁了。

注释

［1］鸡皮三少之女——传说春秋陈灵公时大夫苗徵舒之母夏姬"内挟技术"，"老而复壮"，可以把皱得像鸡皮一样的面皮三次恢复为少女的状态，所以有"夏姬得道，鸡皮三少"的谚语。

［2］前鱼不弃之男——战国时魏王的宠臣龙阳君在钓鱼时忽然哭起来。魏王问他原因，他说："我开始钓到鱼时，感到高兴。后来又钓到更大的鱼，就打算扔掉当初钓到的小鱼。由此联想到我现在虽然得宠于王，但一定会有许多人来争宠，我的命运恐怕也将像当初钓到的鱼一样！"这里反其意而用之。

［3］欲得周郎顾二句——语出唐代诗人李端咏歌伎弹筝诗《听筝》。原意是说歌伎演奏时故意露出破绽，以期邀听曲者对她注目。

［4］《明珠记》之"煎茶"——《明珠记》：明代陆采著传奇剧本。"煎茶"是其中的一折，描写王仙客任富平县尹兼理长乐驿时，有内官率领宫女三十名路宿驿内。王仙客原与刘无双订有婚约，后刘被收入宫中为宫女，王猜想宿驿的宫女中或许有刘

无双在内，于是打发书童塞鸿扮作煎茶童子混入驿内打探消息。塞鸿果然在驿内与刘无双相会。

［5］无是公——汉代司马相如在《子虚赋》中创造的文学形象，意即"没有的人"。

［6］只好作贫女缝衣三句——语出唐代秦韬玉《贫女》诗："苦恨年年压金线，为他人作嫁衣裳。"

附：

《琵琶记·寻夫》改本

〔胡捣练〕〔旦上〕辞别去，到荒丘，只愁出路煞生受。画取真容聊藉手，逢人将此勉哀求。

鬼神之道，虽则难明；感应之理，未尝不信。奴家昨日在山上筑坟，偶然力乏，假寐片时。忽然梦见当山土地，带领着无数阴兵，前来助力。又亲口嘱付，着奴家改换衣装，往京寻取夫婿。及至醒来，那坟台果然筑就。可见真有神明，不是空空一梦。

只得依了梦中之言，改换做道姑打扮。又编下一套凄凉北调，到途路之间，逢人弹唱，抄化些资粮糊口，也是一条生计。只是一件：我自做媳妇以来，终日与公姑厮守，如今虽死，还有个坟茔可拜，一旦撇他而去，真个是举目凄然。喜得奴家略晓丹青，只得借纸笔传神，权当个丁兰刻木，背在肩上行走，只当还与二亲相傍一般。遇着小祥忌日，也好展开祭奠，不枉做媳妇的一点孝心。有理！有理！颜料纸张，俱已备下。只是凭空摹拟，恐怕不肖神情，且待我想象起来。

〔三仙桥〕一从他每死后，要相逢，不能勾。除非梦里，暂时略聚首。如今该下笔了。〔欲画又止介〕苦要描，描不就，暗想象，教我未描先泪流。〔画介〕描不出他苦心头，描不出他饥症候。〔又想介〕描不出他望孩儿的睁睁两眸。〔又画介〕只画得他发飕飕，和那衣衫敝垢。画完了，待我细看一看。〔看介〕呀！像倒极像，只是画得太苦了些，全没些欢容笑口。呀！公婆，公婆，非是媳妇故意如此。休，休，若画做好容颜，须不是赵五娘的姑舅。（《琵琶》如此等曲，方是化工，然不多见也。）

待我悬挂起来，烧些纸钱，奠些酒饭，然后带出门去便了。〔挂介〕嗳！我那公公婆婆呵！媳妇只为往京寻取丈夫，撇你不下，故此图画仪容，以便随身供养。你须是有灵有感，时刻在暗里扶持。

待媳妇早见你的孩儿，痛哭一场，说完了心事，然后赶到阴司，与你二人做伴便了。阿呀，我那公婆呵！〔哭介〕

〔前腔〕非是奴寻夫远游，只怕我公婆绝后。奴见夫便回，此行安敢久。路途中，奴怎走？望公婆，相保佑！拜完了，如今收拾起身。论起理来，该先别坟茔，然后去别张大公才是。只为要托他照管坟茔，须是先别了他，然后同至坟前，把公婆的骸骨，交付与他便了。〔锁门行介〕只怕奴去后，冷清清，有谁来祭扫？纵使遇春秋，一陌纸钱怎有？休，休，你生是受冻馁的公婆，死做个绝祭祀的姑舅！

来此已是，大公在家么？〔丑上〕收拾草鞋行远路，安排包裹送娇娘。呀！五娘子来了，老员外有请！〔末上〕衰柳寒蝉不可闻，金风败叶正纷纷；长安古道休回首，西出阳关无故人。呀！五娘子！我正要过来送你，你却来了。〔旦〕因有远行，特来拜别。大公请端坐，受奴家几拜。〔末〕来到就是了，不劳拜罢。〔旦拜，末同拜介〕〔旦〕高厚恩难报，临岐泪满巾。〔末〕从今无别事，拭目待归人。〔末起，旦不起介〕（跪求不起，方见郑重其事。）〔末〕五娘子请起。呀！五娘子，你为何跪在地下不肯起来？〔旦〕奴家有两件大事奉求，要大公亲口许下，方敢起来。〔末〕孝妇所求，一定是纲常伦理之事。老夫一力担当，快些请起！〔旦起介〕〔末〕叫小二看椅子过来，与五娘子坐了讲话。〔旦〕告坐了。〔末〕五娘子，你方才说的，是那两件事？〔旦〕第一件，是怕奴家去后，公婆的坟茔没人照管，求大公不时看顾，每逢令节，代烧一陌纸钱。〔末〕这是我分内之事，自然照管，何须你嘱付。第二件呢？〔旦〕第二件，因奴家是个少年女子，远出寻夫，没人做伴，路上怕有嫌疑，求公公大发婆心，把小二借与奴家做伴。到京之日，即便遣人送还。这一件事关系奴家的名节，断求慨允。〔末〕五娘子，这件事情，比照管坟茔还大。莫说待你拜求，方才肯许，不是个仗义之人；就是听你讲到此处，方才思念起来把小二送你，也就不成个张广才了！我昨日思想：不但你只身行走，路上嫌疑；就是到了京中，与你丈夫相见，他问你在途路之中，如何宿歇，你把甚么言语答应他？万一男子汉的心肠多疑少信，将你埋葬公婆的大事且不提起，反把形迹二字与你讲论起来，如何了得！（读到此处，毛骨悚然，始信作者之疏，改者断不可已。）这也还是小事。他三载不归，未必不在京中别有所娶。我想那房家小，看见前妻走到，还要无中生有，别寻说话，离间你的夫妻，何况是远远寻夫，没人做伴？若把几句恶言加你，岂不是有口难分？还有一说：你丈夫临行之日，把家中事情拜托于我，我若容你独自寻夫，有碍他终身名节，日后把甚么颜面见他？就是死到九泉，也难与你公婆相会！这个主意，我先定下多时了。已曾分付小二，着他伴你同行。不劳分付，放心前去便了！〔旦起拜介〕这等，多谢公公，奴家告别了。〔末〕且慢些，再请坐下。我且问你：你既要寻夫，那路上的盘费已曾备下了吗？〔旦〕并不曾有。〔末〕既然没有，如何去得？〔旦指背上琵琶介〕这就是奴家的盘费。不瞒公公说，已曾编下一套凄凉北调，谱入丝弦，一路弹唱而行，讨些钱米度日。〔丑〕这等说来，竟是叫化了。这样生意，我做不惯。不要总承，快寻别个去罢！〔末〕我自有主意，不消多嘴！五娘子，你前日剪发葬亲，往街坊货卖，倒不曾问得你卖了几贯钱财，可勾用么？〔旦〕并无人买，全亏大公周济。〔末〕却又来！头发可以作髢，尚且卖不出钱财，何况是空空弹唱？万一没人与钱，你还是去的好？转来的好？流落在他乡，不来不去的好？那些长途资斧，我也曾与你备下，不劳费心。也罢，你既费精神，编成一套词曲，不可不使老朽闻之。你就唱来，待我与你发个利市。〔旦〕这等待奴家献丑。若有不到之处，求大公改正一二。〔末〕你且唱来！〔旦理弦弹唱，末不住掩泪，丑不住哭介〕

〔北越调斗鹌鹑〕静理冰弦，凝神息喘，待诉衷肠，将眉略展。怕的是听者愁听，闻声去远。虽不比杞梁妻，善哭天，也去那哭倒长城的孟姜不远。

〔紫花儿序〕俺不是好云游，闲离闺阃，也不是背人伦，强抱琵琶，都则为远寻夫，苦历山川。说甚么金莲窄小，道路迍邅，鞋穿，便做到骨葬沟渠首向天，保得过面无惭腼。（警句！）好追随地下姑嫜，得全名，死也无冤。

〔天净沙〕当初始配良缘，备饔飧尚有余钱。只为儿夫去远，遭荒罹变，为妻庸祸及椿萱。（自咎得体。）

〔金蕉叶〕他望赈济心穿眼穿，俺遭抢夺粮悬命悬。若不是遇高邻分粮助馔，怎能勾慰亲心将灰复燃？

〔小桃红〕可怜他游丝一缕命空牵，要续愁无线。俺也曾自餍糟糠备亲膳，要救余年，又谁料攀辕卧辙（妙语！）翻成劝？因来灶边，窥奴私咽，一声儿哭倒便归泉。

〔调笑令〕可怜，葬无钱！亏的是一位恩人，竟做了两次天。他助丧非强由情愿。实指望吉回凶转，因灾致祥无他变，又谁知后运同前！

〔秃厮儿〕俺虽是厚面皮无羞不腼，怎忍得累高邻鬻产输田？只得把香云剪下自卖钱，到街坊哭声喧，谁怜？（情真语确出之，遂成至文。）

〔圣药王〕俺待要图卸肩，赴九泉，怎忍得亲骸朽露饱飞鸢？欲待把命苟延，较后先，算来无幸可徼天，哭倒在街前。

〔麻郎儿〕感义士施恩不倦，二天外又复加天。则为这好仗义的高邻忒煞贤，越显得受恩的浅深无辨。（说得明，写得畅。）

〔么篇〕徒跣，把罗裙自捻，裹黄泥去筑坟圈。感山灵神通昼显，又指去路，劝人赴远。

〔络丝娘〕因此上顾不的鞋弓袜浅，讲不起抛头露面。手拨琵琶，原非自遣，要诉出衷肠一片。

〔东原乐〕暂把丧衣覆，乔将道服穿。为缺资财，致使得身容变。休怪俺孝妇啼痕学杜鹃，只为多愁怨，渍染得缞麻如茜。（压倒元人，全在粗中有细。）

〔拙鲁速〕可怜俺日不停，夜不眠，饥不餐，冷不燃。当日呵，辨不出桃花人面，分不开藕瓣金莲；到如今藕丝花片，落在谁边？自对菱花，错认椿萱，（错认椿萱，想落天际。）止为忧煎。才信道家宽出少年。

〔尾〕千愁万绪提难遍，只好绺缘中一线。听不出眼泪的休解囊，但有酸鼻的仁人请将钞袋儿展。（归到乞食，此曲才有着落。老手！老手！）

〔末〕做也做得好，弹也弹得好，唱也唱得好，可称三绝。〔出银介〕这一封银子，就当润喉、润笔之资，你请收下。〔旦谢介〕〔末〕小二过来！他方才弹唱的时节，我便为他声音凄楚，情节可怜，故此掉泪。你知道些甚么，也号号咷咷哭个不了？〔丑〕不知甚么原故，听到其间，就不知不觉哭将起来。连我也不明白。（妙在不解。解得出，便不见声音之妙。）〔末〕这等，我且问你：方才送他的银子，万一途中不勾，依旧要叫化起来，你还是情愿？不情愿？〔丑〕情愿！情愿！〔末〕为甚么以前不情愿，如今忽然情愿起来？〔丑想介〕正是，为甚么原故忽然改变起来？连我也不明白。〔末〕好，这叫作"孝心所感，铁人流泪；高僧说法，顽石点头"。五娘子，你一片孝心，就从今日效验起了，此去定然遂意。我且问你：你公婆的坟茔，曾去拜别了么？〔旦〕还不曾去。要屈太公同行，好对着公婆当面拜托。〔末〕一发见得到。就请同行。叫小二与五娘子背了琵琶。〔丑〕自然。莫说琵琶，就是要带马桶，我也情愿挑着走了。〔末〕五娘子，我还有几句药石之言，要分付你。和你一面行走，一面讲罢。〔旦〕既有法言，便求赐教！〔行介〕

〔斗黑蟆〕〔末〕伊夫胥多应是贵官显爵，伊家去须当审个好恶。只怕你这般乔打扮，他怎知觉？一贵一贫，怕他将错就错。〔合〕孤坟寂寞，路途滋味恶。两处堪悲，万愁怎摸！

〔末〕已到坟前了。蔡大哥！蔡大嫂！你这个孝顺媳妇，待你二人，可谓"生事以礼，死葬以礼，祭之以礼"，无一事不全的了！如今远出寻夫，特来拜别，将坟墓交托于我。从今以后，我就当你媳妇，逢时化纸，遇节烧钱，你不消虑得。只是保佑他一路平安，早与丈夫相会。他一生行孝的事情，只有你夫妻两口与我张广才三人知道。你夫妻死了，止剩得我一个在此，万一不能勾见他这孝妇一片苦心，谁人替他表白？趁我张广才未死，速速保佑他回来。待我见他一面，把你媳妇的好处，细细对他讲一遍，我张广才这个老头儿，就死也瞑目了。嗳！我那老友呵！（世间苦戏尽多，但悲伤语皆出本人之口，虽使听者堕泪，未足称奇。此折之妙，妙在五娘缄口不提，张老代说，说到至情所感，人人流涕。此千古奇观，神哉技也。）〔旦〕我那公婆呵！〔同放声大哭，丑亦哭介〕〔末〕五娘子！

〔忆多娇〕我承委托，当领诺。这孤坟我自看守，决不爽约。但愿你途中身安乐。〔合〕举目萧索，满眼盈盈泪落。

〔旦〕公婆，你媳妇如今去了！大公，奴家去了！〔末〕五娘子，你途间保重，早去早回！小二，你好生伏侍五娘子，不要叫他费心。〔丑〕晓得！

〔旦〕为寻夫婿别孤坟。〔末〕只怕儿夫不认真。

〔合〕流泪眼观流泪眼，断肠人送断肠人。

〔旦掩泪同丑先下〕〔末目送，作哽咽不能出声介〕嗳，我、我、我明日死了，那有这等一个孝顺媳妇！可怜！可怜！〔掩泪下〕

《明珠记·煎茶》改本

第一折

〔卜算子〕〔生冠带上〕未遇费长房，已缩相思地。咫尺有佳音，可惜人难寄！

下官王仙客，叨授富平县尹。又为长乐驿缺了驿官，上司命我带管三月。近日朝廷差几员内官，带领三十名宫女，去备皇陵打扫之用。今日申牌时分，已到驿中。我想宫女三十名，焉知无双小姐不在其内？要托人探个消息，百计不能。喜得里面要取人伏侍，我把塞鸿扮做煎茶童子，送进去承值，万一遇见小姐，就好传个信儿。塞鸿那里？〔丑上〕蓝桥今夜好风光，天上群仙降下方。只恐云英难见面，裴航空自捣玄霜。塞鸿伺候。〔生〕今日送你进去煎茶，专为打探无双小姐的消息，你须要用心体访。〔丑〕小人理会得。〔生〕随着我来。〔行介〕你若见了小姐呵！

〔玉交枝〕道我因他憔悴。虽则是断机缘，心儿未灰，痴情还想成婚配。便今世不共鸳帏，私心愿将来世期。倒不如将生换死求连理。〔合〕料伊行冰心未移，料伊行柔肠更痴。

说话之间，已到馆驿前了。〔丑〕管门的公公在么？〔净上〕走马近来辞帝阙，奉差前去扫皇陵。甚么人？到此何干？〔生〕带管驿事富平县尹送煎茶人役伺候。〔净〕着他进来。〔丑进见介〕〔净看怒介〕这是个男子，你为甚么送他进来呢？〔生〕是个幼年童子。〔净〕看他这个模样，也不是个幼年童子了。好个不通道理的县官！就是上司官员，带着家眷从此经过，也没有取男子服事之理，何况是皇宫内院的嫔妃，肯容男子见面？叫孩子们快打出去，着他换妇人进来。这样不通道理，还叫他做官！〔骂下〕〔生〕这怎么处？

〔前腔〕精神徒费。不收留翻加峻威。道是男儿怎入裙钗队。叹宾鸿有翼难飞。〔丑〕老爷，你偌大一位县官，怕差遣妇人不动？拨几个民间妇女进去就是了，愁他怎的？〔生〕塞鸿，你那里知道。民间妇人尽有，只是我做官的人，怎好把心事托他。幽情怎教民妇知，说来徒

使旁人议。〔合前〕

且自回衙，少时再作道理。正是：

不如意事常八九，可与人言无二三。

第二折

〔破阵子〕〔小旦上〕故主恩情难背，思之夜夜魂飞。

奴家采苹，自从抛离故主，寄养侯门，王将军待若亲生。王解元纳为侧室，唱随之礼不缺，伉俪之情颇谐。只是思忆旧恩，放心不下。闻得朝廷拨出宫女三十名，去备皇陵打扫，如今现在驿中。万一小姐也在数内，我和他咫尺之间，不能见面，令人何以为情！仔细想来，好凄惨人也！〔泪介〕

〔黄莺儿〕从小便相依，弃中途，履祸危。经年没个音书寄。到如今呵，又不是他东我西，山遥路迷。宫门一入深无底，止不过隔层帏，身儿不近，怎免泪珠垂！

〔生上〕枉作千般计，空回九转肠。姻缘生割断，最狠是穹苍。〔见介〕〔小旦〕相公回来了。你着塞鸿去探消息，端的何如？为甚么面带愁容，不言不语？〔生〕不要说起！那守门的太监，不收男子，只要妇人。妇人尽有，都是民间之女，怎好托他代传心事，岂不闷杀我也！

〔前腔〕无计可施为。眼巴巴看落晖，只今宵一过便无机会。娘子，我便为此烦恼。你为何也带愁容？看你无端皱眉，无因泪垂，莫不是愁他夺取中宫位？那里知道这婚姻事呵！绝端倪。便图来世，那好事也难期。

〔小旦〕奴家不为别事，只因小姐在咫尺之间，不能见面，故主之情，难于割舍，所以在此伤心。〔生〕原来如此，这也是人之常情。〔小旦〕相公你要传消递息，既苦无人；我要见面谈心，又愁无计。我如今有个两全之法，和你商量。〔生〕甚么两全之法？快些讲来。〔小旦〕他要取妇人承值，何不把奴家送去？只说民间之妇。若还见了小姐，妇人与妇人讲话，没有甚么嫌疑，岂不比塞鸿更强十倍？〔生〕如此甚妙！只是把个官人娘子扮作民间之妇，未免屈了你些。〔小旦〕我原以侍妾起家，何屈之有。〔生〕这等，分付门上唤一乘小轿进来，傍晚出去，黎明进来便了。

羡卿多智更多情，一计能收两泪零。

〔小旦〕鸡犬尚能怀故主，为人岂可负生成。

第三折

（此折改白不改曲。曲照原本，不更一字。）

〔长相思〕〔旦上〕念奴娇，归国遥，为忆王孙心转焦。楚江秋色饶。月儿高，烛影摇，为忆秦娥梦转迢。苦呵！汉宫春信消。

街鼓咚咚动戍楼，倚床无寐数更筹。可怜今夜中庭月，一样清光两地愁。奴家自到驿内，看看天色晚来。〔内打二鼓介〕呀，谯楼上面已打二鼓了。独眠孤馆，展转凄其，待与姊妹们闲话消遣，怎奈他们心上无事，一个个都去睡了。教奴家独守残灯，怎生睡得去！

〔二郎神〕良宵杳，为愁多睡来还觉。手揽寒衾风料峭。也罢，待我剔起残灯，到阶除下闲步一回，以消长夜。徘徊灯侧，下阶闲步无聊。只见惨淡中庭新月小，画屏间余香犹袅。漏声高，正三更，驿庭人静寥寥。

那帘儿外面，就是煎茶之所，不免去就着茶炉，饮一杯苦茗则个。正是：有水难浇心火热，无风可解泪冰寒。〔暂下〕〔小旦持扇上〕已入重围里，还愁见面遥。故人相对处，打点泪痕抛。奴家自进驿来，办眼偷瞧，不见我家小姐。〔内作长叹介〕〔小旦〕呀，如今夜深人静，为何有沉吟叹息之声？不免揭起帘儿，觑他一眼。

〔前腔〕偷瞧，把朱帘轻揭，金铃声小。呀！那阶除之下，缓步行来的，好似我家小姐。欲待唤他，又恐不是。我且只当不知，坐在这里煎茶，看他出来，有何话说。〔旦上〕看，一缕茶烟香缭绕。呀！那个煎茶女子，好生面善！青衣执爨，分明旧识风标。（笠翁曰："此明珠原曲。'风标'二字，加之采苹，恰好。若照原本，是无双赞塞鸿之词矣。塞鸿而有风标，其情尚可问乎？"）悄语低声问分晓。那煎茶女子，快取茶来！〔小旦〕娘娘请坐，待我取来。〔送茶，各看，背惊介〕〔旦〕呀！分明是采苹的模样，他为何来在这里？〔小旦〕竟是我家小姐。待他唤我，我才好认他。〔旦〕那女子走近前来！你莫非就是采苹么？〔小旦〕小姐在上，妾身就是。〔跪介〕〔旦抱哭介〕〔合〕天那！何幸得萍水相遭！〔旦〕你为何来在这里？〔小旦〕说起话长。今夜之来，是采苹一点孝心，费尽机谋，特地来寻故主。请问小姐，老夫人好么？〔旦〕还喜得康健。采苹，你晓得王官人的消息么？郎年少，自分离孤身何处飘飘？

〔小旦〕他自分散之后，贼平到京。正要来图婚配，不想我家遭此横祸，他就落魄天涯。近得金吾将军题请得官，现做富平县尹，权知此驿。

〔啭林莺〕他宦中薄禄权倚靠，知他未遂云霄。〔旦〕这等说来，他也就在此处了。既然如此，你的近况何如？随着谁人？作何勾当？〔小旦〕采苹自别夫人、小姐，蒙金吾将军收为义女，就嫁与王官人，目今现在一处。〔旦〕哦，你和他现在一处么？〔小旦〕是。〔旦作醋容介〕这等讲来，我倒不如你了！鹔鹴已占枝头早，孤鸾拘锁，何日得归巢？〔小旦〕小姐不要多心，奴家虽嫁王郎，议定权为侧室。虚却正夫人的坐位，还待着小姐哩。〔旦〕这等才是。我且问你，檀郎安否？怕相思瘦损潘安貌。〔小旦〕他虽受折磨，却还志气不衰，容颜如旧。志气好，千般折挫，风月未全消。

他一片苦情，恐怕小姐不知，现付明珠一颗，是小姐赠与他的，他时时藏在身旁，不敢遗失。

闲情偶寄 详译

〔付珠介〕

〔前腔〕〔旦〕双珠依旧成对好，我两人还是蓬飘。采苹，我今夜要约他一会，你可唤得进来么？〔小旦〕这个使不得！老公公在外监守，又有军士巡更，那里唤得进来！〔旦〕莫非是你……〔小旦〕是我怎么样？哦，采苹知道了，莫非疑我吃醋么？若有此心，天不覆，地不载。小姐，利害所关，他委实进来不得。〔旦泪介〕嗳，眼前欲见无由到，驿庭咫尺，翻做楚天遥。〔小旦〕楚天犹小，着不得一腔烦恼。小姐有何心事，只消对采苹说知，待采苹转对他说，也与见面一般。〔旦〕枉心焦，我芳情自解，怎说与伊曹！

待我修书一封，与你带去便了。〔小旦〕说得有理。快写起来，一霎时天就明了。〔旦写介〕

〔啄木公子〕舒残茧，展兔毫，蚁脚蝇头随意扫。只怕我有万恨千愁，假饶会面难消。我有满腔愁怨，写向鸾笺怎得了？总有丹青别样巧，毕竟衷肠事怎描？只落得泪痕交。

〔前腔〕书才写，灯再挑，锦袋重封花押巧。书写完了，采苹，你与我传示他，好自支持，休为我长皱眉梢。〔小旦〕小姐，你与他的姻缘毕竟如何？可有出宫相会的日子？〔旦〕为说汉宫人未老，怨粉愁香憔悴倒；寂寞园陵岁月遥，云雨隔蓝桥。

明珠封在书中，叫他依旧收好。〔小旦〕天色已明。采苹出去了。小姐，你千万保重。若有便信，替我致意老夫人。〔各哭介〕

〔小旦〕小姐保重，采苹去了。〔掩泪下〕〔旦〕呀，采苹你竟去了！〔顿足哭介〕

〔哭相思尾〕从此两下分离音信杳，无由再见亲人了。

〔哭倒介〕〔末上〕自不整衣毛，何须夜夜号。咱家一路辛苦，正要睡觉，不知那个宫人啾啾唧唧，一夜哭到天明。不免到里面去看来。呀！为何哭倒在地下？〔看介〕原来是刘宫人。刘宫人起来！〔摸介〕呀，不好了！浑身冰冷，只有心口还热。列位宫人快来！〔四宫女上〕并无奇祸至，何事疾声呼？呀！这是刘家姐姐，为何倒在地下？〔末〕列位宫人看好，待我去取姜汤上来。〔下〕〔二宫女〕刘家姐姐快些苏醒！〔末取姜汤上〕姜汤在此，快灌下去。〔灌醒介〕〔宫女〕刘家姐姐，你为甚么事情哭得这般狼狈？

〔黄莺儿〕〔旦〕只为连日受勌劳，怯风霜，心胆摇，昨宵不睡挨到晓。〔末〕为甚么不睡呢？〔旦〕思家路遥，思亲寿高，因此蓦然愁绝昏沉倒。谢多娇，相将救取，免死向荒郊！

〔末〕好不小心！万一有些差池，都是咱家的干系哩！

〔前腔〕〔众〕人世水中泡。受皇恩，福怎消，何须苦忆家乡好！慈帏暂抛，相逢不遥，宽心莫把闲愁恼。〔内〕面汤热了，请列位宫人梳妆上轿！〔合〕曙光高，马嘶人起，梳洗上星轺。

〔宫女〕姊妹人人笑语阗，娘行何事独忧煎？

〔旦〕只因命带凄惶煞，心上无愁也泪涟。

三、授曲

小　引

◆ 原文 ◆

声音之道，幽渺难知。予作一生柳七[1]，交无数周郎，虽未能如曲子相公[2]，身都通显，然论其生平制作，塞满人间，亦类此君之不可收拾。然究竟于声音之道，未尝尽解；所能解者，不过词学之章句，音理之皮毛，比之观场矮人，略高寸许，人赞美而我先之，我憎丑而人和之；举世不察，遂群然许为知音。噫！音岂易知者哉？人问：既不知音，何以制曲？予曰：酿酒之家，不必尽知酒味；然秫多水少则醇酿，曲好蘖精则香冽，此理则易谙也；此理既谙，则杜康不难为矣。造弓造矢之人，未必尽娴决拾，然曲而劲者利于矢，直而锐者宜于鹄，此道则易明也；既明此道，即世为弓人矢人可矣。虽然，山民善跋，水民善涉，术疏则巧者亦拙，业久则粗者亦精。填过数十种新词，悉付优人，听其歌演，近朱者赤，近墨者黑；况为朱墨所从出者乎？粗者自然拂耳，精者自能娱神；是其中菽麦，亦稍辨矣。语云："耕当问奴，织当访婢。"予虽不敏，亦曲中之老奴，歌中之黠婢也。请述所知，以备裁择。

◆ 译文 ◆

发声的方法太神秘太奇妙了，它的规律很难把握。我一辈子从事戏曲事业，结交了无数这方面的行家，虽然不能像"曲子相公"那样声名显赫，但是我创作的戏曲作品还是相当多的。即使这样，对于发声的规律，还是没有能够全部了解。我所能了解的只不过是填词、音律方面的一点儿皮毛罢了，这比起矮子看戏，或许能强那么一点点，别人赞美的我也赞美，别人憎恶的我应声附和；人们不知道这一点，纷纷把我夸成是戏曲艺术的知音。这是从何说起呢？发声的规律难道是那么容易掌握的吗？有人问：既然你不了解发声，怎么能够制曲呢？我说：酿酒的人家不一定都懂得酒的味道，多用秫子少加水，酿出的酒就会浓醇；发酵用料讲究，酿出的酒就会清香，这个道理很容易明白，明白了这个道理，那么即使像杜康那样的好酒也不难酿造。制造弓箭的人不一定都擅长射箭，把弓造得弯曲强劲，就利于发射；把箭造得直而且尖利，就有利于射中目标。这个道理很容易明白，明白了这个道理，可以祖祖辈辈去做造弓造箭的工匠。话虽然这么说，但是住在山里的人擅长登山，住在水边儿的人擅长涉水；技艺不常发挥，那么即使是能工巧匠也会变得笨拙，长期从事某一项事情，那么即使技艺粗陋也能变得精湛。我曾经创作过几十部新戏，每创作一部，都把它交给戏班子，让他们演出。近朱者赤，近墨者黑；长期跟戏曲打交道，不能不受到熏陶；更何况搞戏曲是我的本行呢？粗陋的声音听起来当然逆耳，优美的声音自然能够愉悦人心。因此，本人对发声的规律和方法尚能略知一二。常言道："种田的事情去问奴仆，织布的事情去访婢女。"我这个人虽然愚钝，也算得上是戏曲行当中的老奴和婢女了；我将自己的一点体会阐述如下，以供人们裁夺。

注释

[1] 柳七——北宋著名词人柳永。他一生创作了大量适合当时演唱的长调慢词，颇受市民的欢迎，故有"有井水处，即能歌柳词"的说法。

[2] 曲子相公——五代词人和凝，历仕五代各朝，官至太子太傅，封鲁国公。他少时好作艳词，及身登高位后，专门派人收集、焚毁自己的旧作，但因作品失散，终于不可收拾。契丹人讽刺他为"曲子相公"。

1．解明曲意

原文

唱曲宜有曲情。曲情者，曲中之情节也。解明情节，知其意之所在，则唱出口时，俨然此种神情，问者是问，答者是答；悲者黯然魂销，而不致反有喜色；欢者怡然自得，而不见稍有瘁容；且其声音齿颊之间，各种俱有分别，此所谓曲情是也。吾观今世学曲者，始则诵读，继则歌咏，歌咏既成，而事毕矣；至于讲解二字，非特废而不行，亦且从无此例。有终日唱此曲，终年唱此曲，甚至一生唱此曲，而不知此曲所言何事，所指何人；口唱而心不唱，口中有曲，而面上身上无曲，此所谓无情之曲，与蒙童背书，同一勉强而非自然者也。虽腔板极正，喉舌齿牙极清，终是第二第三等词曲，非登峰造极之技也。欲唱好曲者，必先求明师讲明曲义；师或不解，不妨转询文人，得其义而后唱，唱时以精神贯串其中，务求酷肖。若是，则同一唱也，同一曲也，其转腔换字之间，别有一种声口；举目回头之际，另是一副神情。较之时优，自然迥别。变死音为活曲，化歌者为文人，只在"能解"二字，解之时义大矣哉！[1]

译文

演唱曲子，应当把曲子当中所包含的感情唱出来。所谓曲子中包含的感情，是指曲子所表现人物心理状态。弄清了曲子所表现的人物心理状态，了解了一首曲子的意义，那么曲子一唱出口，就会把人物的心理、感情刻画得惟妙惟肖，问就是问，答就是答，该什么语气就是什么语气；唱到悲伤之处，黯然销魂，而不至于反而面带喜色；唱到怡然自得之处，绝不会流露出疲倦的神情；而且演员的声音、表情也会变幻多姿。这就是所谓的曲子当中包含的感情。

我看当今那些学唱戏的人，开始是朗诵剧本，接着便学唱词曲，把曲子唱会了也就完事儿了；至于说对剧本进行分析讲解，不但是把这事抛到一边，而且从来也没有人这样做过。有的人一天到晚演唱某一首曲子，一年到头儿演唱某一首曲子，甚至一辈子演唱某一首曲子，但却不知道这首曲子讲的是什么事情，指的是什么人；这样的人，嘴里虽然在唱，但是心里却没有唱；嘴里虽然哼哼呀呀，但是脸上、身上却没有相应的神态表情。这就是没有把曲子当中所包含的感情唱出来，跟小孩子背书本一样，勉强而不自然；虽然腔调很正，嗓子舌头牙齿吐字清晰，但是他唱出来的，只是二三流的戏，而不是登峰造极的艺术。要想把曲子唱好，必须首先要求高明的师傅讲明曲子的含义；如果师傅不懂，不妨去向搞文学的人请教，领会了曲子的含义然后再去演唱，演唱的时候思想感情贯注其中，务必求得惟妙惟肖。能够做到这一步，那么，同样都是演唱，唱的同样一首曲子，但是唱出来时却能别有一番韵味儿，一举手、一投足，将另是一种风情；这跟眼下演员们的表演比较起来，自然会大不相同。把僵死的曲子唱出生命，把自己从一个单纯的演唱者变成一个文学家，只在于能够理解曲子的含义，它的意义多么重大啊！

注释

[1]解之时义大矣哉——化用《周易·象辞》中句式："……之时义大矣哉！"

2．调熟字音

◈ 原文 ◈

调平仄，别阴阳，学歌之首务也。然世上歌童，解此二事者，百不得一。不过口传心授，依样葫芦，求其师不甚谬，则习而不察，亦可以混过一生。独有必不可少之一事，较阴阳平仄为稍难，又不得因其难而忽视者，则为"出口""收音"二诀窍。世间有一字，即有一字之头，所谓出口者是也；有一字，即有一字之尾，所谓收音者是也；尾后又有余音，收煞此字，方能了局，譬如吹箫、姓萧诸"箫"字，本音为箫，其出口之字头，与收音之字尾，并不是箫。若出口作"箫"，收音作"箫"，其中间一段正音，并不是"箫"，而反为别一字之音矣。且出口作"箫"，其音一泄而尽，曲之缓者，如何接得下板？故必有一字为之头，以备出口之用；有一字为之尾，以备收音之用，又有一字为余音，以备煞板之用。字头为何？"西"字是也，字尾为何？"夭"字是也。尾后余音为何？"乌"字是也。字字皆然，不能枚纪。《弦索辨讹》等书[1]，载此颇详，阅之自得。要知此等字头字尾及余音，乃天造地设，自然而然，非后人扭捏而成者也。但观切字之法，[2]即知之矣。《篇海》《字汇》等书，[3]逐字载有注脚，以两字切成一字；其两字者，上一字即为字头，出口者也；下一字即为字尾，收音者也，但不及余音之一字耳。无此上下二字，切不出中间一字，其为天造地设可知。此理不明，如何唱曲？出口一错，即差谬到底，唱此字而讹为彼字，可使知音者听乎？故教曲必先审音。即使不能尽解，亦须讲明此义，使知字有头尾，以及余音，则不敢轻易开口；每字必询，久之自能惯熟。"曲有误，周郎顾。"苟明此道，即遇最刻之周郎，亦不能拂情而左顾矣。

字头、字尾及余音皆为慢曲而设。一字一板，或一字数板者，皆不可无。其快板曲，止有正音，不及头尾。

缓音长曲之字，若无头尾，非止不合韵，唱者亦大费精神，但看青衿赞礼之法，即知之矣。"拜""兴"二字，皆属长音，"拜"字出口以至收音，必俟其人揖毕而跪，跪毕而拜，为时甚久，若止唱一"拜"字到底，则其音一泄而尽，不当歇而不得不歇，失傧相之体矣。得其窍者，以"不爱"二字代之。"不"乃"拜"之头，"爱"乃"拜"之尾，中间恰好是一"拜"字，以一字而延数晷，则气力不足；分为三字，即有余矣。"兴"字亦然，以"希""因"二字代之。赞礼且然，况于唱曲？婉譬曲喻，以至于此，总出一片苦心，审乐诸公，定须怜我。

字头、字尾及余音，皆须隐而不现，使听者闻之，但有其音，并无其字，始称善用头尾者。一有字迹，则沾泥带水，有不如无矣。

译文

演唱曲子应当区别字的平仄和阴阳，这对于学习演唱来说是头等重要的事情；但是世间的歌童懂得这方面知识的，一百人里面找不出一个；不过是通过口传心授，照葫芦画瓢，只要老师教得不出大错，就习惯于此而察觉不到，这样也能够蒙混一辈子。唯独一件事情是必不可少的，这件事情比字的平仄阴阳更难掌握，又不能因为太难就忽视了它，那就是"出口""收音"这两样。世上的每一个字都有它自己的字头，就是这个字刚出口时发的音；每个字都有它自己的字尾，就是这个字收口时发的音；后面还有余音，把这个字的尾音收尽，这时字音才算全部发完。比如吹箫、姓萧的"箫"字，本音是"箫"，但是出口的字头、收音的字尾，并不是"箫"；如果出口时就念成"箫"，收音时还念成"箫"，那么中间一段所发的音就不是"箫"了，反倒成了另外一个字的音。而且，一出口就读成"箫"，声音一下子就结束了，那么在节奏缓慢的曲子中，前后的字音如何接得上？所以必须有一个音来打头，在出口时使用；同时有一个当字尾，用来收尾；还有一个余音，用来把这个字唱完。"箫"字的字头是什么呢？那就是"西"；字尾又是什么呢？那就是"夭"；字尾后面的余音是什么呢？那就是"乌"。所有的字都是这样，不能一一列举。《弦索辨讹》等著作中，对此记载得很详细，读上一读就能够使自己获得这方面的知识。要知道字头、字尾以及余音，乃是天造地设、自然而然就有的，而不是后人勉强捏合的；只要看一看字音的拼读方法就会明白。《四声篇海》《字汇》等著作，每个字都加有注脚，用两个字拼出一个字的读音，前面一个字是字头，就是这个字出口时的发音；后面一个字是字尾，就是这个字收口时的发音，只是没有说到余音是什么。如果不用前后两个字相切，就拼不出中间一个字的字音。由此可知，字头、字尾以及余音是本来就有的。不明白这个原理，怎么能够演唱曲子？一个字出口唱错了，就会一错到底，本来要唱的是这个字，结果却唱成了别的字，还如何叫人听得？所以，教唱曲子必须首先审查字音，即使不能把每一个字都解释清楚，也应当把这个原理讲明白，让人知道字有字头、字尾以及余音；这样演唱的时候就不敢随便开口了，每遇到一个字，必定仔细探究，时间长了自然能够熟练。一旦曲子唱错了，就会遭到内行人的批评。如果明白了这个原理，那么即使遇到最刻薄的内行，也不会不顾情面上门找你的麻烦。

字头、字尾以及余音等说法，是针对节奏缓慢的曲子提出来的。如果一个字只唱一板，或者一个字唱数板，它们就是不可缺少的；如果是快板的曲子，就只能唱这个字的正音，顾不上什么头尾了。

在节奏缓慢、曲调悠长的时候，一个字唱出来如果不分头尾，那么不仅不合韵律，演唱的人也很费气力，只要看一看典礼中主持人唱读仪式的方法就知道了。"拜""兴"这两个字，都属于长音，"拜"字从出口到收音，一定要经过行礼的人作完了揖下跪、跪完了再拜的过程，这个过程时间很长，如果主持人只喊一个"拜"字，声音一下子就结束了，不应该歇气之处歇气，这就有失身份了。懂得唱读技巧的，用"不""爱"两个字来代替"拜"字，"不"是"拜"的字头，"爱"是"拜"的字尾，中间恰好是一个"拜"字；把一个字喊上老半天，就会气力不足；把一个字分成三个字来唱，就游刃有余了。"兴"字也是这样，用"希""因"两个字来代替。典礼仪式上尚且如此，更何况演唱戏曲呢？我如此这般地绕着弯子打比方，都是出于一片苦心，各位可得同情我。

字头、字尾以及余音，演唱时必须隐含而不外露，让人听了，只觉得有那个音，没那个字，这才称得上是善用头尾；一旦把作为字头、字尾的字唱得显露出来，就会拖泥带水，不如没有了。

注释

［1］《弦索辨讹》——沈宠绥所著研究当时戏曲歌唱格律技巧、字音口法的专著。沈宠绥，字君徵，明万历、崇祯年间江苏吴江人。

［2］切字之法——即反切，传统的一种注音方法，用两个字拼合成另一个字的音。一般说来，反切的上字与所切的字声母相同，反切的下字与所切的字韵母和声调相同。如"西""天"切"箫"字。

［3］《篇海》《字汇》——《篇海》：即《四声篇海》，金代韩孝彦编著的韵书。《字汇》：明代梅膺祚编著的字书。

3. 字忌模糊

◈ 原文 ◈

　　学唱之人，勿论巧拙，只看有口无口；听曲之人，慢讲精粗，先问有字无字。字从口出，有字即有口。如出口不分明，有字若无字，是说话有口，唱曲无口，与哑人何异哉？哑人亦能唱曲，听其呼号之声即可见矣。常有唱完一曲，听者止闻其声，辨不出一字者，令人闷杀。此非唱曲之料，选材者任其咎，非本优之罪也。舌本生成，似难强造，然于开口学曲之初，先能净其齿颊，使出口之际，字字分明，然后使工腔板。此回天大力，无异点铁成金。然百中遇一，不能多也。

◈ 译文 ◈

　　学唱曲子的人，不管他是聪明还是笨拙，只看他嘴皮子利索不利索；听曲子的人，先不考虑你唱的是精是粗，先听你有没有把字唱清楚。字从嘴里唱出来，能够让人听清楚，就是嘴皮子利索；如果字出口模糊，让人听不清楚，就跟没听到没什么两样。像这样的人，说起话来嘴皮子利索，演唱曲子时嘴皮子却不利索，这和哑巴有什么不同？哑巴也能唱歌，听他们喊叫就能知道。经常有这样的情况：一首曲子唱完，听戏的人光是听到了声音，却分辨不出一个字，简直把人憋闷死了。这样的人不是演戏的材料，责任在于挑选演员的人，演员本身并没有什么过错。舌头好坏是天生的，不能勉强塑造；但是在最初学唱曲子的时候，应当先让嘴皮子利索，使得曲子一出口，每个字都清清楚楚，然后再去把腔板唱准唱好。这无异于点铁成金；但是这样的人，一百个人里面只能遇到一个，实在不可多得。

4. 曲严分合

◈ 原文 ◈

　　同场之曲，定宜同场，独唱之曲，还须独唱。词意分明，不可犯也。常有数人登场，每人一只之曲，而众口同声以出之者；在授曲之人，原有浅深二意：浅者虑其冷静，故以发越见长；深者示不参差，欲以禽如见好。尝见《琵琶·赏月》一折，自"长空万里"，以至"几处寒衣织未成"，俱作合唱之曲，谛听其声，如出一口，无高低断续之痕者；虽曰良工心苦，然作者深心，于兹埋没。此折之妙，全在共对月光，各谈心事。曲既分唱，身段即可分做，是清淡之内，原有波澜，若混作同场，则无所见其情，亦无可施其态矣。惟"峭寒生"二曲可以同唱，首四曲定该分唱，况有"合前"数句，振起神情，原不虑其太冷。他剧类此者甚多，举一可以概百。戏场之曲，虽属一人，而可以同唱者，惟《行路》《出师》等剧，不问词理异同，皆可使众声合一，场面似闹，曲声亦宜闹；静之则相反矣。

译文

　　该由全场合唱的曲子，一定要全场合唱；该由一个人独唱的曲子，必须一个人独唱。这是因为各个曲子的含义不同，意思分明，不能混淆。经常有这样的情况：几个角色登场，角色分别演唱同一首曲子，却让众人一起来唱。教唱曲子的人这么做是出于深浅两种考虑，从浅的方面来说，是担心场面太冷清，所以用嘹亮的声音使它热闹；从深的方面来说，是考虑到每个人演唱水平参差不齐，因此想用合唱来显其整齐一致。我曾经看过《琵琶记》中"赏月"一折，从"万里长空"到"几处寒衣织未成"，全部由众人合唱，声音听起来仿佛出自一个人之口，没有高低不齐、断断续续的痕迹。这种做法，虽说下的功夫不小，出于一片苦心；但是却埋没了原剧作者的一片深心。这一折戏的美妙之处全在于，众人共对月光，各谈各的心事；曲子既然分着唱，角色的身段、表情也就能够有所区别，这样，场面看上去似乎有些冷清，但实际上内里包含着起伏和波澜。如果把它跟合唱混同起来，就无从表现各个人物的不同心情了，也无法做出各自不同的身段和表情了。只有《峭寒生》中的两首曲子，可以合唱，而开头四首曲子，必须分着唱；何况其中还有几个"合前"的句子，可以调节气氛，振作精神，用不着担心场面太冷清。在别的戏中，类似的情况还有很多；只举出这一个例子，其他戏应当怎样处理也就可想而知了。戏中曲子，有时是为一个角色而设的，但是可以让众人来演唱，只有《行路》《出师》等戏，可以不问词意，让众人齐声合唱。如果场面热闹，演唱也应当热闹；而在比较安静的场面中，则应与此相反。

5. 锣鼓忌杂

原文

　　戏场锣鼓，筋节所关，当敲不敲，不当敲而敲，与宜重而轻，宜轻反重者，均足令戏文减价。此中亦具至理，非老于优孟者不知。最忌在要紧关头，忽然打断。如说白未了之际，曲调初起之时，横敲乱打，盖却声音，使听白者少听数句，以致前后情事不连；审音者未闻起调，不知以后所唱何曲。打断曲文，罪犹可恕，抹杀宾白，情理难容。予观场每见此等，故为揭出。又有一出戏文将了，止余数句宾白未完；而此未完之数句，又系关键所在，乃戏房锣鼓，早已催促收场，使说与不说同者，殊可痛恨。故疾徐轻重之间，不可不急讲也。场上之人，将要说白，见锣鼓未歇，宜少停以待之，不则过难专委，曲白锣鼓，均分其咎矣。

译文

剧场中的锣鼓跟剧情节奏密切相关。应当敲的时候不敲，不应当敲的时候敲；应当敲得重一些的时候却敲得过轻，应当敲得轻一些的时候却敲得过重，都足以给整部戏造成损害。这里面同样有着很深的学问，不是演戏的老手就不会懂得其中的奥妙。演戏最忌讳的是在紧要关头被突然打断。比如在道白没有说完、一首曲子刚刚起唱的时候，胡乱地敲锣打鼓，把说唱的声音盖住，让人听不到后面的几句道白，使得前后的情节连不上，听不到后面唱的是什么曲子。打断了曲子的演唱，罪过姑且可以饶恕；但是抹去了宾白，情理上就不可容忍了。我看戏时经常发现这样的问题，所以把它提出来。还有的一出戏快要结束，只有几句宾白没有说完，而这几句没有说完的话又是剧情的关键所在，在这个时候，锣鼓过早地敲响，催促收场，使得这几句话说不说都一样，这就太可恨了。因此，使用锣鼓的快慢轻重，不能不早说清楚。场上的演员在将要道白的时候，如果发现锣鼓还没有停下来，应当稍稍等待一会儿；不然的话，唱曲道白跟锣鼓混杂起来，是演员和负责锣鼓的人双方的过错。

6．吹合宜低

原文

丝、竹、肉三音，向皆孤行独立，未有合用之者，合之自近年始。三籁齐鸣，天人合一，亦金声玉振之遗意也，未尝不佳。但须以肉为主，而丝竹副之，使不出自然者，亦渐近自然，始有主行客随之妙。迩来戏房吹合之声，皆高于场上之曲，反以丝竹为主，而曲声和之。是座客非为听歌而来，乃听鼓乐而至矣。从来名优教曲，总使声与乐齐，箫笛高一字，曲亦高一字，箫笛低一字，曲亦低一字。然相同之中，即有高低轻重之别。以其教曲之初，即以箫笛代口，引之使唱，原系声随箫笛，非以箫笛随声，习久成性，一到场上，不知不觉而以曲随箫笛矣。正之当用何法？曰：家常理曲，不用吹合，止于场上用之；则有吹合亦唱，无吹合亦唱，不靠吹合为主。譬之小儿学行，终日倚墙靠壁，舍此不能举步；一旦去其墙壁，偏使独行，行过一次两次，则虽见墙壁而不靠矣。以予见论之，和箫和笛之时，当比曲低一字。曲声高于吹合，则丝竹之声，亦变为肉，寻其附和之痕，而不得矣。正音之法，有过此者乎？然此法不宜概行，当视唱曲之人之本领。如一班之中，有一二喉音最亮者，以此法行之；其余中人以下之材，俱照常格。倘不分高下，一例举行，则良法不终，而怪予立言之误矣。吹合之声，场上可少；教曲学唱之时，必不可少，以其能代师口而司熔铸变化之权也。何则？不用箫笛，止凭口授，则师唱一遍，徒亦唱一遍，师住口而徒亦住口，聪慧者数遍即熟，资质稍钝者，非数十百遍不能；以师徒之间，无一转相授受之人也。自有此物，只须师教数遍，齿牙稍利，即用箫笛引之，随箫随笛之际，若曰无师，则轻重疾徐之间，原有法脉准绳，引人归于胜地；若曰有师，则师口并无一字，已将此曲交付其徒。先则人随箫笛，后则箫笛随人，是金蝉脱壳之法也。"庾公之斯，学射于尹公之他[1]；尹公之他，学射于我。"箫笛二物，即曲中之尹公他也。但庾公之斯与子濯孺子，昔未见面，而今同在一堂耳。若是则吹合之力，讵可少哉？予恐此书一出，好事者过听予言，谬视箫笛为可弃，故复补论及此。

译文

在戏曲演出中，乐器的演奏和人的演唱，从前各自是独立的，没有人把它们合起来用；把它们合起来用，是从近年开始的。乐器的演奏和人的演唱合在一起，大自然的声音与人的声音合而为一，也符合孔子所说的"要奏乐，先撞钟"的道理，这也没什么不好的。但是，应当以人的演唱为主，乐器的演奏为辅；同时，人的演唱也要与乐器的演奏配合默契。这样才是主客分明，相得益彰。近来剧场中演戏，吹拉伴奏的声音都高过了场上演员的演唱，倒过来以乐器的演奏为主，让演员的演唱去附和它，这不是让人来听曲子，是让人来听鼓乐的。历来名师教人演唱曲子，总是让演唱跟乐器配合整齐，伴奏的声音高一点儿，唱曲也跟着高；伴奏的声音低一点儿，唱曲也跟着低一点儿；但是在整齐当中还是应当区别出轻重高低。为什么这么说呢？这是因为：在最初师傅教唱曲子的时候，是用乐器代替嘴，来引导学生演唱，本来是演唱跟着乐器走，而不是乐器跟着演唱走，这样时间一长，就成了习惯，一到场上演出时，不知不觉地，演唱就随着乐器走了。

　　用什么方法来纠正这个错误呢？我认为在非正式的场合演唱曲子，用不着吹拉伴奏，只是上场演出时才用得上。如此说来，有吹拉伴奏能唱，没有吹拉伴奏也能唱，演唱不以吹拉伴奏为主。比如小孩儿学走路，整天靠着墙壁，离开了墙壁就不会迈步了；一旦让他离开墙壁，硬是让他独立行走，走过一次两次之后，他即使看见墙壁也不往上靠了。在我看来，用乐器伴奏时，乐器的声音应当比人的演唱低一些，演唱的声音高于乐器的声音，那么乐器的声音听上去似乎也变成了人的声音，让人察觉不出演唱和伴奏之间互相附和的痕迹。纠正演唱和伴奏配合不当的毛病，有什么办法比这更简单更方便呢？但是，这个办法不适宜一概推行，应当根据演唱者演唱技能高低来确定用或不用。如果一个戏班子里面有一两个嗓音洪亮的，可以采取这种办法；其余本领一般的人，按普通的方式来就行了。如果不分演唱者水平高低，对所有人都采取这种办法，那么即使是好办法也无法实行，那就会有人责怪我说错话了。

　　场上演出的时候，没有吹拉伴奏是可以的；但是在教人学唱曲子的时候，伴奏却是必不可少的。这是因为乐器能够取代师傅的嘴，伴奏的曲调能够像熔铸金属器具的模具一样，规范和矫正人的演唱，从而培养出好的演员。为什么这么说呢？因为不用乐器伴奏，光凭师傅口唱示范，师傅唱一遍，徒弟也跟着唱一遍，师傅闭口不唱，徒弟也闭口不唱；这样，聪明伶俐的徒弟学上几遍就会了，而天资稍差的徒弟，师傅不亲自教他几百遍他就学不会。有了伴奏以后，只需师傅教上几遍，口齿伶俐一些的就可以自己跟着伴奏练习演唱了。这时如果没有老师在场，那么乐器的伴奏就是老师；如果有老师在场，那么老师嘴里没唱一个字，就已经把曲子教给徒弟了。先是人的演唱跟着伴奏走，而后是伴奏跟着人的演唱走。这是"金蝉脱壳"的方法。庚公之斯从尹公之他那里学到了射箭的本事，而尹公之他的本事是从子濯孺子那里学去的；乐器伴奏就是学唱曲子中的尹公之他，是传递知识的桥梁；只是庚公之斯和子濯孺子从前没有见过面，而今同坐一堂了。像这样，伴奏的作用太大了，怎么可以没有呢？我担心这本书刊行出来，有好事者过于听信了我的话，错误地认为乐器伴奏是可有可无的，所以又作了以上这些补充阐述。

注释

　　[1] 庚公之斯学射于尹公之他——故事见《孟子·离娄》。

四、教白

小　引

◈ 原文 ◈

　　教习歌舞之家，演习声容之辈，咸谓唱曲难，说白易。宾白念熟即是，曲文念熟而后唱，唱必数十遍而始熟，是唱曲与说白之工，难易判如霄壤。时论皆然，予独怪其非是。唱曲难而易，说白易而难；知其难者始易，视为易者必难。盖词曲中之高低抑扬，缓急顿挫，皆有一定不移之格。谱载分明，师传严切，习之既惯，自然不出范围。至宾白中之高低抑扬，缓急顿挫，则无腔板可按，谱籍可查，止靠曲师口授，而曲师入门之初，亦系暗中摸索。彼既无传于人，何从转授于我？讹以传讹，此说白之理，日晦一日，而人不知；人既不知，无怪乎念熟即以为是，而且以为易也。吾观梨园之中，善唱曲者，十中必有二三；工说白者，百中仅可一二。此一二人之工说白，若非本人自通文理，则其所传之师，乃一读书明理之人也。故曲师不可不择。教者通文识字，则学者之受益，东君之省力，非止一端。苟得其人，必破优伶之格以待之，不则鹤困鸡群，与侪众无异，孰肯抑而就之乎？然于此中索全人，颇不易得；不如仍苦立言者，再费几升心血，创为成格以示人，自制曲选词，以至登场演习，无一不作功臣，庶于为人为彻之义，无少缺陷。虽然，成格即设，亦止可为通文达理者道，不识字者闻之，未有不喷饭胡卢，而怪迂人之多事者也。

◈ 译文 ◈

　　教唱戏曲的教坊和学唱戏曲的人，都认为唱曲子难、说宾白容易；宾白念熟了就行，而曲子必须先念熟了然后再唱，还得唱上几十遍才能熟练，因此演唱曲子与说宾白，哪一样容易哪一样难简直太好判断了。时下的人们都这么认为，只有我不这样看。演唱曲子说难其实也不难，说宾白说容易其实也不容易。什么事情一旦人们认为很难，多下些功夫，反倒容易成功；而人们看作很容易的事情，由于轻视了它，要想获得成功反倒十分困难。词曲的抑扬顿挫、快慢缓急，都有其一定的、不可更改的规矩，曲谱里记载得很清楚，师傅教得很严格，在练得习惯了以后，自然不容易唱错。至于宾白的抑扬顿挫、快慢缓急，却没有现成的规矩可循，没有谱子可供参考，只能依靠教唱曲子的师傅口头儿传授；而教曲的师傅在刚入门的时候也是在暗中摸索。既然师傅自己都没有人向他传授，他又怎么能向后人传授呢？因此，以讹传讹，宾白的原理一天比一天模糊，人们却不知道。既然人们都不知道，也就难怪他们认为把宾白念熟了就行，因而说起来很容易了。我看各个戏班子当中，擅长演唱曲子的人，十个人当中肯定有两三个；而能把宾白说得很好的，一百个人里只有一两个人办得到。这一两个人说宾白说得好，如果不是他本人自己精通文理，那么他的师傅肯定是一位爱好文学、读书明理的人。对于这一点，教人学唱戏曲的人不能不认真对待。教戏的人擅长读书，那就会使学戏的人获得不少益处，学习起来就会省下不少工夫。如果得到这样一位人才，一定要对他破格优待，不要把他跟一般的演员等同；不然的话，就像仙鹤困在鸡群里，跟众人没什么两样，那么谁还愿意放下架子去向他请教呢？但是在当今教戏的人当中找一位这样的人很不容易；不如还是劳累本书作者，让我再多花费一点儿心血，摸索出一条现成的路子来指给大家。让我从填词制曲到登台演出，在戏曲方面的每一项工作中都立点儿功，俗话说"帮人帮到底"，别留下什么遗憾。话虽然是这么说，但是这些现成的路子也只能对那些知书明理的人说说，不读书不识字的人听了，难免要嗤之以鼻，笑得喷饭，责怪我这个傻瓜太多事了。

1. 高低抑扬

原文

宾白虽系常谈，其中悉具至理，请以寻常讲话喻之。明理人讲话，一句可当十句，不明理人讲话，十句抵不过一句，以其不中肯綮也。宾白虽系编就之言，说之不得法，其不中肯綮等也。犹之倩人传语，教之使说，亦与念白相同。善传者以之成事，不善传者以之偾事，即此理也。此理甚难亦甚易，得其孔窍则易，不得孔窍则难。此等孔窍，天下人不知，予独知之。天下人即能知之，不能言之，而予复能言之，请揭出以示歌者。白有高低抑扬，何者当高而扬？何者当低而抑？曰：若唱曲然。曲文之中，有正字，有衬字，每遇正字，必声高而气长；若遇衬字，则声低气短而疾忙带过。此分别主客之法也。说白之中，亦有正字，亦有衬字，其理同，则其法亦同。一段有一段之主客，一句有一句之主客。主高而扬，客低而抑，此至当不易之理，即最简极便之法也。凡人说话，其理亦然。譬如呼人取茶取酒，其声云："取茶来！""取酒来！"

此二句既为茶酒而发，则"茶""酒"二字为正字，其声必高而长；"取"字"来"字为衬字，其音必低而短。再取旧曲中宾白一段论之。《琵琶·分别》白云："云情雨意，虽可抛两月之夫妻；雪鬓霜鬟，竟不念八旬之父母。功名之念一起，甘旨之心顿忘，是何道理？"首四句之中，前二句是客，宜略轻而稍快；后二句是主，宜略重而稍迟。"功名""甘旨"二句亦然，此句中之主客也。"虽可抛""竟不念"六个字，较之"两月夫妻""八旬父母"，虽非衬字，却与衬字相同，其为轻快，又当稍别。至于"夫妻""父母"之上二"之"字，又为衬中之衬，其为轻快，更宜倍之。是白皆然，此字中之主客也。常见不解事梨园，每于四六句中之"之"字，与上下正文同其轻重疾徐，是谓菽麦不辨，尚可谓之能说白乎？此等皆言宾白，盖场上所说之话也；至于上场诗，定场白，以及长篇大幅叙事之文，定宜高低相错，缓急得宜，切勿作一片高声，或一派细语，俗言"水平调"是也。上场诗四句之中，三句皆高而缓，一句宜低而快；低而快者，大率宜在第三句；至第四句之高而缓，较首二句，更宜倍之。如《浣纱记》定场诗云："少小豪雄侠气闻，飘零仗剑学从军。何年事了拂衣去？归卧荆南梦泽云。""少小"二句宜高而缓，不待言矣，"何年"一句必须轻轻带过，若与前二句相同，则煞尾一句，不求低而自低矣；末句一低，则懒而无势，况其下接着通名道姓之语。如"下官姓范名蠡，字少伯"，"下官"二字例应稍低，若末句低而接者又低，则神气索然不振矣。故第三句之稍低而快，势有不得不然者。此理此法，谁能穷究至此？然不如此，则是寻常应付之戏，非孤标特出之戏也。高低抑扬之法，尽乎此矣。

优师既明此理，则授徒之际，又有一简便可行之法，索性取而予之：但于点脚本时，将宜高宜长之字，用朱笔圈之，凡类衬字者不圈；至于衬中之衬，与当急急赶下、断断不宜沾滞者，亦用朱笔抹以细纹，如流水状，使一一皆能识认，则于念剧之初，便有高低抑扬，不俟登场摹拟。如此教曲，有不妙绝天下，而使百千万亿之人赞美者，吾不信也。

译文

宾白虽然说的是平常话，但是其中大都包含着很深的道理。让我们拿平常说话来打个比方：明白人讲话，一句可以顶十句；糊涂人讲话，十句也顶不上一句，因为他说不到点子上。宾白虽然是编排好了的话，但是如果说得不得法，跟说话说不到点子上是一样的。就像打发别人传话，教别人把你的话转述一遍，跟念白也是同样道理。善于传话的人因为传话促成好事，不善于传话的人因为传话把事情办坏了，就是这个道理。这个原理掌握起来很难，但是也很容易；对于掌握了其中的诀窍的人来说很容易，对于没有掌握其中诀窍的人来说就难了。这里面的诀窍天下人都不晓得，只有我晓得；天下人即使能够晓得，也说不出是怎么回事儿，而我却能说出是怎么回事儿。请让我把这里面的奥秘揭示出来，说给唱戏的人听听。

念白要念得抑扬顿挫，什么地方声调应当扬上去？什么地方声调应当低下去？答案是：就跟唱曲子一样。曲文当中，有的字是表达主要意思的，这样的字是正字；有的字是起衬托作用的，这样的字是衬字；演唱曲子时一遇到正字，必须唱得声调高、气息长；要是遇到衬字，则是声调低、气息短，快速地一带而过。这是区别哪儿是主要成分、哪儿是次要成分的方法。念白当中，也有正字，也有衬字；它与唱曲的原理相同，处理的方法也一样。一段话有一段话的主要和次要意思，一句话有一句话的主要和次要成分。对于主要成分，声调必须扬上去；对于次要成分，声调必须压低。这个规律是不可改变的，也是一种最简单最方便的办法。人们说话也是同样的道理。比如叫人把茶端来，把酒端来，是这样叫的："取茶来！""取酒来！"这两句话既然是冲着茶、酒而来的，那么"茶""酒"两个字就是正字，它们的声调必定高而且长；"取""来"两个字是衬字，它们的声调必定低而且短。下面再拿旧戏中的一段宾白来探讨一下。《琵琶记》中"分别"一折戏里有一段宾白是："云情雨意，虽可抛两月之夫妻；雪鬓霜鬟，竟不念八旬之父母。功名之念一起，甘旨之念顿忘，是何道理？"开头四句当中，前面两句是次要部分，应当说得稍微轻一些、快一些；后面两句是主要部分，应当说得稍微重一些、慢一些。"功名""甘旨"两句也是这样。以上说的是一段话当中的主要的句子和次要的句子。"虽可抛""竟不念"这六个字，跟"两月夫妻""八旬父母"比较而言，虽说不是衬字，但是与衬字是一样的，这几个字应当念得轻一些、快一些，跟别的字稍稍有些差别。至于"夫妻""父母"前面的两个字，又是衬中之衬，念起来更应轻快一倍。所有的宾白都是这样。

以上说的是一句话当中的主要的字和次要的字。我经常发现有些不通文理的戏子，在说四六句的念白时，每当遇到"之"字，都把它念得和上下文其他字同样轻重同样快慢，这可以称得上是"不辨菽麦"了，还说得上是会说道白吗？这些说的都是宾白，是场上说的大白话。至于上场诗、定场白，以及篇幅很长的叙事性文字，必须说得高低错落、快慢适当；千万不要全部念成高声，或者全部念成低音，那就成了人们说的"水平调"。在四句"上场诗"当中，有三句都应念得高昂缓慢，有一句要念得略微低沉而且快速；其中念得低而快的，大都应当在第三句；念到第四句时，比开头两句更应念得高昂缓慢。比如《浣纱记》中的定场诗是："少小豪雄侠气闻，飘零仗剑学从军；何年事了拂衣去，归卧荆南梦泽云。""少小"两句，应该念得高昂而且缓慢，这就不用说了；"何年"一句，必须轻轻带过；如果念得跟前面两句相同，那么结尾一句，即使不故意去把它念低，声调也会自然而然地降低了；末尾一句声调低了，就显得松懈，使人感觉不到气势；何况这一句的后面还接着通名报姓的话，如"下官姓范名蠡字少伯"，"下官"两个字，按常规来说应该念得声调略低，如果前面定场诗的最后一句念低了，到这里就更显得低沉，则使人感到人物的精神萎靡不振。所以，定场诗中的第三句应当念得声调稍微低一些、速度快一些，是不得不如此。对于念白的原理和方法，谁能穷究到像我这样的地步？但是如果演戏中不做到这一步，那就是平平常常敷衍了事的戏，而算不上是杰出优秀的表演。念白的抑扬顿挫、高低缓急的方法全在于此。

教戏的师傅弄懂了这个原理之后，在向徒弟教戏的时候，还有一个简便可行的办法，我索性把它也说出来：在点读剧本的时候，把应该念得声调高、气息长的字用红笔圈上，凡是起衬托作用的次要的字就不圈；至于衬中之衬，以及那些应当快速地一带而过，不可拖泥带水的地方，用红笔画上像波浪一样的细线，让人能够把其中应当高低快慢之处一一辨别出来。这样的话，使徒弟在最初念剧本时，就能念出抑扬顿挫、轻重缓急，不用等到上台演出时才去模拟。这样来教人学戏曲，我不信教不出令天下人倾倒、让千百万人赞赏的大家来。

2．缓急顿挫

◈ 原文 ◈

缓急顿挫之法，较之高低抑扬，其理愈精，非数言可了。然了之必须数言，辩者愈繁，则听者愈惑，终身不能解矣。优师点脚本授歌童，不过一句一点，求其点不刺谬，一句还一句，不致断者联而联者断，亦云幸矣。尚能询及其他？即以脚本授文人，倩其画文断句，亦不过每句一点，无他法也。而不知场上说白，尽有当断处不断，反至不当断处而忽断；当联处不联，忽至不当联处而反联者，此之谓缓急顿挫。此中微渺，但可意会，不可言传，但能口授，不能以笔舌喻者，不能言而强之使言，只有一法：大约两句三句而止言一事者，当一气赶下，中间断句处，勿太迟缓；或一句止言一事，而下句又言别事；或同一事而另分一意者，则当稍断，不可竟连下句。是亦简便可行之法也。此言其粗，非论其精；此言其略，未及其详。精详之理，则终不可言也。

当断当联之处，亦照前法，分别于脚本之中，当断处用朱笔一画，使至此稍顿，余俱连读，则无缓急相左之患矣。

妇人之态，不可明言，宾白中之缓急顿挫，亦不可明言，是二事一致。轻盈袅娜，妇人身上之态也；缓急顿挫，优人口中之态也。予欲使优人之口，变为美人之身，故为讲究至此。欲为戏场尤物者，请从事予言，不则仍其故步。

译文

念白中缓急、顿挫的方法，与高低、抑扬比较起来，原理更加深奥，不是几句话就能说明白的，但是又必须用几句话说明白；解释得越多，越是容易使人糊涂，那就一辈子也懂不了了。教戏的师傅为歌童点读剧本，不过是一句一点，只求断句不出错误；一句话是一句话，不会把应当连在一起的地方断开、把应当断开的地方连在一起，这也算很幸运了。如果能够请教请教别人，也就是把剧本交给文人，让他们给剧本断句，他们也不过是每句话加一个标点，此外也没有别的办法。他们并不懂得舞台上演出时的念白，有时应当断开念的地方却不断开来念，不应当断开念的地方反而忽然断开，应当连起来念的地方不连起来念，忽然在不应当连起来念的地方反倒连起来念。这叫作缓急顿挫。这里面的奥妙只可意会不可言传，只能口头示范，不能用语言来描述。不可用语言描述的东西不能勉强人家说出来。但是有一种方法，那就是：大约两三个句子只讲一件事情的，应当一口气把这些句子全部念完，中间应当断句的地方不要太慢。有时一个句子只讲一件事情，后面的句子讲的又是另外一件事情，或者讲的是同一件事情的另一个方面，那么在这里面就应当略微停顿一下，不能直接和后面的句子连起来念。这也是一种简便可行的办法。这只是从大的方面来讲，还没有讲到细微的方面；只是粗略地讲，还没有深入地讲。说到细微、深入之处，其中的道理就无法用语言来描述了。

应当断开来念或者应当连起来念的地方，也依照前面讲过的方法，在剧本中应当断开念的地方用红笔断开，让人念到这里时稍作停顿；其余都是应当连起来念的。这样，就不用担心念白的快慢发生错误了。

女人的体态，不能明明白白地描述；宾白当中的缓急顿挫，也不能明明白白地描述。这二者的道理是一样的。轻盈袅娜的，是女人的体态；缓急顿挫的，是演员口中吐出的字句。我想让演员口中吐出的字句有如女人的体态那般美妙，所以才穷究到如此地步。想成为剧场中人见人爱的好演员的，请依照我说的话去做；否则的话仍坚持你那老一套。

五、脱套

小　引

原文

戏场恶套，情事多端，不能枚纪。以极鄙极俗之关目，一人作之，千万人效之，以致一定不移，守为成格，殊可怪也。西子捧心，尚不可效，况效东施之颦乎？且戏场关目，全在出奇变相，令人不能悬拟；若人人如是，事事皆然，则彼未演出而我先知之，忧者不觉其可忧，苦者不觉其为苦，即能令人发笑，亦笑其雷同他剧，不出范围，非有新奇莫测之可喜也。扫除恶习，拔去眼钉，亦高人造福之一事耳。

译文

戏曲表演中的俗套多种多样，不能一一列举；一出戏演得极其鄙俗，一个人这样做了，许许多多的人纷纷效仿，以致形成了固定不变的套路。真是咄咄怪事！西施老是捧着胸口，这副形象尚且不可效仿；而东施效颦更其拙劣，怎么可以再去效仿东施呢？况且，戏曲演出，全在于出奇制胜、变化多端，令人难以预料；如果人人都是这一副面孔，每一故事都是这一种套路，那么，没等你演出来，我就知道你要演什么了。剧中的人物忧愁，让人觉得没有什么可忧愁的；剧中的人物痛苦，让人觉得没有什么可痛苦的；即便能使人发笑，笑的也是这出戏跟别的戏雷同，跳不出旧的框框，而不是由于该剧的新奇莫测给人惊喜。扫除戏曲表演中的种种恶习，去掉那些令人看了生厌的东西，这也是高人造福社会的一件大事。

1. 衣冠恶习

❀ 原文 ❀

记予幼时观场,凡遇秀才赴考,及谒见当涂贵人,所衣之服,皆青素圆领,未有着蓝衫者,三十年来始见此服。近则蓝衫与青衫并用,即以之别君子小人。凡以正生、小生及外、末脚色而为君子者,照旧衣青圆领;惟以净、丑脚色而为小人者,则着蓝衫。此例始于何人,殊不可解。夫青衿,朝廷之名器也。以贤愚而论,则为圣人之徒者,始得衣之;以贵贱而论,则备缙绅之选者,始得衣之。名宦大贤,尽于此出,何所见而为小人之服?必使净、丑衣之?此戏场恶习所当首革者也。或仍照旧例,止用青衫而不设蓝衫;若照新例,则君子小人互用,万勿独归花面,而令士子蒙羞也。

近来歌舞之衣,可谓穷奢极侈。富贵娱情之物,不得不然,似难责以俭朴。但有不可解者:妇人之服,贵在温柔;而近日舞衣,其坚硬有如盔甲,云肩大而且厚,面夹两层之外,又以销金锦缎围之;其下体前后二幅,名曰"遮羞"者,必以硬布裱骨而为之。此战场所用之物,名为"纸甲"者是也,歌台舞榭之上,胡为乎来哉?易以轻软之衣,使得随身环绕,似不容已。至于衣上所绣之物,止宜两种,勿及其他,上体凤鸟,下体云霞,此为定制。盖"霓裳羽衣"四字,业有成宪,非若点缀他衣,可以浑施色相者也。予非能创新,但能复古。

方巾与有带飘巾,同为儒者之服,飘巾儒雅风流,方巾老成持重,以之分别老少,可称得宜。近日梨园,每遇穷愁患难之士,即戴方巾,不知何所取义?至纱帽巾之有飘带者,制原不佳,戴于粗豪公子之首,果觉相称。至于软翅纱帽,极美观瞻,曩时张生逾墙等剧,往往用之;近皆除去,亦不得其解。

❀ 译文 ❀

记得我小时候看戏,凡是演到秀才赴考,以及谒见官人的时候,秀才穿的衣服都是青素圆领衫,从没见过有穿蓝衫的;最近三十年来才见到这样的穿法。近来更是把蓝衫和青衫并用,用它来区别正面人物和反面人物——只要正面人物是正生、小生以及外末角色的,仍照旧穿青素圆领衫;只要反面人物是净角、丑角的,就穿蓝衫。这个先例是什么人开创的?很是令人费解。古时所谓的"青衿",指的国家的人才。就才能而论,只有圣人的弟子才有资格穿青衫;就地位而论,只有士大夫阶层的人才有资格穿青衫。只有德高望重的名官大贤才能穿的衣服，什么时候成了小人的服装，可以让反面人物去穿呢？这是戏曲演出中首先应当革除的恶习；或者依照老规矩，只用青衫而不设蓝衫；如果按照新规矩，那么无论角色是什么人物、地位高低，只要是正面人物，就可以穿青衫；只要是反面人物，就让他穿蓝衫；不能只要是净角、丑角就一定得穿蓝衫，让读书人蒙受耻辱。

近来的戏曲服装，真可以称得上是穷奢极欲了。如果剧中的人物是豪门显贵，则不能不这样，很难让他们穿简朴的衣服。但是令人不可思议的是，女子的服装本来贵在表现出人物的温柔，可是近来戏中女子的服装，硬得有如盔甲，披肩又大又厚，还在两层面夹之外围上一层金箔锦缎制成的饰物，下身前后两片衣摆，总要用硬布裱上几道棱子，这本是战场上用的"纸甲"，怎么能把它搬到戏台上来呢？应当换成轻盈柔软的衣服，看上去合身得体，宽松和谐。至于衣服上绣的图案，只应当有两种，不要绣别的乱七八糟的东西，上身绣凤鸟，下身绣云霞，这是规矩。古人说"云裳羽衣"，证明女人应当穿什么样的衣服是有说法的，不能像其他衣服那样可以胡乱装饰。这不是我的创新，我只是倡导遵从古人的做法。

方巾和上面有飘带儿的飘巾，同样都是读书人穿的衣服，但是有区别的：戴飘巾表现人物的儒雅风流，戴方巾表现人物的老成持重，用它们区别人物的老少，是很恰当的。近来的戏曲演出中，一表现人物穷困潦倒处于患难之中，就让他戴方巾，不知道这种做法根据是什么？至于有飘带儿的纱帽巾，做工本来就不是很好，把它戴在性格粗犷豪放的公子的头上，确实很相称。至于软翅纱帽，看上去很漂亮，过去演出"张生跳墙"等戏时往往用它，近来的演出都把它去掉了，这也令人不可理解。

2．声音恶习

◈ **原文** ◈

花面口中，声音宜杂。如作各处乡语，及一切可憎可厌之声，无非为发笑计耳；然亦必须有故而然。如所演之剧，人系吴人，则作吴音；人系越人，则作越音，此从人起见者也。如演剧之地，在吴则作吴音，在越则作越音，此从地起见者也。可怪近日之梨园，无论在南在北，在西在东，亦无论剧中之人生于何地，长于何方，凡系花面脚色，即作吴音，岂吴人尽属花面乎？此与净丑着蓝衫，同一覆盆之事也。使范文正、韩襄毅诸公[1]有灵，闻此声，观此剧，未有不抱恨九原而思痛革其弊者也。今三吴缙绅之居要路者，欲易此俗，不过启吻之劳，从未有计及此者，度量优容，真不可及。且梨园尽属吴人，凡事皆能自顾；独此一着，不惟不自争气，偏欲故形其丑，岂非天下古今一绝大怪事乎？且三吴之音，止能通于三吴；出境言之，人多不解；求其发笑，而反使听者茫然，亦失计甚矣。吾请为词场易之：花面声音，亦如生旦外末，悉作官音，止以话头惹笑，不必故作方言，即作方言，亦随地转，如在杭州，即学杭人之话，在徽州，即学徽人之话，使妇人小儿，皆能识辨，识者多，则笑者众矣。

译文

花脸嘴里发出的声音应该杂一些，比如模仿各地的方言、发出种种令人憎恶的声音等，无非是为了逗人发笑而已。但是，不能无缘无故地发出这些声音，必须是有所依据的。如果剧中的人物是吴地人，就说吴地话；如果剧中人物是越地人，就说越地话，这是从人物出发安排的。如果演戏的地点在吴地，就说吴地话；如果演戏的地点在越地，就说越地话，这是从演戏的地点出发安排的。奇怪的是，近来的戏班子不管在什么地方演戏，无论是南是北、是东是西，也不管剧中的人物什么地方出生、什么地方长大，只要是花脸角色，就说吴地话，难道吴地人都是花脸不成？这跟净角、丑角穿蓝衫一样是不合情理的。假使范文正、韩襄毅等位先生有灵，看了这样的戏、听到这样的声音，肯定会抱恨于九泉之下，决定痛改这种恶习。如今吴地有名望有地位的人要想改变这种风习，只须动动嘴皮子就行，但是从没有人计较这件事情，度量也真够大的！再说，戏曲界都是吴地的人，在别的事情上样样维护自己的利益，唯独在这件事情上，不但不为自己争气，还偏偏丢自己的丑，这岂不是古往今来的一大怪事吗？再说，吴地的方言，只有吴地的人才听得懂，出了这个地界说吴地的方言，人们大多听不懂，想让人发笑，反而使人糊涂。这也是很失策的。请让我为此纠正如下：花脸角色，也应当像生角、旦角、外末一样，一律说官话，只靠说话的内容逗人发笑，不必故意去说方言；即使说方言，也应当随着演出地点的变动而变化。如果演出地点在杭州，就学杭州人口气说话；如果演出地点在徽州，就学徽州人口气说话。这样，使得当地的妇女小孩儿都能够听懂，懂的人多了，笑的人也就多了。

注释

[1] 范文正、韩襄毅——范文正：即北宋名臣范仲淹，谥文正，苏州人。韩襄毅：即韩雍，明代正统、成化年间大臣，谥襄毅，苏州人。

3. 语言恶习

◈ **原文** ◈

白中有"呀"字,惊骇之声也。如意中并无此事,而猝然遇之;一向未见其人,而偶尔逢之,则用此字开口,以示异也。近日梨园,不明此义,凡见一人,凡遇一事,不论意中意外,久逢乍逢,即用此字开口;甚有差人请客而客至,亦以"呀"字为接见之声者。此等迷谬,尚可言乎?故为揭出,使知斟酌用之。戏场惯用者,又有"且住"二字。此二字,有两种用法:一则相反之事,用作过文。如正说此事,忽然想及彼事,彼事与此事,势难并行,才想及而未曾出口,先以此二字截断前言。"且住"者,住此说以听彼说也。一则心上犹豫,假此以待沉吟,如此说自以为善,恐未尽善,务期必妥,当于是处寻非,故以此代心口相商。"且住"者,稍迟以待,不可竟行之意也。而今之梨园,不问是非好歹,开口说话,即用此二字,作助语词,常有一段宾白之中,连说数十个"且住"者。此皆不详字义之故,一经点破,犯此病者鲜矣。

上场引子下场诗,此一出戏文之首尾,尾后不可增尾,犹头上不可加头也。可怪近时新例,下场诗念毕,仍不落台,定增几句淡话,以极紧凑之文,翻成极宽缓之局,此义何居?令人不解,曲有尾声及下场诗者,以曲音散漫,不得几句紧腔,如何截得板住?白文冗杂,不得几句约语,如何结得话成?若使结过之后,又复说起,何如不收竟下之为愈乎?且首尾一理,诗后既可添话,则何不于引子之先,亦加几句说白,说完而后唱乎?此积习之最无理,最可厌者,急宜改革,然又不可尽革。如两人三人在场,二人先下,一人说话未了,必宜稍停以尽其说,此谓"吊场",原系古格;然须万不得已,少此数句,必添以后一出戏文,或少此数句,即埋没从前说话之意者,方可如此。是龙足,非蛇足也。然只可偶一为之;若出出皆然,则是是貂皆可续矣,何世间狗尾之多乎?

◈ **译文** ◈

念白当中有"呀"字,这是人在惊骇时发出的声音。比如意料当中没有这回事儿,却突然遇上了;长时间没见面的人,偶然相逢了,此时开口一个"呀"字,来表示惊讶。近来的戏班子,不懂得这个字代表的是什么意思,演出中凡是遇到一个人,遇到一件事儿,也不管是意料之中还是意料之外,是久别相逢还是刚刚分手,都是开口一个"呀"字,甚至在派人请客而客人到场的时候,也用"呀"字相迎。这样的错误,简直叫人说不出口。我把它揭示出来,让大家懂得斟酌使用。戏曲中常用的,还有"且住"二字。这个词有两种用法:一种是用在两件相反的事情中间,作为过渡。比如正在说这件事,忽然想到了另外一件事,这件事跟那件事正好相反,刚刚想到还没来得及说出口,先用这两个字把前面的话头截断。"且住"的意思是把这段话停住,听听那段话。另一种是心里正在犹豫,用这两个字来沉吟片刻。比如说事情自以为应当这样办才好,但是这样办又不一定完全合适,这件事非办妥当不可,应当仔细掂量,所以说"且住",以表示心里正在思考。"且住"的意思是稍等片刻,不能贸然行事。但是当今的戏曲演出中,不分是非好歹,只要开口说话,就用这两个字,把它当成语气词来用,常常有在一段念白当中一连说几十个"且住"的。这都是由于不明白字义的缘故,一经点破,再犯这个毛病的人就少了。

上场引子、下场诗,这些是一出戏的头尾。结尾的后面不能再添尾巴,这跟头上不能长头是同样道理。奇怪的是近来出现一种新花样:下场诗已经念完了,还不下场,一定要加几句平平淡淡的话,把一出结构严谨紧凑的戏变得松散拖拉,这样做用意何在呢?令人百思不得其解。唱曲中之所以有尾声,是因为曲调散漫,不唱几句紧腔,怎么能收得住板?之所以有下场诗,是因为宾白的文字拉杂,不说几句简约的话,怎么能把话了结?如果在下场诗结束之后,又说起话来,哪比直接说下来好呢?况且,开头和结尾的道理是一样的,下场诗的后面可以添话,那么为什么不在引子的前面也先加进几句宾白,说完了宾白然后再唱呢?这样的错误犯得最没有道理、最令人厌恶、最应当从速改正。但是,又不能一律革除,比如有两个或者三个人物在场,其中的两个人物先下场了,一个人话还没有说完,这就必须稍稍停顿一下,等他把话说完。这叫作"吊场",本来是古代演出中常用的方式;但是必须在万不得已的时候才用,比如要是少了这几句,就必须添进后一出戏的内容才能叫人明白;或者少了这几句,就埋没了前面所说的话的意义,才能这样做。这是必不可少的,而不是画蛇添足。但是这样的事情只能偶尔有一次,如果每一出戏都这样的话,就是狗尾续貂,很不像话了。

4. 科诨恶习

原文

插科打诨处,陋习更多,革之将不胜革,且见过即忘,不能悉记,略举数则而已。

如两人相殴,一胜一败,有人来劝,必使被殴者走脱,而误打劝解之人,《连环·掷戟》之董卓是也[1]。主人偷香窃玉,馆童吃醋拈酸,谓寻新不如守旧,说毕必以臀相向,如《玉簪》之进安、《西厢》之琴童是也。戏中串戏,殊觉可厌,而优人惯增此种,其腔必效弋阳《幽闺·旷野奇逢》之酒保是也[2]。

译文

　　插科打诨的地方,陋习更多,改都改不过来,而且看过以后就忘了,不能全部记录下来,这里仅仅举出几个例子。比如两个人打架,有人前来劝解,总是让被打的人跑掉,打人的人于是错打了前来劝解的人,《连环记》"掷戟"中的董卓就是。比如主人偷香窃玉,书童吃醋犯酸,说什么找新的不如守着旧的,说完了就把屁股凑过来等着挨主人的打,《玉簪记》中的进安、《西厢记》中的琴童就是。一出戏中串进别的戏,更是让人讨厌,演出者一向惯于玩弄这种伎俩,比如一唱曲子就模仿弋阳腔,《幽闺记》"旷野奇逢"中的酒保就是。

注释

　　[1]《连环·掷戟》之董卓——《连环记》：明王济作的传奇剧本,演汉朝末年王允利用貂蝉巧使连环计,离间董卓、吕布的故事。其中"掷戟"一折描写貂蝉和吕布密会于凤仪亭,被董卓撞见,董卓用戟掷吕布,吕布夺戟而去。有的演出本中加进一段戏：吕布下场之后,恰李儒走上,董卓撞倒李儒,并骑在他身上痛打。

　　[2]《幽闺·旷野奇逢》之酒保——原剧中描写蒋世隆、王瑞兰各自在兵荒马乱之中与亲人离散,急难之间结伴同行,其中并无酒保串戏。

第三卷 声容部

一、选姿

小 引

"食色性也"[1]，"不知子都之姣者，无目者也"[2]。古之大贤，择言而发，其所以不拂人情，而数为是论者，以性所原有，不能强之使无耳。人有美妻美妾而我好之，是谓拂人之性，好之不惟损德，且以杀身；我有美妻美妾而我好之，是还吾性中所有，圣人复起，亦得我心之同然，非失德也。孔子云："素富贵，行乎富贵。"人处得为之地，不买一二姬妾自娱，是素富贵而行乎贫贱矣。王道本乎人情，焉用此矫清矫俭者为哉？但有狮吼在堂，则应借此藏拙，不则好之实所以恶之，怜之适足以杀之，不得以红颜薄命藉口，而为代天行罚之忍人也。予一介寒生，终身落魄，非止国色难亲，天香未遇；即强颜陋质之妇，能见几人？而敢谬次音容，侈谈歌舞，贻笑于眠花藉柳之人哉？然而缘虽不偶，兴则颇佳，事虽未经，理实易谙，想当然之妙境，较身醉温柔乡者，倍觉有情。如其不信，但以往事验之。楚襄王，人主也。六宫窈窕，充塞内庭，握雨携云，何事不有？而千古以下，不闻传其实事，止有阳台一梦[3]，脍炙人口，阳台今落何处？神女家在何方？朝为行云，暮为行雨，毕竟是何情状？岂有踪迹可考；实事可缕陈乎？皆幻境也。幻境之妙，十倍于真，故千古传之；能以十倍于真之事，谱而为法，未有不入闲情三昧者。凡读是书之人，欲考所学之从来，则请以楚国阳台之事对。

译文

"喜好美食美色是人的天性","不知道子都俊美的人是盲人"。古代的圣贤们说话是有分寸的,他们之所以不违背人性,一而再、再而三地论述这个问题,是因为它是人性当中本来就有的,不能强迫人们弃之不顾。别人有漂亮的妻妾,我去爱她们,这叫作违背人性,这样做不仅损害德行,也会招来杀身之祸;我自己有漂亮的妻妾,我爱她们,这是恢复人性的本来面目,假使圣人再生,他也会赞同我的做法,因为它不损害德行。孔子说:"处于富贵之中,做富贵之事。"人在富贵的条件下,不买上一两个姬妾来自娱自乐,就成了处于富贵之中而做贫贱之事了。做事应当符合人的天性,干嘛要去如此这般地假装清高、假装简朴呢?但是老婆专横跋扈的人除外,不应该去宠爱她们,不然的话,爱她反倒会纵容她作恶,怜悯她反倒会害了她,不能让她以自己"红颜薄命"为借口,动不动惩罚自己的男人,而成为一个残忍的人。

我是个贫寒的读书人,一辈子落魄,不仅从来没有遇到过什么国色天香的美女,即使是资质一般勉强打扮漂亮的女人,能见到几个?怎么敢妄论姿色,奢谈歌舞,让那些整日跟美女们打交道的风流人士见笑呢?但是,我虽然没有这样的缘分,兴致却很高;虽然没有亲身经历过那些事情,其中的道理却很容易明白。想象中的美妙的境界,比起亲身经历的事情,更使人动情。如果不相信我的话,请用古代的例子来验证。楚襄王作为一国之君,美女如云,装满三宫六苑,男女之间寻欢作乐的事情,什么情形没有?但是自古以来,没听说什么实事,只有"阳台一梦"的传说脍炙人口,"阳台"如今在什么地方?"神女"家在何方?所谓"朝为行云""暮为行雨",等等,到底是什么样子?哪有踪迹可考,能够一一详细道来?都不过是想象出来的而已。想象中的境界,比真实的东西要美妙十倍,所以能够得以千古流传。用比真实的事情美妙十倍的境界作标准,去衡量和选择美女,无疑是把握了此中真谛。读这部书的人要想问我这些学问都是从哪儿来的,那我告诉你:是我做梦得来的。

注释

[1]"食色性也"——语出《孟子·告子》。

[2]"不知子都之姣者,无目者也"——同上。子都:古代美男子名。《诗经·郑风·山有扶苏》:"不见子都,乃见狂且。"

1. 肌肤

◈ 原文 ◈

妇人妩媚多端，毕竟以色为主。《诗》不云乎"素以为绚兮"？素者，白也。妇人本质，惟白最难。常有眉目口齿般般入画，而缺陷独在肌肤者，岂造物生人之巧，反不同于染匠未施漂练之力，而遽加文采之工乎？曰非然，白难而色易也。曷言乎难？是物之生，皆视根本。根本何色，枝叶亦作何色。人之根本维何？精也，血也。精色带白，血则红而紫矣。多受父精而成胎者，其人之生也必白。父精母血，交聚成胎。或血多而精少者，其人之生，必在黑白之间。若其血色浅红，结而为胎，虽在黑白之间，及其生也，豢以美食，处以曲房，犹可日趋于淡，以脚地未尽缁也。有幼时不白，长而始白者，此类是也。至其血色深紫，结而成胎，则其根本已缁，全无脚地可漂，及其生也，即服以水晶云母，居以玉殿琼楼，亦难望其变深为浅；但能守旧不还，不致愈老愈黑，亦云幸矣。有富贵之家，生而不白，至长至老，亦若是者，此类是也。知此则知选材之法，当如染匠之受衣：有以白衣使漂者，受之，易为力也；有以白衣稍垢而使漂者，亦受之，虽难为力，其力犹可施也；若以既染深色之衣，使之剥去他色，漂而为白，则虽什伯[1]其工价，必辞之不受。以人力虽巧，难拗天工，不能强既有者而使之无也。妇人之白者易相，黑者亦易相，惟在黑白之间者，相之不易。有三法焉：面黑于身者易白，身黑于面者难白；肌肤之黑而嫩者易白，黑而粗者难白；皮肉之黑而宽者易白，黑而紧且实者难白。面黑于身者，以面在外而身在内，在外则有风吹日晒，其渐白也为难，身在衣中，较面稍白，则其由深而浅，业有明征，使面亦同身，蔽之有物，其验亦若是矣，故易白。身黑于面者反此，故不易白。肌肤之黑而嫩者，如绫罗纱绢，其体光滑，故受色易，退色亦易，稍受风吹，略经日照，则深者浅而浓者淡矣。粗则如布如毯，其受色之难，十倍于绫罗纱绢，至欲退之，其工又不止十倍。肌肤之理，亦若是也。故知嫩者易白，而粗者难白。皮肉之黑而宽者，犹绸缎之未经熨，靴与履之未经楦者，因其皱而未直，故浅者似深，淡者似浓，一经熨楦之后，则纹理陡变，非复曩时色相矣。肌肤之宽者，以其血肉未足，犹待长养；亦犹待楦之靴履，未经烫熨之绫罗纱绢，此际若此，则其血肉充满之后，必不若此；故知宽者易白，紧而实者难白。相肌之法，备乎此矣。若是，则白者、嫩者、宽者为人争取，其黑而粗，紧而实者，遂成弃物乎？曰：不然。薄命尽出红颜，厚福偏归陋质，此等非他，皆素封伉俪之材，诰命夫人之料也。

译文

　　女人妩媚多姿，说到底是以皮肤的颜色为主。《诗经》中不是说了吗："素以为绚兮。""素"，就是白色。生来皮肤很白的女人很难求得。我们经常可以看到这样的女人：眉毛、眼睛、嘴巴、牙齿样样都像画上画的一样可爱，但是唯独皮肤颜色不白。难道说造物主造人，反倒不如染匠技艺高明，没有经过漂白就草草地染上花色了吗？不是的。这是因为，要想使皮肤白皙很难，使皮肤显露颜色却比较容易。为什么说要使皮肤白皙很难呢？任何事物，都要看它所由产生的根本；植物的根是什么颜色，由此生出来的枝叶也就是什么颜色。人的根本是什么呢？就是精、血这两种东西。精的颜色是白的，血的颜色是红中带紫。受父精较多而成胎的人，生下来肯定很白。父精母血，结合成胎。有的人接受母血较多，接受父精较少，这样的人生下来皮肤肯定不黑不白。如果母亲的血色浅红，跟父亲的精子结合成胎，那么这个人生下来虽然皮肤不黑不白，但是等她一生下来，就给她吃精美的食物，让她待在幽深的房子里，这样她的皮肤还能够一天天变白，因为她的本质并不全是黑的。有的人小时候不白，长大了才开始变白，就是这个道理。如果母亲的血色深紫，跟父亲的精子结合成胎，那么这个人的本质就已经是黑的，没有变白的可能，这样的人生下来，即使吃的是水晶云母，住的是琼楼玉宇，也难以指望她的皮肤颜色会由深变浅；只要能保住这种颜色不让它改变，不至于越老越黑，也可说是万幸了。有的人生在富贵之家，一生下来皮肤就不白，长大以至老了以后，还是原来那副样子，就是这个道理。

　　由此可以知道，挑选美女的方法，应当像染匠接活儿一样，如果有人拿白色的衣服让他来漂白，他就接下来，因为这很容易干；有人拿脏一点儿的白衣服让他来漂白，他也接下来，把脏一点儿的白衣服漂白虽然很费力，但还是能够办到的；如果有人拿已经染成深色的衣服，让他去掉上面的颜色，染成白色，那么即使给他十倍、百倍的工钱，他也不会干。因为人的技艺虽然高妙，但也不能违背自然规律，不能强行把天生带来的东西去掉。

　　皮肤白的女人容易识别，皮肤黑的女人也容易识别，只有皮肤不黑不白的不容易识别。挑选这样的女人有三种方法：脸上的颜色比身体的肤色黑的，容易变白；身体的肤色比脸黑的，难于变白；皮肤虽然黑但却很嫩的，容易变白，而又黑又粗的难以变白，皮肤虽然黑但却很松弛的，容易变白，而又黑又紧的实在难以变白。脸比身体黑，是因为脸暴露在外面而身体藏在衣服里面，脸在外面经过风吹日晒，要想保持白皙比较困难；身体在衣服里面，所以比脸稍稍白一些，这就证明了她的皮肤颜色是能够由深变浅的，如果让脸跟身体一样，也用东西遮盖起来，颜色也会像身体一样白，所以说这样的女人要变白很容易。身体的颜色比脸上的颜色黑的女人恰恰与此相反，所以要想变白很不容易。皮肤又黑又嫩的，就像绫罗纱绢一样，质地很光滑，容易染上颜色，也容易把颜色去掉，少经受一点儿风吹日晒，颜色就会变浅变白；而皮肤又黑又粗的，就像粗布和毡子一样，给粗布和毡子染颜色要比给绫罗纱绢染颜色困难十倍，要想把颜色去掉，要花的工夫又不止十倍。皮肤的道理也是这样，因此可以得知，皮肤嫩的容易变白，皮肤粗糙的难以变白。皮肤黑而且松弛的，就像没有熨过的缎子、没有楦过的靴子，因为上面的褶皱没有展开，所以颜色虽浅但是看上去很深，一经熨过、楦过以后，褶皱展开了，看上去就不再是先前的颜色了。皮肤松弛的，是因为太瘦，血肉不丰满，还需要培育滋养；就好像等待排楦的靴履，未经熨烫的绫罗纱绢一样，在这种情况下，等到长得血肉丰满之后，就肯定不是这副样子了。所以可以得知，皮肤松弛的容易变白，皮肤紧的实在难以变白。识别皮肤的方法就是这些。既然如此，那么难道说皮肤白的、嫩的、松弛的女人就可以被人争相拣选，皮肤黑的、粗糙的、紧的女人，就没人要了吗？不是的。俗话说"红颜薄命"，皮肤颜色好的女人不一定享福，有时福气偏偏让那些长得粗陋的女人占有，这不是因为别的，是由于人家天生就是当贵夫人的材料。

注释

[1] 什伯——数量词，指超过十倍、百倍。又作什百、什佰。

2. 眉眼

原文

面为一身之主，目又为一面之主。相人必先相面，人尽知之，相面必先相目，人亦尽知，而未必尽穷其秘。吾谓相人之法，必先相心，心得而后观其形体。形体维何？眉发口齿，耳鼻手足之类是也。心在腹中，何由得见？曰：有目在，无忧也。察心之邪正，莫妙于观眸子，子舆氏笔之于书，业开风鉴之祖。予无事赘陈其说，但言情性之刚柔，心思之愚慧。四者非他，即异日司花执爨之分途，而狮吼堂[1]与温柔乡[2]

接壤之地也。目细而长者，秉性必柔；目粗而大者，居心必悍；目善动而黑白分明者，必多聪慧；目常定而白多黑少，或白少黑多者，必近愚蒙。然初相之时，善转者亦未能遽转，不定者亦有时而定。何以试之？曰：有法在，无忧也。其法维何？一曰以静待动，一曰以卑瞩高。目随身转，未有动荡其身，而能胶柱其目者，使之乍往乍来，多行数武，而我回环其目以视之，则秋波不转而自转，此一法也。妇人避羞，目必下视，我若居高临卑，则彼下而又下，永无见目之时矣。必当处之高位，或立台坡之上，或居楼阁之前；而我故降其躯以瞩之，则彼下无可下，势必环转其睛以避我。虽云善动者动，不善动者亦动，而勉强自然之中，即有贵贱妍媸之别，此又一法也。至于耳之大小，鼻之高卑，眉发之淡浓，唇齿之红白，无目者犹能按之以手，岂有识者不能鉴之以形？无俟哓哓，徒滋繁渎。

眉之秀与不秀，亦复关系性情，当与眼目同视。然眉眼二物，其势往往相因。眼细者眉必长，眉粗者眼必巨，此大较也，然亦有不尽相合者。如长短粗细之间，未能一一尽善，则当取长恕短，要当视其可施人力与否。张京兆工于画眉，则其夫人之双黛，必非浓淡得宜，无可润泽者。短者可长，则妙在用增，粗者可细，则妙在用减。但有必不可少之一字，而人多忽视之者，其名曰曲。必有天然之曲，而后人力可施其巧，眉若远山，眉如新月，皆言曲之至也，即不能酷肖远山尽如新月，亦须稍带月形，略存山意。或弯其上而不弯其下，或细其外而不细其中，皆可自施人力；最忌平空一抹，有如太白经天，又忌两笔斜冲，俨然倒书八字。变远山为近瀑，反新月为长虹，虽有善画之张郎，亦将畏难而却走。非选姿者居心太刻，以其为温柔乡择人，非为娘子军择将也。

译文

脸是一个人身上最主要的东西，眼睛又是脸上最主要的东西。相人必须首先相面，这个道理谁都知道；相面必须首先看眼睛，这个道理人们也都知道，但是不一定全都懂得其中的奥秘。我认为看人必须首先观察她的内心。弄清她的内心是什么样子以后再去观察形体。什么叫作形体呢？就是眉毛、头发、嘴巴、牙齿、耳朵、鼻子、手脚之类。人心在肚子里，通过什么才能观察到呢？有眼睛在，就用不着发愁了。了解一个人的内心是邪恶还是正直，没有比观察眼睛更有效的了。子舆氏把这些东西写进书里，他是通过相貌来观察人品的鼻祖。我不想赘述他的学说，只想就一个人性情是刚是柔、心思是愚蠢还是聪慧来谈谈自己的想法。这四种东西能够确定一个女人日后能不能成大器、是成为凶悍的泼妇还是成为温柔贤良的女子。眼睛长得细而长的，性格一定温柔；眼睛长得圆而大的，内心一定凶悍；目光灵活而又黑白分明的，大多心灵聪慧；目光呆滞、白多黑少或者白少黑多的，一定稍稍愚蠢一些。但是，在相面之初，目光灵活的人不一定就能显示出灵活，本来不呆滞的人也可能显得很呆滞，怎么来验证到底是灵活还是呆滞呢？有方法在，就用不着发愁。什么方法呢？一个是以静待动，一个是从低处观察高处。人的目光随着身体的转动而转动，没有身子动而目光却不动的，让被观察者来来去去多走几个来回，观察者注意她的目光的变化，这样她的目光会自然而然地转动。这是一种方法。女人都害羞，目光总是向下看，如果观察者待在高处，被观察者待在低处，那就更不容易观察到她的目光了；必须让她站在较高的地方，比如站在高台上、坡地上，或者待在楼阁上面；而观察者故意把自己处于较低的位置，从下向上观察。这样，她就不能再往下看了，一定会转动目光躲避观察者。虽说眼睛灵活的人转动目光，眼睛不灵活的人也转动目光，但是看她们转动得是勉强还是自然，就能够区别出人的贵贱。这是又一种方法。至于耳朵的大小、鼻子的高低、眉毛和头发颜色的深浅、嘴唇红不红、牙齿白不白，就连没有眼睛的人也能够用手摸出来，明眼人更是一眼就能看出来，用不着我在这里唠唠叨叨了。

  眉毛长得美不美，同样关系到一个人的性情如何，应当跟眼睛同样对待。眼睛和眉毛这两种东西，往往是互相联系的。眼睛长得细的人眉毛一定长一些，眉毛粗的人眼睛一定很大，这是从大的方面去比较。但是有些地方也不完全合乎这套说法，比如一个人眉毛长得是长是短、是粗是细，并不一定每一样都尽善尽美，在这种情况下，就要看她能否通过人为的加工变得更美一些，来取长补短。张京兆擅长画眉毛，可想而知，他夫人眉毛的浓淡一定是长得不怎么适宜，也不是没有修饰描画的余地。眉毛太短的可以使它变长，妙在用"增"的方法，眉毛太粗的可以使它变细，妙在用"减"的方法；但有一样是必不可少的，常常被人们忽略掉，那就是眉毛一定要弯曲。眉毛只有生得自然弯曲，才有可能经过加工使它变得好看。"眉若远山""眉如新月"，说的都是眉毛生得弯曲好看；即使不能完全像远山和新月那样，也应当略微有那么一点儿意思；或者只是上面弯曲，下面并不弯曲，眉尾很细，眉头并不细，这样都可以通过人为的加工变得好看。最忌讳的是凭空一抹，就像太白星横空掠过；又忌讳双眉向下斜冲，俨然一个倒写的"八"字，这就不成其为远山、新月，反而成了近看的瀑布和长虹，即使有张先生那样擅长画眉毛的人，也将望而却步。这不是挑选姿色的人用心太刻薄，因为这是在挑选温柔妩媚的美女，而不是为娘子军挑选大将。

注释

[1]狮吼堂——语出洪迈《容斋随笔》:陈东丘好宾客,喜蓄歌妓,其妻柳氏甚为嫉妒,苏东坡作诗嘲笑说:"龙丘居士亦可怜,谈空说有夜不眠,忽闻河东狮子吼,拄杖落手心茫然。"河东是柳氏的郡望,借指柳氏。狮子吼:佛家用语,比喻威严;陈好谈佛学,故用之。

[2]温柔乡——喻美色迷人之境。《飞燕外传》:"是夜进合德,帝大悦,以辅属体,无所不靡,谓为'温柔乡'。"

3. 手足

原文

相女子者,有简便诀云:"上看头,下看脚。"似二语可概通身矣。予怪其最要一着,全未提起。两手十指,为一生巧拙之关,百岁荣枯所系,相女者首重在此,何以略而去之?且无论手嫩者必聪,指尖者多慧,臂丰而腕厚者,必享珠围翠绕之荣,即以现在所需而论之,手以挥弦,使其指节累累,几类弯弓之决拾[1];手以品箫,如其臂形攘攘,几同伐竹之斧斤;抱枕携衾,观之兴索,捧卮进酒,受者眉攒,亦大失开门见山之初着矣。故相手一节,为观人要着,寻花问柳者,不可不知。然此道亦难言之矣。选人选足,每多窄窄金莲;观手观人,绝少纤纤玉指。是最易者足,而最难者手,十百之中,不能一二觏也。须知立法不可不严,至于行法,则不容不恕。但于或嫩或柔,或尖或细之中,取其一得,即可宽恕其他矣。至于选足一事,如但求窄小,则可一目了然,倘欲由粗以及精,尽美而思善,使脚小而不受脚小之累,兼收脚小之用,则又比手更难,皆不可求而可遇者也。其累维何?因脚小而难行,动必扶墙靠壁,此累之在己者也。因脚小而致秽,令人掩鼻攒眉,此累之在人者也。其用维何?瘦欲无形,越看越生怜惜,此用之在日者也。柔若无骨,愈亲愈耐抚摩,此用之在夜者也。昔有人谓予曰:"宜兴周相国,以千金购一丽人,名为'抱小姐',因其脚小之至,寸步难移,每行必须人抱,是以得名。"予曰:"果若是,则一泥塑美人而已矣。数钱可买,奚事千金?"造物生人以足,欲其行也。昔形容女子娉婷者,非曰"步步生金莲",即曰"行行如玉立",皆谓其脚小能行,又复行而入画,是以可珍可宝,如其小而不行,则与刖足者何异?此小脚之累之不可有也。予遍游四方,见足之最小而无累,与最小而得用者，莫过于秦之兰州，晋之大同。兰州女子之足，大者三寸，小者犹不及焉，又能步履如飞，男子有时追之不及，然去其凌波小袜而抚摩之，犹觉刚柔相半。即有柔若无骨者，然偶见则易，频遇为难。至大同名妓，则强半皆若是也。与之同榻者，抚及金莲，令人不忍释手，觉倚翠偎红之乐，未有过于此者。向在都门，以此语人，人多不信，一日席间拥二妓，一晋一燕，皆无丽色，而足则甚小。予请不信者即而验之，果觉晋胜于燕，大有刚柔之别，座客无不翻然，而罚不信者以金谷酒数。此言小脚之用之不可无也。噫！"岂其娶妻，必齐之姜！"[2] 就地取材，但不失立言之大意而已矣。

验足之法无他，只在多行几步，观其难行易动察其勉强自然，则思过半矣。直则易动，曲即难行，正则自然，歪即勉强。直而正者，非止美观便走，亦少秽气，大约秽气之生，皆强勉造作之所致也。

译文

观察和挑选女子，有一句简便的口诀："上看头，下看脚。"似乎用这两句话就可以概括全身了。我很奇怪：其中最重要的方面，一点儿都没提到。两手的十指关系到人一辈子是笨是巧、是富贵还是贫穷。这是挑选女人首先应当注重的，怎么能把它忽略掉呢？何况，手长得细嫩、手指尖尖的人大多聪明，手臂和手腕长得丰满的人，肯定享受荣华富贵。这个暂且不说，就眼下所需要的方面而论，手是用来演奏乐器的，假如手指的关节堆堆累累，简直跟弯弓射箭的手差不多；手臂又粗又憨，跟伐木用的斧子差不多。跟这样的女人同床共寝，看上去让人扫兴；让她来捧杯进酒，会使客人大皱眉头，把这样的女人挑来还有什么意义呢？所以，观察手的长相，是观察和挑选女人的重要方面。寻花问柳的人不能不懂得这个道理。但是这里面的奥妙很难讲清楚。看人看脚，脚长得窄小的女人很多；看人看手，手指长得纤细的女人太少了。因此，光靠看脚很容易看得过去，看手就难以过关了，百十个人当中也挑不出一个好看的。但是应当知道，挑选女人必须订立严格的标准，至于执行标准，就不能不放宽一些。在柔嫩、绵软、纤细当中，只要具备了一样，就可以不去计较其他方面了。至于选脚，如果只要求窄小，便可一目了然；如果还想精益求精，尽善尽美，要脚小而又不被脚小拖累，还能发挥小脚的长处，这就比手更难挑选了，这样的事情不能强求，只能侥幸遇上。为什么说脚小拖累人呢？这是因为，脚小了行动不方便，走动的时候必须扶靠墙壁，这是拖累自己；脚小了气味儿难闻，让人捂鼻子皱眉头，这是拖累别人。脚小有什么长处呢？脚长得纤细瘦小，柔如无骨，白天越看越使人怜爱，夜里越抚摸越使人感到亲切，这就是脚小的长处。

从前有人对我说："宜兴的周相国用一千两银子买了个漂亮的女子，名叫'抱小姐'，因为她的脚小极了，一步路都走不了，每当走路都得让人抱着才行，所以得了这么个名字。"我说：如果这样的话，那她不过是个泥塑的美人罢了，花几个铜钱就能够买到，何必要花费一千两银子呢？造物主让人长出脚来，是为了让人走路的，过去形容女子婀娜多姿，不说"步步生金莲"，就说"行行如玉立"，说的都是脚小但又能走路，而且走得很好看，所以脚小成了宝贝。如果脚小得不能走路，这跟没有脚的肢残人士有什么两样？因此，女人不能被脚小所拖累。

我到过的地方很多，看到女人的脚很小但不受脚小拖累、又能发挥脚小的长处的，莫过于西北兰州、山西大同了。兰州女人的脚，大的有三寸，小的还不到三寸，但是走起路来步履如飞，有时就连男人都追不上；但是把袜子脱掉，用手抚摸，感觉刚柔相济，十分美妙；也有柔软得跟没长骨头似的，但是这样的脚只能偶然一见，很难频频遇到；大同的名妓的脚多半都是这个样子的。跟这样的女人同床共寝，摸着小脚，令人爱不释手，只觉得男欢女爱，没有比这更快乐的了。从前我在京城时，把此事对别人讲了，人们大多不相信。一天酒席上有两个妓女，一个是山西人，一个是河北人，模样不怎么样，但是脚却长得很小。我请不相信我的话的人当场验证，果然发现那个山西妓女的脚比河北妓女的脚美妙，一个很柔软、一个硬邦邦，区别很大。在座的客人无不幡然醒悟，于是对不相信我的话的人罚酒。这个例子说的是小脚有小脚的作用。难道找老婆非得找像齐姜那样的美女吗？就地取材，大致上符合要求也就行了。

检验女人的脚，没有别的方法，只是让她多走几步路，看她行动是否困难，观察其勉强还是自然，就已经足够了。脚长得直的，行动起来就容易；脚长得弯曲的，行动起来就困难。脚长得端正，行动起来就自然；脚长得歪的，行动起来就勉强。脚长得直而又端正的，不但看着好看、走路方便，气味也不难闻；大概有的女人的脚之所以气味难闻，都是由于勉强、做作造成的。

注释

［1］决拾——射箭者用的扳指和臂衣，骨革制品。

［2］"岂其娶妻，必齐之姜"——语出《诗经·陈风·衡门》。齐姜：古代美女的代称。

4. 态度

《原文》

　　古云"尤物足以移人"。尤物维何？媚态是已。世人不知，以为美色。乌知颜色虽美，是一物也，乌足移人？加之以态，则物而尤矣。如云美色即是尤物，即可移人，则今时绢做之美女，画上之娇娥，其颜色较之生人，岂止十倍？何以不见移人，而使之害相思，成郁病耶？是知"媚态"二字，必不可少。媚态之在人身，犹火之有焰，灯之有光，珠贝金银之有宝色，是无形之物，非有形之物也。惟其是物而非物，无形似有形，是以名为"尤物"。尤物者，怪物也，不可解说之事也。凡女子，一见即令人思，思而不能自已，遂至舍命以图，与生为难者，皆怪物也，皆不可解说之事也。吾于"态"之一字，服天地生人之巧，鬼神体物之工。使以我作天地鬼神，形体吾能赋之，知识我能予之；至于是物而非物，无形似有形之态度，我实不能变之化之，使其自无而有，复自有而无也。态之为物，不特能使美者愈美，艳者愈艳；且能使老者少，而媸者妍，无情之事变为有情，使人暗受笼络而不觉者。女子一有媚态，三四分姿色，便可抵过六七分，试以六七分姿色而无媚态之妇人，与三四分姿色而有媚态之妇人，同立一处，则人止爱三四分而不爱六七分。是态度之于颜色，犹不止于一倍当两倍也。试以二三分姿色而无媚态之妇人，与全无姿色而止有媚态之妇人，同立一处，或与人各交数言，则人止为媚态所惑，而不为美色所惑。是态度之于颜色，犹不止于以少敌多，且能以无而敌有也。今之女子，每有状貌姿容，一无可取，而能令人思之不倦，甚至舍命相从者，皆"态"之一字之为祟也。是知选貌选姿，总不如选态一着之为要。态自天生，非可强造；强造之态，不能饰美，止能愈增其陋。同一颦也，出于西施则可爱，出于东施则可憎者，天生强造之别也。相面、相肌，相眉、相眼之法，皆可言传，独相态一事，则予心能知之，口实不能言之。口之所能言者，物也，非尤物也。噫！能使人知而能使人欲言不得，其为物也何如？其为事也何如？岂非天地之间一大怪物，而从古及今，一件解说不来之事乎？

　　诘予者曰：既为态度立言，又不指人以法，终觉首鼠；盍亦舍精言粗，略示相女者以意乎？予曰：不得已而为言，止有直书所见，聊为榜样而已。向在维扬，代贵人相妾，靓妆而至者不一其人。始皆俯首而立，及命之抬头，一人不作羞容而竟抬；一人娇羞腼腆，强之数四而后抬；一人初不即抬，及强而后可，先以眼光一瞬，似于看人而实非看人，瞬毕复定而后抬，俟人看毕，复以眼光一瞬而后俯，此即"态"也。记曩时春游遇雨，避一亭中，见无数女子，妍媸不一，皆踉跄而至。中一缟衣贫妇，年三十许，人皆趋入亭中，彼独徘徊檐下，以中无隙地故也，人皆抖擞衣衫，虑其太湿，彼独听其自然，以檐下雨侵，抖之无益，徒现丑态故也。及雨将止而告行，彼独迟疑稍后，去不数武而雨复作，乃趋入亭，彼则先立亭中，以逆料必转，先踞胜地故也。然臆虽偶中，绝无骄人之色，见后入者反立檐下，衣衫之湿数倍于前，而此妇代为振衣，姿态百出，竟若天集众丑，以形一人之媚者。自观者视之，其初之不动，似以郑重而养态；其后之故动，似以徜徉而生态。然彼岂能必天复雨，先储其才以俟用乎？其养也，出之无心；其生也，亦非有意，皆天机之自起自伏耳。当其养态之时，先有一种娇羞无那之致，现于身外，令人生爱生怜，不俟娉婷大露而后觉也。斯二者，皆妇人媚态之一斑，举之以见大较。噫！以年三十许之贫妇，止为姿态稍异，遂使二八佳人、与曳珠顶翠者，皆出其下，然则态之为用，岂浅鲜哉！

　　人问：圣贤神化之事，皆可造诣而成，岂妇人媚态独不可学而至乎？予曰：学则可学，教则不能。人又问：既不能教，胡云可学？予曰：使无态之人与有态者同居，朝夕薰陶，或能为其所化；如蓬生麻中，不扶自直，鹰变成鸠，形为气感，是则可矣。若欲耳提而面命之，则一部廿一史，当从何处说起？还怕愈说愈增其木强，奈何。

译文

　　古人说："尤物足以使人改变性情。"尤物是什么呢？就是妩媚的神态。世人不懂得什么是尤物，以为尤物指的是美女；哪里知道，美女虽然很美，但不过是看得见摸得着的东西罢了，怎么足以使人改变性情呢？美女有了妩媚的神态，就成其为尤物了。如果说美女就是尤物，就能够使人改变性情，那么时下用绢做成的美女、画上画的娇娥，比起活人来，其漂亮何止十倍？怎么不见它使人改变性情，使人害相思忧郁成病呢？由此可知，妩媚的神态对于女人来说是必不可少的。女人有了妩媚的神态，就像火上冒出的火苗、灯发出的光辉、金银珠宝上面的华丽的色泽；它们都是没有具体形状的东西。只因为它是一种东西，同时又不是有具体形状的东西，无形又似乎有形，因此把它叫作尤物。尤物，就是怪物，是不能解释的事物。凡是这样的女子，一看到就让人害相思病，叫人思念得不能自已，以至舍出性命去追求，不惜和活着为难做对，这样的女子都是怪物，都是不能解释的事物。

　　我在人物的神态方面，实在佩服造物主的鬼斧神工。假使让我来充当造物主，那么我能够给人以形体，给人以知识，至于这种是物非物、无形又似乎有形的"神态"，我却实在不能将它变化出来，使它从无到有，又从有到无。神态这种东西，不仅能够使长得美丽的人更加美丽，妖艳的人更加妖艳，而且能够使年老的变得年少、丑陋的变得漂亮、无情的事物变得有情，使人暗中被人套住，自己却察觉不到。女子一旦拥有了媚态，只有三四分姿色的，可以抵得上六七分。如果让具有六七分姿色，但却没有媚态的女人，跟只有三四分姿色，却拥有媚态的女人，站到一起，那么，人们只爱具有三四分姿色的女人，而不会爱具有六七分姿色的女人。由此可见，神态跟姿色相比，神态的魅力之大，不止一倍两倍。如果让具有二三分姿色、没有媚态的女人，跟没有一点儿姿色却有媚态的女人站在一起，或者分别跟她们说上几句话，那么，人们只会被媚态迷住，而不会被美色迷住。由此可见，神态跟姿色相比，神态的魅力之大，不仅能够以少胜多，而且能够以无胜有。如今的女子当中，常常有这样的：相貌、体态、姿色，全都不怎么样，但是却能令人思念不已，甚至不惜舍掉性命去追求，这都是由于她们的媚态作的怪。

由此可见，挑选美女，从相貌姿色着眼，不如从神态着眼重要。人的神态是天生的，不是勉强造作出来的；勉强造作出来的神态，并不能把人装点得美丽，只能使人更加丑陋。同样都是皱眉头，西施皱眉头的样子就可爱，而东施皱眉头的样子却令人憎恶，这是因为，西施是天生的，而东施是勉强造作出来的。

相面、观察皮肤、观察眉毛、观察眼睛的方法，都能够用语言来表述，唯独在观察人的神态方面，我心里知道，嘴上却说不出来。嘴上说得出来的，是看得见摸得着的东西，而不是我们所说的"尤物"。唉！能够使人知道却使人想说又说不出来的东西，该是什么样子呢？它到底是怎么回事呢？这难道不是天地之间的一大怪物吗？难道不是从古到今，一件解释不清的怪事吗？

有人质问我说："既然你著书立说，讨论人的神态，但却不给人指明方法，终究还是含糊其词、遮遮掩掩；为什么不粗略地把观察女人的大致要领告诉大家呢？"我说：没办法，说就说吧！但是我只能就自己所见的事情来谈，就算举个例子而已。

从前我在维扬的时候，替一个人相妾，打扮得漂漂亮亮而来的女人，非止一个。这些女人开始的时候都低头站着，等到让她们抬头时，一个女人一点儿不显害臊，竟直把头抬了起来；一个女人害羞腼腆，经过再三要求，她才把头抬起来；一个女人最初不肯抬头，强迫她抬头她才抬头，先是眼睛眨了一下，像是在看人但实际上不是在看人，眨完了眼睛，把头抬了起来，等人看完了以后，眼睛又眨了一下，然后把头低下了。这副样子,就是我所说的媚态。

记得早些时候,春天外出郊游遇上了雨。我到一座亭子中避雨,看见有好几个女子,长得美丑不一,全都跟跟跄跄地跑过来。其中有一个穿白衣裳的女人,看上去很穷,年纪大约三十岁。别人都跑进了亭子里,唯独她在房檐下徘徊,因为亭子里面已经没有空地儿了。别人都抖弄衣裳,抱怨被雨淋湿了,她却听其自然,因为房檐流下的雨水落在她身上,抖也没用,只能显出一副窘相。等到雨停了,别人都走了,唯独她稍微停了一会儿才离开。没走多远,雨又下了起来,于是这个女人跑回亭子里。等别人跑回来时,她已经先站在亭子里了,因为她预料到天还会下雨,所以先把好地方占住。但是,虽然她猜中了天还会下雨,却没有表现出丝毫骄傲的神气,看见后面跑来的人站在房檐下,衣裳被淋得比先前更湿,这个女人替她们抖弄衣裳,姿态十分美妙。那情景,竟像老天爷故意把许多丑陋的女人聚集在一块儿,来突出她的妩媚。从旁观者的眼光看来,她当初不动,似乎是在养神;后来动了,似乎才现出媚态。难道她早就料到天一定还会下雨,养精蓄锐,等着发挥吗?不是的。她养神,是出于无心;她现出媚态,也不是故意的,所有这些举动都是自然而然发生的。当她养神的时候,就已经有一种娇嫩羞涩而又无奈的风韵,从她身上流露出来,令人产生爱怜之情;这种爱怜之情,不是在她的妩媚完全显露之后才有的。

以上这两个例子,都可以使人对于女人的媚态略见一斑,我把它们举出来,大略地说明什么是女人的媚态。唉!就凭一个三十岁左右的穷女人,仅仅因为她的姿态稍稍与人有些不同,就使得身边那些妙龄女子以及珠光宝气之人相形见绌。可见,人的神态的功力哪里是肤浅微小的啊!

有人问:"既然有人能够通过努力成为圣贤,有人能够通过修炼成为神仙,那么为什么唯独女人的媚态不能通过学习获得呢?"我说:学是可以学的,但是不能教的。又有人问:"既然不能教,为什么还说可以学呢?"我说:让没有媚态的人,跟有媚态的人住在一起,朝夕相处,接受感染,或许能被有媚态的人同化;就像草长在麻地里,不用扶它,它也会自然而然地长得很直;鹰变成鸠,是因为它受了鸠的气息,而化作了鸠,这样的事情是能够实现的。如果想通过耳提面命把人教出媚态来,就像一部廿一史,该从何说起一样?只怕是愈教愈会使人变得迟钝,愈教愈是使人呆头呆脑。

二、修容

小　引

◈ 原文 ◈

妇人惟仙姿国色，无俟修容；稍去天工者，即不能免于人力矣。然予谓"修饰"二字，无论妍媸美恶，均不可少。俗云："三分人材，七分妆饰。"此为中人以下者言之也。然则有七分人材者，可少三分妆饰乎？即有十分人材者，岂一分妆饰皆可不用乎？曰：不能也。若是，则修容之道不可不急讲矣。今世之讲修容者，非止穷工极巧，几能变鬼为神。我即欲勉竭心神，创为新说，其如人心至巧，我法难工，非但小巫见大巫，且如小巫之徒，往教大巫之师，其不遭喷饭而唾面者鲜矣。然一时风气所趋，往往失之过当，非始初立法之不佳，一人求胜于一人，一日务新于一日，趋而过之，致失其真之弊也。"楚王好细腰，宫中皆饿死；楚王好高髻，宫中皆一尺，楚王好大袖，宫中皆全帛。"细腰非不可爱，高髻大袖非不美观，然至饿死，则人而鬼矣。髻至一尺，袖至全帛，非但不美观，直与魑魅魍魉无别矣。此非好细腰好高髻大袖者之过，乃自为饿死，自为一尺，自为全帛者之过也，亦非自为饿死，自为一尺，自为全帛者之过；无一人痛惩其失，著为章程，谓止当如此，不可太过，不可不及，使有遵守者之过也。吾观今日之修容，大类楚宫之末俗。著为章程，非草野得为之事，但不经人提破，使知不可爱而可憎，听其日趋日甚，则在生而为魑魅魍魉者，已去死人不远。矧腰成一缕，有饿而必死之势哉！予为修容立说，实具此段婆心。凡为西子者，自当曲体人情，万毋遽发娇嗔，罪其唐突。

◈ 译文 ◈

只有长得仙姿国色的女人用不着修饰面容，长得稍差一点儿的，就不能不用人力对面容进行修饰。在我看来，修饰这两个字，对女人来说，不论是美丽还是丑陋，都是不可缺少的。俗话说："三分人材，七分妆饰。"这是针对长相处于中等以下的人而说的。但是已经有了七分姿色的女子，就可以省去三分的妆饰了吗？假使有了十分的姿色，难道说一分妆饰都可以不用了吗？我认为是不行的。因此，修饰面容的方法不能不赶快讲来。

如今的女人在修饰面容方面，不仅极其精细、极其考究，简直能够把丑陋的恶鬼变成一位美丽的天仙。我即使想竭尽心思，创立一种新的学说，就像人的心思非常机巧，人所创立的学说很难达到那样精细程度，不但是小巫见大巫，而且有如让小巫的徒弟去教大巫的师傅了，不遭到人们的嘲笑和唾骂才怪呢！

但是，有时流行时尚所追求的东西，往往失之过当；并不是最初创立的方法不好，而是每个人都想超过其他人，一天比一天追求新鲜，搞得太过分了，以致失去了最初的纯美。楚灵王喜欢细腰的女人，于是宫里的女人为了减肥把自己都饿死了；楚灵王喜欢高高的发髻，于是宫中的女人纷纷梳起了一尺高的发髻；楚灵王喜欢宽大的袖子，于是宫中的女人用整块儿的布料做衣袖。细腰不是不可爱，高高的发髻和宽大的袖子不是不好看，但是为了追求细腰而饿死，就是活人干鬼事了。发髻高到一尺，用整块儿的布料做衣袖，不但不好看，简直跟鬼怪没有什么区别了。这不是楚王的过失，而是宫女的过失；也不是宫女的过失，而是由于没有人痛斥这种现象，创立一种章程，告诉宫女们：只应当如此这般，不能搞得太过分，也不可以达不到要求，使人能够遵照执行。

在我看来，当今女人修饰面容，很像是楚王宫中那种下作风气。应该订立一个章程：楚王宫中的做法民间百姓不得效仿。只是这件事儿没有被人说破，使人知道这样的做法不仅不可爱，反而令人厌恶；于是听其自然，一天比一天恶劣，放着大活人去干鬼事儿，已经离死人不远了；何止是为把腰变细而饿得要死！我为女人修饰面容著书立说，确实是出于一片苦心。天下美女自然应当体谅我的良苦用心，千万不要撒娇嗔怪，责备我出言冒昧。

1. 盥栉

❀原文❀

盥面之法，无他奇巧，止是濯垢务尽。面上亦无他垢，所谓垢者，油而已矣。油有二种：有自生之油，有沾上之油。自生之油，从毛孔沁出，肥人多而瘦人少，似汗非汗者是也。沾上之油，从下而上者少，从上而下者多，以发与膏沐势不相离，发面交接之地，势难保其不侵，况以手按发，按毕之后，自上而下，亦难保其不相挨擦，挨擦所至之处，即生油发亮之处也。生油发亮，于面似无大损，殊不知一日之美恶系焉，面之不白不匀即从此始。从来上粉着色之地，最怕有油，有即不能上色。倘于浴面初毕，未经搽粉之时，但有指大一痕，为油手所污，迨加粉搽面之后，则满面皆白而此处独黑，又且黑而有光，此受病之在先者也。既经搽粉之后，而为油手所污，其黑而光也亦然，以粉上加油，但见油而不见粉也。此受病之在后者也。此二者之为患，虽似大而实小，以受病之处止在一隅，不及满面，闺人尽有知之者。尚有全体受伤之患，从古佳人，暗受其害而不知者，予请攻而出之。从来拭面之巾帕，多不止于拭面，擦臂抹胸，随其所至，有腻即有油，则巾帕之不洁也久矣。即有好洁之人，止以拭面，不及其他；然能保其上不及发，将至额角而遂止乎？一沾膏沐，即非无油少腻之物矣。以此拭面，非拭面也，犹打磨细物之人，故以油布擦光，使其不沾他物也。他物不沾，粉独沾乎？凡有面不受妆，越匀越黑。同一粉也，一人搽之而白，一人搽之而不白者，职是故也。以拭面之巾有异同，非搽面之粉有善恶也。故善匀面者，必须先洁其巾。拭面之巾，止供拭面之用，又须用过即浣，勿使稍带油痕。此务本穷源之法也。

  善栉不如善篦。篦者，栉之兄也。发内无尘，始得丝丝现相；不则一片如毡，求其界限而不得，是帽也，非髻也；是退光黑漆之器，非乌云蟠绕之头也。故善蓄姬妾者，当以百钱买梳，千钱购篦，篦精则发精，稍俭其值，则发损头痛，篦不数下而止矣。篦之极净，始便用梳。而梳之为物，则越旧越精。"人惟求旧，物惟求新"。古语虽然，非为论梳而设。求其旧而不得，则富者用牙，贫者用角，新木之梳，即搜根剔齿者，非油浸十日，不可用也。

  古人呼髻为"蟠龙"。蟠龙者，髻之本体，非由妆饰而成，随手绾成，皆作蟠龙之势。可见古人之妆，全用自然，毫无造作。然龙乃善变之物，发无一定之形，使其相传至今，物而不化，则龙非蟠龙，乃死龙矣；发非佳人之发，乃死人之发矣。无怪今人善变，变之诚是也。但其变之之形，只顾趋新，不求合理，只求变相，不顾失真。凡以彼物肖此物，必取其当然者肖之，必取其应有者肖之，又必取其形色相类者肖之；未有凭空捏造，任意为之而不顾者。古人呼发为"乌云"，呼髻为"蟠龙"者，以二物生于天上，宜乎在顶，发之缭绕似云，发之蟠曲似龙，而云之色有乌云，龙之色有乌龙，是色也、相也、情也、理也，事事相合，是以得名，非凭空捏造，任意为之而不顾者也。窃怪今之所谓牡丹头、荷花头、钵盂头，种种新式，非不穷新极异，令人改观，然于当然应有、形色相类之义，则一无取焉。人之一身，手可生花，江淹之彩笔是也；舌可生花，如来之广长是也。头则未见其生花，生之自今日始。此言不当然而然也。发上虽有簪花之义，未有以头为花而身为蒂者。钵盂乃盛饭之器，未有倒贮活人之首，而作覆盆之象者。此皆事所未闻，闻之自今日始。此言不应有而有也。群花之色，万紫千红，独不见其有黑。设立一妇人于此，有人呼之为黑牡丹、黑莲花、黑钵盂者，此妇必艴然而怒，怒而继之以骂矣。以不喜呼名之怪物，居然自肖其形，岂非绝不可解之事乎？吾谓美人所梳之髻，不妨日异月新；但须筹为理之所有。理之所有者，其象多端，然总莫妙于云龙二物，仍用其名而变更其实，则古制新裁并行而不悖矣。勿谓止此二物，变来有限。须知普天下之物，取其千态万状，越变而越不穷者，无有过此二物者矣。龙虽善变，犹不过飞龙、游龙、伏龙、潜龙、戏珠龙、出海龙之数种；至于云之为物，顷刻数迁其位，须臾屡易其形，"千变万化"四字，犹为有定之称。其实云之变相，"千万"二字，犹不足以限量之也。若得聪明女子，日日仰观天象，既肖云而为髻，复肖髻而为云，即一日一更其式，犹不能尽其巧幻，毕其离奇，矧未必朝朝变相乎？若谓天高云远，视不分明，难于取法，则令画工绘出巧云数朵，以纸剪式，衬于发下，俟栉沐既成，而后去之，此简便易行之法也。云上尽可着色，或簪以时花，或饰以珠翠，幻作云端五彩，视之光怪陆离。但须位置得宜，使与云体相合；若其中应有此物者，勿露时花珠翠之本形，则尽善矣。肖龙之法，如欲作飞龙、游龙，则先以己发梳一光头于下，后以假髢制作龙形，盘旋缭绕，覆于其上；务使离发少许，勿使相粘相贴，始不失飞龙游龙之义。相粘相贴，则是潜龙伏龙矣。悬空之法，不过用铁线一二条，衬于不见之处，其龙爪之向下者，以发作线，缝于光发之上，则不动矣。戏珠龙法，以髢作小龙二条，缀于两旁，尾向后而首向前，前缀大珠一颗，近于龙嘴，名为"二龙戏珠"。出海龙亦照前式，但以假髢作波浪纹，缀于龙身空隙之处，皆易为之。是数法者，皆以云龙二物，分体为之，是云自云，而龙自龙也。予又谓云龙二物，势不宜分。"云从龙，风从虎"，《周易》业有成言，是当合而用之。同用一髢，同作一假，何不幻作云龙二物，使龙勿露全身，云亦勿作全朵，忽而见龙，忽而见云，令人无可测识。是美人之头，尽有盘旋飞舞之势，朝为行云，暮为行雨，不几两擅其绝，而为阳台神女之现身哉？噫！笠翁于此，搜尽枯肠，为此髻者，不可不加尸祝；天年以后，倘得为神，则将往来绣阁之中，验其所制，果有裨于花容月貌否也。

译文

洗脸没有什么别的奇巧的方法，只是要把脸上的污垢洗干净；脸上的污垢也没有别的，所谓的污垢，只是油垢而已。脸上的油垢有两种：一种是皮肤自生的，一种是沾上去的。自生的油垢从汗毛孔中分泌出来，胖人多，瘦人少，好像是汗但实际上不是汗。沾上的油，从身上沾来得少，从头上沾来得多，这是因为头发上总是有很多油脂，头发和脸相接的地方，难免不沾上油脂，何况人有时用手抹头发，抹完头发以后，手自上而下地抹下来，难免不擦着脸；被手擦着的地方，就会油光发亮。这样的结果，似乎对脸没有多大影响；但是它关系一天之中，脸面的美丑。有的人脸色不白，白得不均匀，就是这样造成的。人们要在脸上扑粉，在脸上化妆，最怕脸上有油脂；脸上有油脂，就涂不上颜色。如果在刚刚洗完了脸还没有擦粉的时候，只要脸上有像手指头那些大一块地方被带油脂的手弄脏，那么在擦过粉之后，就会满脸都白，唯独这块地方是黑的；而且不但黑，还会发出光亮。这是在擦粉之前留下的问题。在脸上擦过粉之后，而被带油脂的手弄脏了，弄脏的地方同样会黑而且发光，这是因为粉上添了一层油脂，只能看见油，看不见粉了。这是在擦过粉之后作下的问题。这两种毛病给面容带来的损害似乎很大，但实际上并没什么，因为受害的只是一小块儿地方，对整个脸并没有多大影响。很多女人知道这一点。还有一种情形，会使人的整个面容受到损害，自古以来的许多美女都在不知不觉中深受其害，请让我把它指出来。

历来擦脸的手巾手帕，大多不光用来擦脸，擦胳膊，擦前胸后背，手巾手帕擦到的地方，到处都有油脂，如此说来，手巾手帕长时间不干净了。即使有喜欢干净的人，只用手巾手帕来擦脸，不用它来擦别的地方，但是能保证擦不到头发吗？难道擦到额角就停下来吗？手巾手帕一旦沾染了头上的油脂，就不干净了。用这样的手巾手帕来擦脸，简直不是在擦脸，而是像打磨东西的人用油布擦东西，使它发亮，使它不沾上别的东西。别的东西沾不上，粉就能沾上吗？只要脸皮画不上妆，就会越抹越黑。有时用的同样一种粉，有的人擦过以后脸就白，有的人擦过以后脸就不白，都是由于这个缘故。这是因为揩脸的时候揩得不一样，而不是有人擦粉擦得好，有人擦粉擦得不好。所以，善于擦粉的人，必须先让擦脸的手巾手帕干净，擦脸的手巾手帕只用来擦脸，还必须用过就洗，不让它有一点儿油脂的痕迹。这是从根本上解决问题的做法。

善用梳子的不如善用篦子的。篦子是梳头用具中的老大。头发里面没有灰尘，才能使头发清清楚楚，丝丝靓丽；否则的话，头发就会粘成一片，像毡子一样，要想分出头缝来是困难的。这简直成了帽子，而不是发髻；是除光了黑漆的器具，而不是青丝盘绕的脑袋。所以，善于养护姬妾的人，应当花一百个钱买梳子，花一千个钱买篦子；篦子制作得好，头发就会保养得好；如果为了省钱买做工不好的梳头用具，就会损坏头发，弄疼脑袋，梳不了几下就得住手。篦头发干净了，才用梳子去梳头。而梳子这种东西，却是越旧越好使。古人说过："人是老的好，东西是新的好。"古语虽然这么讲，但不是针对梳子而说的。人们找旧梳子找不到，所以富人用象牙梳子，穷人用牛角梳子；用木头做的新梳子跟用来抠指甲、剔牙的东西一样，不用油浸泡十天是不能用的。

古人把发髻称作"蟠龙"，意思是说发髻原本的形状就像盘曲的龙一样，这不是故意装饰而成的，随手把头发一挽，都能够作出盘龙的形状。可见古人打扮自己全是出于自然，一点儿没有矫揉造作的意思。但是，龙是一种善变的东西，发髻没有什么僵固不变的形状；假使"蟠龙"的发型流传到今天，没有什么变化的话，那就不是什么"蟠龙"了，而成了死龙了；头发也不是美人的头发，而成了死人的头发了。也难怪当今女子的发型变来变去的，变得实在很有道理。但是当今女子发型的改变，只为了追求新奇，不求合乎情理；只追求外形的变化，不顾失真不失真。凡是用一种东西模仿另一种东西的，必须是从情理上说得通的，必须是实际中真有的，必须选取形神相似的；不能凭空捏造，不能不顾情理任意模仿。古人把头发称作"乌云"，把发髻叫作"蟠龙"，是因为这两种东西生在天上，按理说把它们顶在头上是应该的。头发缭绕形状如云，把头发盘起来后形状如龙；云有乌云，龙有乌龙，从头发的颜色、形状，以及情理上说，样样跟这些东西相符，因此得名；而不是凭空捏造，不是不顾情理的任意模仿。

我很奇怪，如今被人们称作"牡丹头""荷花头""钵盂头"的种种新发型，没有一种不新鲜不奇特、不使人眼界大开的；但是从情理上说，从颜色和形状的相似性来说，就没有一种样式是可取的了。人的手上可以生花，江淹手中的画笔便是；人的舌头可以生花，如来佛的舌头便是；但是却从没见过有人头上生出花来；头上生花，是如今才有的事儿。这是从形状上说不应当有却有的。头发上虽然可以搞些花样，但却从来没有人把头发当作花，把身子当作花蒂。钵盂是盛饭用的东西，从来没有人把活人的脑袋倒塞进去，做出盆子扣在头上这副怪相的。这样的事情前所未闻，如今才得以听说。这是从情理上说不应当有却有的。花的颜色万紫千红，应有尽有，唯独没见过有黑色的。假使有一位女子站在这里，你叫她"黑牡丹""黑莲花""黑钵盂"，这个女子肯定会勃然大怒，痛骂你一顿，因为人不喜欢别人把自己称作是怪物；可是，她们自己居然去模仿怪物的形状，这难道不是太不可思议了吗？

我认为女人的发型不妨经常变化，日新月异，但是必须合乎情理。从情理上说，世上的事物千差万别，但总不如云、龙这两样东西美妙；不妨沿用这两个名称，在实际形状上做一些变化，这样，古代的样式和新的样式可以并行不悖。不要以为这两个东西的变化是有限的,要知道普天之下的任何事物,如果说到千姿百态、变化无穷,没有什么东西比得上云、龙这两样了。龙虽然善于变化,但也不过只有飞龙、游龙、伏龙、潜龙、戏珠龙、出海龙这几种;而云这种东西,顷刻之间就会改变位置,一眨眼的工夫就会变出几种形状,用"千变万化"四个字来形容它,还是把它说得太死了;其实云的形状变化之多,用千、万这两个字是无法概括的。如果有这样一位聪明的女子,每天仰面观察天象,模仿云的形状为自己做发型,即使一天更换一种样式,也不能把云的奇特、美丽的全部表现出来,何况用不着每天都要改换发型呢?如果说天太高了,云太远了,看不清楚,难以模仿,那就让画匠画几朵漂亮的云,剪个纸样儿,衬在头发下面,等梳完头再把它拿掉。这是个简便易行的办法。头发上尽可以点缀一些颜色,或者插几朵鲜花,或者用珠宝翠玉来装饰,使人看上去有如五彩祥云,光怪陆离;但是必须位置适当,使发髻的形状看上去很像云朵的形状。如果发髻当中饰以鲜花珠宝翠玉的话,不要让它们过于暴露,这就十全十美了。模仿龙的形状制作发型的方法如下:如果要做"飞龙""游龙"的发型,就先把自己的头发梳成光板儿,然后用发丝做成龙的形状,让它盘旋缭绕,把它装在头顶上。一定要注意,让它离开头发少许,别让它跟头发贴在一起,这样子看上去才像"飞龙""游龙";如果跟头发贴在一起;就成了"潜龙""伏龙"了。使它悬空的办法,不过是用一两根细铁丝在看不见的地方把它托住。如果龙爪向下,就用头发作线,把龙爪缝在头发上,就不会乱动了。制作"戏珠龙"发型的方法,是用发丝做两条小龙,缀在头的两边,尾巴朝后,脑袋朝前,前面缀一颗大珠子,靠近龙嘴,这种发型叫作"二龙戏珠"。"出海龙"的发型也依照前面讲到的样式,只须用发丝做几绺波浪线,点缀在龙身的空隙处,这都很容易做的。这几种方法,都是模仿云、龙这两种东西,以不同的样式来制作发型,做成以后,云像云,龙像龙。我还认为,云、龙这两种东西,不应该把它们分开。云从龙,风从虎,《周易》当中已经讲得很明白了。因此应当把这两种东西合在一起用。同样是用发丝作材料,同样是假的,为什么不同时做出这两种东西,让龙不要暴露全身,也不要出现整朵的云,让它们互相掩映,忽而见龙,忽而见云,叫人不可揣摩呢?这样一颗美女头,盘旋飞舞,富丽多姿;就像传说中的"阳台神女"现身,"朝为行云","暮为行雨",不就两全其美了吗?哈哈!我李笠翁为此搜肠刮肚,绞尽脑汁,才设计出这种发型,梳这种发型的人不能不薰香祷祝一番;如果死后成为神仙,我一定到女子们的绣房之中往来巡视,验证一下我的发明是不是真的会使女子的花容月貌更加妩媚动人。

2. 薰陶

原文

　　名花美女，气味相同，有国色者，必有天香。天香结自胞胎，非由薰染。佳人身上实实有此一种，非饰美之词也。此种香气，亦有姿貌不甚姣艳，而能偶擅其奇者。总之，一有此种，即是夭折摧残之兆，红颜薄命，未有捷于此者。有国色而有天香，与无国色而有天香，皆是千中遇一；其余则薰染之力，不可少也。其力维何？富贵之家，则需花露。花露者摘取花瓣入瓶，酝酿而成者也。蔷薇最上，群花次之。然用不须多，每于盥浴之后，挹取数匙入掌，拭体拍面而匀之。此香此味，妙在似花非花，是露非露，有其芬芳而无其气息，是以为佳，不似他种香气，或速或沉，是兰是桂，一嗅即知者也。其次则用香皂浴身，香茶沁口，皆是闺中应有之事。皂之为物，亦有一种神奇，人身偶染秽物，或偶沾秽气，用此一擦，则去尽无遗。由此推之，即以百和奇香，拌入此中，未有不与垢秽并除，混入水中而不见者矣；乃独去秽而存香，似有攻邪不攻正之别。皂之佳者，一浴之后，香气经日不散，岂非天造地设，以供修容饰体之用者乎？香皂以江南六合县出者为第一，但价值稍昂，又恐远不能致，多则浴体，少则止以浴面，亦权宜丰俭之策也。至于香茶沁口，费亦不多，世人但知其贵，不知每日所需，不过指大一片，重止毫厘。裂成数块，每于饭后及临睡时，以少许润舌，则满吻皆香；多则味苦而反成药气矣。凡此所言，皆人所共知，予特申明其说，以见美人之香，不可使之或无耳。别有一种，为值更廉，世人食而但甘其味，嗅而不辨其香者，请揭出言之。果中荔子，虽出人间，实与交梨火枣无别，其色国色，其香天香，乃果中尤物也。予游闽粤，幸得饱啖而归，庶不虚生此口，但恨造物有私，不令四方皆出。陈不如鲜，夫人而知之矣；殊不知荔之陈者，香气未尝尽没，乃与橄榄同功，其好处却在回味时耳。佳人就寝，止啖一枚，则口脂之香，可以竟夕；多则甜而腻矣。须择道地者用之，枫亭是其选也。人问：沁口之香，为美人设乎？为伴美人者设乎？予曰：伴者居多。若论美人，则五官四体皆为人设，奚止口内之香。

译文

　　美女和名花一样，都是有香味儿的。倾国倾城的美女，天生必定会有香味儿。这种香味儿是从胎里带来的，而不是经过后天的熏（古同"薰"）染获得的。美女的身上确实有一种香味儿，这不是什么溢美之辞。有的女人虽然相貌长得算不上姣艳，但是身上也具有这种香味儿。总之，女人一有这种香味儿，是会夭折和受到摧残的征兆，自古"红颜薄命"，没有谁能超脱这种说法的。天生丽质又有香味儿的女人，和长得虽不美但却有香味儿的女人，都是一千个人里面才能遇到一个；对其他女人来说，就少不了后天的熏染。怎么来熏染呢？富贵的人家需要用花露来熏染。所谓花露，就是把花瓣采摘下来装进坛子里，酿出来的水。在各种花卉当中，蔷薇的品种最好，别的花卉比起来稍差一些。用不着太多，每到洗过脸洗过澡以后，舀出几匙来倒入手掌心，擦在身上，拍在脸上，擦拭均匀就行了。这种香味儿的美妙之处，在于它是花非花，是露非露，有花儿的芬芳而没有刺鼻的气味儿，因此被尊为上品；不像别的气味儿那样，不是很快地挥发掉了，就是沉积下来不容易散去，是兰花还是桂花，一闻就能分辨出来。其次是用香皂洗澡，用香茶润口，这些都是女子们应该做的事情。香皂这种东西，有一个神奇之处，人身上偶然蹭上脏东西，或者偶然沾上难闻的气味儿，一经用它擦洗，就会把脏东西和难闻的气味儿全部除去。由此推断，即使把百合那种奇异的香气，跟脏东西以及难闻的气味儿搅拌在一起，它也会把它们一同洗掉，混进水里消失。这是因为，香皂在去除污秽、保留香味儿方面，作用是有差别的，有的既能够去除污秽又能够保留香味儿，有的在除污秽的同时把香味儿也一同去除了。好的香皂，在用它洗过一次之后，香气终日不散，这难道不是上天赋予人类的、生来供人们修饰面容身体用的吗？香皂以江南六合县（今南京市六合区）出产的为最好，但是价钱稍稍贵了一点儿，而且恐怕路途太远买来不容易，多的用它来洗澡，少的只用它来洗脸，也是一种考虑具体条件实行节约的良策。至于用香茶来润口，花费也不是很多，世人光知道这东西价钱很贵，却不知道其实每天所需要的，只不过指头那么大的一片，分量是很轻的。把它分成几块儿，每到晚饭之后以及临睡觉之前，用少量来滋润舌头，会使得满口都是香味儿；用得多了反倒会像药一样有一股苦味儿。

这里所说的东西都是世人知道的，我特意申明这些说法，是为了证明香味儿对于美女来说是不可缺少的。另外还有一种东西，它的价钱更便宜，世人吃起来只是觉得它的味道很甜，但闻上去却分辨不出它的香味儿，请让我为大家指出来。水果当中的荔枝，虽系人间出产，但是跟交梨、火枣等传说中的仙果相比实在没有什么区别。它生得国色天香，实在是水果中的上等佳品。我在闽粤一带游历，有幸饱餐而回，觉得自己这张嘴巴真是没有白长，只恨造物主偏心眼儿，不让各地都能出产这种好东西。水果陈的不如新鲜的，这个道理是人就懂；殊不知荔枝这种东西，放置时间长了，香气仍不会散尽，跟橄榄有异曲同工之妙；而它的优点在于耐回味，女子在睡觉之前只须吃上一颗，嘴里和皮肤上的香味儿可以保持一个晚上，吃多了就会甜得使人发腻。吃荔枝必须选择品质地道的，枫亭荔枝是首选佳品。有人问："满口的香味儿是为美女准备的呢？还是为那些陪伴美女的人准备的呢？"我说：多半是为那些陪伴美女的人准备的；如果说到美女，那么何止口中的香味儿，她的五官、四肢以至全身都是为别人准备的。

3. 点染

原文

"却嫌脂粉污颜色，淡扫蛾眉朝至尊"，[1]此唐人妙句也。今世讳言脂粉，动称污人之物。有满面是粉，而云粉不上面，遍唇皆脂，而曰脂不沾唇者，皆信唐诗太过，而欲以虢国夫人自居者也。噫！脂粉焉能污人？人自污耳。人谓脂粉二物，原为中材而设，美色可以不需。予曰不然，惟美色可施脂粉，其余似可不设。何也？二物颇带世情，大有趋炎附热之态，美者用之，愈增其美，陋者加之，更益其陋。使以绝代佳人，而微施粉泽，略染猩红，有不增娇益媚者乎？使以嫫颜陋妇，而丹铅其面，粉藻其姿，有不惊人骇众者乎？询其所以然之故，则以白者可使再白，黑者难使遽白；黑上加之以白，是欲故显其黑，而以白物相形之也。试以一墨一粉，先分二处，后合一处而观之，其分处之时，黑自黑而白自白，虽云各别，其性未甚相仇也；迨其合处，遂觉黑不自安而白欲求去，相形相碍，难以一朝居者，以天下之物，相类者可使同居，即不相类而相似者，亦可使之同居；至于非但不相类，不相似，而且相反之物，则断断勿使同居，同居必为难矣。此言粉之不可混施也。脂则不然，面白者可用，面黑者亦可用。但脂粉二物，其势相依，面上有粉而唇上涂脂，则其色灿然可爱；倘面无粉泽，而止丹其唇，非但红色不显，且能使面上之黑色变而为紫，以紫之为色，非系天生乃红黑二色，合而成之者也。黑一见红，若逢故物，不求合而自合，精光相射，不觉紫气东来，使乘老子青牛[2]，竟有五色灿然之瑞矣。若是，则脂粉二物，竟与若辈无缘，终身可不用矣；何以世间女子，人人不舍，刻刻相需，而人亦未尝以脂粉多施，摈而不纳者？曰：不然。予所论者，乃面色最黑之人，所谓不相类、不相似，而且相反者也。若介在黑白之间，则相类而相似矣。既相类而相似，有何不可同居？但须施之有法，使浓淡得宜，则二物争效其灵矣。从来傅粉之面，止耐远观，难于近视，以其不能匀也。画士着色，用胶始匀，无胶则研杀不合。人面非同纸绢，万无用胶之理，此其所以不匀也。有法焉：请以一次分为二次，自淡而浓，由薄而厚，则可保无是患矣。请以他事喻之。砖匠以石灰粉壁，必先上粗灰一次，后上细灰一次；先上不到之处，后上者补之；后上偶遗之处，又有先上者衬之，是以厚薄相均，泯然无迹。使以二次所上之灰，并为一次，则非特拙匠难匀，巧者亦不能遍及矣。粉壁且然，况粉面乎？今以一次所傅之粉，分为二次傅之。先傅一次，俟其稍干，然后再傅第二次，则浓者淡而淡者浓，虽出无心，自能巧合，远观近视，无不宜矣。此法不但能匀，且能变换肌肤，使黑者渐白。何也？染匠之于布帛，无不由浅而深，其在浅深之间者，则非浅非深，另有一色，即如文字之有过文也。如欲染紫，必先使白变红。再使红变为紫，红即白紫之过文，未有由白竟紫者也。如欲染青，必使白变为蓝，再使蓝变为青。蓝即白青之过文，未有由白竟青者也。如妇人面容稍黑，欲使竟变为白，其势实难。今以薄粉先匀一次，是其面上之色，已在黑白之间，非若曩时之纯黑矣。再上一次，是使淡白变为深白，非使纯黑变为全白也。难易之势，不大相径庭哉？由此推之，则二次可广为三，深黑可同于浅，人间世上，无不可用粉匀面之妇人矣。此理不待验而始明。凡读是编者，批阅至此，即知湖上笠翁，原非蠢物，不止为风雅功臣，亦可谓红裙知己。初论面容黑白，未免立说过严，非过严也，使知受病实深，而后知德医人果有起死回生之力也。舍此更有二说，皆浅乎此者，然亦不可不知。匀面必须匀项，否则前白后黑，有如戏场之鬼脸；匀面必记掠眉，否则霜花覆眼，几类春生之社婆[3]。至于点唇之法，又与匀面相反，一点即成，始类樱桃之体；若陆续增添，二三其手，即有长短宽窄之痕，是为成串樱桃，非一粒也。

◈ 译文 ◈

"却嫌脂粉污颜色，淡扫蛾眉朝至尊"，这是唐代诗人写下的美妙诗句。当今的人们都避讳谈论脂粉，动不动就说它是玷污人的东西。有的女人明明满脸都是胭粉，却说自己从来不擦胭粉，明明满唇都是唇膏，却说自己从来不涂唇膏。这都是由于过于听信了唐诗，想把自己比作虢国夫人，证明自己不施脂粉也很漂亮。嗨！脂粉怎么能玷污人呢？是人自己玷污了自己。

人们认为脂、粉这两种东西本来是为那些长相一般的女人而设的，美丽的女人可以不需要。我说不对，别的人可以不施脂粉，唯独美女不能没有它。为什么呢？因为这两种东西很世故，有点儿趋炎附热的态势，美丽的女人用了它，能够增添她的美丽；

丑陋的女人用了它，只会使她显得更加丑陋。如果让一位绝世美女脸上略施一些脂粉，嘴唇涂上一点猩红，能不增加她的娇嫩和妩媚吗？假如让一个长相丑陋无比的女人脸上涂上脂粉，本来没有姿色硬要藻饰一番，这副样子能不吓人吗？之所以会是这样，原因在于，长得白的人可以通过化妆使自己变得更加白净，长得黑的人难以通过化妆而使自己骤然变白；黑黑的皮肤加上白色，相形之下，只能显得更黑。

我们不妨用墨水和白粉来做试验，先是把它们分别放在不同的地方，然后再把它们放在一起，来观察一下会是什么效果。在它们分开放着的时候，黑的就是黑的，白的就是白的，虽说它们各自的颜色不同，但是并没有产生冲突；等把它们放到一起时，就使人觉得十分别扭，黑的似乎自惭形秽，白的似乎想要逃走，互相对照，彼此间就显出了隔阂，难以同处。这是因为，天下同类的事物可以同处，即使不是同类而是彼此相似，也可以让它们同处；至于那些既不是同类，也不相似，而又恰恰相反的事物，那就万万不能让它们同处，同处一定会带来麻烦。

这个例子说的是胭粉这种东西不能乱用。但是油脂却不是这样，脸白的人可以使用，脸黑的人也可以使用。然而胭粉和油脂这两种东西是互相依赖、相辅相成的，脸上扑粉嘴唇上涂油膏，人的面容看上去就灿然可爱；如果脸上没有扑粉，只抹了个红嘴唇，那么不但显不出嘴唇的红来，而且会使脸上的黑色变为紫色，因为紫色不是天然形成的，而是用红、黑两种颜色人工合成的。黑色一旦遇到红色，就像见了老朋友，你不想让它们合到一起，它们也自然混合，于是乎，脸上精光四射，有如紫气东来，青牛道士蹒跚而至，只觉得五彩斑斓，目不暇接。

如此说来，脂、粉这两种东西，难道就和长得黑的人终生无缘，一辈子都不能用了吗？为什么世间的女人个个都舍不得放弃，每时每刻都需要它呢？也从来没有人因为多施了脂粉，就没人要呢？我说：不是的。我这里所讨论的，是脸色最黑的人，也就是我所说的既不是的同类、也不相似，而且正好相反的那一种。如果肤色处于黑白之间，那就是同类或者相似了。既然是同类的、相似的，有什么不可以同处的呢？但是必须使用得法，使得浓淡合适。这样的话，脂、粉这两种东西就会争相显灵了。

敷了胭粉的脸只耐得住远观，不适合近看，这是因为敷得不均匀。画匠上色的时候，必须用胶才能使颜料分布均匀，不用胶的话颜料就不能融合，人脸不同于画画用的纸、绢，万万没有用胶的道理，因此敷上去的颜色不会很均匀。有一种方法：把一次敷粉改为敷两次，从淡到浓，从薄到厚，就能保证不出现不均匀的问题了。让我们用另外一件事情打个比方：瓦匠用石灰粉刷墙壁的时候，总是先刷上一层粗灰，然后再刷一层细灰，第一次没有粉刷到的地方，第二次粉刷的时候把它补上；这样，后面一次粉刷填补了先前偶然遗漏的地方，又有前一次粉刷的底子来衬托，因此薄厚均匀，丝毫看不出痕迹。假使把粉刷两次合并为粉刷一次，那么不但笨拙的工匠难以刷得均匀，即便是技艺高超的工匠也不能全部刷得均匀。粉刷墙壁尚且如此，何况给人脸敷粉呢？现在把一次所敷的粉分成两次来敷。先敷一次，等脸上的粉稍干，然后再敷第二次。这样，先前敷得浓的地方就能够改淡一些，先前敷得淡的地方就能够改浓一些。虽然这种修改是出于无心的，但是脸上的胭粉自然而然地就能够融合起来，不管是远观还是近看，都没有什么不合适的了。这种方法不但能够把粉敷得均匀，而且可以改换皮肤，使皮肤黑的人渐渐变白。这是为什么呢？染匠染布的时候，总是从浅色染到深色；在深色和浅色之间，有一种不深不浅另外一种颜色，就像文章中的过渡段一样。如果要染紫色，必须先把白布染成红色，然后再把红布染成紫色。这个红色，就是从白色到紫色的过渡阶段，从没有人把白布直接染成紫色。如果要染青色，必须先把白布染成蓝色，然后再把蓝布染成青色。这个蓝色，就是从白色到青色的过渡阶段，从没有人把白布直接染成青色的。如果女人的脸色稍黑，要想直接让她变白，很难做到。应当先均匀地敷上一层白粉，这时她脸上的颜色已经处于黑白之间，不像刚才那么纯黑了；然后再敷上一层，这一层是使淡白变成深白，而不是把纯黑变成纯白。这跟以前的敷粉方法相比，哪个容易敷得均匀、哪个不容易敷得均匀，就大不相同了。由此可以推论：两次敷粉还可以改为三次敷粉，这样，皮肤深黑的人可以通过多次敷粉使皮肤的颜色变浅，世上女人就都能用胭粉修饰面容了。这个道理用不着检验就已经明明白白。凡是阅读本书的人，批阅到这里，就会明白我李笠翁原来不是个蠢货，他不仅是一位风雅的功臣，也可以称得上是一位"红颜知己"。

最初探讨脸色黑白的时候，意见未免提得过于严格了；其实我的意见并非过于严格，我是为了让人们认识到自己病得已经相当严重了，这样他才知道感戴医生的恩德，知道我果然具有起死回生之力。除此之外，我还有两个意见，这两个意见比刚才所说的都浅显，但也不能不搞明白。给脸上敷粉必须连同后脖颈一块儿敷，不然的话前面白后面黑，就像戏台上的鬼脸一般。脸上敷过粉之后，一定记住把眉毛擦一擦，否则的话，就像霜花盖住了眼睛，简直跟祭祀仪式上的巫婆差不多。至于点唇的方法，又跟脸上敷粉的方法相反，稍稍一点就行，这样才成其为"樱桃小口"，如果接二连三地填补，就会有长长短短、宽宽窄窄的痕迹；这是成串的樱桃，而不是一粒樱桃。

注释

[1]"却嫌脂粉污颜色"二句——语出唐代诗人张祜诗："虢国夫人承主恩，平明骑马入宫门。却嫌脂粉污颜色，淡扫蛾眉朝至尊。"虢国夫人：唐朝杨贵妃的姐姐，唐玄宗天宝七年封为"虢国夫人"，岁给钱千贯，为脂粉之资。但其常自炫美艳，不施脂粉以见玄宗。

[2]老子青牛——语出汉刘向《列仙传》："老子西游，关令尹望见有紫气浮关，而老子果乘青牛而过。"另汉有方士封君达，陇西人，常骑青牛，故称为"青牛道士"。

[3]社婆——春社日受胎生下的女子，头如雪，肌肉纯白。

三、治服

小 引

原文

古云："三世长者知被服，五世长者知饮食。"俗云："三代为宦，着衣吃饭。"古语今词，不谋而合，可见衣食二事之难也。饮食载于他卷，兹不具论，请言被服一事。寒贱之家，自羞褴褛，动以无钱置服为词，谓一朝发迹，男可翩翩裘马，妇则楚楚衣裳。孰知衣衫之附于人身，亦犹人身之附于其地。人与地习，久始相安，以极奢极美之服，而骤加俭朴之躯，则衣衫亦类生人，常有不服水土之患。宽者似窄，短者疑长，手欲出而袖使之藏，项宜伸而领为之曲。物不随人指使，遂如桎梏其身。"沐猴而冠"为人指笑者，非沐猴不可着冠，以其着之不惯，头与冠不相称也。此犹粗浅之论，未及精微。衣以章身，请晰其解，章者，著也，非文采彰明之谓也。身非形体之身，乃智愚贤不肖之实备于躬，犹"富润屋，德润身"[1]之身也。同一衣也，富者服之章其富，贫者服之益章其贫；贵者服之章其贵，贱者服之益章其贱；有德有行之贤者，与无品无才之不肖者，其为章身也亦然。设有一大富长者于此，衣百结之衣，履踵决之履，一种丰腴气象，自能跃出衣履之外，不问而知为长者。是敝服垢衣，亦能章人之富；况罗绮而文绣者乎？丐夫菜佣，窃得美服而被焉，往往因之得祸，以服能章贫，不必定为短褐，有时亦在长裾耳。"富润屋，德润身"之解，亦复如是。富人所处之屋，不必尽为画栋雕梁；即居茅舍数椽，而过其门，入其室者，常见荜门圭窦之间，自有一种旺气，所谓"润"也。公卿将相之后，子孙式微，所居门第，未尝稍改，而经其地者，觉有冷气侵人；此家门枯槁之过，润之无其人也。从来读《大学》者，未得其解，释以雕镂粉藻之义；果如其言，则富人舍其旧居，另觅新居，而加以雕镂粉藻；则有德之人，亦将弃其旧身，另易新身，而后谓之心广体胖乎？甚矣！读书之难，而章句训诂之学，非易事也。予尝以此论，见之说部，今复叙入闲情。噫！此等诠解，岂好闲情作小说者所能道哉？偶寄云尔。

译文

古人说："三世长者知被服，五世长者知饮食。"俗话说："三代为宦，穿衣吃饭。"古今的说法不谋而合，可见穿衣吃饭是两件难办的事儿。对于饮食我将在后面详细论述，在这里就不多说了。现在让我来谈谈穿衣服这件事儿。贫寒卑贱的人家，对自己的破衣烂衫感到害臊，动不动就拿没钱买衣服当借口，说什么有朝一日发迹了，男的就可以穿上皮衣、骑上骏马，风度翩翩，女的就可以穿上华丽的衣裳，楚楚动人。他们哪里懂得，衣裳跟人的关系，也就像人和土地的关系一样，搞不好会出现水土不服。有的衣服做得很宽大，但是有的人穿上它以后还是显得太窄了；有的衣服做得很短，但是有的人穿上它以后还是嫌太长了；想把手从袖子里伸出来，可是袖子太长伸不出来；想把脖子伸直，可是领子形状不合适，让人无法伸直。衣服不合人的意，就如同给身体戴上了枷锁，就像猴儿戴帽子，而被人耻笑。猴子不是不可以戴帽子，是因为它戴着不习惯，脑袋和帽子不相称。这样的论述太粗浅了，还没有说到细微之处。

古人在说到衣服的作用时，常用一个词，说它是用来"章身"的。请让我把这个词解释明白："章"，是显露的意思（编者按，汉代以前"章"和"彰"通用），而不是指衣服上华丽的色彩和图案；"身"不只是指形体身躯的意思，包含着聪明还是愚蠢、贤德不贤德等内容，就像"富润屋，德润身"所指的"身"。同一件衣服，富人穿上它能显出他的富，而穷人穿上它就更显出他的穷；贵人穿上它能显出他的高贵，而卑贱的人穿上它就更显出他的卑贱。对于有品德高尚的贤能的人和既没人品又没才能的人来说，在穿衣时显示出自己不同的品质时也是这样的。假设我们面前站着一位富有的老人，穿着打满补丁的衣服，穿着露脚跟的鞋子，即便如此，一种雍容富贵之气仍然自然而然地从他身上流露出来，不用问，就知道他是一位富有的长者。由此可见，又脏又破的衣服，同样能够显示出一个人的富有，更何况华丽的绫罗绸缎呢？乞丐和跑堂的，偷来漂亮的衣服披在身上，往往因此而招来祸患。因为不一定非得穿短小的粗布衣服才显出一个人的贫穷，有时即使穿长袍同样会显出一个人的贫穷。所谓"富润屋，德润身"，其含义也是如此。富人住的房子，不一定都有雕梁画栋的华丽；即便住的是几间平常的茅草房，从他的门前经过，或者进到他的屋子里，在各种装潢摆设之间，自然而然地流露出一种兴旺之气，使人深切地感受到主人滋润于这种气息之中。公卿将相的后代，子孙破落了，而他们住的房子并没有丝毫改动，但是从他们的房子旁边经过，仍使人感到寒气袭来。这是由于他家的门第破落了、枯败了，没有人能够使它滋润起来。历来人们读《大学》一书，都没有弄懂其中"富润屋，德润身"这句话的含义，把它解释成"只要人富有，就要雕刻粉饰房子"。如果真像这样说的，富人既然可以离开旧房子，另外找一所新房子，对它进行雕刻粉饰一番；那么品德高尚的人也就可以扔掉原来的身子，另外换上一副新身子了。这岂不是太荒唐了？要把书读懂真是太难了，解释文章字义不是件容易的事情。我曾经把自己的上述观点写进解释字义的书中，现在又把它写进本书。唉！如此高深的学问的解说，哪里是我这样喜好闲情逸致言论浅显的人所能谈论的呢？我不过是偶尔用它解解闷儿罢了。

注释

[1] 富润屋，德润身——语出《礼记·大学》。

1. 首饰

原文

　　珠翠宝玉，妇人饰发之具也；然增娇益媚者以此，损娇掩媚者亦以此。所谓增娇益媚者，或是面容欠白，或是发色带黄，有此等奇珍异宝覆于其上，则光芒四射，能令肌发改观，与玉蕴于山而山灵，珠藏于泽而泽媚，同一理也。若使肌白发黑之佳人满头翡翠、环鬓金珠，但见金而不见人；犹之花藏叶底，月在云中；是尽可出头露面之人，而故作藏头盖面之事。巨眼者见之，犹能略迹求真，谓其美丽当不止此；使去粉饰而全露天真，还不知如何妩媚。使遇皮相之流，止谈妆饰之离奇，不及姿容之窈窕。是以人饰珠翠宝玉，非以珠翠宝玉饰人也。故女子一生，戴珠顶翠之事，止可一月，万勿多时。所谓一月者，自作新妇于归之日始，至满月卸妆之日止。只此一月，亦是无可奈何。父母置办一场，翁姑婚娶一次，非此艳妆盛饰，不足以慰其心。过此以往，则当去桎梏而谢羁囚，终身不修苦行矣。一簪一珥，便可相伴一生。此二物者，则不可不求精善。富贵之家，无妨多设金玉犀贝之属，各存其制，屡变其形，或数日一更，或一日一更，皆未尝不可。贫贱之家，力不能办金玉者，宁用骨角，勿用铜锡。骨角耐观，制之佳者，与犀贝无异；铜锡非止不雅，且能损发。簪珥之外，所当饰鬟者，则莫妙于时花数朵；较之珠翠宝玉，非止雅俗判然，且亦生死迥别。《清平调》之首句云："名花倾国两相欢。"欢者，喜也，相欢者，彼既喜我，我亦喜彼之谓也。国色乃人中之花，名花乃花中之人，二物可称同调，正当晨夕与共者也。汉武云："若得阿娇，贮之金屋。"吾谓金屋可以不设，药栏花榭，则断断应有，不可或无。富贵之家，如得丽人，则当遍访名花，植于闺内，使之旦夕相亲；珠围翠绕之荣，不足道也。晨起簪花，听其自择，喜红则红，爱紫则紫，随心插戴，自然合宜，所谓两相欢也。寒素之家，如得美妇，屋旁稍有隙地，亦当种树栽花，以备点缀云鬟之用。他事可俭，此事独不可俭。妇人青春有几？男子遇色为难。尽有公侯将相，富室大家，或苦缘分之悭，或病中宫之妒，欲亲美色，而毕世不能。我何人斯？而擅有此乐。不得一二事娱悦其心，不得一二物妆点其貌，是为暴殄天物，犹倾精米洁饭于粪壤之中也。即使赤贫之家，卓锥无地，欲艺时花而不能者，亦当乞诸名园，购之担上，即使日费几文钱，不过少饮一杯酒。既悦妇人之心，复娱男子之目，便宜不亦多乎？更有俭于此者，近日吴门所制像生花，穷精极巧，与树头摘下者无异，纯用通草，每朵不过数文，可备月余之用。绒绢所制者价常倍之，反不若此物之精雅，又能肖真。而时人所好，偏在彼而不在此，岂物不论美恶，止论贵贱乎？噫！相士用人者，亦复如此，奚止于物？

吴门所制之花，花像生而叶不像生，户户皆然，殊不可解。若去其假叶而以真者缀之，则因叶真而花益真矣，亦是一法。

时花之色，白为上，黄次之，淡红次之，最忌大红，尤忌木红。玫瑰，花之最香者也，而色太艳，止宜压在髻下，暗受其香，勿使花形全露，全露则类村妆，以村妇非红不爱也。

花中之茉莉，舍插鬟之外，一无所用。可见天之生此，原为助妆而设，妆可少乎？珠兰亦然。珠兰之妙，十倍茉莉，但不能处处皆有，是一恨事。

予前论髻，欲人革去牡丹头、荷花头、钵盂头等怪形，而以假发作云龙等式。客有过之者，谓吾侪立法，当使天下去赝存真，奈何教人为伪？余曰：生今之世，行古之道，立言则善，谁其从之？不若因势利导，使之渐近自然。妇人之首，不能无饰，自昔为然矣。与其饰以珠翠宝玉，不若饰之以髢，髢虽云假，原是妇人头上之物，以此为饰，可谓还其固有，又无穷奢极靡之滥费，与崇尚时花，鄙黜珠玉，同一理也。予岂不能为高世之论哉？虑其无裨人情耳。

簪之为色，宜浅不宜深，欲形其发之黑也。玉为上，犀之近黄者，蜜蜡之近白者次之，金银又次之，玛瑙琥珀，皆所不取。簪头取像于物，如龙头、凤头、如意头、兰花头之类是也。但宜结实自然，不宜玲珑雕斫，宜于发相依附，不得昂首而作跳跃之形。盖簪头所以压发，服贴[1]为佳，悬空则谬矣。

饰耳之环，愈小愈佳。或珠一粒，或金银一点，此家常佩戴之物，俗名"丁香"，肖其形也。若配盛妆艳服，不得不略大其形，但勿过丁香之一倍二倍。既当约小其形，复宜精雅其制，切忌为古时络索之样。时非元夕，何须耳上悬灯？若再饰以珠翠，则为福建之珠灯，丹阳之料丝灯矣。其为灯也犹可厌，况为耳上之环乎？

译文

珍珠和宝石是女人用来装饰头发的东西，但是这些东西既能够增添女人的娇媚，也可能损害女人的娇媚。之所以说它能增添女人的娇媚，是因为有的女人脸色不白，或者头发黄，用珍珠宝石等东西戴在头上，光芒四射，能使皮肤变得好看。这就如同山中藏有宝石，这座山就会显出灵光；湖泊中藏有珍珠，这片湖泊就会显得明媚。二者是一个道理。如果让一位皮肤洁白、头发乌黑的女子戴上满头的翡翠、金银、珍宝，那就只能让人看到这些花里胡哨的东西，看不见人的美丽。这就如同鲜花藏在叶子底下、月亮被云朵遮盖；尽可以出头露面的人，却干藏头盖面的事儿。明眼人见了，也还能够忽略她的外表，看出她的本来面目，说她的美丽还不仅如此，假如去掉这些装饰，把真实面目暴露出来的话，还不知道如何妩媚呢！如果遇到一位只会看外表不会看本质的人，他就只会谈论装饰如何如何离奇，而不会发现其姿色的窈窕。这就成了用人来装饰珍珠宝石，而不是用珍珠宝石来装饰人了。

由此进一步说来，女人的一生佩戴珍珠宝石只能佩戴一个月，千万不要戴得时间太长。所谓一个月，是指从新媳妇出嫁那天开始，到满月卸装那天为止；就连戴这一个月，也是出于无可奈何。爹妈为你操办一场，公婆娶你做儿媳一回，不把自己打扮得艳丽一些、装饰得隆重一些，不足以安慰他们的心。新婚一个月过去以后，就应当去掉这些烦琐的束缚，一辈子也不受这份罪了。一个簪子、一副耳环，就可以相伴一生。簪子、耳环这两样东西，就不能不追求精致漂亮了。富贵的人家不妨多置办一些，金银的、玉石的、犀角的、珍珠的，每个品种都有，形状要多变化，或者几天更换一次，或者一天更换一次，都未尝不可。贫贱的人家没有能力置办金银、玉石的，宁可用骨头的、牛角的，也不要用铜的、锡的。骨头和牛角制作的首饰耐看，做工好的，跟用犀角和珍珠做出来的没什么两样；用铜、锡制作的首饰不仅不雅观，还会损坏头发。

除簪子、耳环以外，可以用来装饰发型的东西，没有比几朵应季的鲜花更好的了。鲜花跟珍珠宝石相比，不仅一个高雅、一个俗气；而且，一种是有生命的活物、一种是没有生命的死物。《清平调》第一句说道："名花倾国两相欢。""欢"，是喜爱的意思；"相欢"，是你喜爱我、我也喜爱你。"国色"乃是女人中的鲜花，"名花"乃是鲜花中的美女，二者一唱一和、相得益彰，应该是朝夕与共、不分彼此的。汉武帝说过："如果得到一位美人儿阿娇，我将让她住在金屋里。"我认为"金屋"可以没有，但花园绝对应该有，万万不可缺少。富贵的人家得到漂亮的女子，应该到处找来一些名贵的花草种在院子里，让美人儿和鲜花早晚亲近；在鲜花面前，珍珠翡翠的华丽不值一提。美人儿早晨起来往头上插花，任她自己去挑选，喜欢红的就戴红的，喜欢紫的就戴紫的，根据自己的愿望选择插什么样的花儿，自然、得体。这就是所说的美人儿和鲜花互相喜爱。清贫的人家如果娶到一位美女，只要房子旁边稍稍有一些空地，也应当种树栽花，让美人儿用来点缀头发。在别的事情上可以节俭一些，唯独这方面不能太节俭了。女人的青春能保持多久？男人遇到一位美人儿也很不容易。那么多的王侯将相、富豪人家，或者由于运气不佳或者苦于妻子嫉妒，想要亲近美人儿，一辈子都办不到；而我们又算什么呢？居然可以享受如此的快乐。因此，如果我们不做一两件事情让美人儿开心，不用一两件东西来装点她的容貌，就是暴殄天物，白白糟蹋好东西，如同把用上等的大米做出的白花花的饭倒在粪土之中。即使是穷得一干二净人家，没有立锥之地，想要养些花草也办不到的，也应当去各个花园要一些，向花贩子买一些；即使每天花费几文钱，也不过少喝一杯酒罢了。这样既能让女子欢心，也能愉悦男人的眼睛，便宜不是占大了吗？还有比这更省钱的：近来苏州一带制造的假花，极其精巧，跟从枝头上摘下来的没什么两样；全用木通草的叶子制作的，每朵不过几文钱，可以用上一个月；用绒绢制作的，价钱常常要贵上一倍，反倒不如用木通草叶子制作的精致、高雅而又逼真。但是当代人偏偏喜欢绒绢制作的，而不喜欢木通草叶子制作的，难道说东西不论好坏，只看价钱贵不贵吗？唉！如今在选人用人方面也是这样，何止是挑选东西呢？

苏州制造的假花，花朵像真的而叶子不像真的，每家制作的都是这样，很是让人不可理解。如果把假叶子去掉，用真叶子来点缀，因为叶子是真的，会使花看上去更逼真。这也是一种方法。

鲜花的颜色白的最好，其次是黄的，再次是淡红的，最忌讳用大红颜色的，还忌讳木红色的。玫瑰是花中最香的一种，但是颜色太艳了，只适宜压在发髻下面，让它暗中散发香味儿，不要把花朵全暴露出来，全暴露出来就像乡下人的装扮了，因为乡下的女人只喜爱红色。

茉莉花除了可以用来插头以外，什么用处都没有，可见这种东西一生下来就是供女人化妆用的，化妆时岂能少了它？珠兰花也是这样。珠兰花比茉莉花美妙十倍，但却不能处处生长，这是件遗憾的事。

我前面论述发型的时候，想让人们革除"牡丹头""荷花头""钵盂头"等怪发型，用发丝制作"云""龙"等发型。有人指责我，说你既然倡导一种方法，就应当让天下人去伪存真，为什么又教人做假呢？我说：生在当代，按古代人的标准行事，这样的说法固然很好，但是有谁会按照你的话去做呢？不如因势利导，渐渐地使人们的做法接近自然。女人的头上不能没有装饰，自古以来就是这样。与其用珍珠宝石来装饰，不如用假发来装饰；假发做出来的头饰虽说是假的，但是它的材料本来就是女人头上的东西。用它来做装饰，可称得上是恢复自然，又可以避免奢侈的浪费。这跟崇尚鲜花、摒弃珍珠宝石一个道理。难道是我提不出超越世俗的高论吗？只是担心人们不愿意接受罢了。

发簪的颜色宜浅不宜深，这是为了显出头发的黑。玉石的簪子最好，犀角当中发黄的、蜜蜡当中发白的，比它稍差一些；其次是金银的，玛瑙的、琥珀的都不可取。簪头都模仿某些动物、植物的形象，如"龙头""凤头""如意头""兰花头"等；但是应该簪得结实、自然，不应该搞得过于雕琢；应当使发髻跟头皮相依附，不要弄得翘起来，仰着脑袋跳来跳去。簪头是为了压住头发，使头发平整最好，让发髻悬空就错了。

耳环愈小愈好，用一粒珍珠，或者用一点儿金银制作。这是平常在家中佩戴的物件，俗名叫作"丁香"，因为它的形状跟丁香花相似。如果化妆太浓，穿的衣服太艳丽，所配的耳环就不得不做得大一些，但是再大不能超过丁香花的一倍或者两倍。既要形状做得小，又要式样做得精巧雅致；千万不要做得像古代那样啰唆。既然不是除夕，何必要在耳朵上挂灯笼？要是再用珍珠翡翠装饰一通，就成了福建的"珠灯"、丹阳的"料丝灯"了,作为灯笼就已经很难看了,何况当耳环挂在耳朵上呢?

注释

[1]服贴——亦作"服帖"。犹平整。

2. 衣衫

原文

妇人之衣,不贵精而贵洁,不贵丽而贵雅,不贵与家相称,而贵与貌相宜。绮罗文绣之服,被垢蒙尘,反不若布服之鲜美,所谓贵洁不贵精也。红紫深艳之色,违时失尚,反不若浅淡之合宜,所谓贵雅不贵丽也。贵人之妇,宜披文采,寒俭之家,当衣缟素,所谓与家相称也。然人有生成之面,面有相配之衣,衣有相称之色,皆一定而不可移者。今试取鲜衣一袭,令少妇数人,先后服之,定有一二中看,一二不中看者,以其面色与衣色,有相称不相称之别,非衣有公私向背于其间也。使贵人之妇之面色,不宜文采而宜缟素,必欲去缟素而就文采,不几与面为仇乎?故曰不贵与家相称,而贵与面相宜。大约面色之最白最嫩,与体态之最轻盈者,斯无往而不宜。色之浅者显其淡,色之深者愈显其淡,衣之精者形其娇,衣之粗者愈形其娇。此等即非国色,亦去夷光、王嫱不远矣,然当世有几人哉?稍近中材者,即当相体裁衣,不得混施色相矣。相体裁衣之法,变化多端,不应胶柱而论,然不得已而强言其略,则在务从其近而已。面颜近白者,衣色可深可浅;其近黑者,则不宜浅而独宜深,浅则愈彰其黑矣。肌肤近腻者,衣服可精可粗;其近糙者,则不宜精而独宜粗,精则愈形其糙矣。然而贫贱之家,求为精与深而不能;富贵之家,欲为粗与浅而不可,则奈何?曰:不难。布苎有精粗深浅之别,绮罗文采,亦有精粗深浅之别,非谓布苎必粗而罗绮必精,锦绣必深而缟素必浅也。绸与缎之体质不光,花纹突起者,即是精中之粗,深中之浅;布与苎之纱线紧密,漂染精工者,即是粗中之精,浅中之深。凡予所言,皆贵贱咸宜之事,既不详绣户而略衡门,亦不私贫家而遗富室;盖美女未尝择地而生,佳人不能选夫而嫁。务使得是编者人人有裨,则怜香惜玉之念,有同雨露之均施矣。

迩来衣服之好尚,有大胜古昔,可为一定不移之法者,又有大背情理,可为人心世道之忧者,请并言之。其大胜古昔,可为一定不移之法者,大家富室,衣色皆尚青是已,(青非青也,元也,因避讳故易之。)记予儿时所见,女子之少者,尚银红桃红，稍长者尚月白，未几而银红桃红，皆变大红，月白变蓝；再变则大红变紫，蓝变石青；迨鼎革以后，则石青与紫皆罕见，无论少长男妇，皆衣青矣。可谓"齐变至鲁，鲁变至道"[1]，变之至善而无可复加者矣。其递变至此也，并非有意而然；不过人情好胜，一家浓似一家，一日深于一日，不知不觉遂趋到尽头处耳。然青之为色，其妙多端，不能悉数。但就妇人所宜者而论，面白者衣之，其面愈白，面黑者衣之，其面亦不觉其黑，此其宜于貌者也。年少者衣之，其年愈少，年老者衣之，其年亦不觉甚老，此其宜于岁者也。贫贱者衣之，是为贫贱之本等，富贵者衣之，又觉脱去繁华之习，但存雅素之风，亦未尝失其富贵之本来，此其宜于分者也。他色之衣，极不耐污，略沾茶酒之色，稍侵油腻之痕，非染不能复着，染之即成旧衣。此色不然，惟其极浓也，凡淡乎此者，皆受其侵而不觉；惟其极深也，凡浅乎此者，皆纳其污而不辞，此又其宜于体而适于用者也。贫家止此一衣，无他美服相衬。亦未尝尽现底里，以覆其外者色原不艳，即使中衣敝垢，未甚相形也。如用他色于外，则一缕欠精，即彰其丑矣。富贵之家，凡有锦衣绣裳，皆可服之于内，风飘袂起，五色灿然，使一衣胜似一衣；非止不掩中藏，且莫能穷其底蕴。《诗》云"衣锦尚䌹"，恶其文之著也。此独不然，止因外色最深，使里衣之文越著，有复古之美名，无泥古之实害。二八佳人，如欲华美其制，则青上洒线，青上堆花，较之他色更显。反覆求之，衣色之妙，未有过于此者。后来即有所变，亦皆举一废百，不能事事咸宜。此予所谓大胜古昔，可为一定不移之法者也。至于大背情理，可为人心世道之忧者，则零拼碎补之服，俗名呼为"水田衣"者是已。衣之有缝，古人非好为之，不得已也；人有肥瘠长短之不同，不能像体而织，是必制为全帛，剪碎而后成之。即此一条两条之缝，亦是人身赘瘤，万万不能去之，故强存其迹。赞神仙之美者，必曰"天衣无缝"。明言人间世上，多此一物故也。而今且以一条两条，广为数十百条，非止不似天衣，且不使类人间世上，然则愈趋愈下，将肖何物而后已乎？推原其始，亦非有意为之。盖由缝衣之奸匠，明为裁剪，暗作穿窬，逐段窃取而藏之，无由出脱，创为此制，以售其奸；不料人情厌常喜怪，不惟不攻其弊，且群然则而效之，毁成片者为零星小块。全帛何罪，使受寸磔之刑？缝碎裂者为百衲僧衣，女子何辜，忽现出家之相？风俗好尚之迁移，常有关于气数。此制不昉于今，而昉于崇祯末年。予见而诧之，尝谓人曰："衣衫无故易形，殆有若或使之，六合以内，得无有土崩瓦解之事乎？"未几而闯氛四起，割裂中原，人谓予言不幸偶中。方今圣人御世，万国来归，车书一统之朝，此等制度，自应潜革。倘遇同心谓刍荛之言不甚訾谬，交相劝谕，勿效前辙，则予为是言也，亦犹鸡鸣犬吠之声，不为无补于盛治耳。

云肩以护衣领，不使沾油。制之最善者也。但须与衣同色，近观则有，远视若无，斯为得体，即使难于一色，亦须不甚相悬。若衣色极深而云肩极浅，或衣色极浅而云肩极深，则是身首判然，虽曰相连，实同异处。此最不相宜之事也。予又谓云肩之色，不惟与衣相同，更须里外合一，如外色是青，则夹里之色亦当用青，外色是蓝，则夹里之色亦当用蓝。何也？此物在肩，不能时时服贴，稍遇风飘，则夹里向外，有如飓吹残叶，风卷败荷，美人之身，不能不现历乱萧条之象矣。若使里外一色，则任其整齐颠倒，总无是患。然家常则已，出外见人，必须暗定以线，勿使与服相离，盖动而色纯，总不如不动之为愈也。

妇人之妆，随家丰俭；独有价廉功倍之二物，必不可无。一曰半臂，俗呼"背褡"者是也；一曰束腰之带，俗呼"鸾绦"者是也。妇人之体，宜窄不宜宽，一着背褡，则宽者窄而窄者愈显其窄矣。妇人之腰，宜细不宜粗，一束以带，则粗者细而细者倍觉其细矣。背褡宜着于外，人皆知之，鸾绦宜束于内，人多未谙。带藏衣内，则虽有若无，似腰肢本细，非有物缩之使细也。

裙制之精粗，惟视折纹之多寡。折多则行走自如，无缠身碍足之患；折少则往来局促，有拘挛桎梏之形。折多则湘纹易动，无风亦似飘飘；折少则胶柱难移，有态亦同木强。故衣服之料，他或可省，裙幅必不可省。古云："裙拖八幅湘江水。"幅既有八，则折纹之不少可知。予谓八幅之裙，宜于家常；人前美观，尚须十幅。盖裙幅之增，所费无几；况增其幅，必减其丝。惟细縠轻绡，可以八幅十幅；厚重则为滞物，与幅减而折少者同矣。即使稍增其值，亦与他费不同。妇人之异于男子，全在下体，男子生而愿为之有室。其所以为室者，只在几希之间耳。掩藏秘器，爱护家珍，全在罗裙几幅，可不丰其料而美其制，以贻采葑采菲者诮乎？[2]近日吴门所尚"百裥裙"，可谓尽美。予谓此裙宜配盛服，又不宜于家常，惜物力也。较旧制稍增，较新制略减；人前十幅，家居八幅，则得丰俭之宜矣。吴门新式，又有所谓月华裙者，一裥之中，五色俱备，犹皎月之现光华也。予独怪而不取。人工物料，十倍常裙，暴殄天物，不待言矣，而又不甚美观。盖下体之服，宜淡不宜浓，宜纯不宜杂。予尝读旧诗，见"飘飏血色裙拖地"，"红裙妒杀石榴花"等句，颇笑前人之笨，若果如是，则亦艳妆村妇而已矣，乌足动雅人韵士之心哉？惟近制"弹墨裙"，颇饶别致，然犹未获我心。嗣当别出新裁，以正同调。思而未制，不敢轻以误人也。

译文

女人的衣服，不以精致为贵，贵在洁净；不以华丽为贵，贵在典雅；不以跟家庭门第相称为贵，贵在跟自己的相貌相称。华丽的绫罗绸缎粘上了污垢和灰尘，反倒比不上鲜美的布衣。这就是我所说的贵在洁净，不贵在精致。大红大紫、又浓又艳的色彩不合时令，违背时尚，反倒不如颜色浅淡的合适。这就是我所说的贵在典雅，不贵在华丽。富贵人家的女人穿华丽的衣服，清贫人家的女人穿朴素的衣服，这是我所说的跟家庭门第相称。但是人的长相不同，不同的长相应当配不同的衣服，不同的衣服有其不同的、与自己相配的颜色，这些原理都是一定的不能随意改变的。现在让我们拿来一件鲜艳的衣服，让几个少妇先后试穿一遍，其中一定有一两个穿起来好看、一两个穿起来不好看的。这是因为她们各自的脸色跟衣服的颜色有着相配不相配的区别，并不是衣服本身对哪一个女人有所偏爱。假使一个女人出身高贵，但是她的脸色不适合穿色彩华丽的衣服，而适合穿色彩朴素的衣服，却一定要她不穿色彩朴素的衣服去穿色彩华丽的衣服，这不是和脸为难吗？所以说，穿衣服不贵在跟家庭门第相称而贵在跟脸色相称。大概只有脸色最白最嫩，而且体态又最轻盈的女人，穿什么样的衣服都合适。颜色浅的衣服能显出她脸色白，颜色深的衣服更能衬托出她脸色白；精致的衣服能显出她身体的娇嫩，粗朴的衣服更能衬托出她身体的娇嫩。这样的女人即使算不上是"国色天香"，也离西施、王昭君不远了。但是这样的女人世上能有几个呢？长相和体态一般的人就应当结合自己的特点做衣服，色彩不能乱用。

相体裁衣的方法，变化多端，不能一概而论。然而实在要说，我只能简略地谈谈，把其中一些比较相近的特点概括如下。脸色较白的人，衣服的颜色可深可浅；脸色稍黑的人，则不适合穿颜色浅的，而适合穿颜色深的，衣服的颜色浅了会更显出其脸色之黑。皮肤较为细腻的人，衣服可以精致一些，也可以粗糙一些；皮肤稍粗的人，则不适合穿精致的，而适合穿粗糙一些的，衣服精致了会更显出其皮肤的粗糙。但是贫贱的人家想求得精致和深色的衣服穿都不能做到，对于富贵的人家，要想让他们穿粗朴浅色的衣服又不可以办到，这又如何是好？我说这不难。棉布和麻布的精细、粗糙不同，颜色的华丽、朴素不同，绸布锦缎当中也有这些差别。不能说是棉布、麻布就一定粗糙，是绸布就一定精细；是锦缎就一定华丽，是粗布就一定朴素。绸缎当中质地不光滑，花纹凸起的，就是精细中比较粗糙一些的、深色中比较浅淡一些的；粗布当中纱线紧密、漂染得好的，就是粗糙中比较精细一些的、浅色中比较深一些的。上述这些道理，对富贵人家和清贫人家来说都是适用的，并没有忽略或者偏袒哪一类人家，因为美女出生在什么样的人家是她自己无法选择的，女人也不能自己挑选丈夫后再出嫁。我希望阅读本书的人都能受益。你瞧，我怜惜女人，为女人着想，此情此意如同雨露滋润万物一样不偏不倚。

近来人们的衣着时尚，有的远远超过了古代，而且变化得体，完全可以作为衣着范例；有的却严重违背情理，令人为世道人心而担忧。请让我将它们一同道来：其中变化得体、可以作为衣着规范的是，大户人家、富贵人家穿衣服都崇尚青色。记得在我小的时候，年少的女子崇尚银红、桃红，稍大一点的崇尚月白色。不久银红、桃红都变成了大红色，月白色变成了蓝色。后来大红色又变成了紫色，蓝色变成了石青色。改朝换代以后，石青色和紫色都很少看到了，无论男女老少，全都穿青色的衣服了。这种变化可以说是"齐变至鲁，鲁变至道"，变得太好了，无以复加了。它所以变到如今这个样子，并不是人们有意这样的，只不过是由于人有好胜之心，穿衣服颜色一家比一家浓，一天比一天深，不知不觉地变到了无法再变的地步。青色的优点很多，不能一一列举，现在仅就它适合于女人这一点来论述一下。脸色白的女人穿上它，显得更白；脸色黑的女人穿上它，就不觉得她黑了。这是从容貌方面来讲，它适合于不同肤色的人。年少的人穿上它，更显得年少，年老的人穿上它，就不觉得很老。这是从年龄方面来讲，它适合于不同年龄的人。贫贱的人穿上它，正可以和贫贱者的身份相称，富贵的人穿上它，使人觉得摆脱了奢侈豪华，显示出高雅、朴素的风度，而且不失其富贵的本色。这是从人的身份来讲，它适合于身份不同的人。其他颜色的衣服，很不耐脏，稍稍沾上点儿茶、酒的污渍，稍稍染上一些油污，不经过染色就不能恢复，染过以后成了旧衣服了。但是青色却不是这样，正因为它颜色很浓，凡是颜色比它淡的东西污染了它，都使人不易察觉；正因为它颜色很深，但凡比它颜色浅的东西弄脏了它，它都能接纳。这是从实用的方面讲，它很实用。穷人只有这么一件衣服，没有别的漂亮衣服穿在里面，它也不会使里面的衣服透出来；外面的衣服的颜色本来就不鲜艳，即使里面的衣服破一点儿、脏一点儿，也显不出来。如果外面穿的是别的颜色的衣服，那么有一处不精细，就会显出丑来。富贵的人只要有漂亮的衣服，都可以穿在里面，被风一吹，衣袂一层层飘起来，彩色斑斓，一件胜似一件，不但不掩盖内衣的华丽，而且能够把它们全部暴露出来。《诗经》里说"穿锦衣应该加罩衫"，这是嫌锦衣的纹理太华丽对青色的外衣来说却不然，正因为外衣的颜色很深，使得衣料的纹理越发明显，这样既能够带来复古的美名，又没有食古不化的害处。年少的美人儿如果想让衣服漂亮些，还可以在青布上面绣上花纹儿、花朵儿，比在别的颜色的衣服上绣出的更显眼。

我翻来覆去地研究，发现没有其他任何颜色的衣服比青色的衣服更美妙的了。后来即使再有些变化，也都是有一利却有百害，不能方方面面全都照顾到。这就是我所说的，当今人们衣着的变化远远超过了古代，可以作为穿衣的范例。至于说到变得严重违背情理，让人为世道人心感到担忧的，就是那种用零零碎碎的布片缝合起来的、俗名叫作"水田衣"的东西。做衣服必须经过缝合，并不是古人喜欢这样，而是出于不得已，人的肥瘦长短不同，不能贴着每个人的身体来织成一件衣服，必须先织出整块儿的布料，再把它剪碎，然后才能做成衣服。就连这非有不可的一两条缝隙，对人的身体来说也是一种累赘，又万万不能去掉，所以不得不勉强把它们保留下来。人们赞美神仙的衣服漂亮，总是说"天衣无缝"，这清楚地说明了人世间衣服上的缝隙是多余的。但是如今却有人把这一两条缝隙变成了几十条、几百条，这样的衣服不但不像"天衣"，而且也不像是人穿的东西。这样发展下去，把衣服做到像什么东西才算完呢？推想起来，最初人们也不是有意要搞成这样的，而是由于某些狡猾的成衣匠明着给人裁剪衣服，暗地里偷窃人家的布料，一块儿一块儿地偷，又没有办法向主人交代，所以发明了这么一种样式；不料人们偏偏喜欢标新立异，不仅不讨伐这种弊端，而且纷纷效仿，把成片的衣料毁成零零碎碎的小块儿，再把这些零零碎碎的布片做成和尚的百衲衣似的玩意儿。布料有什么罪？让它遭受如此残酷的刑罚？女人有什么罪？让她变得像个出家人的样子？风俗好尚的改变，常和时代变迁有关。这种衣服的式样不是从现在开始的，而起始于崇祯末年。我看到后非常诧异，曾经对人说："衣裳无缘无故地改变了形状，或许是有什么东西在暗中操纵，难道天地之间将要发生什么天塌地陷、土崩瓦解之类的灾祸吗？"过不了多久，闯贼四起，割裂中原，人们就会说我不幸言中了。如今圣人治理天下，万国来归，车书一统，在此大好形势之下，这样的衣服式样不是有渎圣明吗？应当悄悄改变这种做法。如果有识之士认为我这些浅陋的话说得不错，就应当互相劝告，不要效仿这样的做法，那么我说的这些话就像是鸡鸣狗吠之声，不能说对太平盛世没有一点儿补益。

披肩是用来保护衣领，不使它沾染油污的。这是一种极其完善的设计。但是云肩的颜色要与衣服的颜色一致，近看有，远看则无，这才得体。即使很难做得跟衣服的颜色一致，也一定要使它们的颜色不过于悬殊。如果衣服的颜色很深而披肩的颜色很浅，或者衣服的颜色很浅而披肩的颜色很深，那么看上去脑袋和身子就分家了。这是最不应当的事情。我还认为，披肩的颜色不仅要跟衣服的颜色相同，还必须里外一致，如果外面的颜色是青的，那么里子的颜色也应该用青的；外面的颜色是蓝的，那么里子的颜色也应该用蓝的。这是为什么呢？这东西披在肩上，不能总是那么平整的，稍遇风吹，里子就会翻过来朝向外面，有如大风吹动残叶、卷起败落的荷花，这样美人儿的身上就会现出一股凌乱萧条之气。如果让披肩里外都是一种颜色，那么任其翻过来倒过去，总不会发生这种麻烦。但是平常待在家里也就罢了，一旦外出见人，必须用线在暗处把它缝住，不让它跟衣服脱开，因为动起来颜色一致总不如不动为妙。

女子的装扮，根据家中的经济条件而定；但有两种价廉物美的东西是必不可少的，一种是坎肩，俗语叫作"背褡"；一种是束腰的带子，俗语叫作"鸾绦"。女人的身体宜窄不宜宽，一穿上坎肩，宽的就会变窄，窄的就更显得窄了。女人的腰宜细不宜粗，一用带子扎住，粗的就会变细，细的就更使人觉得细了。坎肩应当穿在外面，这一点人人都知道；鸾绦应当扎在里面，人们大多不懂得。带子藏在衣服里面，就跟没有一样，看上去似乎腰身本来就很细，并没有什么东西使它变细。

裙子好不好，只看裙褶的多少，裙褶多的走起路来方便自如，不束缚身体，不妨碍迈步；裙褶少的走路拘谨，看上去很别扭。裙褶多的摇曳多姿，没风的时候也能自然飘动；裙褶少的则显得僵硬呆板。因此，做别的衣服可以节省材料，做裙子却不能讲究节省。古人说："裙拖八幅湘江水。"（编者按，一说为"六幅"）既然是用八幅布料做成的裙子，可想而知上面的裙褶一定少不了。我认为八幅的裙子适合于平常在家里穿，要想在外头显得美观，还必须增加到十幅才行。做裙子增加几幅，花费并不是太多；何况布幅增加了，织布用的丝线也就节省了。因为只有又轻又薄的料子才适合做八幅、十幅的裙子，用又厚又重的料子做的裙子太累赘，这就跟幅少褶少的裙子没有什么不同了。在裙子上即使花费多一些，也跟别的花费不一样。女人跟男人的区别全在下身，男人生下来，希望他娶妻生子，之所以能够生儿育女，全在于下身那一点点东西。女人把隐秘的器官掩藏起来，好好地爱护那个宝贝儿，全靠裙子了，因此不能不多用点儿料子，把它做得精致一点儿，以免让不怀好意、贼眉鼠眼、专爱寻"根儿"的家伙笑话。近来苏州所流行的"百褶裙"，可谓漂亮极了。我认为这种裙子适合于搭配比较华丽的衣服，同时也不适合于平常在家时穿，这是从节俭起见。裙子应当做得比旧式样多几道褶、比新式样少几道褶；外出时穿十幅的，在家时穿八幅的，这就比较合适了。苏州还有一种新式样的裙子，叫作"月华裙"，一折当中五色俱全，就像皓月当空，光华毕现；但我却不赞同这种样式，这种裙子所花费的人工、材料比平常的裙子多出十倍，不用说简直是糟蹋东西，而且也不美观。因为下身的衣服颜色应该淡一些、纯一些，不应该过浓过杂。我曾经在旧诗中读到"飘扬血色裙拖地""红裙妒杀石榴花"等句子，感到古人真是笨得可笑。如果真像诗中所描绘的样子，也不过就是浓妆艳抹的村妇罢了，哪至于让文人雅士们那么动心？只有近来的"弹墨裙"的样式，造型很别致，但是我还是不大喜欢。我以后应当设计一种新的款式，以正视听；但只是想想而已，不敢轻易去做，怕把人引入歧途。

◎ 注释 ◎

［1］"齐变至鲁，鲁变至道"——语出《论语·雍也》。子曰："齐一变至于鲁，鲁一变至于道。"这里形容变化之大。

［2］采苢采薇——语出《诗经》："采苢采薇，无以下体。"意思是苢、薇这两种菜的叶子可以吃，而根有的好，有的不好，不能因为根不好而把叶子也丢了。原意比喻夫妇应以礼相待，不能因色衰而弃礼。此处意思微妙，见译文。

3. 鞋袜

◎ 原文 ◎

男人所着之履，俗名为鞋，女子亦名为鞋。男子饰足之衣，俗名为袜，女子独易其名曰褶，其实褶即袜也。古云"凌波小袜"，其名最雅，不识后人何故易之。袜色尚白，尚浅红，鞋色尚深红，今复尚青，可谓制之尽美者矣。鞋用高底，使小者愈小，瘦者越瘦，可谓制之尽美而又尽善者矣。然足之大者，往往以此藏拙，埋没作者一段初心，是止供丑妇效颦，非为佳人助力。近有矫其弊者，窄小金莲，皆用平底，使与伪造者有别，殊不知此制一设，则人人向高底乞灵。高底之为物也，遂成百世不祧之祀，有之则大者亦小，无之则小者亦大，尝有三寸无底之足，而与四五寸有底之鞋，同立一处，反觉四五寸之小，而三寸之大者，以有底则指尖向下，而秃者疑尖，无底则玉笋朝天，而尖者似秃故也。吾谓高底不宜尽去，只在减损其料而已。足之大者，利于厚而不利于薄，薄则本体现矣，利于大而不利于小，小则痛而不能行矣。我以极薄极小者形之，则似鹤立鸡群，不求异而自异，世岂有高底如钱，不扭捏而能行之大脚乎。

古人取义命名，纤毫不爽，如前所云，以"蟠龙"名髻，"乌云"名发之类是也。独于妇人之足，取义命名，皆与实事相反。何也？足者，形之最小者也；莲者，花之最大者也，而名妇人之足者，必曰"金莲"，名最小之足者，则曰"三寸金莲"。使妇人之足，果如莲瓣之为形，则其阔而大也，尚可言乎？极小极窄之莲瓣，岂止三寸而已乎？此"金莲"之义之不可解也。从来名妇人之鞋者，必曰"凤头"，世人顾名思义，遂以金银制凤，缀于鞋尖以实之。试思凤之为物，止能小于大鹏，方之众鸟，不几洋洋乎大观也哉？以之名鞋，虽曰赞美之词，实类讥讽之迹。如曰"凤头"二字，但肖其形，凤之头锐而身大，是以得名，然则众鸟之头，尽有锐于凤者，何故不以命名？而独有取于凤？且凤较他鸟，其首独昂。妇人趾尖，妙在低而能伏；使如凤凰之昂首，其形尚可观乎？此"凤头"之义之不可解者也。若是则古人之命名取义，果何所见而云然？岂终不可解乎？曰：有说焉。妇人裹足之制，非由前古，盖后来添设之事也。其命名之初，妇人之足亦犹男子之足，使其果如莲瓣之稍尖，凤头之稍锐，亦可谓古之小脚。无其制而能约小其形，较之今人，殆有过焉者矣。吾谓"凤头""金莲"等字，相传已久，其名未可遽易，然止可呼其名，万勿肖其实；如肖其实，则极不美观，而为前人所误矣。不宁惟是，凤为羽虫之长，与龙比肩，乃帝王饰衣饰器之物也，以之饰足，无乃大亵名器乎？尝见妇人绣袜，每作龙凤之形，皆昧理僭分之大者，不可不为拈破。近日女子鞋头，不缀凤而缀珠，可称善变。珠出水底，宜在凌波袜下，且似粟之珠，价不甚昂，缀一粒于鞋尖，满足俱呈宝色，使登歌舞之氍毹，则为走盘之珠，使作阳台之云雨，则为掌上之珠。然作始者见不及此，亦犹衣色之变青，不知其然而然，所谓暗合道妙者也。予友余子澹心，向作《鞋袜辨》一篇，考缠足之从来，核妇履之原制，精而且确，足与此说相发明，附载于后。

❀ 译文 ❀

　　男人脚上穿的东西，俗名叫作"鞋"，女人脚上穿的也叫作"鞋"。男人鞋子里面穿在脚上的那层衣服，俗名叫"袜"，但是女人鞋子里面穿在脚上的东西名字却变成了"褶"，其实"褶"就是"袜"。古人常说"凌波小袜"，这个名称很雅致，不知道后人为什么把它改叫"褶"。袜子的颜色崇尚白色、浅红色，鞋子的颜色崇尚深红色，如今又崇尚青色，可以说已经很漂亮了。高底的鞋子能够使小脚越发显得小，瘦得越发显得瘦，可以说得上是尽善尽美了；但是脚长得大的人，往往以穿小鞋来掩饰自己的脚长得丑陋，这就埋没了最初设计小鞋的人的初衷，因为它只能使一些长得丑陋的女人挖空心思地去琢磨如何使自己的脚显得更小，对于脚本来就长得小的美人却没有什么补益。近来有人纠正这种弊端，对于长得瘦小玲珑的脚，一律把鞋子做成平底的，使得真正的小脚跟假装出来的小脚有所区别；殊不知这样一来，无形之中小脚成了令人羡慕的东西，促使人们都去崇尚高底鞋了。于是高底鞋被人们供奉起来，穿上它，大脚也成了小脚；没有它，小脚也成了大脚。有的女人小脚只有三寸，穿着没有高底的鞋子，跟长了一双五寸的大脚，却穿了有高底鞋子的女人站在一起，反倒使人觉得五寸的脚小、三寸的脚大。这是由于穿上有底的鞋子，脚指头向下弯曲，使得长得宽的脚显得尖瘦；穿上没有底的鞋子，脚指头向上翘起来，使得长得尖瘦的脚显得很宽。我认为不应该一概而论地排斥高底的鞋子。只要稍稍减少一些材料就行了。大脚适合穿厚底的鞋子而不适合穿薄底的鞋子，鞋底薄了就会使脚露出原形；同时适合穿大一点儿的鞋子而不适合穿小鞋，鞋子小了把脚挤得生疼走不了路。如果一双大脚穿了双极薄极小的鞋子，那么就仿佛鹤立鸡群，显得怪里怪气的。没见过世上有哪个女人天生一双大脚，穿着只有铜钱那么薄的底的鞋子，走路却不扭扭捏捏的。

　　古代人给事物命名，大都为名字赋予相应的含义，不会发生丝毫的差错，比如前面所说的给发髻取名儿为"蟠龙"，给头发取名儿为"乌云"之类；但是唯独在给女人的脚取名儿时，含义跟事实恰好相反。为什么这么说呢？脚在万事万物当中算是一个很小的物件，而莲花却是各种花卉当中形状最大的，但是人们却把女人的脚叫作"金莲"，把极小的脚叫作"三寸金莲"。假使女人的脚长得果真像莲花一样，那么也太宽太大了，这还用说吗？何况，即使是极其窄小的莲花瓣儿，也何止是三寸！因此把女人的脚叫作"金莲"，实在令人不可理解。历来给女人的鞋子取名儿，总是把它叫作"凤头"，世人望文生义，于是用金银做一只凤，缀在鞋尖儿上。试想凤这种东西，仅仅小于大鹏，跟其他各种各样的鸟比起来，难道不是太大了点儿吗？用它来称呼鞋子，虽说是赞美之词，其实有点儿类似于讥讽了。如果说"凤头"这两个字只不过是用来形容鞋子的形状的，因为凤的头很尖、身子很大，由此得名；那么，在鸟类当中，有很多鸟的头长得比凤头尖，为什么不用别的鸟头来命名，而单单拿凤头来命名呢？况且，凤跟别的鸟相比，唯独它的头是高翘着的。女人的脚趾尖美就美在能够向下弯曲低伏，假如像凤凰那样向上翘着脑袋的话，那副样子还能看吗？因此，把女人的鞋子叫作"凤头"，实在令人难以理解。

　　如此说来，那么古代人对于女人的脚和鞋子，到底是根据什么意思来这样命名的呢？难道说它们的含义终究是不可解释的吗？不，这里面是有说法的：女人裹脚的规矩，不是从古代就有的，是后人的发明。最初给脚命名的时候，女人的脚和男人的脚一样的；假使真的有长得像莲瓣儿那么窄、凤头那么尖的脚，那也可说是古代的小脚了。并不是有人故意把它们弄小的，说不定古代有的女人的天足比如今女人裹过的脚还小呢。我认为，"凤头""金莲"等字眼儿相传已久了，这些名称不能说改就改；但是只能把它们作为名称来叫，千万不能真的去模仿凤头、莲花，如果真的去模仿了，就极不美观，这就被古人的说法贻误了。不只是这些，凤乃是鸟类之长，跟龙平起平坐，是帝王用来装饰衣服、装饰器物的，用它来装饰人脚，难道不是亵渎神圣吗？我曾经见过有的女人一绣袜子就绣龙凤图形，这都是不合乎情理、十分越轨的事情，不能不给她们指出来。近来女人的鞋子前头不用凤来点缀而是用珍珠来点缀了，这种做法很好。珍珠是生在水底的，袜子又称"凌波小袜"，二者搭配很合适；而且，像米粒儿大小的珍珠，价钱也不贵，在鞋尖上点缀一颗，使满脚都显得十分华贵。穿上这样的鞋子登上戏台，轻歌曼舞，令人眼花缭乱；穿上这样的鞋子步入男欢女爱之地，将使男人心醉神迷，把玩不已。但是最初穿这种鞋子的人并没有发现这些，如同衣服的流行色逐渐演变为青色一样，不知不觉之中就成了这个样子，而又暗合审美之道。

我的朋友余澹心先生从前写过一篇《妇人鞋袜辨》，考证女人缠足的由来，阐释女鞋的款式的历史，谈得精细而又确切，足以跟我的说法互相补充、互相印证，现附录于本篇后面。

附：

妇人鞋袜辨

余怀

◈ 原文 ◈

古妇人之足，与男子无异。周礼有屦人，掌王及后之服屦，为赤舄[1]、黑舄、赤繶、黄繶[2]、青绚、素履、葛屦、辨外内命夫命妇之功屦、命屦、散屦。可见男女之履，同一形制，非如后世女子之弓弯细纤，以小为贵也。考之缠足起于南唐李后主，后主有宫嫔窅娘，纤丽善舞，乃命作金莲高六尺，饰以珍宝绸带缨络，中作品色瑞莲，令窅娘以帛缠足，屈上作新月状，着素袜，行舞莲中，回旋有凌云之态。由是人多效之，此缠足所自始也。唐以前未开此风，故词客诗人，歌咏美人好女，容态之殊丽，颜色之夭姣，以至面妆首饰衣褶裙裾之华靡，鬓发、眉目、唇齿、腰肢、手腕之婀娜秀洁，无不津津乎其言之，而无一语及足之纤小者。即如古乐府之《双行缠》云："新罗绣白胫，足趺如春妍。"曹子建云："践远游之文履。"李太白诗云："一双金齿屐，两足白如霜。"韩致光诗云:"六寸肤圆光致致。"杜牧之诗云:"钿尺裁量减四分。"汉《杂事秘辛》云:"足长八寸,胫跗丰妍。"夫六寸八寸,素白丰妍,可见唐以前妇人之足,无屈上作新月状者也。即东昏潘妃,作金莲花帖地,令妃行其上,曰此步步生金莲花非谓足为金莲也。崔豹《古今注》[3]:"东晋有凤头重台之履。"不专言妇人也。宋元丰以前,缠足者尚少,自元至今,将四百年,矫揉造作亦泰甚矣!古妇人皆着袜,杨太真死之日,马嵬媪得锦袎袜一只,过客一玩百钱。李太白诗云:"溪上足如霜,不着鸦头袜。"袜一名"膝裤"。宋高宗闻秦桧死,喜曰:"今后免膝裤中插匕首矣。"则袜也,膝裤也,乃男女之通称,原无分别。但古有底,今无底耳。古有底之袜,不必着鞋,皆可行地;今无底之袜,非着鞋,则寸步不能行矣。张平子云:"罗袜凌蹑足容与。"曹子建云:"凌波微步,罗袜生尘。"李后主词云:"划袜下香阶,手提金缕鞋。"古今鞋袜之制,其不同如此。至于高底之制,前古未闻,于今独绝。吴下妇人,有以异香为底,围以精绫者;有凿花玲珑,囊以香麝,行步霏霏,印香在地者。此则服妖[4],宋元以来,诗人所未及,故表而出之,以告世之赋"香奁"咏"玉台"者[5]。

译文

古代妇女的脚与男人的脚没有什么不同。周朝的官制当中设有"履人",专门掌管帝王和王后、朝廷内外的公卿大臣以及受封的妇女穿鞋子,安排不同的人在不同的时间和场合穿不同样式的鞋子,可见那时是把男人的鞋子和女人的鞋子同等对待的,不像后代的女人那样把鞋子弄得弯曲纤细,把小脚当成宝贝。考察起来,女人缠足是从南唐李后主开始的。李后主有个宠妃名叫窅娘,长得小巧玲珑而又漂亮,擅长跳舞,于是李后主让人用金子造了一座六尺高的莲花台,用奇珍异宝装饰起来,四周缀以彩带流苏,中间是五颜六色的莲花,让窅娘用布把脚缠起来,弯曲在上面模仿月牙儿的形状。窅娘穿着白色的袜子,在莲花中翩翩起舞,有如云端仙女。从这以后,人们纷纷效仿。这就是缠足的起源。唐朝以前没有这种习俗,所以诗人墨客咏赞女人的美貌,从她们的面容的美丽、姿态的妖娆,直到面妆首饰衣裙的华贵,鬓发、眉毛、眼睛、唇齿、腰肢、手腕的婀娜清秀,没有一样不津津乐道的,但是却没有一句话提到脚的小巧。例如古乐府诗《双行缠》中有:"新罗秀白胫,足跌如春妍。"曹植的诗中有:"践远游之文履。"李白的诗中有:"一双金齿屐,两足白如霜。"韩致光的诗中有:"六(编者按,一作方)寸肤圆光致致。"杜牧的诗中有:"钿尺裁量减四分。"汉《杂事秘辛》有:"足长白寸,胫跗丰妍。"脚长六寸八寸,洁白丰满,可见唐朝以前女人并没有把脚弄成月牙形的；南齐东昏侯称帝时，命人用鎏金制作莲花铺在地上，让潘妃在上面行走，说"这叫步步生莲花，并不是把脚叫作莲花"。崔豹《古今注》里说："东晋时有以'凤头'、'重台'为名称的鞋子。"不是专对女人而言。北宋元丰年以前，缠足的人仍然很少。从元朝到现在将近四百年了，矫揉造作的风气日益严重。古代的女人都穿袜子，杨贵妃去世那天，马嵬坡有个老太太弄到一只杨贵妃穿过的袜子，摆了个摊子，过路的人把玩一次收一百个铜钱。李白的诗中说："溪上足如霜，不着鸦头袜。"（编者按，一作"屐上足如霜，不著鸦头袜"）袜子又叫"膝裤"。宋高宗听说秦桧死了，高兴地说："今后用不着在膝裤中藏匕首了。"可见"袜"和"膝裤"是男女通用的称呼，本来是没有什么区别的，只是古代的袜子是有底儿的，现在的袜子没有底儿。古人穿上有底儿的袜子不用穿鞋也能走路，现在人穿没底儿的袜子不穿鞋就寸步难行了。张平子的诗中说："罗袜凌蹑足容与。"曹植的诗中说："凌波微步，罗袜生尘。"李后主的词中说："刬袜下香阶，手提金缕鞋。"古今袜子的样式就是这样的不同。至于高底的鞋子，在古代是没有听说过的，唯独在今天占尽风骚。吴地的女人有的把奇异的香料缝在鞋底中，周围饰以漂亮的绫子；有的在鞋子上装饰小巧的鎏花，里面装了麝香，走起路了把香味儿印在地上。这就成了奇装异服了。宋、元两朝以来，诗人们对此都没有提到过，因此这里把它描述出来，以供那些吟咏风月的骚人墨客们参考。

注释

［1］舄——复底而着木的鞋。

［2］繶——浑圆的丝带。

［3］崔豹《古今注》——《古今注》：晋代崔豹著，共三卷，对古代各种名物制度进行解释和考证。

［4］服妖——奇装异服。古人认为奇装异服是时事变乱的征兆。

［5］赋香奁咏玉台——香奁：即香奁体，古代专以女子身边琐事为题材的诗。玉台：即玉台体。南朝徐陵编选的上自汉魏、下迄梁代的诗集名为《玉台新咏》，其中除乐府民歌外，多为南朝文人及梁代各帝有关宫廷生活、男女私情的绮靡艳丽之作，后人仿之作诗，称为玉台体。

原文

袜色与鞋色相反，袜宜极浅鞋宜极深，欲其相形而始露也。今之女子袜皆尚白，鞋用深红深青，可谓尽制。然家家若是，亦忌雷同。予欲更翻置色，深其袜而浅其鞋，则脚之小者更露。盖鞋之为色，不当与地色相同。地色者，泥土砖石之色是也。泥土砖石，其为色也多深，浅者立于其上，则界限分明，不为地色所掩。如地青而鞋亦青，地绿而鞋亦绿，则无所见其短长矣。脚之大者则应反此，宜视地色以为色，则藏拙之法，不独使高底居功矣。鄙见若此，请以质之金屋主人，转询阿娇，定其是否。

译文

袜子的颜色与鞋子的颜色相反，袜子应当是最浅颜色的，鞋子应当是最深颜色的，这是为了在颜色的深浅对比之下，显出脚的美来。如今的女子崇尚穿白色的袜子，配以深红色和青色的鞋子，可以说已经相当完美了；当然家家都这样穿，也太过于雷同了。我认为应该把颜色颠倒一下，穿深色的袜子、浅色的鞋子，这样脚长得小的就更显眼了。鞋子的颜色不应该跟地面的颜色相同。地面的颜色，就是泥土砖石的颜色。泥土砖石的颜色大多很深，穿浅色的鞋子站在地面上，脚的轮廓分明，不会跟地面的颜色相混杂。如果地面是青色，鞋子也是青色，地面是绿色，鞋子也是绿色，就比较不出脚长得好看不好看了。脚长得大的应当与此相反，适合穿跟地面相同颜色的鞋子，这样可以掩盖自己的短处，不一定非得穿高底的鞋子。以上是我的一些粗浅的看法，你不妨去访一访家中金屋藏娇的主人，让他们问问美人儿，看我说得对不对。

四、习技

小 引

原文

"女子无才便是德。"言虽近理，却非无故而云然。因聪明女子，失节者多，不若无才之为贵。盖前人愤激之词，与男子因官而得祸，遂以读书作宦为畏途，遗言戒子孙，使之勿读书勿作宦者等也。此皆见噎废食之说，究竟书可竟弃，仕可尽废乎？吾谓才德二字，原不相妨。有才之女，未必人人败行；贪淫之妇，何尝历历知书？但须为之夫者，既有怜才之心，兼有驭才之术耳。至于姬妾婢媵，又与正室不同。娶妻如买田庄,非五谷不殖,非桑麻不树,稍涉游观之物,即拔而去之,以其为衣食所出,地力有限,不能旁及其他也。买姬妾如治园圃,结子之花亦种,不结子之花亦种,成荫之树亦栽,不成荫之树亦栽,以其原为娱情而设,所重在耳目,则口腹有时而轻,不能顾名兼顾实也。使姬妾满堂,皆是蠢然一物,我欲言而彼默,我思静而彼喧,所答非所问,所应非所求,是何异于入狐狸之穴,舍宣淫而外,一无事事者乎?故习技之道,不可不与修容治服并讲也。

技艺以翰墨为上,丝竹次之,歌舞又次之,女工则其分内事,不必道也。然尽有专攻男技,不屑女红,鄙织纴为贱役,视针线如仇雠,甚至三寸弓鞋,不屑自制,亦倩老妪贫女为捉刀人者,亦何借巧藏拙,而失造物生人之初意哉!予谓妇人职业,毕竟以缝纫为主,缝纫既熟,徐及其他。予谈习技而不及女工者,以描鸾刺凤之事,闺阁中人人皆晓,无俟予为越俎之谈;其不及女工,而仍郑重其事,不敢竟遗者,虑开后世逐末之门,置纺绩蚕缫于不讲也。虽说闲情,无伤大道,是为立言之初意尔。

译文

"女子无才便是德。"这句话说得好像合乎道理,人们不是无缘无故这样说的。因为聪明而有才华的女人失节的多,不如没有才华的好。这是古人的激愤之词,与男人因为做官而招祸,于是把读书做官当成可怕的事情,给子孙后代留下忠告,让他们不要读书不要做官,是同样的道理。这都是因噎废食的说法。说到底,书是不能不读的,官也是不能不做的。我认为才、德这两者之间本来并不矛盾,有才华的女人不一定个个都败坏了德行,淫荡的女人也不一定个个都读书,只要做丈夫的既能怜惜女人的才华,又能很好地驾驭她们,就不会有问题。至于姬妾婢女,又跟正房妻子不同,娶妻子就像购置田庄一样,买了田地,只应在上面种植粮食桑麻,一旦长出什么花花草草的玩意儿,就应当拔掉;因为田地是用来穿衣吃饭过日子的,地力有限,不能什么都种、什么都长。购置姬妾就像修建花园一样,结子的花也种,不结子的花也种;成荫的树也种,不成荫的树也种。因为花园是为了愉悦性情而修建的,只要眼睛看着好看,耳朵听着好听就行,不像穿衣吃饭那么重要,不能两者兼顾。如果一个男人姬妾满堂,但都是些蠢货,想跟她们说点儿什么的时候她们却不说话,想安静一点儿的时候她们却不停地吵闹,问她们什么事情她们答不上来,要求她们做什么事情她们做不来,这跟进了狐狸窝有什么两样?除了发泄淫欲以外还能做些什么呢?所以让女人学习技艺的道理,不能不和化妆、穿衣服的事情一起讲来。

女人学习技艺，最适宜读书作诗，其次是学习音乐，再次是歌舞。做针线活儿是女人的分内的事情，就不用说了。但是有的女人只学男人的技艺，瞧不起针线活儿，把织布做衣服当成下贱的事情，把针线看成是冤家对头，甚至自己穿的鞋子都不愿意亲自去做，而让老太太或者穷人家里的女人替自己做，这是借别人的巧手来掩藏自己的笨拙呀，而且丧失了造物主最初创造人的本意呀！我认为女人的工作说到底还是应当以做针线活儿为主，针线活儿做熟了，再慢慢地学做别的。我在本书当中只谈到了学习技艺，而没有讲怎样做针线活儿，是因为描鸾绣凤的事情女人们都通晓，用不着我越俎代庖谈论这些事情；但是这里还把它说得郑重其事，不敢漏掉，是担心将来的女人舍本逐末，把织布纺线抛在一边。虽然本书谈论的是闲情，但是不能伤害天理，这是我的写作本书的初衷。

1. 文艺

原文

学技必先学文。非曰先难后易，正欲先易而后难也。天下万事万物，尽有开门之锁钥。锁钥维何？文理二字是也。寻常锁钥，一钥止开一锁，一锁止管一门；而文理二字之为锁钥，其所管者，不止千门万户。盖合天上地下，万国九州，其大至于无外，其小至于无内，一切当行当学之事，无不握其枢纽，而司其出入者也。此论之发，不独为妇人女子，通天下之士农工贾，三教九流，百工技艺，皆当作如是观。以许大世界，摄入文理二字之中，可谓约矣；不知二字之中又分宾主。凡学文者，非为学文，但欲明此理也。此理既明，则文字又属敲门之砖，可以废而不用矣。天下技艺无穷，其源头止出一理。明理之人学技，与不明理之人学技，其难易判若天渊。然不读书，不识字，何由明理？故学技必先学文。然女子所学之文，无事求全责备，识得一字，有一字之用，多多益善，少亦未尝不善，事事能精，一事自可愈精。予尝谓土木匠工，但有能识字记帐者，其所造之房屋器皿，定与拙匠不同，且有事半功倍之益。人初不信后择数人验之，果如予言。粗技若此，精者可知。甚矣！字之不可不识，理之不可不明也。

妇人读书习字，所难只在入门，入门之后，其聪明必过于男子，以男子念纷而妇人心一故也。导之入门，贵在情窦未开之际；开则志念稍分，不似从前之专一。然买姬置妾，多在三五、二八之年，娶而不御，使作蒙童求我者，宁有几人？如必俟情窦未开，是终身无可授之人矣。惟在循循善诱，勿阻其机。"扑作教刑"一语[1]，非为女徒而设也。先令识字，字识而后教之以书。识字不贵多，每日仅可数字，取其笔画最少，眼前易见者训之，由易而难，由少而多，日积月累，则一年半载以后，不令读书，而自解寻章觅句矣。乘其爱看之时，急觅传奇之有情节、小说之无破绽者，听其翻阅，则书非书也，不怒不威，而引人登堂入室之明师也。其故维何？以传奇、小说，所载之言，尽是常谈俗语，妇人阅之，若逢故物。譬如一句之中，共有十字，此女已识者七，未识者三，顺口念去，自然不差。是因已识之七字，可悟未识之三字，则此三字也者，非我教之，传奇、小说教之也。由此而机锋相触，自能曲喻旁通，再得男子善为开导，使之由浅而深，则共枕论文，较之登坛讲艺，其为时雨之化，难易奚止十倍哉？十人之中，拔其一二最聪慧者，日与谈诗，使之渐通声律，但有说话铿锵，无重复聱牙之字者，即作诗能文之料也。苏夫人说"春夜月胜于秋夜月，秋夜月令人惨凄，春夜月令人和悦"，此非作诗，随口所说之话也。东坡因其出口合律，许以能诗，传为佳话。此即说话铿锵，无重复聱牙，可以作诗之明验也。其余女子，未必人人若是，但能书义稍通，则任学诸般技艺，皆是锁钥到手，不忧阻隔之人矣。

妇人读书习字，无论学成之后，受益无穷；即其初学之时，先有裨于观者，只须案摊书本，手捏柔毫，坐于绿窗翠箔之下，便是一幅画图。班姬续史之容，谢庭咏雪之态[2]，不过如是，何必睹其题咏，较其工拙，而后有闺秀同房之乐哉？噫！此等画图，人间不少，无奈身处其地者，皆作寻常事物观，殊可惜耳。

欲令女子学诗，必先使之多读。多读而能口不离诗，以之作话，则其诗意诗情，自能随机触露，而为天籁自鸣矣。至其聪明之所发，思路之由开，则全在所读之诗之工拙。选诗与读者，务在善迎其机。然则选者维何？曰在"平易尖颖"四字。平易者，使之易明且易学，尖颖者，妇人之聪明，大约在纤巧一路，读尖颖之诗，如逢故我，则喜而愿学，所谓迎其机也，所选之诗，莫妙于晚唐及宋人，初中盛三唐，皆所不取。至汉魏晋之诗，皆秘勿与见，见即阻塞机锋，终身不敢学矣。此予边见，高明者阅之，势必哑然一笑。然予才浅识陋，仅足为女子之师，至高峻词坛，则生平未到，无怪乎立论之卑也。

女子之善歌者，若通文义，皆可教作诗余。盖长短句法，日日见于词曲之中，入者既多，出者自易，较作诗之功为尤捷也，曲体最长，每一套必须数曲，非力赡者不能。诗余短而易竟，如《长相思》《浣溪纱》《如梦令》《蝶恋花》之类，每首不过一二十字，作之可逗灵机。但观诗余选本，多闺秀女郎之作，为其词理易明，口吻易肖故也。然诗余既熟，即可由短而长，扩为词曲，其势亦易。果能如是，听其自制自歌，则是名士佳人，合而为一，千古来韵事韵人，未有出于此者。吾恐上界神仙，自鄙其乐，咸欲谪向人寰而就之矣。此论前人未道，实实创自笠翁，有由此而得妙境者，切勿忘其所本。

以闺秀自命者，书画琴棋四艺均不可少。然学之须分缓急，必不可已者先之，其余资性能兼，不妨次第并举，不则一技擅长，才女之名著矣。琴列丝竹，别有分门，书则前说已备，善教由人，善习由己，其工拙浅深，不可强也。画乃闺中末技，学不学听之。至手谈一节，则断不容已，教之使学，其利于人己者，非止一端。妇人无事，必生他想，得此遣日，则妄念不生，一也；女子群居，争端易酿，以手代舌，是喧者寂之，二也；男女对坐，静必思淫，鼓瑟鼓琴之暇，焚香啜茗之余，不设一番功课，则静极思动，其两不相下之势，不在几案之前，即居床笫之上矣。一涉手谈，则诸想皆落度外，缓兵降火之法，莫善于此。但与妇人对垒，无事角胜争雄，宁饶数子，而输彼一筹，则有喜无嗔，笑容可掬；若有心使败，非止当下难堪，且阻后来弈兴矣。纤指拈棋，踌躇不下，静观此态，尽勾消魂；必欲胜之，恐天地间无此忍人也。

双陆投壶诸技[3]，皆在可缓；骨牌赌胜，亦可消闲，且易知易学，似不可已。

译文

学习技艺必须首先学文。这并不是说先学难的，后学容易的，而恰恰是先学容易的后学难的。天下万事万物，都有自己入门的钥匙。钥匙是什么呢？就是文、理二字。寻常一把钥匙只开一把锁，一把锁只管一个门；但是文、理这两把钥匙所掌管的，不止千万个门户；天上地下，整个世界整个宇宙，任何事情任何学问，文、理二字都是入门的关键。这话不仅仅是针对女人说的，普天之下，士、农、工、商，三教九流，各行各业，都是如此。把偌大的世界纳入文、理二字之中，可说是已经很简约了；哪知文、理二字当中又有主次之分。学文不是为了学文而学文，实际上是为了明白事理。明白了事理以后，文字就成了敲门砖，可以放弃不用了。世上的技艺多种多样、无穷无尽，但是都必须遵循同样的规律。明白事理的人学习技艺，跟不明白事理的人学习技艺，哪个困难，哪个容易，区别太明显了。如果不读书、不识字，通过什么去明白事理呢？所以说学习技艺必须首先学文。但是女子学文，不能对她们求全责备，认得一个字，这一个字自然有它的用处；多多益善，也未尝不可；如果事事都能精通，其中必然有一种事情格外精通。我曾经说过：土木工匠当中只要是会识字、能记账（古作"帐"）

的，那么他建造房子、制作器皿，肯定与笨拙的工匠不同，只花费一半的功夫，却能够得到一倍的收益。最初人们不相信，后来选了几个工匠来验证，发现我说的果然没错。粗糙的技艺都是这样，精细的就可想而知了。字不能不识，理不能不明，这个道理太重要了！

女人读书识字，只是入门比较困难；入了门以后，表现得比男人还要聪明。因为男人杂念太多，而女人用心专一。引导女人读书识字，最好是从她情窦没开的时候开始，情窦开了以后，心思就稍稍有些分散了，不像以前那么专一了。但是姬妾大多是在她们十五六岁时娶来的，娶来以后却不跟她们同房，让她们当个小学生向自己的男人求教，有几个人能够做到？如果一定要在她们情窦没开的时候教她们读书识字，是万难办到的；只要循循善诱，因势利导就行。"不打不成材"这句话不光是对小学生说的，对姬妾也同样适用。

首先教女人识字，认得字以后再教她们读书。识字不在多，每天认几个字就行，选择一些笔画少的、眼前经常看到的字教她们认，从易到难，从少到多，日积月累，一年半载以后，即使不要求她们读书，她们也会主动自学了。趁她们爱看书的时候，赶快找一些情节好的、没有漏洞的传奇、小说，让她们随便翻阅。这样一来，书就不仅仅是书，而成了不用发脾气、却能引导人步入知识殿堂、走上正路的良师。为什么这么说呢？这是因为，传奇、小说中的语言都是些家常话，女人看了很习惯。比如一个句子总共有十个字，女人已经认得其中的七个字，不认得其余三个字，那么不认得的那三个字也能够自然而然地顺口念出来，不会念错。因此，通过这三个已经认得的字，可以领悟那三个不认识的字的意思。这三个字不是别人教给她的，而是传奇、小说教给她的。通过字与字之间的联系，互相引发，自然能够触类旁通；再由男人好好开导，使她由浅入深。男女同床共寝探讨文学，就像春风化雨，长进很快，比在讲台之前听老师讲课要容易十倍。在十个女人当中，选出一两个最聪明的，每天跟她们谈论诗歌，使她们渐渐懂得音律，只要她们说出的句子朗朗上口，没有重复和拗口的字眼儿，就是作诗写文章的材料。苏东坡的夫人作过这样一首诗："春夜月胜于秋夜月，秋夜月令人惨凄，春夜月令人和悦。"这不是在作诗，而是随口说的大白话。苏东坡因为夫人顺口说出的话很合乎音律，便称赞她会作诗，此事被传为千古佳话。这清楚地证明了，只要说话朗朗上口，没有重复、拗口的字眼儿，就可以作诗。别的女人未必个个都能做到这样，只要能粗略地看懂书中的含义，就可以让她们随便学一些技艺。这样，掌握了入门的钥匙，就不必发愁没有人教了。

闲情偶寄 详评

女人读书识字，且不说学成之后，受益无穷，即便是初学的时候，样子也十分动人，只须桌前摊开书本，手中捏着笔，坐在绿树掩映的窗前，这情景本身就是一幅美妙的图画。班姬续写史书的神情、谢夫人咏雪的姿态，也不过如此而已。不必看她们写的诗是什么内容，也不必计较她们写得是好是坏；只是面对这样一幅美景，就能获得无限的乐趣。人间到处都有不少这样的图画，无奈身处其间的人都把它当作平平常常的事情看待，太可惜了。

想让女子学诗，必须先让她们多读，读得多了就能口不离诗，说起话来就会自然而然地流露出诗情诗意。使女人才思敏捷、思路开阔，全在于所读诗的好坏。选诗供女人来阅读，重要的是善于迎合她们的天性。选什么样的诗合适呢？回答是"平易新颖"四个字。选平易的诗，是为了使她们容易懂、容易学；选新颖的诗，是因为女人的聪明之处大多表现在纤巧方面，读新颖的诗，就像遇上了知己，喜欢读，愿意学，这就是我所说的迎合她们的天性。适合女人读的诗，最好的莫过于晚唐以及宋代的作品，初唐、中唐、盛唐的作品都不可取。至于汉代以及魏晋时期的作品，都要藏好，别让她们看见；如果看了那些诗，就会阻碍她们天性的发挥，一辈子也不敢学诗了。我的这个见解可称得上是旁门左道，高明的人士见了，一定会哑然失笑，不以为意。但是本人才疏学浅，只能给女人当当老师；诗词高峻的艺坛，我这辈子从没达到过那样的境界，不要怪我的观点浅薄啊。

擅长唱歌的女子，如果通晓文理，就可以教她们填词，因为词中的长短句法，能够经常在词曲中见到，看得多了，写起来自然就容易一些，跟作诗相比水平提高得更快。散曲的篇幅很长，一套曲子当中必须有几支曲子，才力不济的人写不来；而词的篇幅较短，容易写成，如《长相思》《浣溪纱》《如梦令》《蝶恋花》之类，每首不过一二十个字，写起来能够引发灵感。只要看一看各种词的选本就会发现，其中大多是女人的作品，这是因为填词的原理比较容易明白，词的语言风格跟女人的口气比较接近，容易模仿。词写得熟练了以后，就可以从短到长，扩充为词曲，这也是容易办到的。如果真的能够做到这样，就听其自然，让她们自己创作、自己演唱。这就成了集才子、佳人于一身，自古以来没有比这更风流更潇洒的了，恐怕天上的神仙见了也会自惭形秽，都想下到人间来跟她亲近了。这种观点前人没有提起过，确实是我李笠翁的创见，如果有人因为听了我的话而获得了成功，可千万不要忘了我。

对自称大家闺秀的女人来说，琴、棋、书、画这四种技艺都是不可缺少的；但是学起来应当区分轻重缓急，不能不学的东西先学，其余的如果天资聪颖能够兼顾的话，不妨每一种都涉猎一点儿；不这样的话，如果只擅长一种技艺，仍会获得才女的美名。"琴"有丝、竹，分门别类；"书"前面已经讲得很详细了，教得好在于别人，学得好在于自己，学好学坏不能强求。"画"对女人来说是雕虫小技，学不学都行，悉听尊便。至于下围棋，就不能根据自己的喜好决定了，学也得学，不学也得学。教女人学下围棋，对人对己都有好处，而且它的好处不止一种。女人没事儿干，必然会想入非非，学会了下围棋打发日子，就不会产生非分的念头，这是第一种好处。女人们待在一起，容易酿出争斗，让她们用手下围棋代替用舌头说长道短，能够使她们安静，这是第二种好处。男女相对而坐没事儿干，必定会想邪事儿，在吹拉弹唱、烧香品茶之外的空闲时间，如果不学点儿东西，就想动手动脚，男女耳鬓厮磨，不是在桌前，就是在床上；一旦下起围棋，各种想法都抛到脑后去了，清心寡欲的方法没有比下围棋更好的了。但是跟女子下围棋，用不着争什么输赢，宁可让她几个子儿，输给她一点儿，她只会高兴不会嗔怪，笑容可掬；如果存心让她输，不仅当场使她很难堪，日后也会减少了下棋的兴致。

女子纤细的手指拈着棋子，踌躇不下，静静地观赏这一姿态，足以使人销魂。如果一定要赢她，恐怕天地之间没有这样忍心的人。

双陆、投壶等游戏，都是可以暂时不学的。用骨牌赌输赢，也可以消磨闲暇时光，而且容易懂容易学，似乎不应当放弃。

注释

[1] "扑作教刑"——语出《尚书·尧典》。意思是不好好学习就用木板打。

[2] 谢庭咏雪——东晋谢安，一日见大雪，问儿辈："白雪纷纷何所似？"侄子谢朗说："撒盐空中差可拟。"侄女谢道韫说："未若柳絮因风起。"安大喜。后谢道韫成为古代有名的才女。

[3] 双陆、投壶诸技——双陆：古代赌博游戏，其法已失传。投壶：古人宴会时的游戏。设特制之壶，宾主依次投矢其中，中多者为胜，负者饮。

2. 丝竹

原文

丝竹之音，推琴为首。古乐相传至今，其已变而未尽变者，独此一种，余皆末世之音也。妇人学此，可以变化性情。欲置温柔乡，不可无此陶熔之具。然此种声音，学之最难，听之亦最不易。凡令姬妾学此者，当先自问其能弹与否。主人知音，始可令琴瑟在御，不则弹者铿然，听者茫然，强束官骸以俟其阕，是非悦耳之音，乃苦人之具也。习之何为？凡人买姬置妾，总为自娱。己所悦者，导之使习；己所不悦，戒令勿为，是真能自娱者也。尝见富贵之人，听惯弋阳、四平等腔，极嫌昆调之冷，然因世人雅重昆调，强令歌童习之，每听一曲，攒眉许久，座客亦代为苦难，此皆不善自娱者也。予谓人之性情，各有所嗜，亦各有所厌，即使嗜之不当，厌之不宜，亦不妨自攻其谬，自攻其谬，则不谬矣。予生平有三癖，皆世人共好，而我独不好者：一为果中之橄榄，一为馔中之海参，一为衣中之茧绸。此三物者，人以食我，我亦食之；人以衣我，我亦衣之；然未尝自沽而食，自购而衣，因不知其精美之所在也。谚云："村人吃橄榄，不知回味。"予真海内之村人也。因论习琴而谬谈至此，诚为饶舌。

人问：主人善琴，始可令姬妾学琴，然则教歌舞者，亦必主人善歌善舞而后教乎？须眉丈夫之工此者，有几人乎？曰：不然。歌舞难精而易晓，闻其声音之婉转，睹其体态之轻盈，不必知音始能领略。座中席上，主客皆然，所谓雅俗共赏者是也。琴音易响而难明，非身习者不知，惟善弹者能听。伯牙不遇子期，相如不得文君，尽日挥弦，总成虚鼓。吾观今世之为琴，善弹者多，能听者少，延明师、教美妾者尽多，果能以此行乐，不愧文君、相如之名者绝少。务实不务名，此予立言之意也。若使主人善操，则当舍诸技而专务丝桐。"妻子好合，如鼓瑟琴"[1]"窈窕淑女，琴瑟友之"[2]。琴瑟非他，胶漆男女而使之合一，联络情意而使之不分者也。花前月下，美景良辰，值水阁之生凉，遇绣窗之无事，或夫唱而妻和，或女操而男听，或两声齐发，韵不参差，无论身当其境者俨若神仙，即画成一幅合操图，亦足令观者消魂，而知音男妇之生妒也。

丝音自焦桐而外，女子宜学者，又有琵琶、弦索、提琴之三种。琵琶极妙，惜今时不尚，善弹者少，然弦索之音，实足以代之。弦索之形，较琵琶为瘦小，与女郎之纤体最宜。近日教习家，其于声音之道，能不大谬于宫商者，首推弦索，时曲次之，戏曲又次之。予向有"场内无文，场上无曲"之说，非过论也，止为初学之时，便以取舍得失为心，虑其调高和寡，止求为下里巴人，不愿作阳春白雪，故造到五七分即止耳。提琴较之弦索，形愈小而声愈清，度清曲者，必不可少。提琴之音，即绝少美人之音也，春容柔媚，婉转断续，无一不肖。即使清曲不度，止令善歌二人，一吹洞箫，一拽提琴，暗谱悠扬之曲，使隔花间柳者听之，俨然一绝代佳人，不觉动怜香惜玉之思也。

丝音之最易学者，莫过于提琴，事半功倍，悦耳娱神。吾不能不德创始之人，令若辈尸而祝之也。

竹音之宜于闺阁者，惟洞箫一种，笛可暂而不可常，至笙管二物，则与诸乐并陈，不得已而偶然一弄，非绣窗所应有也。盖妇人奏技，与男子不同。男子所重在声，妇人所重在容。吹笙搦管之时，声则可听，而容不耐看，以其气塞而腮胀也，花容月貌，为之改观，是以不应使习。妇人吹箫，非止容颜不改，且能愈增娇媚。何也？按风作调，玉笋为之愈尖；簇口为声，朱唇因而越小。画美人者，常作吹箫图，以其易于见好也。或箫或笛，如使二女并吹，其为声也倍清，其为态也更显，焚香啜茗而领略之，皆能使身不在人间世也。

吹箫品笛之人，臂上不可无钏。钏又勿使太宽，宽则藏于袖中不得见矣。

译文

在各种弦乐管乐的声音中，琴的声音当推第一。古代的音乐流传到今天，已经变化而又没有完全变化的，只有这一种，别的都成了不堪入耳的靡靡之音。女人学习弹琴，能够陶冶性情。要想寻求男女之乐，不能没有这东西。但是学习演奏这种乐器是最难的，要想真正听得懂也很不容易。让姬妾学习演奏这种乐器，应该先问一问她到底能不能弹奏。主人懂得音乐，才可以让姬妾弹奏；不然的话，即使弹得铿锵有力，听的人仍茫然不解，勉强地做出倾听的姿态和表情，来听她演奏，这就不是什么悦耳动听的音乐，而是给人增添烦恼的东西了。学它又有什么用处呢？男人购置姬妾是为了愉悦性情的。自己喜欢的东西，引导她让她去学习；自己不喜欢的东西，告诫她不让她去做，这才是真能自娱自乐的人。我曾经见过某些有钱有势的人，听惯了弋阳腔、四平腔，嫌昆腔太冷清；但是就因为世人把昆腔视为高雅艺术，于是强迫歌童去学它，每听一首曲子，都要皱上半天眉头，在座的客人也替他受罪。这都是不善于自娱自乐的人。我认为，从人的性情来说，每个人都有自己偏爱的东西，每个人都有自己厌恶的东西；即使偏爱的是不该偏爱的东西，厌恶的是不该厌恶的东西，也应当自我调整、自我纠正，做到了自我调整、自我纠正，就不会错了。我生平最不喜欢三种东西，这三种东西都是世人共同嗜好的，唯独我不喜欢：一种是水果中的橄榄，一种是菜肴中的海参，一种是衣服中的生丝绸。这三种东西，别人白给我吃我也吃，别人白给我穿我也穿，但是我从来没有自己花钱买来吃、买来穿过，因为我不知道这些东西好在哪里。谚语说："乡巴佬吃橄榄，不知回味。"我真是天下一个地地道道的乡巴佬。由谈论弹琴而绕到这些东西上去了，真叫啰唆。

有人问："主人擅长弹琴，才可以让姬妾学琴；这样的话，教别人唱歌跳舞的女子也一定是她自己的主人能歌善舞，然后教给她的了？但是这样的男人有几个呢？"我说不对。歌、舞这两样东西虽然难以精通，但却很容易明白，只要听那婉转的歌声，看那轻盈的舞步就行了，欣赏歌舞不一定非要懂得音乐才行。台上台下，主人和客人都能够领略歌舞的美妙，这就是所谓的雅俗共赏。琴声演奏出来很容易，要听懂就困难了，不亲身学习不会知道，只有擅长弹琴的人才能听得懂琴乐。如果伯牙没有遇到钟子期，司马相如没有遇到卓文君的话，尽管他们整天弹琴，但弹也是白弹。我看当今世上擅长弹琴的人多，而能够听懂琴声的人却很少；请名师教美妾弹琴的人多，真能在弹琴听琴中得到乐趣，像司马相如和卓文君那样彼此成为知音的人却很少。我立论的目的是想让人们讲求实际，不要贪图虚名。如果主人擅长弹琴，那就应当放下别的技艺专工弹琴。《诗经》中说，"妻子好合，如鼓琴瑟"，"窈窕淑女，琴瑟友之"，琴瑟不是别的，是男女之间的黏合剂、彼此沟通感情的桥梁。花前月下，良辰美景，水上楼阁空气凉爽，恰逢家中清闲无事，或者夫唱妻和，或者女的演奏男的静听，或者一个伴奏一个演唱，音韵和谐，旋律优美。这幅美景，且不说身临其境的人快乐得俨若神仙，即使把它画成一幅图画，也足以让看画的人神魂颠倒，让通晓音乐的男人和女人心生妒忌。

弦乐器除了琴以外，适合女人学的还有琵琶、三弦、提琴这三种。琵琶美妙极了，可惜现在不时兴了，擅长弹奏琵琶的人少了；但是三弦的声音之美，足以代替琵琶。三弦的形状比琵琶瘦小一些，跟女子纤细的身材相得益彰。近来教人演奏乐器以及学习演奏乐器的人，能把声调掌握得较为准确，能够不出现大的错误的，首推三弦，其次是时调，再次是戏曲。我曾经对戏曲演出提出过批评，认为当今剧场里既听不到好戏文，也听不到好曲子，说得并不过分。之所以会这样，都是由于初学的时候患得患失，担心曲高和寡，只求媚俗，不求高雅，因而学到六七成就浅尝辄止了。提琴跟三弦比起来，形状更小，发出的声音更加清亮，是戏曲清唱中必不可少的乐器。提琴的音调，有如绝色美女的发出声音，用它来表现美女柔情妩媚的容貌、婉转断续的歌喉，没有一样不惟妙惟肖。即使不是戏曲清唱，只是让两个好手坐在花前柳下，一个吹洞箫，一个拉提琴，奏出婉转悠扬的曲子，使外面的人听了，仿佛里面有一位绝代佳人，禁不住勾起无限的情思。

弦乐器中最容易学的，莫过于提琴，花费一半的力气，可以获得双倍的功效，动人耳目，愉悦性情，所以不能不感谢发明这种乐器的人，为他烧一炷香，向他顶礼膜拜。

适合女人学的管乐器，只有洞箫这一种；笛子只能偶尔吹一吹，不能常吹。至于笙、管这两种乐器，则不能跟别的乐器相提并论，在不得已的时候偶尔摆弄摆弄还可以，作为女人是不应该学的。因为女人演奏乐器和男人不同，男人重在声音，女子重在容貌。演奏笙、管这两种乐器时，光听声音还可以，模样却很难看，因为腮帮子被气鼓得满满的，漂亮的脸蛋儿被胀得变了形，因此不能让女人学这玩意儿。女子吹箫，不仅容貌不会改变，而且更能增添她的娇媚，为什么呢？女子吹箫的时候，纤长的手指撤按箫上的风孔，显得手指更加尖细；撮起嘴唇儿发声，嘴儿显得更小。画美人儿的人，经常画吹箫图，因为这容易得到人们的赏识。如果让两个女子一起吹箫或者吹笛子，声音会更加清亮，姿态会更加妩媚，焚上一炷香，一边品茶一边欣赏，简直可以使人飘飘欲仙。

女子吹箫弄笛的时候，手腕上不能不戴镯子；镯子又不能太松，松了就遮在衣袖中使人看不见。

注释

［1］"妻子好合，如鼓琴瑟"——语出《诗经·小雅·棠棣》。
［2］"窈窕淑女，琴瑟友之"——语出《诗经·周南·关雎》。

3. 歌舞

原文

（《演习部》中已载者，一语不赘。彼系泛论优伶，此则单言女乐。然教习声乐者，不论男女，二册皆当细阅。）

昔人教女子以歌舞，非教歌舞，习声容也。欲其声音婉转，则必使之学歌。学歌既成，则随口发声，皆有燕语莺啼之致，不必歌而歌在其中矣。欲其体态轻盈，则必使之学舞。学舞既熟，则回身举步，悉带柳翻花笑之容，不必舞而舞在其中矣。古人立法，常有事在此而意在彼者。如良弓之子，先学为箕；良冶之子，先学为裘[1]。妇人之学歌舞，即弓冶之学箕裘也。后人不知，尽以声容二字，属之歌舞，是歌外不复有声，而征容必须试舞。凡为女子者，即有飞燕之轻盈[2]，夷光之妩媚[3]，舍作乐无所见长；然则一日之中，其为清歌妙舞者，有几时哉？若使声容二字，单为歌舞而设，则其教习声容，犹在可疏可密之间。若知歌舞二事，原为声容而设，则其讲究歌舞，有不可苟且塞责者矣。但观歌舞不精，则其贴近主人之身，而为殢雨尤云之事者[4]，其无娇音媚态可知也。

"丝不如竹，竹不如肉"[5]，此声乐中三昧语，谓其渐近自然也。予又谓男音之为肉，造到极精处，止可与丝竹比肩，犹是肉中之丝，肉中之竹也。何以知之？但观人赞男音之美者，非曰"其细如丝"，则曰"其清如竹"，是可概见。至若妇人之音，则纯乎其为肉矣。语云："词出佳人口。"予曰：不必佳人，凡女子之善歌者，无论妍媸美恶，其声音皆迥别男人。貌不扬而声扬者有之。未有面目可观而声音不足听者也。但须教之有方，导之有术，因材而施，无拂其天然之性而已矣。歌舞二字，不止谓登场演剧；然登场演剧一事，为今世所极尚，请先言其同好者。

一曰取材。取材维何？优人所谓"配脚色"是已。喉音清越而气长者，正生、小生之料也；喉音娇婉而气足者，正旦贴旦之料也；稍次则充老旦；喉音清亮，而稍带质朴者，外末之料也；喉音悲壮，而略近噍杀者[6]，大净之料也。至于丑与副净，则不论喉音，只取性情之活泼，口齿之便捷而已。然此等脚色，似易实难，男优之不易得者二旦，女优之不易得者净丑。不善配脚色者，每以下选充之，殊不知妇人体态，不难于庄重妖娆，而难于魁奇洒脱。苟得其人，即使面貌娉婷，喉音清婉，可居生旦之位者，亦当屈抑而为之。盖女优之净丑，不比男优，仅有花面之名，而无抹粉涂胭之实，虽涉诙谐谑浪，犹之名士风流，若使梅香之面貌胜于小姐，奴仆之词曲过于官人，则观者听者倍加怜惜，必不以其所处之位卑，而遂卑其才与貌也。

二曰正音。正音维何？察其所生之地，禁为乡土之言，使归《中原音韵》之正者是已。乡音一转而即合昆调者，惟姑苏一郡；一郡之中，又止取长、吴二邑，余皆稍逊，以其与他郡接壤，即带他郡之音故也。即如梁溪境内之民，去吴门不过数十里，使之学歌，有终身不能改变之字，如呼：酒钟为"酒宗"之类是也。近地且然，况愈远而愈别者乎？然不知远者易改，近者难改，词语判然、声音迥别者易改，词语声音大同小异者难改。譬如楚人往粤，越人来吴，两地乡音判如霄壤，或此呼而彼不应，或彼说而此不言，势必大费精神，改唇易舌，求为同声相应而后已。止因自任为难，故转觉其易也。至入附近之地，彼所言者，我亦能言，不过出口收音之稍别，改与不改，无甚关系，往往因仍苟且，以度一生，止因自视为易，故转觉其难也。正音之道，无论异同远近，总当视易为难。选女乐者，必自吴门是已。然尤物之生，未尝择地，燕姬赵女，越妇秦娥，见于载籍者，不一而足。"惟楚有材，惟晋用之"[7]，此言晋人善用，非曰惟楚为能生材也。予游遍域中，觉四方声音，凡在二八上下之年者，无不可改。惟八闽、江右二省，新安、武林二郡，较他处为稍难耳。正音有法，当择其一韵之中，字字皆别，而所别之韵，又字字相同者，取其吃紧一二字，出全副精神以正之。正得一二字转，则破竹之势已成。凡属此一韵中相同之字，皆不正而自转矣。请言一二以概之：九州以内，择其乡音最劲，舌本最强者而言，则莫过于秦晋二地。不知秦晋之音，皆有一定不移之成格。秦音无"东钟"，晋音无"真文"；秦音呼"东钟"为"真文"。晋音呼"真文"为"东钟"。此予身入其地，习处其人，细细体认而得之者。秦人呼"中庸"之"中"为"肫"，"通达"之"通"为"吞"，"东南西北"之"东"为"敦"，"青红紫绿"之"红"为"魂"，凡属"东钟"一韵者，字字皆然，无一合于本韵，无一不涉"真文"，岂非秦音无"东钟"，秦音呼"东钟"为"真文"之实据乎？我能取此韵中一二字，朝训夕诂，导之改易，一字能变，则字字皆变矣。晋音较秦音稍杂，不能处处相同；然凡属"真文"一韵之字，其音皆仿佛"东钟"，如呼"子孙"之"孙"为"松"；"昆腔"之"昆"为"空"之类是也。即有不尽然者，亦在依稀仿佛之间，正之亦如前法，则用力少而成功多。是使无"东钟"而有"东钟"，无"真文"而有"真文"，两韵之音，各归其本位矣。秦晋且然，况其他乎？大约北音多平而少入，多阴而少阳。吴音之便于学歌者，止以阴阳平仄不甚谬耳。然学歌之家，尽有度曲一生，不知阴阳平仄为何物者，是与蠹鱼日在书中，未尝识字者等也。予谓教人学歌，当从此始。平仄阴阳既谙，使之学曲，可省大半工夫。正音改字之论，不止为学歌而设，凡有生于一方而不屑为一方之士者，皆当用此法以掉其舌。至于身在青云，有率吏临民之责者，更宜洗涤方音，讲求韵学，务使开口出言，人人可晓。常有官说话而吏不知，民辩冤而官不解，以致误施鞭扑，倒用劝惩者。声音之能误人，岂浅鲜哉？

  正音改字，切忌务多，聪明者每日不过十余字，资质钝者渐减。每正一字，必令于寻常说话之中尽皆变易，不定在读曲念白时。若止在曲中正字，他处听其自然，则但于眼下依从，非久复成故物，盖借词曲以变声音，非假声音以善词曲也。

  三曰习态。态自天生，非关学力，前论声容，已备悉其事矣。而此复言习态，抑何自相矛盾乎？曰：不然。彼说闺中，此言场上。闺中之态，全出自然。场上之态，不得不由勉强；虽由勉强，却又类乎自然，此演习之功之不可少也。生有生态，旦有旦态，外末有外末之态，净丑有净丑之态，此理人人皆晓，与男优相同，可置弗论，但论女优之态而已。男优妆旦，势必加以扭捏，不扭捏，不足以肖妇人。女优妆旦，妙在自然，切忌造作，一经造作，又类男优矣。人谓妇人扮妇人，焉有造作之理？此语属赘。不知妇人登场，定有一种矜持之态，自视为矜持，人视则为造作矣。须令于演剧之际，只作家内想，勿作场上观，始能免于矜持造作之病。此言旦脚之态也。然女态之难，不难于旦，而难于生；不难于生，而难于外末净丑。又不难于外末净丑之坐卧欢娱，而难于外末净丑之行走哭泣。总因脚小而不能跨大步，面娇而不肯妆瘁容故也。然妆龙像龙，妆虎像虎，妆此一物，而使人笑其不似，是求荣得辱，反不若设身处地，酷肖神情，使人赞美之为愈矣。至于美妇扮生，较女妆更为绰约，潘安、卫玠[8]，不能复见其生时，借此辈权为小像，无论场上生姿，曲中耀目，即于花前月下偶作此形，与之坐谈对弈，啜茗焚香，虽歌舞之余文，实温柔乡之异趣也。

译文

（《演习部》中已经说过的，这里一句也不重复了。前面说的是训练演员，这里说的是女子学习音乐；但只要是教唱声乐的，不论男女，两个部分都应当细读。）

从前人们教女子唱歌和舞蹈，实际上不单纯是让她们唱歌跳舞，而是为了训练她们的声音和仪态。要想使声音婉转动听，就必须让她们学习唱歌；学会了唱歌以后，顺口发出的声音便有如燕语莺声，美妙动听，用不着唱歌就已经带着歌的韵味儿了。要想使仪态轻盈，就必须让她们学习舞蹈；舞蹈学熟了以后，一转身、一投足便有如柳枝飘摆、花儿含笑，妩媚动人，用不着跳舞就已经带着舞蹈的韵味儿了。古人创立一项规矩，往往是别有一番用心的，比如制造弓箭的工匠的孩子要先学编簸箕，冶炼金属的工匠的孩子要先学做皮衣。让女子学习歌舞，跟制造弓箭的工匠的孩子学编簸箕、冶炼金属的工匠的孩子学做皮衣用意是一样的。后人不懂得这一点，一谈到声音、仪态，就把它归于唱歌跳舞。因此女人除了唱歌以外，声音就不那么动听了，仪态怎样也只有通过跳上一段舞蹈才能得见。这样，一个女人即使长得像赵飞燕那样轻盈、西施那样妩媚，除了唱歌跳舞之外也显不出什么特长；但是一天当中唱歌跳舞的时间又能有多少呢？如果单纯为了唱歌跳舞去学习声音仪态，那么这事儿还是可急可缓的；但是要知道，唱歌、舞蹈本来是为训练声音、仪态而设的，这就不能漫不经心、得过且过敷衍了事了。一个女人只要歌唱得不好、舞跳得不精，那么可想而知，她在跟主人男欢女爱、耳鬓厮磨之际，肯定也就没有什么娇柔妩媚可言了。

"丝不如竹，竹不如肉。"说这话的人很懂得音乐的奥妙，它的意思是说后者比前者更接近于自然。我还认为，男人的声音即使达到了极其完美的程度，也只能跟乐器发出的声音相比。这是从何说起呢？只要听听人们的评价就知道了。人们称赞男人的声音好听，不说"其细如丝"，就说"其清如竹"，由此可见男人的声音再美，充其量只能达到管、弦乐器的水平。至于女人的声音，在各种声音当中是最完美最动听的了。有人说："优美的词句出自佳人儿之口。"我说：不一定非得是佳人，凡是擅长唱歌的女人，无论容貌长得好看不好看，她的声音都要比男人的声音动听许多。有的女人模样长得不怎么样，但是声音却非常好听。没有模样长得很美但声音却不中听的；只需采取适当的方法对她们加以教育和引导，因材施教，不去强行改变她们天生的特性就行了。唱歌和舞蹈，不光是针对登台演戏而言，但是登台演戏被当今社会普遍崇尚，那就让我从人们共同爱好的演戏一事谈起。

第一是选材。什么是选材呢？就是演员们说的"分配角色"。嗓音清越、气息长的，是扮演正生、小生的材料；嗓音娇媚婉转、气息足的，是扮演正旦、贴旦的材料；稍微欠点儿火候的可以扮演老旦；嗓音清亮、稍带些质朴的，是扮演外末的材料；嗓音悲壮、略带沙哑的，是扮演大花脸的材料。至于丑角、二花脸，则不管嗓音怎样，只要性情活泼、口齿伶俐的就行。但是扮演丑角、二花脸这类角色，看上去似乎很容易，其实是很难的。男演员当中能够扮演旦角的不容易找到，女演员当中能够扮演净、丑的不容易找到。不善于分配角色的人，往往选用素质差一点儿的人去扮演这些角色；殊不知女人的体态，要表现得端庄、妖娆并不困难，难就难在表现得魁伟、洒脱。如果发现一位能够扮演净、丑的女人，即使她长得亭亭玉立，嗓音清丽柔婉，完全能够胜任生、旦的角色，但还是应当委屈一下，去扮演净、丑。女人扮演净、丑，跟男人扮演净、丑不同，名义上是花脸，但实际上并不真的涂花脸；虽然有些诙谐放肆，但是有如名士高人放浪形骸，反倒更显风流潇洒。如果她扮演的是丫鬟的角色。而容貌比小姐还漂亮，扮演的是奴仆的角色，而词曲比官人还优美，那么看戏听戏的人更会加倍地怜爱她，一定不会因为她扮演了卑贱的角色而小看了她的才貌。

第二是纠正字音。什么叫纠正字音呢？就是看她出生在什么地方，让她抛弃家乡的口音，使其合乎标准的中原音韵。各种地方口音当中，稍稍变化一下就符合昆腔音韵的，只有苏州一郡；一郡之中又只有长洲、吴县两地；其他地方改变起来都稍稍困难一些，因为这些地方跟别的县相邻，带有别的县的口音。就拿梁溪境内的人来说，那里离苏州不过几十里，但是让他们学歌，有些字的字音一辈子都纠正不过来，例如把"酒盅"说成"酒宗"等等。这么近的地方尚且如此，何况距离更远、口音差别更大的呢？但是人们并不懂得，远处的口音容易改正，近处的口音难以改正；词语和发音截然不同的容易改正，词语和发音大同小异的难以改正。比如楚地的人到粤地去，越地的人到吴地来，两地的口音，差别之大，如同一个天上、一个地下。两地的人在一起，要么是我叫你你不应声，要么是你说话我不搭腔，这样打起交道来势必劳神费力，因而肯定得努力矫正口音，直到能够用同样的语言彼此交流才拉倒。只因为把它当作一件困难的事情对待了，所以做起来反倒觉得容易。至于相距较近的地方，你那边的方言，我这边也会说，只不过念字的出口、收音稍稍有些不同，改不改没什么关系，因此往往因循守旧，得过且过，一辈子也就这样过去了。只因为自认它很容易，所以改正起来反倒觉得困难。

　　纠正字音的方法，是不管口音差别的大小、所处距离的远近，都应当视为一件难事。挑选女歌舞演员的人，总是非苏州女子不要；可是美女从来不能择地而生，燕、赵、越、秦等地同样出美女，这在书中已经有过很多记载了。"惟楚有材，惟晋用之"，这句话说的是晋地的人善于使用良材，而不是说只有楚地出产良材。我走遍了全国，觉得各地的口音凡是年龄在十六岁左右的人都没有改不掉的；只有福建、江西两省，新安、杭州两地的口音，改正起来比别的地方稍稍困难一些。纠正字音有一定的方法，应当在同一韵的韵母相近的字当中，挑选一两个关键的字，使出全部的精力来纠正它的发音。纠正了一两个字以后，再纠正其他的字就相当顺利了。凡是这一韵当中韵母相同的字，用不着一一纠正就能够自然而然地改正过来。让我们举出一两个例子：从全国范围来说，口音最重、舌根最硬的，莫过于秦、晋两地；但秦、晋两地的口音是有规律可循的。秦地口音当中没有"东钟"韵，晋地口音当中没有"真文"韵；秦地的口音把"东钟"韵念成"真文"韵，晋地的口音把"真文"韵念成"东钟"韵。这是我亲自深入当地，长期跟当地人相处，细细体会才发现的。秦地人把"中庸"的"中"念成"肫"，把"通达"的"通"念成"吞"，把"东南西北"的"东"念成"敦"，把"青红紫绿蓝"的"红"念成"魂"，凡是属于"东钟"韵的字，全都这样来念，没有一个字念得合乎本韵，没有一个字不念成"真文"韵，这不恰恰证明了秦地口音当中没有"东钟"韵、把"东钟"韵一概念成"真文"韵吗？如果我们能够从这一韵当中挑出一两个字来，早晚琢磨，认真研究它的读音，纠正错误的念法，只要一个字纠正过来了，这一韵之中所有的字就都纠正过来了。晋地口音比秦地口音稍为混杂一些，但还是有规律可循的：凡是属于"真文"韵的字，发音都跟"东钟"韵相近，比如把"子孙"的"孙"念成"松",把"昆腔"的"昆"念成"空"等等,即使不全是这样,也大致差不多,纠正起来还是采取前面提到的方法,用力少见效快,这就使得"东钟""真文"两韵的字各归所属,该念成什么就念成什么了。秦、晋两地尚且如此,何况别的地方呢?大致说来,北方口音当中,平声字多,入声字少;阴调的字多,阳调的字少。吴地口音之所以便于学歌,只因为它在字的阴阳、平仄方面发音比较准确,没有大的出入;有的人都唱了一辈子曲子,却不知道阴阳、平仄是什么东西,这就像书中的蠹虫一样,蠹虫整天待在书里,却从来不识字。我认为教人学歌,应当从区别字的阴阳、平仄开始,阴阳、平仄搞通了以后,再去学唱曲子,可以节省一大半工夫。

纠正字音不光是针对学歌而言的,凡是生在一地、志在四方的读书人,都应该用这种方法来训练自己的舌头;至于做官的人,身负领导官员、治理百姓的责任,更应当清除地方口音,研究音韵学,一定要做到每当开口说话,人人都听得懂。经常有这样的情况:当官儿的说话,下面的官员听不懂,百姓喊冤,当官儿的听不懂,以致颠倒是非、错用了刑罚的。发音错误给人带来的麻烦和祸患,难道还少吗?

纠正字音,千万不要贪多,聪明人每天纠正十多个字就可以了,天赋稍差的人可以少一些。每纠正一个字,必须在平常说话的时候全都把它读准;不能只在读曲念白的时候读准了,别的时候却随随便便听其自然,这样做的结果只能是眼下纠正过来了,过不了多久,老毛病又犯了。读词曲是为了借助它来纠正声音的,一个是手段,一个是目的,不能本末倒置。

第三是训练仪态。人的神态是天生的,跟后天的学习演练没有关系,这一点前面已经论述得很具体很全面了;但是这里又说训练仪态,是不是太自相矛盾了呢?不是的,前面说的是日常生活,现在说的是登台演戏。在日常生活中,人的仪态全是出于自然;而登台演戏,就不能不勉强自己装扮出某种仪态,虽说戏中的仪态是装扮出来的,但是却又贴近自然,因此不能不下功夫学习和训练。生角有生角的仪态,旦角有旦角的仪态,外末有外末的仪态,净、丑有净、丑的仪态,这个道理人人都知道,可以放下不提,这里只说说女演员的仪态。男演员扮演旦角,必然要有些做作,不做作就不像女人了。女演员扮演旦角,妙在神态自然,切忌做作,一旦做作了,又跟男演员一样了。有人认为由女人扮演女人,哪有做作的道理?你说的岂不是废话?殊不知女人登台演戏,总是不自觉地显出端庄矜持,在自己看来很矜持,在别人看来就是做作了。应当让她们在演戏的时候,只当在家中一样,千万不要把它看成是演戏,这样才能不犯矜持做作的毛病。这是说旦角的仪态。但是女人演戏，扮演旦角并不困难，难在扮演生角；扮演生角也不太困难，难在扮演外末、净、丑；扮演外末、净、丑的坐、躺、嬉笑、欢快并不困难，难在扮演他们的行走、哭泣，因为女演员脚小不能迈大步，脸蛋儿长得漂亮不愿意装扮出憔悴的神情。但是，对演员来说，应当装龙像龙、装虎像虎；如果扮演某一角色，让人看了觉得不像，反倒招人耻笑，不如设身处地，把人物演得活灵活现，使人看了赞不绝口为妙。漂亮的女人扮演生角，比扮女装更是别有一种风味儿。人们无法看到潘安、卫玠生前的美貌，姑且把她们当作他们的肖像，且不说在舞台上顾盼生姿，开口唱戏令人赏心悦目，即便在花前月下偶尔装扮一回男子，跟她聊天下棋、焚香品茶，虽说不能与看戏的滋味儿相比，也实在是别有一番情趣。

注释

［1］良弓之子四句——语出《礼记·学记》："良冶之子，必学为裘；良弓之子，必学为箕。"

［2］飞燕——汉成帝皇后，姓赵，体态轻盈而善歌舞，故称"飞燕"。

［3］夷光——即西施。

［4］㜮雨尤云——柳永《浪淘沙慢》："㜮雨尤云，有万般千种相怜惜。"㜮：纠缠不清。

［5］"丝不如竹，竹不如肉"——语出《左传·襄公二十六年》。

［6］噍杀——《礼记·乐记》："其哀心感者，其音噍以杀。"孔颖达《疏》："谓乐声噍蹙杀小。"或含忧戚、急促等意。

［7］"惟楚有材，惟晋用之"——语出《左传·襄公二十六年》："如杞、梓、皮革，自楚往也。虽楚有材，晋实用之。"原暗指楚用淫刑，大夫逃于四方，用于晋者甚多。

［8］潘安、卫玠——潘岳，字安仁，晋代美男子，少时出洛阳道，妇人遇之者，连手萦绕，投之以果，满载而归。为文词藻艳丽。卫玠：字叔宝，晋代美男子，少时乘羊车入市，见者以为玉人。其舅王济叹曰："珠玉在侧，觉我形秽。"又曰："与玠同游，若明珠之在侧，朗然照人。"及长，好谈玄理，令人倒绝。后移家建业，京师人闻其姿容，观者如堵。

第四卷 居室部

一、房舍

小 引

人之不能无屋,犹体之不能无衣。衣贵夏凉冬燠,房舍亦然。"堂高数仞,榱题数尺"[1],壮则壮矣,然宜于夏而不宜于冬。登贵人之堂,令人不寒而栗,虽势使之然,亦廖廓有以致之,我有重裘,而彼难挟纩故也[2]。及肩之墙,容膝之屋,俭则俭矣,然适于主而不适于宾。造寒士之庐,使人无忧而叹,虽气感之耳,亦境地有以迫之,此耐萧疏而彼憎岑寂故也。吾愿显者之居,勿太高广。夫房舍与人,欲其相称。画山水者有诀云:"丈山尺树,寸马豆人。"使一丈之山,缀以二尺三尺之树;一寸之马,跨以似米似粟之人,称乎?不称乎?使显者之躯,能如汤文之九尺十尺,则高数仞为宜;不则堂愈高而人愈觉其矮,地愈宽而体愈形其瘠,何如略小其堂,而宽大其身之为得乎?处士之庐,难免卑隘;然卑者不能耸之使高,隘者不能扩之使广,而污秽者、充塞者,则能去之使净,净则卑者高,而隘者广矣。吾贫贱一生,播迁流离,不一其处,虽债而食,赁而居,总未尝稍污其座。性嗜花竹,而购之无资,则必令妻孥忍饥数日,或耐寒一冬,省口体之奉,以娱耳目,人则笑之,而我怡然自得也。性又不喜雷同,好为矫异,常谓人之葺居治宅,与读书作文,同一致也。譬如治举业者,高则自出手眼,创为新异之篇;其极卑者,亦将读熟之文,移头换尾,损益字句,而后出之，从未有抄写全篇，而自名善用者也。乃至兴造一事，则必肖人之堂以为堂，窥人之户以立户，稍有不合，不以为得，而反以为耻。常见通侯贵戚，掷盈千累万之资，以治园圃，必先谕大匠曰：亭则法某人之制，榭则遵谁氏之规，勿使稍异。而操运斤之权者，至大厦告成，必骄语居功，谓其立户开窗，安廊置阁，事事皆仿名园，纤毫不谬。噫！陋矣！以构造园亭之胜事，上之不能自出手眼，如标新创异之文人；下之至不能换尾移头，学套腐为新之庸笔，尚嚣嚣以鸣得意，何其自处之卑哉？予尝谓人曰："生平有两绝技，自不能用，而人亦不能用之，殊可惜也！"人问绝技维何？予曰："一则辨审音乐，一则置造园亭。"性嗜填词，每多撰著，海内共见之矣。设处得为之地，自选优伶，使歌自撰之词曲，口授而躬试之，无论新裁之曲，可使迥异时腔，即旧日传奇，一概删其腐习而益以新格，为往时作者，别开生面，此一技也。一则创造园亭，因地制宜，不拘成见，一榱一桷，必令出自己裁，使经其地，入其室者，如读湖上笠翁之书，虽乏高才，颇饶别致，岂非圣明之世，文物之邦，一点缀太平之具哉？噫！吾老矣，不足用也，请以崖略，付之简篇，供嗜痂者采择。收其一得，如对笠翁，则斯编实为神交之助尔。

土木之事，最忌奢靡。匪特庶民之家当崇俭朴，即王公大人亦当以此为尚。盖居室之制，贵精不贵丽，贵新奇大雅，不贵纤巧烂漫。凡人止好富丽者，非好富丽，因其不能创异标新，舍富丽无所见长，只得以此塞责。譬如人有新衣二件，试令两人服之，一则雅素而新奇，一则辉煌而平易，观者之目，注在平易乎？在新奇乎？锦绣绮罗，谁不知贵？亦谁不见之？缟衣素裳，其制略新，则为众目所射，以其未尝睹也。凡予所言，皆属价廉工省之事，即有所费，亦不及雕镂粉藻之百一。且古语云："耕当问奴，织当访婢。"予贫士也，仅识寒酸之事。欲示富贵而以绮丽胜人，则有从前之旧制在。

新制人所未见，即缕缕言之，亦难尽晓，势必绘图作样。然有图所能绘，有不能绘者。不能绘者十之九，能绘者不过十之一。因其有而会其无，是在解人善悟耳。

译文

人不能没有房屋，就像身体不能没有衣服。衣服以夏天凉爽、冬天暖和为好，房屋也是如此。"堂高数仞，榱题数尺"，看上去固然很壮观，但是只适宜夏天住，而不适宜冬天住。走进显贵人家的房子，人往往产生一种不寒而栗的感觉，虽说这是由于主人的权势使人产生这种感觉，但是从某种意义上说也是由于房子的空旷造成的。因为在高大空旷的屋子里，主人身上穿的是厚皮袄，而客人衣衫单薄，所以使人感觉不到温暖。高仅齐肩的矮墙，大只容膝的小屋，固然很简朴，但是它只适合主人居住，却不适合招待客人。到贫寒的人家里，即使没有什么值得忧虑的事情，也往往使人感叹。这虽然是由于室内气氛的影响，从某种意义上说，这样的环境也多少使人感到窘迫。因为主人能够忍耐冷清，客人却讨厌寂静。我希望显贵人家的房屋不要造得过于高大宽敞，房屋和人需要彼此相称。山水画家有一句口诀："丈山尺树，寸马豆人。"这只是在画画，而不是真的盖房子。按画画的比例来说，假如真的在一丈大小的山上种上二三尺高的树木；在一寸大小的马上骑着像米粒那么大的人，你说这相称还是不相称？如果显贵的身材能像商汤、周文王那样高达九尺、十尺的话，住高达数仞的房子也还相称；不然的话，房子越高大，人就越发地显得矮小，地面越是宽阔，就越是觉得身体瘦弱，哪如让房屋小一些，让身体显得高大一些好呢？居士的住房难免低矮狭小；不过，虽说低矮的房子没法使它变高，狭小的房子没法使它变大，但是肮脏、拥挤的房子却能归置、打扫得整洁干净。房子一旦整洁干净了，低矮的也能显得高大，狭小的也能显得宽敞。

　　我一辈子贫寒卑贱，到处颠沛流离，没有一个固定的居所，但即便是借钱吃饭、租房子安家，也总是不让我的住处有些许的污秽。我生性喜爱花草竹木，又没钱购买，就让妻子儿女饿几天肚子，或者忍受一个冬天的寒冷，省下衣食费用，购买花草竹木来娱悦耳目。别人嘲笑我，我却怡然自得。我生性不喜欢做事与别人雷同，偏爱标新立异，常说建造房屋与读书作文有着同样的道理。比如参加科举考试的人，高明者自己用心创作新奇的篇章，拙劣者也要把读熟的文章改头换面，增减一些字句然后拿出来；从来没有全篇照抄，自称善于利用的。但是在建筑房屋方面，却总要照搬别人家的样式，别人怎样造厅堂，他怎么造厅堂；别人怎么立门户，他怎么立门户，稍有不符之处，不以为正确，反觉得可耻。常见高官显贵耗资成千上万，建造园圃，总是先关照工匠头儿说：亭子要效仿某某人家的式样，台子要效仿某某人家的式样，不得有丝毫的不同。工匠头儿们在房子建成以后，也总是夸耀自己的功劳，说他建造的门窗、走廊和阁楼，每一样都模仿名园的样式，模仿得丝毫不差。切，真是太鄙陋了！在建造房屋亭园这种关系到百年大计的事情上，往好了说，不能像标新立异的文人那样，别出心裁，有新的创造；往坏了说，甚至不能像平庸古板的文人那样，把别人的东西改头换面一番，还夸夸其谈，自鸣得意，为什么要把自己的身份降得如此之低呢？

　　我曾经对人说："我生平有两样绝技，自己没有条件运用，别人也没有来用我。"

有人问我是什么绝技？我说："一是擅长审辨音乐，二是擅长建造亭园。"我生性爱好戏曲创作，写了很多，世人都看到了。如果我有条件自选演员，让她们演出我自己创作的作品，我亲口传授，亲身尝试，那么，且不说我独创的新作品能够与时下的平庸之作大不相同，即便是旧的戏曲，经我删改之后也能化腐朽为神奇，替原来的作者创造出新的格局。这是一技。另一技是擅长建造园林，因地制宜，不被现成的观念束缚，处处出于自己的匠心；让往来的客人见了，就像读了我李笠翁的书一样，虽说没有什么很高的才气，却也很别致。这难道不是给开明盛世、文物之邦点缀升平的一种才能吗？唉！我老了，有才华也用不上了，姑且把它们粗略地写在书里，以供爱好者参考。如果有人看中了书中的一样，他就算是我李笠翁的知音，这部书也就是我们彼此神交的助手。

土木工程最忌讳的是奢侈铺张。不仅普通人家应当节俭朴素，即使身为王公大人，也应当崇尚简朴。因为居室贵在精致而不贵在华丽，贵在新奇高雅而不贵在纤巧烂漫。那些喜欢富丽堂皇的人，其实不是真的喜欢富丽堂皇，而是因为他创造不出标新立异的东西，除了富丽堂皇一无所长，只好以此敷衍了事。比方说现在有两件新衣服，分别让两个人穿上试试，一件衣服高雅、朴素而又新奇，一件衣服华丽耀眼却很平庸，那么，旁观者的目光是注意这件平庸的呢？还是注意那件新奇的呢？锦绣绸缎这类东西谁没见过？谁不知道它贵重？朴素的衣裳，式样稍微新一些，就会引起众人的瞩目，因为从来没有见过。我在本书中介绍的东西，都是价钱便宜而又节省工时的；即使不得不破费一些，也不到雕梁画栋、铺张粉饰的百分之一。而且古人说过："耕当问奴，织当访婢。"我是个贫寒的读书人，只懂得寒酸的事情；要想显示富贵，以奢侈华丽取胜于人，请看从前的旧样式就行了。

新样式人们没有见过，即使我说得再具体再详细、也难全部明白，因此总得绘制一些图样。但是有的东西可以用绘画来表现，有的用绘画表现不出来。画不出的有十分之九，画得出的只有十分之一。通过画出来的体会那些画不出来的，全在聪明人善于领悟了。

注释

［1］"堂高数仞，榱题数尺"——语出《孟子·尽心》。仞：古代长度单位，合周制八尺。榱题：出檐。

［2］挟纩——原意是披着棉衣。《左传·宣公十二年》："申公巫臣曰：'师人多

寒。'王巡三军，拊而勉之，三军之士，皆如挟纩。"后比喻因受抚慰而感到温暖，此处两种意思兼有。

1. 向背

◎ 原文 ◎

屋以面南为正向，然不可必得，则面北者宜虚其后以受南薰；面东者虚右，面西者虚左，亦犹是也。如东西北皆无余地，则开窗借天以补之。牖之大者。可抵小门二扇，穴之高者，可敌低窗二扇，不可不知也。

◎ 译文 ◎

房屋的正向应该是面朝南。如果实在办不到，那么，正面朝北的房子要在南面开窗，以便接受南面的阳光；同样道理，朝东的房子在右面开窗，朝西的房子在左面开窗。如果东、西、北三面都没有空地，就造天窗来补救。大的窗子，其作用可以抵得上两扇小门；位置高的窗子，其作用可以相当于两扇位置低的窗子。这一点不能不懂得。

2. 途径

◎ 原文 ◎

径莫便于捷，而又莫妙于迂。凡有故作迂途以取别致者，必另开耳门一扇，以便家人之奔走，急则开之，缓则闭之。斯雅俗俱利，而理致兼收矣。

◎ 译文 ◎

路是近便的好，不过迂回曲折也有它的妙处。凡是为求别致故意把路修得迂回曲折的，必须另外开一扇耳门，以方便家人出入。有急事儿的时候就打开，没有急事儿的时候就关上。这样既别致又便利，实用性和趣味性就都能照顾到了。

3. 高下

原文

　　房舍忌似平原，须有高下之势。不独园圃为然，居宅亦应如是。前卑后高，理之常也。然地不如是，而强欲如是，亦病其拘。总有因地制宜之法：高者造屋，卑者建楼，一法也。卑处叠石为山，高处浚水为池，二法也。又有因其高而愈高之，竖阁磊峰于峻坡之上，因其卑而愈卑之，穿塘凿井于下湿之区，总无一定之法。神而明之，存乎其人，此非可以遥授方略者矣。

译文

　　房舍忌似平原，必须高低错落。不仅园圃应该如此，住宅也应当这样。前低后高，这是一般规律：如果地形不允许而强求这样，就犯僵化刻板的毛病了。总有因地制宜的方法：地势高的地方造屋，地势低的地方盖楼，这是一种方法；地势低的地方用石头砌假山，地势高的地方引水建池塘，这又是一种方法。还可以把高的地方弄得更高，比如在陡峭的坡地上建阁、垒山；把低的地方弄得更低，比如在低洼潮湿处挖池塘、凿井。总之没有固定的规矩，创造的灵感在于个人，靠别人传授的方法没有用。

4. 出檐深浅

原文

　　居宅无论精粗，总以能避风雨为贵。常有画栋雕梁琼楼玉栏，而止可娱晴，不堪坐雨者，非失之太敞，则病于过峻。故柱不宜长，长为招雨之媒；窗不宜多，多为匿风之薮。务使虚实相半，长短得宜。又有贫士之家，房舍宽而余地少，欲作深檐以障风雨，则苦于暗；欲置长牖以受光明，则虑在阴。剂其两难，则有添置活檐一法。何为"活檐"？法于瓦檐之下，另设板棚一扇，置转轴于两头，可撑可下。晴则反撑，使正面向下，以当檐外顶格；雨则正撑，使正面向上，以承檐溜。是我能用天，而天不能窘我矣。

译文

房屋不管是精致还是简陋，总之能够遮蔽风雨就好。经常有这样的情形：雕梁画栋，琼楼玉栏，却只可晴天娱乐，下起雨来就麻烦了，不是由于太露，就是因为太高。所以柱子不应该过高，柱子高了会引来雨水；窗子不应该太多，窗子多了就成了招风的洞穴。必须虚实相半、长短适当。有的贫寒人家房舍宽而余地少，想把房檐造得深一些以遮蔽风雨，室内的光线就暗了；想把窗子造得高一些，又担心阴天下雨。调节这一两难问题的办法是添置活檐。什么叫作"活檐"？就是在瓦檐下面另外设置一扇板棚，两头安上转轴，使它可以撑起也可以放下。晴天反着撑，让它正面朝下，当作檐外顶格；雨天正着撑，让它正面朝上，用来接房檐流下的雨水。这样，人可以利用天气条件，而天气却不会给人添麻烦。

5. 置顶格

原文

精室不见椽瓦，或以板覆，或用纸糊，以掩屋上之丑态，名为"顶格"，天下皆然。予独怪其法制未善。何也？常因屋高檐矮，意欲取平，遂抑高者就下。顶格一概齐檐，使高敞有用之区，委之不见不闻？以为鼠窟，良可慨也。亦有不忍弃此，竟以顶板贴椽，仍作屋形，高其中而卑其前后者，又不美观，而病其呆笨。予为新制，以顶格为斗笠之形，可方可圆，四面皆下，而独高其中，且无多费，仍是平格之板料。但令工匠画定尺寸，旋而去之。如作圆形，则中间旋下一段，是弃物矣，即用弃物作顶，升之于上，止增周围一段竖板，长仅尺许，少者一层，多则二层，随人所好，方者亦然。造成之后，若糊以纸，又可于竖板之上，裱贴字画，圆者类手卷，方者类册叶，简而文，新而妥，以质高明，必当取其有裨。方者可用竖板作门，时开时闭，则当壁橱四张，纳无限器物于中，而不之觉也。

译文

精致的居室看不见椽瓦，或者用木板吊棚，或者用纸糊棚，把房顶不好看的地方遮盖起来，这叫作"顶格"，各地的房屋都是这样。但我却觉得这样做不太理想。为什么呢？因为在通常情况下，从室内来看屋子较高，但是外面的房檐却较低，要想使得里外平齐，就只能舍弃高的将就低的，把顶格造得一概跟檐口持平。这样，就使得本来高大宽敞的有用空间白白浪费掉了，让老鼠在里面做窝，实在太可惜了。有的人不忍心舍弃这个空间，竟让顶格紧贴着椽子，还是起脊的形状，中间高，前后低。这样既不美观，又显得很呆板。我设计了一种新的式样，让顶格像斗笠，可以是方的，也可以是圆的，四周低，中间高；而且这样做花费不多，还是平格的板料，只需请工匠画好尺寸，镟掉多余的部分就行了。如果做成圆形，那么从中间镟下来的那一块木料就没用了，用这块木料做顶，安在高处，只增加周围的一段竖板，长一尺左右，少的一层，多的两层，随你喜欢。方形也是这样。造成以后，如果用纸糊上，还可以在竖板上裱贴字画，圆形的像手卷，方形的像册页，简朴而又雅致，新颖而又妥帖。请高明的人士就此评论一番，他一定会赞不绝口。方形的还可以用竖板做门，时开时关，可以顶四张壁橱用，里面放置许多东西，外面却看不见。

6. 甃地

◈ 原文 ◈

　　古人茅茨土阶，虽崇俭朴，亦以法制未尽备也。惟幕天者可以席地，梁栋既设，即有阶除，与戴冠者不可跣足，同一理也。且土不覆砖，尝苦其湿，又易生尘。有用板作地者，又病其步履有声，喧而不寂。以三和土甃地，筑之极坚，使完好如石，最为丰俭得宜。而又有不便于人者，若和灰和土，不用盐卤，则燥而易裂，用之发潮，又不利于天阴；且砖可挪移，而甃成之土，不可挪移，日后改迁，遂成弃物，是又不宜用也。不若仍用砖铺，止在磨与不磨之间，别其丰俭。有力者磨之使光，无力者听其自糙。予谓极糙之砖，犹愈于极光之土；但能自运机杼，使小者间大，方者合圆，别成文理，或作冰裂，或肖龟纹。收牛溲马渤入药笼，用之得宜，其价值反在参苓之上。此种调度，言之易而行之甚难，仅存其说而已。

◈ 译文 ◈

　　古人住的是茅屋，门前是土堆的台阶，虽说这是出于崇尚简朴，但多少也是由于建筑技术不发达才这样的。只有以天为帐的人才能以地为席，房屋有了栋梁，便相应地要有台阶。这跟人头上戴了帽子，下面就不能打赤脚，是一个道理。如果地面不用砖块铺上，既潮湿又容易扬起灰尘。有的人用木板铺地，走起路来声音太响，过于喧闹。如果用三合土铺地，夯得很结实，像石头一样坚固完好，是最丰俭适宜的了。不过这样做也有不方便的地方：如果地上的灰土没有用盐卤过，就会干燥而容易裂缝；用盐卤过的又容易反潮，阴天又生麻烦。而且，砖块可以随意挪动；而三合土却不行，没法挪动，日后再搬家就成了废物了，因此不适宜采用这种办法。不如还是用砖块铺地，只在磨和不磨之间区别丰俭，有条件的可以把砖块磨光，没有条件的就让它保持原来粗糙的模样。我认为再粗糙的砖也比细土好，只要能够开动脑筋，精心设计，让砖块大小相间，方圆相合，构成别致的图案，或者模仿冰面的裂缝，或者模仿龟背的纹路；正如牛马尿也能够入药一样，只要用得适当，它的作用反而在人参、茯苓之上。如此和谐的搭配说起来容易而做起来很难，这里只是把想法提出来供人们参考。

7. 洒扫

原文

精美之房，宜勤洒扫；然洒扫中亦具大段学问，非僮仆所能知也。欲去浮尘，先用水洒。此古人传示之法，今世行之者，十中不得一二。盖因童子性懒，虑有汲水之烦，止扫不洒，是以两事并为一事，惜其力也，久之习为固然。非特童子忘之，并主人亦不知扫地之先，更有一事矣。彼但知两者并一，是省事法。殊不知因其懒也，遂以一事化为数十事。服役者既以为苦，而指使者亦觉其繁；然总不知此数十事者，皆从一事苟简而生之者也。精舍之内，自明窗净几而外，尚有图书翰墨、骨董器玩之种种，无一不忌浮尘。不洒而扫，是以红尘掺物，物物皆受其蒙，并栋梁之上，榱桷之间，亦生障翳，势必逐件擦磨，始现本来面目，手不停挥者半日，才能竣事，不亦劳乎？若能先洒后扫，则扫过之后，只须麈尾一拂，一日清晨之事毕矣，何指使服役之纷纷哉？此洒水之不容已也。然勤扫不如勤洒，人则知之；多洒不如轻扫，人则未之知也。饶其善洒，不能处处皆遍，究竟干地居多。服役者不知，以其既经洒湿，则任意挥扫无妨。扬尘舞蹈之际，障翳之生也更多。故运帚切记勿重，匪特勿重，每于歇手之际，必使帚尾着地，勿令悬空，如扫一帚，起一帚，则与挥扇无异，是扬灰使起，非抑尘使伏也。此是一法。又有闭门扫地之诀，不可不知。如人先扫房舍，后及阶除，则将房舍之门紧闭，俟扫完阶除后，略停片刻，然后开门，始无灰尘入户之患。臧获不知，以为房舍扫完，其事毕矣，此后渐及门外，与内绝不相蒙；岂知有顾此失彼之患哉？顺风扬灰，一帚可当十帚，较之未扫更甚。此皆世人所忽，故拈出告之，然未免饶舌。

洒扫二事,势必相因,缺一不可,然亦有时以孤行为妙,是又不可不知。先洒后扫,言其常也;若旦旦如是,则土胶于水,积而不去,日厚一日,砖、板受其虚名,而有土阶之实矣。故洒过数日,必留一日勿洒,止令童子轻轻用帚,不致扬尘。是数日所积者,一朝去之,则水土交相为用,而不交相为害矣。

译文

精美的房屋应当勤于洒扫;但是洒扫当中也有着很深的学问,童仆们不会懂得。要除去浮尘,先得洒水。这是古人传下来的方法,如今按照这个方法去做的人,十个里面找不出一个。这是由于童子懒惰,生怕打水很麻烦,只扫地,不洒水,因此把两件事情合并成一件事情,贪图省力,久而久之,习惯成自然了。不仅童子把洒水这道事儿忘记了,就连主人也不知道扫地之前还有洒水这档子事儿了。人们光知道把两件事情合成一件事情是省事的方法,哪里想到正由于一时的懒惰,使得一件事情变成了几十件事情。干活儿的人叫苦,指使的人也觉得太烦,却不知道这几十件事情都是由于省去了一件事情而导致的。精美的居室,除了要做到窗明几净以外,还有种种物件,如图书字画、古董器玩,没有一样不忌讳浮尘。不洒水就扫地,尘土飞扬,件件东西都被蒙蔽,就连房梁上也挂满了灰尘,势必要经过一件一件地擦拭,才能显出它们的本来面目,于是总得手忙脚乱地干上半天的工夫才能完事儿,不也很劳累吗?如果先洒水后清扫,那么清扫之后,只要用拂尘扫过一遍,一天清晨的事情就做完了,哪里还用得着指手画脚、纷纷乱乱地瞎忙呢?因此洒水这道工序是不能没有的。

但是,人们光知道勤扫不如勤洒,却不知道多洒不如轻扫。就算你会洒,也不能把每个角落都洒遍,毕竟还是干燥的地方多。扫地的人不明白这个道理,以为既然已经洒过水了,就不妨任意挥扫,于是大手大脚,一通狠扫,扬起的灰尘也就更多。因此千万要记住,用扫帚不能太重;不但不能太重,每当歇手的时候,一定要扫帚尾巴着地,不要让它悬空。如果扫一扫帚扬一次扫帚,就跟挥扇子没什么两样了,这是把灰尘扬起来,而不是让它贴伏于地面了。这是一种方法。扫地还有一个诀窍不能不知道,那就是关上门扫。如果先打扫完室内,之后打扫台阶时,就应当把房门关紧,等扫完台阶,略等片刻,然后开门,这样才不会把灰尘引到屋里去。仆人不懂得这个道理,以为室内已经打扫过了,就完事儿了,此后再打扫门外,跟里面没什么关系了;哪知这样会造成顾此失彼的后患呢?顺风扫地,一扫帚扬起的灰尘可以抵得上十扫帚,比不扫更厉害。这些道理常被人们忽视,所以把它指出来,不过也未免多嘴。

洒、扫这两件事情,总是互相联系缺一不可的,但是有的时候又以单独进行为好,这个道理也不能不懂。先洒水后扫地,是说通常应当如此。然而如果天天早晨都这样干,灰土就会被水胶住,积而不去,一天比一天厚,名义上是砖、板,实际上却成了土阶了。所以连续洒过几天水以后,必须空出一天不洒,只让童子用扫帚轻轻地扫,不让尘土飞扬起来。这样,几天积下的灰尘一天就扫净了,水土这两样东西交相为我所用,而不是交相为害了。

8. 藏垢纳污

◆ 原文 ◆

欲营精洁之房,先设藏垢纳污之地。何也?爱精喜洁之士,一物不整齐,即如目中生刺,势必去之而后已。然一人之身,百工之所为备,能保物物皆精乎?且如文人之手,刻不停批,绣女之躬,时难罢刺。唾绒满地,金屋为之不光,残稿盈庭,精舍因而欠好。是极韵之物,尚能使人不韵,况其他乎?故必于精舍左右另设小屋一间,有如复道,俗名"套房"是也。凡有败笺弃纸,垢砚秃毫之类,卒急不能料理者,姑置其间,以俟暇时检点。妇人之闺阁亦然,残脂剩粉,无日无之,净之将不胜其净也。此房无论大小,但期必备。如贫家不能办此,则以箱笼代之,案旁榻后皆可置。先有容拙之地,而后能施其巧,此藏垢之不容已也。至于纳污之区,更不可少。凡人有饮即有溺,有食即有便。如厕之时尚少,可于溷厕之外,不必另筹去路。至于溺之为数,一日不知凡几,若不择地而遗,则净土皆成粪壤。如或避洁就污,则往来仆仆,"是率天下而路也"[1]。此为寻常好洁者言之。若夫文人运腕,每至得意疾书之际,机锋一转,则断不可续。然而寝食可废,便溺不可废也。"官急不如私急",俗不云乎?常有得句将书,而阻于溺,及溺后觅之,杳不可得者,予往往验之,故营此最急。当于书室之旁,穴墙为孔,嵌以小竹,使遗在内而流于外,秽气罔闻,有若未尝溺者,无论阴晴寒暑,可以不出户庭。此予自为计者,而亦举以示人,其无隐讳可知也。

◆ 译文 ◆

要想使房屋整洁干净,必须首先辟出一块地方用来堆放垃圾。这是为什么呢?喜欢整洁干净的人,一样东西不整齐,就像眼睛里面长了刺儿,必定是把它清除掉才算拉倒。但是一个人每天要干的事情很多，能保证每一样东西都那么整洁干净吗？何况，文人总是不停地写作，女人总是不停地做针线活儿，如果地上到处都是绒线头儿，满院子到处都是废纸稿，房子再精致再漂亮也不好看。这些本来都是很高雅的东西，但是到处乱丢仍有损体面，何况别的东西呢？所以，一定要在房屋的旁边另外盖一间小屋，就像俗称的"套房"。只要有残稿废纸、脏了的砚台、用坏的笔，一时腾不出时间来处理的，暂且放在这间房子里，等到闲暇时再去清理。女人的闺房也是这样，用过的脂粉天天都有，清理都清理不过来。这间房子不管是大是小，只要有那么一间就行。如果家里穷没有能力置办，可以用箱子代替，桌子旁边、床铺后面都可以放置。先有了藏拙的角落，然后才能干巧事，因此堆放垃圾的地方是不可缺少的。至于排放粪便的场所，更是不能缺少。任何人只要喝水就得撒尿，只要吃饭就得拉屎。大便的时间还算少的，有厕所就行了，用不着另外找地方了；但是小便一天不知道有多少次，如果不选个地方，随地排放，那么净土都要变成粪壤了；如果想要绕开干净的地方，到脏的地方解手，就得来来往往，忙得不亦乐乎，就像书中说的："是率天下而路也。"这是针对平常爱好干净的人而言。文人在创作的时候，每写到得意之处，奋笔疾书，机锋一转，就会阻断了思路。然而饭可以不吃，觉可以不睡，尿却不能不撒。俗话说得好："官急不如私急。"常常有这样的情况：刚刚想出一个得意的句子，就被小便阻断了，等便过之后，再找刚才想出的句子，已经找不回来了。我经常有这样的体验，所以对此最为着急。可以在书房旁边的墙壁上向外凿一个孔，插一支小竹管，里面撒尿流向外面，闻不到骚味儿，跟没有尿过一样。这样不管是阴天晴天、天寒暑热，都可以足不出户。这是我自己采用的方法，也把它写出来给别人看，可想而知我李笠翁是个不加隐讳的人。

注释

[1]"是率天下而路也"——语出《孟子·滕文公》，意思是让天下人忙得疲惫不堪。

二、窗栏

小 引

原文

吾观今世之人,能变古法为今制者,其惟窗栏二事乎?窗栏之制,日新月异,皆从成法中变出。腐草为萤,实具至理。如此则造物生人,不枉付心胸一片。但造房建宅,与置立窗轩,同是一理。明于此而暗于彼,何其有聪明而不善扩乎?予往往自制窗栏之格,口授工匠使为之,以为极新极异矣,而偶至一处,见其已设者,先得我心之同然,因自笑为"辽东白豕"。独房舍之制不然,求为同心甚少。门窗二物,新制既多,予不复赘,恐又蹈"白豕"辙也。惟约略言之,以补时人之偶缺。

译文

在我看来,当今人们能够古为今用、推陈出新的,恐怕只有窗和栏这两样东西了。窗栏的式样日新月异,都是从古代的固定的式样中演变而来的。古人说"腐草为萤",其中包含很深的哲理。像这样,大自然造物生人,才不枉费一片心机。但是建造房屋和开窗造栏的道理是一样的,为什么人们在这件事情上明白、在那件事情上糊涂,不将自己的聪明才智应用到更多的事情上去呢?我常常自己设计窗栏图样,口授给工匠制作,自以为很新鲜很独特了,后来偶到一地,发现那里窗栏的式样跟我设计的相同,人家早已想到我前面去了。于是我笑话自己成了"辽东白猪"。只有在房屋的式样方面,跟我设计的式样相同的很少;门、窗这两样东西,既然新式样已经很多了,我就不再啰唆了,怕又重蹈"白猪"的覆辙。这里只简略地说一说,以弥补当今人偶然的缺失。

注释

[1]辽东白豕——语出《后汉书·朱浮传》:"往时辽东有豕,生子白头,异而献之。行至河东,见群豕皆白,怀惭而还。"

1. 制体宜坚

原文

窗棂以明透为先，栏杆以玲珑为主。然此皆属第二义；其首重者，止在一字之"坚"，坚而后论工拙。尝有穷工极巧以求尽善，乃不逾时而失头堕趾，反类画虎未成者，计其新而不计其旧也。总其大纲，则有二语：宜简，不宜繁；宜自然，不宜雕斫。凡事物之理，简斯可继，繁则难久；顺其性者必坚，戕其体者易坏。木之为器，凡合笋使就者，皆顺其性以为之者也，雕刻使成者，皆戕其体而为之者也。一涉雕镂，则腐朽可立待矣。故窗棂栏杆之制，务使头头有笋，眼眼着撒。然头眼过密，笋撒太多，又与雕镂无异，仍是戕其体也，故又宜简不宜繁。根数愈少愈佳，少则可坚，眼数愈密愈贵，密则纸不易碎。然既少矣，又安能密？曰：此在制度之善，非可以笔舌争也。窗栏之体，不出纵横、欹斜、屈曲三项，请以萧斋制就者，各图一则以例之。

译文

窗棂以透亮为先，栏杆以精致为主，不过这都是第二位的；最要紧的是一个"坚"字，坚固了才能讲究造型美不美、制作巧不巧。有的人把窗、栏造得极其精致、极其漂亮，以求尽善尽美。但是没过多长时间，就缺胳膊少腿儿残破不堪了，搞得"画虎不成，反类其犬"。这是因为造窗栏的人只想到了新，没想到旧了以后会怎样。概括说来，造窗栏有两句话："宜简单不宜烦琐，宜自然不宜雕琢。"大凡各种事物就其物理来说，简单了才可以延续，烦琐了就难以长久；顺应事物自身原理的一定坚固，伤害事物本体的容易败坏。木制的器具凡是合榫做成的，都是顺应事物的属性而作的；雕刻而成的东西都是伤害事物的本体而作的；木料一经雕刻，腐烂得也就快了。因此制作窗棂栏杆，务必头头有榫，眼眼着撒。不过榫头榫眼太多，又跟雕刻没有什么两样了，仍是伤害事物的本体，所以制作窗栏还应当简单而不应当烦琐。使用木料的根数越少越好，少了才能坚固；榫眼越密越好，密了窗纸就不容易破。但是话又说回来，木料的根数已经少了，又怎么能使榫眼密集呢？我说：这就在于设计的好坏了，光是嘴上争论是没有用的。

窗栏的式样，不出"纵横格""欹斜格""屈曲格"这三种。下面让我以我的书房窗栏的式样为例，分别用图加以说明（注：图略）。

纵横格

◈ 原文 ◈

是格也，根数不多，而眼亦未尝不密。是所谓头头有笋，眼眼着撒者，雅莫雅于此，坚亦莫坚于此矣。是从陈腐中变出。由此推之，则旧式可化为新者，不知凡几。但取其简者、坚者、自然者变之，事事以雕镂为戒，则人工渐去而天巧自呈矣。

◈ 译文 ◈

这个式样用木根数不多，榫眼也很密。这就是所谓的"头头有榫，眼眼着撒"，没有比这种式样更雅致更坚固的了。这是从旧的式样变化而来的。由此可见，不知道有多少旧式样可以变化为新式样，只要选择其中结构简单自然而又坚固地加以变化就行。事事都应避免人工的雕琢，这样天然的巧妙就会自然显现。

欹斜格

◈ 原文 ◈

此格甚佳，为人意想所不到，因其平而有笋者，可以着实。尖而无笋者，没处生根故也。然赖有躲闪法，能令外似悬空，内偏着实，止须善藏其拙耳。当于尖木之后，另设坚固薄板一条，托于其后，上下投笋，而以尖木钉于其上。前看则无，后观则有。其能幻有为无者，全在油漆时善于着色。如栏杆之本体用朱，则所托之板，另用他色。他色亦不得泛用，当以屋内墙壁之色为色。如墙系白粉，此板亦作粉色，壁系青砖，此板亦肖砖色。自外观之，止见朱色之纹，而与墙壁相同者，混然一色，无所辨矣。至栏杆之内向者，又必另为一色，勿与外同，或青或蓝，无所不可。而薄板向内之色，则当与之相合。自内观之，又别成一种文理，较外尤可观也。

◈ 译文 ◈

这个式样很好，是人们意想不到的。因为用木平而有榫的稳固，用木尖而无榫的没有根基。但是有一种方法能避免这一问题，可以使它从外面看来好像是悬空的，里面却很稳固，只要做得精巧就行。应当在木条尖角处的后面，另外设置一条坚固的薄板，在后面托住，上下两头设榫，把外面的尖角木条钉在上面，从前面看看不出来，从后面看才有。能把它掩饰让人看不到，全在于上漆的时候善于上色。如果窗栏用的是红色，那么后面的托板就要用别的颜色；但是别的颜色也不能乱用，应当用跟室内的墙壁相同的颜色。如果室内墙壁是白色，那么托板也要用白色；室内的墙壁是青砖的，托板也要用青砖的颜色。从外面看去，只能看见红色的纹路；从里面看去，托板跟墙壁浑然一色，就分辨不出了。窗栏朝里的一面，又必须用另外一种颜色，不能跟朝外一面的颜色相同，青色、蓝色都可以；托板朝里的一面，颜色则应当跟窗栏朝外一面的颜色一致。从里面看去，又是另外一种图案，比外面的还好看。

屈曲体

◈ 原文 ◈

此格最坚，而又省费，名"桃花浪"，又名"浪里梅"。曲木另造，花另造。俟曲木入柱投笋后，始以花塞空处，上下着钉，借此联络，虽有大力者挠之，不能动矣。花之内外，宜作两种，一作桃，一作梅，所云"桃花浪""浪里梅"是也。浪色亦忌雷同，或蓝或绿；否则同是一色，而以深浅别之，使人一转足之间，景色判然。是以一物幻为二物，又未尝于本等材料之外，另费一钱。凡予所为，强半皆若是也。

◈ 译文 ◈

这个式样最为坚固，同时也很节省费用，叫作"桃花浪"，又名"浪里梅"。弯曲的木条单独制作，梅花也单独制作。把弯曲的木条安装完毕后，把梅花加在木条的缝隙处，上下用钉子钉好，以此把木条联结起来，即使力气很大的人去拽它，它也不会松动。里外两面花朵应当用两种式样，一种做成桃花，一种做成梅花，这就是所谓的"桃花浪""浪里梅"。波浪的颜色不应雷同，有的用蓝色，有的用绿色，或者用同一种颜色，以深浅加以区别，使人一转身的工夫再看上去，已经是另外一种景致了。这是将一种图案幻化为两种图案，又没有在所用的木料之外另花什么钱。我制作的各种式样多半都是这一类的。

2. 取景在借

❀ 原文 ❀

　　开窗莫妙于借景。而借景之法，予能得其三昧。向犹私之，乃今嗜痂者众，将来必多依样葫芦，不若公之海内，使物物尽效其灵，人人均有其乐。但期于得意酣歌之顷，高叫笠翁数声，使梦魂得以相傍，是人乐而我亦与焉，为愿足矣！向居西子湖滨，欲购湖舫一只，事事犹人，不求稍异，止以窗格异之。人询其法，予曰：四面皆实，独虚其中，而为便面之形。实者用板，蒙以灰布，勿露一隙之光；虚者用木作框，上下皆曲，而直其两旁，所谓"便面"是也。纯露空明，勿使有纤毫障翳。是船之左右，止有二便面，便面之外无他物矣。坐于其中，则两岸之湖尤山色、寺观浮屠、云烟竹树，以及往来之樵人牧竖，醉翁游女，连人带马，尽入便面之中，作我天然图画，且又时时变幻，不为一定之形。非特舟行之际摇一橹，变一象，撑一篙，换一景；即系缆时，风摇水动，亦刻刻异形。是一日之内，现出百千万幅佳山佳水，总以便面收之。而便面之制，又绝无多费，不过曲木两条，直木两条而已。世有掷尽金钱，求为新异者，其能新异若此乎？此窗不但娱己，兼可娱人。不特以舟外无穷之景色，摄入舟中；兼可以舟中所有之人物，并一切几席杯盘，射出窗外，以备来往游人之玩赏。何也？以内视外，固是一幅便面山水，而以外视内，亦是一幅扇头人物。譬如拉妓邀僧，呼朋聚友，与之弹棋观画，分韵拈毫，或饮或歌，任眠任起，自外观之，无一不同绘事。同一物也，同一事也，此窗未设以前，仅作事物观；一有此窗，则不烦指点，人人俱作画图观矣。夫扇面非异物也，肖扇面为窗，又非难事也。世人取象乎物，而为门为窗者，不知凡几，独留此眼前共见之物，弃而弗取，以待笠翁，讵非咄咄怪事乎？所恨有心无力，不能办此一舟，竟成欠事。兹且移居白门，为西子湖之薄幸人矣。此愿茫茫，其何能遂？不得已而小用其机，置此窗于楼头，以窥钟山气色；然非创始之心，仅存其制而已。予又尝作观山虚牖，名"尺幅窗"，又名"无心画"，姑妄言之。浮白轩中，后有小山一座，高不逾丈，宽止及寻，而其中则有丹崖碧水，茂林修竹，鸣禽响瀑，茅屋板桥，凡山居所有之物，无一不备。盖因善塑者肖予一像，神气宛然。又因予号笠翁，顾名思义，而为把钓之形，予思既执纶竿，必当坐之矶上。有石不可无水，有水不可无山。有山有水，不可无笠翁息钓归休之地，遂营此窟以居之。是此山原为像设，初无意于为窗也。后见其物小而蕴大，有"须弥芥子"之义[1]，尽日坐观，不忍阖牖，乃瞿然曰："是山也，而可以作画；是画也，而可以为窗。不过损予一日杖头钱，为装潢之具耳。"遂命童子裁纸数幅，以为画之头尾，及左右镶边。头尾贴于窗之上下，镶边贴于两旁，俨然堂画一幅，而但虚其中。非虚其中，欲以屋后之山代之也。坐而观之，则窗非窗也，画也；山非屋后之山，即画上之山也。不觉狂笑失声。妻孥群至，又复笑予所笑。而"无心画""尺幅窗"之制，从此始矣。予又尝取枯木数茎，置作天然之牖，名曰"梅窗"。生平制作之佳，当以此为第一。己酉之夏，骤涨滔天，久而不涸。斋头淹死榴、橙各一株。伐而为薪，因其坚也，刀斧难入，卧于阶除者累日。予见其枝柯盘曲，有似古梅，而老干又具盘错之势，似可取而为器者，因筹所以用之。是时栖云谷中，幽而不明，正思辟牖，乃幡然曰："道在是矣！"遂语工师，取老干之近直者，顺其本来，不加斧凿，为窗之上下两旁，是窗之外廓具矣。再取枝柯之一面盘曲、一面稍平者，分作梅树两株，一从上生而倒垂，一从下生而仰接。其稍平之一面则略施斧斤，去其皮节而向外，以便糊纸，其盘曲之一面，则匪特尽全其天，不稍戕斫，并疏枝细梗而留之。既成之后，剪彩作花，分红梅、绿萼二种，缀于疏枝细梗之上，俨然活梅之初着花者。同人见之，无不叫绝。予之心思，讫于此矣；后有所作，当亦不过是矣。

便面不得于舟，而用于房舍，是屈事矣。然有移天换日之法在，亦可变昨为今，化板成活，俾耳目之前，刻刻似有生机飞舞，是亦未尝不妙，止费我一番筹度耳。予性最癖，不喜盆内之花，笼中之鸟，缸内之鱼，及案上有座之石，以其局促不舒，令人作囚鸾縶凤之想。故盆花自幽兰水仙而外，未尝寓目；鸟中之画眉，性酷嗜之，然必另出己意而为笼，不同旧制，务使不见拘囚之迹而后已。自设便面以后，则生平所弃之物，尽在所取。从来作便面者，凡山水人物，竹石花鸟，以及昆虫，无一不在所绘之内。故设此窗于屋内，必先于墙外置板，以备承物之用。一切盆花笼鸟，蟠松怪石，皆可更换置之。如盆兰吐花，移之窗外，即是一幅便面幽兰；盎菊舒英，内之牖中，即是一幅扇头佳菊。或数日一更，或一日一更，即一日数更，亦未尝不可。但须遮蔽下段，勿露盆盎之形。而遮蔽之物，则莫妙于零星碎石。是此窗家家可用，人人可办，讵非耳目之前第一乐事？得意酣歌之顷，可忘作始之李笠翁乎？

译文

开窗最妙的是借景。对于借景的方法，我很懂得其中的奥妙。过去我还保密，如今喜欢模仿的人多，将来一定会有许多照葫芦画瓢的，不如把秘密向世人公开，使得物尽其用，人人都能享受它的乐趣。只希望大家在得意酣歌的时候高叫几声李笠翁，让我的梦魂也来相伴，与人们同乐，这样我也就心满意足了。

从前我住在西子湖畔，想造一只湖舫，事事跟别人一样，不求丝毫的差异，只把窗子的式样做得与众不同。有人问我方法，我说：把窗子的四面做成实的，中间开窗，做成扇面的形状。实处用板，蒙上灰布，不要露进一丝光线；窗洞用木条做框，上下两条边做成弯的，左右两条边做成直的，这就是所谓的"扇面"。必须让窗子全部是空的，开阔敞亮，不能有任何东西遮蔽视线。这样，船的左右两面除了扇面之外，再没有别的东西了。坐在船舱里面，两岸的风光尽收眼底，湖光山色，寺观宝塔，云烟竹树，以及来来往往的樵夫牧童，醉翁游女，连人带马，尽入扇面之中，做了我的天然图画。而且景色又能时时变化。不但行船的时候，每摇一橹、每变一形态、每撑一篙、每换一场景，即使在泊船系缆绳的时候风摇水动，也一刻一个样。一天之中，可以看到成百上千、成千上万幅美妙的山水图画，都是这扇面窗收来的。而且这扇面窗的制作，又花费极少，不过是两条曲木，两条直木罢了。世上有的人不惜花费大笔的金钱去追求新异，但是能做到这样标新立异吗？此窗不仅可以娱己，还可以娱人；不但能够把窗外的景色摄入船中，也能把船里所有的人物和一切几席杯盘映出窗外，供往来的游人观赏。为什么呢？因为从里面向外看，固然是一幅扇面山水画；而从外面向里看，也是一幅扇面人物画。比如你偕同歌妓僧人，汇聚亲朋好友，跟他们一道弹琴下棋、观风赏景、吟诗作赋，时饮时歌，自由地起坐，从外面看来，无一不是一幅美妙的图画。同样一件东西，同样一件事情，在没有此窗之前，只把它们当作寻常事物看待；一旦有了此窗，不必你去指点，人人自然都会把它们当作图画看了。扇面是一种平平常常的物件，仿扇面制作窗子，也不是什么难事儿。世人模仿事物形状造门造窗的，多得不计其数，却偏偏忘掉了眼前这有目共睹的扇面，把它撇在一边，不去模仿，等我李笠翁来设计，这岂不是咄咄怪事？可恨的是我有这个心愿，没有这个能力，置办不起这样一条船，实在是一件憾事。我如今已经移居苏州，跟西湖无缘了。此愿茫茫，怎样才能称心呢？不得已只好把这一灵感大材小用，在楼头装了这样一扇窗子，用它来观赏钟山上的风云景象。不过这不是我最初设计的本意，只是为了把这个式样保存下来罢了。

我还制作过一种用来看山的虚窗，叫作"尺幅窗"，又叫"无心画"，不妨随便说说。"浮白轩"的后面有一座小山，高不出一丈，宽只有八尺，然而这中间却有丹崖碧水，茂林修竹，鸣禽响瀑，茅屋板桥，凡是山居应有的一样不缺。于是有位雕塑家在那里为我雕了一座像，神情惟妙惟肖，又因为我自号"笠翁"，顾名思义，因此把像塑成垂钓的样子。我想既然是把竿钓鱼，就应当坐在石头上，有石不能没水，有水不能没山，有山有水，还不能没有垂钓之后休息的地方，于是建造了这样一个所在。此轩本来是为安置雕像而建造的，最初并没有开窗的打算；后来发现它虽然不大，但却能以小蕴大、小中见大。我整天坐在窗前观赏外面的景致，不忍关窗，于是恍然大悟说："这座山，可以当画看；这图画，又可以当窗子；不过花费我一天的酒钱，就足够装潢的了。"于是叫童子裁了几幅纸，当作画的天头地脚和左右镶边，天头地脚贴在窗子的上下，镶边贴在窗子的两旁。看上去活像一幅堂画，只是当中是空的；也不是让当中空着，而是想用屋后的山景填补。坐在窗前向外观看，窗子不再是窗子，而成了一幅美妙的图画了；山也不是屋后的山，而成了画上的山了。得意之下，禁不住放声大笑。妻子儿女们闻声赶来，又笑我所笑，这"无心画""尺幅窗"的样式从此诞生了。

我还曾经用几根枯木制作天然之窗，名叫"梅窗"。在我生平制作的各种式样当中，当数它第一。康熙八年（1669）夏天，天降大雨，洪水长时间不退，淹死了房前的一棵石榴树、一棵橙子树，只好把它们砍了当柴烧。但是木质太硬，劈不动，扔在台阶上好多天。我看它枝丫盘曲，有如老梅，而且苍老的树干又盘桓扭曲，或许可以用来做一件东西，于是筹划起来。这时天很阴，正想开窗，我突然醒悟，说："有办法了！"于是请来工匠，吩咐他将比较直的老干保持本来面目，不加斧凿，做窗子的上下两边，窗子的外框就做完了。再用一面盘曲、一面稍稍平滑的枝丫，做成两棵梅树，一棵安在窗子上边，向下倒垂，一棵安在窗子下面，向上仰接。用斧头把稍为平滑的一面的树皮树节去掉，让它朝外，以便糊纸。那盘曲的一面不仅完全保留它的天然形态，不动刀斧，就连稀疏的树枝树梗也都保留下来。做好以后，用彩纸做花，分红梅、绿萼两种，缀在疏枝细梗上，真像花儿初绽的活梅。朋友见了，无不叫绝。到此我的心思算是用尽了。今后再有别的制作，大概也不会超过它了。

扇面窗不能用到船上而用在房舍里，也够委屈的了。但是有一种高明的方法，也能变昨为今、化陈旧死板为新奇灵活，让耳目之前时时充满生机，这也未尝不妙，只是又得花费一番心思罢了。我生性很怪，不喜欢盆里的花、笼子里的鸟、缸里的鱼，以及桌子上摆放的有基座的假山石。因为这些东西局促而不自由，让人觉得可惜。所以我对于盆花，除了幽兰、水仙以外，别的一概不看；鸟中的画眉，我非常喜爱，但必须用我自己别出心裁设计的笼子，让笼子不同于旧式样，必须看不出有囚禁的痕迹才行。自从我设计出扇面窗以后，过去摒弃的东西都变得有用了。历来画扇面的，大凡山水人物、竹石花鸟以及昆虫，无一不画，所以屋内设置的这样的窗子，必须先在窗子外面横一块木板，以便安放现成的景物。所有盆里的花，笼子里的鸟，蟠松怪石，都可以变着样地放置。例如初绽的兰花，移到窗外，就是一幅扇面幽兰；盛开的菊花，放进窗中，便是一幅扇面佳菊。或者几天变换一次，或者一天变换一次；就是一天换上几次也行。但必须把下面遮蔽起来，不让花盆暴露出来。用零星的碎石遮蔽最好。这种窗子家家可用，人人可办，怎能说不是一件赏心悦目的乐事！得意酣歌的时候，怎么可以忘记发明者李笠翁呢？

注释

［1］须弥芥子——佛教用语，把极大的须弥山容纳在极小的芥子之内，原喻不可思议。《维摩诘经·不思议品》："诸佛菩萨，有解脱，名不可思议。若菩萨住是解脱者，以须弥之高广内芥子中，无所增减，须弥山王本相如故。"

原文

此湖舫式也，不独西湖，凡居名胜之地，皆可用之。但便面止可观山临水，不能障雨蔽风，是又宜筹退步，以补前说之不逮。退步云何？外设推板，可开可阖，此易为之事也；但纯用推板，则幽而不明，纯用明窗，又与扇面之制不合，须以板内嵌窗之法处之。其法维何？曰：即仿梅窗之制，以制窗棂，亦备其式于右。

译文

这就是湖舫扇形窗的式样。不仅在西湖，大凡名胜之地，都可以使用。但是扇面窗只能用来观赏山水景色，而不能遮风避雨，因此应当进一步筹划，以补充前说的不足。怎么做好呢？窗外设置推板，可开可关，这事做起来很容易。但是单用推板就显得幽暗；单用明窗，又不符合扇面的式样。必须用板内嵌窗的方法来解决。采用什么方法呢？即模仿梅窗，做个窗棂。现将制作方法介绍如下。

便面窗外推板装花式

原文

四围用板者，既取其坚，又省制棂装花人工之半也。中作花树者，不失扇头图画之本色也。用直棂间于其中者，无此则花树无所倚靠，即勉强为之，亦浮脆而难久也。

棂不取直，而作欹斜之势，又使上宽下窄者，欲肖扇面之折纹，且小者可以独扇，大则必分双扇，其中间合缝处，糊纱糊纸，无直木以界之，则纱与纸无所依附故也。若是，则棂与花树，纵横相杂，不几泾渭难分，而求工反拙乎？曰："不然，有两法盖藏，勿虑也。"花树粗细不一，其势莫妙于参差；棂则极匀，而又贵乎极细，须以极坚之木为之，一法也。油漆并着色之时，棂用白粉，与糊窗之纱纸同色，而花树则绘五彩，俨然活树生花，又一法也。若是泾渭自分，而便面与花，判然有别矣。梅花止备一种，此外或花或鸟，但取简便者为之，勿拘一格。惟山水人物，必不可用。板与花棂俱另制，制就花棂，而后以板镶之。即花与棂，亦难合造，须使花自花而棂自棂，先分后合。其连接处，各损少许以就之，或以钉钉，或以胶粘，务期可久。

译文

四周用板，可以做得坚固一些，又能省去制作窗棂、安装假花的人工的一半。当中有花树，才不失扇面画的本色。之所以用直棂隔在中间，是因为没有直棂花树就无所依靠；即使勉强装上去了，也会松动而难以长久。其他窗棂不取直，而呈斜欹之势，上宽下窄，有如扇面的折纹。并且，窗子小的可以设一扇，大窗必须分成双扇。中间合缝处是要糊纱糊纸的，如果没有直木作间隔，纱和纸就无处粘贴了。这样，窗棂和花树纵横相杂，不就泾渭难分、弄巧成拙了吗？我说不是这样。有两种掩盖的方法，不必担心。花树粗细不一，没有比参差不齐更好的了；棂最好是粗细均匀的，而且越细越好，要用极坚硬的木料来制作，这是一种方法。油漆和着色的时候，棂用白粉，与糊窗的纱、纸同色；花树用各种相应的色彩，就像活树生花，这又是一种方法。像这样，泾渭分明，扇面和花树也能明显地区分开了。梅花只是其中的一种，此外或花或鸟，什么都行，可选简便的使用，不拘一格；只有山水人物，一定不能用在这种式样的窗上。板和花、棂都应分开制作，花、棂做好以后，再用板来镶。就是花和棂，也难合在一起制作，必须使得花是花、棂是棂，先分后合；花、棂的连接处各自削去少许，以便接合，或用钉子钉，或用胶粘，务必使它们牢固耐久。

便面窗花卉式　便面窗虫鸟式

原文

诸式止备其概，余可类推。然此皆为窗外无景，求天然者不得，故以人力补之。

若远近风景,尽有可观,则焉用此碌碌为哉?昔人云:"会心处正不在远。"若能实具一段闲情,一双慧眼,则过目之物,尽是画图,入耳之声,无非诗料。譬如我坐窗内,人行窗外,无论见少年女子,是一幅美人图;即见老妪白叟,扶杖而来,亦是名人画幅中必不可无之物。见婴儿群戏,是一幅百子图;即见牛羊并牧,鸡犬交哗,亦是词客文情内未尝偶缺之资。牛溲马渤,尽入药笼。予所制便面窗,即雅人韵士之药笼也。

此窗若另制纱窗一扇,绘以灯色花鸟,至夜篝灯于内,自外视之,又是一盏扇面灯。即日间自内视之,光彩相照,亦与观灯无异也。

译文

各种式样只提供大概的情形,其他的可以依此类推。不过这些都因为窗外没有景色好看,天然的没有,所以用人工来弥补;如果远近风景都很好看,何必还要这样忙乎呢?古人说:"会心处正不在远。"如果真的具有一股闲情、一双慧眼,那么凡是眼睛见到的景物,都可以成为一幅美妙的图画,凡是入耳的声音,都可以成为写诗的素材。比如我坐在窗内,有人在窗外行走,且不说见到的少年女子是一幅美人图,就是白发苍苍的老婆婆、老头子拄杖而来,也是名人画幅中不可缺少的景致;见到群童嬉戏是一幅百子图,即便是牛羊在一起吃草,鸡犬之声相闻,也是文人墨客们常写的材料。牛马的小便既然都可以入药;我制作的扇面窗,就是文人雅士的药笼了。

此窗如果另外制作一扇纱窗,画上灯色花鸟,夜间在里面点上灯,从外面看去,又是一盏扇面灯。即使白天从屋内看去,光彩相照,也和节日里看花灯没有两样。

山水图窗

原文

凡置此窗之屋,进步宜深,使座客观山之地,去窗稍远,则窗之外廓为画,画之内廓为山,山与画连,无分彼此,见者不问而知为天然之画矣。浅促之屋,坐在窗边,势必倚窗为栏,身之大半出于窗外,但见山而不见画,则作者深心,有时埋没,非尽善之制也。

译文

凡是安装这种式样窗子的房屋,应当是进深比较长的,使得客人观山的地方离窗子远一些，窗子的外廓便是画，画的内廓就是山，山和画相连，不分彼此，看的人不用问就知道是天然图画了。进深浅的房屋，坐在窗边，势必倚窗为栏，大半个身子伸出窗外，这就只见山而不见画，那么作者的良苦用心或许被埋没，就不完美了。

尺幅窗图式

原文

尺幅窗图式，最难摹写，写来非似真画，即似真山，非画上之山与山中之画也。前式虽工，虑观者终难了悟。兹再绘一纸，以作副墨。且此窗虽多开少闭，然亦间有闭时，闭时用他槅他楞，则与画意不合，丑态出矣。必须照式大小，作木槅一扇，以名画一幅裱之，嵌入窗中，又是一幅真画，并非"无心画"与"尺幅窗"矣。但观此式，自能了然。

裱槅如裱回屏，托以麻布及厚纸，薄则明而有光，不成画矣。

译文

尺幅窗的图样最难摹画，画出来不像真画就像真山，而不是画上的山和山中的画，总觉得不太合适。前面图样画得虽然精致，但是看图样的人还是难以明白。因此后面又画了一幅，以供参考。这种式样的窗子开的时候多，关的时候少；但毕竟有偶尔关闭的时候。关闭时如果另用隔楞，就与画意不合，出现丑态了。必须按照式样大小，制作一扇隔板，裱上一幅名画，嵌入窗中。这就又是一幅真画，而不是"无心画""尺幅窗"了。看看图样也就清楚了。

裱隔板就像裱回屏，用麻布和厚纸衬托，薄了就透明有光，不成画了。

梅窗

原文

制此之法，总论已备之矣。其略而不详者，止有取老干作外廓一事。外廓者，窗之四面，即上下两旁是也。若以整木为之，则向内者古朴可爱；而向外一面，屈曲不平，以之着墙，势难贴伏。必取整木一段，分中锯开，以有锯路者着墙，天然未斫者向内，则天巧人工，俱有所用之矣。

译文

这种窗子的做法,总论中已经详细介绍过了,没有说到的只有用老树干做外廊一事。所谓外廊,就是窗子的上下两旁四条边。如果用整条木料做,那么朝里的一面古朴可爱,而朝外的一面凸凹不平,用它靠墙,肯定难以贴伏。必须用整块儿的木料,从中间锯开,把锯平的一面贴着墙壁,把没有经过砍凿的自然的一面朝里。这样,既能表现出大自然的巧妙,又能体现出人工的精致。

三、墙壁

小 引

原文

峻宇雕墙,家徒壁立,昔人贫富,皆于墙壁间辨之。故富人润屋,贫士结庐,皆自墙壁始。墙壁者,内外攸分,而人我相半者也。俗云:"一家筑墙,两家好看。"居室器物之有公道者,惟墙壁一种;其余一切,皆为我之学也。然国之宜固者城池,城池固而国始固;家之宜坚者墙壁,墙壁坚而家始坚。其实为人即是为己,人能以治墙壁之一念,治其身心,则无往而不利矣。人笑予止务闲情,不喜谈禅讲学,故偶为是说以解嘲,未审有当于理学名贤,及善知识否也。

译文

或是"峻宇高墙",或是"家徒四壁",古人总是通过墙壁来判断贫富。所以富人润屋,贫士结庐,都首先考虑墙壁。墙壁有里外两面,朝里的一面是给自己看的,朝外的一面是给别人看的。俗话说:"一家筑墙,两家好看。"居室器物当中称得上大公无私的,只有墙壁;其余的一切都是为一己的私利而设的。不过话又说回来了,国家应当巩固城池,城池坚固了,国家才能稳固;家庭应当把墙壁造得坚实,墙壁坚实了,家庭才能坚实。其实为人就是为己,如果人们能用建筑墙壁的执念来修养身心,就无往而不利了。人们笑我只谈论闲情逸趣,不喜欢谈禅讲学,所以偶尔发点高论来解嘲,不知我是否称得上是理学名贤、博学多闻。

1. 界墙

◈ 原文 ◈

　　界墙者，人我公私之畛域，家之外廓是也。莫妙于乱石垒成，不限大小方圆之定格。垒之者人工，而石则造物生成之本质也。其次则为石子。石子亦系生成，而次于乱石者，以其有圆无方，似执一见，虽属天工，而近于人力故耳。然论二物之坚固，亦复有差。若云美观入画，则彼此兼擅其长矣。此惟傍山临水之处，得以有之；陆地平原，知其美而不能致也。予见一老僧建寺，就石工斧凿之余，收取零星碎石，几及千担，垒成一壁，高广皆过十仞，嶙峋崒绝，光怪陆离，大有峭壁悬崖之致，此僧诚韵人也。迄今三十余年，此壁犹时时入梦，其系人思念可知。砖砌之墙乃八方公器，其理其法，是人皆知，可以置而弗道。至于泥墙土壁，贫富皆宜，极有萧疏雅淡之致，惟怪其跟脚过肥，收顶太窄，有似尖山，又且或进或出，不能如砖墙一截而齐，此皆主人监督之不善也。若以砌砖墙挂线之法，先定高低出入之痕，以他物建标于外，然后以筑板因之，则有旆墙粉堵之风，而无败壁颓垣之象矣。

◈ 译文 ◈

　　界墙是人我、公私的界限，家的外廓。用乱石垒成墙的最好，不受石头的大小方圆的限制。墙虽然是人工垒起来的，但是石头却是大自然造就的东西。其次是用石子。石子也是天生的，但比乱石要差一些，因为它们大多光滑平整，千篇一律，虽说是天生如此，却跟人力雕琢出来的差不多。但是从石头和石子各自的坚固性来说，也还是有差别的。如果从美观的角度去看，石头和石子倒是各有所长了。石子在依山傍水的地方才有，陆地平原上的人们虽然知道它们美观，却弄不到。我见过一位老和尚盖寺庙，收集了石匠凿剩的零星碎石近千担，砌成一座墙壁，高、宽都超过十仞，凸凹嶙峋，光怪陆离，大有悬崖峭壁的情致。这位老和尚真是一位风流雅士。三十多年过去了，这座墙壁还时时在我的梦中出现，它迷人的魅力可想而知。砖砌的墙壁，普天之下都一个样，它的原理和方法人人明白，可以放下不提。至于泥土的墙壁，贫富皆宜，很有雅致淡泊的情趣，只是墙基太臃肿，收顶太窄，就像山尖一样；而且进进出出、凸凹不平，不能像砖墙那样整齐划一，这都是砌墙时主人监督不严的结果。如果采用砌砖墙时挂线的方法，先定下高低出入的尺寸，用什么东西在外面建立标记，然后立隔板，在隔板里面打墙。这样打出的墙美观大方，毫无颓败的迹象。

2. 女墙

◈ 原文 ◈

《古今注》云："女墙者，城上小墙。一名'睥睨'，言于城上窥人也。"予以私意释之，此名甚美，似不必定指城垣；凡户以内之及肩小墙，皆可以此名之。盖"女"者，妇人未嫁之称，不过言其纤小。若定指城上小墙，则登城御敌，岂妇人女子之事哉？至于墙上嵌花或露孔，使内外得以相视，如近时园圃所筑者，益可名为"女墙"，盖仿睥睨之制而成者也。其法穷奇极巧，如《园冶》所载诸式，殆无遗义矣。但须择其至稳极固者为之，不则一砖偶动，则全壁皆倾，往来负荷者，保无一时误触之患乎？坏墙不足惜，伤人实可虑也。予谓自顶及脚，皆砌花纹，不惟极险，亦且大费人工。其所以洞彻内外者，不过使代琉璃屏，欲人窥见室家之好耳。止于人眼所瞩之处，空二三尺，使作奇巧花纹；其高乎此及卑乎此者，仍照常实砌，则为费不多，而又永无误触致崩之患。此丰俭得宜，有利无害之法也。

◈ 译文 ◈

《古今注》中说："女墙，是城墙上的矮墙，又叫'睥睨'，意思是在城头上偷偷地看。"在我看来，这个名称很美，似乎不一定专门用它来指城墙，凡是大门里边的肩膀那么高的矮墙，都可以使用这个名字。因为"女"，是称呼没有出嫁的妇人的。"女墙"，不过是形容墙的纤小，如果专指城上矮墙，那么登城御敌，难道是妇人女子的事吗？至于墙上嵌花或者露孔，使得墙里的人能往外看、墙外的人能往里看，就像近来园圃所筑的那样，更可以叫作"女墙"，因为它正是模仿'睥睨'的式样筑成的。这一类墙的造法极其精巧，例如《园冶》一书中所载的各种式样，已经相当完备了。不过应当选择其中造型稳固的式样来筑墙，不然的话只要一块砖偶然松动了，就会导致整个墙倒塌。墙外的挑夫来来往往，能保证一次撞不上吗？撞上了就会发生事故。墙倒了不值得可惜，伤人一定是要预防的。我认为从墙顶到墙脚都砌花纹，不仅很危险，而且也太浪费人力了。之所以要在墙上留孔，使得内外相通，不过是以此取代琉璃屏，想让外面的人能够看见里面人家的日子过得富裕美满。只要在人眼观看的位置空出二三尺，雕一些精巧的花纹，其他地方仍旧砌死，这样既花费不多，又没有碰撞倒塌的隐患。这是丰俭得宜、有利无害的方法。

3. 厅壁

原文

厅壁不宜太素，亦忌太华。名人尺幅，自不可少，但须浓淡得宜，错综有致。予谓裱轴不如实贴。轴虑风起动摇，损伤名迹；实贴则无是患，且觉大小咸宜也。实贴又不如实画；"何年顾虎头，满壁画沧州"[1]，自是高人韵事。予斋头偶仿此制，而又变幻其形。良朋至止，无不耳目一新，低回留之不能去者。因予性嗜禽鸟，而又最恶樊笼，二事难全。终年搜索枯肠，一悟遂成良法。乃于厅旁四壁，倩四名手，尽写着色花树，而绕以云烟，即以所爱禽鸟，蓄于虬枝老干之上。画止空迹，鸟有实形，如何可蓄？曰：不难，蓄之须自鹦鹉始。从来蓄鹦鹉者，必用铜架，即以铜架，去其三面，止存立脚之一条，并饮水啄粟之二管。先于所画松枝之上，穴一小小壁孔，后以架鹦鹉者，插入其中，务使极固，庶往来跳跃，不致动摇。松为着色之松，鸟亦有色之鸟，互相映发，有如一笔写成。良朋至止，仰观壁画，忽见枝头鸟动，叶底翎张，无不色变神飞，诧为仙笔。乃惊疑未定，又复载飞载鸣，似欲翱翔而下矣。谛观熟视，方知个里情形，有不抵掌叫绝，而称巧夺天工者乎？若四壁尽蓄鹦鹉，又忌雷同，势必间以他鸟。鸟之善鸣者，推画眉第一，然鹦鹉之笼可去，画眉之笼不可去也，将奈之何？予又有一法：取树枝之拳曲似龙者，截取一段，密者听其自如，疏者网以铁线，不使太疏，亦不使太密，总以不致飞脱为主。蓄画眉于中，插之亦如前法。此声方歇；彼喙复开；翠羽初收，丹睛复转。因禽鸟之善鸣善啄，觉花树之亦动亦摇，流水不鸣而似鸣，高山是寂而非寂。座客别去者，皆作殷浩书空[2]，谓咄咄怪事，无有过此者矣。

译文

厅堂的墙壁不应过于朴素，也不应当太华丽。名人的字画自然是不可缺少的，但是应当浓淡适宜、错落有致。我认为装裱过的挂轴不如实贴在墙壁上的好，因为挂轴一经风吹就会摆动，这样会损坏名人字画；实贴在墙上就没有这一麻烦了；而且大小都可以。实贴在墙上又不如直接在墙上画画，"何年顾虎头，满壁画沧州"，自然是高人韵事。我在家中厅壁上模仿这种做法，画了几幅画，好朋友来家中做客，无不感到耳目一新，徘徊逗留，不忍离去。我生性酷爱禽鸟，但是又很厌恶鸟笼子，此事不能两全其美。一年到头搜肠刮肚、苦思冥想，一天终于悟出一条妙计，于是请了四名高手，把厅的四面墙壁全画上色彩斑斓的鲜花树木，又以缭绕的云烟烘托，再把我喜爱的禽鸟，架在盘曲的老干之上。画是虚的，鸟是活的，怎么能够架在墙上呢？我说这不难。可以先架鹦鹉。历来养鹦鹉的人总是用铜架，就把铜架去掉三面，只留一根立柱和两根供鹦鹉喝水吃食的管子。先在墙上所画的松枝上开一个小洞，然后把架鹦鹉的铜条插在里面，一定要插得牢固才行，这样鹦鹉在架子上来来回回地蹦蹦跳跳，才不会使架子松动摇晃。松枝是上了颜色的，小鸟也是色彩绚丽的小鸟，松枝和小鸟互相映衬，好像是一笔画出来的。好友来家中做客，仰面观看墙上的壁画，忽然发现枝头有小鸟跳跃，花叶下面有小鸟张开了翅膀，无不大吃一惊，神飞色变，赞叹画画的人真是神笔！然而正在他们惊疑之际，鸟儿扇动着翅膀欢悦地叫着，好像要从墙上翩翩飞下。仔细观看才明白是怎么回事。面对此情此景，有不拍手叫绝，称赞我巧夺天工的吗？如果四面墙壁上养的都是鹦鹉，又嫌千篇一律了，必须搭配一些别的鸟。画眉鸟叫起来声音最动听，但是鹦鹉可以没有笼子，画眉鸟不能没有笼子。这怎么办呢？我还有一种方法：选取一段树枝蜷曲有如笼子的树。枝叶密集的地方用其自然的形态，枝叶疏少的地方网上铁丝，不让它太疏，也不让它太密，总之鸟儿在里面飞不出来就行。把画眉鸟养在里面，插法跟前面说到的一样。这样，小鸟的欢叫声此起彼伏，这边刚刚收敛了翅膀，那边又探出了脑袋。于是，鸟儿叽叽喳喳，树枝花影婆娑摇动，流水不鸣而似鸣，高山似静而非静。客人起身离去之时，都像"殷浩书空"，嘟囔说"咄咄怪事"，没有比这更蹊跷的了。

注释

［1］顾虎头——顾恺之，字长康，小字虎头，晋代晋陵无锡人，画家。时称顾恺之有三绝：才绝、画绝、痴绝。

［2］殷浩书空——《世说新语》：晋代殷浩被桓温废免，一天到晚用手在空中写"咄咄怪事"四字。后常用来形容出乎意外、令人惊异的事情。

4. 书房壁

原文

　　书房之壁，最宜潇洒；欲其潇洒，切忌油漆。油漆二物，俗物也。前人不得已而用之，非好为是沾沾者。门户窗棂之必须油漆，蔽风雨也，厅柱榱楹之必须油漆，防点污也。若夫书室之内，人迹罕至，阴雨弗浸，无此二患，而亦蹈此辙，是无刻不在桐腥漆气之中，何不并漆其身而为厉乎？石灰垩壁，磨使极光，上着也，其次则用纸糊，纸糊可使屋柱窗楹，共为一色，即壁用灰垩，柱上亦须纸糊，纸色与灰，相去不远耳。壁间书画自不可少，然粘贴太繁，不留余地，亦是文人俗态。天下万物，以少为贵。步幛非不佳，所贵在偶尔一见，若王恺之四十里，石崇之五十里[1]，则是一日中哄市，锦绣罗列之肆廛而已矣。看到繁缛处，有不生厌倦者哉？昔僧玄览，住荆州陟岯寺，张璪画古松于斋壁，符载赞之，卫象诗之，亦一时三绝。览悉加垩焉，人问其故，览曰："无事疥吾壁也。"诚高僧之言，然未免太甚。若近时斋壁，长笺短幅，尽贴无遗，似冲繁道上之旅肆，往来过客，无不留题，所少者只有一笔。一笔维何？"某年月日某人同某在此一乐"是也。此真疥壁，吾请以玄览之药药之。

　　糊壁用纸，到处皆然，不过满房一色，白而已矣。予怪其物而不化，窃欲新之。新之不已，又以薄蹄变为陶冶，幽斋化为窑器。虽居室内，如在壶中[2]，又一新人观听之事也。先以酱色纸一层，糊壁作底，后用豆绿云母笺，随手裂作零星小块，或方或扁，或短或长，或三角或四五角，但勿使圆，随手贴于酱色纸上，每缝一条，必露出酱色纸一线；务令大小错杂，斜正参差。则贴成之后，满房皆冰裂碎纹，有如哥窑美器。其块之大者，亦可题诗作画，置于零星小块之间，有如铭钟勒卣，盘上作铭，无一不成韵事。问予所费几何？不过于寻常纸价之外，多一二剪合之工而已。同一费钱，而有庸腐新奇之别，止在稍用其心。"心之官则思"[3]，如其不思，则焉用此心为哉？

　　糊纸之壁，切忌用板，板干则裂，板裂而纸碎矣。用木条纵横作楅，如围屏之骨子然。前人制物备用，皆经屡试而后得之。屏不用板而用木楅，即是故也。即如糊刷用棕，不用他物，其法亦经屡试。舍此而另换一物，则纸与糊两不相能，非厚薄之不均，即刚柔之太过。是天生此物以备此用，非人不能取而予之。人知巧莫巧于古人，孰知古人于此，亦大费辛勤；皆学而知之，非生而知之者也。

壁间留隙地，可以代橱。此仿伏生藏书于壁之义[4]，大有古风，但所用有不合于古者。此地可置他物，独不可藏书，以砖土性湿，容易发潮；潮则生蠹，且防朽烂故也。然则古人藏书于壁，殆虚语乎？曰不然。东南西北，地气不同，此法止宜于西北，不宜于东南。西北地高而风烈，有穴地数丈而始得泉者。湿从水出，水既不得，湿从何来？即使有极潮之地，而加以极烈之风，未有不返湿为燥者。故壁间藏书，惟燕赵秦晋则可，此外皆应避之。即藏他物，亦宜时开时阖，使受风吹；久闭不开，亦有霉湿生虫之患。莫妙于空洞其中，止设托板，不立门扇，仿佛书架之形，有其用而不侵吾地，且有磐石之固，莫能摇动。此妙制善算，居家必不可无者。予又有壁内藏灯之法，可以养目，可以省膏，可以一物而备两室之用，取以公世，亦贫士利人之一端也。我辈长夜读书，灯光射目，最耗元神。有用瓦灯贮火，留一隙之光，仅照书本，余皆闭藏于内而不用者。予怪以有用之光，置无用之地，犹之暴殄天物。因效匡衡凿壁之义，于墙上穴一小孔，置灯彼屋而光射此房，彼行彼事，我读我书。是一灯也，而备全家之用，又使目力不竭于焚膏；较之瓦灯，其利奚止十倍？以赠贫士，可当分财。使予得拥厚资，其不吝亦如是也。

译文

　　书房的墙壁最应当潇洒。要想潇洒，切忌油漆。油和漆这两种东西本是俗物，前人不得已方才使用；并不是喜欢它们。门户窗棂必须油漆，这是为了防风避雨；厅柱屋檐必须油漆，这是为了防止污秽。而书房里很少有外人来，又经不着风、淋不到雨，没有前说的两种麻烦。也依样画葫芦，那就使人无时无刻不在刺鼻的气味之中了，为什么不把自己的身子也油漆一通，像个得了癫病的人呢？用石灰粉刷墙壁，并把它打磨光滑，这是上策；其次是用纸糊，纸糊可以使屋柱窗槛同一颜色。假使墙壁用粉刷，柱子上也必须用纸糊，纸的颜色和粉灰的颜色相差不大。墙壁上当然少不了字画，但是粘贴字画太多，不留余地，对文人来说也太过于俗气了。天下万物，以稀为贵。把墙壁搞得像屏风那样花团锦簇不是不好，但贵在偶尔一见；如果像王恺和石崇比阔那样，你摆四十里，我摆五十里，那就成了大白天的闹市、锦绣罗列的商业区了。看到烦琐处，能不令人生厌吗？从前玄览和尚在荆州陟屺寺当住持，张璪在寺庙的斋壁上画了古松，符载写赞，卫象题诗，一时号称三绝，可是都被玄览和尚粉刷掉了。有人问为什么，玄览说："不要让我的墙壁生疮。"这真是高僧之言，只是说得有点儿过分了。近来寺庙中的斋壁，贴满了长长短短的字画，没有一点儿空余之地，就像是交通要道上的旅店，往来过客都在墙壁上题诗留言，缺少的只有一笔，哪一笔？就是"某年某月某人同某到此一游"。这真是壁上生疮了，得用玄览的药来医治它。

　　用纸糊墙，到处一样，不过满房白色罢了。我很奇怪：人们在这件事情上是那么古板而不善于变化。于是我想变换新的花样，新了又新，用纸张把书房点缀成陶冶性情的所在，虽然身在书房，好像遨游于仙境。这又是一件令人耳目一新的事。先用一层酱色纸糊墙做底，再用豆绿色云母笺，随手剪成零星小块儿，或方或扁，或长或短，或三角形或四角形、五角形，只是不要圆形，随手贴在酱色纸上，在它们的缝隙处必须让酱色纸露出一线来，而且必须使得大小错杂，斜正参差，这样贴成之后，满屋都是冰裂碎纹，就像哥窑出产的精美陶器。大块的纸笺上还可以题诗作画，置于零星小块之间，就像古人在名器上镌刻的铭文，处处显出高雅风流。要问这要花费多少，那么我告诉你：不过是在寻常的纸钱之外，多花费一点剪贴的工夫罢了。花费同样的钱财，而有平庸迂腐与新鲜奇特的区别，只在稍微动一动脑筋。"人长心就是用来思考的"，如果不去思考，还要心干什么呢？

　　糊纸的墙壁，切忌使用木板。木板干燥了就会产生裂缝，木板一裂纸就碎了。要用木条横竖作棱，就像屏风的骨架那样。前人制造和使用一样东西，都是经过屡次试验才成功的，屏风不用板而用棱，就是这个缘故。就像在纸上刷糨糊时用棕刷，而不用别的，也是经过屡次试验的。不用棕刷而用别的刷子，纸和糨糊就不能很好黏合，不是糨糊刷得薄厚不匀，就是用劲儿太轻或者太重，这是天生此物以备此用，内行人才懂得怎样使用。人们都知道古人很灵巧，哪知古人在这些事情上也是大费了一番脑筋的。人的学问都是通过学习实践获得的，而不是生来就有的。

　　墙壁之间留有空隙，可以用它来代替柜橱。这是模仿伏生壁中藏书，大有古风。但利用起来有和古人不同的地方。此处可以放置别的物件，却不能用来藏书，因为砖土性湿，容易发潮，潮了就会生虫子，而且还要防霉防烂。如此说来，古人壁中藏书的说法是瞎编的了？不是的。东南西北各地的气候不同，壁中藏书的方法适用于西北，不适用于东南。西北地势较高，干燥多风，有的地方挖井，挖到几丈深才能挖出水来。地气潮湿是因为水多，既然没有水，潮气从何而来呢？即使有的地方很潮湿，但是经猛烈的风吹，没有不变潮湿为干燥的。所以壁中藏书的方法，只有燕赵秦晋等西北地区可以采用，其他地方都要避免采用这种方法。即使储藏的不是书，而是别的东西，也应当时开时关，让风吹进来；长时间地关闭不开，也会潮湿发霉生虫子。最好是在墙壁上留一个空洞，只设置一块托板，不安装门扇，就像书架那样，这样既实用又不多占地方，并且十分牢固，不会晃动。过日子不能没有如此精打细算的头脑。

我还有个壁内藏灯的方法，可以保护眼睛，可以节省灯油，还可以用一盏灯供两间房子照明。把这一方法公诸于世，也是一件造福于人的好事。我们读书人常常彻夜读书，灯光刺眼，最损耗精神。有的人用瓦灯，只露一线灯光，这灯光只照书本，其余的光都被瓦罐遮蔽起来没用了。我很奇怪，这种做法把本来有用的光亮白白浪费掉了，真是暴殄天物。所以我效仿匡衡凿壁偷光，在墙上掏一个小窟窿，隔壁的房间放一盏灯，灯光却能照到这个房间来。那边他做他的事，这边我读我的书。这样，一盏灯可以供全家人使用，视力又不会受到灯光的损害，跟瓦灯比较起来，好处何止十倍？我把这种方法介绍给读书人，跟把自己的钱财分给他没什么两样；假使我真的拥有大量的钱财，也会这样毫不吝惜的。

注释

[1]王恺之四十里，石崇之五十里——王恺：字君夫，晋代人，晋武帝的舅舅，官至龙骧将军，骁骑将军、散骑常侍。王恺身为世族国戚，性豪侈，日用无度，无所忌惮。石崇：字季伦，晋代人。历任散骑常侍、荆州刺史等职，生活奢侈成风。王、石二人常在一起比阔。《世说新语》载："君夫作紫丝布幛、碧绫里四十里，石崇作锦布幛五十里以敌之。"

[2]壶中——道家所说的仙境。白居易《酬吴七见寄》诗："谁知市南地，转作壶中天。"

[3]"心之官则思"——语出《孟子·告子》

[4]伏生——名胜，字子贱，秦朝博士，秦始皇焚书，他把《尚书》藏进屋壁中。

[5]匡衡凿壁——语出汉刘歆《西京杂记》："匡衡字稚圭，勤学而无烛，邻舍有烛而不逮，衡乃穿壁引其光，以书映光而读之。"

四、联匾

小 引

◆原文◆

堂联斋匾,非有成规,不过前人赠人以言,多则书于卷轴,少则挥诸扇头。若止一二字、三四字,以及偶语一联,因其太少也,便面难书,方策不满,不得已而大书于木。彼受之者,因其坚巨难藏,不便内之箧中,欲举以示人,又不便出诸怀袖,亦不得已而悬之中堂,使人共见。此当日作始者偶然为之,非有成格定制,画一而不可移也。讵料一人为之,千人万人效之,自昔徂今,莫知稍变。夫礼乐制自圣人,后世莫敢窜易;而殷因夏礼,周因殷礼,尚有损益于其间,矧器玩竹木之微乎?予亦不必大肆更张,但效前人之损益可耳。锢习繁多,不能尽革,姑取斋头已设者,略陈数则,以例其余。非欲举世则而效之,但望同调者各出新裁,其聪明什伯于我。投砖引玉,正不知导出几许神奇耳。

有诘予者曰:"观子联匾之制,佳则佳矣,其如挂一漏万何?由子所为者而类推之,则《博古图》中,如樽罍、琴瑟、几杖、盘盂之属,无一不可肖象而为之,胡仅以寥寥数则为也?"予曰:不然。凡予所为者,不徒取异标新,要皆有所取义。凡人操觚握管,必先择地而后书之。如古人种蕉代纸[1]、刻竹留题、册上挥毫、卷头染翰、剪桐作诏[2]、选石题诗,是之数者,皆书家固有之物,不过取而予之,非有蛇足于其间也。若不计可否而混用之,则将来牛鬼蛇神,无一不备,予其作俑之人乎?图中所载诸名笔,系绘图者勉强肖之,非出其人之手。缩巨为细,自失原神,观者但会其意可也。

◆译文◆

堂联斋匾,没有成规。只不过前人向人赠言,字数多写在卷轴上,字数少的写在扇面上;如果只有一两个字、三四个字,以及偶成一副对联,因为字数太少,很难把它写在扇面上,又不能写在书里,不得已就用大字把它写在木板上。接受的人因为它又大又硬,箱子柜子里放不下,要想给别人看,衣襟衣袖里又没法带,还是出于不得已，只好把它挂在中堂，让人们都能看到。这是当初创始人偶然的做法，并不是出于什么固定的规矩，千篇一律不可改变。谁知一个人这样做了，千万人跟着学，从古到今，没有稍加变化。圣人制定的礼仪制度，后代人不敢妄加篡改，然而商朝继承了夏朝的制度，周朝继承了商朝的制度，这当中还有增增减减，何况器玩竹木这样的微不足道的小事呢？我在这方面也不敢大肆更张，只效仿前人的做法，做一些小小的增减而已。旧样式毛病很多，不可能全部革除，暂且选取我自家房中已经设置的，简略地列出几条作为范例。我不想让大家都来效仿，只希望各位自己别出心裁，比我聪明十倍百倍。我抛砖引玉，正不知引出多少神奇。

有人质问我说："看您的联匾设计，好是好，只是挂一漏万怎么办？根据您所制作的样式加以类推，那么《博古图》中所载的每一样东西，如樽罍、琴瑟、几杖、盘盂等，没有一件不可以仿照它的形象制作联匾的，为什么只做了这几样呢？"我说：不是的。我所做的，不仅在形式上追求标新立异，而且重要的是都吸取了它们内在的意义。人们拿起笔来，总是先选择地方然后书写。例如古人用芭蕉的叶子代替纸，在竹简上刻字挥毫，在纸上留墨迹，剪下桐叶作诏书，在石头上题诗。这几样都是写字的人本来就有的，我不过是取而用之，并没有画蛇添足之处。如果不管行得通行不通，混用一气，有朝一日联匾的面目被人篡改得乱七八糟，牛鬼蛇神样样俱全，我岂不成了始作俑者了吗？

图例中所载的名人字迹，是绘图的人凑合模仿的，不是他们本人的手笔。把大的东西缩小，自然会丧失原作的韵味儿，观看的人只要领会大概意思就行了。

注释

［1］种蕉代纸——相传唐代书法家怀素种芭蕉万余株，以蕉叶代纸练习书法。

［2］剪桐作诏——周成王用桐叶做圭，对唐叔虞说："我用这封你。"结果封于晋。

1. 蕉叶联

原文

蕉叶题诗，韵事也；状蕉叶为联，其事更韵。但可置于平坦贴服之处，壁间门上，皆可用之。以之悬柱则不宜，阔大难掩故也。其法先画蕉叶一张于纸上，授木工以板为之，一样二扇，一正一反，即不雷同。后付漆工，令其满灰密布，以防碎裂。漆成后，始书联句，并画筋纹。蕉色宜绿，筋色宜黑，字则宜填石黄，始觉陆离可爱，他色皆不称也。用石黄乳金更妙；全用金字，则大俗矣。此匾悬之粉壁，其色更显，可称"雪里芭蕉"。

◈ 译文 ◈

在蕉叶上题诗，是很风雅的事情；模仿蕉叶的形状制作联匾就更风雅了。但是这种式样的联匾只适合挂在平坦、服帖的地方，挂墙壁中央、门的上方都可以，挂在柱子上就不合适了，因为这种式样的联很宽大，把柱子遮住了，柱子上没有空地衬托此联，就不好看了。制作蕉叶联的方法是：先在纸上画一张蕉叶，请木匠依照蕉叶的形状制作一块板，一式两扇，一正一反，这样就不雷同了；然后把它交给漆匠，让他在上面抹灰，以防止木板碎裂；漆完以后，才写上联句，并且画上叶脉。蕉叶的颜色以绿色为宜，叶脉的颜色以黑色为好；字应该是石黄色的，这样颜色对比鲜明，才使人觉得可爱，别的颜色都不相称。用石黄乳金更妙，全用金字就太俗气了。此匾悬挂在白色的墙壁上，色彩更加显著，可称得上是"雪里芭蕉"。

2. 此君联[1]

◈ 原文 ◈

"宁可食无肉，不可居无竹。"[2]竹可须臾离乎？竹之可为器也，自楼阁几榻之大，以至笥奁杯箸之微，无一不经采取；独至为联为匾诸韵事，弃而弗录，岂此君之幸乎？用之请自予始。截竹一筒，剖而为二，外去其青，内铲其节，磨之极光，务使如镜。然后书以联句，令名手镌之，掺以石青或石绿，即墨字亦可。以云乎雅，则未有雅于此者。以云乎俭，亦未有俭于此者。不宁惟是，从来柱上加联，非板不可，柱圆板方，柱窄板阔，彼此抵牾，势难贴服，何如以圆合圆，纤毫不谬，有天机凑泊之妙乎？此联不用铜钩挂柱，用则多此一物，是为赘瘤。止用铜钉上下二枚，穿眼实钉，勿使动移。其穿眼处，反择有字处穿之。钉钉后，仍用掺字之色，补于钉上；混然一色，不见钉形尤妙。钉蕉叶联亦然。

◈ 译文 ◈

"宁可食无肉，不可居无竹。"人在日常生活中每时每刻都离不开竹子，用竹子做的器具，大到楼阁、桌椅、床铺，小到箱箧、筷子，没有一样用不到，唯独在制作联匾这些风雅的事情上，人们却把它抛在了一边。这能说是竹子的幸运吗？请让我先用起来吧。截取一段竹筒，剖成两半，去掉外面的青皮，去掉里面的竹节，把它磨得像镜子一样光亮，然后写上联句，请高手镌刻，在字迹处填入石膏或者石绿；什么也不填，光是黑字也行。论雅致，没有比它更雅致的了；论简朴，没有比它更简朴的了。不仅如此，历来柱子上挂楹联，非得是木板的不可，柱子是圆的而木板是方的，柱子是窄的而木板是宽的，柱子和木板互相抵触，很难挂得稳当顺贴；怎比得上用圆柱上挂圆匾，严丝合缝，具有天然贴合的美妙呢？竹联不能用铜钩挂在柱子上，用铜钩就多此一举，成为累赘了。只需用两枚铜钉，上下各用一枚，在竹联上穿眼，把它钉在柱子上，不要让它移动。穿眼的地方偏要选在字上。钉好之后，还是用填字的颜料补在钉子上。钉子和字就浑然一色，看不出钉过钉子更好。钉蕉叶联的方法也是这样。

注释

[1] 此君——即竹。《世说新语·任诞》说王徽之曾指着竹子说："何可一日无此君！"后便有此称呼。

[2] "宁可食无肉，不可居无竹"——语出苏东坡诗《於潜僧绿竹轩》。

3. 碑文额

原文

三字额，平书者多，间有直书者，匀作两行；匾用方式，亦偶见之。然皆白地黑字，或青绿字。兹效石刻为之，嵌于粉壁之上，谓之匾额可，谓之碑文亦可。名虽石，不果用石，用石费多而色不显，不若以木为之。其色亦不仿墨刻之色，墨刻色暗，而远视不甚分明。地用黑漆，字填白粉，若是则值既廉，又使观者耀目。此额惟墙上开门者宜用之，又须风雨不到之处。客之至者，未启双扉，先立漆书壁经之下，不待搴帷入室，已知为文士之庐矣。

译文

三个字的牌匾，平排书写的居多，间或有直排书写的，匀作两行；方形的牌匾，偶尔也可见到。但都是白底黑字，或者青绿字，都仿效石刻做成，嵌在粉壁上，可叫作牌匾，也可以称作碑文。形式虽然像石刻，但却不能用石头做，因为用石头花费颇多，且颜色不显，不如用木头来做。上面的颜色也不模仿墨刻的颜色，墨刻的色调暗，远远看起来不太分明。质地用黑漆，字上填白粉，如果这样那就不仅花费不多，而且吸引观者的目光。这种牌匾只适宜在墙上开门的地方悬挂，而且还必须是风雨吹打不到的地方。来访的客人还没有开启双扉，先站在漆书壁经的下面，不等推门入室，就已经知道是文人的房室了。

4. 手卷额

◈ 原文 ◈

额身用板，地用白粉，字用石青石绿，或用炭灰代墨，无一不可。与寻常匾式无异，止增圆木二条，缀于额之两旁，若轴心然。左画锦纹，以像装潢之色；右则不宜太工，但像托画之纸色而已。天然图卷，绝无穿凿之痕；制度之善，庸有过于此者乎？眼前景，手头物，千古无人计及，殊可怪也。

◈ 译文 ◈

这种匾额，额身用木板制作，用白粉做底色，字用石青石绿，或者用炭灰代替墨汁，都是可以的。跟匾额的式样没有什么两样，只是增加两条圆木，缀在两旁，像轴心那样。左边画锦纹，像是装潢的颜色；右边则不宜太考究，只要像托画的底色就行了。天然的图卷，绝没有穿凿的痕迹，还有比这更好的方法？用手头的物件就能够制作一幅美景，千古以来没有人想到，实在令人奇怪。

5. 册页匾

◈ 原文 ◈

用方板四块，尺寸相同，其后以木绾之，断而使续。势取乎曲，然勿太曲。边画锦纹，亦像装潢之色。止用笔画，勿用刀镌；镌者粗略，反不似笔墨精工。且和油入漆，着色为难，不若画色之可深可浅，随取随得也。字则必用剞劂，各有所宜，混施不可。

《译文》

用尺寸相同的四块方板，后面用木条连接。要使它有曲折之势，但是又不能过于弯曲。边上画锦纹，也像是装潢。只用笔画，不用刀刻。刻出来的花纹太粗陋，反倒不如用笔画出来的精致；而且，用油漆上色很困难，不像画上去的颜色可深可浅，比较随意。字却必须用刀刻，该用什么就用什么，不能混用。

6. 虚白匾

《原文》

"虚室生白"[1]，古语也。且无事不妙于虚，实则板矣。用薄板之坚者，贴字于上，镂而空之，若制糖食果馅之木印。务使二面相通，纤毫无障。其无字处，坚以灰布，漆以退光。俟既成后，贴洁白绵纸一层于字后，木则黑而无泽，字则白而有光。既取玲珑，又类墨刻，有匾之名，去其迹矣。但此匾不宜混用，择房舍之内暗外明者置之。若屋后有光，则先穴通其屋，以之向外；不则置于入门之处，使正面向内。从来屋高门矮，必增横板一块于门之上，以此代板，谁曰不佳？

《译文》

古人说过："虚室生白。"而且，凡事无不以虚为妙，实就太呆板了。选一块坚硬的薄木板，把字贴上去，然后镂空，像做糖食果馅用的木模。一定要让两面相通，清楚透亮。没有字的地方抹上灰使它坚固，涂上黑漆使它退去光泽。做成以后，在字的背面贴一层洁白的绵纸。这样，木板黑而无泽，文字白而有光，既清晰玲珑，又像是墨刻，有匾之名，而无其迹。不过这样的匾不能什么地方都挂，应当挂在室内光线幽暗、室外光线明亮的房子里。如果屋后有光，就先凿通墙壁，让匾正面朝外；否则就放在进门的地方，让匾的正面朝里。历来房子高大门却比较低矮，总要在门上增加一块横板。用匾来取代这块横板，谁说不好？

《注释》

[1] "虚室生白"——语出《庄子·人间世》："虚室生白，吉祥止止。"

7. 石光匾

原文

即"虚白"一种，同实而异名。用于磊石成山之地，择山石偶断处，以此续之。亦用薄板一块，镂字既成，用漆涂染，与山同色，勿使稍异。其字旁凡有隙地，即以小石补之。粘以生漆，勿使见板。至板之四围，亦用石补，与山石合成一片，无使有襞襀之痕，竟似石上留题，为后人凿穿以存其迹者。字后若无障碍，则使通天；不则亦贴绵纸，取光明而塞障碍。

译文

石光匾也就是虚白匾，名称不同，其实是同一种匾。悬挂在假山处，选择山石的豁口处，用此匾来补缺。还是用一块薄板，刻好字以后，用漆把它涂成山石的颜色，不要有一点色差。字的旁边如果有空地，就用小石头补上，用生漆粘好，不要让底板露出来。底板的四周也要用石头补上，使匾跟山石浑然一体，看不出丝毫修修补补的痕迹，让人看了还以为有人在石头上题字，后来有为了保存字迹把字刻在石头上的。字的后面如果没有什么东西遮挡，就让它空着以透天光；不然的话也贴上绵纸，以使字迹显得明亮。

8. 秋叶匾

原文

御沟题红[1]，千古佳事；取以制匾，亦觉有情。但制红叶与制绿蕉有异，蕉叶可大，红叶宜小。匾取其横，联妙在直，是亦不可不知也。

译文

"红叶题诗"的故事千古以来被人们传为佳话。模仿红叶的形状制作匾额，也令人感到其中含有情意。但是制作红叶匾和制作蕉叶联不同：蕉叶联可以做得大一些，红叶匾应当做得小一些；匾是横式的，联以直的为妙。这一点也不能不知道。

注释

[1]御沟题红——又叫"红叶题诗"。唐宣宗时,舍人卢渥从御沟(宫墙下面的水沟)中拾得一片红叶,上面题有一首绝句:"流水何太急,深宫尽日闲。殷勤谢红叶,好去到人间。"后宣宗放宫女,卢渥得到一位,就是当初在红叶上题诗的那位,传为佳话。

五、山石

小 引

原文

幽斋磊石,原非得已。不能致身岩下,与木石居,故以一卷代山,一勺代水,所谓无聊之极思也。然能变城市为山林,招飞来峰使居平地[1],自是神仙妙术,假手于人,以示奇者也,不得以小技目之。且磊石成山,另是一种学问,别是一番智巧。尽有丘壑填胸[2],烟云绕笔之韵士,命之画水题山,顷刻千岩万壑;及倩磊斋头片石,其技立穷,似向盲人问道者。故从来叠山名手,俱非能诗善绘之人,见其随举一石,颠倒置之,无不苍古成文,纡回入画,此正造物之巧于示奇也。譬之扶乩召仙,所题之诗,与所判之字,随手便成法帖,落笔尽是佳词。询之召仙术士,尚有不明其义者;若出自工书善咏之手,焉知不自人心捏造?妙在不善咏者使咏,不工书者命书,然后知运动机关,全由神力。其叠山磊石,不用文人韵士,而偏令此辈擅长者,其理亦若是也。然造物鬼神之技,亦有工拙雅俗之分。以主人之去取为去取,主人雅而喜工,则工且雅者至矣;主人俗而容拙,则拙而俗者来矣。有费累万金钱,而使山不成山,石不成石者,亦是造物鬼神作祟,为之摹神写像,以肖其为人也。一花一石。位置得宜,主人神情,已见乎此矣;奚俟察言观貌,而后识别其人哉?

译文

把居室造得幽曲,用石头垒假山,本来是不得已的事。因为人不能到山岩之下与大自然相处，所以才用人工制造的一点风景来取代自然山水，这是穷极无聊产生的奇思异想。不过能够把城市变为山林，把飞来峰搬到平地上来，自然是神仙妙术，借人手来显示奇异了，不能把它看作是雕虫小技。而且垒石成山，又是一种学问，另有一番智慧。不少人胸中才华横溢，作起画来云烟缭绕，称得上是风流雅士，让他画山水，顷刻之间就能画出千岩万壑；等叫他在房前用石头堆个假山，就不知所措，好似向盲人问路了。所以历来砌假山的名手，都不是能诗会画的人；只见他随意拿起一块石头，颠倒放下，都无不堆放得古古苍苍，迂回入画。这正是造物主在显示他的奇巧。这就像术士占卜的时候所题的诗和所判的字，随手拈来便成法帖，落笔都是好词，问一问术士这些字句是什么意思，连他自己也说不全。如果这些字句是出自一位精通书法、擅长作诗的人之手，谁不知道这些字句是他存心捏造的？妙就妙在不让精通书法、擅长作诗的人去写，然后人们才会相信这机关全是由神力操纵的。营造假山不用文人雅士，而偏偏让不会作诗不会画画的人擅长，也是这个道理。但是鬼神造物的技艺也有工拙雅俗的区别，这跟主人的嗜好有关。如果主人很风雅很讲求精致，那么工匠造出来的东西也就风雅精致；如果主人很俗气，容得下拙劣的东西，那么工匠造出来的东西也就很俗气很拙劣。有的人花费成千上万的金钱，却弄得山不像山、石不像石的，这也是鬼神作祟，给主人写生画像，来展示他的为人的。一花一石，放置适当，主人的神情已经通过这一花一石表现出来了，还用得着去对他察言观色一番才能识别他吗？

注释

[1] 飞来峰——山峰名，在浙江杭州西湖西北灵隐寺前。相传东晋咸和年间有天竺僧慧理登此山，叹道："此是中天竺国灵鹫山之小岭，不知何年飞来？"于是建造灵隐寺，因号此峰为"飞来峰"。

[2] 丘壑填胸——语出宋代黄庭坚诗："胸中元自有丘壑，故作老木蟠风霜。"原意是说画家的构思布局。后也有称人深谋远虑为"胸有丘壑"。

1. 大山

原文

山之小者易工，大者难好。予遨游一生，遍览名园，从未见有盈亩累丈之山，能无补缀穿凿之痕，遥望与真山无异者。犹之文章一道，结构全体难，敷陈零段易。唐宋八大家之文，全以气魄胜人，不必句栉字篦，一望而知为名作，以其先有成局；而后修饰词华，故粗览细观，同一致也。若夫间架未立，才自笔生，由前幅而生中幅，由中幅而生后幅，是谓以文作文，亦是水到渠成之妙境。然但可近视，不耐远观；远观则襞襀缝纫之痕出矣。书画之理亦然。名流墨迹，悬在中堂，隔寻丈而观之，不知何者为山，何者为水，何处是亭台树木，即字之笔画，杳不能辨；而只览全幅规模，便足令人称许。何也？气魄胜人，而全体章法之不谬也。至于累石成山之法，大半皆无成局，犹之以文作文，逐段滋生者耳。名手亦然，矧庸匠乎？然则欲累巨石者，将如何而可？必俟唐宋诸大家复出，以八斗才人[1]，变为五丁力士[2]，而后可使运斤乎？抑分一座大山，为数十座小山，穷年俯视以藏其拙乎？曰：不难。用以土代石之法，既减人工，又省物力，且有天然委曲之妙。混假山于真山之中，使人不能辨者，其法莫妙于此。累高广之山，全用碎石，则如百衲僧衣，求一无缝处而不得，此其所以不耐观也。以土间之，则可泯然无迹；且便于种树，树根盘固，与石比坚；且树大叶繁，混然一色，不辨其为谁石谁土。立于真山左右，有能辨为积累而成者乎？此法不论石多石少，亦不必定求土石相半，土多则是土山带石，石多则是石山带土。土石二物，原不相离，石山离土，则草木不生，是童山矣[3]。

译文

小山容易造得精致，大山难以造得好看。我一生遨游，遍览名园，从来没有见过占地一亩以上、高达几丈的假山能够造得没有修修补补、拼拼凑凑的痕迹，远远望去跟真山一样的。这就像写文章一样，结构全篇困难，一段一段地零星写来却很容易。唐宋八大家的散文，全靠气魄取胜，用不着一字一句地审察掂量，一看就知道是名作。因为它先有成局，而后修饰词藻，所以无论是粗看细看，都是一样的。如果文章的整个结构布局还没有确立，就由着性子写来，从开头写到中间，从中间写到结尾，这叫作以文作文，也算达到了水到渠成的境界。不过这样的文章只可近看，不耐远观，远观那拼拼凑凑的痕迹就暴露出来了。书画的道理也是一样：名人的字画挂在中堂，隔着几丈远的距离观看，不知道哪里是山、哪里是水，哪里是亭台树木，就连字的笔画也分辨不出来；但是只要统揽全局，就足以令人赞许。这是为什么呢？因为它以气魄取胜于人，整体章法不错。至于垒石成山的方法多半都没有现成的定局，就像以文作文一样，是一块一块拼凑起来的。就连名家高手也是这么做的，何况平庸的工匠呢？

但是要垒大山的话又怎么办呢？难道一定要等到唐宋八大家复出，有才高八斗的文人变成大力士，才能让他们动斧吗？还是把一座大山分成几十座小山，经年累月地观察琢磨，才不致于造得不那么拙劣吗？我说这不难。用以土代石的方法，既减少了人工，又节省了物力，而且具有天然起伏的美妙。要想把假山造得混同于真山，叫人分辨不出真假，没有比这个方法更妙的了。垒造高大的假山，如果全用碎石，就像老和尚的百衲衣，拼拼凑凑，到处都是裂缝，所以很不耐看。用土相间，就可以把山造得浑然一体，看不出拼凑的痕迹。而且有利于种树，树木盘根错节，树木和石头都能牢固，而且树大叶茂，浑然一色，叫人分辨不出哪是土、哪是石头。把它跟真山排列在一起，有谁能够辨认出它是真山还是假山呢？采用这种方法，不论石多石少，也不一定非得土石各半，土多就是土山带石，石多就是石山带土。土、石这两种东西本来就是不可分割的，石山离开了土，就长不出草木，这就成了古人所说的"童山"了。

注释

［1］八斗才人——语出《南史·谢灵运传》："天下才共一石，曹子建独得八斗，我得一斗，自古及今共用一斗。"

［2］五丁力士——《水经注·沔水》记载：秦惠王想攻蜀，但不知道路，就做了五头石牛，尾下放着黄金，说牛能屙金。蜀王负力遂派五个壮丁去拉牛，这样秦军就跟着来了。此后"五丁"成为大力士的别名。

［3］童山——即不生草木的山。《管子·国准》："有虞之王，枯泽童山。"

2. 小山

原文

小山亦不可无土，但以石作主，而土附之。土之不可胜石者，以石可壁立，而土则易崩，必仗石为藩篱故也。外石内土，此从来不易之法。

言山石之美者，俱在透飞漏、瘦三字。此通于彼，彼通于此，若有道路可行，所谓透也。石上有眼，四面玲珑，所谓漏也。壁立当空，孤峙无倚，所谓瘦也。然透、瘦二字，在在宜然；漏则不应太甚。若处处有眼，则似窑内烧成之瓦器，有尺寸限在其中，一隙不容偶闭者矣。塞极而通，偶然一见，始与石性相符。

瘦小之山，全要顶宽麓窄。根脚一大，虽有美状，不足观矣。

石眼忌圆，即有生成之圆者，亦粘碎石于旁，使有棱角，以避混全之体。

石纹石色，取其相同。如粗纹与粗纹，当并一处；细纹与细纹，宜在一方，紫碧青红，各以类聚是也。然分别太甚，至其相悬接壤处，反觉异同；不若随取随得，变化从心之为便，至于石性，则不可不依；拂其性而用之，非止不耐观，且难持久。石性维何？斜正纵横之理路是也。

译文

小山也不能没有土，只是以石为主，以土为辅。土跟石头相比，其缺点在于石头可以直立，土却容易塌，必须用石头遮挡。外面用石，里面用土，这是一贯的方法，不可改变。

说起山石之美，全在于透、漏、瘦三个字。山石彼此相通，似乎有路可走，这叫作"透"；石上有孔，四面玲珑，这叫作"漏"；迎空直立，独立无依，这叫作"瘦"。但是，"透""瘦"二字处处都应如此，"漏"却不能太过分。如果山石处处有孔，就像窑里烧出的瓦器，有尺寸的限制，一个孔隙都不得偶有闭塞。塞极而通，偶然一见，这才符合石性。

瘦小的假山，全要顶部宽、底部窄。山脚一大，即使造型漂亮，也不值得看了。

石头上的孔洞不要太圆，即使天生就是圆形的，也要在旁边粘上些碎石，使它有棱有角，以避免过于圆滑。

石头的纹理和颜色，要选相同的。例如粗纹和粗纹并在一起，细纹和细纹放在一处，紫碧青红，各以类聚。但是如果区分得太严格了，到了不同颜色相接的地方，反倒使人觉得颜色过渡得太生硬、差别太明显。不如任意排列，顺其自然的好。至于说到石性，则不能不顺从；如果违背石性去使用它，不但不耐看，也难以持久。这里所说的"石性"是什么呢？就是石头上斜正纵横的纹理。

3．石壁

原文

假山之好，人有同心，独不知为峭壁，是可谓叶公之好龙矣。山之为地，非宽不可；壁则挺然直上，有如劲竹孤桐，斋头但有隙地，皆可为之。且山形曲折，取势为难，手笔稍庸，便贻大方之诮；壁则无他奇巧，其势有若累墙，但稍稍纡回出入之，其体嶙峋，仰观如削，便与穷崖绝壑无异。且山之与壁，其势相因，又可并行而不悖者。凡累石之家，正面为山，背面皆可作壁。匪特前斜后直，物理皆然，如椅榻舟车之类，即山之本性，亦复如是，逶迤其前，未有不崭绝其后。故峭壁之设，诚不可已；但壁后忌作平原，令人一览而尽。须有一物焉蔽之，使座客仰观，不能穷其颠末，斯有万丈悬岩之势，而绝壁之名为不虚矣。蔽之者维何？曰：非亭即屋。或面壁而居，或负墙而立，但使目与檐齐，不见石丈人之脱巾露顶[1]，则尽致矣。

石壁不定在山后，或左或右，无一不可。但取其地势相宜，或原有亭屋，而以此壁代照墙，亦甚便也。

译文

人们都喜好假山，但却唯独不知道造峭壁，这真可称得上是"叶公好龙"了。垒造假山，总要占用土地，没有宽敞的地面是不行的。但是峭壁却挺然直上，有如劲竹孤桐，只要房前有一点点空地，就可以造峭壁。而且，假山的形状曲折，不容易造得美观，造得稍稍平庸一些，就会让内行人见笑；而峭壁却没有别的奇巧，就像垒墙一样，只要造得稍有迂回出入，就能体态嶙峋，仰面看去，如同刀劈斧削一般，跟高崖险壑没什么两样。而且，山势与峭壁的形貌是相辅相成的。二者可以并行不悖，凡是垒石的人家，房前造假山，房后都可以造峭壁。前部倾斜，后部直立，任何事物的原理都是这样，例如椅子、床榻、车船等等；山的本性也是如此，前面蜿蜒曲折，后面总是耸然挺立。因此峭壁是非有不可的。但是峭壁的后面不能再有平原，那会使人一览无余。同时还必须用一样东西来遮蔽，使客人仰面望去，看不到顶。这样才具有万丈悬崖的气势，所谓绝壁也就不是徒有虚名了。用什么来遮蔽呢？我说不是用亭就是用屋。人面壁而坐，或者背墙而立，让视线跟房檐齐平，看不见峭壁的顶端，这样就尽善尽美了。

石壁不一定在山后，或者在左边，或者在右边，都是可以的，只要跟地形地势相协调就行。或者把它建在平地上的亭子和房屋之前，用它来代替映壁，也很方便。

注释

[1]石丈人——宋朝米芾好石，任无为州知军，州廨有立石甚奇，芾抱笏拜之，呼为石丈。

4. 石洞

◈ 原文 ◈

假山无论大小,其中皆可作洞;洞亦不必求宽,宽则借以坐人。如其太小,不能容膝,则以他屋联之。屋中亦置小石数块,与此洞若断若连,是使屋与洞混而为一,虽居屋中,与坐洞中无异矣。洞中宜空少许,贮水其中,而故作漏隙,使涓滴之声,从上而下,旦夕皆然。置身其中者,有不六月寒生,而谓真居幽谷者,吾不信也。

◈ 译文 ◈

假山不论大小,里面都可以做洞。洞也不必追求宽敞,如果洞里宽敞就可以坐人;如果里面很窄,转不开身,就把它和房屋连通,屋子里也放置一些小块儿的石头,和山洞若断若连,使得房屋和山洞浑然一体。这样,人虽然身在屋中,也跟坐在山洞里没什么两样了。洞的上方最好空出一块地方,贮存一些水,故意弄出裂缝,使里面的水滴漏,使得涓涓的滴水之声自上而下,终日不绝。即使在盛夏时节,置身于山洞之中,也是凉意袭人,有如置身于幽深的山谷。我不信做不到。

5. 零星小石

◈ 原文 ◈

贫士之家,有好石之心,而无其力者,不必定作假山。一卷特立,安置有情,时时坐卧其旁,即可慰泉石膏肓之癖。若谓如拳之石,亦须钱买,则此物亦能效用于人,岂徒为观瞻而设?使其平而可坐,则与椅榻同功;使其斜而可倚,则与栏杆并力;使其肩背稍平,可置香炉茗具,则又可代几案。花前月下,有此待人,又不妨于露处,则省他物运动之劳。使得久而不坏,名虽石也,而实则器矣。且捣衣之砧,同一石也,需之不惜其费;石虽无用,独不可作捣衣之砧乎?王子猷劝人种竹[1],予复劝人立石。有此君不可无此丈。同一不急之务,而好为是谆谆者,以人之一生,他病可有,俗不可有。得此二物,便可当医,与施药饵济人,同一婆心之自发也。

译文

　　清贫的人家，喜欢山石却无力置办的，也不一定非得造假山。拳头那么大的小块石头，只要安置得富有情趣，时时在它旁边坐卧，也能够满足对山水泉石的嗜好。如果说即使很小一块石头也得花钱买，那么我告诉你，这东西对人来说也是有实用价值的，而不仅仅是单纯供人观赏的。把它平放，上面可以坐人，跟椅榻的作用相同；把它倾斜放置，上面可以倚靠，就跟栏杆的作用相同；如果石面比较平整，上面还可以放置香炉茶具，这就可以代替桌案。花前月下有这东西供人使用，又不必担心风吹日晒雨淋，省得把家具搬来搬去；而且它经久耐用，虽说是石头，实际上也属于一件家具。而且，捶打衣物用的砧板，同样是石头，因为需要，花费再多也得买；这块石头用途虽然不大，就不能当捶打衣物的砧板来用吗？王子猷劝人种竹，我又劝人立石；有竹不能无石。这两样东西对人来说并不是什么当务之急，但我却如此这般地对人谆谆教诲，是出于这样的考虑：人的一生，别的病可以有，俗气之病不能有。有了竹石这两样东西，就可以用来充当医药。这就跟给人送药治病救人一样，是出于一片慈悲的心肠。

注释

　　[1]王子猷——即王徽之，字子猷，王献之之兄，晋代会稽人，曾为大司马桓温车骑将军、桓冲将军，官至黄门侍郎。性卓异不羁，爱竹。

第五卷 器玩部

一、制度

小 引

人无贵贱,家无贫富,饮食器皿,皆所必需。"一人之身,百工之所为备。"子舆氏尝言之矣。至于玩好之物,惟富贵者需之,贫贱之家,其制可以不问。然而粗用之物,制度果精,入于王侯之家,亦可同乎玩好;宝玉之器,磨砻不善,传于子孙之手,货之不值一钱。知精粗一理,即知富贵贫贱,同一致也。予生也贱,又罹奇穷,珍物宝玩,虽云未尝入手,然经寓目者颇多。每登荣富之堂,见其辉煌错落者,星布棋列,此心未尝不动,亦未尝随见随动,因其材美而取材以制用者,未尽善也。至入寒俭之家,睹彼以柴为扉,以瓮作牖,大有黄虞三代之风,而又怪其纯用自然,不加区画。如瓮可为牖也,取瓮之碎裂者联之,使大小相错;则同一瓮也,而有哥窑冰裂之纹矣。柴可为扉也,取柴之入画者为之,使疏密中窾,则同一扉也,而有农户儒门之别矣。人谓变俗为雅,犹之点铁成金,惟具山林经济者能此,乌可责之一切?予曰:累雪成狮,伐竹为马,三尺童子,皆优为之,岂童子亦抱经济乎?有耳目,即有聪明;有心思,即有智巧。但苦自画为愚,未尝竭思穷虑以试之耳。

译文

人不论贵贱，家不分贫富，饮食器皿等生活用品都是必需的。孟子就曾经说过："一个人所享用的，是上百个工匠劳动的成果。"至于器玩这类工艺品，只有富贵者需要它，贫贱的人家在这些方面可以不那么讲究。然而，某些看上去不起眼儿的生活用品，如果样式和做工精美，到了王侯的家里，也能够起到器玩的作用；宝玉制成的器物，如果做工不精美，传到子孙手里，卖出去也不值几个钱。懂得了精美粗糙的道理，就会知道富贵与贫贱也有相同的地方。我生来卑贱，又穷困潦倒，珍宝玩物虽说未尝拥有，但是看过的却也不少。每去富贵人家，看见那些金碧辉煌的器玩高低错落，星罗棋布，未尝不动心；但也不是对每一样东西都动心，因为有的器玩材料虽然昂贵，但是样式和做工并不都是很完美的。走进清贫简朴的人家，见他们用柴木当门扇，用瓮作窗户，大有远古时代古朴典雅的风味儿，但是我又怪他们只是用了这些东西的自然形态，而缺乏创造性。例如瓮可以做窗户，如果把碎裂的瓮片连起来，大小互相错杂，那么同样是瓮，却像哥窑烧制的瓷器，带着精致的冰裂花纹；柴木可以做门扇，如果能够选用形状美观的柴木，使它疏密合理，那么同样是门扇，却能体现出粗俗高雅的区别。有人说变粗俗为高雅，就像点铁成金，只有胸怀大略、多才多艺的人能够做到，怎么能要求所有的人都做到呢？我说：用雪堆狮子，砍竹棍儿当马骑，就连小孩子都做得很好，难道小孩子胸怀大略、多才多艺吗？人有眼睛耳朵，就能看能听；用心思考，就能产生智慧奇巧。就怕自认愚笨，不绞尽脑汁去思考、去尝试。

1. 几案

原文

予初观《燕几图》，服其人之聪明，什伯于我。因自置无力，遍求置此者，讯其果能适用与否，卒之未得其人。夫我竭此大段心思，不可不谓经营惨淡，而人莫之则效者，其故何居？以其太涉繁琐，而且无此极大之屋，尽列其间，以观全势故也。凡人制物，务使人人可备，家家可用，始为布帛菽粟之才；否则售冕旒，而沽玉食，难乎其为购者矣。故予所言，务舍高远而求卑近。几案之设，予以庀材无资，尚未经营及此。但思欲置几案，其中有三小物，必不可少：一曰抽替。此世所原有者也，然多忽略其事，而有设有不设。不知此一物也，有之斯逸，无此则劳，且可藉为容懒藏拙之地。文人所需如简牍刀锥，丹铅胶糊之属，无一可少，虽曰司之有人，藏之别有其处，究竟不能随取随得，役之如左右手也。予性下急，往往呼童不至，即自任其劳。书室之地，无论远近迂捷，总以举足为烦。若抽替一设，则凡卒急所需之物，尽内其中，非特取之如寄，且若有神物俟乎其中，以听主人之命者。至于废稿残牍，有如落叶飞尘，随扫随有，除之不尽，颇为明窗净几之累，亦可暂时藏纳，以俟祝融，所谓容懒藏拙之地是也。知此，则不独书案为然，即抚琴观画，供佛延宾之座，俱应有此。一事有一事之需，一物备一物之用。《诗》云："童子佩觿。"[1]《鲁论》云："去丧无所不佩。"[2]人身且然，况为器乎？一曰隔板。此予所独置也。冬月围炉，不能不设几席，火气上炎，每致桌面台心，为之碎裂，不可不预为计也。当于未寒之先，另设活板一块，可用可去，衬于桌面之下。或以绳悬，或以钩挂，或于造桌之时，先作机彀以待之，使之待受火气，焦则另换，为费不多。此珍惜器具之婆心，虑其暴殄天物以惜福也。一曰桌撒。此物不用钱买，但于匠作挥斤之际，主人费启口之劳，僮仆用举手之力，即可取之无穷，用之不竭。从来几案与地，不能两平，挪移之时，必相高低长短，而为桌撒，非特寻砖觅瓦，时费辛勤，而且相称为难，非损高以就低，即截长而补短。此虽极微极琐之事，然亦同于临渴凿井，天下古今之通病也。请为世人药之。凡人兴造之际，竹头木屑，何地无之？但取其长不逾寸，宽不过指，而一头极薄，一头稍厚者，拾而存之，多多益善，以备挪台撒脚之用。如台脚所虚者少，则止入薄者，而留其有余者于脚外，不则尽数入之。是止一寸之木，而备高低长短数则之用，又未尝费我一钱，岂非极便于人之事乎？但须加以油漆，勿露竹头木屑之本形。何也？一则使之与桌同色，虽有若无；一则恐童子扫地之时，不能记忆，仍谬认为竹头木屑而去之，势必朝朝更换，将亦不胜其烦，加以油漆，则知为有用之器而存之矣。只此极细一着，而有两意存焉，况大者乎？劳一人以逸天下，予非无功于世者也。

译文

我初看《燕几图》，佩服作者的聪明，比我高出十倍百倍。因为我自己没有能力置办书中所载的那些器具，就到处寻找置办了那些器具的人，想问一问他们，那些东西是否真的好用，但是始终没有找到。我花费了那么多心思，不能不说是惨淡经营，但是却没有人采纳和效仿，这是为什么呢？因为它太烦琐，而且普通人家也没有那么大的房间，能够摆全那些器具，让人们观看全局。人凡是设计和制造一样东西，一定要使得人人可备，家家可用，就像老百姓家常衣食一样，这样才能满足大众的需要；不然的话就像是只出售皇家的衣食，买的人就少了。因此，我向人们介绍的东西，总是舍弃高远而追求通俗。几案的设计，我因为没有钱购置材料，还未能去做。只是想到要置办几案，有三样小东西是一定不能缺少的：一是抽屉。抽屉本来是世上早就有的，然而许多人把它忽略了，有设的也有不设的。殊不知抽屉这东西，有它可以带来很多方便，没有它就劳神费力，而且这东西既省事又可以使案头美观。文人所需要的东西，比如信笺、剪刀、锥子、笔墨、糨糊之类，一样都不可缺少，虽说有专门的人管理，有专门的地方收藏，但是毕竟不能随取随到，像自己的左右手一样方便自如。我生性急躁，往往有这样的情况：喊童子，童子不来，就自己亲自动手。书房里面，不管绕远还是近便，走路总是很麻烦。如果桌上安了抽屉，就可以把临时急用的东西都放进去，不但取用起来方便，而且那些东西好像有了灵性，在等候主人的调遣。至于残稿和废纸，就像落叶飞尘，随扫随有，除不干净，整洁明亮的环境都被它们破坏了。这些东西也可以暂时放进抽屉里，等待烧毁。这就是所说的既省事又可以使案头美观。明白了这个道理，就会知道不仅书桌应当安抽屉，即便是用来弹琴赏画、烧香供佛以及招待宾客的座位上，也应当安抽屉。一件事情有一件事情的需要，一件东西有一件东西的用途。《诗经》中说："童子佩觿。"《论语》中说："丧期已满一切皆可佩带。"人身尚且如此，何况器物呢？一是隔板。这是我的独创。冬天跟家人朋友围着炉火吃饭聊天，不能不用桌子，炉火的热气上升，常常把桌面台心烤得碎裂，这是不能不预防的。应当在天还没冷的时候，另外设置一块活动的木板，可以拆可以装，衬在桌子的下面，用绳子或者钩子来悬挂，或者在造桌子的时候，预先设置一个机关，等日后用来安放木板，等到这块木板被烤焦了，就另外换一块，花费不多。这一片苦心，是为了劝人珍惜东西，不要暴殄天物以损自己的福祉。一是桌子的垫脚。这东西用不着花钱买，只需在打家具的时候，主人动一动嘴，仆人动一动手，就可以取之不尽，用之不竭。桌子和地面总是不能互相平稳，挪动桌子的时候，地面不是高了就是低了，桌腿儿不是长了就是短了，要找一件东西做桌子的垫脚儿，不仅找起砖头瓦片来常常要费一番辛苦，而且找的东西很难合适，不是去掉高的将就低的，就是截掉长的弥补短的。虽说这是很细小的琐事，但是也有如临到口渴的时候才去凿井取水，这是古往今来的通病，请让我来开个药方：凡是制作家具的时候，竹头木片，哪里没有？只要挑选其中一寸来长、一指来宽、一头很薄、一头较厚的，拣一些存放起来，放越多越好，以备用来挪动桌子时用来做垫脚儿。如果桌腿儿空得少，就只插进薄的一段，而把其余部分留在桌腿儿外面，否则就全部插进去。这只不过有一寸长的木片，可以用到高低长短几个不同的地方，又用不着花费一个钱，难道不是极方便的事吗？但是必须给它涂上油漆，不要露出竹头木片本来的面目。为什么呢？一来是为了使它的颜色跟桌子的颜色相同，让人看不出来；二来怕童子扫地的时候记不住，还把它当作竹头木片抠出来扔掉，势必要天天更换，那就不胜其烦了。把它涂上油漆，童子就知道这是有用的东西，把它留着了。油漆这道工序不能小看，仅仅这简单的一手，就包含了两种用意，何况比它大的呢？麻烦一个人，方便天下人，我对世人来说难道不是一位有功之臣吗？

注释

［1］"童子佩觿"——语出《诗经·卫风·芄兰》。觿：锥形的古人解结用具，象骨制成，也用为佩饰。

［2］"去丧无所不佩"——语出《论语·乡党》。

2. 椅杌

原文

器之坐者有三：曰椅、曰杌、曰凳。三者之制，以时论之，今胜于古，以地论之，北不如南。维扬之木器，姑苏之竹器，可谓甲于古今，冠乎天下矣。予何能赘一词哉？但有二法未备，予特创而补之：一曰暖椅，一曰凉杌。予冬月著书，身则畏寒，砚则苦冻，欲多设盆炭，使满室俱温，非止所费不赀，且几案易于生尘，不终日而成灰烬世界。若止设大小二炉，以温手足，则厚于四肢，而薄于诸体，是一身而自分冬夏，并耳目心思，亦可自号孤臣孽子矣。[1]，计万全而筹尽适，此暖椅之制所由来也。制法列图于后。一物而充数物之用，所利于人者，不止御寒而已也。盛暑之月，流胶铄金，以手按之，无物不同汤火，况木能生此者乎？凉杌亦同他杌，但杌面必空其中，有如方匣。四围及底俱以油灰嵌之。上覆方瓦一片，此瓦须向窑内定烧，江西福建为最，宜兴次之。各就地之远近，约同志数人，敛出其资，倩人携带，为费亦无多也。先汲凉水贮杌内，以瓦盖之。务使下面着水，其冷如冰，热复换水。水止数瓢，为力亦无多也，其不为椅而为杌者，夏月少近一物，少受一物之暑气。四面无障，取其透风。为椅则上段之料势必用木，两胁及背又有物以障之，是止顾一臀而周身皆不问矣。此制易晓，图说皆可不备。

如太师椅而稍宽，彼止取容臀，而此则周身全纳故也。如睡翁椅而稍直，彼止利于睡，而此则坐卧咸宜，坐多而卧少也。前后置门，两旁实镶以板，臀下足下俱用栅。用栅者，透火气也，用板者使暖气纤毫不泄也。前后置门者，前进人而后进火也。然欲省事，则后门可以不设进人之处，亦可以进火。此椅之妙，全在安抽替于脚栅之下，只此一物，御尽奇寒，使五官四肢，均受其利而弗觉。另置扶手匣一具，其前后尺寸，倍于轿内所用者。入门坐定，置此匣于前，以代几案。倍于轿内所用者，欲置笔砚及书本故也。抽替以板为之，底嵌薄砖，四围镶铜，所贮之灰，务求极细，如炉内烧香所用者，置炭其中，上以灰覆，则火气不烈而满座皆温，是隆冬时别一世界。况又为费极廉，自朝抵暮，止用小炭四块，晓用二块至午，午换二块至晚，此四炭者，秤之不满四两，而一日之内，可享室暖无冬之福，此其利于身者也。若止利于身而无益于事，仍是宴安之具，此则不然。扶手用板，镂去掌大一片，以极薄端砚补之，胶以生漆，不问而知火气上蒸，砚石常暖，永无呵冻之劳。此又其利于事者也。不宁惟是，炭上加灰，灰上置香，坐斯椅也，扑鼻而来者，只觉芬芳竟日。是椅也，而又可以代炉。炉之为香也散，此之为香也聚。由是观之，不止代炉，而且差胜于炉矣。有人斯有体，有体斯有衣。焚此香也，自下而升者，能使氤氲透骨，是椅也，而又可代薰笼。薰笼之受衣也，止能数件；此物之受衣也，遂及通身。迹是论之，非止代一薰笼，且代数薰笼矣。倦而思眠，倚枕可以暂息，是一有座之床，饥而就食，凭几可以加餐，是一无足之案。游山访友，何烦另觅肩舆，只须加以柱杠，覆以衣顶，则冲寒冒雪，体有余温。子猷之舟可弃也[2]，浩然之驴可废也[3]，又是一可坐可眠之轿。日将暮矣，尽纳枕簟于其中，不须臾而被窝尽热。晓欲起也，先置衣履于其内，未转睫而襦裤皆温。是身也，事也，床也，案也，轿也，炉也，薰笼也，定省晨昏之孝子也，送暖偎寒之贤妇也，总以一物焉代之。苍颉造字而天雨粟，鬼夜哭，以造化灵秘之气，泄尽而无遗也。此制一出，得无重犯斯忌，而重杞人之忧乎？[4]

译文

供人坐的家具有三种：一种是椅子，一种是矮凳，一种是高凳。这三种家具的制式，从年代来说，今天的比古代的好；从产地来说，北方的不如南方的。扬州的木器、苏州的竹器，可称得上是古往今来天下第一了，我还能就此再啰唆些什么呢？只是缺两样东西，我特地给它补上，一种是暖椅，一种是凉凳。我冬天写书，身体害怕寒冷，砚台苦于冰冻，想多设置些火盆让整个屋子都暖和，不仅花钱很多，而且桌子上容易落上灰尘，不到一天工夫，屋子里就到处都是灰烬了。如果只设一大一小两个炉子，用来温暖手脚，那就光是优待四肢，却亏待躯体了。一个身子自分冬夏，连同耳目心思，也可自称"孤臣孽子"，认为受到虐待了。为筹划一条万全之计，我设计了一种"暖椅"。其制作方法在图例的后面介绍。这一件东西可以当作几件东西来用，不光有利于御寒。盛夏时节，天气炎热，东西用手摸上去，有如开水、火焰，何况木能生火呢？凉凳跟别的小凳没有什么两样，只是凳面中间一定得是空的，像一只方盒子，四周和底部都嵌上油灰，上面盖一片方瓦。这片瓦必须向窑内定烧，江西、福建的窑烧制的瓦最好，其次宜兴的窑烧制的也行。各自根据地方的远近，约上几个也想买瓦的，出资请人携带，花费也不多。先打来凉水贮进凳内，用瓦盖上，一定要让瓦的底部浸在水里，坐上去感觉像冰一样凉爽。热了就把水换一次，只要几瓢水就行，也花费不了多少力气。这种东西之所以用小凳来制作，而不用椅子来制作，是考虑到：夏天尽量少贴近物体，就可以少承受物体散发的热气。小凳的四面没有障碍物，可以透风。如果用椅子来制作，那么椅子的上面部分肯定是用木料做的，两肋和后背就要被椅子的扶手和靠背挡住，这是只顾屁股而不顾全身了。凉凳的做法容易明白，图说都可以不要。

　　暖椅的制作方法：形状如太师椅，但是要比太师椅稍微宽一些，因为太师椅只要容得下臀部，暖椅却必须接纳全身，又如睡翁椅，但是要比睡翁椅稍微直一些，因为睡翁椅只要方便睡觉，暖椅却必须能坐能卧，而且是坐多卧少。前后装门，两旁镶上木板，座位和放脚的地方都用栅栏。用栅栏是为了让热量透进来，两旁用板，是为了让暖气丝毫不外泄。前后装门，为的是前面进人后面进火。不过要想省事的话，后门也可以不装，进人的地方也可以进火。暖椅的妙处全在于放脚的栅栏处安装抽屉，有这么一件东西，就可以抵御奇寒，使得五官四肢都能在不知不觉当中获益。另外配上一只扶手匣，扶手匣的长、宽尺寸要比轿子里用的大一倍。坐进椅子里以后，把这只扶手匣放在身前，用来代替桌子。其尺寸之所以要比轿子里用的大一倍，是为了在上面放置笔砚和书本。放脚处的抽屉用木板制作，底部嵌上薄砖，四周镶上铜边。抽屉里储存的灰，必须是极细的，就像香炉中使用的那样。把炭放进抽屉里面，上面用灰覆盖，这样炭火就不会很冲，整个座位都能暖和。严冬时节坐在暖椅之中，有如置身于另一世界。况且花费又极少，从早到晚，只用四块小炭，早晨到中午用两块，中午到晚上用两块。这四块小炭，分量还不到四两重，而一天之中，便可以享受到温暖的幸福，这是它有利于身体的地方。如果只对身体有利，却不利于做事，那只仅仅是享乐的工具。这东西却不是这样，扶手用木板制作，镂去巴掌大一片，用极薄的端砚补上，用生漆粘住，不用问就知道，下面的火气上升，会使得砚台保持温暖，不会冻冰，省去了吹吹呵呵以使冰冻融化的麻烦。这又是它有利于做事的地方。不仅如此，炭上加灰，灰上放香，坐在这椅子上，整天都会感到芬芳的香气扑鼻而来，那么这椅子又可以代替香炉了。香炉中的香气四散，很容易挥发掉；而这椅内的香气集中，缭绕不去。由此看来，它不只可以代替香炉，而且还胜过香炉了。人之有体，体之有衣，人在椅子中安坐，香气自下而上，能使烟香透骨，那么这椅子又可以代替熏笼。熏笼一次只能熏几件衣服，坐在这椅子上却可熏到全身，照此说来，它不止代替一只熏笼，而是好几只了。疲倦的时候想睡觉，可以倚着枕头暂时休息一会儿，因此它又是一个有座位的床铺；肚子饿了要吃饭，可以就着桌子来就餐，它又是一张没腿儿的桌子；游山玩水、走亲访友的时候，用不着费神另外去找轿子，只要把它加上杠子，盖上布篷，那么即使顶风冒雪出行，身上也很暖和。用不着像王献之、孟浩然那样出门在外总要乘船骑驴，因此它又是一台可坐可睡的轿子。天黑的时候把枕头褥子放进去，用不上多大工夫被窝就热乎了；天亮起床之前，先把衣服鞋袜放在里面，一转眼衣裤就都暖和了。这样对身体有利，对做事有利。可以代替床铺，可以代替桌案，可以代替轿子，可以代替香炉，可以代替熏笼，它简直可以称得上是一个早晚侍奉的孝子、相偎送暖的贤妻，全都以这一物代之。仓颉（苍颉）发明文字的时候，天上下起了谷子，鬼神在夜里哭泣，因为造化神灵的奥秘泄露无遗了。我如今发明了暖椅，会不会重犯这个忌讳，引来杞人忧天呢？

注释

[1] 孤臣孽子——失势的远臣与失宠的小民。《孟子·尽心》："独孤臣孽子，其操心也危，其虑患也深，故达。"

[2] 子猷之舟——王献之雪夜乘船访戴逵，到了大门口又回头，人问为什么，他说：乘兴而来，尽兴而返，何必一定见到人。

[3] 浩然之驴——孟浩然，唐代襄阳人，著名诗人，工五言绝句。其诗多以山水风光为题材，相传尝骑驴云游四方。

[4] 苍颉造字以下数句——暗夸自己发明暖椅的神奇可与仓颉造字相媲美。苍颉，一般作"仓颉"。

3. 床帐

◈ 原文 ◈

　　人生百年，所历之时，日居其半，夜居其半。日间所处之地，或堂或庑，或舟或车，总无一定之在，而夜间所处，则只有一床。是床也者，乃我半生相共之物，较之结发糟糠，犹分先后者也。人之待物，其最厚者，当莫过此。然怪当世之人，其于求田问舍，则性命以之；而寝处晏息之地，莫不务从苟简。以其只有己见，而无人见故也。若是，则妻妾婢媵，是人中之榻也，亦因己见而人不见，悉听其为无盐嫫姆[1]，蓬头垢面而莫之讯乎？予则不然，每迁一地，必先营卧榻，而后及其他。以妻妾为人中之榻，而床笫乃榻中之人也。欲新其制，苦乏匠资，但于修饰床帐之具，经营寝处之方，则未尝不竭尽绵力。犹之贫士得妻，不能变村妆为国色，但令勤加盥栉，多施膏沐而已。其法维何？一曰床令生花，二曰帐使有骨，三曰帐宜加锁，四曰床要着裙。曷云"床令生花"？夫瓶花盆卉，文人案头所时有也，日则相亲，夜则相背，虽有天香扑鼻，国色眮人，一至昏黄就寝之时，即欲不为纨扇之捐，不可得矣。殊不知白昼闻香，不若黄昏嗅味。白昼闻香，其香仅在口鼻，黄昏嗅味，其味直入梦魂。法于床帐之内，先设托板，以为坐花之具。而托板又勿露板形，妙在鼻受花香，俨若身眠树下，不知其为妆造也者。先为小柱二根，暗钉床后，而以帐悬其外。托板不可太大，长止尺许，宽可数寸。其下又用小木数段，制为三角架子，用极细之钉，隔帐钉于柱上，而后以板架之，务使极固。架定之后，用彩色纱罗，制成一物，或像怪石一卷，或作彩云数朵，护于板外，以掩其形。中间高出数寸，三面使与帐平，而以线缝其上，竟似帐上绣出之物，似吴门堆花之式是也。若欲全体相称，则或画或绣，满帐俱作梅花，而以托板为虬枝老干，或作悬崖突出之石，无一不可。帐中有此，凡得名花异卉，可作清供者，日则与之同堂，夜则携之共寝。即使群芳偶缺，万卉将穷，又有炉内龙涎，盘中佛手，与木瓜香楠等物，可以相继。若是，则身非身也，蝶也，飞眠宿食，尽在花间；人非人也，仙也，行起坐卧，无非乐境。予尝于梦酣睡足，将觉未觉之时，忽嗅蜡梅之香，咽喉齿颊，尽带幽芬，似从脏腑中出，不觉身轻欲举，谓此身必不复在人间世矣。既醒，语妻孥曰："我辈何人，遽有此乐，得无折尽平生之福乎？"妻孥曰："久贱常贫，未必不由于此。"此实事，非欺人语也。曷云帐使有骨？床居外，帐居内，常也。亦有反此旧制而使帐出床外者，善则善矣，其如夏月驱蚊，匿于床栏曲折之处，有若负嵎，欲求美观，而以膏血殉之，非长策也，不若仍从旧制。其不从旧制而使帐出床外者，以床有端正之体，帐无方直之形，百计撑持，终难服贴，总以四角之近柱者，软而无骨，不能肖柱以为形，有犄角抵牾之势也。故须别为赋形，而使之有骨。用不粗不细之竹，制为一顶及四柱，俟帐已挂定而后撑之，是床内有床，旧制之便与新制之精，二者兼而有之矣。床顶及柱，令置轿者为之，其价颇廉，仅费中人一饭之资耳。曷云"帐宜加锁"？设帐之故有二：蔽风隔蚊是也。蔽风之利十之三，隔蚊之功十之七，然隔蚊以此，闭蚊于中，而使之不得出者亦以此，蚊之为物也，体极柔而性极勇，形极微而机极诈，薄暮而驱，彼宁受奔驰之苦，挞伐之危，守死而弗去者十之八九。及其去也，又必择地而攻，乘虚而入，昆虫庶类之善用兵法者，莫过于蚊。其择地也，每弃后而攻前，其乘虚也，必舍垣而窥户。帐前两幅之交接处，皆其据险扼要，伏兵伺我之区也。或于风动帐开之际，或于取器入溺之时，一隙可乘，遂鼓噪而入。法于门户交关之地，上中下共设三纽，若妇人之衣扣然。至取溺器时，先以一手绾帐，勿使大开，以一手提之使入，其出亦然。若是，则坚壁固垒，彼虽有奇勇异诈，亦无所施其能矣。至于驱除之法，当使人在帐中，空洞其外，始能出而无阻。世人逐蚊，皆立帐檐之下，使所开之处，蔽其大半，是欲其出而闭之门也。犯此弊者，十人而九，何其习而不察，亦至此乎？曷云床要着裙？爱精美者，一物不使稍污。常有绮罗作帐，精其始而不能善其终，美其上而不得不污其下者，以贴枕着头之处，在妇人则有膏沐之痕，在男子亦多脑汗之迹，日积月累，无瑕者玷，而可爱者憎矣。故着裙之法不可少。此法与增添顶柱之法，相为表里。欲令着裙，先必使之生骨，无力不能胜衣也。即于四竹柱之下，各穴一孔，以三横竹内之，去簟尺许，与枕相平。而后以布作裙，穿于其上，则裙污而帐不污，裙可勤涤而帐难频洗故也。至于枕簟被褥之设，不过取其夏凉冬暖。请以二语概之，曰："求凉之法，浇水不如透风；致暖之方，增绸不如加布。"是予贫士所知者。至于羊羔美酒。亦足御寒，广厦重冰，尽堪避暑。理则固然，未尝亲试。"知之为知之，不知为不知"[2]，此圣贤无欺之学。不敢以细事而忽之也。

译文

人生一世所经历的时光，一半是白天，一半是夜晚。白天人所待的地方，或者是家堂庭院，或者是车船旅途，总之没有固定的地方。然而在夜晚，人所待的地方只有一张床。床与人一起共同度过了人一生中一半的时光，比起结发夫妻来，似乎更显得

第五卷 器玩部

重要。人最应当看重的东西是床。但是我很奇怪：当今世上的人们，在盖房子买地这些事情上，不惜把命都搭上；但是对于睡眠安息的床铺，全都漫不经心，马马虎虎，因为床的好坏只有自己知道，别人看不见。如此说来，妻妾对男人来说也像床铺一样，好坏只有自己知道而别人看不见，就可以对她们放任自流听之任之，即使是丑八怪，蓬头垢面，也不闻不问吗？我却不这样，我每搬到一个地方，一定要首先安置床铺，然后才安排别的。因为妻妾对于人只不过是床铺而已，而床铺对人来说则有如自己的伙伴。我想把床铺的样式更新一下，苦于出不起工钱；然而在修饰床帐用具、讲究使用方法上，却总是殚精竭虑，费尽了心机。就像穷汉子娶了老婆，没法使一个村妇变成一位国色天香的美人儿，只好叫她勤加梳洗打扮罢了。用什么法子来装扮床帐呢？一是"床令生花"，二是"帐使有骨"，三是"帐宜加锁"，四是"床要着裙"。什么叫作"床令生花"？瓶花盆卉，是文人案头常有的东西，但是只能白天亲近它们，到了晚上就亲近不得了，即使它们香气扑鼻，秀色迷人，可是一到晚上睡觉的时候，也只好把它们暂时抛在一边。殊不知白天闻香，不如晚上闻味儿。白天闻到的香味儿，只香在嘴巴鼻子；晚上闻到的香味儿，能够一直沁入睡梦之中。方法是先在床帐里面设置一块托板，用来放花；这托板不能让它露出板形，妙在鼻子闻到花香，有如睡在花前树下，却意识不到这环境是人工制造的。先用两根小立柱，钉在床后的暗处，床帐挂在它的外面。托板不能太大，一尺左右长，几寸宽。下面用几根小木条，做个三角架子，用极细的钉子，隔着床帐钉在立柱上，然后架上托板，一定要架得牢固。架好之后，用彩色纱绸做一样东西，可以做成怪石的形状，也可以做成几朵彩云的形状，护在托板外面，遮住它的原形。中间高出几寸，三面和床帐持平，上面用线缝住，看上去像是绣在床帐上面的，好似苏州的堆花。如果要整体相称，可以整个帐子都加上梅花，或者画上去，或者绣上去，用托板作盘曲的老干，或者作悬崖上凸起的岩石，都是可以的。床帐之中有了这东西，不管什么样的名花异卉，都可以拿来放置在床头，白天与它们同堂而坐，夜里与它们相伴而眠。即使一时缺少花卉，或者花开败了，还有炉内的龙涎香、盘中的佛手果，以及木瓜、香楠等瓜果可以用来替补。像这样，人的身体有如化作了蝴蝶，翩跹于鲜花丛中；有如神仙，行起坐卧无一不在极乐之境。我曾经在梦酣睡足，要醒没醒的时候，忽然闻到蜡梅的香味儿，咽喉嘴巴都带着一股幽幽的芳香，这香味儿有如发自体内肺腑，只觉得身体飘然欲举，觉得自己似乎已经不在人间了。醒来以后对妻子说："我们是什么人，竟然享受如此的快乐，或许要折尽生平的福气吗？"妻子说："咱这辈子受了那么多穷，吃了那么多苦，说不定就是被眼下的乐子给折去了。"这是事实,不是骗人的话。什么叫作"帐使有骨"?床在外,帐在内,一般都是这样。也有跟旧的做法相反,让帐子垂到床铺外面的,这样好是好,只是夏天驱赶蚊虫很不方便。蚊虫躲进床栏的角落里,挥赶起来很困难。要想使床帐美观,就不得不把血赔给蚊虫,这样做毕竟不是长久之计,不如仍然按照旧的做法行事为好。之所以不用旧法,而让帐子垂到床铺的外面。是由于床铺方方正正,帐子却无法做到方方正正,想尽了办法去支撑,最终帐子还是不能服服帖帖。这是因为帐子的四周软而无骨,不能像柱子那样立直,使得帐子有棱有角。因而必须用什么东西做骨。把它撑起来。方法是:用不粗不细的竹子制作一个方顶及四根立柱,在帐子挂好以后,从里面把它撑起来。这就使得帐在外而床在内,把旧做法的方便之处与新做法的美观之处合而为一了。床帐的顶部以及四根立柱,让做轿子的工匠来制作。价钱很便宜,只需花费一个中等饭量的人一顿饭的价钱。什么叫作"帐宜加锁"?床铺之所以有帐子,是出于两点考虑:一是遮风,二是挡蚊子。其中十分之三是为了遮风,十分之七是为了挡蚊子。但是,用来挡蚊子的是它,把蚊子关在里面,使蚊子出不去的也是它。蚊子这东西,身子虽然很柔弱但是性情却很勇敢,形体虽然很细小但是却很机智狡诈,它们专门在傍晚的时候向人发动进攻,宁愿忍受奔波的劳苦和被人一巴掌拍死的危险,十有八九直到被拍死也不肯离去。刚刚离去一会儿,肯定还要选择位置发动进攻,乘虚而入。昆虫当中没有比蚊子更善于使用兵法的了。它所选择的进攻路线。往往是舍弃后面,专攻前面,舍弃墙垣,专走窗户。它们常常在床帐前面两幅接缝的地方,据险埋伏,伺机而入;或者在风把帐子掀开之际,或者在人取便壶的时候,只要有一隙可乘,就张牙舞爪地冲进来。防备蚊子的方法是:在床帐接缝的地方,上、中、下三处分别设置三个纽扣,就像女人衣服上的扣子那样。在取便壶的时候,先用一只手挽住帐子,不让它敞开;用另一只手把便壶拿进来。把便壶送出去的时候也是如此。这样,防守坚固,蚊子再勇敢再狡诈,也无从施展它的能耐了。如果蚊子已经进来了,驱除的方法应当是:人在帐子里面,朝外开一个洞,这样才能把蚊子赶出去。人们赶蚊子时,大都站在帐檐下面,这样帐子敞开的地方,有一多半被人的身体挡住了,本来想赶蚊子出去。自己却把门堵死了。十有九人都犯这样的毛病,怎么就糊涂到如此地步呢?什么叫作"床要着裙"?喜欢整洁美观的人,样样东西都讲究干净。用纱绸做的床帐,往往是开始时很干净,后来却弄得很脏,上面能够保持美观。但是下面却总是很脏,这是不可避免的。因为贴着枕头的地方,或有女人的油脂,或有男人的汗渍,日积月累,再干净的也会变脏,看上去令人恶心。所以不能不给床铺穿上围裙。其方法跟支撑帐子差不多,要想给床铺穿上围裙,必须先有架子,没有东西支撑,围裙就套不上去。方法是在四根竹柱的下面,各挖一个窟窿,横着插进三根竹竿,离开床面少许,与枕头一般高。然后用布做围裙,穿在横竿上面。这样即使围裙脏了,床帐也不会脏,围裙可以勤洗,而床帐却难以常洗。至于枕头、席子、被褥这些东西,只要冬暖夏凉就行。用两句话归纳起来说:"求凉的方法,浇水不如透风,求暖的方法,用绸不如用布。"我是个穷书生,只能说出一知半解。至于常饮用羊羔美酒,也足以御寒;住高楼广厦,也能够避暑。从道理上说是这样,但是我没有亲身尝试过。"知之为知之,不知为不知",圣人教导做人要诚实,不敢因为讲的是小事就忽略它。

注释

[1] 无盐嫫姆——无盐:战国齐宣王后,貌极丑,她家住无盐邑,所以称之为"无盐女"。嫫姆:古代传说的丑女。

[2] "知之为知之。不知为不知"——语出《论语·为政》。

4. 橱柜

原文

造橱立柜,无他智巧,总以多容善纳为贵。尝有制体极大,而所容甚少,反不若渺小其形,而宽大其腹,有事半功倍之势者。制有善不善也,善制无他,止在多设搁板。橱之大者,不过两层三层至四层而止矣。若一层止备一层之用,则物之高者大者,容此数件,而低者小者,亦止容此数件矣。实其下而虚其上,岂非以上段有用之隙,置之无用之地哉?当于每层之两旁,别钉细木二条,以备架板之用。板勿太宽,或及进身之半,或三分之一,用则活置其上,不则撤而去之。如此层所贮之物,其形低小,则上半截皆为余地,即以此板架之,是一层变为二层。总而计之,即一橱变为两橱,两柜合成一柜矣,所裨不亦多乎?或所贮之物,其形高大,则去而容之,未尝为板所困也。此是一法。至于抽替之设,非但必不可少,且自多多益善。而一替之内,又必分为大小数格,以便分门别类,随所有而藏之。譬如生药铺中,有所谓"百眼橱"者。此非取法于物,乃朝廷设官之遗制,所谓五府六部,群僚百执事,各有所居之地,与所掌之簿书钱谷是也。医者若无此橱,药石之名,盈千累百,用一物寻一物,则卢医扁鹊无暇疗病，[1] 止能为刻舟求剑之人矣。此橱不但宜于医者，凡大家富室，皆当则而效之。至学士文人，更宜取法，能以一层分作数层，一格画为数格，是省取物之劳，以备作文著书之用。则思之思之，鬼神通之；心无他役，而鬼神得效其灵矣。

译文

制造橱柜没有别的高招，总的说来，贵在能够多装东西。有的柜子外形庞大，但是装不了多少东西，倒不如把外形造得小一些，让里面宽大一些，可以起到事半功倍的作用。柜子的样式有好坏之分，好的样式没有别的，只是里面多设置几块隔板。大的橱柜，不过只有两三层以至四层，也就到头儿了。如果一层仅仅具备一层的用途，那么它能装几件大的东西，低的小的也就只能装几件。只在下半部分装东西，而让上半部分空着，岂不是把本来有用的上半部分白白浪费掉了吗？应当在每一层的两旁，另外钉上两个木条，准备用来架隔板。隔板不要太宽，或者只到柜子深度的一半，或者是柜子深度的三分之一。隔板是活动的，用的时候就装上，不用的时候就撤掉。如果这十层所储藏的物件形体矮小，上半部分就会有一截空余，此时便把隔板架在上面，这样一层就变成两层了。从总体上来看，就是把一个柜子变成两个柜子了，这样好处不是很多吗？如果柜子里面所储藏的物件形体高大，就把隔板撤掉，只装这件大的，也不是很麻烦。这是一种方法。至于抽屉的设置，不但不能缺少，而且越多越好。同样，一个抽屉之内，也要分为大小几个格子，以便把东西分门别类，根据东西的大小而分别放置。这就好比中药铺有一种叫作"百眼橱"的柜子。这种柜子是模仿朝廷官制设计的，朝廷任用文武百官，分为五府六部，各有各的居所，同时各自掌管自己的文书财物。医生所用的药物有成百上千种之多，如果没有这样的柜子，用一种药，找一种药，那么医生也就没工夫给人治病了，只能糊里糊涂地瞎找一气。这样的柜子不但适合医生使用，而且，凡是大户富裕人家，都应当效仿这种做法。至于文人学士，更是应当采取这种方法，能将一层分成几层，一个格子分成几个格子，可以把翻找东西所花费的精力节省下来，用以著书写文章。这样，把全部的心思都用到思考问题上去，"思之思之，鬼神通之"，心无旁骛，写作的灵感也就来了。

注释

[1] 卢医扁鹊——即扁鹊，战国时名医，因家在卢国，故又称卢医。后泛指良医。

5. 箱笼箧笥

◈ 原文 ◈

　　随身贮物之器，大者名曰箱笼，小者称为箧笥。制之之料，不出革、木、竹三种。为之关键者，又不出铜、铁二项。前人所制，亦云备矣。后之作者，未尝不竭尽心思，务为奇巧，总不出前人之范围，稍出范围即不适用，仅供把玩而已。予于诸物之体，未尝稍更，独怪其枢纽太庸，物而不化。尝为小变其制，亦足改观。法无他长，惟使有之若无。不见枢纽之迹而已。止备二式者，腹稿虽多，未经尝试，不敢以待验之方误人也。予游东粤，见市廛所列之器，半属花梨、紫檀，制法之佳，可谓穷工极巧；止怪其镶铜裹锡，清浊不伦。无论四面包镶，锋棱埋没，即于加锁置键之地，务设铜枢，虽云制法不同，究竟多此一物。譬如一箱也，磨砻极光，照之如镜，镜中可使着屑乎？一笥也，攻治极精，抚之如玉，玉上可使生瑕乎？有人赠我一器，名"七星箱"，以中分七格，每格一屉，有如星列故也。外系插盖，从上而下者，喜其不钉铜枢，尚未生瑕着屑，因筹所以关闭之。遂付工人，命于中心置一暗闩，以铜为之，藏于骨中而不觉，自后而前，抵于箱盖，盖上凿一小孔，勿透于外，止受暗闩少许，使抽之不动而已。乃以寸金小锁，锁于箱后。置之案上，有如浑金粹玉，全体昭然，不为一物所掩，觅关键而不得，似于无锁，窥中藏而不能，始求用钥。此其一也。后游三山，见所制器皿无非雕漆，工则细巧绝伦，色则陆离可爱，亦病其设关置键之地。难免赘疣。以语工师，令其稍加变易。工师曰："吾地般、倕颇多，如其可变，不自今日始矣。欲泯其迹，必使无关键而后可。"予曰："其然，岂其然乎？"因置暖椅告成，欲增一匣置于其上，以代几案。遂使为之，上下四旁，皆听工人自为雕漆。俟其成后，就所雕景物而区画之。前面有替可抽者，所雕系"博古图"，樽罍钟磬之属是也。后面无替而平者，系折枝花卉，兰菊竹石是也。皆备五彩，视之光怪陆离，但抽替太阔。开闭时多不合缝，非左进右出，即右进左出。予顾而筹之，谓必一法可当二用，既泯关键之迹，又免出入之疵，使适用美观，均收其利而后可。乃命工人，亦制铜闩一条，贯于抽替之正中，而以薄板掩之。此板即作分中之界限。夫一替分为二格，乃物理之常，乌知有一物焉贯于其中，为前后通身之把握哉？得此一物贯于其中，则抽替之出入皆直如矢永无左出右入，右出左入之患矣。前面所雕"博古图"，中系三足之鼎，列于两旁者，一瓶一炉。予鼓掌大笑曰："'执柯伐柯，其则不远'，[1]即以其人之道，反治其身足矣。"遂付铜工，令依三物之成式，各制其一，钉于本等物色之上，鼎与炉瓶，皆铜器也，尚欲肖其形与式而为之，况真者哉？不问而知其酷似矣。鼎之中心穴一小孔，置二小钮于旁，使抽替闭足之时，铜闩自内而出，与钮相平。闩与钮上俱有眼，加以寸金小锁，似鼎上原有之物，虽增而实未尝增也。锁则锁矣，抽开之时，手执何物？不几便于入而穷于出乎？曰：不然。瓶炉之上，原当有耳加以铜圈二枚，执此为柄，抽之不烦余力矣。此区画正面之法也。铜闩既从内出，必在后面生根，未有不透出本匣之背者。是铜皮一块，与联络补缀之痕，俱不能泯矣。乌知又有一法，为天授而非人力者哉！所雕诸卉，菊在其中，菊色多黄，与铜相若，即以铜皮数层，剪千叶菊花一朵，以暗闩之透出者，穿入其中，胶之甚固。若是则根深蒂固，谁得而动摇之？予于此一物也，纯用天工，未施人巧，若有鬼物伺乎其中，乞灵于我为开生面者。制之既成，工师告予曰："八闽之为雕漆，数百年于兹矣。四方之来购此者，亦百千万亿其人矣。从未见创法立规，有如今日之奇巧者，请行此法。以广其传。"予曰："姑迟之，俟新书告成，流布未晚，窃恐世人先睹其物，而后见其书，不知创自何人，反谓剿袭成功以为己有，讵非不白之冤哉？"工师为谁？魏姓，字兰如；王姓，字孟明。闽省雕漆之佳，当推二人第一。自不操斤，但善于指使，轻财尚友，雅人也。

译文

随身储藏物品的器具，大的叫箱笼，小称为箧笥。制作这些器具的材料，不外乎皮革、木头、竹子三种。用来做锁的，又不外乎铜、铁两种。前人设计已经很完备了。后来制作这些器具的人，大都挖空心思地想发明新奇的花样，但总是超不出前人的做法，只要与前人做法稍有出入，做出来的东西就不实用，只能供人观赏把玩而已。我对于这几种东西，在样式上没做丝毫的改变，只是嫌它上面的锁太平庸、太古板了，曾经把它的样式做了些小小改动，也足以令人耳目一新。此法没有别的长处，只是把锁隐藏起来，叫人看不出痕迹。这里只介绍两种样式，因为腹稿虽然很多，但是没有经过尝试，不敢拿这些没有经过验证的东西去误人。我在广东游历，看到市场上陈列的器具，多半是花梨木、紫檀木制品，制作技术之高，可称得上是穷工极巧，只怪它镶着铜、包着铁，清浊混淆，不伦不类。且不说四面包上铁、镶上铜以后，把箱子的棱角都给埋没了；即便是安锁的地方，也要装上铜钮，虽说铜钮花样繁多，但毕竟多此一举。打个比方说：一个箱子，打磨得极其光亮，照上去像镜子一样，镜子上怎么可以沾上渣滓呢？再比如一个匣子，做工极其精巧，摸上去像玉一样光滑，玉上怎么可以生出斑点儿呢？有人送给我一件东西，名叫"七星箱"，因为里面分成七个格子，每个格子当中有一个抽屉，就像星星一样排列着，因此得名。箱子的外面系有插盖，自上而下，我很高兴它没钉铜钮，看上去整洁平滑，于是考虑在上面安一件东西来使它开关自如，同时又要美观。我把它交给工匠，吩咐他在箱子里面安一个暗闩，用铜制作，藏在箱壁之中使人不易察觉，从后向前，抵在箱盖上。箱盖上凿一个小孔，不要凿透，只能容纳暗闩的一小部分，使它抽不动就行。然后再用寸金小锁在箱子后面锁上。把它放在桌案之上，有如浑金碎玉，整个造型清清楚楚亮亮堂堂，不受任何东西的遮蔽，让人找不到开关的地方，就像没有安锁一样，想要打开看里面装的是什么东西，就得用钥匙。这是我的发明之一。后来游览福州，发现那地方出产的器皿都是雕漆的，做工精巧无比，颜色斑斓可爱，但开关上锁的地方还是太累赘了。便告诉工匠师傅，要他稍稍做一些改变。工匠师傅说："我们这地方像鲁班和倕那样的能工巧匠不少，如果可以改变，用不着等到今天，早就变了。要想让人看不出开关上锁的痕迹，除非不安开关不上锁。"我说："果真如此吗？"在暖椅做成以后，想在上面增加一个匣子，代替几案，就叫他做。上下四边，都听工匠师傅自行雕漆，等匣子做好了，就根据他所雕的图案进行筹划：前面雕有"博古图"，即樽罍钟磬之类，这里可以安装抽屉；后面不安抽屉，平板上雕的是折枝花卉，兰菊竹石，上面都漆了颜色，看上去斑驳陆离。只是抽屉太宽了，开关时多不能合缝，不是左边多出一块儿，就是右边多出一块儿，我仔细观察筹划，认为一定要用一种方法解决两个问题，既能掩蔽开关的痕迹，又使得抽屉严丝合缝，既要实用又要美观，样样有利才行。于是吩咐工匠师傅也制作一根铜闩，穿在抽屉的正中，用薄板把它遮住，以这块板为界线，把抽屉从中间一分为二，分作两格。抽屉看上去平平常常，可是谁会想到有一件东西贯穿其中呢？有这样一件东西贯穿其中，抽屉的进出都笔直如箭，永远不会有左边多出一块儿、右边多出一块儿的麻烦了。前面所雕的"博古图"，中间是一只三条腿的鼎，一瓶一炉分别排列两旁。我鼓掌大笑说："'执柯伐柯，其则不远。'即以其人之道，反治其人之身，足够了。"于是把匣子交给铜匠，叫他按照鼎、瓶、炉现成的图样，各打制一个，钉在它们本来的图案上。鼎和炉、瓶都是铜器，就连漆上去的图案都要遵照它们的本来的式样，何况打制出来的东西是真家伙，不用说肯定像极了。铜鼎的中央凿一个小孔，旁边安上两个小钮，使得抽屉完全关闭的时候，铜闩从里面伸出，跟鼎上的钮齐平。闩和钮上面都有眼，加上寸金小锁，看上去似乎是鼎上原来就有的，虽然加了一样东西，但是跟没加一样。这样，锁上是锁上了，抽开的时候，以什么作把手呢？进去方便，出来麻烦，这又怎么办呢？我说没问题。炉瓶上面本当有耳，安上两个铜环，用它当把手，抽起来就省力了。这是处理匣子正面的方法。铜闩既然从里面伸出，必须在后面把它的另一头儿固定住，因此这另一头儿肯定要从匣子的背面透出来，这样就得贴上一块铜皮，多出一块铜皮，就避免不了补缀的痕迹。谁会想到还有一种方法，这方法是天授的而不是人为的。匣子上所雕的各种花卉，当中有菊花，菊花的颜色大多是黄色的，跟铜的颜色相似。就用几层铜皮，剪制一朵千叶菊，把暗闩透出来的部分穿进花中，用胶粘牢固。这样，菊花根深蒂固，谁能摇动它呢？我在设计这一物件时，完全依据事物的天然形态，而避免人工的雕琢，好像有鬼神藏于其中，向我乞灵，让我为之显示造化的神奇。匣子做好以后，工匠师傅对我说："福建的雕漆工艺已经流传几百年了，各地前来购买漆器的人也不计其数了，从来没有见过有像今天这么新奇巧妙的设计，请你赶快把这一方法讲出来，以便推广。"我说："慢慢来，等新书写成以后再推广也不迟。我怕世人先看到实物，之后才看到书，不知是谁的创造，反而认为我窃取了别人的成果，把它据为己有，我岂不是蒙受不白之冤了吗？"工匠师傅是谁？一位姓魏，字兰如；一位姓王，字孟明。福建的雕漆工艺，当推此二人第一。他们自己并不亲自操作，但是善于技术指导；轻钱财，重友谊，是情趣高雅之人。

注释

［1］"执柯伐柯，其则不远"——语出《诗经·豳风·伐柯》。原诗意思是说，操着斧子去伐木，伐了木头做斧柄。例子就在眼前。

6. 骨董

原文

是编于骨董一项，缺而不备，盖有说焉。崇尚古器之风，自汉魏晋唐以来，至今日而极矣。百金贸一卮，数百金购一鼎，犹有病其价廉工俭而不足用者。常有为一渺小之物，而费盈千累万之金钱，或弃整陌连阡之美产，皆不惜也。夫今人之重古物。非重其物，重其年久不坏。见古人所制与古人所用者，如对古人之足乐也。若是，则人与物之相去，又有间矣。设使制用此物之古人，至今犹在，肯以盈千累万之金钱，与整陌连阡之美产，易之而归，与之坐谈往事乎？吾知其必不为也。予尝谓人曰：物之最古者莫过于书，以其合古人之心思面貌而传者也。其书出自三代，读之如见三代之人；其书本乎黄虞，对之如生黄虞之世。舍此则皆物矣，物不能代古人言，况能揭出心思而现其面貌乎？古物原有可嗜，但宜崇尚于富贵之家，以其金银太多，藏之无具，不得不为长房缩地之法，敛丈为尺，敛尺为寸。如"藏银不如藏金，藏金不如藏珠"之说，愈轻愈小，而愈便收藏故也。矧金银太多，则慢藏诲盗，贸为古董，非特穿窬不取，即误攫入手，犹将掷而去之。迹是而观，则古董金银为价之低昂，宜其倍蓰而无算也。乃近世贫贱之家，往往效颦于富贵，见富贵者偶尚绮罗，则耻布帛为贱，必觅绮罗以肖之；见富贵者单崇珠翠，则鄙金玉为常，而假珠翠以代之。事事皆然，习以成性，故因其崇旧而黜新，亦不觉生今而反古。有八口晨炊不继，犹舍旦夕而问商周；一身活计茫然，宁遣妻孥而不卖古董者。人心矫异，讵非世道之忧乎？予辑是编，事事皆崇俭朴，不敢侈谈珍玩，以为末俗扬波。且予窭人也，所置物价，自百文以及千文而止。购新犹患无力，况买旧乎？《诗》云："惟其有之，是以似之。"生平不识古董，亦藉口维风，以藏其拙。

译文

这一编当中没有提到古董，是有原因的。崇尚古董的风气，从汉、魏、晋、唐以至今日，已经发展到顶点了。一百两银子买一只杯子，几百两银子买一只鼎，还是有人嫌它们价钱便宜，做工简陋，因而看不起它们。经常有人只为了一个小小的物件，而花费成千上万的金钱，或者赔上大片的田地家产，一点儿也不吝惜。今天的人们看重古物，并不是看重东西本身，而是看重其经历的年代久远而又没有损坏。见了古人制造出来的和古人使用过的东西，就像面对古人一样足以使人快乐。如此说来，人和事物之间，又是有区别的。假如制造和使用此物的古人活到今天，肯用成千上万的金钱和大片的田地家产，换它回来，跟它座谈往事吗？我知道他肯定不会这样做。我曾经对人说：没有任何东西比书更配称得上是古董的了，因为它符合古人的心思面貌，因而才得以流传下来。读了上古时代的书，就像见了上古时代的人；读了讲述黄帝、虞舜的书，就像生活在黄帝、虞舜的时代；除此以外，物品就只能是物品了。物品并不能替古人说话，更怎么能显示古人的心思面貌呢？古物有它让人嗜好的地方，但只适宜富贵人家崇尚，因为他们金银太多，收藏起来很困难，不得不用东汉方士费长房的缩地法，缩丈为尺，缩尺为寸，就像人们说的"藏银不如藏金，藏金不如藏珠"，越轻越小，越便于收藏。况且金银太多，就会引来盗贼，把金银换成古董，不但小偷不要，即便是误拿到手，也会把它扔掉。由此看来，古董和金银价值的高低，还应当相差无数倍才是。但是近来贫贱的人家，往往效仿富贵人家的做法，看见人家一时崇尚绫罗绸缎，就把穿布衣当作低贱，觉得羞耻，总要找来绫罗绸缎，模仿人家的穿戴来打扮自己；看见富贵人家专门崇尚珠翠，就看不起金玉，把它当作是平平常常的物件，而换上珠翠。事事如此，习惯成自然。由于崇尚旧事物排斥新事物，把个大活人变得陈腐了。有的人一家八口，饭吃不上，朝不保夕，却不管早晚忙着过问商周古器；一身活计毫无着落，宁可打发了妻子而不卖掉古董。人心如此的变态，这世道怎能不令人担忧？我写作本书，事事都崇尚简朴，不敢侈谈珍玩，为不良风气推波助澜。而且我是个穷人，每置办一件东西，价钱从一百文到一千文也就到头儿了，买新东西还怕买不起，何况买古旧的呢？《诗经》中说："拥有好品质的人，其所荐往往与自己相似。"生平不识古董，也只好借口维护民风，来掩饰自己的浅陋了。

7．炉瓶

原文

炉瓶之制，其法备于古人，后世无容蛇足；但护持衬贴之具，不妨意为增减。如香炉既设，则锹箸随之，锹以拨灰，箸以举炭，二物均不不少。箸之长短，视炉之高卑，欲其相称，此理易明，人尽知之。若锹之方圆，须视炉之曲直，使勿相左，此理亦易明，而为世人所忽。入炭之后，炉灰高下不齐，故用锹作准以平之。锹方则灰方，锹圆则灰圆。若使近边之地，炉直而锹曲，或炉曲而锹直，则两不相能，止平其中，而不能平其外矣。须用相体裁衣之法，配而用之。然以铜锹压灰，究难齐截，且非一锹二锹可了。此非僮仆之事，皆必主人自为之者。予性最懒，故每事必筹躲懒之法。尝制一木印印灰，一印可代数十锹之用，初不过为省繁惜劳计耳，讵料制成之后，非止省力，且极美观。同志相传，遂以为一定不移之法。譬如炉体属圆，则仿其尺寸，旋一圆板为印，与炉相若，不爽纤毫。上置一柄，以便手持。但宜稍虚其中，以作内昂外低之势，若食物之馒首然。方者亦如是法。加炭之后，先以箸平其灰，后用此板一压，则居中与四面皆平，非止同于刀削，且能与镜比光，共油争滑。是自有香灰以来，未尝现此娇面者也。既光且滑，可谓极精。予顾而思之，犹曰尽美矣，未尽善也，乃命梓人镂之。凡于着灰一面，或作老梅数茎，或为菊花一朵，或刻五言一绝，或雕八卦全形。只须举手一按，现出无数离奇，使人巧天工，两擅其绝。是自有香炉以来，未尝开此生面者也。湖上笠翁，实有裨于风雅，非僭词也，请名此物为"笠翁香印"。方之眉公诸制[1]，物以人名者，孰高孰下，谁实谁虚，海内自有定评，非予所敢饶舌。用此物者，最宜神速。随按随起，勿迟瞬息；稍一逗留，则气闭火息矣。雕成之后，必加油漆，始不沾灰。焚香必需之物，香锹香箸之外，复有贮香之盒，与插锹箸之瓶之数物者，皆香与炉之股肱手足，不可或无者也。然此外更有一物，势在必需，人或知之而多不设，当为补入清供。夫以箸拨灰，不能免于狼藉。炉肩鼎耳之上，往往蒙尘，必得一物扫除之。此物不须特制，竟用蓬头小笔一枝，但精其管，使与濡墨者有别。与锹箸二物，同插一瓶，以便次第取用，名曰"香帚"。至于炉有底盖，旧制皆然。其所以用此者，亦非无故。盖以覆灰，使风起不致飞扬。底即座也，用以隔手，使移动之时，执此为柄，以防手汗沾炉，使之有迹，皆有为而设者也。然用底时多，用盖时少。何也？香炉闭之一室，刻刻焚香，无时可闭，无风则灰不自扬，即使有风，亦为窗帘所隔，未有闭熄有用之火，而防未必果至之风者也。是炉盖实为赘瘤，尽可不设。而予则又有说焉：炉盖有时而需，但前人制法未善，遂觉有用为无用耳。盖以御风，固也，独不思炉不贮火，则非特盖可不用，并炉亦可不设。如其必欲置火，则盖之火熄，用盖何为？予尝于花晨月夕，及暑夜纳凉，或登最高之台，或居极敞之地，往往携炉自随。风起灰扬，御之无策，始觉前人呆笨，制物而不善区画之，遂使贻患及今也。同是一盖，何不于顶上穴一大孔，使之通气，无风置之高阁，一见风起，则取而覆之，风不得入，灰不致飏，而香气自下而升，未尝少阻，其制不亦善乎？止将原有之物，加以举手之劳，即可变无益为有裨。昔人点铁成金，所点者不必是铁，所成者亦未必皆金；但能使不值钱者，变而值钱，即是神仙妙术矣。此炉制也。瓶以磁者为佳。养花之水，清而难浊，且无铜腥气也。然铜者有时而贵，以冬月生冰，磁者易裂，偶尔失防，遂成弃物，故当以铜者代之。然磁瓶置胆，即可保无是患。胆用锡，切忌用铜，铜一沾水即发铜青，有铜青而再贮以水，较之未有铜青时，其腥十倍，故宜用锡。且锡柔易制，铜劲难为。价亦稍有低昂，其便不一而足也。磁瓶用胆，人皆知之，胆中着撒，人则未之行也。插花于瓶，必令中窾，其枝梗之有画意者，随手插入，自然合宜；不则挪移布置之力，不可少矣。有一种倔强花枝，不肯听人指使，我欲置左，彼偏向右，我欲使仰，彼偏好垂，须用一物制之。所谓撒也，以坚木为之，大小其形，勿拘一格。其中则或扁或方，或为三角，但须圆形其外，以便合瓶。此物多备数十，以俟相机取用。总之不费一钱，与桌撒一同拾取，弃于彼者，复收于此。斯编一出，世间宁复有弃物乎？

译文

　　炉瓶的式样，古人的设计已经很完美了，用不着后人再去画蛇添足；只是对于与此搭配的一些物件，不妨稍稍做些改动。香炉有了，就不能没有铲子和筷子。铲子用来掏灰，筷子用来夹炭，这两样东西都不可缺少。筷子的长短，根据炉子的高矮决定，二者必须相称。这个道理很容易明白，人们也都知道。铲子的方圆，必须看炉子是直是弯，二者不能相左。这个道理也很容易明白，但是却被世人忽略了。炉子装进炭以后，炉灰高低不齐，因此要用铲子把它压平，铲子是方的，灰也就方；铲子是圆的，灰也就圆。在靠近边缘的地方，炉子是方形的，而铲子是弧形的，或者炉子是弧形的，而铲子是方形的，两者不相协调，这就只能把中间的地方压平，靠近边缘的地方就压不平了。必须用量体裁衣的方法，配合使用。然而用铲子来压灰，毕竟很难压得整齐，而且不是一铲子两铲子就能完事的。这不是仆人干的事，必须由主人亲自去干。我生性最懒，所以每做一件事情，总要筹划偷懒的方法。我曾经拿一只木印用来压灰，一印可以抵得上十几铲。最初不过是为了省劲儿减少麻烦，谁知这东西做成以后，不止省劲儿，而且非常好看。朋友一传十、十传百，成了一种固定不变的方法。比如炉子形状是圆的，就按照炉子的尺寸，旋一块圆形的木板做印，跟炉子的形状相仿，不差分毫。圆板上面安一个把，以便手拿；只是圆板的中央应当凹进去，倒过来看，中间高四周低，就像吃的馒头。炉子是方形的，做法也是这样。炉中加炭以后，先用筷子把炉灰弄平，然后用这块板一压，就使得中间与四面都平了，不止像刀削出来的一样，而且差不多像镜子和油一样光滑。自从有了香灰以来，从没这样好看过。又光又滑，可以说已经精巧极了；但是我看了之后仔细想想，还是觉得不是尽善尽美，于是让木匠加以雕刻，板上着灰的一面，或者雕上几株老梅，或者雕上一朵菊花，或者刻上一首五言绝句，或者刻上完整的八卦图，只要举手将此板往灰上一按，就会现出种种奇异的图案，同时兼有自然人工的巧妙。自从有香炉以来，从没有过如此别开生面的事情。我李笠翁确实是一位给人们生活增添了风雅情趣的功臣，不是说瞎话。请把此物命名为"笠翁香印"，跟明朝陈继儒设计的那些东西比较起来，谁高谁低，谁虚谁实，天下自有公论，我是不敢多嘴的。使用这种印板，应当动作神速，按一下立即拿起来，一点儿都不能迟缓，稍有逗留，就会因为不透气使炭火熄灭。雕成以后，必须加以油漆，这样才不粘灰。

　　烧香必需的用具，除了铲子、筷子之外，还有贮香的盒子以及插铲子筷子用的瓶子，这几样东西，对香和炉来说都是不可缺少的。但是此外还有一种东西，肯定用得上的，知道的人不少但实际用的人不多，应当填补这一空白，让它为人效力。用筷子拨灰，免不了把灰搅弄得飞飞扬扬，一片狼藉，往往使炉子上面四周都蒙上灰尘，因此必须用一样东西来打扫。这件东西不需要特意制作，用一支笔毛蓬散的小毛笔就行了；但是笔管要精美，让它跟写字的笔有所区别。把它跟铲子筷子一道插在瓶子里，以便顺序取用，名叫"香帚"。

炉子有底座和盖子，旧式样都是如此，之所以要这样，也是有原因的。炉盖是用来遮灰的，使得刮风的时候不至于把灰扬起来；下面有底座，移动炉子的时候，持着它当把手，以防手上有汗，把炉子弄脏。之所以有这些东西，都是有目的的。不过用底座的时候多，用盖的时候少。为什么呢？因为香炉放在屋子里，每时每刻都要用它焚香，没有用盖的时候，没有风，灰就不会自行扬起，即便是外面刮风，也有窗帘挡着，人不可能因噎废食，把炉火熄掉来防备刮风。因此炉盖实在是累赘，完全可以不要。但是在我看来，炉盖有时也有用，只是前人制作得不完善，把本来可以派上用场的东西变成没用的摆设了。盖子是用来防风的，这没错；只是没有想到，如果炉子里没有火，不仅盖子可以不要，炉子也用不着了；如果炉子里有火，那么盖上盖子火也就熄了，还要盖子做什么？我晨起观花、夜间赏月、夏夜乘凉，有时登上高台，有时待在空旷的地方，这些时候常常带上香炉，风起处，炉灰四散飞扬，令人防不胜防。这时我才发觉前人太笨，制造器具不会好好筹划，给后人留下这样的麻烦。同是一个盖子，为什么不在盖子的顶部穿一个大孔，让它通气，没风的时候把它收起来，一见风起，就取来盖上，风进不去，灰不飞扬，而香气自下而上，由孔中袅袅散出，这办法不是也很好么？只需把原有的东西，稍稍做一些改动，就可以把没用的东西变得有用。古人点铁成金，所点的不一定非得是铁，点出来的也不一定都是金子；只要能把不值钱的东西变得值钱，就是神仙妙术了。

以上说的是香炉。下面说一说花瓶。花瓶是瓷的好，养花的水不容易浑浊，而且没有铜腥气。不过铜的有时也有优点。因为冬天结冰，瓷瓶容易破裂，一不防备，就成了废物，所以冬天应当用铜瓶代替瓷瓶。但是如果瓷瓶里面有胆，就能保证没有这样的麻烦了。瓶胆用锡制作，千万不要用铜，铜一沾水就会生锈，生锈以后再盛水，跟没生锈的时候比，腥气要大十倍，所以适宜用锡。而且锡质地比较柔软，制作起来很容易；铜比锡坚硬，制作起来困难。锡的价格也比铜便宜一些，用锡的方便之处还很多，不止这几样。

人们都知道瓷瓶里面要装胆，但是却没有人在胆里装一个机关。往瓶里插花，必须插得合适。如果花的枝梗生来好看，随手插在瓶里就行了；不然的话就免不了要摆来摆去精心布置一番。有的花枝很倔强，不肯听人安排，你想让它朝向左边，它偏偏朝向右边；你想让它翘起来，它偏偏垂下去。必须用一件东西把它固定住。这就是所说的"撒"，要用坚硬的木头来制作，形状可大可小，不拘一格。中间的孔眼或扁或方，或为三角，只是边缘必须是圆的，以便跟花瓶的形状相契合。这东西可以多准备几十个，根据不同情况分别取用，总之用不着花钱去买，拣桌子的垫脚儿时顺带着多拣几块，那边用不上的就用在这边。这本书一出，世间的所有东西都会成为有用之才了。

注释

[1] 眉公——陈继儒，明代松江华亭人，字仲醇，号眉公，又号麋公。隐居昆山之阳，后筑室东佘山，杜门著述。工诗善文，短翰小词，皆极风致，书法苏、米，兼能绘画，名重一时。或刺琐言僻事，诠次成书，远近争相购写。有《眉公全集》行世。

8. 屏轴

原文

十年之前，凡作围屏及书画卷轴者，止有巾条、斗方及横批三式。近年幻为合锦，使大小长短，以至零星小幅，皆可配合用之，亦可谓善变者矣。然此制一出，天下争趋，所见皆然，转盼又觉陈腐，反不若巾条、斗方诸式，以多时不见为新矣。故体制更宜稍变。变用何法？曰：莫妙于冰裂碎纹，如前云所载糊房之式，最与屏轴相宜，施之墙壁，犹觉精材粗用，未免亵视牛刀耳。法于未书未画之先，画冰裂碎纹于全幅纸上，照纹裂开，各自成幅。征诗索画既毕，然后合而成之。须于画成未裂之先，暗书小号于纸背，使知某属第一，某居第二，某横某直，某角与某角相连。其后照号配成，始无攒凑不来之患。其相间之零星细块，必不可少，若憎其琐屑而不画，则有宽无窄，不成其为冰裂纹矣。但最小者，勿用书画，止以素描间之，若尽有书画，则纹理模糊不清，反为全幅之累。此为先画纸绢，后征诗画者而言。盖立法之初，不得不为其简且易者。迨裱之既熟，随取现成书画，皆可裂作冰纹，亦犹裱合锦之法，不过变四方平正之角，为曲直纵横之角耳，此裱匠之事，我授意而使彼为之者耳。更有书画合一之法，则其权在我，授意于作书作画之人，裱匠则行其无事者也。"诗中有画，画中有诗"此古来成语。作画者取诗意命题，题诗者就画意作诗，此亦从来成格。然究竟诗自诗而画自画，未见有混而一之者也。混而一之，请自今始。法于画大幅山水时，每于笔墨可停之际，即留余地以待诗。如峭壁悬崖之下，长松古木之旁，亭阁之中，墙垣之隙，皆可留题作字者也。凡遇名流，即索新句，视其地之宽窄，以为字之大小，或为鹅帖行书[1]，或作蝇头小楷。即以题画之诗，饰其所题之画，谓当日之原迹可，谓后来之题咏亦可。是"诗中有画，画中有诗"二语，昔作虚文，今成实事，亦游戏笔墨之小神通也。请质高明，定其可否。

译文

十年前，用来制作围屏以及字画卷轴的形式，只有巾条、斗方、横批这三种式样。近年来又变成了合锦，使大小长短以及零星小幅，都可以配合使用。这一变化很好，但是这种式样一出，天下争相模仿，到处都一个样，转眼又觉得陈腐，反不如中条、斗方等式样，由于长时间不见又觉得新鲜了。所以合锦的式样还应当稍加变化。怎么变呢？我认为最好是用冰裂碎纹，像前面讲过的用来糊房的纸样，用来制作屏轴最合适。用它来糊墙，有些大材小用了。此纸的制作方法是，在没有书写绘画之前，先在全幅纸上画上冰裂碎纹，按照上面的花纹把纸裁开，各成一幅，让人分别在上面题诗作画，然后再把它们合起来。必须在已经画好了花纹之后，没有裁开之前，在纸的背面做下记号，以便知道它们各自的位置和顺序，如哪个是第一块，哪个是第二块，哪个角跟哪个角相连，等到以后按照事先做下的记号来彼此搭配，这样才不会有拼凑不全的麻烦。其中彼此间隔的零星小块，是必不可少的，如果嫌它们太琐碎，而不画上花纹，那么看上去只有宽的没有窄的，就不像冰裂之纹了。只是其中最小的碎块，上面不要画花纹，只用白的就行；如果全都画上花纹，看上去模糊不清，反倒成了累赘。这是针对先画花纹、后请人题诗作画说的。介绍一种方法，必须先说简单容易的。等装裱技术熟练了，随手取来现成的字画，都可以在上面制作冰裂之纹。其方法还是像裱制合锦的一样，只不过是把原来四四方方平平正正的角，变成弯弯曲曲纵横交错的角。这是裱匠的工作，我出主意他去干就行了。还有一种方法是书画合一，由我做主，授意给题诗作画的人，没有裱匠什么事了。"诗中有画，画中有诗"，自古以来都这么说。作画的人根据诗中的意思来画画，题诗的人根据画上的意思来作诗，这也是历来的规矩；但是说到底诗还是诗、画还是画，没见过有把这两者混在一处的。不妨从现在开始,把它们合在一起。方法是:在绘制大幅山水画的时候,每到可画可不画的地方,就不要画,留下一片空地,等到以后在上面题诗。比如悬崖峭壁的下面、长松古木的旁边、亭阁中央、墙垣的缝隙之间,都可以留出一块空白用来题诗。遇到名人,就求他给作一首新诗,然后根据画上空地的宽窄,来决定字的大小,或者写成鹅帖行书,或者写成蝇头小楷,就用他题画的诗来装饰他所题的画,说是当初诗画并作的也行,说是后来根据画意题咏的也行。这样,"诗中有画,画中有诗"这两句话,从前只是空话,如今成了现实。这也算是游戏笔墨的小小神通。请向高明的人士问一问,看我说得对不对。

◎ 注释 ◎

　　[1]鹅帖——《鹅群帖》,世传为王献之手笔,实为南朝宋以后好事者附会王羲之写《道德经》换鹅一事而伪造。

9. 茶具

◎ 原文 ◎

　　茗注莫妙于砂壶,砂壶之精者,又莫过于阳羡,是人而知之矣。然宝之过情,使与金银比值,无乃仲尼不为之已甚乎?置物但取其适用,何必幽渺其说,必至理穷义尽而后止哉?凡制茗壶,其嘴务直,购者亦然。一曲便可忧,再曲则称弃物矣。盖贮茶之物,与贮酒不同。酒无渣滓,一斟即出,其嘴之曲直,可以不论;茶则有体之物也,星星之叶,入水即成大片,斟泻之时,纤毫入嘴,则塞而不流。啜茗快事,斟之不出,大觉闷人,直则保无是患矣。即有时闭塞,亦可疏通,不似武夷九曲之难力导也。

　　贮茗之瓶,止宜用锡,无论磁铜等器,性不相能,即以金银作供,宝之适以祟之耳。但以锡作瓶者,取其气味不泄;而制之不善,其无用更甚于磁瓶。询其所以然之故,则有二焉。一则以制成未试,漏孔繁多。凡锡工制酒壶茶注等物,于其既成,必以水试,稍有渗漏,即加补苴,以其为贮茶贮酒而设,漏即无所用之矣。一到收藏干物之器,即忽视之,犹木工造盆造桶则防漏,置斗置斛则不防漏,其情一也。乌知锡瓶有眼,其发潮泄气,反倍于磁瓶。故制成之后,必加亲试,大者贮之以水,小者吹之以气,有纤毫漏隙,立督补成。试之又必须二次,一在将成未旋之时,一则在已成既旋之后。何也？常有初时不漏，迨旋去锡时，打磨光滑之后，忽然露出细孔，此非屡验谛视者不知。此为浅人道也。一则以封盖不固，气味难藏。凡收藏香美之物，其加严处，全在封口，封口不密，与露处同。吾笑世上茶瓶之盖，必用双层。此制始于何人？可谓七窍俱蒙者矣。单层之盖，可于盖内塞纸，使刚柔互效其力，一用夹层，则止靠刚者为力，无所用其柔矣。塞满细缝，使之一线无遗，岂刚而不善屈曲者所能为乎？即靠外面糊纸，而受纸之处，又在崎岖凹凸之场，势必剪碎纸条，作蓑衣样式，始能贴服。试问以蓑衣覆物，能使内外不通风乎？故锡瓶之盖，止宜厚，不宜双。藏茗之家，凡收藏不即开者，于瓶口向上处，先用绵纸二三层，实楮封固，俟其既干，然后覆之以盖，则刚柔并用，永无泄气之时矣。其时开时闭者，则于盖内塞纸一二层，使香气闭而不泄，此贮茗之善策也。若盖用夹层，则向外者宜作两截，用纸束腰，其法稍便。然封外不如封内，究竟以前说为长。

译文

用来沏茶的器具，没有比砂壶更好的了。人们都知道砂壶以宜兴出产的最好，但是对它推崇得太过分了，使它的价钱贵得跟金银不相上下，我想孔夫子是不会赞成这样做的。买东西只求实用，何必说得那么神乎其神、玄而又玄呢？凡是制造茶壶，嘴一定要直，买茶壶的人也要挑嘴直的。只要稍稍有些弯曲，用起来就很麻烦；太弯曲了，就成了废物了。因为装茶的容器跟装酒的容器不同，酒没有渣子，一倒就出来，可以不管容器的嘴直不直；茶是有一定形体的东西。一点点茶叶，泡在水里就变成了一大片，倒茶的时候，一片茶叶流进茶壶嘴里，就会把茶壶嘴堵死，使茶水流不出来。品茶是件高兴事儿，倒不出茶来岂不是太扫兴了？茶壶的嘴直，就不会有这样的麻烦了；即便是偶尔堵住了，一冲也就通了，而不会像武夷九曲溪那样难以疏导。

存放茶叶的瓶子，只有锡制的最合适；且不说瓷、铜等器皿与茶叶性质不合，即便是金银制品，心想宝贝它，其实害了它。用锡制的瓶，主要是看中它不会使茶叶跑味儿；但是如果做工不好，其作用反而不如瓷瓶。之所以这么说，是由于以下两个原因：一是制成以后，没有经过检验，漏孔很多。大凡锡工制作酒壶、茶壶等器皿，做成以后总要装上水试一试，稍有渗漏，就要加以修补；因为这东西是用来装酒水茶水的，漏就没有什么用了。但是在制作储藏干货的器皿时，就常常忽视了这一点，就像木匠造盆造桶防漏，造斗造斛却不防漏，情理是一样的。哪知锡瓶上面有孔，发潮跑味儿反倒比瓷瓶加倍地厉害。因此，做好以后亲自检验，大的盛水来试，小的吹气来试，有一丝一毫的漏缝，立即督促工匠修补。检验必须进行两次，一次是在将要做成还没有打磨之前，一次是在已经做成经过打磨以后。为什么？因为经常有这样的情况：开始时不漏，等到打磨光滑以后，忽然露出了小眼儿，如果不经过多次检验和细心观察，就不容易发现。这是针对做事粗心的人说的。二是由于封口不严，茶味藏不住。大凡贮藏有香味儿的东西，要想保持它的好味道，全在于器皿的封口处。封口处不严，等于把东西暴露在外面。我觉得可笑的是世上茶瓶的盖一定要用双层，不知道这种做法是什么人发明的，此人可称得上糊涂到家了。单层的瓶盖可以在盖子里面塞上纸，使得一刚一柔，刚柔相济，各尽其能；用了夹层以后，就只能用刚，用不上柔了。要想把盖子盖得严丝合缝，没有一丝缝隙，盖子本身又太刚太硬，不善弯曲，所以根本办不到。即便是在盖子外面糊纸，糊纸的地方又凸凹不平，必须把纸剪成碎纸条，像蓑衣那样，才能服帖。试问用蓑衣盖东西，能让里外不透风吗？因此锡制的茶瓶，盖子只应做得厚一些，不应当做成双层。贮藏茶叶的人家，如果不急着用茶叶，可先用两三层绵纸把瓶口上部糊好封好，等它干了，再盖上盖子，这样刚柔并济，茶叶就永远不会跑味儿。如果随时取用茶叶，瓶子时开时关，就在盖子里面塞上一两层纸，使香味儿不致泄漏。这是贮存茶叶的好方法。如果盖子用夹层，那么外面一层盖子的边缘上应当有一圈凹槽，盖上纸以后在凹槽处扎好，也比较方便。不过封外不如封内，毕竟还是前面说的方法好。

10. 酒具

原文

酒具用金银，犹妆奁之用珠翠，皆不得已而为之，非宴集时所应有也。富贵之家，犀则不妨常设，以其在珍宝之列，而无炫耀之形，犹仕宦之不饰观瞻者。象与犀同类，则有光芒太露之嫌矣。且美酒入犀杯，另是一种香气。唐句云："玉碗盛来琥珀光。"玉能显色，犀能助香，二物之于酒，皆功臣也。至尚雅素之风，则磁杯当首重已。旧磁可爱，人尽知之，无如价值之昂，日甚一日，尽为大力者所有，吾侪贫士，欲见为难。然即有此物但可作骨董收藏，难充饮器。何也？酒后擎杯，不能保无坠落，十损其一，则如雁行中断，不复成群。备而不用，与不备同。贫家得以自慰者，幸有此耳。然近日冶人，工巧百出，所制新磁，不出成、宣二窑下[1]。至于体式之精异，又复过之。其不得与旧窑争值者，多寡之分耳。吾怪近时陶冶，何不自爱其力，使日作一杯，月制一盏，世人需之不得，必待善价而沽，其利与多制滥售等也。何计不出此？曰：不然。我高其技，人贱其能，徒让垄断于捷足之人耳。

译文

酒具用金银制作，就像女人的梳妆盒子用珍珠翡翠制作一样，都是不得已才这样做的，而不是酒席宴上非有不可的。富贵的人家，犀角的酒具不妨常设，因为它在珍宝之列，但是外形朴素而不炫耀，就像官员不讲排场。象牙和犀角同类，却有光芒太露的毛病。况且好酒倒进犀角杯子里，有一种特殊的香味儿。唐朝有一句诗："玉碗盛来琥珀光。"玉能使酒的颜色显得更加美丽，犀角能使酒的香味儿与众不同。这两种东西对酒来说都是功臣。如果崇尚清雅朴素，那么就应当首重瓷杯。旧瓷可爱，大家都知道，无奈价格一天比一天高，都被有钱人收罗去了，像我这样的穷人很难见到。不过话又说回来，即便是家有古旧磁器，也只能作为古董来收藏，不能用来喝酒。为什么呢？酒过三巡以后，手里端着杯子，难保不会失手掉在地上，只要损坏了一只，就不成套了，就像大雁的行列中断了，凑不成群了。备而不用，跟没有一个样。穷人家可以聊以自慰的只有这一点。但是近来的陶瓷工匠制作磁器的技术很高，所制作的新磁器质量不在成、宣二窑之下，式样的精美新颖，又能超过它们。新瓷的价值之所以比不上旧瓷，只是因为旧瓷稀少，而新瓷太多太滥。我很奇怪：当今的陶瓷工匠为什么不爱惜自己的精力？假如一天做一个杯子，一个月做一个盘子，世人要买买不到，这样一定能卖个好价钱，这样获得的利润跟多造滥卖是相等的。为什么不这样干呢？答案没这么简单，我的造瓷技术虽然提高了，但是别人并不重视，只能把生意让给捷足先登的人了。

注释

［1］成、宣二窑——明朝宣德、成化年间江西景德镇设置的烧制瓷器的官窑。

11. 碗碟

原文

碗莫精于建窑，而苦于太厚。江右所制者，虽窃建窑之名，而美观实出其上，可谓青出于蓝者矣。其次则论花纹，然花纹太繁，亦近鄙俗，取其笔法生动，颜色鲜艳而已。碗碟中最忌用者，是有字一种，如写《前赤壁赋》《后赤壁赋》之类。此陶人造孽之事，购而用之者，获罪于天地神明不浅。请述其故："惜字一千，延寿一纪。"此文昌垂训之词[1]。虽云未必果验，然字画出于圣贤，苍颉造字而鬼夜哭，其关乎气数，为天地神明所宝惜，可知也。用有字之器，不为损福，但用之不久而损坏，势必倾委作践，有不与造孽陶人中分其咎者乎？陶人但司其成，未见其败，似彼罪犹可原耳。字纸委地，遇惜福之人，则收付祝融，因其可焚而焚之也。至于有字之废碗，坚不可焚，一似入火不焫，入水不濡之神物。因其坏而不坏，遂至倾而又倾，道旁见者，虽有惜福之念，亦无所施。有时抛入街衢，遭千万人之践踏；有时倾入溷厕，受千百载之欺凌。文字之罹祸，未有甚于此者。吾愿天下之人，尽以惜福为念，凡见有字之碗，即生造孽之虑。买者相戒不取，则卖者计穷；卖者计穷，则陶人视为畏途而弗造矣。文字之祸，其日消乎？此犹救弊之末着。倘有惜福缙绅，当路于江右者，出严檄一纸，遍谕陶人，使不得于碗上作字，无论《赤壁》等赋，不许书磁，即成化、宣德年造，及某斋某居等字，尽皆削去。试问有此数字，果得与成窑宣窑比值乎？无此数字，较之常值增减半文乎？有此无此，其利相同。多此数笔，徒造千百年无穷之孽耳。制抚藩臬，以及守令诸公，尽是斯文宗主。宦豫章者，急行是令，此千百年未造之福，留之以待一人。时哉时哉，乘之勿失。

◎ 译文 ◎

　　建窑出产的碗最好，只是太厚了。江西制造的碗，虽然盗用建窑的名义，但实际上其造型比建窑出产的更精致、更漂亮，可称得上是青出于蓝而胜于蓝。碗首先注重造型，其次讲究花纹图案，花纹图案过于烦琐，也太近于俗气了，只要笔法生动、颜色鲜艳，也就可以了。碗碟当中最差劲儿的，是那种上面带字的，比如在碗碟上面写有《前赤壁赋》《后赤壁赋》之类。陶瓷工匠这么干简直是造孽，把它们买来使用的人也大大地得罪了神明。请让我说说这是为什么："惜字一千，延寿一纪。"这是文昌帝君告诫世人的话。这话虽说不一定真的灵验，但是文字乃出自圣贤之手，当初仓（苍）颉造字的时候，有鬼神在夜里哭泣，说明文字这东西与天地命运有关，可想而知天地神明是非常珍惜它们的。器物上有文字，对人并没有什么损害，但是用不了多长时间，器物损坏了，肯定要被扔在地上，任人践踏。这简直是罪过，其中陶瓷工匠负有一半的责任。陶瓷工匠只是把它制作出来，看不到它的损坏，其罪过尚且可以原谅；带字的纸被扔在地上，碰到有心人，把它捡起来烧掉，纸能烧，但是瓷不能烧，有字的破碗烧都烧不掉，就像入火不燃、入水不湿的神物。瓷器虽然碎了，瓷还是瓷，于是被人当作垃圾，一次次倒掉，人们在路旁看见，有心人即便感到愧惜，也没有办法处理。有时它们被扔到大街上，遭受千人踩、万人踏，有时被倒进厕所里，蒙受千百年的污秽羞辱，文字所蒙受的惨祸，没有比这更深重的了。我希望天下人时时不忘珍惜文字，一旦见到上面有字的碗，就想一想"这是造孽啊！"买碗的人互相告诫，不要买这样的碗，卖的人就没有办法；卖的人没办法，陶瓷工匠怕自己的产品卖不出去，也就不敢这样干了。文字蒙受的灾祸或许就能渐渐消除了吧？要想纠正这一弊端，这还是下策。如果哪位有心的大人在江西做官，应当发布一张公告，命令所有陶瓷工匠不得在碗上写字，不用说《前赤壁赋》《后赤壁赋》等不得写在瓷器上，即便是成化、宣德年造，以及某斋某居等等字样，也都要一律除去。试问你造的瓷器上面有了这几个字，就真能跟成窑、宣窑的瓷器等价么？没有这几个字，就会比寻常价格少卖半文钱吗？有字没字，利润相同，多了这几笔，只会造孽，遗患无穷。巡抚、布政使、按察使，以及太守、县令等等各级官员，都是社会文化的倡导者。江西的官员们，赶快下命令吧！这是造福人类的事业，千百年来没人去做，就等你去完成了。机不可失，时不再来啊！

注释

[1] 文昌——即文昌帝君，又名"梓潼帝君"，道教神名。相传姓张名亚子，居四川七曲山，仕晋战死，后人立庙纪念。唐、宋时封为"英显王"，元时封为"辅文开化文昌司禄宏仁帝君"。道家说玉皇大帝命其掌管"文昌府"及人间功名、禄位事。

12. 灯烛

原文

灯烛辉煌，宾筵之首事也。然每见衣冠盛集，列山珍海错，倾玉醴琼浆，几部鼓吹，频歌叠奏，事事皆称绝畅，而独于歌台色相，稍近模糊。令人快耳快心，而不能大快其目者，非主人吝惜兰膏，不肯多设，只以灯煤作祟，非剔之不得其法，即司之不得其人耳。吾为六字诀以授人曰："多点不如勤剪。"勤剪之五，明于不剪之十。原其不剪之故，或以观场念切，主仆相同，均注目于梨园，置晦明于不问；或以奔走太劳，职无专委，因顾彼以失此，致有炬而无光，所谓司之不得其人也。欲正其弊，不过专责一人，择其谨朴老成，不耽游戏者，则二患庶几可免。然司之得人，剔之不得其法，终为难事。大约场上之灯，高悬者多，卑立者少。剔卑灯易，剔高灯难。非以人就灯而升之使高，即以灯就人而降之使卑。剔一次必须升降一次，是人与灯皆不胜其劳，而座客观之，亦觉代为烦苦。常有畏难不剪，而听其昏黑者。予创二法以节其劳，一则已试而可自信者，一则未敢遽信而待试于人者。已试维何？长三四尺之烛剪是已，以铁为之，务为极细，粗则重而难举。然举之有法，说在后幅。有此长剪，则人不必升，灯亦不必降，举手即是，与剔卑灯无异矣。未试维何？暗提线索，用傀儡登场之法是已。法于梁上暗作长缝一条，通于屋后，纳挂灯之绳索于中，而以小小轮盘，仰承其下，然后悬灯。灯之内柱外幕，分而为二，外幕系定于梁间，不使上下，内柱之索，上跨轮盘。欲剪灯煤，则放内柱之索，使之卑以就人，剪毕复上，自投外幕之中。是外幕高悬不移，俨然以静待动。同一灯也，而有劳逸之分，劳所当劳，逸所当逸。较之内外俱下，而且有碍手碍脚之繁者，先蹈一等之胜矣。其不明抽以索，而必暗投梁缝之中，且贯通于屋后者，其故何居？欲埋伏抽索之人于屋后，使不露形，但见轮盘一转，其灯自下，剪毕复上，总无抽拽之形，若有神物厕于梁间者。予创为是法，非有心炫巧，不过善藏其拙。盖场上多立一人，多生一人之障蔽，使以一人剪灯，一人抽索，了此及彼，数数往来，则座客止见人行，无复洗耳听歌之暇矣。故藏人屋后，撤去一半藩篱，耳目之前，何等清静！藏人屋后者，亦不必定在墙垣之外，厅堂必有退步，屏障以后，即其处也。或隔绛纱，或悬翠箔，但使内见外而外不见内，则人工不露而天巧可施矣。每灯一盏，用索一条，以蜡磨光，欲其不涩。梁间一缝，可容数索，但须预编字号，系以小牌，使抽者便于识认。剪灯者将及某号，即预放某索以待之，此号方升，彼号即降，观其术者，如入山阴道中，明知是人非鬼，亦须诧异惊神，鼓掌而观，又是一番乐事。惜予囊悭无力，未及指使匠工，悬美法以待人，即谓自留余地亦可。

梁上凿缝，势有不能，为悬灯细事，而损伤巨料，无此理也。如置此法于造屋之先，则于梁成之后，另镶薄板二条，空洞其中，而蒙蔽其下，然后升梁于柱，以俟灯索。此一法也。已成之屋，亦如此法；但先置绳索于中，而后周遭以板。此法之设，不止定为观场，即于元夕张灯，寻常宴客，皆可用之，但比长剪之法，为稍费耳。

制长剪之法，视屋之高卑以为长短。短者三尺，长者四五尺，直其身而曲其上，如鸟喙然，总以细巧坚劲为主。然用之有法，得其法则可行；不得其法则虽设而不适于用，犹弃物也。盖以铁为剪，又长数尺，是其体不能不重。只手高擎，势必摇动于上，剪动则灯亦动，灯剪俱动，则他东我西，虽欲剪之，不可得矣。法以右手持剪，左手托之；所托之处，高右手尺许。剪体虽重不过一二斤，只手孤擎则不足，双手效力则有余。擎而剪之者一手，按之使不动摇者又有一手，其势虽高，何足虑乎？孤掌难鸣，众擎易举，天下事类如是也。

长剪虽佳，予终恶其体重。倘能以坚木为身，止于近灯煤处用铁，则尽美而又尽善矣。思而未制，存其说以俟解人。

长剪难于概用，惟有烛无衣，与四围有衣而空洞其下者，可以用之；若明角灯，珠灯，皆无隙可入，虽有长剪，何所用之？至于梁间放索，则是灯皆可。二事亦可并行，行之之法，又与前说相反；灯柱居中不动，而提起外幕以俟剪，剪毕复下。又合居重驭轻之法，听人所好而为之。

译文

灯光明亮、烛火辉煌，对于宴会来说是头等重要的大事。然而常常可以看到这样的情形：宾客雅集，个个衣冠楚楚，席上摆的是山珍海味，人们喝的是玉液琼浆，旁边吹拉弹唱，歌舞升平，事事都非常畅快，只可惜歌台之上的精彩表演有些模模糊糊看不清楚，令人耳朵畅快心里畅快，但却不能大饱眼福。不是主人吝惜灯油，不愿意多点几盏灯，只是因为灯芯捣鬼，不是剔剪的方法不对，就是干这件事儿的人不能尽职尽责。我教给人六字诀窍："多点不如勤剪。"假设有五盏灯，只要剪得勤，它们的亮度能胜过十盏灯。人们之所以不剪灯芯，有的是因为一心观看场上的演出，主人和仆人都光顾看戏，不管光线的明暗；有的是由于主人太劳累了，又没有专人负责，所以顾此失彼，以致点了灯而灯光不亮。要想纠正这一弊端，只需要责令一个人专门负责此事，要选择办事谨慎、质朴老成、不贪玩的仆人，上述两点毛病或许就能避免了。然而有了合适的人选，不掌握正确的剔剪方法，事情还是难以办好。大致说来，宴会、看戏之时所点的灯，挂在高处的多，立在低处的少，剔剪立在低处的灯很容易，剔剪挂在高处的灯就难了，不是人爬高去接近灯，就是把灯降低来让它接近人，剔剪一次必须上去下来折腾一次，这样人和灯都疲劳，客人也觉得烦，所以经常有人因为嫌麻烦而不剪，任凭一片昏暗。为此，我创立了两种方法来节省辛劳，一种方法已经试验过，可以相信它是管用的；另一种不敢轻信它管用，要等别人去尝试。已经试验过的方法是什么呢？就是准备一只三四尺长的烛剪。烛剪用铁制作，越细越好，粗的笨重难举。举烛剪的方法将在后面介绍。有了这样一把长剪，人就不必爬高，也不用把灯降下来，只需举举手就行，跟剔剪低处的灯没有什么不同。没有经过试验的方法是什么呢？就是采用演木偶戏的方法，在暗处提线。方法是在房梁的暗处开一条长缝，通到房子后面，从缝隙里面垂下一条绳子，绳子下面拴一个小小的轮盘，在下面接着，在轮盘里面放灯。灯的内柱和外罩，要分成两层，外罩固定在房梁上，不要让它活动；内柱的绳子上挂轮盘。要剪灯芯，就把拴内柱的绳子放下来，剪完以后，再把它吊上去，吊在外罩里面。这样，灯的外罩稳稳地悬在空中，以静待动。同是一盏灯，却有麻烦和省事之分，该麻烦的地方麻烦，该省事的地方省事。这种方法比起把整个灯内柱外罩都降下来，碍手碍脚的，已经先胜一筹了。不在明处拉绳，而把它放在房梁的缝隙中，并且通到房子后面，这又是为什么呢？为了让拉绳的人埋伏在房子后面，不让人看见，人们只能看见轮盘一转，灯盏自行降下，剔剪完毕之后又升上去，一直看不到有人拉来拽去，好像有神仙藏在房梁上头似的。我创立这一方法，并不是有心卖弄机巧，不过是善于掩饰自己的笨拙罢了。因为屋子里多站一个人，就多一道屏障。如果一个人剪灯，一个人拉绳子，这边弄完了弄那边，来来回回地走动，那么在场的客人只见人走来走去，没工夫再去听歌了。因此，把拉绳的人藏在屋子后面，撤去一半的屏障，耳目之前是何等的清静！屋子后面藏人，不一定非得在墙壁外面，厅堂里面总是有空地的，屏风后面就是藏人的好地方。或者挂一块绛色的纱，或者挂一张绿色的帘，只让里面的人能看到外面，外面的人看不到里面，就可以不露人迹而巧施天工了。每一盏灯用一条绳子，用蜡打磨光亮，要它不涩。房梁中间那条缝隙可以容纳几条绳子，但是应当事先将绳子编号，系上小牌儿，使得拉绳子的人便于识别。剪灯的人要剪第几号灯，拉绳子的人就把第几号灯放下来等着。这边的灯刚升上去，那边的灯又降下来，看的人就像进入了山阴道中，眼花缭乱目不暇接，明知是人在操作，也会惊讶不已，叹为神奇，一边看一边鼓掌，又是一番乐事。只可惜我自己囊中羞涩，没钱让工匠制作，只得把这美妙的方法暂时搁着，等别人采用，说是给自己留有余地也行。

　　房梁上凿缝，不太好办，为了挂灯这样一件小事而损坏房子，没有这样的道理。如果建造房屋之前想到了这种方法，就在房梁做好以后，另外镶上二条薄板，把中间挖空，把下面挡上，然后把房梁架在上去，等日后挂灯。这是一种方法。已经造好的房子，方法也是这样；只是先放绳子，然后在绳子周围镶上板条。这种方法，不一定是为看戏准备的，即便是除夕之夜挂灯笼，平常设宴招待客人，也可以用，只是这种方法比使用长剪的方法花费的工钱稍稍多一些。

制作长剪的方法，应当根据房子的高低决定剪子的长短。短的三尺，长的四、五尺，把身子做成直的，顶部做成弯的，就像鸟嘴一样，总之以纤细小巧结实为好，剪子是铁做的，又有几尺长，所以肯定很重。用一只手把它举高，上头势必要晃动，剪子晃动灯也晃动，剪子和灯一起晃动，一个东一个西，想剪也剪不成了。正确的方法是：用右手拿剪子，用左手托着；左手托着的地方比右手高出一尺左右。这样，剪子虽然很重，也不过只有两三斤，用一只手来举力量不够，用两只手来举力量就绰绰有余了。一只手举着剪子剪灯芯，另一只手扶着剪子不让它晃动，这样，灯虽然挂得高，又有什么可担心的？古人说："孤掌难鸣，众擎易举。"天下事大都如此。

长剪虽好，我总嫌它太重，如果能用木头做剪柄，只在靠近灯芯的地方用铁，就尽善尽美了。我想到了却没有做，暂且写在这里，等哪位聪明人去做来试试。

长剪不是在任何情况下都好用，只有灯烛，没有灯罩，以及四周有罩底下没罩的，可以使用长剪。像明角灯、珠灯之类，下面以及四周都没留有缝隙，剪子伸不进去，那么即使有长剪又有什么用呢？在房梁上放置绳子的方法，什么灯都可以用。拉绳、剪灯两件事可以同时做，其方法又跟前面说到的方法相反；灯柱居中不动，而提起外罩等候剪刀，剪完以后再把外罩放下。这样又符合避重就轻之法，你喜欢怎么做就怎么做。

13. 笺简

《原文》

笺简之制，由古及今，不知几千万变。自人物器玩，以迨花鸟昆虫，无一不肖其形，无日不新其式。人心之巧，技艺之工，至此极矣。予谓巧则诚巧，工则至工，但其构思落笔之初，未免驰高骛远，舍最近者不思，而遍索于九天之上，八极之内，遂使光灿陆离者，总成赘物，与书牍之本事无干。予所谓至近者非他，即其手中所制之笺简是也。既名笺简，则笺简二字中，便有无穷本义。鱼书雁帛而外，不有竹刺之式可为乎？书本之形有肖乎？卷册便面，锦屏绣轴之上，非染翰挥毫之地乎？石壁可以留题，蕉叶曾经代纸，岂竟未之前闻，而为予之臆说乎？至于苏蕙娘所织之锦[1]，又后人思之慕之，欲书一字于其上，而不可复得者也。我能肖诸物之形似为笺，则笺上所列，皆题诗作字之料也。还其固有，绝其本无，悉是眼前韵事，何用他求？已命奚奴逐款制就，售之坊间，得钱付梓人，仍备剞劂之用，是此后生生不已。其新人见闻，快人挥洒之事，正未有艾，即呼予为薛涛幻身[2]，予亦未尝不受。盖须眉男子之不传，有愧于知名女子者，正不少也。已经制就者，有韵事笺八种，织锦笺十种。韵事者何？题石、题轴、便面、书卷、剖竹、雪蕉、卷子、册子是也。锦纹十种，则尽仿回文织锦之义，满幅皆锦，止留縠纹缺处代人作书。书成之后，与织就之回文无异。十种锦纹各别，作书之地，亦不雷同。惨淡经营，事难缕述，海内名贤欲得者，倩人向金陵购之。是集内种种新式，未能悉走寰中，借此一端，以陈大概。售笺之地，即售书之地，凡予生平著作，皆萃于此。有嗜痂之癖者，贸此以去，如偕笠翁而归。千里神交，全赖乎此。只今知己遍天下，岂尽谋面之人哉？

是集中所载诸新式，听人效而行之；惟笺帖之体裁，则令奚奴自制自售，以代笔耕，不许他人翻梓。已经传札布告，诫之于初矣。倘仍有垄断之豪，或照式刊行，或增减一二，或稍变其形，即以他人之功，冒为己有，食其利而抹煞其名者，此即中山狼之流亚也[3]。当随所在之官司而控告焉，伏望主持公道。至于倚富恃强，翻刻湖上笠翁之书者，六合以内不知凡几。我耕彼食，情何以堪？誓当决一死战，布告当事，即以是集为先声。总之天地生人，各赋以心，即宜各生其智。我未尝塞彼心胸，使之勿生智巧；彼焉能夺吾生计，使不得自食其力哉！

译文

　　信笺的式样，从古到今，不知经过了几千次、几万次的变化。从人物器玩，以至花鸟昆虫，没有一样东西不被模仿来做信笺图案的，日新月异，没有一天不在改变。人心之巧，技艺之精，到此已经达到顶点了。但是在我看来，人们制作的信笺确实很巧妙很精致，然而在最初构思设计的时候，未免有些好高骛远，放着近处的东西不想，偏偏绞尽脑汁，把天地宇宙之间犄角旮旯之处的东西搜罗来，仿照它们的样子制作信笺，信笺上那些图案光怪陆离，统统成了累赘，跟要人写字毫无关系。我所说的近处的东西不是别的，就是人们手中制作的信笺。这东西既然叫作"笺简"，那么"笺简"这两个字本身，就有着无穷的意义。鱼书雁帛之外，不是还有竹刺的式样可做、书本的式样可仿？卷册扇面、锦屏绣轴之上，不也是挥毫着墨的地方么？石壁可以题留，蕉叶曾经代纸，这些事情难道从前没有听说过吗？是我在瞎说吗？苏蕙娘所织的锦，后人思慕不已，但是想在上面写一个字，已经不可能了。如果能够模仿上述各种东西的形象来制作信笺，那么信笺上面的图案本身就完全可以作为题诗写文章的材料。这些东西本来就是前人用过的，应当恢复其本来面目，不要把本来没有的东西强加在信笺上。人们眼前的各种美妙事物就已经足够用来充当信笺图案了,哪还用得着到别处去找呢?我已经让仆人把各种款式的信笺都印制好了,在市场上出售,卖了钱再付给刻工,继续印制,此后生生不已。这使人耳目一新,任人挥洒的快事,正是方兴未艾。即便是有人说我是薛涛的化身,我也愿意接受。世上一些须眉男子,其名不扬,真有愧于名彰史册的女子,这样的人不知道有多少呢。

已经印制出来的信笺,有"韵事笺"八种、"织锦笺"十种。"韵事笺"的图样是:题石、题轴、扇面、书卷、剖竹、雪蕉、卷子、册子。"织锦笺"则完全模仿回纹织锦的意思,满幅都是锦纹,只留回纹偶缺处,让人用来写字,写完以后跟织上去的回纹没有什么两样。十种锦纹图案各有区别,留待写字的空白处也各不相同。我如此惨淡经营,不能详细叙述。各地的名人名家有需要的,请来人到南京购买。本书中所介绍的种种新式样,还没能销售全国,只是借此说个大概。出售信笺的地方也就是卖书的地方,我生平的著作,都集中在这里。有喜欢读的,把它们买回去,就像带着我李笠翁跟你一起回家了。千里神交,全靠它们。现在我的知己遍天下,难道都是曾经见过面的?

本书中所载的各种新的样式,人们愿意效仿的尽可以效仿;只有信笺的式样,只由我让仆人自己加工自己销售,以代笔耕,不许别人翻印。此事已经传札布告,有话在先了。如果仍有强横之人,一意孤行,或照式刊行,或增减一二,或稍变其形,便把他人的劳动成果据为己有,以此获利而抹煞其名,他便是中山狼的同类。对此,我将向其所在地方的官府提出控告,伏望主持公道。至于倚富恃强,翻刻我李笠翁著作的人,天下不知有多少。我辛勤耕耘,他不劳而获,叫人怎能忍受?誓当与其决一死战,遍告有关当事人,就用本书作先声。总之天地生人,各给了一颗心,这就应当各自发挥智慧,我没有阻塞他们的心胸,叫他们不生巧智,他们怎么可以夺去我的生计,叫我不能自食其力呢?

注释

[1] 苏蕙娘——十六国时前秦女诗人苏蕙,字若兰。其夫以罪流放,她织锦为《回文璇玑图诗》相赠。

[2] 薛涛——唐代乐妓,工诗词,居四川成都百花潭时。好制松花小笺,时称"薛涛笺"。

[3] 中山狼——明代马中锡著小说《中山狼传》(一说宋代谢良著),记战国时赵

简子在中山打猎，追逐一狼。狼向东郭先生求救，脱险后反而要吃掉东郭先生。后人以中山狼比喻忘恩负义，不讲仁慈之徒。

二、位置

小 引

◎原文

器玩未得，则讲购求。及其既得，则讲位置。位置器玩，与位置人才，同一理也。设官授职者，期于人地相宜；安器置物者，务在纵横得当。设以刻刻需用者而置之高阁，时时防坏者而列于案头，是犹理繁治剧之材，处清静无为之地，黼黻皇猷之品，作驱驰孔道之官。有才不善用，与空国无人等也。他如方圆曲直，齐整参差，皆有就地立局之方，因时制宜之法，能于此等处展其才略，使人入其户，登其堂，见物物皆非苟设，事事具有深情。非特泉石勋猷，于此足征全豹，即论庙堂经济，亦可微见一斑，未闻有颠倒其家，而能整齐其国者也。

◎译文

没有器玩之前，先要讲究购买；器玩到手以后，就要讲究摆放。摆放器玩跟任用人才的道理是一样的。设官授职，希望人地相宜；安置器物，务必纵横得当。假如把每时每刻都用得着的东西置之高阁，把时时提防损坏的东西摆在案头，就如同让具有雄才大略的杰出人才放在清静无为的地方，把能够辅佐皇帝的大臣派去当传令官。有了人才而不善于使用，跟没有人才没有什么两样。如果能在摆放器玩方面施展才略，根据器物的方圆曲直，把它们安置得井井有条，参差错落，看上去美观，使用起来方便，那么别人来到家中，看到各种器物都不是随便摆设，处处都是精心布置。不仅可以看出主人在园林艺术方面的才能，同时也可以看出他在治理国家方面的才干。从没听说有人把家里弄得破破烂烂颠三倒四，却能把国家治理好的。

1. 忌排偶

原文

"胪列古玩,切忌排偶。"此陈说也。予生平耻拾唾余,何必更蹈其辙?但排偶之中,亦有分别。有似排非排,非偶是偶;又有排偶其名,而不排偶其实者。皆当疏明其说,以备讲求。如天生一日,复生一月,似乎排矣,然二曜出不同时,且有极明微明之别。是同中有异,不得竟以排比目之矣。所忌乎排偶者,谓其有意使然。如左置一物,右无一物以配之,必求一色相俱同者,与之相并,是则非偶而是偶,所当急忌者矣。若夫天生一对,地生一双,如雌雄二剑,鸳鸯二壶,本来原在一处者,而我必欲分之,以避排偶之迹,则亦矫揉执滞,大失物理人情之正矣。即避排偶之迹,亦不必强使分开,或比肩其形,或连环其势,使二物合成一物,即排偶其名,而不排偶其实矣。大约摆列之法,忌作八字形,二物并列,不分前后,不爽分寸者是也。忌作四方形,每角一物,势如小菜碟者是也;忌作梅花体,中置一大物,周遭以小物是也。余可类推。当行之法,则与时变化,就地权宜,视形体为纵横曲直,非可预设规模者也。如必欲强拈一二,若三物相俱,宜作品字格,或一前二后,或一后二前,或左一右二,或右一左二,皆谓错综。若以三者并列,则犯排矣。四物相共,宜作心字及火字格。择一或高或长者为主,余前后左右列之;但宜疏密断连,不得均匀配合,是谓参差。若左右各二,不使单行,则犯偶矣。此其大略也,若夫润泽之,则在雅人君子。

译文

"摆放古玩,切忌排偶。"这是前人的老生常谈,我生平耻于拾人牙慧,为什么还要重蹈前人的覆辙呢?但是我认为,排偶当中,也是有区别的。有的看上去像是排偶,但实际上不是排偶;有的看上去不像是排偶,但实际上属于排偶;还有名为排偶,其实不是排偶的。都应当说个清楚,以便讲求。比如天上有了个太阳,又生出一个月亮,表面看来似乎是排偶了,但是太阳和月亮并不同时出现,而且它们的光亮也有明暗之别。这是同中有异,不能把它们看作是排偶。所应避免的,是故意做出来的排偶。比如左边放置一件东西,右边没有东西跟它搭配,就非得找一件颜色式样跟它相同的,跟它并排而放,这样看上去似乎不是排偶,但实际上属于排偶,最应当赶快改正。如果东西本来就是天生的一对,地造的一双,比如雌雄二剑、鸳鸯二壶,本来就是成双成对应当放在一起的，你一定要把它们分开，以避免有排偶痕迹，那就太矫揉造作、太死板、太不合情理了。即便是想避免排偶的痕迹，也不必非得把它们分开，或者让它们并肩而立，或者让它们前后相连，把两件东西合成一件东西，这样名为排偶，但实际上却不是排偶。大致说来，摆放器物的方法，忌讳摆成"八"字形，比如两件东西并列，不分前后，左右对称，不差分毫。忌讳摆成四方形，一个角摆一件，比如饭桌上摆的小菜碟。忌讳摆成梅花形，比如中间摆一件大东西，周围摆几件小东西。其余的可以依此类推。应当根据器物的形状造型来决定摆放的纵横曲直，因地制宜，经常变化，不可以事先预设规模。如果非让我说一说不可，那么我告诉你：如果想把三样东西摆放在一起，应当摆成"品"字形，或者一个在前、两件在后，或者两个在前、一个在后，或者一个在左边、两个在右边，或者一个在右边、两个在左边，这样都可以称得上是错落有致，如果把三件东西并排放置，就犯了排偶的毛病了，四件东西摆放在一起，应当摆成"心"字形或"火"字形，挑选其中一件高的或长的，摆在中间，剩下的摆在左右；但是应当疏密相间，若断若连，不能均匀搭配，这就叫作参差。如果左右各摆两件，不让出单，就犯了排偶的毛病了。这只是大致情形，要想摆得灵活生动，还得靠各位雅人君子自己去实践摸索。

2. 贵活变

◈ 原文 ◈

　　幽斋陈设，妙在日异月新。若使骨董生根，终年鞅系一处，则因物多腐象，遂使人少生机，非善用古玩者也，居家所需之物，惟房舍不可动移，此外皆当活变。何也？眼界关乎心境，人欲活泼其心，先宜活泼其眼。即房舍不可动移，亦有起死回生之法。譬如造屋数进，取其高卑广隘之尺寸，不甚相悬者，授意匠工，凡作窗棂门扇，皆同其宽窄而异其体裁，以便交相更替。同一房也，以彼处门窗，挪入此处，便觉耳目一新，有如房舍皆迁者，再入彼屋，又换一番境界，是不特迁其一，且迁其二矣。房舍犹然，况器物乎？或卑者使高，或远者使近，或二物别之既久，而使一旦相亲，或数物混处多时，而使忽然隔绝，是无情之物，变为有情，若有悲欢离合于其间者。但须左之右之，无不宜之，则造物在手而臻化境矣。人谓朝东夕西往来仆仆，何许子之不惮烦乎？[1]予曰：陶士行之运甓[2]，视此犹烦，未有笑其多事者，况古玩之可亲，犹胜于甓。乐此者不觉其疲，但不可为饱食终日，无所用心者道。

古玩中香炉一物,其体极静,其用又妙在极动,是当一日数迁其位,片刻不容胶柱者也。人问其故,予以风帆喻之。舟行所挂之帆,视风之斜正为斜正,风从左而帆向右,则舟不进而且退矣。位置香炉之法亦然,当由风力起见,如一室之中,有南北二牖,风从南来,则宜位置于正南,风从北入,则宜位置于正北,若风从东南,或从西北,则又当位置稍偏,总以不离乎风者近是。若反风所向,则风去香随,而我不沾其味矣。又须启风来路,塞风去路。如风从南来,而洞开北牖;风从北至,而大辟南轩,皆以风为过客,而香亦传舍视我矣。须知器玩之中,物物皆可使静,独香炉一物,势有不能。"爱之能勿劳乎?"[3]待人之法也,吾于香炉亦云。

译文

房间陈设,妙在经常变化,日新月异。如果把古董一年到头固定放置在一个地方,就显得迂腐死板,让人也显得缺乏生气,这算不上是善用古玩。住家所必需的物品,唯独房屋不能移动,除了房屋以外的所有物品,其位置都应当灵活变化。这是为什么呢?眼睛看到的东西,影响人的心情;要想让人心情舒畅活泼,首先应当让眼睛看到的景物生动活泼。房屋即便不能移动,也有方法使它起死回生。比如在建造一栋数间的房屋时,选择高低宽窄的尺寸相差不大的,吩咐工匠,制作窗户门扇时,把它们做得尺寸相同而样式不同,以便日后互相替换。同一栋房子,把别处的门窗挪到此处,互相变换一下位置,就使人感到耳目一新,如同连房子也搬了,再进到别的房间里,眼前又换了一番景象,这不仅变动一间房,有如把两个房间都变动过了。就连房屋都是如此,何况是器物呢?或者把低处的东西挪到高处,或者把远处的东西挪到近处,或者把长期以来分别放置的东西搬的一处,或者把混放在一起的几样东西分开来放置。这就将原本无情的东西赋予了感情,其间有如发生着种种悲欢离合的动人故事。只需把东西的位置稍稍做些变动,就可使得它们变幻多姿出神入化。有人说:这么一会儿东一会儿西,来来回回地变来变去,烦不烦?我说:陶士行把坛子搬来搬去,看上去也很烦;但是从来没有人笑话他多事,何况古董比坛子可亲可爱呢?只要能够从中得到乐趣,就不觉得累,然而这话不能对那些饱食终日无所用心的人讲。

古玩当中的香炉,本身是很安静的东西,使用起来又妙在经常变换位置,应当一天换几个地方,不能老是固定在一处。有人问这是为什么,我拿风帆来打个比方:船上挂的帆多,根据风向来决定它的方向,如果风从左面刮来,而帆朝向右面,那么船不但不能前进,反而会倒退。摆放香炉也是这样,应当看风行事,例如一个房间有南北两扇窗户，风从南面来，就应当把它摆在正南面；风从北面来，就应当把它放在正北；如果风从东南或者西北来，就应当再把位置稍微偏一偏。总之不离风向才好。如果相反，那么风过去，香气也跟着过去，人就闻不到味儿了。还要开启风的来路，堵住它的去路。如果风从南面来，而北面的窗户敞开着，风从北面来而南面的窗户敞开着，那么风就成了匆匆过客，香味儿也难以留住了。必须知道器玩当中，样样东西都可以让它安静，唯独香炉这东西不允许这样。"既然喜爱，就不能不多劳。"这是待人的方法，对于香炉我也这样说。

注释

[1] 许子——战国时农家许行。他主张"贤者与民并耕而食，饔飧而治。"孟子批评他："何许子之不惮烦？"

[2] 陶士行——陶侃，字士行，晋代浔阳人。早孤贫。为县吏，积功渐迁至荆州刺史。遭王敦忌，转任广州刺史。苏峻叛晋，建康失守；温峤推侃为盟主，击杀苏峻，封长沙郡公，都督八州军事。陶侃在军四十余年，果毅善断。在广州时每天早晨把一百个坛子搬到室外，晚上再搬进去，以此磨炼意志，激励自己勤奋。

[3] "爱之能勿劳乎"——语出《论语·宪问》。

第六卷 饮馔部

一、蔬食

小 引

◈原文◈

吾观人之一身，眼耳鼻舌，手足躯骸，件件都不可少。其尽可不设而必欲赋之，遂为万古生人之累者，独是口腹二物。口腹具而生计繁矣；生计繁而诈伪奸险之事出矣；诈伪奸险之事出，而五刑不得不设。君不能施其爱育，亲不能遂其恩私，造物好生而亦不能不逆行其志者，皆当日赋形不善，多此二物之累也。草木无口腹，未尝不生；山石土壤无饮食，未闻不长养。何事独异其形，而赋以口腹？即生口腹，亦当使如鱼虾之饮水，蜩螗之吸露，尽可滋生气力，而为潜跃飞鸣。若是，则可与世无求，而生人之患熄矣。乃既生以口腹，又复多其嗜欲，使如溪壑之不可厌，多其嗜欲，又复洞其底里，使如江海之不可填，以致人之一生，竭五官百骸之力，供一物之所耗而不足哉！吾反复推详，不能不于造物是咎。亦知造物于此，未尝不自悔其非，但以制定难移，只得终遂其过。甚矣！作法慎初，不可草草定制。吾辑是编而谬及饮馔，亦是可已不已之事。其止崇俭啬，不导奢靡者，因不得已而为造物饰非，亦当虑始计终，而为庶物弭患。如逞一己之聪明，导千万人之嗜欲，则匪特禽兽昆虫无噍类，吾虑风气所开，日甚一日，焉知不有易牙复出烹子求荣[1]，杀婴儿以媚权奸[2]，如亡隋故事者哉！一误岂堪再误？吾不敢不以赋形造物，视作覆车。

声音之道，丝不如竹，竹不如肉，为其渐近自然。吾谓饮食之道，脍不如肉，肉不如蔬，亦以其渐近自然也。草衣木食，上古之风，人能疏远肥腻，食蔬蕨而甘之。腹中菜园，不使羊来踏破，是犹作羲皇之民，鼓唐虞之腹，与崇尚古玩，同一致也。所怪于世者，弃美名不居，而故异端其说，谓佛法如是，是则谬矣。吾辑《饮馔》一卷，后肉食而首蔬菜，一以崇俭，一以复古。至重宰割而惜生命，又其念兹在兹，而不忍或忘者矣。

译文

　　在我看来，人的一身，眼耳鼻舌，手脚躯干，样样都不可缺少；只有两样东西，其实完全可以不要，但是造物主偏偏要赋予，于是成了人类有史以来的一大累赘，这两样东西就是肚子和嘴巴。有了肚子和嘴巴，生计就繁杂了；生计繁杂，伪诈奸险的事情就发生了；有了伪诈奸险的事情，刑罚就不能不设了。君王不能爱护人民，父母不能慈爱子女，爱惜生灵的造物主也不能不做违心的事情，这都是因为当初多给了人类这两样东西。草木没有肚子嘴巴照样生长；山石土壤不吃饭不喝水，照样活着，为什么偏偏让人类多长了一副肚子嘴巴呢？即便是长了肚子嘴巴，也应当像鱼虾饮水、知了吸露那样，也能够使其滋养足够的力气，活蹦乱跳的。这样人们也就与世无争，人类的祸患也就停息了。为什么既生了肚子嘴巴，又让它们有许多嗜好，就像无法填满的沟壑；既多了嗜好，又让它没有止境，就像那填不平的江海呢？以致人的一生，用尽了全部的精力，还满足不了这两样东西的消耗！我想来想去，不能不怪罪造物主了。我也知道，造物主在这件事情上，未尝不后悔自己当初的过错；但是规矩一旦定下来，再改就难了，只好将错就错。由此可见，在开始制定规矩的时候，是不能草率行事的，不能不谨慎啊！我在这本书中谈到了饮食，这件事本来是可做可不做的。但是我在本书当中，只崇尚节俭，不引导人们奢侈，之所以要这样，是出于迫不得已，为造物主掩饰过错，替造物主从长计议，为天下万物消除祸患。如果自己逞能，卖弄聪明，刺激千万人的嗜欲，那么不但禽兽昆虫将会灭种，恐怕此风一长，一天比一天厉害，谁知会不会再出现像易牙那样的人，把自己的儿子煮成肉羹，去换取荣耀；或者不惜杀死婴儿来取媚于权奸，重蹈隋朝灭亡的覆辙！一错岂能再错？我不能不借鉴造物主当初的教训，把它作为前车之鉴。

　　对于音乐来说，弦乐不如管乐，管乐不如声乐，因为后者比前者更贴近自然。我认为，对于饮食来说，精工制作过的肉不如普通的肉，肉食不如蔬菜，也是因为后者比前者更贴近自然。穿草衣吃素食，是上古时代人类的生活方式。人们如果能够跟肥腻疏远，吃些蔬食野菜就觉得甜美，不吃牛羊之类的肉食，那就有如活在伏羲、三皇的时代，享受着唐尧、虞舜时代的美好生活，跟崇尚古玩有着相同的情致。奇怪的是当今之世，人们抛弃尊古的美德，把吃素食当作异端，认为这是佛家的规矩，这就不对了。我在编写《饮馔》这一卷时，首先讲蔬菜，而把肉食放在后面，一是崇尚节俭，一是恢复古风；至于不轻易宰杀，爱惜动物生命，更是念念不忘的了。

◈ 注释 ◈

[1] 易牙复出，烹子求荣——易牙：春秋时齐桓公宠幸的近臣。擅长调味，善逢迎，相传曾烹其子为羹以献齐桓公。

[2] 杀婴儿以媚权奸——陈世熙《唐人说荟·开河记》中记载：隋炀帝时，陶榔儿兄弟将别家孩子偷骗杀戮，蒸烹以献权贵。

1. 笋

◈ 原文 ◈

论蔬食之美者，曰清、曰洁、曰芳馥、曰松脆而已矣。不知其至美所在，能居肉食之上者，悉在一字之"鲜"，《记》曰："甘受和，白受采。""鲜"即"甘"之所从出也。此种供奉，惟山僧野老，躬治园圃者，得以有之；城市之人，向卖菜佣求活者，不得与焉。然他种蔬食，不论城市山林，凡宅旁有圃者，旋摘旋烹，亦能时有其乐。至于笋之一物，则断断宜在山林，城市所产者，任尔芳鲜，终是笋之剩义。此蔬食中第一品也，肥羊嫩豕，何足比肩？但将笋肉齐烹，合盛一簋，人止食笋而遗肉，则肉为鱼而笋为熊掌可知矣[1]。购于市者且然，况山中之旋掘者乎？食笋之法多端，不能悉纪，请以两言概之曰："素宜白水，荤用肥猪。"茹斋者食笋若以他物伴之，香油和之，则陈味夺鲜，而笋之真趣没矣。白煮俟熟，略加酱油。从来至美之物，皆利于孤行，此类是也。以之伴荤，则牛羊鸡鸭等物皆非所宜，独宜于豕，又独宜于肥。肥非欲其腻也，肉之肥者能甘，甘味入笋，则不见其甘，但觉其鲜之至也。烹之既熟，肥肉尽当去之，即汁亦不宜多存，存其半而益以清汤。调和之物，惟醋与酒。此制荤笋之大凡也。笋之为物，不止孤行并用，各见其美，凡食物中无论荤素，皆当用作调和。菜中之笋，与药中之甘草，同是必需之物，有此则诸味皆鲜，但不当用其渣滓，而用其精液。庖人之善治具者，凡有焯笋之汤，悉留不去，每作一馔，必以和之。食者但知他物之鲜，而不知有所以鲜之者在也。《本草》中所载诸食物[2]，益人者不尽可口，可口者未必益人，求能两擅其长者，莫过于此。东坡云："宁可食无肉，不可居无竹，无肉令人瘦，无竹令人俗。"不知能医俗者，亦能医瘦，但有已成竹未成竹之分耳。

译文

人们称道蔬食的好处，总是讲清淡、干净、芳香、松脆；却不知道蔬食之所以超过肉食，它最大的优点，只在一个"鲜"字。《礼记》中说："甘美的东西容易调味，洁白的东西容易着色。""甘"是从"鲜"里来的。新鲜的竹笋只有山中的和尚、乡野人家、自己亲自浇园种菜的才吃得到；城市里向菜贩子买菜吃的人是享受不到的。别的蔬菜，不管是在城市里还是在山林中，凡是房子旁边有菜园的，现摘现烧，也能经常尝到新鲜。然而笋这东西，却一定是山林中的才好；城市里所产的，不管它怎样新鲜，都不是正品。笋是蔬食中的首选佳品，即使是肥羊嫩猪，又怎能跟它相提并论？只要把笋和肉放在一起烧，合盛在一个盘子里，那么人肯定光吃里面的笋，而把肉剩下，由此就可以知道笋是好东西了。就连从市场上买来的都是这样，何况山里刚刚挖出来的呢？吃笋的方法很多，不能一一列举，请让我用两句话来概括："素吃用清水，荤吃加肥肉。"吃斋的人吃笋，如果把笋跟别的东西一块儿来烧，加入香油，那些东西的陈味儿就会把笋的鲜味儿夺走，这样吃笋就没什么意思了。要用清水来煮，熟了以后加入一点点酱和油。历来味道极美的东西，都是单独烧制的好，笋就是这样。如果把它跟荤的东西放在一起烧，牛羊鸡鸭等东西都不合适，只有猪肉合适，而且是肥的才好。之所以要用肥肉，不是取它的腻，肥肉能甘，甘味进到笋里，甘味儿消失。笋变得更鲜了。煮熟以后，应当把肥肉全都挑出去，汁也不应多留，留下一半的汁，再加进清汤。调味用的东西，只用醋和酒。这是烧制荤笋的大致情况。笋这东西，不仅单独烧制、混合烧制各有各的好处，而且食物不管荤素，都可以用它来调味。菜类当中的笋和药物当中甘草一样，都是必需的东西，有了它，各种东西就都变得鲜美了。但是不应当用它的渣滓，而应当用它的精汤，高明的厨师，凡是有煮笋的汤，都留着不倒掉，每做一道菜，都要把它添进去一些。吃菜的人光知道别的菜味道鲜，却不知道里面加了笋汤才使得它们的味道鲜起来。《本草》一书中所记载的各种食物。对人有益的不一定都可口，可口的不一定对人都有益，要想两全其美，没有比笋更好的了。苏东坡说："宁可食无肉，不可居无竹；无肉令人瘦，无竹令人俗。"他不知道。笋这东西不但可以医俗，也能治瘦，只不过有已经成竹和尚未成竹的区别罢了。

注释

［1］肉为鱼而笋为熊掌——此句是化用《孟子·告子》："鱼我所欲也，熊掌亦我所欲也，二者不可得兼，舍鱼而取熊掌者也。"

［2］《本草》——即《神农本草经》，因书中所记各药以草类为多，故称《本草》。原书已佚，后有历代人士修订增补。明代李时珍博采诸家之说，删繁补缺，勘订讹误，著《本草纲目》五十二卷。

2. 蕈

原文

求至鲜至美之物，于笋之外，其惟蕈乎？蕈之为物也，无根无蒂，忽然而生，盖山川草木之气结而成形者也，然有形而无体。凡物有体者必有渣滓，既无渣滓，是无体也。无体之物，犹未离乎气也。食此物者。犹吸山川草木之气。未有无益于人者也。其有毒而能杀人者，《本草》云以蛇虫行之故。予曰不然，蕈大几何，蛇虫能行其上？况又极弱极脆而不能载乎？盖地之下有蛇虫，蕈生其上，适为毒气所钟。故能害人。毒气所钟者能害人，则为清虚之气所钟者，其能益人可知矣。世人辨之原有法，苟非有毒。食之最宜。此物素食固佳，伴以少许荤食尤佳。盖蕈之清香有限，而汁之鲜味无穷。

译文

除了竹笋以外，最鲜最美的东西，或许只有蘑菇了。蘑菇这东西，无根无蒂，凭空从地里长出来。乃是山川草木的精气结而成形的，不过它有形无体。凡是有体的东西，一定会有渣滓，既然蘑菇没有渣滓，可见它必然没有体。它虽然没有体，但也没有离开气，吃它就是吸取山川草木之气，对人是有益的。有的蘑菇有毒，能把人毒死，《本草》一书中说这是由于蛇虫在上面爬过。我说这话不对。蘑菇能有多大，蛇虫岂能在上面爬？何况它又脆又弱，怎么经受得住呢？我认为，蘑菇之所以会有毒，是因为地下有蛇虫，蘑菇生在上面，刚好中毒，所以能害人。有毒的蘑菇能害人，那么吸取了天地自然清虚之气的无毒的蘑菇，当然会对人有益了。对此，世人早有识别的方法，如果没有毒，就是最好的食品了。这东西素食当然好，伴有少量荤食更好，因为蘑菇的清香有限，而汁的鲜味儿无穷。

3. 莼

◎ 原文 ◎

　　陆之蕈，水之莼，皆清虚妙物也。予尝以二物作羹，和以蟹之黄，鱼之肋，名曰"四美羹"。座客食而甘之，曰："今而后，无下箸处矣。"

◎ 译文 ◎

　　陆地上的蘑菇，水中的莼菜，都是清虚味美的好东西。我曾经用这两样东西做羹，加上蟹黄、鱼腩，名叫"四美羹"。在座的客人吃得很甜美，说："从今以后，恐怕再也没有比这更好吃的东西了。"

4. 菜

◎ 原文 ◎

　　世人制菜之法，可称百怪千奇，自新鲜以至于腌糟酱腊，无一不曲尽奇能，务求至美；独于起根发轫之事，缺焉不讲。予甚惑之。其事维何？有八字诀云："摘之务鲜，洗之务净。"务鲜之论，已悉前篇。蔬食之最净者，曰笋、曰蕈、曰豆芽；其最秽者，则莫如家种之菜。灌肥之际，必连根带叶而浇之，随浇随摘，随摘随食，其间清浊，多有不可问者。洗菜之人，不过浸入水中，左右数漉，其事毕矣。孰知污秽之湿者可去，干者难去，日积月累之粪，岂顷刻数漉之所能尽哉？故洗菜务得其法，并须务得其人。以懒人性急之人洗菜，犹之乎弗洗也。洗菜之法，入水宜久，久则干者浸透而易去。洗叶用刷，刷则高低曲折处皆可到，始能涤尽无遗，若是则菜之本质净矣。本质净而后可加作料，可尽人工；不然，是先以污秽作调和，虽有百和之香，能敌一星之臭乎？噫！富室大家，食指繁盛者，欲保其不食污秽，难矣哉！

　　菜类甚多，其杰出者则数黄芽。此菜萃于京师，而产于安肃[1]，谓之"安肃菜"，此第一品也。每株大者可数斤，食之可忘肉味。不得已而思其次，其惟白下之水芹乎？予自移居白门，每食菜，食葡萄，辄思都门；食笋，食鸡头，辄思武陵[2]。物之美者，犹令人每食不忘，况为适馆授餐之人乎？

菜有色相最奇，而为《本草》《食物志》诸书之所不载者，则西秦所产之头发菜是也。予为秦客，传食于塞上诸侯。一日脂车将发，见炕上有物，俨然乱发一卷，谬谓婢子栉发所遗，将欲委之而去。婢子曰："不然，群公所饷之物也。"询之土人，知为头发菜。浸以滚水，拌以姜醋，其可口倍于藕丝鹿角等菜。携归饷客，无不奇之，谓珍错中所未见。此物产于河西，为值甚贱，凡适秦者，皆争购异物，因其贱也而忽之。故此物不至通都，见者绝少。由是观之，四方贱物之中，其可贵者不知凡几，焉得人人物色之？发菜之得至江南，亦千载一时之至幸也。

译文

世人做菜的方法，真可称得上是千奇百怪，从新鲜的直到腌、糟、酱、腊，没有一样不是挖空心思，尽其所能，以求尽善尽美；只是开始阶段的事却不讲究，对此我真想不通。开始时应当怎么办呢？有八个字的口诀："摘之必鲜，洗之必净。"讲究新鲜的道理，前面已经讲过了。蔬菜当中最干净的，有竹笋、蘑菇和豆芽；最脏的，要数家中种的菜了。施肥的时候，总是连根带叶一起浇，随浇随摘，随摘随吃，这期间菜的干净与否，也就难说了。洗菜的人，一般只是把菜浸在水里，左右涮几下就完事了。哪知菜上湿的脏东西容易洗掉，干的却难以除去，日积月累的粪点子，难道轻轻涮几下就能干净么？所以，洗菜必须讲究方法，而且要有适合的人。用生性懒惰的、性子急躁的人洗菜，跟不洗一个样。洗菜的方法，入水时间要长些，这样菜上干的脏东西被水浸透，就很容易洗掉。洗叶子要用刷子，这样叶子上面高高低低、弯弯曲曲的地方都可以洗到，才能彻底干净，不留脏物。这样，菜里外洁净了，然后可以加进作料，可以充分施展厨艺；否则有脏东西在上面，即使加入上百种香料，又怎能敌过一星半点儿的臭味儿？唉！有钱的大户人家吃的东西太多，要想保证不吃脏东西，确实很难啊！

菜的种类很多，最好的要数白菜。这种菜集中在京城销售，产地是安肃，人们叫它"安肃菜"。它是蔬菜中最上等的佳品。白菜每棵大的有几斤重，吃起来比肉的味道还好。白菜不容易吃到，不得已只好吃差一点儿的。比白菜稍差的，恐怕要数南京的水芹了。我移居南京以后，每到吃菜、吃葡萄的时候，就怀念京城；每到吃竹笋、芡实的时候，就怀念武陵。好吃的东西尚且使人念念不忘，何况是那些殷勤款待过我的人呢？

蔬菜当中长得最为奇特，而《本草》《食物志》等书中却没有记载的，就是陕西所产的"头发菜"了。我在陕西作客，接受当地官员的宴请。一天，我刚要乘车出发，发现炕上有一卷像乱发一样的东西,误以为是丫鬟梳头掉下来的。正要把它扔掉,丫鬟说:"别扔,这是各位大人送的礼物。"向当地人询问,才知道这是"头发菜"。用开水浸泡,然后拌上姜和醋,吃起来比藕丝、鹿角等菜加倍地可口。我把它带回来请客人品尝,客人没有不称奇的,说是山珍海味也赶不上它。这东西产在河西,价钱非常便宜。到陕西去的人都争着抢着买别的新鲜东西,却因为这东西价钱便宜而把它忽略了。正因为如此,这种东西到不了大都市,很少有人见到。由此看来,各地的便宜货当中,好东西还不知道有多少,关键是靠人们去发现。头发菜能够来到江南之地,也算得上是千载难逢的一大幸事啊!

注释

[1]安肃——今河北省保定市徐水区。

[2]武陵——即今湖南省常德市。

5. 瓜、茄、瓠、芋、山药

原文

瓜茄瓠芋诸物,菜之结而为实者也。实则不止当菜,兼作饭矣。增一篑菜,可省数合[1]粮者,诸物是也。一事两用,何俭如之?贫家购此,同于籴粟。但食之各有其法,煮冬瓜丝瓜忌太生,煮王瓜甜瓜忌太熟,煮茄瓠利用酱醋,而不宜于盐,煮芋不可无物伴之,盖芋之本身无味,借他物以成其味者也。山药则孤行并用,无所不宜,并油盐酱醋不设,亦能自呈其美,乃蔬食中之通材也。

译文

瓜、茄、瓠、芋这些东西,是蔬菜中结有果实的一类。有果实,就不仅可以当菜吃,也可以当粮食了。增加一篮子菜,可以省下几合的粮食的,就是这些东西了。一物二用,还有什么比这更节俭的呢?穷人家买它就像买粮一样。但是这些东西各有各的吃法:煮冬瓜、丝瓜不能太生,煮黄瓜、甜瓜不能太熟;煮茄子、瓠瓜应当用酱醋而不应当用盐;煮芋头必须加上别的东西,因为芋头本身没有味儿,要借别的东西来出味儿;山药可以单吃,配上别的东西也行,即便油盐酱醋都不用,本身的味道也很美,它是蔬菜中的全材。

> 注释

[1]合——古代计量单位，十合为一升。

6. 葱、蒜、韭

> 原文

葱、蒜、韭三物，菜味之至重者也。菜能芬人齿颊者，香椿头是也。菜能秽人齿颊及肠胃者，葱、蒜、韭是也。椿头明知其香，而食者颇少；葱蒜韭尽识其臭，而嗜之者众，其故何欤？以椿头之味，虽香而淡，不若葱蒜韭之气甚而浓。浓则为时所争尚，甘受其秽而不辞；淡则为世所共遗，自荐其香而弗受。吾于饮食一道，悟善身处世之难，一生绝三物不食，亦未尝多食香椿，殆所谓"夷惠之间"者乎？[1]

予待三物有差，蒜则永禁弗食；葱虽弗食，然亦听作调和；韭则禁其终而不禁其始，芽之初发，非特不臭，且具清香，是其孩提之心之未变也。

> 译文

葱、蒜、韭菜这三样东西，是蔬菜当中味道最重的。能使入口齿芳香的是香椿芽，能使人嘴巴和肠胃都带着难闻的气味的是葱、蒜和韭菜。人都知道香椿芽的香，但吃它的不多；都知道葱、蒜和韭菜的臭，爱吃的人却不少。这是为什么呢？因为香椿芽的味道虽然很香却比较淡，不像葱、蒜、韭菜那样味道很浓。浓烈的东西被人争相崇尚，甘愿忍受它的秽气；清淡的东西却被人看不起，把香味送上门来人们都不肯接受。我从饮食方面，悟出了为人处世的艰难。我一生不吃葱、蒜和韭菜，也没有多吃香椿，大概可以称得上一个不偏不倚的人了吧？

我对这三样东西也是有差别的。蒜是绝对不吃的；葱虽然也不吃，但是可以用作调味品；韭菜吃嫩的不吃老的，初发的韭菜不但不臭，而且有一股清香味儿，就像一个还没有泯灭天真的孩童。

> 注释

[1]夷惠之间——处于伯夷、柳下惠之间。伯夷：商周时人，耻食周粟。柳下惠：春秋时鲁国大夫，美女坐怀而不乱。

7. 萝卜

◈ 原文 ◈

生萝卜切丝作小菜，拌以醋及他物，用之下粥最宜；但恨其食后打嗳，嗳必秽气。予尝受此厄于人，知人之厌我亦若是也，故亦欲绝而弗食。然见此物大异葱蒜，生则臭，熟则不臭，是与初见似小人而卒为君子者等也，虽有微过，亦当恕之，仍食勿禁。

◈ 译文 ◈

生萝卜切丝作小菜，拌上醋以及别的东西，用来下粥最合适。可恨的是吃了萝卜要打嗝，打嗝时气味肯定很难闻。我曾经受过别人吃萝卜打嗝的秽气，知道别人也会讨厌我打嗝，所以打算不再吃它了。但是萝卜跟葱、蒜大不相同，萝卜生吃会有臭味儿，煮熟了吃就不会有臭味儿了，就像有的人，初见面像是小人，后来才知道是君子。萝卜虽有小小的缺点，还是应当原谅，照吃不误。

8. 芥辣汁

◈ 原文 ◈

菜有具姜、桂之性者乎？曰：有，辣芥是也。制辣汁之芥子，陈者绝佳，所谓愈老愈辣是也。以此拌物，无物不佳。食之者如遇正人，如闻谠论，困者为之起倦，闷者以之豁襟，食中之爽味也。予每食必备，窃比于夫子之不撤姜云。

◈ 译文 ◈

蔬菜当中有具备姜、桂性能的吗？有，那就是芥辣汁。制作辣汁的芥籽，存放的时间越久越好，就像人们常说的越老越辣。用它来拌东西，所有的东西都会变得好吃。吃的人就像遇到了正直的人，听到了正直的高论，困倦的时候会兴奋起来，烦闷的时候会心胸开阔，是食物当中一种令人痛快的东西。我每次吃饭的时候都要用它，私下里把它比做孔子每餐不离的姜。

二、谷食

小 引

原文

食之养人,全赖五谷。使天止生五谷而不产他物,则人身之肥而寿也,较此必有过焉,保无疾病相煎,寿夭不齐之患矣。试观鸟之啄粟,鱼之饮水,皆止靠一物为生;未闻于一物之外,又有为之肴馔酒浆,诸饮杂食者也。乃禽鱼之死,皆死于人,未闻有疾病而死,及天年自尽而死者。是止食一物,乃长生久视之道也。人则不幸而为精腆所误,多食一物,多受一物之损伤;少静一时,少安一时之淡泊。其疾病之生,死亡之速,皆饮食太繁,嗜欲过度之所致也。此非人之自误,天误之耳。天地生物之初,亦不料其如是,原欲利人口腹,孰意利之反以害之哉?然则人欲自爱其生者,即不能止食一物,亦当稍存其意,而以一物为君。使酒肉虽多,不胜食气,即使为害,当亦不甚烈耳。

译文

食物养人,全靠五谷。如果自然界只生五谷而不产别的食物,那么人身体的肥壮和寿命之长,一定超过现在;而且一定不会有疾病煎熬以及寿夭不齐的忧患。试看鸟吃粟,鱼饮水,都是靠一种食物为生,没听说在一种食物之外,还有什么佳肴美酒,吃喝如此之杂的。禽鸟和鱼类的死,都是死在人的手里,没听说有病死和享尽天年而死的。由此可见,只吃一种食物,乃是长生之道。人的不幸就在于吃太精美太丰盛的食物,多吃一种东西就多受一种东西的损害,少安静一时就少了一时的淡泊。人们生病、早死,都是吃得太多、嗜欲过度造成的。这不是人的过错,而是老天爷的过错。当初老天爷把这些东西造出来,也没有预料到会是这样的结果。本来是想对人嘴巴肚子有益,谁想到反而成了祸害呢?如此说来,人要是爱惜自己的生命,即便是做不到只吃一种东西,也应当领会这个精神,以吃一样东西为主。酒肉虽多,但是不吃得太多,不让它超过饭量,这样即便有害,也不至于太严重。

1. 饭粥

◈ 原文 ◈

粥饭二物，为家常日用之需，其中机彀，无人不晓，焉用越俎者强为致词？然有吃紧二语，巧妇知之而不能言者，不妨代为喝破，使姑传之媳，母传之女，以两言代千百言，亦简便利人之事也。先就粗者言之：饭之大病，在内生外熟，非烂即焦。粥之大病，在上清下淀，如糊如膏。此火候不均之故，惟最拙最笨者有之；稍能炊爨者，必无是事。然亦有刚柔合道，燥湿得宜，而令人咀之嚼之，有粥饭之美形，无饮食之至味者。其病何在？曰：挹水无度，增减不常之为害也。其吃紧二语，则曰："粥水忌增，饭水忌减。"米用几何，则水用几何，宜有一定之度数。如医人用药，水一钟，或钟半，煎至七分，或八分，皆有定数，若以意为增减，则非药味不出，即药性不存，而服之无效矣。不善执爨者，用水不均，煮粥常患其少，煮饭常苦其多；多则逼而去之，少则增而入之。不知米之精液，全在于水，逼去饭汤者，非去饭汤，去饭之精液也。精液去则饭为渣滓，食之尚有味乎？粥之既熟，水米成交，犹米之酿而为酒矣；虑其太厚而入之以水，非入水于粥，犹入水于酒也。水入而酒成糟粕，其味尚可咀乎？故善主中馈者，挹水时必限以数，使其勺不能增；滴无可减，再加以火候调匀，则其为粥为饭，不求异而异乎人矣。

宴客者有时用饭，必较家常所食者为稍精。精用何法？曰：使之有香而已矣。予尝授意小妇，预设花露一盏，俟饭之初熟而浇之。浇过稍闭，拌匀而后入碗，食者归功于谷米，诧为异种而讯之，不知其为寻常五谷也。此法秘之已久，今始告人。行此法者，不必满釜浇遍，遍则费露甚多，而此法不行于世矣。止以一盏浇一隅，足供佳客所需而止，露以蔷薇、香橼、桂花三种为上，勿用玫瑰，以玫瑰之香，食者易辨，知非谷性所有。蔷薇、香橼、桂花三种，与谷性之香者相若，使人难辨，故用之。

◈ 译文 ◈

粥和饭是人们家常日用的东西，做饭的原理无人不晓，还用得着我越俎代庖，多嘴多舌吗？但是有要紧的两句话，巧媳妇懂得，但却说不出来，我不妨替她们说破，让婆婆传给媳妇，母亲传给闺女，用两句话代替千言万语，也算得上是一件简便利人的好事。先从粗略的地方说起：做饭最大的毛病，在于里生外熟，不是烂就是糊；煮粥最大的毛病，在于米沉在水下，上面是清汤。这是火候不均匀的缘故，只有最笨拙的人才会有这种情形，稍微能干的人烧饭一定不会这样。但是，有的粥、饭软硬合适，干湿得当，看上去是粥是饭，但是吃起来却没有粥饭的味道。毛病出在哪里呢？在于没有节制地用太多的水，不能根据具体情况适当地增减。要紧的两句话是："煮粥不可用水过多，烧饭不可用水太少。"用多少米，就用多少水，应当有一定的比例。这就像医生煎药，水一盅或一盅半，煎到七分或者八分，都是有定数的；如果随意增减，不是药味儿出不来，就是药性没有了，吃下去就没有效果了。不擅长做饭的人，用水不均匀，煮粥常嫌水少，煮饭又苦水多。水多了就澄出去一些，水少了就添进来一些，殊不知米的精华全在米汤当中，把米汤澄出去，去掉的不是米汤，而是饭的精华。精华没有了，饭就成了渣滓，吃起来怎么会有味道？粥煮熟以后，水和米已经交融在一起了，如同把米酿成了酒。如果担心它太稠，把水加进去，那就不是把水加到粥里，而是如同把水掺进酒里。酒里掺入了水，酒就变成了糟粕，那味道还能喝吗？所以擅长做饭的人，用水一定要掌握分寸，使它一勺不能增，一滴不能减，再把火候调整均匀，那么煮出来的粥和饭，自然跟别人煮出来的大不一样了。

招待客人有时用饭，一定要做得比家常吃的饭精些。怎样才能精呢？只要使它有香味儿就行了。我曾经给媳妇出主意，事先准备一盏花露，在饭刚刚煮熟的时候浇上去，浇过以后可以盖上盖子稍稍闷一下，拌匀之后再盛到碗里，吃饭的人认为是米好，觉得奇怪都来询问是怎么回事，却不知道这竟是寻常的米。这方法我已隐藏了好久，秘而不宣，今天才把它告诉大家。采用这个方法，不必满锅都浇遍，那样费的花露太多，这方法也就不能普及了。只要用一盏，浇在一个角落，够客人吃的就行了。花露以蔷薇、香橼、桂花做得最好，不要用玫瑰，因为玫瑰的香味儿容易识别。那就会让人知道这香味儿不是从米来的了。蔷薇、香橼、桂花这三种花，跟稻米的香气差不多，使人难以识别，所以用它们。

2. 汤

◈ 原文 ◈

汤即羹之别名也，羹之为名，雅而近古。不曰羹而曰汤者，虑人古雅其名，而即郑重其实。似专为宴客而设者。然不知羹之为物，与饭相俱者也，有饭即应有羹，无羹则饭不能下。设羹以下饭，乃图省俭之法，非尚奢靡之法也，古人饮酒，即有下酒之物；食饭，即有下饭之物。世俗改下饭为"厦饭"，谬矣。前人以读史为下酒物，岂下酒之"下"，亦从"厦"乎？"下饭"二字，人谓指肴馔而言，予曰：不然。肴馔乃滞饭之具，非下饭之具也。食饭之人，见美馔在前，匕箸迟疑而不下，非滞饭之具而何？饭犹舟也，羹犹水也；舟之在滩，非水不下，与饭之在喉非汤不下，其势一也。且养生之法，食贵能消。饭得羹而即消，其理易见。故善养生者，吃饭不可无羹；善作家者，吃饭亦不可无羹。宴客而为省馔计者，不可无羹，即宴客而欲其果腹始去，一馔不留者，亦不可无羹。何也？羹能下饭，亦能下馔故也。近来吴越张筵，每馔必注以汤，大得此法。吾谓家常自膳，亦莫妙于此，宁可食无馔，不可饭无汤。有汤下饭，即小菜不设，亦可使哺啜如流，无汤下饭，即美味盈前，亦有时食不下咽。予以一赤贫之士，而养半百口之家，有饥时而无馑日者，遵是道也。

译文

"汤"是"羹"的别名，"羹"这个名字很雅致，很有古风。人们之所以把它叫作"汤"而不叫作"羹"，是担心人们认为"羹"这个名字很古雅，因而把它看得很郑重，似乎是专门为宴请宾客而设的。哪知汤这东西，是和米饭相搭配的，有米饭就应当有汤，没有汤就吃不下饭。做汤下饭，本来是希图节俭的方法，而不是崇尚奢侈的方法。古人喝酒有下酒的东西。吃饭有下饭的东西。世人把"下饭"两个字改成了"厦饭"，错了。前人一边阅读史书一边喝酒，把读史书当成下酒物。难道"下酒"的"下"，也跟"厦"的意思相同么？"下饭"两个字，有人认为指的是菜肴，我说不是。菜肴只能让人把饭剩下，不是能下饭的东西。吃饭的人见了眼前精美的菜肴，匙筷迟疑不下，不就把饭剩下了吗？饭就像是船，汤就像是水；船在滩上，没有水就下不去。这跟饭到喉咙，没有汤就下不去，道理是一样的。而且养生之道，吃了东西贵在能够消化。米饭遇到汤就容易消化，这个道理很明显。所以，善于养生的人，吃饭不能没有汤；会持家的人，吃饭也不能没有汤；即便是宴请客人，要想让人吃得饱，别把饭菜剩下，也不能没有汤。这是为什么呢？这是因为汤能下饭，也能下菜。近来吴、越等地摆宴席，每顿饭都要有汤，大得此法的精髓。我认为平常自家吃饭，最好也是这样。吃饭宁可没有菜，也不能没有汤。有汤下饭，即使一样小菜也不设，也能吃得酣畅淋漓；没有汤下饭，即使眼前摆满了美味佳肴，有时也咽不下去。我这个穷光蛋，要养活一家五十口人，虽然有时免不了挨饿，但总不至于闹饥荒，靠的就是这一方法。

3. 糕饼

原文

谷食之有糕饼，犹肉食之有脯脍。《鲁论》云："食不厌精，脍不厌细。"制糕饼者，于此二句，当兼而有之。食之精者，米麦是也，脍之细者，粉面是也。精细兼长，始可论及工拙。求工之法，坊刻所载甚详。予使拾而言之，以作制饼制糕之印板，则观者必大笑曰："笠翁不拾唾余，今于饮食之中，现增一副依样葫芦矣。"冯妇下车[1]，请戒其始。只用二语括之，曰："糕贵乎松，饼利于薄。"

译文

谷食当中有糕、饼，就像肉食当中有肉脯、肉片一样。《论语》中说："食不厌精，脍不厌细。"制作糕、饼的人，应当把这两句话兼而用之。食物当中最精的，就是稻米和麦子；加工得最细的，就是粉和面。只有做到了又精又细，才能说得上好吃不好吃。把糕、饼做得好吃的方法，书本上已经记载得很详细了，如果我把书本里的话拣来说，向人介绍如何制作糕、饼，读者一定大笑说："李笠翁自称不拾人牙慧，如今在饮食方面，却照葫芦画瓢了。"说到这里也就适可而止吧，只用两句话来概括，叫作："糕是松软的好，饼是薄的好。"

注释

［1］冯妇下车——语出《孟子·尽心》："晋人有冯妇者，善搏虎，卒为善士；则之野，有众逐虎，虎负嵎，莫之敢撄；望见冯妇，趋而迎之。冯妇攘臂下车，众皆悦之，其为士者笑之。"此成语笑人不知适可而止，又重操旧业。

4. 面

原文

南人饭米，北人饭面，常也。《本草》云："米能养脾，麦能补心。"各有所裨于人者也。然使竟日穷年，止食一物，亦何其胶柱口腹，而不肯兼爱心脾乎？予南人而北相，性之刚直似之，食之强横亦似之。一日三餐，二米一面，是酌南北之中，而善处心脾之道也。但其食面之法，小异于北，而且大异于南。北人食面多作饼，予喜条分而缕晰之，南人之所谓切面是也。南人食切面，其油盐酱醋等作料，皆下于面汤之中，汤有味而面无味。是人之所重者，不在面而在汤，与未尝食面等也。予则不然，以调和诸物，尽归于面，面具五味而汤独清。如此方是食面，非饮汤也。所制面有二种，一曰"五香面"，一曰"八珍面"。五香膳己，八珍饷客，略分丰俭于其间。五香者何？酱也，醋也，椒末也，芝麻屑也，焯笋或煮蕈煮虾之鲜汁也。先以椒末芝麻屑二物，拌入面中，后以酱醋及鲜汁三物，和为一处，即充拌面之水，勿再用水。拌宜极匀，擀宜极薄，切宜极细，然后以滚水下之，则精粹之物尽在面中，尽勾咀嚼，不似寻常吃面者，面则直吞下肚，而止咀咂其汤也。八珍者何？鸡、鱼、虾三物之肉，晒使极干，与鲜笋、香蕈、芝麻、花椒四物，共成极细之末，和入面中，与鲜汁共为八种。酱醋亦用而不列数内者，以家常日用之物，不得名之以珍也。鸡鱼之肉，务取极精；稍带肥腻者弗用，以面性见油即散，擀不成片，切不成丝故也。但观制饼饵者，欲其松而不实，即拌以油，则面之为性可知已。鲜汁不用煮肉之汤，而用笋蕈虾汁者，亦以忌油故耳。所用之肉，鸡鱼虾三者之中，惟虾最便，屑米为面，势如反掌，多存其末，以备不时之需，即膳己之五香，亦未尝不可六也。拌面之汁，加鸡蛋青一二盏更宜，此物不列于前而附于后者，以世人知用者多，列之又同剿袭耳。

译文

南方人吃米饭，北方人吃面食，一般如此。《本草》一书中说："米能养脾，麦能补心。"米、面对人各有好处。但是如果一年到头儿只吃一样，既亏待了嘴巴肚子，又不爱惜自己的心、脾，这怎么行呢？我生在南方，但是却很像北方人，性格刚直跟北方人相似，饮食的强横也跟北方人相似。一天三顿饭，两顿吃米一顿吃面，这是南北调和，善待心脾的方法。但是我吃面的方法，跟北方人稍稍有些不同，同时跟南方人的吃法又有很大区别。北方人吃面食，大多做成饼，我喜欢做成面条，也就是南方人所说的"切面"。南方人吃切面，把油盐酱醋等作料，统统下到面汤里，面汤有味儿面却没味儿，人们重视的不是面而是汤，这跟没吃面差不多。我却不这样，而是把各种调味的作料都放到面里，面条味道俱全而汤是清的。这样才是吃面，而不是喝汤。我制作的面有两种：一种叫作"五香面"，一种叫作"八珍面"，"五香面"自己吃，"八珍面"用来招待客人。这当中略有丰俭的区别。所谓"五香"指的是哪五香呢？就是酱、醋、椒末、碎芝麻、煮笋或者煮蘑菇或者煮虾的鲜汁。先把椒末、碎芝麻拌进面里，然后把酱、醋以及鲜汁和在一起，用它作和面的水，不再用别的水。和面要和得极匀，擀面要擀得极薄，切面要切得极细，然后用开水下面。这样，精华都在面里，耐人咀嚼，不像寻常人们吃面那样，把面直吞到肚子里，什么味道也吃不出来，只是汤里有味儿。所谓"八珍"指的是哪八珍呢？就是鸡肉、鱼肉、虾肉，晒得极干，跟鲜笋、香菇、芝麻、花椒四种东西，一块儿研成细末，和进面里，再加上鲜汁，一共是八种。酱、醋也用，但是并不算数，因为酱、醋是家常日用的东西，算不上什么珍奇。鸡、鱼的肉，一定要取其精瘦的，稍带肥腻的就不能用，因为面的习性遇到油就散，散了就擀不成片，切不成丝。只要看一看烙饼的人，要想使饼松软不实，就往面里倒油，就可以知道面的习性。鲜汁不用煮肉的汤，而用煮竹笋煮香菇煮虾的汤，也是为了忌油。所用的肉，鸡、鱼、虾三样当中，虾最方便，很容易擀成末，多保存一些虾末，以备不时之需；即便是自己吃的五香面，也未尝不可增加一味，变成六香。和面用的汁，加进一两个鸡蛋清更好。这种方法前面没讲而附在后面说，是因为世人大多知道，列在前面又跟抄袭一样了。

5. 粉

原文

粉之名目甚多，其常有而适于用者，则惟藕、葛、蕨、绿豆四种。藕、葛二物，不用下锅，调以滚水，即能变生成熟。昔人云："有仓卒客，无仓卒主人。"欲为仓卒主人，则请多储二物。且卒急救饥，亦莫善于此。驾舟车，行远路者，此是糇粮中首善之物。粉食之耐咀嚼者，蕨为上，绿豆次之。欲绿豆粉之耐嚼，当稍以蕨粉和之。凡物入口，而不能即下，不即下而又使人咀之有味，嚼之无声者，斯为妙品。吾遍索饮食中，惟得此二物，绿豆粉为汤，蕨粉为下汤之饭，可称"二耐"，齿牙遇此，殆亦所谓劳而不怨者哉！

译文

粉的名目很多，经常可以见到而又适用的，只有藕粉、葛粉、蕨粉和绿豆粉四种。藕粉和葛粉不用下锅煮，用开水烫一烫拌一拌就熟了。从前人说："有仓促的客人，没有仓促的主人。"如果主人办事仓促，就请多准备这两样东西，而且一时有急事，饿了可以用来垫垫肚子，没有比它更合适的了。出门在外，乘车坐船走远路的，所带干粮以它最好。粉食当中耐咀嚼的，蕨粉第一，绿豆粉第二。要想让绿豆粉耐嚼，应当稍微掺进一些蕨粉。食物当中凡是吃到嘴里不能立即下咽，而又能使人吃起来有味儿，嚼起来没声的，才是妙品。我在各种食物当中找遍了，只发现这两种东西。把它们放在一块儿吃，绿豆粉做成汤，蕨粉当作饭，这样搭配再合适不过了，牙齿遇到它们，也可以说是劳而无怨的了。

三、肉食

小 引

原文

"肉食者鄙"[1]，非鄙其食肉，鄙其不善谋也。食肉之人之不善谋者，以肥腻之精液，结而为脂，蔽障胸臆，犹之茅塞其心，使之不复有窍也。此非予之臆说，夫有所验之矣。诸兽食草木杂物，皆狡猾而有智。虎独食人，不得人则食诸兽之肉，是匪肉不食者，虎也。虎者，兽之至愚者也。何以知之？考诸群书则信矣。虎不食小儿，非不食也，以其痴不惧虎，谬谓勇士而避之也。虎不食醉人，非不食也，因其醉势猖獗，目为劲敌而防之也。虎不行曲路，人遇之者，引至曲路即得脱，其不行曲路者，非若澹台灭明[2]之行不由径，以颈直不能回顾也。使知曲路必脱，先于周行食之矣。《虎苑》云："虎之能搏狗者，牙爪也。使失其牙爪，则反伏于狗矣。"迹是观之，其能降人降物而藉之为粮者，则专恃威猛，威猛之外，一无他能。世所谓"有勇无谋"者，虎是也。予究其所以然之故，则以舍肉之外，不食他物，脂腻填胸不能生智故也。然则"肉食者鄙，未能远谋"。其说不既有征乎？吾今虽为肉食作俑，然望天下之人，多食不如少食。无虎之威猛而益其愚，与有虎之威猛，而自昏其智，均非养生善后之道也。

译文

古人说："肉食者鄙。"他的鄙并不是鄙在吃肉，而是鄙在不善智谋。吃肉的人之所以不善于智谋，是因为肉这东西太肥腻了，油脂凝聚起来，堵塞了心胸；堵塞了心胸，就像心被茅草塞住，使它不开窍了。这不是我在瞎说，而是经过了验证的。许多以草木杂物为食的野兽，都狡猾多端。老虎吃人，吃不到人就吃各种野兽的肉，真是非肉不食。然而老虎在兽类当中是最愚蠢的。怎么知道老虎是野兽中最愚蠢的呢？只要看一看各种书籍就相信了。书上说老虎不吃小孩儿，并不是真的不吃小孩儿，只是小孩儿傻得不知道害怕老虎，老虎还以为他是勇士，所以逃避他。书上说老虎不吃醉酒的人，并不是真的不吃醉酒的人，而是因为醉酒的人的样子看上去疯疯癫癫、肆无忌惮，老虎把他当成了强劲的敌人，所以提防他。书上说老虎不走弯路，人遇到老虎，把它引到弯路上，就能逃脱。老虎不走弯路，并不是像澹台灭明那样不走近道，而是因为它的脖子直不能回头。如果老虎知道人到了弯路上就会逃脱，先在大路上就把人吃掉了。《虎苑》上说："老虎之所以斗得过狗，全在于它有牙和爪子；如果老虎没有牙和爪子，就会反过来被狗制伏。"由此看来，老虎之所以能够降服人、降服动物，以人和动物为食，靠的只是威猛，除了威猛以外，就没有别的能耐了。世人常说"有勇无谋"，老虎就是有勇无谋的家伙。我探究其中的原因，发现老虎之所以会这样，就在于它除了吃肉以外，不吃别的，油腻堵塞了心胸，使它不能生出智慧。由此可见，"肉食者鄙，未能远谋"的说法不是已经得到验证了吗？我如今虽然探讨肉食，但还是希望人们多吃不如少吃。没有老虎的威猛而比老虎还愚蠢，跟有了老虎的威猛而自己闭塞了智慧，都不是养生善后之道。

◈ 注释 ◈

［1］"肉食者鄙"——语出《左传·庄公十年》"肉食者鄙，未能远谋。"

［2］澹台灭明——孔子的学生，走路不抄小道，事见《史记·仲尼弟子列传》。

1. 猪

◈ 原文 ◈

食以人传者，东坡肉是也[1]。卒急听之，似非豕之肉，而为东坡之肉矣。噫！东坡何罪？而割其肉以实千古馋人之腹哉？甚矣。名士不可为；而名士游戏之小术，尤不可不慎也。至数百载而下，糕布等物，又以眉公得名，取"眉公糕""眉公布"之名，以较"东坡肉"三字，似觉彼善于此矣，而其最不幸者，则有溷厕中之一物，俗人呼为"眉公马桶"。噫！马桶何物，而可冠以雅人高士之名乎？予非不知肉味，而于豕之一物,不敢浪措一词者,虑为东坡之续也。即溷厕中之一物,予未尝不新其制,但蓄之家而不敢取以示人,尤不敢笔之于书者,亦虑为眉公之续也。

译文

食物因人而传名的,"东坡肉"便是。乍一听起来,好像不是猪的肉,而是苏东坡的肉了。苏东坡有什么罪?而要割他的肉来填塞千百年来吃货们的肚皮呢?真是太过分了!名士不可做,搞些名士游戏的小把戏,尤其不能不慎重。几百年来,糕点和布等东西,又因眉公而得名,取名"眉公糕""眉公布",这比起"东坡肉"三个字,似乎还好听一些。最不幸的是,厕所里有一样东西,竟然被人称做"眉公马桶"。嗨!马桶是什么东西?怎么可以冠以雅人高士的名字呢?我不是不知道肉味儿,但是对猪却不敢随便说三道四,是怕成为第二个苏东坡。即便是厕所里那玩意儿,我也未尝没有搞些新花样,但只藏在家里,不敢给别人看,更不敢写进书里,也是怕成为第二个眉公。

注释

[1]东坡肉——宋代周紫芝《竹坡诗话》记载:苏轼在黄州时,戏作《食猪肉》一诗:"黄州好猪肉,价钱如粪土。富者不肯吃,贫者不解煮。慢着火,少着水,火候足时它自美。每日起来打一碗,饱得自家君莫管。"后有"东坡肉"一菜。

2. 羊

原文

物之折耗最重者,羊肉是也。谚有之曰:"羊几贯,帐难算,生折对半熟对半,百斤止剩念余斤,缩到后来只一段。"大率羊肉百斤,宰而割之,止得五十斤。追烹而熟之,又止得二十五斤。此一定不易之数也。但生羊易消,人则知之;熟羊易长,人则未之知也。羊肉之为物最能饱人,初食不饱,食后渐觉其饱,此易长之验也。凡行远路,及出门作事,卒急不能得食者,啖此最宜。秦之西鄙,产羊极繁,土人日食止一餐,其能不枵腹者,羊之力也。《本草》载羊肉比人参黄芪,参芪补气,羊肉补形。予谓补人者羊,害人者亦羊。凡食羊肉者,当留腹中余地,以俟其长,倘初食不节而果其腹,饭后必有胀而欲裂之形,伤脾坏腹,皆由于此,葆生者不可不知。

译文

食物当中折耗最多的就是羊肉。谚语说:"羊几贯,帐难算,生折对半熟对半,百斤只剩廿余斤,缩到后来只一段。"大致说来,一百斤重的羊,宰杀以后只能割下五十斤肉,做熟以后,又只能剩下二十五斤,这是一定不变的数字。不过生羊肉容易损耗,人们都知道;而熟羊肉容易膨胀,人们就不知道了。羊肉这东西最能饱人,刚吃的时候不觉得饱,吃过以后渐渐会觉得饱起来,这就证明了羊肉容易膨胀。凡是走远路和外出办事,一时仓促吃不上饭的,吃羊肉最合适。陕西西部产羊极多,当地人一天只吃一顿饭而不会饿肚子,靠的就是羊肉。《本草》一书中记载,羊肉和人参、黄芪并用,人参、黄芪补气,羊肉补体。在我看来,羊肉能滋补人,也能害人。凡是吃羊肉的,不能吃得太饱,应当让肚子留有余地,等羊肉膨胀。如果开始的时候不加节制,吃得饱饱的,饭后一定会有肚子膨胀欲裂的感觉,伤脾坏腹的事儿都是这样发生的,讲究养生的人不能不懂得这一点。

3. 牛、犬

原文

猪羊之后,当及牛犬,以二物有功于世,方劝人戒之之不暇,尚忍为制酷刑乎?略此二物,遂及家禽,是亦以羊易牛之遗意也[1]。

译文

猪羊之后,应该讲到牛和狗了。牛和狗对人来说是有功之臣,劝人不杀还来不及,怎么忍心给它们制造酷刑呢?所以略而不谈,接下去讲家禽,这也是古人以羊易牛的遗意。

注释

[1] 以羊易牛——语出《孟子·梁惠王》,孟子与梁惠王探讨仁道,孟子回忆一件往事,说梁惠王有一天坐在堂上,见有人牵着一头牛去宰杀,王命人把牛放了,用羊替换。孟子说:君子对于禽兽,见其生就不忍见其死,闻其声则不忍食其肉。因为梁惠王看到了牛的恐惧而没有看见羊的恐惧,所以用羊换牛,还是出于仁者之心的。

4. 鸡

◎ 原文 ◎

鸡亦有功之物,而不讳其死者,以功较牛犬为稍杀。天之晓也,报亦明,不报亦明,不似畎亩盗贼,非牛不耕,非犬之吠则不觉也。然较鹅鸭二物,则淮阴羞伍绛灌矣[1]。烹饪之刑,似宜稍宽于鹅鸭。卵之有雄者弗食,重不至斤外者弗食,即不能寿之,亦不当过夭之耳。

◎ 译文 ◎

鸡也有功劳,之所以人们不把它当一回事,不避讳杀鸡,是因为他的功劳比牛和狗小一些。鸡能报晓,可是不管鸡打鸣不打鸣,天总是要亮的;但是如果没有牛,土地就没法耕种,没有狗叫,来了盗贼就没法察觉。然而鸡跟鹅、鸭比起来,毕竟要强得多,就像韩信羞于跟周勃、灌婴为伍。鸡所遭受的烹饪之刑,似乎要比鹅、鸭稍微轻一些。能孵出小鸡的蛋不要吃,不超过一斤重的鸡也不要吃;即便不能让它长寿,也不应该让它过早夭亡。

◎ 注释 ◎

[1]淮阴羞伍绛灌——淮阴:指韩信,秦末淮阴人。初从项羽,后归刘邦,拜为大将。后立大功,被封为淮阴侯。绛:指周勃;汉代沛县人,跟随刘邦起义,为将军,封绛侯。灌:指灌婴,秦末睢阳人,跟随刘邦起义,屡立战功,封颍阴侯。因周、灌二人能武而不能文,故韩信羞与为伍。

5. 鹅

◎ 原文 ◎

鹅鸭之肉无他长,取其肥且甘而已矣。肥始能甘,不肥则同于嚼蜡。鹅以固始为最,讯其土人,则曰:"豢之之物,亦同于人,食人之食,斯其肉之肥腻,亦同于人也。"犹之豕肉以金华为最,婺人豢豕,非饭即粥,故其为肉也甜而腻。然则固始之鹅,金华之豕,均非鹅豕之美,食美之也。食能美物,奚俟人言?归而求之,有余师矣。但授家人以法，彼虽饲以美食，终觉饥饱不时，不似固始金华之有节。故其为肉也，犹有一间之殊，盖终以禽兽畜之，未尝稍同于人耳。"继子得食，肥而不泽。"[1]其斯之谓欤。

有告予食鹅之法者，曰："昔有一人，善制鹅掌，每豢肥鹅将杀，先熬沸油一盂，投以鹅足，鹅痛欲绝则纵入池中，任其跳跃，已而复擒复纵，炮瀹如初，若是者数四，则其为掌也，丰美甘甜，厚可径寸，是食中异品也。"予曰：惨哉斯言！予不愿听之矣！物不幸而为人所畜，食人之食，死人之事，偿之以死亦足矣，奈何未死之先，又加若是之惨刑乎？二掌虽美，入口即消；其受痛楚之时，则有百倍于此者。以生物多时之痛楚，易我片刻之甘甜，忍人弗为，况稍具婆心者乎？地狱之设，正为此人，其死后炮烙之刑[2]，必有过于此者。

译文

鹅肉没有别的优点，只是又肥又香罢了。肉肥的才香，不肥吃起来味同嚼蜡。鹅以固始产的最好，当地人说："鹅吃的东西，跟人吃的一样，所以它的肉也跟人一样肥腻。"这就像猪肉是金华的最好，金华人养猪，不是喂饭就是喂粥，所以猪肉又甜又腻。如此说来，固始的鹅、金华的猪，不是它们的品种好，而是喂的东西好。吃得好就能长得好，这还用说吗？回来细细思量，其中有些做法值得学习。但是我只把方法教给了家人，家人虽然用了好饲料，可喂得饿一顿饱一顿，不像固始、金华的人们那样喂得按时按量、分配均匀，所以肉的质量还有一定的差距。因为说到底人们还是把它们当作禽兽看待，没有丝毫待人的感情。古人说："继子得食，肥而不泽。"大概说的就是这个道理吧？

有人向我介绍一种吃鹅的方法，说："从前有一个人，很会做鹅掌，每次要杀肥鹅的时候，先烧一锅油，油烧开以后把鹅脚放进去，鹅痛得要死，就把它撒到水塘里，任它跳跃。随后又抓回来烫一遍，这样来回重复几次，鹅掌肥美甘甜，有一寸厚，是食物当中的异品。"我说：这话太惨了！我不愿再听下去了！动物不幸被人蓄养，吃人施与的东西，又为人而死，用一死来报偿也足够了，为什么在没死之前，还要让它遭受这样的惨剧呢？两个鹅掌虽然好吃，吃到嘴里就没了；但是鹅为此要增加百倍的痛苦。用动物长时间的痛苦，换来人嘴巴片刻的甘甜，再残忍的人也不会这样做，何况有怜悯之心的人呢？地狱就是为这样的人准备的，他死后所受的炮烙之刑，一定比这还要残酷。

注释

[1]"继子得食，肥而不泽"——后娘养的孩子，吃的东西看上去似乎很肥，实际上没有多少油水。

[2]炮烙之刑——商纣所用的酷刑。用炭烧热铜柱，令人爬行柱上，即坠碳上烧死。《史记·殷本纪》："于是纣乃重刑辟，有炮格之法。"格：一种铜器，下设炭火，可为烧烤之用，后人作"烙"。

6. 鸭

原文

禽属之善养生者，雄鸭是也。何以知之？知之于人之好尚。诸禽尚雌，而鸭独尚雄，诸禽贵幼，而鸭独贵长。故养生家有言："烂蒸老雄鸭，功效比参芪。"使物不善养生，则精气必为雌者所夺，诸禽尚雌者，以为精气之所聚也。使物不善养生，则情窍一开，日长而日瘠矣。诸禽贵幼者，以其泄少而存多也。雄鸭能愈长愈肥，皮肉至老不变，且食之与参芪比功，则雄鸭之善于养生，不待考核而知之矣。然必俟考核，则前此未之闻也。

译文

禽类当中善于养生的是公鸭。怎么知道的？从人们的嗜好可以看出。人们在挑选各种家禽时，都爱挑母的，而鸭子却是公的好；都爱挑年幼的，而鸭子却是年长的可贵。所以养生家说："老公鸭煮得烂熟，功效比得上人参、黄芪。"如果动物不善养生，精气一定会被母的夺去，各种家禽当中以母的为贵，是因为它们身上聚积了精气。如果动物不善养生，发起情来，就会越长越瘦。各种家禽当中以年幼的为贵，是因为它们的精气泄出的还不多。公鸭越长越肥，皮肉到老不变，而且吃它跟吃人参、黄芪功效差不多，那么不用问就知道，公鸭是很善于养生的。如果非要问这一说法是从哪儿来的，那么我告诉你，这是我发明的。

7．野禽、野兽

◈ 原文 ◈

野味之逊于家味者，以其不能尽肥，家味之逊于野味者，以其不能有香也。家味之肥，肥于不自觅食，而安享其成，野味之香，香于草木为家，而行止自若。是知丰衣美食，逸处安居，肥人之事也。流水高山，奇花异木，香人之物也。肥则必供刀俎，靡有孑遗，香亦为人朵颐，然或有时而免，二者不欲其兼，舍肥从香而已矣。

野禽可以时食，野兽则偶一尝之。野禽如雉、雁、鸠、鸽、黄雀、鹌鹑之属，虽生于野若畜于家，为可取之如寄也。野兽之可得者，惟兔獐鹿熊虎诸兽，岁不数得。是野味之中，又分难易。难得者何？以其久住深山，不入人境，槛阱之人，是人往觅兽，非兽来挑人也。禽则不然，知人欲弋而往投之，以觅食也，食得而祸随之矣。是兽之死也，死于人；禽之毙也，毙于己。食野味者，当作如是观。惜禽而更当惜兽，以其取死之道为可原也。

◈ 译文 ◈

野禽野兽比不上家禽家畜的地方，是不能个个都肥；家禽家畜比不上野禽野兽的地方，是吃起来不香。家禽家畜之所以肥，是因为它们不自己找食吃，而是坐享其成；野禽野兽之所以香，是因为它们生长在自然界中，以草木为家，自由自在。由此可以明白一个道理：穿华美的衣服，吃精美的食物，过安逸舒适的生活，可以使人肥；生活在大自然之中，与高山流水、奇花异木为伴，可以使人香。肥的东西必然要被人宰杀，什么都留不下；香的东西也可能被人吃掉，但是或许有幸免于难的时候。二者不能兼有，弃肥而取香也就是了。

野禽可以按季节吃到，野兽只能偶尔尝到一次。野禽如雉、雁、鸠、鸽、黄雀、鹌鹑，虽然是野生的，如果养在家里，随时取用也就方便了。野兽容易获得的只有兔子、獐、鹿、熊、虎等野兽，一年猎不到几头。因此，各种野味当中也有难易的区别。为什么有的野兽不容易获得呢？因为它们长期待在深山里，不到人住的地方来。是人去寻觅野兽，而不是野兽自己送上门来。飞鸟不是这样，明明知道人要找它们，却自投罗网，为了找东西吃，东西吃到了跟着祸也就来了。所以说，兽类的死，死于人；禽类的死，死于己。吃野味的人应当这样看待。同情飞鸟，更应当同情走兽，因为它们的死法比较惨，所以应当对它们宽恕。

8. 鱼

原文

鱼藏水底，各自为天，自谓与世无求，可保戈矛之不及矣，乌知网罟之奏功，较弓矢置罦为更捷。无事竭泽而渔[1]，自有吞舟不漏之法。然鱼与禽兽之生死，同是一命，觉鱼之供人刀俎，似较他物为稍宜。何也？水族难竭而易繁。胎生卵生之物，少则一母数子，多亦数十子而止矣。鱼之为种也似粟，千斯仓而万斯箱，皆于一腹焉寄之。苟无沙汰之人，则此千斯仓而万斯箱者，生生不已，又变而为恒河沙数[2]，至恒河沙数之一变再变，以至千百变，竟无一物可以喻之。不几充塞江河而为陆地，舟楫之往来，能无恙乎？故渔人之取鱼虾，与樵人之伐草木，皆取所当取，伐所不得不伐者也。我辈食鱼虾之罪；较食他物为稍轻，兹为约法数章，虽难比乎祥刑，亦稍差于酷吏。

食鱼者首重在鲜，次则及肥，肥而且鲜，鱼之能事毕矣。然二美虽兼，又有所重在一者。如鲟，如鲦，如鲫，如鲤，皆以鲜胜者也，鲜宜清煮作汤；如鳊，如白，如鲥，如鲢，皆以肥胜者也，肥宜厚烹作脍。烹煮之法，全在火候得宜。先期而食者肉生，生则不松；过期而食者肉死，死则无味。迟客之家，他馔或可先设以待，鱼则必须活养，候客至旋烹。鱼之至味在鲜，而鲜之至味，又只在初熟离釜之片刻，若先烹以待，是使鱼之至美，发泄于空虚无人之境；待客至而再经火气，犹冷饭之复炊，残酒之再热，有其形而无其质矣。煮鱼之水忌多，仅足伴鱼而止。水多一口则鱼淡一分。司厨婢子，所利在汤，常有增而复增，以致鲜味减而又减者。志在厚客，不能不薄待庖人耳。更有制鱼良法，能使鲜肥迸出，不失天真，迟速咸宜，不虞火候者，则莫妙于蒸。置之镟内，入陈酒酱油各数盏，覆以瓜姜及蕈笋诸鲜物，紧火蒸之极熟。此则随时早暮，供客咸宜，以鲜味尽在鱼中，并无一物能侵，亦无一气可泄，真上着也。

译文

鱼儿藏在水底，各自为天，自己以为与世无争，可以保证不会挨刀了；哪知渔网比弓箭还厉害，用不着竭泽而渔，只需用网一抄，再大的鱼也不会漏掉。然而鱼和禽兽同样都是生命，但鱼被人宰杀，比起别的东西来，总使人觉得有些理所当然。这是为什么呢？因为水中的生物很容易繁殖，不容易灭绝。动物当中胎生、卵生的，少的一胎产几个崽儿，多的几十个，也就到头儿了。鱼的子像小米，一个肚子可以装下千千万万，如果没有人像淘沙子那样把它们赶尽杀绝的话。这千千万万个卵子又可以不断繁殖，生生不息，如同恒河沙数，接着一变再变，没有穷尽，到后来竟多得无法形容。这岂不把江河堵塞成陆地，船只还能正常往来吗？因此，渔夫打鱼捞虾，跟樵夫砍伐林木一样，都是取所当取，伐不得不伐。人类吃鱼虾的罪过，比吃别的要稍微轻一些。这里约法数章，虽然难以跟慎用刑罚的善者相比，但是毕竟跟酷吏稍有区别。

吃鱼首先讲究新鲜，其次是肥，又鲜又肥，鱼的好处就说尽了。两个优点都具备当然很好，但是每条鱼往往在其中的一个方面突出。如鲟鱼、鲚鱼、鲫鱼、鲤鱼等，都是以鲜取胜的，鲜的适宜清煮做汤；如鳊鱼、白鱼、鲥鱼、鲢鱼等，都是以肥取胜的，肥的适宜炖着吃。烹煮全在于火候适当，火候不到，鱼肉就生，生了就不好嚼；火候过了，鱼肉就老，老了就没味儿了。招待宾客的人家，别的东西有的可以预先做好，但是鱼却必须活养，等客人来了现杀现做。鱼的好味道全在于鲜，鲜又只在出锅那一片刻，如果预先做好了等客人来，鱼的鲜味儿就全没了；等客人来了再放到火上蒸一遍，就像冷饭再做，剩酒再热，看上去还是鱼，但已经没有一点鱼味儿了。煮鱼的水不能多，只要能没过鱼就行了。水多一分，鱼味儿就淡一分。掌厨的女佣，把鱼做好以后，鱼给客人吃，汤给自己喝，所以为了占些便宜，常常将水添了又添，以致鱼的鲜味儿淡了又淡。做鱼是为了款待客人的，所以不能不薄待女佣。还有一种做鱼的好方法，可以使鱼又鲜又肥，不失天然的味道，而且快慢都行，火候大小也不要紧，那就是蒸。把鱼放在盘子里，加入几盅陈酒酱油，上面撒上瓜片、姜片、香菇、笋片等鲜物，用紧火蒸得烂熟。这样做出来的鱼，可以不分早晚，随时拿来招待客人，因为鲜味儿都在鱼里面了，别的味道进不去，鱼的味道也不会跑掉，可称得上是高招。

注释

［1］竭泽而渔——排尽池水、湖水以捕鱼。《吕氏春秋·义赏》："竭泽而渔，岂不获得，而明年无鱼。"《淮南子·主术》作"不涸泽而渔"，汉刘向《说苑·权谋》作"干泽而渔"。

［2］恒河沙数——语出《金刚经·一体同观分》："是诸恒河所有沙数，多世界如是，宁为多不？"言至多不可胜数。

9. 虾

原文

笋为蔬食之必需，虾为荤食之必需，皆犹甘草之于药也。善治荤食者，以焯虾之汤，和入诸品，则物物皆鲜，亦犹笋汤之利于群蔬。笋可孤行，亦可并用，虾则不能自主，必借他物为君。若以煮熟之虾，单盛一簋，非特华筵必无是事，亦且令食者索然。惟醉者糟者，可供匕箸。是虾也者，因人成事之物，然又必不可无之物也。治国若烹小鲜[1]，此小鲜之有裨于国者。

译文

笋是蔬食当中必备的，虾是荤食当中必备的，就像甘草是药物当中不可缺少的一样。善于做荤食的人，把焯虾的汤兑入各种菜肴当中，每一样东西都鲜，就像笋汤有利于各种蔬食一样。笋可以单独做了吃，也可以跟别的东西一起做了吃；虾却不能单独做，必须配上别的东西才行。如果把煮熟的虾单盛一碗，且不说豪华的宴席上没有这样的事，而且也会让食客兴味索然。只有腌制过的虾，才能单独吃。由此看来，虾这东西，只有依赖别的东西才能成事，但是又少不了它。老子说："治大国，若烹小鲜。"可见有的事情虽小，也对国家有利。

注释

[1]治国若烹小鲜——语出《老子》："治大国，若烹小鲜。"小鲜：小鱼。

10. 鳖

原文

"新粟米炊鱼子饭，嫩芦笋煮鳖裙羹。"林居之人，述此以鸣得意，其味之鲜美可知矣。予性于水族无一不嗜，独与鳖不相能，食多则觉口燥，殊不可解。一日邻人网得巨鳖，召众食之，死者接踵，染指其汁者，亦病数月始痊。予以不喜食此，得免于召，遂得免于死。岂性之所在，即命之所在耶？予一生侥幸之事，难更仆数。乙未居武林，邻家失火，三面皆焚，而予居无恙。己卯之夏遇大盗于虎爪山，贿以重资者得免，不则立毙。予囊无一钱，自分必死，延颈受诛，而盗不杀。至于甲申乙酉之变，予虽避兵山中，然亦有时入郭。其至幸者，才徙家而家焚，甫出城而城陷，其出生于死，皆在斯须倏忽之间。噫！予何修而得此于天哉！报施无地，有强为善而已矣。

◎ 译文 ◎

"新粟米炊鱼子饭，嫩芦笋煮鳖裙羹。"山林中的隐士如此得意地叙述，那么鳖的味道如何鲜美也就可想而知了。我生性对于水生动物没有一样不嗜好，唯独跟鳖合不来，吃多了就觉得口干舌燥，这实在不可理解。一天，邻居有个人捞到一只大鳖，叫大伙儿去吃，后来中毒而死的人一个接着一个。仅仅尝了一点儿鳖汤的，也病了几个月才痊愈。我因为不爱吃这东西，所以人家没请我，这才没有被毒死。难道说性之所在，就是命之所在么？我一生中经历的侥幸的事情，更是不知道有多少。乙未年我住在杭州，邻居家失火，三面的人家都被烧毁了，而唯独我家没事儿。己卯年夏天，我在虎爪山遇上了强盗，拿出重金才能免遭于难，否则的话立即杀头。可是我身上没有一文钱，心想这回是死定了，伸着脖子等死，但是强盗却没有杀我。甲申、乙酉变乱，我虽然到山里躲避军队，但有时也进城，最幸运的是刚刚搬了家，房子就被烧了，才出城城就被攻陷了。死里逃生，都在片刻之间。唉！我有什么善行，能受到上天如此的保佑！没法报答上天对我的恩德，只好努力行善罢了。

11. 蟹

◎ 原文 ◎

予于饮食之美，无一物不能言之，且无一物不穷其想象，竭其幽渺而言之，独于蟹螯一物，心能嗜之，口能甘之，无论终身一日，皆不能忘之。至其可嗜可甘与不可忘之故，则绝口不能形容之。此一事一物也者，在我则为饮食中之痴情，在彼则为天地间之怪物矣。予嗜此一生，每岁于蟹之未出时，即储钱以待，因家人笑予以蟹为命，即自呼其钱为"买命钱"。自初出之日始，至告竣之日止，未尝虚负一夕，缺陷一时。同人知予癖蟹，招者饷者，皆于此日，予因呼九月十月为"蟹秋"。虑其易尽而难继，又命家人涤瓮酿酒，以备糟之醉之之用，糟名"蟹糟"，酒名"蟹酿"，瓮名"蟹瓮"。向有一婢，勤于事蟹，即易其名为"蟹奴"，今亡之矣。蟹乎蟹乎！汝与吾之一生，殆相终始者乎？所不能为汝生色者，未尝于有螃蟹无监州处作郡，出俸钱以供大嚼，仅以悭囊易汝，即使日购百匡，除供客外，与五十口家人分食，然则入予腹者有几何哉？蟹乎蟹乎？吾终有愧于汝矣！

蟹之为物至美，而其味坏于食之之人。以之为羹者，鲜则鲜矣，而蟹之美质何在？以之为脍者，腻则腻矣，而蟹之真味不存。更可厌者，断为两截，和以油盐豆粉而煎之，使蟹之色、蟹之香，与蟹之真味全失。此皆似嫉蟹之多味，忌蟹之美观，而多方蹂躏，使之泄气而变形者也。世间好物，利在孤行。蟹之鲜而肥，甘而腻，白似玉而黄似金，已造色香味三者之至极，更无一物可以上之。和以他味者，犹之以燃火助日，掬水益河，冀其有裨也，不亦难乎？凡食蟹者，只合全其故体，蒸而熟之，贮以冰盘，列之几上，听客自取自食，剖一筐，食一筐，断一螯，食一螯，则气与味纤毫不漏。出于蟹之躯壳者，即入于人之口腹，饮食之三昧，再有深入于此者哉？凡治他具，皆可人任其劳。我享其逸，独蟹与瓜子、菱角三种，必须自任其劳，旋剥旋食则有味，人剥而我食之，不特味同嚼蜡，且似不成其为蟹与瓜子、菱角，而别是一物者。此与好香必须自焚，好茶必须自斟，僮仆虽多，不能任其力者，同出一理。讲饮食清供之道者，皆不可不知也。

宴上客者势难全体，不得已而羹之，亦不当和以他物，惟以煮鸡鹅之汁为汤，去其油腻可也。

瓮中取醉蟹，最忌用灯，灯光一照，则满瓮俱沙，此人人知忌者也。有法处之，则可任照不忌。初醉之时，不论昼夜，俱点油灯一盏，照之入瓮，则与灯光相习，不相忌而相能，任凭照取，永无变沙之患矣。此法都门有用之者。

译文

我对于饮食的美，没有一样不能讲，而且没有一样不能发挥想象力，把各种细节讲得头头是道；唯独对于蟹螯，心里很爱吃，嘴上吃起来很香，一天也忘不了它，一辈子也忘不了它；至于说到为什么心里爱吃、嘴上吃起来很香以及不能忘记，可就绝口形容不出来了。这件事对我来说是我对食物太痴情，对它来说则是天地间的一大怪事了。我一生都对它着迷，每年都在螃蟹没上市的时候，就把钱准备好了。因为家人笑话我嗜蟹如命，所以我把买螃蟹的钱叫作"买命钱"。从螃蟹上市那天开始，直到这一季节过去，我一天一刻都不耽误，不停地吃。朋友知道我爱吃螃蟹，所以都在这个时候请吃、馈赠，于是我把九、十两个月叫作"蟹秋"。怕螃蟹吃完了接不上，又让家人洗了坛子酿上酒，用来腌螃蟹，所用的糟叫作"蟹糟"，所用的酒叫作"蟹酿"，坛子叫作"蟹奴"。从前我家有个女佣，弄起螃蟹来很勤快，我就把她的名字改成"蟹奴"，如今她已经不在了。蟹啊！蟹啊！你和我这一生，大概要相伴始终了吧？所不能为你增光的是，我没能在出产螃蟹的地方做官，拿出薪俸来供我大吃大嚼，只能用口袋里很少的几个钱来换你。即使一天买上一百筐，除了请客之外，跟一家五十口人分吃，能进我肚子的又能有多少呢？蟹啊！蟹啊！我真是对不起你啊！

螃蟹这东西非常美好，但是味道却被人破坏了。有人用它做汤，这样鲜是鲜了，而螃蟹的美质从何体现呢？有人用它来炖肉，这样腻是腻了，而螃蟹的真味儿却失去了。还有更可恶的，把螃蟹断成两截，拌上油盐豆粉煎了吃，使得螃蟹的色、香、味全都失去了。人们这样做，似乎是嫉妒螃蟹的多味，恨它的美观，所以想方设法地对它蹂躏，让它泄气变形。世上的好东西，最好是单吃。螃蟹又鲜又肥，又香又腻，蟹白有如白玉，蟹黄有如黄金，它的色、香、味已经达到极致了，再没有一样东西能超过它了。把它跟别的东西掺在一起，就像点上火把帮太阳发光、捧一掬水让河水上涨一样，希望用它们来给螃蟹提味儿，不是太难了吗？凡是吃螃蟹的，只应当把它们整只蒸熟，盛在盘里，摆在桌上，听任客人自取自食。剖开一只吃一只，掰下一条腿儿吃一条腿儿，这样它的气和味儿才能丝毫不泄。蟹肉刚出蟹壳，就进了人的嘴巴肚子，饮食的奥妙，在这里体现得最为充分圆满了。凡是做自身以外的事情，都可以让别人代劳，我清清静静坐享其成，唯独吃螃蟹、瓜子、菱角这三样东西时，必须自己亲自动手，现剥现吃才有味儿；别人剥，我来吃，不仅味同嚼蜡，而且它们也不成其为螃蟹、瓜子、菱角了，而是别的什么了。这和好香必须自焚、好茶必须自斟，仆人虽多，也不让他们去做，是一样的道理。讲究饮食之道的，都不能不懂得这一点。

宴请贵客，肯定不好用整只的螃蟹，不得已做成汤，也不要把它跟别的东西掺在一起，只用煮鸡鹅的汁做汤，去掉油腻就可以了。

从坛子里面取出醉蟹，最忌讳用灯，灯光一照，螃蟹就钻到沙子里面去了，满坛子只见沙子，不见螃蟹。这一点人人都知道。有一种方法，可以随你用灯去照。刚腌的时候，不管白天黑夜，都点上一盏油灯，让灯光照进坛子里，这样螃蟹对灯光就渐渐习惯了，螃蟹不怕灯光反而适应了灯光，任凭你用灯照着往外拿，再也不会满坛子只见沙子不见螃蟹了。这方法京城里有人用过。

12. 零星水族

原文

予担簦二十年，履迹几遍天下，四海历其三，三江五湖，则俱未尝遗一，惟九河未能环绕，以其迂僻者多，不尽在舟车可抵之境也。历水既多，则水族之经食者，自必不少。因知天下万物之繁，未有繁于水族者，载籍所列诸鱼名，不过十之六七耳。常有奇形异状，味亦不群，渔人竟日取之，土人终年食之，咨询其名，皆不知为何物者。无论其他，即吴门京口诸地，所产水族之中，有一种似鱼非鱼，状类河豚而极小者，俗名"斑子鱼"，味之甘美，几同乳酪，又柔滑无骨，真至味也。而《本草》《食物》诸书，皆所不载。近地且然，况寥廓而迂僻者乎？海错之至美，人所艳羡而不得食者，为闽之"西施舌""江瑶柱"二种。"西施舌"予既食之，独"江瑶柱"未获一尝，为入闽恨事。所谓"西施舌"者，状其形也。白而洁，光而滑，入口咂之，俨然美妇之舌，但少朱唇皓齿，牵制其根，使之不留而即下耳，此所谓状其形也。若论鲜味，则海错中尽有过之者，未甚奇特，朵颐此味之人，但索美舌而咂之，即当屠门大嚼矣[1]。其不甚著名而有异味者，则北海之鲜鳓，味并鲥鱼，其腹中有肋，甘美绝伦。世人以在鲟鳇腹中者为"西施乳"，若与此肋较短长，恐又有东家西家之别耳。

河豚为江南最尚之物，予亦食而甘之，但询其烹饪之法，则所需之作料甚繁，合而计之，不下十余种，且又不可缺一，缺一则腥而寡味。然则河豚无奇，乃假众美成奇者也。有如许调和之料，施之他物，何一不可擅长，奚必假杀人之物以示异乎？食之可，不食亦可。若江南之鲚，则为春馔中妙物。食鲥鱼及鲟鳇有厌时，鲚则愈嚼愈甘，至果腹而犹不能释手者也。

译文

我曾经花二十年出门游历，足迹几乎遍及天下。四海当中去过三海，三江五湖一处也没有遗漏，只有九河没能走全，因为它们大多地处偏僻，不全在车船可到的地方。我既然走过那么多的水路，那么吃过的水产当然不少，所以知道天下万物的繁多，没有超过水生动物的；书本上记载的那些鱼类的名字，只不过是其中的十分之六七罢了。经常有这样的情况：水里生的东西，味道美妙超群，渔夫整天地打捞，当地人成年地吃它，问他们这东西叫什么名字，却答不上来。不说别的，就说苏州、镇江等地所产的水族当中，有一种东西，看上去像鱼其实不是鱼，比河豚小得多，俗名叫"斑子鱼"的，味道甘美，几乎跟乳酪一样，又滑而无骨，真是食物中的极品。但是《本草》《食物志》等书都却没有记载。近的地方尚且如此，更何况边远偏僻的地方呢？海味当中味道最好，人人羡慕而又吃不到的，就是福建的"西施舌"和"江瑶柱"。"西施舌"我已经吃过，只有"江瑶柱"没有尝过，这是福建之游的一大遗憾。所谓"西施舌"，是形容鱼的形状。它洁白光滑，放到嘴里咂一咂，就像美女的舌头，只是没有朱唇皓齿牵住舌根，因此不能在嘴里停留，一下子就滑进肚子里去了。这是说它的形状。如果论鲜味儿，海味当中有很多超过它的，没有什么奇特之处，要想尝一尝它的滋味儿，只要找个美人儿来，咂咂她的舌头，那滋味儿也能叫人过瘾。还有一种不太著名但味道却很奇特的，就是北海的鲜鲫，它的味道跟鲥鱼不相上下，肚子中间有块腹肉，甘美无比。世人把鲟鱼、鳇鱼肚子的中间部位叫作"西施乳"，如果跟鲜鲫的腹肉比个长短，恐怕又有东施和西施的区别了。

河豚是江南人最崇尚的食物，我也很爱吃。但是讲到烹饪的方法，所需要的作料很多，合计有十几种，而且一样都不能少，少了一样，就腥而寡味。如此说来，河豚并不稀奇，是借助别的好东西才出奇的。有这么多调味的作料，用在别的东西上，哪一种东西不好吃？何必非得借这杀人的毒物来显示奇特呢？这东西吃也行，不吃也行。像江南的鲥鱼，才是春季菜肴中的佳品，吃鲟鱼、鳇鱼有吃够的时候，吃鲥鱼却越嚼越香，吃得饱饱的还舍不得放下。

注释

[1] 屠门大嚼——屠门：肉铺，屠宰牲畜的地方。比喻羡慕而不能得到，想象已得之状聊以自慰。《初学记》引汉桓谭《新论》："人闻长安乐，出门西向笑，人知肉味美，即对屠门而嚼。"曹植《与吴季重书》："过屠门而大嚼，虽不得肉，贵且快意。"

附：

不载果食茶酒说

原文

果者酒之仇，茶者酒之敌。嗜酒之人，必不嗜茶与果，此定数也。凡有新客入座，平时未经共饮，不知其酒量浅深者，但以果饼及糖食验之。取到即食，食而似有踊跃之情者，此即茗客，非酒客也。取而不食，及食不数四而即有倦色者，此必巨量之客，以酒为生者也。以此法验嘉宾，百不失一。予系茗客而非酒人，性似猿猴，以果代食，天下皆知之矣。讯以酒味则茫然，与谈食果饮茶之事，则觉井井有条，滋滋多味。兹既备述饮馔之事，则当于二者加详，胡以缺而不备？曰：惧其略也。性既嗜此，则必大书特书而且为罄竹之书；若以寥寥数纸，终其崖略，则恐笔欲停而心未许，不觉其言之汗漫而难收也。且果可略而茶不可略，茗战之兵法，富于《三略》《六韬》，岂《孙子》十三篇，所能尽其灵秘者哉？是用专辑一编，名为《茶果志》，孤行可，尾于是集之后亦可。至于曲糵一事，予既自谓茫然，如复强为置吻，则假口他人乎？抑强不知为知以欺天下乎？假口则仍犯剿袭之戒。将欲欺人，则茗客可欺，酒人不可欺也。倘执其所短而兴问罪之师，吾能以茗战战之乎？不若绝口不谈之为愈耳。

译文

　　水果是酒的仇人，茶是酒的死敌。嗜酒的人肯定不爱喝茶吃水果，这是一定的。凡是遇到陌生的客人，平时没有一起喝过酒，不知道他的酒量深浅的，只要用果饼和糖食就能试验出来：拿过来就吃，吃得津津有味，吃了还想吃的，就是茶客，不是酒徒；拿过来不吃，吃不到几口就面带倦色的，一定是酒量很大，嗜酒如命的主儿。用这种方法测验宾客，百无一失。我是茶客而不是酒徒，我的性情有如猿猴，猿猴以果子为食，人们都知道。如果向我问起酒的味道，我就茫然不知，而谈起喝茶吃水果，就能讲得井井有条，有滋有味。现如今著书立说，谈论饮食之道，对于这两样东西本应当讲得更详细，为什么偏偏把它们省略了呢？我说：之所以这样做，恰恰是害怕讲得过于简略了。本性既然嗜好，就必须大写特写，知无不言言无不尽；想用寥寥几页纸把它们说得透彻，是不可能的，只能说个大概意思，恐怕笔要停下来可是心里不答应，不知不觉地就写得毫无边际，想收也收不住了。而且水果可以省略，茶却不能省略，茗战斗茶的兵法，比《三略》《六韬》还要丰富，《孙子兵法》十三篇也道不完其中的奥秘。因此要专写一篇，题目叫作《果行志》，可以单行，也可以附在本书的后面。说到酿酒，我自己对它都茫然无知，要是勉强说来，是说别人已经说过的呢？还是不懂装懂，来欺骗天下人呢？说别人说过的，就犯了抄袭之戒；如果要骗人，茶客可欺，酒徒却不可欺。如果他们抓住我的短处，向我兴师问罪，我能用斗茶的本领应战吗？不如闭口不谈为妙。

第七卷　种植部

原文

已载群书者，片言不赘。非补未逮之论，即传自验之方。欲睹陈言，请翻诸集。

译文

前人的书籍中记载过的，一句也不多说。这里所记叙的，不是为了补充前人遗漏的空白，就是传达自己心得体会。如果想看旧的言论，请去阅读那些相关的书籍。

一、木　本

小　引

原文

草木之种类极杂，而别其大较有三：木本、藤本、草本是也。木本坚而难瘘，其岁较长者，根深故也。藤本之为根略浅，故弱而待扶，其岁犹以年纪。草本之根愈浅，故经霜辄坏，为寿止能及岁。是根也者，万物短长之数也。欲丰其得，先固其根。吾于老农老圃之事，而得养生处世之方焉。人能虑后计长，事事求为木本，则见雨露不喜，而睹霜雪不惊，其为身也，挺然独立，至于斧斤之来，则天数也，岂灵椿古柏之所能避哉？如其植德不力，而务为苟延，则是藤本其身，止可因人成事，人立而我立，人仆而我亦仆矣。至于木槿其生，不为明日计者，彼且不知根为何物，遑计入土之浅深，藏荄之厚薄哉？是即草本之流亚也。噫，世岂乏草本之行，而反木其天年，藤其后裔者哉？此造物偶然之失，非天地处人待物之常也。

译文

植物的种类极为复杂，但是大致可以分为三大类：木本植物、藤本植物和草本植物。木本植物质地坚硬，不容易枯萎，它的生长期之所以比较长，是由于根扎得深的缘故；藤本植物的根扎得浅一些，所以弱不禁风，需要扶持，生长期也就一年左右；草本植物的根更浅，所以一经霜打就会衰败，生长期最多也就一年罢了。如此说来，根这个东西是万事万物生命长短的决定因素，如果想枝繁叶茂、开花结果，就必然要先巩固它的根本。我在从事农耕和园艺的劳动中，获得了不少养生处世的经验。人在立身处世的时候，如果能考虑到将来，计划得长远，做每一件事都力求像木本植物那样根基坚固，就不会因为遇到雨露滋润而大喜过望，眼看霜雪袭来就大惊失色。做为一个人，应当堂堂正正，挺然独立，至于说有斧子向你砍来，那是天数，人力无法左右的。难道有斧子砍来时，有灵性的椿树和千年的古柏就能躲避得了吗？如果不努力培养自己的德行，而专门从事蝇营狗苟的事情，就是把自己当作藤本植物一样立身处世，只能依靠他人成事，别人得势了，我也跟着得势，别人倒了，我也跟着倒了。至于那些像木槿那样生存，有今天不想明天的人，他们连根是什么东西都不知道，还会去考虑根扎得是深是浅、土培得是薄是厚吗？这种人就是像草本植物一样卑贱的人了。唉！世上的人像草本植物一样行事，倒像木本植物一样享其天年，子孙又像藤本植物一样依靠长辈的，难道还少吗？这是造物主偶然的失误，而不是天地待人待物的自然常理啊！

1. 牡丹

原文

牡丹得王于群花，予初不服是论，谓其色其香，去芍药有几？择其绝胜者与角雌雄，正未知鹿死谁手。及睹《事物纪原》[1]，谓武后冬月游后苑，花俱开而牡丹独迟，遂贬洛阳。因大悟曰"强项若此，得贬固宜。然不加九五之尊，奚洗八千之辱乎？"（韩诗"夕贬潮阳路八千"。）物生有候，葭动以时，苟非其时，虽十尧不能冬生一穗。

后系人主，可强鸡人使昼鸣乎？如其有识，当尽贬诸卉而独崇牡丹。花王之封，允宜肇于此日，惜其所见不逮，而且倒行逆施。诚哉！其为武后也。予自秦之巩昌，载牡丹十数本而归，同人嘲予以诗，有"群芳应怪人情热，千里趋迎富贵花"之句。予曰："彼以守拙得贬，予载之归，是趋冷非趋热也。"兹得此论，更发明矣。艺植之法，载于名人谱帙者，纤发无遗。予倘及之，又是拾人牙后矣。但有吃紧一着，花谱偶载而未之悉者，请畅言之。是花皆有正面，有反面，有侧面。正面宜向阳，此种花通义也。然他种犹能委曲，独牡丹不肯通融，处以南面即生，俾之他向则死，此其肮脏不回之本性，人主不能屈之，谁能屈之？予尝执此语同人，有迕其说者。予曰："匪特士民之家，即以帝王之尊，欲植此花，亦不能不循此例。"同人诘予曰："有所本乎？"予曰："有本。吾家太白诗云：'名花倾国两相欢，常得君王带笑看。解释春风无限恨，沉香亭北倚栏杆。'倚栏杆者向北，则花非向南面而何？"同人笑而是之。斯言得无定论？

译文

牡丹能够做群花之王，我起初是不服的。它的色和香能比芍药好多少呢？选择最好的芍药和最好的牡丹来决一雌雄，还不知道鹿死谁手呢！后来看《事物纪原》一书，其中讲到武则天冬天到后花园游览，百花都盛开了，唯独牡丹没有开花，于是她把牡丹贬逐到洛阳，我才恍然大悟道："原来牡丹花强于其他花卉的地方在这儿啊！它被贬逐也是一定的了。如此说来，如果不冠以花王这样至高无上的荣誉，又怎么能洗刷掉被贬逐到八千里外的耻辱呢？"（唐代诗人韩愈诗句："夕贬潮阳路八千。"）

植物生长有一定的节气，倘若不是时候，就是有十个像尧那样的圣贤在世，冬天里也长不出一个麦穗。武则天虽是皇帝，但是她能强令公鸡大白天报晓吗？她如果有眼光，应当贬逐所有的花而唯独推崇牡丹。花王的封号，本应从武后赏花那一天开始的。可惜她没有这个见识，而且还做出了许多倒行逆施的事情。这就是武则天为人处世的真面目。

我从甘肃的巩昌带回十几株牡丹，朋友写出了"群芳应怪人情热，千里趋迎富贵花"的诗句嘲笑我。我说："牡丹因为坚持自己的操守受到贬逐，我带她回来是趋冷不是趋热。"我还要进一步论述，使这一论点更加明晰。牡丹的种植方法在许多名人的花谱手稿中都已经讲得很详尽了，没有丝毫的遗漏，我如果再讲就是拾人牙慧了。但是其中最要紧的一点，花谱中偶尔有所记载却不十分详尽，那就让我在这儿把它说个完全吧。不管什么花都有正面、有反面、有侧面，正面应当向阳，这是种花的基本常识。不过其他的花还能委屈，只有牡丹不肯通融，把它的正面朝南它就生长，让它掉转方向它就会死掉。它这刚直倔强、百折不回的秉性就连皇帝也不能使它屈服，谁还能使它屈服呢？我曾经把这个观点跟朋友讲，有人认为太过迂腐，不切实际，我告诉他说："不但普通人家，就是皇帝那样尊贵的身份，要种这花也不能不顺着它的性子。"朋友质问我："你这样说有什么根据吗？"我说："有啊。我的本家李白有一句诗：'名花倾国两相欢，常有君王带笑看。解释春风无限恨，沉香亭北倚栏杆。'倚着栏杆看花的人面朝着北方，那么花不是朝南还是朝哪呢？"朋友笑着称是。这些观点还不能成为定论吗？

注释

[1]《事物纪原》——宋代高承撰，十卷，分五十五部，内容包括天地山川、鸟兽草木、阴阳五行、礼乐制度。纪事达一千八百四十一条，叙述事物的起源，虽不尽确切，但都引用原书，可供参考。

2. 梅

原文

花之最先者梅，果之最先者樱桃。若以次序定尊卑，则梅当王于花，樱桃王于果，犹瓜之最先者曰王瓜，于义理未尝不合，奈何别置品题，使后来居上。首出者不得为圣人，则辟草昧致文明者，谁之力欤？虽然以梅冠群芳，料舆情必协，但以樱桃冠群果，吾恐主持公道者又不免为荔枝号屈矣。姑仍旧贯，以免抵牾。种梅之法亦备群书，无庸置吻，但言领略之法而已。花时苦寒，既有妻梅之心[1]，当筹寝处之法，否则衾枕不备，露宿为难，乘兴而来者，无不尽兴而返，即求为驴背浩然，不数得也。观梅之具有二。山游者必带帐房，实三面而虚其前，制同汤网[2]，其中多设炉炭，既可致温，复备暖酒之用。此一法也。园居者设纸屏数扇，覆以平顶，四面设窗，尽可开闭，随花所在，撑而就之。此屏不止观梅，是花皆然，可备终岁之用。立一小匾，名曰"就花居"。花间竖一旗帜，不论何花，概以总名曰"缩地花"。此一法也。若家居所植者，近在身畔，远亦不出眼前，是花能就人，无俟人为蜂蝶矣。然而爱梅之人，缺陷有二：凡到梅开之时，人之好恶不齐，天之功过亦不等，风送香来，香来而寒亦至，令人开户不得，闭户不得，是可爱者风，而可憎者亦风也。雪助花妍，雪冻而花亦冻，令人去之不可，留之不可，是有功者雪，而有过者亦雪也。其有功无过，可爱而不可憎者惟日。既可养花，又堪曝背，是诚天之循吏也。使止有日而无风雪，则无时无日不在花间，布帐纸屏，皆可不设，岂非梅花之至幸，而生人之极乐也哉！然而为之天者，则甚难矣。

蜡梅者，梅之别种，殆亦共姓而通谱者欤？然而有此令德，亦乐与联宗。吾又谓别有一花，当为蜡梅之异姓兄弟，玫瑰是也。气味相孚，皆造浓艳之极致，殆不留余地待人者矣。人谓过犹不及，当务适中。然资性所在，一往而深，求为适中，不可得也。

译文

开得最早的花是梅花，结得最早的果是樱桃。如果以开花结果的先后次序定尊卑，梅花应当是花王，樱桃应当是果王，就像最早成熟的瓜叫王瓜，这于情于理都没有什么说不通的，为什么还要另外设置评论的标准，让后来者居上呢？首先出世的却不能做地位最高的人，那么开辟天地、铲除混沌野蛮的局面、带来文明的状态，是谁出的力呢？虽然如此，以梅花作为群芳之首，料想大家不会反对；但以樱桃作为群果之王，我恐怕主持公道的人又不免为荔枝叫屈了。暂且就按照这个办法，以免争论不休。种梅的方法，许多书中都讲得极为详细，不用多费口舌了，这里只谈谈欣赏的方法吧。

梅花开放的时候，正值天气寒冷，既然有爱梅爱到极致，愿意与梅花厮守相伴的心意，就应当筹划与梅花同寝同眠、日夜相处的办法。否则不准备好衣服被褥，露宿梅花之中就成了件苦不堪言的事，乘兴而来的人全是玩够了再回去，就是想做骑在驴背上与山水相伴的孟浩然，也没有几次机会。观赏梅花应准备的用具有两个：上山观赏梅花的人，一定要带帐篷，帐篷用布围上三面，前面敞开，样子如同传说中的"汤网"，帐篷里面多准备一些炉碳，既可以用来生火取暖，又可以用来温酒，这是一个方法。在园子里赏梅的，可以架起几扇纸屏风，把顶遮盖上，屏风四面都开设窗户，窗户可开可关，花在哪边撑开哪边的窗户就是了。这种屏风不止可以赏梅，观赏任何花都可以用。可以作为一年四季赏花的用具。在屏风上挂一块小匾，取名"就花居"，在花中竖立一面小旗子，无论赏的是什么花，一概叫它"缩地花"。这又是一种方法。如果是自家花园里种的花，近在身旁，最远一抬眼也能望见，这是花接近人，用不着等着人像蜜蜂、蝴蝶一样去追寻花。

但是对于爱梅的人来说，还是有两个缺憾无法弥补。梅花开放的时节，人们的好恶不一致，天气也会发生或好或坏的变化。风送来了花香，花香来了寒气也跟着到了，让人开窗不是，不开窗也不是，可爱的是这风，可憎的也是这风；雪映的花更娇更艳，雪冻了花也跟着冻了，让人去也不是，留也不是，有功劳的是这雪，有过错的还是这雪。那有功无过，可爱而不可恨的，只有太阳，它既可以滋养花，又能够晒暖人的背。真是老天爷奉职守法的官吏，假使只有阳光而无风无雪，就能无时无日不在花间，那不是梅花的大幸、人生的极乐了吗？不过老天爷也很为难哪！蜡梅是梅花的一种，大概也是同一谱系、同一科目之中的吧？但因有梅花一样的美德，一定也乐于同属一个宗族。我认为还有一种花应当算作是蜡梅的异姓兄弟，那就是玫瑰，它的花香气味，茎叶花形，都达到了浓艳的极致，又毫不保留遗憾地供人欣赏。人们常说：过犹不及，应当寻求恰如其分的境界；然而玫瑰的天性就是这样，一往情深地奉献于人，而不留余地；要求它恰到好处，不浓不淡，是不可能的。

注释

［1］妻梅——宋代钱塘高士林逋隐居西湖，不娶无子，种梅养鹤，人称"梅妻鹤子"。

［2］汤网——《史记·殷本纪》记载：商汤行仁政，德及禽兽；网去三面。

3. 桃

原文

凡言草木之花，矢口即称桃李。是桃李二物，领袖群芳者也。其所以领袖群芳者，以色之大都不出红白二种，桃色为红之极纯，李色为白之至洁。"桃花能红李能白"一语，足尽二物之能事。然今人所重之桃，非古人所爱之桃。今人所重者，为口腹计，未尝究及观览。大率桃之为物，可目者未尝可口，不能执两端事人。凡欲桃实之佳者，必以他树接之，不知桃实之佳，佳于接，桃色之坏，亦坏于接。桃之未经接者，其色极娇，酷似美人之面。所谓"桃腮""桃靥"者，皆指天然未接之桃，非今时所谓碧桃、绛桃、金桃、银桃之类也。即今诗人所咏，画图所绘者，亦是此种。此种不得于名园，不得于胜地，惟乡村篱落之间，牧童樵叟所居之地，能富有之。欲看桃花者，必策蹇郊行，听其所至，如武陵人之偶入桃源，始能复有其乐。如仅载酒园亭，携姬院落，为当春行乐计者，谓赏他卉则可，谓看桃花而能得其真趣，吾不信也。噫！色之极媚者，莫过于桃，而寿之极短者，亦莫过于桃。"红颜薄命"之说，单为此种。凡见妇人面与相似而色泽不分者，即当以花魂视之，谓别形体不久也。然勿明言，至生涕泣。

译文

大凡人们谈论起草木的花，脱口而出的必定是桃李，可见它们称得上是群芳的领袖了。桃李所以有这样的地位，是因为花的颜色大都不出红白两色，桃花的红色是红色当中最纯的，李花的白色是白色当中最洁净的。"桃花能红李能白"的诗句，十足地描绘出了这两种花的特点。

不过当今人们所看中的桃，不是古人所喜好的桃。当今人们看中的是它的好吃，没有考虑到观赏。大致说来，桃中看就不一定中吃，不可能两头都让人满意。想要桃子好吃，一定要用其他树来嫁接，殊不知桃子的好吃好在嫁接，桃花的坏也坏在嫁接。未经嫁接的桃花，颜色极为娇艳，酷似美人的面容。人们所说的腮若桃红、面似桃花，都是指自然生长未经嫁接的桃花的颜色，不是今天所说的碧桃、绛桃、金桃、银桃之类。即便是当今诗人所咏、图画所绘的，也是这种天然的桃花。这种桃树名园里看不到，游览胜地也没有，只在乡村篱笆之间，牧童樵夫所住的地方，能经常有见到。要看桃花的人，必须骑驴到郊外去，听之任之，信步漫游，就像武陵人偶然进入桃花源那样，才能重现那种乐趣。如果只是带着酒食、挽着姬妾，为了当春行乐，这对观赏别的花卉是可以的，说这样欣赏桃花能够得到真趣，我不相信。啊！颜色娇媚至极，没有超过桃花的，寿命短暂至极，也没有超过桃花的，"红颜薄命"的说法就是从这里来的。凡是看到妇人面目美如桃花，而色泽又极近似于桃花的，就应当把她当作花魂来看待，说明她的魂儿不久就要离开肉身了。不过千万不要对她讲明，以免她悲伤哭泣。

4. 李

原文

李是吾家果，花亦吾家花，当以私爱嬖之，然不敢也。唐有天下，此树未闻得封，天子未尝私庇，况庶人乎？以公道论之可已。与桃齐名，同作花中领袖，然而桃色可变，李色不可变也。"邦有道，不变塞焉，强哉矫；邦无道，至死不变，强哉矫。"[1]自有此花以来，未闻稍易其色，始终一操，涅而不淄[2]，是诚吾家物也。至有稍变其色，冒为一宗，而此类不收，仍加一字以示别者，则郁李是也。李树较桃为耐久，逾三十年始老，枝虽枯而子仍不细。以得于天者独厚，又能甘淡守素，未尝以色媚人也。若仙李之盘根，则又与灵椿比寿。我欲绳武而不能，以著述永年而已矣。

译文

　　李子是与我同姓的果子，李花也是我本家的花，按说我会因为私心而宠爱它们，但是我不敢这样做。唐朝的皇帝姓李，他拥有天下时，没听说此树得到过什么特别的封号。连皇帝都没有偏袒庇护它，更何况我这么个平民百姓呢？给以公正的评价就可以了。

　　李花与桃花齐名，它们同是群花的领袖；然而桃花的颜色可以变化，李花的颜色却从不改变。礼记中说："国家政局清明，你做了大官，但不变从前的操守；国家朝政腐败，你宁可杀身成仁，也不肯亏了气节，这才是响当当的大丈夫啊！"自从有这种花以来，从没听说它在颜色上有过变化，它始终如一，严于操守，不受恶劣环境的影响，它可真是我们李家的一员啊！至于那种颜色稍有变化，看起来像是一家人，其实未被这一家族接受，而是加上一个字以示区别的树种，就是郁李了。

　　李树比桃树更经得住岁月的磨砺，年过三十才开始衰老。它的枝干虽已开始枯萎，果实却丰满如初。由于它得天独厚，又能甘于淡泊，循守朴素自然，因此从不以娇艳的姿色向人谄媚。如果是盘根错节的鲜李树，便可以同有灵性的椿树寿命一般长，我很想继承它的品德却难以达到，只能写些文字来使这品德存活得更长久罢了。

注释

　　［1］"邦有道"数句——语出《礼记·中庸》。

　　［2］"涅而不淄"——同"涅而不缁"。涅：矿物名，古代作黑色染料。淄：古同"缁"，黑色。原指质地纯白的东西，用涅染也染不黑。比喻品质高尚纯洁，不受恶劣环境影响。

5. 杏

原文

　　种杏不实者，以处子常系之裙系树上，便结子累累。予初不信，而试之果然。是树性喜淫者，莫过于杏。予尝名为"风流树"。噫，树木何取于人，人何亲于树木，而契爱若此。动乎情也？情能动物，况于人乎？其必宜于处子之裙者，以情贵乎专，已字人者情有所分而不聚也。予谓此法既验于杏，亦可推而广之，凡树木之不实者，皆当系以美女之裳。即男子之不能诞育者，亦当衣以佳人之裤。盖世间慕女色而爱处子，可以情感而使之动者，岂止一杏而已哉。

译文

　　我种多年不结果的杏树，用处女常穿的裙子系在树上，就会结出累累果实。我起初不肯相信，经过试验，果真如此。这样看来，杏树应当算树木中最好色的了。我曾经为它起了个名字叫作"风流树"。唉！树木从人身上到底能得到什么呢？人又为什么会与树木这么亲近，而竟然产生如此的怜爱，如此地情投意合，以至到了动情的程度。感情这东西连植物也能打动，更何况人呢？杏树结果一定要使用处女的裙子才行，是因为感情贵在专一；已经出嫁的女子分心了，感情不那么单纯了。我认为这个方法既然对杏树灵验，就可以推而广之，凡是不结果的树木，都可以系上美女的衣裳；即便是不能生育的男子，也应当穿上佳人的裤子。在这个世界上，爱慕女子的姿色，爱慕纯洁的少女，可以用情感打动的，何止是杏树啊！

6. 梨

原文

　　予播迁四方，所止之地，惟荔枝龙眼佛手诸卉，为吴越诸邦不产者，未经种植，其余一切花果竹木，无一不经葺理。独梨花一本，为眼前易得之物，独不能身有其树，为楂梨主人。可与少陵不咏海棠，同作一等欠事。然性爱此花，甚于爱食其果。果之种类不一，中食者少，而花之耐看，则无一不然。雪为天上之雪，此是人间之雪，雪之所少者香，此能兼擅其美。唐人诗云："梅虽逊雪三分白，雪却输梅一段香。"此言天上之雪，料其输赢不决。请以人间之雪，为天上解围。

译文

　　我多年来四处漂泊，每到一个地方居住，除了荔枝、海棠、龙眼、佛手这几种不适宜吴越地区气候的果木未曾种植，其他的各种花果竹木，我都曾经亲自剪过枝、施过肥。唯独梨树，本来是很容易得到的，却自始至终没能拥有过一棵。这事说起来就像杜甫始终没有写诗赞美过海棠一样，实在是一个缺憾。但是我天生喜欢梨花，胜过喜欢吃梨。梨的品种有不少,好吃的却不多,但是无论果子好不好吃,花一律都很好看。雪花是天上的雪,而梨花是人间的雪;天上的雪花所缺少的是香味儿,而人间的梨花既似雪花,又有香味儿。唐代诗人说:"梅虽逊雪三分白,雪却输梅一段香。"这首诗把梅花与天上的雪放在一起比较,看来天上的雪和地上的梅确实难分输赢。那么请用梨花这种人间的雪,替天上的雪来解围吧。

7. 海棠

原文

"海棠有色而无香",此《春秋》责备贤者之法。否则无香者众,胡尽恕之,而独于海棠是咎?然吾又谓海棠不尽无香,香在隐跃之间,又不幸而为色掩。如人生有二技,一技稍粗,则为精者所隐。一术太长,则六艺皆通,悉为人所不道。王羲之善书,吴道子善画,此二人者,岂仅工书善画者哉?苏长公不善棋酒,岂遂一子不拈,一卮不设者哉?诗文过高,棋酒不足称耳。吾欲证前人有色无香之说,执海棠之初放者嗅之,另有一种清芬,利于缓咀而不宜于猛嗅。使尽无香,则蜂蝶过门不入矣,何以郑谷《咏海棠》诗云[1]:"朝醉暮吟看不足,羡他蝴蝶宿深枝。"有香无香当以蝶之去留为证。且香之与臭,敌国也,《花谱》云:"海棠无香而畏臭,不宜灌粪。"去此者必即彼,若是,则海棠无香之说,亦可备证于前,而稍白于后矣。噫!"大音希声,大羹不和",奚必如兰如麝,扑鼻薰人,而后谓之有香气乎?

王禹偁《诗话》云[2]:"杜子美避地蜀中,未尝有一诗及海棠,以其生母名海棠也。"生母名海棠,予空疏未得其考。然恐子美即善吟,亦不能物物咏到。一诗偶遗。即使后人议及父母,甚矣才子之难为也。鼎革以前,吾乡杜姓者,其家海棠绝胜,予岁岁纵览,未尝或遗。尝赠以诗云:"此花不比别花来,题破东君着意培,不怪少陵无赠句,多情偏向杜家开。"似可为少陵解嘲。

秋海棠一种,较春花更媚。春花肖美人,秋花更肖美人;春花肖美人之已嫁者,秋花肖美人之待年者;春花肖美人之绰约可爱者,秋花肖美人之纤弱可怜者。处子之可怜,少妇之可爱,二者不可得兼,必将娶怜而割爱矣。相传秋海棠初无是花,因女子怀人不至,涕泣洒地,遂生此花名为"断肠花"。噫!同一泪也,洒之林中,即产斑竹,洒之地上,即生海棠。泪之为物神矣哉!春海棠颜色极佳,凡有园亭者,不可不备。然贫士之家,不能必有,当以秋海棠补之。此花便于贫士者有二:移根即是,不须钱买，一也；为地不多墙间壁上，皆可植之。性复喜阴，秋海棠所取之地，皆群花所弃之地也。

译文

"海棠有色而无香"，这是《春秋》一书中对有才干的人求全责备的一种说法。不然的话，为什么有那么多花没有香味都不去责备，而唯独对海棠要加以责备呢？不过我却认为海棠并不是没有香味儿，只不过它的香味儿是隐隐约约、若有若无的，又不幸被夺目的色彩掩盖了。这就像一个人身兼两种技能，一种技能比较平庸，就被另一种比较精湛的技能掩盖了。一个人如果有特别的专长，尽管他精通六艺，人们也不会一一肯定他各方面的才能。王羲之擅长书法，吴道子擅长绘画，这两个人难道只会写字或者画画，就没有其他的本事了吗？下棋、喝酒不是苏东坡的爱好，难道他就连棋子也不摸、酒杯也不沾吗？因为他的诗词文章声望太高了，相比之下，下棋喝酒这些事就不值一提了。

我想验证一下古人所谓"海棠有色而无花"的说法，便取初开的海棠闻，发现海棠另有一种清冽芬芳的气味儿，只有当你轻轻地吐气缓缓地吸气的时候才能闻得到，吸着鼻子使劲闻就闻不到了。如果海棠真的一点香味也没有，那么蜜蜂和蝴蝶就不会光顾它了，而为什么郑谷《咏海棠》的诗中却说："朝醉暮吟看不足，羡他蝴蝶宿深枝。"到底有没有香味儿，应从蝴蝶的去留中得到答案。况且香和臭是对立的，《花谱》中却记载着："海棠虽然没有香味儿却惧怕臭味儿，不能给它浇灌粪肥。"远离事物的正面必然贴近事物的反面，如果这个原则成立的话，那么海棠到底有没有香味儿，在前面的一种说法中已经得到了证明，从后面的这种说法中又得到了补充。唉！"最美的声音是没有声音，最美味的羹汤是原汁原味儿。"简素淡雅才是上品中的上品，何必要像兰花、麝香那样香气扑鼻才算得上有香味呢？

王禹偁的《诗话》中说："杜甫当年在四川东部躲避战乱，没有写过一首歌咏海棠的诗句，因为他的母亲闺名叫海棠，这样做是为了避讳。"我这个人学识浅薄，没有考证出此说。但是恐怕杜甫再擅长写诗，也不可能把人世间所有的东西都写遍。只是偶然没有写到海棠，就令后人讨论起父母的名字来了，我看做一个成名的才子真够难的啊！

还是在明朝的时候。我的家乡有一户姓杜的人家，他家的海棠开花时节异常茂盛，年年我都前去观赏，从来不错过。我还曾经写了一首诗送给他："此花不比别花来，题破东君着意培。不怪少陵无赠句，多情偏向杜家开。"算是替杜甫不写海棠解嘲吧！秋海棠这种花比春海棠更好看。春天的海棠像美女，秋天的海棠更像美女；春海棠像已经出嫁的美女，秋海棠像闺中待嫁的少女；春海棠像婀娜多姿、令人爱慕的美女；秋海棠像纤巧娇柔、使人怜惜的美女。少女的可怜、少妇的可爱是不能兼得的，娶可怜的少女而舍弃可爱的少妇，是人们通常的选择。相传本来没有秋海棠这种花，因为一女子怀念心上人，心上人不来，女子的眼泪掉在地上，于是生出了这种花，名叫"断肠花"。啊！同样是眼泪，洒在竹林中，就生出斑竹，洒在地上，就生出了海棠。眼泪这种东西太神奇了呀！春海棠色彩绚丽，凡是有花园凉亭的人家，不种这种花是不应该的。但是那些没有花园的贫寒之家，不一定非要种植，可以用秋海棠填补这个空白。秋海棠有两个特点，对贫寒之家很实用：移一棵带根的埋在土里就能生长，用不着花钱买，这是其一；用不着占用大片的土地，在墙头屋角都可以种植，这是其二。因为秋海棠喜欢阴凉，它占用的地方是其他花卉不能生长的地方。

注释

[1] 郑谷——唐代袁州人，字守愚，光启三年进士，官至都馆郎中。少即为司空图所重，称"当为一代风骚主"。

[2] 王禹偁——宋代济南巨野人，字元之，太平兴国八年进士，以敢言著称，故屡遭贬谪。他是宋初倡导文学改革的先行者，推崇韩、柳、李、杜、白的文风与诗风，作品多反映民生疾苦和针砭时弊，风格平易简明，朴素自然。

8. 玉兰

原文

世无玉树，请以此花当之。花之白者尽多，皆有叶色相乱，此则不叶而花，与梅同致。千千万蕊尽放一时，殊盛事也。但绝盛之事，有时变为恨事。众花之开，无不忌雨，而此花尤甚。一树好花，止须一宿微雨，尽皆变色，又觉腐烂可憎，较之无花，更为乏趣。群花开谢以时，谢者既谢，开者犹开，此则一败俱败，半瓣不留。语云"弄花一年，看花十日"。为玉兰主人者，常有延伫经年，不得一朝盼望者，讵非香国中绝大恨事？故值此花一开，便宜急急玩赏，玩得一日是一日，赏得一时是一时。若初开不玩，而俟全开，全开不赏，而俟盛开，则恐好事未行，而杀风景者至矣。噫！

天何仇于玉兰,而往往三岁之中,定有一二岁与之为难哉!

译文

　　人间没有月宫中的玉树,玉兰花权且可以充当。虽然有许多花是白色的,却都与叶子混杂在一起,只有玉兰花只开花不长叶子,和梅花有异曲同工之妙。时令一到,枝枝丫丫上的玉兰花同时盛开,真是盛况空前。可是这盛大的场面也有让人扫兴的时候。各种花卉在盛开的时候都忌讳下雨,玉兰花更怕雨水,夜间的一场小雨就会使满树盛开的花朵变了颜色,花瓣破烂不堪,比不开花更让人失望。别的花时令一到就开了,一茬谢了一茬又开,直到时令过去;玉兰花却在一夜之间同时凋谢,一个花瓣儿也剩不下,所以有"养花一年,看花十日"的说法。种植玉兰的人常常要苦等一年,却等不来一个看花的好天气。这对于爱花的人来说,岂不是莫大的遗憾吗?所以只要玉兰花一开,就应当尽快去观赏,能玩一天是一天,能玩一时是一时,如果花初开的时候你不去,一定要等它全开,全开的时候还不去,一定要等到盛开,那恐怕还没有成行,令人扫兴的雨水就要来了。唉!老天爷跟玉兰花有什么仇啊?常常三年当中竟有一两年跟它为难!

9. 辛夷

原文

　　辛夷,木笔,望春花,一卉而数异其名,又无甚新奇可取,"名有余而实不足"者,此类是也。园亭极广,无一不备者,方可植之,不则当为此花藏拙。

译文

　　辛夷也叫"木笔",又叫"望春花",一种花有几个不同的名字,但实际上这种花很普通,没有什么新鲜奇特之处。名字叫得花哨,没有什么可看的东西,名不符实的花,辛夷应该算在内。只有那些家中花园很大,想把各种花卉都收集齐全的人,才应该种植辛夷,否则的话以不种为妙。

10. 山茶

原文

　　花之最不耐开，一开辄尽者，桂与玉兰是也，花之最能持久，愈开愈盛者，山茶、石榴是也。然石榴之久，犹不及山茶。榴叶经霜即脱，山茶戴雪而荣。则是此花也者，具松柏之骨，挟桃李之姿，历春夏秋冬如一日，殆草木而神仙者乎？又况种类极多，由浅红以至深红，无一不备。其浅也，如粉，如脂，如美人之腮，如酒客之面；其深也，如朱，如火，如猩猩之血，如鹤顶之珠。可谓极浅、深、浓、淡之致，而无一毫遗憾者矣。得此花一二本，可抵群花数十本。惜乎予园仅同芥子，诸卉种就，不能再纳须弥，仅取盆中小树植于怪石之旁。噫！善善而不能用，恶恶而不能去，予其郭公也夫[1]。

译文

　　花卉中开花时间最短、开不多时就凋谢的花是桂花和玉兰；花卉中开得最持久，一茬谢了一茬又开、越开越茂盛的花，是山茶和石榴；但是石榴花还是不如山茶花开得持久，石榴花一经霜打就凋谢了；山茶花却顶霜戴雪，越发显得娇妍。如此说来，山茶花具有松柏一样的品格，又兼备桃李的风姿。它经历春夏秋冬、寒来暑往，却始终如一，容颜不改，也许它是草木中的神仙吧？山茶花的品种非常多，颜色从浅红到深红，各种红色都有。那浅色的有的像胭粉，有的像凝脂，有的像美女的腮红，也有的像醉意朦胧的酒客的面色。那些深色的，有的像朱砂，有的像火焰，有的像鲜血，也有的像鹤顶上的红色，可以说囊括了深浅浓淡各种色彩，没给人留下一丝一毫的遗憾。种一两棵山茶花带来的乐趣，抵得上种几十种别的花。只可惜我的花园太小，种满了各式各样的花，没能留下一点儿多余的地方，只是选了一棵盆栽的小株山茶，种在怪石旁边。唉！明明知道是好东西却不能享用，明明知道是不好的东西又不能舍弃，我岂不成了身不由己的木偶人了吗？

注释

　　[1]郭公——即傀儡。原指木偶。北齐后主高纬爱好傀儡，谓之"郭公"。

11. 紫薇

❀ 原文 ❀

人谓禽兽有知，草木无知，予曰：不然。禽兽草木，尽是有知之物，但禽兽之知，稍异于人；草木之知，又稍异于禽兽，渐蠢则渐愚耳。何以知之？知之于紫薇树之怕痒。知痒则知痛，知痛痒则知荣辱利害，是去禽兽不远，犹禽兽之去人不远也。人谓树之怕痒者，只有紫薇一种，余则不然。予曰："草木同性，但观此树怕痒，即知无草无木不知痛痒，但紫薇能动，他树不能动耳。"人又问："既然不动，何以知其识痛痒？"予曰："就人喻之，怕痒之人，搔之即动；亦有不怕痒之人，听人搔扒而不动者，岂人亦不知痛痒乎？"由是观之，草木之受诛锄，犹禽兽之被宰杀，其苦其痛，俱有不忍言者。人能以待紫薇者，待一切草木，待一切草木者，待禽兽与人，则斩伐不敢妄施，而有疾痛相关之义矣。

❀ 译文 ❀

人们认为动物是有知觉的，而草木是没有知觉的，我说不是这样。草木和动物都是有知觉的，只是动物的知觉比人稍微差一点儿，而草木的知觉又比动物要差一些。这三者一个比一个更迟钝、一个比一个更麻木罢了。如何才能证明这一点呢？我们从紫薇树怕痒就可以得到证实。人们以为怕痒的树只有紫薇一种，其他的树都不怕痒，我说："草木的性情是相同的，只要知道一种树怕痒，就可以了解所有的树都知道痛痒。只是紫薇在感觉痒的时候能够动，其他的树不能动罢了。"又会有人说："既然它不会动，你怎么知道它感觉得到痛痒呢？"我说："可以人为例来说明这件事。人有怕痒的，也有不怕痒的，怕痒的人，你一挠他，他就会乱动，遇到不怕痒的人，任凭你怎么抓他、挠他，他也不会动。难道他就感觉不到痛痒吗？"如此看来，拿锄头去砍伐草木就像拿刀去宰杀动物一样，它们只是忍受痛苦，无法说出来就是了。人们如果能用对待紫薇的态度去对待一切草木，用对待一切草木的感情去对待一切动物和人，就不会无端地对有生命的东西乱砍乱杀，而是抱着同情心去关怀他们的疾苦了。

12. 绣球

◈ 原文 ◈

　　天工之巧，至开绣球一花而止矣。他种之巧，纯用天工，此则诈施人力，似肖尘世所为而为者。剪春罗、剪秋罗，诸花亦然。天工于此，似非无意，盖曰汝所能者，我亦能之；我所能者，汝实不能为也。若是，则当再生一二蹴球之人，立于树上，则天工之斗巧者全矣。其不屑为此者，岂以物可肖而人不足肖乎？

◈ 译文 ◈

　　大自然造物的巧妙，在绣球这种花上可算是达到顶峰了。别的花的精巧完全出于自然，在这种花上却模仿人工，好像有意模仿人间的做法精心雕琢出来的。剪春罗、剪秋罗等花也是这样。上天生出这些花来，似乎是有用意的，好像在说："你们人间能做的事情，我也做得来；我能做的事情，你们人间却做不来。"如果真是这样，就应当再造几个踢球的人，站在花枝上，那么老天爷跟人斗巧，也就斗得到家了。老天爷之所以不屑于这么干，或许是因为东西可以模仿而人却不值得模仿吧？

13. 紫荆

◈ 原文 ◈

　　紫荆一种，花之可已者也。但春季所开，多红少紫，欲备其色，故间植之。然少枝无叶，贴树生花，虽若紫衣少年，亭亭独立，但觉窄袍紧袂，衣瘦身肥，立于翩翩舞袖之中，不免代为踧踖。

◈ 译文 ◈

　　紫荆这种花，可有可无。春天开放的紫荆花红色的多、紫色的少，人们只是想要它的颜色，所以才偶尔种它。但是它枝干稀疏，又不长叶子，贴着树干开花，虽说看上去有如紫衣少年，亭亭玉立，但是总是让人觉得衣服紧紧巴巴，立于百花丛中，就像一个胖子穿了一身瘦小的衣服，站在翩翩起舞的美人儿中间，不免令人替他尴尬。

14. 栀子

◆ 原文 ◆

栀子花无甚奇特,予取其仿佛玉兰。玉兰忌雨而此不忌雨;玉兰齐放齐凋,而此则开以次第。惜其树小而不能出檐。如能出檐,即以之权当玉兰,而补三春恨事,谁曰不可?

◆ 译文 ◆

栀子花没有什么奇特之处,我只是欣赏它长得像玉兰。玉兰花忌讳雨水,而栀子花不忌讳雨水;玉兰花同时开放,同时凋谢,而栀子花却次第开放。可惜树干矮小,长不到屋檐那么高,如果能高过屋檐,就可以用它代替玉兰,以弥补春天的遗憾,谁说不行呢?

15. 杜鹃、樱桃

◆ 原文 ◆

杜鹃、樱桃二种,花之可有可无者也。所重于樱桃者,在实不在花;所重于杜鹃者,在西蜀之异种,不在四方之恒种。如名花俱备,则二种开时,尽有快心而夺目者,欲览余芳,亦愁少暇。

◆ 译文 ◆

杜鹃、樱桃这两种花,是可有可无的。人们之所以看中樱桃,是因为它果实好吃,而不是花好看。人们之所以看中杜鹃,是看中西蜀的珍稀品种,而不是各地的普通品种。如果名花样样齐全,那么当这两种花开放时,有那么多令人赏心悦目的花供人欣赏,看都看不过来,哪还有工夫去看杜鹃、樱桃呢?

16. 石榴

原文

芥子园之地，不及三亩，而屋居其一，石居其一，乃榴之大者，复有四五株。是点缀吾居，使不落寞者，榴也。盘踞吾地，使不得尽栽他卉者，亦榴也。榴之功罪，不几半乎？然赖主人善用，榴虽多，不为赘也。榴性喜压，就其根之宜石者，从而山之，是榴之根，即山之麓也。榴性喜日，就其阴之可庇者，从而屋之，是榴之地，即屋之天也。榴之性，又复喜高而直上，就其枝柯之可傍而又借为天际真人者[1]，从而楼之，是榴之花，即吾倚栏守户之人也。此芥子园主人区处石榴之法，请以公之树木者。

译文

我的宅院"芥子园"总共占地不到三亩，房屋占去了一亩，假山怪石占去了一亩，此外还有四五棵大石榴树，也占去了不少地方。装点了我的宅院，使它不显得空旷冷清的，是石榴；占用了我的地皮，使我不能尽情地栽种其他花卉的，也是石榴。这样说来，石榴的功过不是各占一半了吗？但是凭着我善于利用土地，石榴树虽然多，也没有成为累赘。石榴喜欢承受重物，我就贴着它的树根堆石头造假山，石榴树根盘曲，正好可以使得山石的基础稳固；石榴喜欢晒太阳，我就在它的树荫下造房子，石榴枝叶茂盛，正好可以遮蔽骄阳。石榴树还喜欢往高处长，直上直下，枝干可以倚傍，还可以把它当作"天际真人"，在旁边建造楼阁，于是石榴花又成了我的倚栏看门之人。这是我安排石榴的方法，现在把它介绍给种植树木的人。

注释

[1] 天际真人——语出《世说新语·容止》："恒大司马曰：'诸君莫轻道，仁祖企脚北窗下弹琵琶，故自有天际真人想。'"

17. 木槿

◈ 原文 ◈

木槿朝开暮落，其为生也良苦。与其易落，何如弗开？造物生此，亦可谓不惮烦矣。有人曰："不然。木槿者，花之现身说法以儆愚蒙者也。"花之一日，犹人之百年。人视人之百年，则自觉其久，视花之一日，则谓极少而极暂矣。不知人之视人，犹花之视花。人以百年为久，花岂不以一日为久乎？无一日不落之花，则无百年不死之人可知矣！此人之似花者也。乃花开花落之期，虽少而暂，犹有一定不移之数。朝开暮落者，必不幻而为朝开午落，午开暮落。乃人之生死，则无一定不移之数。有不及百年而死者，有不及百年之半，与百年之二三而死者，则是花之落也必焉，人之死也忽焉。使人亦如木槿之为生，至暮必落，则生前死后之事，皆可自为政矣，无如其不能也。此人之不能似花者也。人能作如是观，则木槿一花，当与萱草并树。睹萱草则能忘忧，睹木槿则能知戒。

◈ 译文 ◈

木槿早上开花，晚上就凋谢了。生命如此短暂，也真够凄凉的了。既然这么容易凋谢，何必还要开放呢？不开花岂不是更好吗？造物主造出它来，也真是不怕麻烦啊！有人曾说：不这么简单，木槿这种花，造物主造它是为了现身说法，警醒那些愚昧无知、麻木不仁的人。木槿花的一天就如同人的一生一样，人面对自己的一生，总觉得很漫长，而看花的一天却很短暂；然而却没有想到，人看待自己的一生，同花看待自己的一天其实是相同的。人能活一百年，认为一百年很长久；花只能活一天，难道它不认为这一天也很长久吗？既然木槿花只开放一天就必定要凋谢，那么人呢？也应该懂得自己的生命总有完结的时候。一天是一辈子，一百年也是一辈子，这就是花与人的共通之处；只是花从开花到凋谢的期限虽然短暂，却遵守固定不变的自然规律。应该早上开放晚上凋谢的花，不可能早晨开花，到中午就凋谢了；或者中午才开花，晚上就凋谢了。而人的生死却没有固定不变的规律，有的人没能享尽天年就死了，也有人还没有到生命的鼎盛时期就死了，还有年纪轻轻就夭折的人。如此说来，花开花落是按照固定的规律，该落的时候才落；而人的死亡却会在毫无准备的情况下忽然降临。如果每个人都能像木槿一样把握自己的生命，知道生命会在什么时候终结，那么他生前死后的事情自己都能处理妥当,就不会留下那么多的遗憾了,无奈人无法做到这一点。这就是人不如花的地方。人人都能从木槿的生命中看到这一点,那么木槿成了与萱草有同样价值的树木了。看到萱草就能忘掉烦恼,看到木槿就懂得珍惜生命。

18. 桂

◆ 原文 ◆

秋花之香者,莫能如桂。树乃月中之树,香亦天上之香也。但其缺陷处,则在满树齐开,不留余地。予有《惜桂》诗云:"万斛黄金碾作灰,东风一阵总吹来。早知三日都狼藉,何不留将次第开?"盛极必衰,乃盈虚一定之理,凡有富贵荣华一蹴而至者,皆玉兰之为春光,丹桂之为秋色。

◆ 译文 ◆

秋天里开放的花没有比桂花更香的了。桂树是月宫中的树,所以它的香味是天上的香味,人间少有。但是桂花也有它的缺陷,那就是满树的花朵会在一夜之间开放、一夜之间凋谢,不留有半点儿余地。我曾写过一首名为《惜桂》的诗,诗中说:"万斛黄金碾作灰,东风一阵总吹来。早知三日都狼藉,何不留将次第开?"盛极必衰,这是事物发展的必然规律。凡是那些轻而易举得到荣华富贵的人,都像是春天的玉兰、秋天的桂花,来得快,去得也快。

19. 合欢

◆ 原文 ◆

"合欢蠲忿,萱草忘忧"[1],皆益人情性之物,无地不宜种之。然睹萱草而忘忧,吾闻其语矣,未见其人也。对合欢而蠲忿,则不必讯之他人,凡见此花者,无不解愠成欢,破涕为笑。是萱草可以不树,而合欢则不可不栽。栽之之法,《花谱》不详。非不详也,以作谱之人,非真能合欢之人也。渔人谈稼事,农父著樵经,有约略其词而已。凡植此树,不宜出之庭外,深闺曲房是其所也。此树朝开暮合,每至昏黄,枝叶互相交结,是名"合欢"。植之闺房者,合欢之花,宜置合欢之地,如椿萱宜在承欢之所[2],荆棣宜在友于之场[3],欲其称也。此树栽于内室,则人开而树亦开,树合而人亦合，人既为之增愉，树亦因而加茂，此所谓人地相宜者也。使居寂寞之境，不亦虚负此花哉？灌勿太肥，常以男女同浴之水，隔一宿而浇其根，则花之芳妍，较常加倍。此予既验之法，以无心偶试而得之。如其不信，请同觅二本，一植庭外，一植闺中，一浇肥水，一浇浴汤，验其孰盛孰衰，即知予言谬不谬矣。

译文

"合欢可以使人平息愤怒，萱草可以使人忘记忧愁。"这两种花都能陶冶人的性情，而且无论什么地方都适宜种植。但是一见萱草就忘记忧愁，我只是听人这么说，却从没有遇到过这样的人和事。至于说合欢能使人平息愤怒，却用不着别人说，只要一看到这种花，就不能不破涕为笑。一肚子的怒气全然化解，变得心情愉快起来。所以萱草可以不种，却不能不种合欢。

种植合欢的方法，《花谱》中也没有详细记载，关键不是写《花谱》的人是否懂得栽种的方法，而是他是否具有合欢的性情。这就像让渔民去讨论如何种植庄稼，让农夫讲解如何打柴一样，必然会有含糊其词的地方。一般来说，合欢树不适宜种在庭院之外，应该种在内院或者闺房的外面。合欢早晨分开，傍晚合拢，到了夜晚，枝叶就会缠结在一起，所以起了合欢这么个名字。之所以要把它种在闺房卧室旁边，是因为合欢之花应当放在合欢之地，就像椿树和萱草应当种在侍奉父母的地方，荆、棣应当种在接待朋友的场所，让它们名副其实、各得其所才好。把合欢树种在卧室旁边，树分开人也分离，树合拢人也交合，树给人带来了快乐，人也使树更加茂盛，这才达到了人与环境相得益彰的境界。如果把合欢树种在空旷冷清的地方，岂不是辜负了它吗？合欢树不宜施过多的肥料，用男女合用的洗澡水浇灌树根，隔一夜再浇其根，花就会开得比寻常加倍的美艳。这个方法是我在不经意间偶然获得的，已经得到了印证。如果你不相信，就找两棵合欢树，一棵种在院外，一棵种在内院。种在院外的施肥浇水，种在内院的浇洗澡水，看看到底哪棵开得更茂盛，那时就知道我说的话错不错了。

注释

[1]"合欢蠲忿，萱草解忧"——语出《文选》中载三国魏嵇康《养生论》："合欢蠲忿，萱草忘忧，愚智所共知也。"

[2]椿、萱——椿：椿树，古代常说大椿长寿，后因用以喻父；萱：萱草，《诗经·卫风·伯兮》："焉得萱？言树之背。"意为于北堂种萱草，北堂是古代母亲所居之

地，后以此为母亲或母亲居处的代称。

[3] 荆、棣——荆：《史记·蔺相如传》："廉颇闻之，肉袒负荆，因宾客至蔺相如门谢罪。"后以此指代好友。棣：与"弟"谐音，古人有时用以指代兄弟。

20. 木芙蓉

原文

水芙蓉之于夏，木芙蓉之于秋，可谓二季功臣矣。然水芙蓉必须池沼，"所谓伊人，在水一方"[1]者，不可数得。茂叔之好[2]，徒有其心而已。木则随地可植，况二花之艳，相距不远。虽居岸上，如在水中，谓之秋莲可，谓之夏莲亦可，即自认为三春之花，东皇未去也亦可[3]。凡有篱落之家，此种必不可少。如或傍水而居，隔岸不见此花者，非至俗之人，即薄福不能消受之人也。

译文

水芙蓉给夏季增色，木芙蓉给秋色添彩。这两种花可以称得上是两季里的功臣。但是水芙蓉必须种在池塘里，"所谓伊人，在水一方"，不能轻而易举地得到。如同周敦颐喜爱莲花，不过是空想罢了。木芙蓉却随处可以栽种，况且水芙蓉、木芙蓉两种花的美丽差别并不大。如果把木芙蓉种在岸边，从对岸看去它就仿佛长在水中，把它看成是秋天的莲花也行，把它看成是夏天的莲花也行，即或把它想象成春天里的玉兰花，因为春神留恋人间，迟迟不肯凋谢，也没什么不可以的。凡是有篱墙院落的人家，栽种此花是必不可少的。如果家住在水边却不种植木芙蓉，让人隔岸一眼就能望到那仙女般的花朵，那么这家的主人不是一个俗气的人，就是没有福气不会享受的人。

注释

[1] "所谓伊人，在水一方"——语出《诗经·秦风·蒹葭》。

[2] 茂叔之好——茂叔：周敦颐，字茂叔，道州营道（今湖南道县）人，北宋著名哲学家，理学的开山祖，程颢、程颐都是他的弟子。著《爱莲说》，赞美莲花高洁不俗，来比喻自己道德情操的高尚，不与世俗同污的情怀；同时，以众人喜爱的牡丹，来表达对那种贪图富贵、争名夺利的世俗风气的鄙视与厌恶。

[3] 东皇——司春之神。

21. 夹竹桃

◆ 原文 ◆

夹竹桃一种，花则可取，而命名不善。以竹乃有道之士，桃则佳丽之人，道不同不相为谋，合而一之，殊觉矛盾。请易其名为"生花竹"，去一桃字，便觉相安。且松、竹、梅素称三友，松有花，梅有花，惟竹无花，可称缺典。得此补之，岂不天然凑合？亦女娲氏之五色石也。

◆ 译文 ◆

夹竹桃这种花，花还说得过去，可是名字起得不好。因为竹子是有道之士，桃是美艳之人，"道不同不相为谋"，把它们合而为一，让人觉得太矛盾了。请让我把它的名字改为"生花竹"，去掉一个"桃"字，就觉得妥当了。况且松、竹、梅素来号称"岁寒三友"，松有花，梅有花，唯独竹子没有花，可以称得上是缺陷。有了此花做补充，岂不是自然天成？就像女娲氏用来补天的五色石。

22. 瑞香

◆ 原文 ◆

茂叔以莲为花之君子，予为增一敌国，曰："瑞香乃花之小人。"何也？谱载此花"一名麝囊，能损花，宜另植"。予初不信，取而嗅之，果带麝味。麝则未有不损群花者也。同列众芳之中，即有朋侪之义，不能相资相益，而反祟之，非小人而何？幸造物处之得宜，予以不能为患之势。其开也，必于冬春之交，是时群花摇落，诸卉未荣，及见此花者，仅有梅花水仙二种，又在成功将退之候，当其锋也未久，故罹其毒也亦不深。此造物之善用小人也。使易冬春之交而为春夏之交，则花王亦几被篡，矧下此者乎？唐宋诸名流，无不怜香嗜色，赞以诗词者，皆以蚤春无花，得此可搔目痒。又但见其佳，而未逢其虐耳！予僭为香国平章[1]，焉得不秉公持正？宁使一小人怒而欲杀，不敢不为众君子密堤防也。

译文

周敦颐称莲花是花中的君子,我来为它找一个对手,我认为瑞香是花中的小人。为什么这么说呢?《花谱》中记载:瑞香又名"麝囊",它开花的时候会伤害别的花,应该与别的花分开来种。起初我还不相信,拿瑞香花来一闻,果然花上有麝香的味道,麝香会使所有的花受到伤害,这是人们都知道的。既然瑞香也是花中的一员,与其他花是同类,有如兄弟,可是它不但不去帮助同类,给它们带来好处,反而偷偷干坏事,这不是小人又是什么呢?幸亏老天爷处理得当,给了它适当的安排,使它无法造成对其他花卉的危害。瑞香开花的季节只限于冬春之交,此时秋季开放的花早已经凋谢,而春夏的花还没有盛开,能与瑞香花相逢的,只有梅花和水仙两种花,而此时这两种花的旺季已经过去,到了开始衰败的时候,遭遇瑞香锋芒的时间不长,所以受它的伤害也不深。这是老天爷能妥善处理小人的地方。假如把瑞香开花的时间从冬春之交改为春夏之交,那么花王也会因它改变模样,更何况其他花呢?

唐宋的名人才子个个都爱花品花,之所以他们会写诗词赞赏瑞香,都是因为早春时节别的花还没开放,只有瑞香一种花,聊以满足人们对于百花盛开的渴望。而且这些名流才子又只是看到瑞香好,没有看到它横行肆虐,使其他花遭殃的情景。我既然自诩为花草王国中的头领,怎能不公正无私主持正义?宁可使一个小人发怒企图伤害我,也不敢不为诸君子严加防护。

注释

[1]平章——古代官名,位在宰相之上,唐、宋、元、明设此官。

23. 茉莉

原文

茉莉一花,单为助妆而设,其天生以媚妇人者乎?是花皆晓开,此独暮开。暮开者,使人不得把玩,秘之以待晓妆也。是花蒂上皆无孔,此独有孔。有孔者,非此不能受簪,天生以为立脚之地也。若是,则妇人之妆,乃天造地设之事耳。植他树皆为男子,种此花独为妇人。既为妇人,则当眷属视之矣。妻梅者止一林逋,妻茉莉者当遍天下而是也。

欲艺此花，必求木本。藤本一样着花，但苦经年即死，视其死而莫之救，亦仁人君子所不乐为也。木本最难过冬，予尝历验收藏之法。此花痿于寒者什一，毙于干者什九，人皆畏冻而滴水不浇，是以枯死。此见因噎废食之法，有避呕逆而经时绝粒，其人尚存者乎？稍暖微浇，大寒即止，此不易之法。但收藏必于暖处，箴罩必不可无，浇不用水而用冷茶，如斯而已。予艺此花三十年，皆为燥误，今始识此，以告世人，亦其否极泰来之会也。

译文

茉莉这种花，或许天生就是为了装点女人的姿容，来取媚于女人的吧？别的花都是清晨开放，唯独茉莉花晚上开放。晚上开放是为了使人没有机会把玩它，只能留到早晨梳妆时用。别的花花蒂上没有小孔，唯独茉莉花的花蒂上有个小孔，有了这个孔，簪子才能穿过去。茉莉花生来就有在头上固定住的条件，如此说来，茉莉花成为女人头上的装饰品，是天造地设的事情。

种其他花都是为了男人，唯独种茉莉花是为了女人，既然是为了女人，便可以把茉莉当作眷属来看待了，以梅为妻的只有林逋一个人，以茉莉为妻的肯定遍天下都是。

如果要养殖茉莉花，一定要找木本的来养。藤本茉莉虽然照样开花，可遗憾的是它开花当年就会死去，眼看着有生命的东西死去，却没有救治的办法，这是仁义君子不愿意做的事情。养木本茉莉最难的是过冬，我曾经试验过多种保存它过冬的方法，结果发现茉莉花因为寒冷而枯萎的只占十分之一；因为干旱而枯死的占十分之九。人们都认为茉莉怕冻，就不给它浇水，所以就枯死了。这就像因噎废食的人，为了怕呕吐就长时间不吃饭，这人还有活路吗？冬天里养花普遍采用的方法是，气候还暖和的天气里稍许浇点儿水，特别寒冷的天气里停止浇水。但是茉莉花除此以外还应放在暖和的地方，一定要盖上竹篾编的罩子；不用水浇，而是用凉茶水浇灌。也就这么点儿简单的要求。我养了三十年茉莉，大都是旱死的，如今认识到了这一点，理应告诉大家，让茉莉得到更好的照顾。

二、藤本

小　引

原文

　　藤本之花，必须扶植，扶植之具，莫妙于从前成法之用竹屏。或方其眼，或斜其槅，因作葳蕤柱石，遂成锦绣墙垣，使内外之人，隔花阻叶，碍紫间红，可望而不可亲，此善制也。无奈近日茶坊酒肆，无一不然，有花即以植花，无花则以代壁。此习始于维扬，今且渐近他处矣。市井若此，高人韵士之居，断断不应若此。避市井者，非避市井，避其劳劳攘攘之情，锱铢必较之陋习也。见市井所有之物，如在市井之中，居处习见，能移性情，此其所以当避也。即如前人之取别号，每用川泉湖宇等字，其初未尝不新，未尝不雅，迨后商贾者流，家效而户则之，以致市肆标榜之上，所书姓名，非川即泉，非湖即宇，是以避俗之人，不得不去之若浼。迩来缙绅先生，悉用斋庵二字，极宜，但恐用者过多，则而效之者，又入从前标榜，是今日之斋庵，未必不是前日之川泉湖宇。虽曰名以人重人不以名重，然亦实之宾也。已噪寰中者仍之，继起诸公似应稍变。人间植花既不用屏，岂遂听其滋蔓于地乎？曰：不然。屏仍其故，制略新之。虽不能保后日之市廛，不又变为今日之园圃，然新得一日是一日，异得一时是一时。但愿贸易之人，并性情风俗而变之；变亦不求尽变，市井之念不可无，垄断之心不可有，觅应得之利，谋有道之生，即是人间大隐。若是，则高人韵士，皆乐得与之游矣。复何劳扰锱铢之足避哉？花屏之制有三，列于《藤本》之末。

译文

　　藤本的花，必须架起来种植。架花的用具，没有比竹篱笆这老办法更妙的了。或者排成方孔，或者编成斜格，把篱笆当作柱子，让花藤在上面蜿蜒伸展，长得一片茂盛，就成了锦绣墙垣，使墙里墙外的人，隔着色彩斑斓的鲜花绿叶，可望而不可亲，这个做法很好。无奈近来的茶坊酒肆，没有一处不设篱笆，有花就用它架花，没有花也用它代替墙壁。这种风气起源于扬州，如今渐渐流传到别的地方了。市井如此，高人韵士的住处万万不应该如此。所谓的躲避市井，并不是要离开街市，而是要躲避那庸庸碌碌蝇营狗苟争名夺利的性情和锱铢必较的陋习。看到市井中的东西，就像身在市井之中，相处的时间长了，看得习惯了，会改变人的性情。这才是应当避开的。就拿从前人们取别号来说，常用"川""泉""湖""宇"等字样，这在当初未尝不新，未尝不雅，后来商人们家家仿效，以致店铺的招牌上，所写的姓名不是"川"就是"泉"，不是"湖"就是"宇"。因此，避俗的人不能不去掉它，就像清除污染一样。近来的缙绅先生，都用"斋""庵"二字，这些字眼儿用得非常合适，但只怕用的人太多，人们又像先前那样纷纷仿效，把它们写在店铺的招牌上，这样一来，今天的"斋""庵"，恐怕又像从前的"川""泉""湖""宇"，泛滥成灾。虽说名字因人而显贵，人不因名字而显贵，但是名和实总有宾主关系，已经名震天下的，不妨继续沿用下去，后起的各位先生在做法上似乎应当稍有改变。有人问：种花既然不用篱笆，难道就让它在地上蔓延吗？我说不是。篱笆还是要用的，只是式样要稍微新一点儿。虽然不能保证日后的街市不会变成今日的园圃，但是新奇一天是一天，新奇一时是一时。但愿经商的人，在改变习俗的同时，把性情也改一改，改也不要求全改，市井之念不可无，垄断之心不可有。谋求应得的利益，追求健康高尚的生活，就是人间的大隐。像这样，高人韵士们就都乐意跟他交往了，市井生活又有什么值得回避的呢？花篱笆的式样有三种，列在《藤本》的后面。

1. 蔷薇

原文

结屏之花，蔷薇居首。其可爱者，则在富于种而不一其色。大约屏间之花，贵在五彩缤纷，若上下四旁皆一其色，则是佳人忌作之绣，庸工不绘之图，列于亭斋，有何意致？他种屏花，若木香、酴醾、月月红诸本，族类有限，为色不多，欲其相间，势必旁求他种。蔷薇之苗裔极繁，其色有赤、有红、有黄、有紫，甚至有黑。即红之一色，又判数等，有大红、深红、浅红、肉红、粉红之异。屏之宽者，尽其种类所有而植之，使条梗蔓延相错，花时斗丽，可傲步障于石崇，然征名考实，则皆蔷薇也，是屏花之富者，莫过于蔷薇。他种衣色虽妍，终不免于捉襟露肘。

译文

适合用来作隔屏的花，蔷薇要数第一。蔷薇的可爱之处，在于它的品种丰富，每种都有不同的颜色。大致说来，用来作隔屏的花，贵在五彩缤纷，如果上上下下、里里外外都是一个颜色，就不美观了。女子忌讳绣这样的图案，拙劣的画匠也不画这样的画，把它放在亭斋之中，又有什么情趣呢？别的可以用来作隔屏的花，如木香、酴醾、月月红等，种类有限，颜色不多，要想让各种颜色彼此相间、互相衬托，必须找别的花来种在一起。蔷薇的品种极多，颜色有赤色的、有红色的、有黄色的、有紫色的，甚至有黑色的。即使同是红色，又分出好多种，有大红、深红、浅红、肉红、粉红的差别。要想使篱笆宽一些，就把所有的品种全都种上，使得它们的枝条蔓延相错，时令一到，各种颜色的花竞相开放，争奇斗艳，胜过石崇的步障，但是考究起来，却都是蔷薇。因此，要想隔屏富丽多彩，没有比得上蔷薇的了。别的花颜色虽然艳丽，说到底还是不免有些捉襟见肘，显得单调寒酸。

2. 木香

原文

木香花密而香浓，此其稍胜蔷薇者也。然结屏单靠此种，未免冷落，势必依傍蔷薇。蔷薇宜架；木香宜棚者，以蔷薇条干之所及，不及木香之远也。木香作屋，蔷薇作垣，二者各尽其长，主人亦均收其利矣。

译文

木香花长得密，香味儿又很浓郁，这是它稍稍胜过蔷薇的地方。但是单独用它来作隔屏，又未免过于冷落了，所以一定要把它跟蔷薇种在一起。蔷薇适宜作架，木香适宜作棚，因为蔷薇枝条不如木香的枝条长得高、伸得远。用木香作屋顶，用蔷薇作墙壁，二者各尽所长，主人也均收其利了。

3. 酴醾

原文

酴醾之品，亚于蔷薇、木香，然亦屏间必需之物，以其花候稍迟，可续二种之不继也。"开到酴醾花事了，"每忆此句，情兴为之索然。

译文

论品位，酴醾要比蔷薇、木香逊色一些，但它也是隔屏中间必不可少的，因为它开花开得晚，蔷薇、木香的花期过了以后，可以用它来接替。"开到酴醾花事了，"每当想起这句诗，心里就有一种失落感。

4. 月月红

原文

俗云："人无千日好，花难四季红。"四季能红者，现有此花，是欲矫俗言之失也。花能矫俗言之失，何人情反听其验乎？缀屏之花，此为第一。所苦者树不能高，故此花一名"瘦客"。然予复有用短之法，乃为市井之人强迫而成者也。法在屏制之第三幅，此花有红白及淡红三本，结屏必须同植。

此花又名"长春"，又名"斗雪"又名"胜春"，又名"月季"。予于种种之外，复增一名，曰"断续花"，花之断而能续，续而复能断者，只有此种。因其所开不繁，留为可继，故能绵邈若此。其余一切之不能续者，非不能续，正以其不能断耳。

译文

俗话说："人无千日好，花难四季红。"但是这种花却能四季常红，它的诞生是为了矫正俗语的错误。花能矫正俗语的错误，可是为什么人们却偏偏听信那句话呢？点缀隔屏的花，数它第一。它的缺点在于长不高，所以它还有一个名字叫作"瘦客"。不过我还有一种量材而用的方法，这是受市井之人通的没招儿才想出来的。方法在隔屏式样的第三幅。此花有红色、白色以及淡红色三种，用来点缀隔屏，必须三种一起种植。

这种花又名"长春"，又名"斗雪"，又名"胜春"，又名"月季"。我在这些花名之外，又给它起了个名字，叫作"断续花"。花类当中开得断断续续、次第开放的，只有这一种。因为它开得不茂盛，留有余地，可以断续开花，所以它的花期长久。其他的花开败了接不上，并不是接不上，而是由于它们不能断续开花，不能留有余地。

5. 姊妹花

◈ 原文 ◈

花之命名，莫善于此。一苞七花者曰"七姊妹"，一苞十花者曰"十姊妹"。观其浅深红白，确有兄长娣幼之分，殆杨家姊妹现身乎？予极喜此花，二种并植，汇其名为"十七姊妹"。但怪其蔓延太甚，溢出屏外，虽日刈月除，其势犹不可遏。岂党与过多，酿成不戢之势欤？此无他，皆同心不妒之过也，妒则必无是患矣。故善御女戎者，妙在使之能妒。

◈ 译文 ◈

给花命名，没有比这更巧的了。一苞开七朵花的，叫"七姊妹"，一苞开十朵花的，叫"十姊妹"，根据花瓣儿颜色的深浅红白来决定谁是姐姐、谁是妹妹，或许是杨家八姐、九妹现身吧！我特别喜爱这种花，将两个品种栽在一块儿，把名字合起来，叫作"十七姊妹"。只是怪它们蔓延得太厉害，长到隔屏外面去了，即使天天剪枝、月月除杈，还是阻挡不住它们的蔓延之势。难道是朋党太多，因而泛滥吗？这没有别的，都是由于它们彼此之间团结一心，不互相嫉妒，如果互相嫉妒，就没有这个麻烦了。因此，善于跟女人打交道的人，其手段高妙之处，在于让她们互相嫉妒。

6. 玫瑰

◈ 原文 ◈

花之有利于人，而无一不为我用者，芰荷是也。花之有利于人，而我无一不为所奉者，玫瑰是也。芰荷利人之说，见于本传，玫瑰之利，同于芰荷，而令人可亲可溺，不忍暂离，则又过之。群花止能娱目，此则口眼鼻舌，以至肌体毛发，无一不在所奉之中。可囊可食，可嗅可观，可插可戴，是能忠臣其身，而又能媚子其术者也。花之能事，毕于此矣。

◈ 译文 ◈

花卉当中对人有益，而又没有一样不被人所用的，是荷花。花卉当中对人有益，而又没有一样不被人奉为宝贝的，是玫瑰。荷花对人有益，前面已经讲过了。玫瑰对人有益，跟荷花一样，而它令人可亲可溺，哪怕是暂时离开一会儿都不忍心，又超过了荷花。各种花只能悦目，玫瑰却能侍奉人的嘴巴、眼睛、鼻子、舌头以至肌体毛发，没有一样照顾不到。可以携带可以吃，可以闻可以看，可以插可以戴，身为忠臣，又能施展媚人的法术。花的本事，玫瑰全有了。

7. 素馨

原文

素馨一种，花之最弱者也。无一枝一茎，不需扶植。予尝谓之"可怜花"。

译文

素馨是花中最弱的。它没有一枝一茎，不需要扶持。我曾经把它叫作"可怜花。"

8. 凌霄

原文

藤花之可敬者，莫若凌霄，然望之如天际真人，卒急不能招致，是可敬亦可恨也。欲得此花，必先蓄奇石古木以待，不则无所依附而不生，生亦不大。予年有几？能为奇石古木之先辈而蓄之乎？欲有此花，非入深山不可。行当即之，以舒此恨。

译文

藤本的花当中最可敬的，莫过于凌霄花。此花远远望去，有如天上的神仙；但光是看着着急，招不到跟前来，因此，它可敬的同时也很可恨。要想得到这种花，必须先竖起奇石古木等着，不然的话，它没地方依附，就长不活，即使活了也长不大。我还能活几年？哪还有工夫造什么奇石古木？要想观赏此花，非得去深山不可。我一有机会就当去山里走走，以弥补这个遗憾。

9. 真珠兰

◆ 原文 ◇

　　此花与叶，并不似兰；而以兰名者，肖其香也。即香味亦稍别，独有一节似之。兰花之香，与之习处者不觉，骤遇始闻之，疏而复亲始闻之；是花亦然，此其所以名兰也。闽粤有木兰，树大如桂，花亦似之，名不附桂而附兰者，亦以其香隐而不露，耐久闻而不耐急嗅故耳。凡人骤见而即觉其可亲者，乃人中之玫瑰，非友中之芝兰也。

◆ 译文 ◇

　　真珠兰的花和叶子长不并不像兰花，之所以把它命名为"兰"，是形容它的香味儿。但是它的香味儿跟兰花也是稍有区别的，只有一点相似：兰花的香味儿，跟它待在一起时间长了就闻不到，突然走近的时候才能闻到，离开一会儿再靠近它才能闻到，真珠兰也是这样，因此把它命名为"兰"。福建、广东一带有一种"木兰"，长得像桂树，花也像桂花，但是名字却叫作"兰"而不叫作"桂"，之所以要这样命名，也是因为它的香味儿隐而不露，耐久闻而不耐急嗅。这就像人一样，大凡人们一眼看去就觉得他可亲的，乃是人中的玫瑰，而不是友中的芝兰。

三、草本

小　引

◆ 原文 ◇

　　草本之花，经霜必死。其能死而不死，交春复发者，根在故也。常闻有花不待时，先期使开之法，或用沸水浇根，或以硫黄代土。开则开矣，花一败而树随之，根亡故也。然则人之荣枯显晦，成败利钝，皆不足据，但询其根之无恙否耳！根在则虽处厄运，犹如霜后之花，其复发也，可坐而待也；如其根之或亡，则虽处荣，膴显耀之境，犹之奇葩烂目，总非自开之花，其复发也，恐不能坐而待矣。予谈草木，辄以人喻，岂好为是哓哓者哉？世间万物，皆为人设。观感一理，备人观者，即备人感。天之生此，岂仅供耳目之玩，情性之适而已哉？

译文

草本的花一经霜打必然会死，有一些花看上去已经死了，其实没有死，到了来年春天又能重新发芽，是因为它的根还活着。常听人说有些方法可以使花不到季节提前开放，一种方法是用开水浇树根，还有一种方法是以硫黄代替土，这样一来花是开了，可是花一凋谢，树也就死了，因为根死了的缘故。如此说来，人一时的荣枯显晦、成败顺逆，都是不可靠的。只要看它的根基是不是出了问题，根基如果还在，虽然正交厄运，就像霜打的花，离重新萌发的时候不会太远了。如果根已经死掉，虽然身处荣华富贵，地位显赫，就如同绚丽夺目的奇花异卉，一旦凋谢，再重新萌发，恐怕就没有指望了。我谈论起花草树木，往往用人来打比方，我难道是个爱喋喋不休的人吗？世间的万物，都是为人设置的，观和感，道理是一样的，供人观看的，也是让人去感受的。上天生出这许多东西，难道仅仅是让人看着好玩、听着悦耳，觉得舒服惬意就算完了吗？

1. 芍药

原文

芍药与牡丹媲美。前人署牡丹以"花王"，署芍药以"花相"，冤哉！予以公道论之。天无二日，民无二王，牡丹正位于香国，芍药自难并驱。虽别尊卑，亦当在五等诸侯之列，岂王之下，相之上，遂无一位一座，可备酬功之用者哉？历翻种植之书，非云"花似牡丹而狭"，则曰"子似牡丹而小"。由是观之，前人评品之法，或由皮相而得之。噫，人之贵贱美恶，可以长短肥瘦论乎？每于花时奠酒，必作温言慰之曰："汝非相材也，前人无识，谬署此名，花神有灵，付之勿较，呼牛呼马，听之而已"。予于秦之巩昌，携牡丹芍药各数十本而归，牡丹活者颇少，幸此花无恙，不虚负戴之劳。岂人为知己死者，花反为知己生乎？

译文

芍药可以同牡丹媲美,前人称牡丹为"花王",称芍药为"花相",太委屈芍药了,我要公正地来评价这两种花。天上不能有两个太阳,国家不能有两个君王,牡丹尊居在花国的王位上,芍药自然不能与它平起平坐。虽然要分尊卑高下,也应当把芍药排在诸侯的行列里,难道君王之下、宰相之上,就没有一个位置用来奖赏那些有功之臣吗?翻过许多谈论种植的书,不是说芍药"花与牡丹相似,却比牡丹小",就是说"结的籽与牡丹相似,却比牡丹个小"。由此看来,前人评论的方法,也不过是从外在的形象得出结论。唉!人的贵贱美丑是可以用高矮胖瘦来衡量的吗?

每到芍药开花的季节,我会一边奠酒,一边轻声细语地安慰它说:"你不是做宰相的材料,前人给你错安了名分,你如果有神灵,付之一笑,不要计较,就是管你叫牛叫马,也听任他们去叫吧。"

我从甘肃的巩昌带来牡丹、芍药各几十株,牡丹成活的不多,有幸的是芍药全都安然无事,没有辜负我长途运输的辛劳。难道人为知己者死,花反倒为知己者生吗?

2. 兰

原文

兰生幽谷,无人自芳。是已。然使幽谷无人,兰之芳也,谁得而知之?谁得而传之?其为兰也,亦与萧艾同腐而已矣。"如入芝兰之室,久而不闻其香",是已。然既不闻其香,与无兰之室何异?虽有若无,非兰之所以自处,亦非人之所以处兰也。吾谓芝兰之性,毕竟喜人相俱,毕竟以人闻香气为乐。文人之言,只顾赞扬其美,而不顾其性之所安,强半皆若是也。然相俱贵乎有情,有情务在得法。有情而得法,则坐芝兰之室,久而愈闻其香。兰生幽谷,与处曲房,其幸不幸相去远矣。兰之初着花时,自应易其坐位,外者内之,远者近之,卑其尊之,非前倨而后恭。人之重兰,非重兰也,重其花也,叶则花之舆从而已矣。居处一定,则当美其供设,书画炉瓶,种种器玩,皆宜森列其旁,但勿焚香,香薰即谢。匪妒也,此花性类神仙,怕亲烟火,非忌香也,忌烟火耳。若是则位置堤防之道得矣。然皆情也,非法也,法则专为闻香。"如入芝兰之室,久而不闻其香"者,以其知入而不知出也。出而再入,则后来之香,倍乎前矣。故有兰之室,不应久坐,另设无兰者一间,以作退步。时退时进,进多退少,则刻刻有香。虽坐无兰之室,若依倩女之魂[1]。是法也,而情在其中矣。如止有此室,则以门外作退步,或往行他事,事毕而入,以无意得之者,其香更甚。此予消受兰香之诀,秘之终身,而泄于一旦,殊可惜也。此法不止消受兰香,凡属有花房舍,皆应若是。即焚香之室亦然,久坐其间,与未尝焚香者等也。门上布帘,必不可少,护持香气,全赖乎此。若止靠门扇开闭,则门开尽泄,无复一线之留矣。

译文

"兰生幽谷,无人自芳",这话说得很对。但是如果幽谷里没有人,兰花的芳香又有谁知道呢?又是谁传扬出来的呢?那么兰花就只能是同艾草一样的命运罢了。"如入芝兰之室,久而不闻其香",这话说得很对。不过既然闻不到香味儿,那么跟没有兰的屋子有什么不同呢?虽然存在却像根本不存在一样,不是兰花自己的愿望,也不是人对兰花的期望。我认为兰花的天性毕竟是喜欢跟人在一起的,毕竟是乐于有人闻到它的香味儿的,文人们发表议论,多半只顾赞扬兰花的美好品德,而不顾它们的天性所在,实在很别扭。

然而人与兰相处,贵在讲究情趣,讲究情趣又全靠掌握方法。讲究情趣而又得法,坐在"芝兰之室",就能"久而闻其香"了。兰花生长在寂静的山谷和放在有人的房间里,幸运与不幸差距很大。兰花刚刚开始长出花苞时,就应移动位置,放在屋外的移到屋内,放在远处的移到近处,放在低处的,移到高处,这不算作势利。人们重视兰,不是重视兰本身,而是看重兰开花,叶子只是跟着沾光罢了。选定了摆放的位置之后,就应该美化它周围的环境。书画、香炉、奠酒的器具,各种古玩摆设,有秩序地排列在花的周围。但是千万不要焚香,香一熏,花就会凋谢。不是兰花嫉妒香的味道,兰花的性情好似神仙,怕接近烟火。兰花不是忌讳香味儿,而是忌讳烟火。如此一来,该安顿的安顿,该提防的提防,基本上就妥当了。但是这里说的,都是营造气氛,增添情趣,而不是方法。所谓方法,是专门为闻花香而采取的措施。"如入芝兰之室,久而不闻其香"的原因在于,人们欣赏兰花时,只知道进去,不知道出来,如果退出来再进去,那么闻到的香味儿会比第一次进去时更浓郁。所以说,在有兰花的屋子里不宜久坐,应该另外准备一间没有兰花的屋子作为退路。欣赏兰花应时进时退,在有兰花的屋子里待的时间长一些;退出来的时间短一些,这样就能时时刻刻闻到花香。即使退到没有兰花的屋子,也仿佛是守护着倩女之魂。这才是欣赏兰花的方法,而情趣也包含在其中了。如果只有一间屋子,那么门外也可以作为退路,或者欣赏一会儿兰花，去做一会儿其他事情，等事情做完再回来欣赏。无意之中闻到的花香，比刻意求来得更浓郁，这些是我享受兰花的秘诀，本想藏匿终身，自己受用，一不留神说了出来，真是可惜啊！

这种方法不仅享用兰花时适用，凡是放在屋子里欣赏的花都适用。即使是在屋子里焚香，也是这个道理。在屋子坐的时间长了，就闻不到香味儿了，与不点香就没有区别了。

要使屋子保持香味儿，门上的布帘是必不可少的，保持香味儿全依靠这个布帘，如果不挂布帘，仅靠门扇开闭，那么一旦有人出入，门一打开，香味儿就会泄漏出去，一点儿也剩不下了。

◈ 注释 ◈

［1］倩女之魂——语出唐人陈玄佑小说《离魂记》，说衡州张镒有女名倩娘，与王宙相恋，后镒把女儿另外许配他人，倩娘忧郁成病。王宙被谴去四川，夜半，倩娘的魂赶到船上，五年后两人归家，房中卧病在床的倩娘闻声出来，两女合为一体。

3. 蕙

◈ 原文 ◈

蕙之与兰，犹芍药之与牡丹，相去皆止一间耳。而世之贵兰者必贱蕙，皆执成见，泥成心也。人谓蕙之花不如兰，其香亦逊。吾谓蕙诚逊兰，但其所以逊兰者，不在花与香而在叶，犹芍药之逊牡丹者，亦不在花与香而在梗。牡丹系木本之花，其开也，高悬枝梗之上，得其势，则能壮其威仪。是花王之尊，尊于势也。芍药出于草本，仅有叶而无枝，不得一物相扶，则委而仆于地矣。官无舆从，能自壮其威乎？蕙兰之不相敌也反是，芍药之叶，苦其短；蕙之叶，偏苦其长。芍药之叶，病其太瘦；蕙之叶，翻病其太肥。当强者弱，而当弱者强，此其所以不相称，而大逊于兰也。兰蕙之开，时分先后。兰终蕙继，犹芍药之嗣牡丹，皆所谓兄终弟及，欲废不能者也。善用蕙者，全在留花去叶，痛加剪除，择其稍狭而近弱者，十存二三，又皆截之使短，去两角而尖之，使与兰叶相若，则是变蕙成兰，而与"强干弱枝之道"［1］合矣。

◎ 译文 ◎

蕙和兰相比较，就像芍药和牡丹相一样，差距都只在毫发之间。可是看中兰的人，往往都鄙视蕙，这是受了偏见的束缚，对蕙抱有成见的缘故。人们认为蕙花不如兰花，蕙香也比兰香逊色。我认为蕙的确比兰逊色，但它不如兰的地方不是花也不是香，而是叶子。就像芍药不如牡丹的地方不在花也不在香，而在枝干。牡丹是木本的植物，它开花的时候，花朵高悬在枝干之上，显得很有气势，造成威严庄重的效果。牡丹获得花王这样尊贵的地位，就尊贵在它的气势上。芍药属于草本植物，只有叶子没有枝干，没有东西扶持它，就缩伏在地上。这就像当官的没有车马轿子和随从，独自一个人能那么威风凛凛吗？蕙比不上兰的地方，与芍药和牡丹相反，芍药苦于叶子太短，蕙偏偏苦于叶子太长；芍药的叶子缺点在于太窄，蕙的叶子缺点反倒在于太宽。应当强的反而弱，应当弱的反而强，正是由于这种不相称，与兰相比就大为逊色了。

兰与蕙开花的时节有先有后，兰花凋谢了，蕙花也开了，就像芍药接替牡丹开花一样。就像人们所说的"兄长死了，弟弟来补上，想废都废不掉。"善于侍弄蕙的人知道，要想蕙好看，全在于保留花，放弃叶子，忍痛剪掉。十片叶子只留两三片，选择那些瘦长的嫩叶留下来，把它们截断，并且剪掉两边，呈尖状，和兰的叶子近似，这样就把蕙变成了兰，与"强干弱枝"的道理相吻合了。

◎ 注释 ◎

［1］强干弱枝——此语常用于政治，意为加强中央集权，削弱地方势力。

4. 水仙

◎ 原文 ◎

水仙一花，予之命也。予有四命，各司一时，春以水仙、兰花为命，夏以莲为命，秋以秋海棠为命，冬以蜡梅为命。无此四花，是无命也。一季缺予一花，是夺予一季之命也。水仙以秣陵为最。予之家于秣陵，非家秣陵，家于水仙之乡也。记丙午之春，先以度岁无资，衣囊质尽，适水仙开时，则为强弩之末，索一钱不得矣，欲购无资，家人曰："请已之，一年不看此花，亦非怪事。"予曰："汝欲夺吾命乎？宁短一岁之寿，勿减一岁之花。且予自他乡冒雪而归，就水仙也，不看水仙，是何异于不返金陵，仍在他乡卒岁乎？"家人不能止：听予质簪珥购之。予之钟爱此花，非痂癖也，其色其香，其茎其叶，无一不异群葩，而予更取其善媚。妇人中之面似桃，腰似柳，丰如牡丹、芍药而瘦比秋菊海棠者，在在有之，若如水仙之淡而多姿，不动不摇而能作态者，吾实未之见也。以"水仙"二字呼之，可谓摹写殆尽，使吾得见命名者，必颡然下拜。

不特金陵水仙，为天下第一，其植此花而售于人者，亦能司造物之权，欲其早则早，命之迟则迟，购者欲于某日开，则某日必开，未尝先后一日。及此花将谢，又以迟者继之，盖以下种之先后为先后也。至买就之时，给盆与石而使之种，又能随手布置，即成画图，皆风雅文人所不及也。岂此等末技，亦由天授非人力邪？

译文

水仙花是我的命根子。我有四个命根子，分别属于四季，春天是水仙和兰花，夏天是莲花，秋天是秋海棠，冬天是蜡梅花。没有这四季的花，不如说没有我这条命了。

水仙花以南京出产的为最佳，我不是为了把家安在南京，而是为了把家安在水仙之乡。记得康熙五年春天，我因为生活困窘，没钱度日，已经把衣服典当干净了，到了水仙开花的季节，已经山穷水尽，一个钱也没有了，想买水仙却拿不出钱来。家人说："就别买了，一年不看水仙花也没什么稀奇的。"我说："你想要我的命吗？我宁可少活一年，也不能一年不看水仙花。况且我冒着雪从外乡赶回南京，就是来看水仙的，没有水仙跟不回南京、在外地过年，又有什么区别呢？"家人无法阻止我，听任我典当了首饰买花。我钟爱水仙并不是怪癖，而是因为水仙花的颜色、香味儿、水仙的茎、叶都与其他花不同，我更欣赏水仙善于使人产生美感的品性。女人当中面似桃花、腰似杨柳，或者像牡丹、芍药一般丰满艳丽，或者像秋菊、海棠一般轻盈袅娜的，比比皆是，可是像水仙一般安静平和却多姿多彩，不动不摇却千姿百媚的，我却从没有见过。用水仙二字来称呼这种花，真可以说形象到了极点。假如我见到给此花命名的人，一定痛痛快快向他下拜。

南京的水仙不仅堪称天下第一，而且那些养殖水仙出售的人，还能够巧夺天工，让花早开，花就早开；让花迟开，花就迟开，买花的人希望花在哪天开，卖花的人就能让花在哪天开，一天也不会早，一天也不会迟。这一盆凋谢了，另一盆接着又开了。这是因为下种的时间不同，开花的先后也不同。当你买花的时候，卖花的人会送给你花盆和石头，种花时随手就能布置一幅风景图画，这是那些文人雅士无法做到的。难道这些雕虫小技也是上天赐予而非人力所及的吗？

5. 芙蕖

原文

芙蕖与草本诸花，似觉稍异，然有根无树，一岁一生，其性同也。谱云："产于水者曰草芙蓉，产于陆者曰旱莲。"则谓非草本不得矣。予夏季倚此为命者，非故效颦于茂叔，而袭成说于前人也。以芙蕖之可人，其事不一而足，请备述之。群葩当令时，只在花开之数日，前此后此，皆属过而不问之秋矣。芙蕖则不然，自荷钱出水之日，便为点缀绿波，及其劲叶既生，则又日高一日，日上日妍，有风既作飘飘之态，无风亦呈袅娜之姿。是我于花之未开，先享无穷逸致矣，迨至菡萏成花，娇姿欲滴，后先相继，自夏徂秋，此时在花为分内之事，在人为应得之资者也。及花之既谢，亦可告无罪于主人矣，乃复蒂下生蓬，蓬中结实，亭亭独立，犹似未开之花，与翠叶并擎，不至白露为霜，而能事不已。此皆言其可目者也。可鼻则有荷叶之清香，荷花之异馥，避暑而暑为之退，纳凉而凉逐之生。至其可人之口者，则莲实与藕，皆并列盘餐，而互芬齿颊者也。只有霜中败叶，零落难堪，似成弃物矣，乃摘而藏之，又备经年裹物之用。是芙蕖也者，无一时一刻，不适耳目之观；无一物一丝，不备家常之用者也。有五谷之实，而不有其名，兼百花之长，而各去其短。种植之利，有大于此者乎？予四命之中，此命为最。无如酷好一生，竟不得半亩方塘，为安身立命之地；仅凿斗大一池，植数茎以塞责，又时病其漏，望天乞水以救之。殆所谓不善养生，而草菅其命者哉。

译文

荷花和其他草本花卉有些不同，但是有根没有枝干、一年一生，这些习性是相同的。花谱上说："生长在水中的叫'草芙蓉'生长在陆地的叫'旱莲'。"这样就不能不把它归入草本植物了。我在夏季里把荷花当命根子，并不是东施效颦，有意模仿酷爱莲花的周敦颐，或者因袭前人的现成说法，而是由于荷花的种种可爱之处真是一言难尽。请让我细细道来。

各种花卉让人赏心悦目，只在开花那几天，开花以前和开花以后，不会有人去关注它们。荷花却不同，自从荷叶刚刚冒出嫩芽、露出水面的那一天，就点缀绿水清波，等到长成大叶，更是日新月异，一天比一天茁壮，一天比一天娇妍，风儿吹来时，随风浮动；风平浪静时，袅娜多姿。这使我在花没开放之前，就已经享受到了无穷的乐趣了。等到含苞待放的花骨朵变成盛开的花朵，那娇妍欲滴、风姿绰约的景象，前赴后继，从夏季到秋季连绵不绝，这对莲花来说是分内的事，对人来说又是应得的享受。等到花即将凋谢的时候，本来已经很对得起主人了，可是又在花蒂之下，生出莲蓬来，莲蓬里面结满果实，那亭亭玉立的样子仿佛是含苞待放的花朵。莲蓬与翠绿的叶子并肩而立，不到下霜的季节，这景象不会结束。以上所说的，都是眼睛能看到的，鼻子能闻到的，还有荷叶淡淡的清香、荷花馥郁的浓香，用它们解暑，暑热会立即消退；用它们来纳凉，凉爽顿时产生。至于说给人带来口腹之乐的，是莲子和藕。它们都是餐桌上的美食，清脆可口。只有霜打的败叶，一副颓败零落的样子，看起来已经成了没用的东西，但是如果摘下来收藏，又可以常年用来包裹食物。这样看来，荷花这东西，每时每刻都令人赏心悦目；荷花身上的每个部分都可供家常日用，具有谷物的实惠，却不享有谷物的名分；兼备百花的优点，却没有百花的短处，种植什么样的植物能获得比荷花更多的好处呢？

我的四个命根子当中，荷花排在第一位。无奈我一生酷爱此花，却没有半亩池塘来养殖它，只好自己挖了个斗大的池子，种了几株荷花聊以自慰。池子又时常漏水，只得常常向老天爷求雨，来挽救它们。可以说我没有对荷花尽到养育的责任，草菅其命了。

6. 罂粟

原文

花之善变者，莫如罂粟，次则数葵，余皆守故不迁者矣。艺此花如蓄豹，观其变也。牡丹谢而芍药继之，芍药谢而罂粟继之，皆繁之极，盛之至者也。欲续三葩，难乎其为继矣。

译文

花中没有比罂粟更善于变化的了，其次要数葵花，其余的花都是守旧不变的。养罂粟花如同养豹子，乐趣在于观察它的变化。牡丹花谢了，有芍药花接着开；芍药花谢了，有罂粟花接着开。它们都是开得茂盛之极的。这三种花开过之后，就难以找到其他花来接替了。

7. 葵

◆ 原文 ◆

花之易栽易盛，而又能变化不穷者，止有一葵。是事半于罂粟，而数倍其功者也。但叶之肥大可憎，更甚于蕙。俗云："牡丹虽好，绿叶扶持。"人谓树之难好者在花，而不知难者反易。古今来不乏明君，所不可必得者，忠良之佐耳。

◆ 译文 ◆

花中容易栽培，容易长得茂盛，而又变化无穷的，只有葵花。种这种花跟种罂粟相比，具有事半功倍之效。但是葵花的叶子肥大，比蕙的叶子还令人厌恶。俗话说："牡丹虽好，还需绿叶扶持。"人们认为种葵花要想使花开得好很难，却不知道再难也是有希望让它长好的，叶子难看却是难以改变的，相比之下难的反而容易。古往今来贤明的君主不少，但难以得到的却是忠臣良将。

8. 萱

◆ 原文 ◆

萱花一无可取，植此同于种菜，为口腹计则可耳，至云"对此可以忘忧，佩此可以宜男"，则千万人试之，无一验者。书之不可尽信，类如此矣。

◆ 译文 ◆

萱草花没有任何可取之处，种这种花跟种菜一样，为了当菜吃还行，如果说"看见它可以忘记忧愁，佩戴它可以生男孩儿"，千万人都试过了，也没有一个应验的。由此可见，书本上的东西不能全信，这就是个例子。

9. 鸡冠

◆ 原文 ◆

予有收鸡冠花子一绝云："指甲搔花碎紫雯，虽非异卉也芳芬。时防撮却还珍惜，一粒明年一孕云。"此非溢美之词，道其实也。花之肖形者尽多，如绣球、玉簪、金钱、蝴蝶、剪春罗之属，皆能酷似，然皆尘世中物也。能肖天上之形者，独有鸡冠花一种。氤氲其象，而叆叇其文，就上观之，俨然庆云一朵。乃当日命名者，舍天上极美之物，而搜索人间。鸡冠虽肖，然而贱视花容矣。请易其字，曰"一朵云"。此花有红、紫、黄、白四色，红者为"红云"，紫者为"紫云"，黄者为"黄云"，白者为"白云"。又有一种五色者，即名为"五色云"。以上数者，较之"鸡冠"，谁荣谁辱？花如有知，必将德我。

译文

我写过一首七绝《收鸡冠花子》："指甲搔花碎紫霞，虽非异卉也芳芬；时防撮却还珍惜，一粒明年一孕云。"这不是溢美之词，说的是实情。花卉当中像形的很多，比如绣球、玉簪、金钱、蝴蝶、剪春罗之类，长得都酷似实物；但是这些都是尘世间的东西。长得像天上的东西的，只有鸡冠花，其形似烟气弥漫，其纹似朝云滚滚。走上前去观察，无论它的轮廓还是它的花纹，都酷似一朵祥云。当初给花起名字的人，舍弃天上美妙的事物，到人间来搜寻花名，把它叫作鸡冠花虽然很形象，但却把花的美貌贬低了。请让我给它改个名字，叫作"一朵云"。

这种花有红、紫、黄、白四种颜色，红色的叫"红云"。紫色的叫"紫云"，黄色的叫"黄云"，白色的叫"白云"，还有一种五色俱全的，叫作"五色云"。以上这几个名字，跟"鸡冠花"这个名字比起来，哪个能显示出花的荣耀、哪个会使花蒙受屈辱，不是一目了然了吗？花如有灵性，一定会感激我。

10. 玉簪

原文

花之极贱而可贵者，玉簪是也。插入妇人髻中，孰真孰假，几不能辨，乃闺阁中必需之物。然留之弗摘，点缀篱间，亦似美人之遗，呼作"江皋玉佩"[1]，谁曰不可？

译文

花中被人看得很贱，其实很可贵的，要数玉簪了。把它同真玉簪一起插在女人的发髻上,哪个是真,哪个是假,几乎无法分辨。此花是闺阁中的必需之物,但是留着不摘,用它点缀篱笆,也像是美人头上掉下来的,把它叫作"江皋玉佩",谁说不行呢?

◈ 注释 ◈

[1]江皋玉佩——江岸上美人赠与的玉佩。语出《韩诗内传》:"郑交甫遵彼汉皋台下遇二女,与言曰:'愿请子之佩。'二女与交甫,交甫受而怀之,超然而去,十步循探之,即亡矣,回顾二女,亦即亡矣。"郑交甫:神话中人物。

11. 凤仙

◈ 原文 ◈

凤仙极贱之花,止宜点缀篱落,若云备染指甲之用,则大谬矣。纤纤玉指,妙在无瑕,一染猩红,便称俗物。况所染之红,又不能尽在指甲,势必连肌带肉而丹之。迨肌肉褪清之后,指甲又不能全红,渐长渐退,而成欲谢之花矣,始作俑者其俗物乎?

◈ 译文 ◈

凤仙是极贱的花,只适于装点篱笆,如果说可以用它来染指甲,就大错特错了。纤纤玉指,妙在洁白无瑕,一旦染成猩红,就显得很俗气了。况且染上去的红色,又不全在指甲上,肯定是连着旁边的皮肉一起染红。等到皮肉上的颜色褪光以后,指甲又不能全红,一边长一边褪色,这就成了即将凋谢的花。最初发明这种做法的人,不是庸俗透顶吗?

12. 金钱、金盏、剪春罗、剪秋罗

◈ 原文 ◈

金钱、金盏、剪春罗、剪秋罗诸种,皆化工所作之小巧文字。因牡丹、芍药一开,造物之精华已竭,欲续不能,欲断不可,故作此轻描淡写之文,以延其脉。吾观于此,而识造物纵横之才力,亦有穷时,不能似源泉混混,愈涌而愈出也。合一岁所开

之花，可作天工一部全稿。梅花、水仙，试笔之文也，其气虽雄，其机尚涩，故花不甚大，而色亦不甚浓。开至桃、李、棠、杏等花，则文心怒发，兴致淋漓，似有不可阻遏之势矣。然其花之大犹未甚，浓犹未至者，以其思路纷驰而不聚，笔机过纵而难收。其势之不可阻遏者，横肆也，非纯熟也。迨牡丹、芍药一开，则文心笔致，俱臻化境，收横肆而归纯熟，舒蓄积而罄光华，造物于此，可谓使才务尽，不留丝发之余矣。然自识者观之，不待终篇而知其难继，何也？世岂有开至树不能载，叶不能覆之花，而尚有一物焉，高出其上，大出其外者乎？有开至众彩俱齐，一色不漏之花，而尚有一物焉，红过于朱，白过于雪者乎？斯时也，使我为造物，则必善刀而藏矣。乃天则未肯告乏也，夏欲试其技，则从而荷之；秋欲试其技，则从而菊之；冬则计穷力竭，尽可不花，而犹作蜡梅一种以塞责。之数卉者，可不谓之芳妍尽致，足殿群芳者乎？然较之春末夏初，则皆强弩之末矣。至于金钱、金盏、剪春罗、剪秋罗、滴滴金、石竹诸花，则明知精力不继，篇帙寥寥，作此以塞纸尾，犹人诗文既尽，附以零星杂著者是也。由是观之，造物者，极欲骋才，不肯自惜其力之人也。造物之才，不可竭而可竭，可竭而终不可竟竭者也。究竟一部全文，终病其后来稍弱，其不能弱始弱终者，气使之然，作者欲留余地而不得也。吾谓才人著书，不应取法于造物，当秋冬其始，而春夏其终，则是能以蔗境行文，而免于江淹才尽之诮矣。

译文

金钱、金盏、剪春罗、剪秋罗这几种花都是造物主所作的小巧文章，因为牡丹、芍药花一开，造物主的精华已经消耗尽了，想再造辉煌力不能及，想罢手不干又不忍心放弃，只好做些轻描淡写的文章来延续血脉。从这几种花里，我看出造物主挥洒纵横的才智也有穷尽的时候，不可能像泉水滔滔不绝的源头那样，愈涌愈多。

一年之中开放的花合计起来，可以看作是造物主所著的一本书。梅花和水仙是试笔的文章，虽说气势恢宏，技巧还显得生涩，所以花开得不大，色彩也不浓。到了桃、李、海棠、杏等花开放的时候，就已经文思奔放、酣畅淋漓，仿佛有不可阻挡之势了。但是此时花还不是很大，色彩也没有达到浓郁的极致。这是因为文思如脱缰的野马，奔腾纵跃，难以凝聚，笔端所及，纵横驰骋，难以收拢。那不可阻挡之势，只是纵横恣肆，并非纯熟。等到牡丹、芍药一开，文心笔致都几乎达到了出神入化的境界，收敛了纵横恣肆而归于纯熟，把胸中积蓄的才气全部释放出来了。造物主在创造这两种花时，可以说施展了全部的智慧，没留一丝一毫的余地。然而在明眼人看来，这篇文章还没有做完,造物主已经难以为继了。为什么这样说呢?牡丹花、芍药花已经美到无与伦比了,树枝承受不了它们,树叶也无法与它们相匹配,难道在这个世界上,还能创造出一种花,比牡丹花更高贵,比芍药花更硕大吗?牡丹和芍药已经达到各色具备,一色不缺的地步了,难道还能再创造出一些花来,比朱砂更红、比白雪更白吗?如果我是造物主,创造了牡丹和芍药,一定会适可而止,见好就收了。可是造物主却不肯罢手,夏天还想比试一下手艺,于是创造了荷花;秋天又想比试一下手艺,于是创造了菊花;到了冬天已经是技穷力竭了,还创造出蜡梅花聊以自慰。这几种花,难道不是气味芬芳、色彩娇艳,有足够的资格为群花殿后吗?但是跟春末夏初的花比起来,已经是强弩之末了。至于金钱、金盏、剪春罗、剪秋罗、滴滴金、石竹这些花,却是明明知道精力不济,篇幅又所剩无几,非要敷衍潦草,写些字句填塞纸张,就像文人把诗文写尽了,附上一些零星的杂著来充数一样。这样看来,造物主是个喜欢逞能,不肯珍惜自己的才力的家伙。造物主的才能应该是不可穷尽,但应该细水长流,本可全力以赴,但却留有余地。毕竟这一本书,毛病出在结尾稍显单薄,它不能舒缓地开始、平淡地结尾,是天性造成的,造物主想留有余地也不可能。我认为才子著书立说,不应该效仿造物主,而应该以秋、冬两季的景象作为开头,以春、夏两季的景象作为结尾,这样就能渐入佳境,不至于江郎才尽,被人讥笑为虎头蛇尾了。

13. 蝴蝶花

原文

此花巧甚。蝴蝶,花间物也。此即以蝴蝶为花。是一是二,不知周之梦为蝴蝶欤?蝴蝶之梦为周欤?非蝶非花,恰合庄周梦境。

译文

蝴蝶花妙极了。蝴蝶本来是游戏花间的昆虫,蝴蝶花却长相酷似蝴蝶,蝴蝶在花间游戏,让人分不清哪个是蝴蝶、哪个是花。不知道是庄周梦见自己变成了蝴蝶?还是蝴蝶梦见自己变成了庄周?既不是蝴蝶,又不是花,正合庄周的梦境。

14. 菊

原文

菊花者，秋季之牡丹、芍药也。种类之繁衍同，花色之全备同，而性能持久复过之。从来种植之书，是花皆略，而叙牡丹、芍药与菊者独详。人皆谓三种奇葩，可以齐观等视，而予独判为两截，谓有天工人力之分。何也？牡丹、芍药之美，则全仗天工，非由人力。植此二花者，不过冬溉以肥，夏浇以湿，如是焉止矣。其开也，烂漫芬芳，未尝以人力不勤，略减其姿而稍俭其色。菊花之美，则全仗人力，微假天工。艺菊之家，当其未入土也，则有治地酿土之劳；既入土也，则有插标记种之事。是萌芽未发之先，已费人力几许矣。迨分秧植定之后，劳瘁万端，复从此始，防燥也，虑湿也，摘头也，掐叶也，芟蕊也、接枝也、捕虫掘蚓以防害也。此皆花事未成之日，竭尽人力以俟天工者也。即花之既开，亦有防雨避霜之患，缚枝系蕊之勤，置盎引水之烦，染色变容之苦，又皆以人力之有余，补天工之不足者也。为此一花，自春徂秋，自朝迄暮，总无一刻之暇。必如是，其为花也，始能丰丽而美观，否则同于婆娑野菊，仅堪点缀疏篱而已。若是，则菊花之美，非天美之，人美之也。人美之而归功于天，使与不费辛勤之牡丹、芍药，齐观等视，不几恩怨不分，而公私少辨乎？吾知敛翠凝红而为沙中偶语者[1]，必花神也。

自有菊以来，高人逸士，无不尽吻揄扬，而予独反其说者，非与渊明作敌国。艺菊之人，终岁勤动，而不以胜天之力予之，是但知花好而昧所从来，饮水忘源，并置汲者于不问，其心安乎？从前题咏诸公，皆若是也。予创是说，为秋花报本，乃深于爱菊，非薄之也。

予尝观老圃之种菊，而慨然于修士之立身，与儒者之治业，使能以种菊之无逸者砺其身心，则焉往而不为圣贤？使能以种菊之有恒者攻吾举业，则何虑其不掇青紫？乃士人爱身爱名之心，终不能如老圃之爱菊。奈何！

译文

菊花是秋天里的牡丹、芍药。它们在品种繁多这一点上相同，在花色齐全这一点上相同，在花期持久这一点上，菊花还超过了牡丹和芍药。自古以来种植方面的书，讲述其他的花都很简略，唯独讲述牡丹、芍药和菊这三种花时很详细。人们都说这三种花可以等量齐观、平起平坐，我偏偏认为它们截然不同，区别就在于前两者是大自然创造出来的，后一个是人工造出来的。为什么这么说呢？牡丹、芍药的美，全都仰仗自然，而不是人创造的。种这两种花，不过冬天施点儿肥，夏天浇点儿水，如此而已，再用不着费什么劲儿了。当其开花的时候，色彩烂漫，气味芳香，绝不因为人对它投入的精力少而减弱它的娇美和艳丽。菊花的美，却大部分依靠人力，较少依靠自然。种菊花的人，在种子还没种到土里之前，就要有治地酿土的劳作，等种子种到土里，还有一些插标记、做记录的事情要做。花还没有萌芽破土之前，就已经耗费了相当的人力。但是真正的辛苦劳累却在分秧栽种之后才开始，防旱啦，怕涝啦，摘头啦，掐叶啦，去蕊啦，接枝啦，捉虫子、挖蚯蚓、防止病虫害啦，这都是在花还没开的时候，费尽人力，期待老天爷让花开得尽如人意。到花打了骨朵而又没开之前，还要时刻惦记着防止雨淋、霜打，勤勤恳恳地束支系蕊给花造型，不嫌劳苦和麻烦，不分昼夜地给花浇水，辛辛苦苦地一朵一朵地给花上色，这一切的辛苦劳累，都是为了用人力来弥补自然的不足。为了菊花，种花的人从春天到秋天，从早上到晚上，没有一刻清闲。一定要这样，菊花才能长得丰满、艳丽，称得上美观，不然的话，就跟长相猥琐的野菊花没有什么两样，只有装点篱笆的份儿。如此说来，菊花的美并不是大自然造就的，而是人力雕琢出来的。既然是人的力量，却要归功于自然，把菊花与牡丹、芍药这两种不用人花费辛劳的花同样对待，这不是恩怨不分、公私不明吗？我知道掌管花开花谢、暗中评判，从而决定哪种花好、哪种花坏的，一定是花神。

自从有菊花以来，高人雅士无不竭力赞美它，我却反其道而行之，并不是我非要跟陶渊明作对。种菊花的人辛苦了一年才造就了菊花，不赞美他们巧夺天工的创造力，就是只知道花好，却不知花的创造者，饮水忘源，把取水的人也丢在一边，能心安理得吗？以前题诗咏菊的人都是这么做的。我创立这个理论，是为了替菊花报恩，是出于对菊花的深爱，不是想贬低它。

我曾经细心观察不辞辛劳，种养菊花的老园丁，感慨于那些修身治学的文人学者。如果他们都能像园丁种菊花那样勤勤恳恳，不图安逸，磨砺身心，哪有不成为圣贤的道理呢？如果以园丁那样的恒心和耐性攻读诗书、求取功名，还愁做不了高官吗？只是文人们爱学问爱功名的心情，终究不如老园丁爱菊深切。有什么办法呢？

◈ 注释 ◈

［1］沙中偶语——语出《史记·留侯世家》：汉高祖得天下，大封功臣，没有封

到的日夜争功不绝,他们往往聚集在沙中议论,一天汉高祖看到了,问张良,张良说:"他们在谋反。"高祖和张良商量,立即采取措施,解决了矛盾。

15. 菜

◈ 原文 ◈

菜为至贱之物,又非众花之等伦,乃《草本》《藤本》中,反有缺遗,而独取此花殿后,无乃贱群芳而轻花事乎?曰不然。菜果至贱之物,花亦卑卑不数之花,无如积至贱至卑者,而至盈千累万,则贱者贵而卑者尊矣。"民为贵,社稷次之,君为轻"者,非民之果贵,民之至多至盛为可贵也。园圃种植之花,自数朵以至数十百朵而止矣,有至盈阡溢亩,令人一望无际者哉?曰:无之。无则当推菜花为盛矣。一气初盈,万花齐发,青畴白壤,悉变黄金,不诚洋洋乎大观也哉!当是时也,呼朋拉友,散步芳塍,"香风导酒客寻帘","锦蝶与游人争路"。郊畦之乐,什伯园亭,惟菜花之开,是其候也。

◈ 译文 ◈

菜是最微不足道的植物,又算不上花的同类,况且在《草本》《藤本》当中,尚且有遗漏掉的花,却用菜来做《草本》的结尾,莫非是有意贬低群花、轻视园艺吗?我说不是。菜的确是很低贱的东西,开的花也微不足道,不过最低贱最卑微的东西积累到成千上万、数不胜数时,那么低贱和卑微就会成为尊贵。"民为贵,社稷次之,君为轻"说的就是这个道理。并不是老百姓真的那么尊贵,而是老百姓太多了,谁也不敢轻视他们。花园里种的花从几朵到数十百朵也就到头儿了,有遍地都是、连成一片、让人一望无际的花么?没有。既然花中没有,那么油菜花就该算是最茂盛的了。大地刚充满春天的气息,千万朵花同时开放,原本青绿的田间大地,顿时变成一片金黄,真是浩瀚无边、蔚为壮观啊!一到这个时节,我就呼朋唤友,到田间漫游。"香风导酒客寻帘""锦蝶与游人争路",郊野菜园的乐趣超过城里园林十倍百倍,只有油菜花开的季节,才有这样的好时光。

四、众卉

小　引

◆ 原文 ◆

　　草木之类，各有所长，有以花胜者，有以叶胜者，花胜则叶无足取，且若赘疣，如葵花、蕙草之属是也。叶胜则可以无花，非无花也，叶即花也。天以花之丰神色泽，归并于叶而生之者也。不然，绿者叶之本色，如其叶之，则亦绿之而已矣，胡以为红，为紫，为黄，为碧？如老少年、美人蕉、天竹、翠云草诸种，备五色之陆离，以娱观者之目乎？即其青之绿之，亦不同于有花之叶，另具一种芳姿。是知树木之美，不定在花，犹之丈夫之美者，不专主于有才；而妇人之丑者，亦不尽在无色也。观群花令人修容，观诸卉则所饰者不仅在貌。

◆ 译文 ◆

　　草木植物各有所长，有的以花取胜，有的以叶子取胜，花好的叶子就不足取，而且还显得多余。例如葵、蕙之类的叶子就是如此。叶子好，就可以没有花，并不是真的没有花，叶子就是花。大自然把花的丰采神韵和艳丽的色泽合并到叶子里去了，不然的话，叶子的本色是绿色，让它做叶子，把它造就成绿色就行了，为什么又造出了红色、紫色、黄色、碧绿色的叶子呢？比如老少年、美人蕉、天竹、翠云草等植物的叶子，五色俱全，色彩缤纷，光怪陆离，难道是为了让人看着高兴吗？就是青叶、绿叶，也跟有花的叶子不同，另有一番风韵。由此得知，树木的美，不一定在花上，就像男人的美不全靠有才，而女人的丑也不都是因为缺少姿色。观赏群花能使人容颜美丽；而观赏百草，给人带来的好处不仅在相貌上。

1. 芭蕉

◆ 原文 ◆

　　幽斋但有隙地，即宜种蕉。蕉能韵人而免于俗，与竹同功。王子猷偏厚此君，未免挂一漏一。蕉之易栽，十倍于竹，一二月即可成荫。坐其下者，男女皆入画图，且能使台榭轩窗尽染碧色，绿天之号，洵不诬也。竹可镌诗，蕉可作字，皆文士近身之简牍。乃竹上止可一书，不能削去再刻；蕉叶则随书随换，可以日变数题。尚有时不烦自洗，雨师代拭者，此天授名笺，不当供怀素一人之用[1]。予有题蕉绝句云："万花题遍示无私，费尽春来笔墨资。独喜芭蕉容我俭，自命晴叶待题诗。"此芭蕉实录也。

◈ 译文 ◈

房子周围只要空地，就应该种植芭蕉。芭蕉能够使人风雅而脱俗，同竹子有异曲同工的效用。王徽之只偏爱竹子，漏掉了芭蕉，未免太不公平了。栽培芭蕉比种竹子容易十倍，芭蕉种到地里一两个月，就能成荫。人坐在芭蕉叶下，无论是男是女，都像是画中的人物。而且芭蕉又把亭台楼阁、栏杆窗棂都染成了碧绿，此情此景，美其名曰"绿天"，真是一点儿也不过分。竹板上面可以刻诗，芭蕉叶上可以写字，都是文人贴身的简牍。不过竹板上只能刻一次，不能削掉再刻，而芭蕉叶上可以随写随擦，一天当中，可以擦了再写，反复在上面题诗。而且有时用不着自己费心擦洗，雨水一浇就冲洗干净了。这是大自然创造的书简；不应该仅供怀素一个人独享。我曾经写过一首关于芭蕉的绝句："万花题遍示无私，费尽春来笔墨资。独喜芭蕉容我俭，自舒晴叶待题诗。"这是芭蕉的真实写照。

◈ 注释 ◈

[1]怀素——唐代僧人，玄奘弟子，字藏真，俗姓钱，长沙人，迁居京兆。相传其种芭蕉万余株，以蕉叶代纸写字，故将自己的住处取名为"绿天庵"。

2. 翠云

◈ 原文 ◈

草色之最蒨者，至翠云而止。非特草木为然，尽世间苍翠之色，总无一物可以喻之，惟天上彩云，偶一幻此。是知善着色者，惟有化工。即与倾国佳人眉上之色，并较浅深，觉彼犹是画工之笔，非化工之笔也。

◈ 译文 ◈

草木植物当中颜色最浓的,要数翠云了。不但草木之中,就是找遍世上所有苍翠的东西,没有一样能形容它的颜色,只有天上的彩云,才能偶然间幻化出这样的色彩。可见善于着色的,只有大自然的伟力。即使拿倾国倾城的美女的眉毛来与它比较深浅,也使人觉得那眉毛只是画出来的,而不是大自然的创造。

3. 虞美人

◈ 原文 ◈

虞美人,花叶并娇,且动而善舞,故又名"舞草"。《谱》云:"人或抵掌歌《虞美人》曲,即叶动如舞。"予曰:舞则有之,必歌《虞美人》曲,恐未必尽然。盖歌舞并行之事,一姬试舞,众姬必歌以助之,闻歌即舞,势使然也。若谓必歌《虞美人》曲,则此曲能歌者几?歌稀则和寡,此草亦得藉口藏其拙矣。

◈ 译文 ◈

虞美人的花好叶子也好,又总是婆婆娑娑、翩翩起舞的样子,所以又叫"舞草"。花谱上说:一旦人拍着手唱《虞美人》的曲子,虞美人的叶子就会像跳舞一样摇摆起来。我说听到人唱歌就起舞或许是真的,但是一定要唱《虞美人》,恐怕未必。歌和舞总是相伴的,一个美女出来跳舞,众美女必然要给她伴唱,听到歌声响起,美女就会翩翩起舞,这都是很自然的。如果说一定要唱《虞美人》才跳舞,会唱《虞美人》的,又有几个呢?会唱的人少,循歌起舞的时候就少,虞美人就可以以此为借口,掩盖它的无能了。

4. 书带草

◈ 原文 ◈

书带草其名极佳,苦不得见。谱载出淄川城北[1]郑康成读书处[2],名"康成书带草"。噫!康成雅人,岂作王戎钻核故事[3],不使种传别地耶?康成婢子知书,使天下婢子皆不知书,则此草不可移,否则处处堪栽也。

译文

书带草的名字极美,遗憾的是看不到。花谱中记载:这种草长在淄川城北郑康成读书的地方,名叫"康成书带草"。嗨!郑康成是个有涵养的人,他怎么会像王戎钻坏李子核那样,不让种子传到别的地方呢?郑康成家的婢女爱读书,假使天下的婢女都不爱读书,那么这种草就只能长在郑康成家里,不然的话,就到处都可以栽了。

注释

[1] 淄川——今山东淄博。

[2] 郑康成——郑玄,字康成,东汉经学家。博学多才,遍注五经,其所著,今唯存《毛诗笺》。

[3] 王戎钻核——晋人王戎,家有李树,品种极好,不肯外传,卖李子时,把核钻坏。

5. 老少年

原文

此草一名"雁来红",一名"秋色",一名"老少年",皆欠妥切。"雁来而红"者,尚有蓼花一种;经秋弄色者,又不一而足。皆属泛称,惟"老少年"三字相宜,而又病其俗。予尝易其名曰"还童草",似觉差胜。此草中仙品也,秋阶得此,群花可废。此草植之者繁,观之者众;然但知其一,未知其二。予尝细玩而得之。盖此草不特于一岁之中,经秋更媚,即一日之中,亦到晚更媚,总之后胜于前,是其性也。此意向矜独得,及阅徐竹隐诗[1],有"叶从秋后变,色向晚来红"一联,不知确有所见如予,知其晚来更媚乎?抑下句仍同上句,其晚亦指秋乎?难起九原而问之,即谓先予一着可也。

译文

此草又名"雁来红",又名"秋色",又名"老少年",都不是很贴切。大雁飞来时节颜色变红的,还有蓼花;别的植物当中,一到秋天颜色就变红的还有很多。这些名字都是泛称,只有"老少年"比较合适,但是又嫌太俗气了。我曾经给它改了个名字，叫作"还童草"，觉得似乎好一点儿。它是草中的仙品，秋天的台阶上有了这种草做点缀，别的花都可以不要了。种这种草的人很多，观赏的人也很多，但是人们只知其一，不知其二。我通过仔细地观察琢磨，发现这种草不但在一年之中，到了秋天更加妩媚，即使在一天之中，也是到了晚上更加妩媚，总之，后胜于前，是它的本性。过去我为自己的这一发现而骄傲，等看了徐竹隐的诗，其中有"叶从秋后变，色向晚来红"两句，不知他是跟我有同样的发现，知道它到了晚上更加妩媚呢？还是后面一句的意思跟前面一句的意思一样，所说的"晚"指的也是秋天呢？不能把他从九泉之下请出来问问，就算他先我一着吧。

注释

［1］徐竹隐——即宋代词人徐似道。字渊子，号竹隐，黄岩（今属浙江省温岭市）人。

6. 天竹

原文

竹无花而以夹竹桃代之，竹不实而以天竹补之，皆是可以不必然而强为蛇足之事。然蛇足之形，自天生之，人亦不尽任咎也。

译文

竹子不开花，用夹竹桃代替；竹子不结果，用天竹弥补，这些都是不必如此而硬要画蛇添足。不过这蛇足也是天生的，不能都归咎于人。

7. 虎刺

原文

长盆栽虎刺，宣石作峰峦。布置得宜，是一幅案头山水。此虎丘卖花人长技也，不可谓非化工手笔。然购者于此，必熟视其为原盆与否。是卉皆可新移，独虎刺必须久植，新移旋种者百无一活，不可不知。

《译文》

"长盆栽虎刺,宣石作峰峦",布置得当,便是一幅案头山水。这是虎丘卖花人的特长,不能说不是大自然的手笔。不过买的人必须仔细看看它是不是原盆。别的草可以换盆,唯独虎刺必须在一个盆中久栽,新换过盆或者新栽的,很难成活,这一点不能不知道。

8. 苔

《原文》

苔者,至贱易生之物,然亦有时作难。遇阶砌新筑,冀其速生者,彼必故意迟之,以示难得。予有《养苔》诗云:"汲水培苔浅却池,邻翁尽日笑人痴。未成斑藓浑难待,绕砌频呼绿拗儿。"然一生之后,又令人无可奈何矣。

《译文》

苔最贱,又很容易生长,但是它有时也跟人作对。新砌了台阶,希望它快生,它反而故意生得晚,来显示自己难得。我写过一首诗《养苔》:"汲水培苔浅却池,邻翁尽日笑人痴。未成斑藓浑难待,绕砌频呼绿拗儿。"但是一旦长出来以后,又令人无可奈何了。

9. 萍

《原文》

杨入水为萍,是花中第一怪事。花已谢而辞树,其命绝矣,乃又变为一物,其生方始,殆一物而两现其身者乎?人以杨花喻命薄之人,不知其命之厚也;较天下万物为独甚。吾安能身作杨花,而居水陆二地之胜乎?

水上生萍,极多雅趣,但怪其弥漫太甚,充塞池沼,使水居有如陆地,亦恨事也。有功者不能无过,天下事其尽然哉?

译文

杨花入水为萍,是花中的第一怪事。杨花凋谢以后从树上落下来,它的生命已经结束了,但是又变成了另一种东西,生命才刚刚开始,难道是一种东西有两个化身吗?有人用杨花来比喻薄命的人,却不知道它比天下万物的命都要厚。我怎样才能做那杨花,既能待在水里,又能待在陆地上,占尽水陆两处的风光呢?

水上生萍,能够给人带来很多乐趣,只怪它蔓延得太厉害,把池塘都塞满了,使得水面有如陆地,这也是一件憾事。有功者不能无过,或许天下事都是如此吧?

五、竹木

(未经种植者不载)

小 引

原文

竹木者何?树之不花者也。非尽不花,其见用于世者,在此不在彼,虽花而犹之弗花也。花者,媚人之物,媚人者损己,故善花之树,多不永年,不若椅桐梓漆之朴而能久。然则树即树耳,焉如花为?善花者曰:"彼能无求于世则可耳。我则不然,雨露所同也,灌溉所独也,土壤所同也,肥泽所独也。子不见尧之水,汤之旱乎?如其雨露或竭,而土不能滋,则奈何?盍舍汝所行而就我?"不花者曰:"是则不能,甘为竹木而已矣。"

译文

竹木是什么?是不开花的树。竹木并不是都不开花,而是它们被人利用的地方不在于花,即使开花,也跟不开花一样。花是媚人的东西,媚人的东西在媚人的同时会使自己受到损害,因此开花多的树大都寿命不长,不如山桐子、梧桐、梓树、漆树朴实无华而能活得长久。如此说来,树就是树,何必要学花呢?善于开花的树说:"有的竹木能无求于世,没有花也不要紧。我却不行,大家都能得到雨露,可是唯独我还要加以灌溉；大家都享受到土壤，唯独我还要施以肥料。你没看见尧时的洪水、商汤时的干旱吗？如果哪一天没有了雨露，土壤得不到滋润，那怎么办呢？何不放弃你的做法，也像我一样开花呢？"不开花的树说："这不可能，我还是情愿做我的竹木。"

1. 竹

原文

俗云："早间种树，晚上乘凉。"喻词也。予于树木中，求一物以实之，其惟竹乎！种树欲其成荫，非十年不可。最易活者，莫如杨柳，求其荫可蔽日，亦须数年。惟竹不然，移入庭中，即成高树，能令俗人之舍，不转盼而成高士之庐。神哉此君！真医国手也！种竹之方，旧传有诀云："种竹无时，雨过便移，多留宿土，记取南枝。"予悉试之，乃不可尽信之书也。三者之内，惟一可遵，"多留宿土"是也。移树最忌伤根，土多则根之盘曲如故，是移地而未尝移土，犹迁人者并其卧榻而迁之，其人醒后尚不自知其迁也。若俟雨过方移，则沾泥带水，有几许未便。泥湿则松，水沾则濡，我欲留土，其如土湿而苏，随锄随散之，不可留何？且雨过必晴，新移之竹，晒则叶卷，一卷即非活兆矣。予易其词曰"未雨先移"。天甫阴而雨犹未下，乘此急移，则宿土未湿，又复带潮，有如胶似漆之势。我欲多留而土能随我，先据一筹之胜矣。且栽移甫定而雨至，是雨为我下，坐而受之，枝叶根本，无一不沾滋润之利。最忌者日，而日不至，最喜者雨，而雨即来。去所忌而投以喜，未有不欣欣向荣者。此法不止种竹，是花是木皆然。至于"记取南枝"一语，尤难遵奉。移竹移花，不易其向，向南者仍使向南，自是草木之幸。然移草木就人，当随人便，不能尽随草木之便。无论是花是竹，皆有正面，有反面，正面向人，反面向空隙，理也。使记南枝而与人相左，犹娶新妇进门，而听其终年背立，有是理乎？故此语只当不说，切勿泥之。总之，移花种竹，只有四字当记，"宜阴忌日"是也。琐琐繁言，徒滋疑扰。

译文

俗话说："早间种树，晚上乘凉。"这是比喻的说法。我在树木当中，找一种来验证这句话，或许只有竹子才最合适吧？种树要想它成荫，非得十年不可。树木当中最容易成活的，莫过于杨柳，要想它们成荫，能够遮蔽阳光，也需要几年工夫。只有竹子不是这样，把已经长高的现成的竹子移植到院子里就行了，它能使俗人的房舍不用一转眼工夫就变成高人雅士的宅院。竹子真是太神奇了！实在是神医高手！

种植竹子的方法，过去流传一个口诀："种竹无时，雨过便移，多留宿土，记取南枝。"我都一一试过了，这个说法不能全信。三样当中，只有一样可以照着去做，那就是"多留宿土"。移植树木最忌讳伤根，带过来的土多，那么它的根还像原来那样盘曲，好似把整块地移过来，所以土并未动，就像连人带床一块儿挪了地方，那人醒来以后还不知道自己已经挪了地方。如果等到下过雨之后才移植，就会沾泥带水，有许多不便之处。下过雨之后，土壤潮湿疏松，我想多留些土，可是土又湿又松，边锄边散，留不住，这怎么办呢？况且雨过之后必然是晴天，新移植的竹子被太阳一晒，就会卷叶子，叶子一卷就预示活不成了。我把"雨过便移"这句话改成"未雨先移"。天刚阴，还没下雨，趁此机会赶快移植，这样，土还没有湿，而又有些潮，与竹根粘连，如胶似漆。我想多留些土，土就能跟着过来，这就先胜一筹了。而且刚刚移植完毕，雨就来了，这雨是为我而下，我坐享其成，竹子的枝叶和根，样样都得到滋润。新移植的竹子最怕的是阳光，而此时恰恰没有阳光；最喜欢的是雨水，而此时恰恰下起了雨，去其所恶而投其所好，没有不长得欣欣向荣的。这个方法不仅适合于种竹子，对于各种花草树木都适用。至于"记取南枝"这句话，更难照这去做。移植花、竹，不改变它们原来的方向，朝南的还让它朝南，对草木来说自然是件好事；但是把草木移到身边供人观赏，应当由着人的便利行事，不能由着草木的便利。无论是花是竹，都有正面、有反面，正面朝人，反面朝着空地，这才合理。如果移植后的竹子其方向还是原来的样子而跟人相背，就像把新媳妇娶进门，听任她一年到头背对人站着，有这道理吗？所以这句话只当它没说，千万不要受它拘束。总之，移花种竹，只有四个字应当记住，那就是"宜阴忌日"。那些过于烦琐的要求，只能更加使人疑惑，造成许多的麻烦。

2. 松、柏

◆ 原文 ◆

苍松古柏，美其老也。一切花竹，皆贵少年；独松、柏与梅三物，则贵老而贱幼。欲受三老之益者，必买旧宅而居，若俟手栽，为儿孙计则可，身则不能观其成也。求其可移而能就我者，纵使极大，亦是五更非三老矣[1]。予尝戏谓诸后生曰："欲作画图中人，非老不可，三五少年，皆贱物也。"后生询其故。予曰："不见画山水者，每及人物，必作扶筇曳杖之形，即坐而观山临水，亦是老人矍铄之状。从未有俊美少年厕于其间者。少年亦有，非携琴捧画之流，即挈盒持樽之辈，皆奴隶于画中者也。"后生辈欲反证予言，卒无其据。引此以喻松柏，可谓合伦。如一座园亭，所有者皆时花弱卉，无十数本老成树木，主宰其间，是终日与儿女子习处，无从师会友时矣。名流作画，肯若是乎？噫！予持此说一生，终不得与老成为伍，乃今年已入画，犹日坐儿女丛中。殆以花木为我，而我为松柏者乎？

译文

人们常说"苍松古柏"，这是赞美它们的老。所有的花、竹，都以年少为贵；唯独松、柏和梅这三样东西，却是以老为贵，以幼为贱。要享受"三老"的好处，一定得买旧宅子住；如果要等自己亲手栽种，为儿孙打算还可以，自己是看不到它长成的。找那些可以移植的挪过来栽在跟前，纵使极大，也只是"五更"，而不是"三老"。我曾经对一些年轻人开玩笑说："要做画上的人，非老不可，十五六岁的少年，都是贱货。"年轻人问为什么，我说："没看见画山水的，每画人物，总是画那些挂着拐杖走路的老者，即便是坐着观山临水，也总是矍铄的老人，从来没有俊美的少年跻身其间的。少年也有，不是携着琴捧着画的，就是端着盒子持着杯子的，在画中都是充当奴仆的。"年轻人想反驳我的话，却找不到根据。拿这个例子来比喻松柏，可以说再合适不过了。就像一座园林，里面都是应季的花、纤弱的草，缺少十几株老成的树木在其中做主宰，便是整天跟儿女在一起，没有从师会友的时候了。名流作画，愿意这样做么？唉！我一生坚持这个观点，还是没有能够与老成者为伍，现在论年龄已经应当入画了，仍然整天坐在儿女丛中。或许在花木丛中，我就是松柏了吧？

注释

[1]五更、三老——古代对德高望重的老人的尊称，《礼记·文王世子》中有此记载。《后汉书·明帝纪》："尊事三老，兄事五更。"五更的地位低于三老。

3. 梧桐

原文

梧桐一树，是草木中一部编年史也。举世习焉不察，予特表而出之。花木种自何年?为寿几何岁?询之主人,主人不知;询之花木,花木不答,谓之"忘年交"则可,予以"知时达务",则不可也。梧桐不然,有节可纪,生一年,纪一年。树有树之年,人即纪人之年,树小而人与之小,树大而人随之大,观树即所以观身。《易》曰:"观我生进退。"欲观我生,此其资也。予垂髫种此,即于树上刻诗以纪年,每岁一节,即刻一诗,惜为兵燹所坏,不克有终。犹记十五岁刻桐诗云:"小时种梧桐,桐叶小于艾。簪头刻小诗,字瘦皮不坏。刹那三五年,桐大字亦大。桐字已如许,人大复何怪。还将感叹词,刻向前诗外。新字日相催,旧字不相待。顾此新旧痕,而为悠忽戒。"此予婴年著作,因说梧桐,偶尔记及,不则竟忘之矣。即此一事,便受梧桐之益,然则编年之说,岂欺人语乎?

译文

梧桐树是草木当中的一部编年史。人们都熟悉它,但却没有人注意到这一点,我特地在这里表述一番。花木是哪年种下的?有几岁了?问主人,主人不知道;问花木,花木不回答。把它叫作"忘年交"还可以,说它"知时达务"就不行了。梧桐不是这样,它上面有节,可以记录年岁,活一年记一岁。树有树自己的年龄,人通过它来记人的年龄,树小人也小,树长大了人也随着长大了,观察树木就是观察自己。《易经》上说:"观我生进退。"要想观察人的一生,梧桐树可提供一部生动的历史材料。我小的时候种过梧桐,曾经在树上刻诗来纪年,树每年长一节,我就在上面刻一首诗,可惜树被战火烧毁了,没有能够继续下去。还记得我十五岁那年在树上刻的一首诗:"小时种梧桐,桐叶小于艾。簪头刻小诗,字瘦皮不坏。刹那三五年,桐大字亦大。桐字已如许,人大复何怪。还将感叹词,刻向前诗外。新字日相催,旧字不相待。顾此新旧痕,而为悠忽戒。"这是我少年时代的作品,因为说到梧桐,偶尔想起来,否则竟然把它忘记了。仅就这件事儿来说,就能够看出梧桐对人的益处。如此看来,说梧桐是一部编年史,难道是骗人的话吗?

4. 槐、榆

原文

树之能为荫者,非槐即榆。《诗》云:"於我乎,夏屋渠渠。"[1]此二树者,可以呼为"夏屋"。植于宅旁,与肯堂肯构无别。人谓夏者,大也,非时之所谓夏也。予曰:

古人以厦为大者，非无取义。夏日之屋，非大不凉，与三时有别，故名厦为屋。训夏以大，予特未之详耳。

译文

　　树能成荫的，不是槐就是榆。《诗经》上说："唉，我呀我呀！从前住深宅大院。"这两种树，可以叫作"夏屋"，种在宅子旁边，跟盖房子打地基没有什么两样。有人说"夏"是"大"的意思，不是指夏天。我说：古人把"厦"和"大"这两个字通义，不是没有根据的。夏天的屋子，跟春、秋、冬三个季节不一样，不大就不凉快，所以给屋子取名为"厦"。但是把"夏"解释为"大"，我就不明白是怎么回事了。

注释

　　[1]"于我乎"句——见《诗经·权舆》，意思是"唉，我呀！从前住的高楼大厦"，是贵族留恋当年的生活而自伤的诗。

5. 柳

原文

　　柳贵乎垂，不垂则可无柳。柳条贵长，不长则无袅娜之致，徒垂无益也。此树为纳蝉之所，诸鸟亦集。长夏不寂寞，得时闻鼓吹者，是树皆有功，而高柳为最。总之种树非止娱目，兼为悦耳。目有时而不娱，以在卧榻之上也，耳则无时不悦。鸟声之最可爱者，不在人之坐时，而偏在睡时。鸟音宜晓听，人皆知之；而其独宜于晓之故，人则未之察也。鸟之防弋，无时不然。卯辰以后，是人皆起，人起而鸟不自安矣。虑患之念一生，虽欲鸣而不得，鸣亦必无好音，此其不宜于昼也。晓则是人未起，即有起者，数亦寥寥。鸟无防患之心，自能毕其能事。且扪舌一夜，技痒于心，至此皆思调弄，所谓"不鸣则已，一鸣惊人"者是已。此其独宜于晓也。庄子非鱼，能知鱼之乐；笠翁非鸟，能识鸟之情。凡属鸣禽，皆当以予为知己。种树之乐多端，而其不便于雅人者，亦有一节：枝叶繁冗，不漏月光，隔婵娟而不使见者，此其无心之过，不足责也。然匪树木无心，人无心耳。使于种植之初，预防及此，留一线之余天，以待月轮出没，则昼夜均受其利矣。

译文

柳树贵在能垂，要是不垂，就有没有都行了。柳枝贵在长，不长就没有袅娜的风姿，光是垂也没什么用。柳树是容纳鸣蝉的场所，各种鸟也愿意在柳树上聚集。漫长的夏日里使人不感到寂寞，可以不时地听到蝉、鸟的鸣唱，这是所有树木的功劳，而高柳的贡献最大。总之树木不仅能够愉悦人的眼睛，还可以愉悦人的耳朵。眼睛有的时候无法愉悦，因为躺在床上就看不到外面的景色，但是耳朵却时时都能愉悦。最可爱的鸟声，不在人坐听的时候，而偏偏在人睡觉的时候，鸟鸣适合在拂晓的时候听，人们都知道；但是为什么单单适合在拂晓的时候听，人们就不清楚了。鸟儿时刻防范有人用弹弓打它，卯时辰时以后，人们都起来了，人们一起来鸟儿就不安生了。害怕的念头一生，想叫也叫不起来，叫起来也不好听。这就是白天不适宜听鸟的原因。拂晓的时候，人们都没有起床，即使有起床的，人数也很少，鸟无防患之心，当然能拿出全副本领；况且舌头憋闷了一夜，心中技痒难忍，到了这时候都想卖弄一番，正所谓"不鸣则已，一鸣惊人"，这就是只有拂晓最适合听鸟的原因。庄子不是鱼，却能够懂得鱼儿的快乐；我李笠翁不是鸟，却能懂得鸟儿的性情。凡是会叫的禽鸟，都应该把我认作它们的知己。种植柳树的乐趣很多，但是对雅人来说也有其不便之处：枝叶茂盛，不漏月光。把月亮挡住不让人看见，这是它无心的过失，不必责备。不过这也不是树木的无心，而是人的无意。如果当初种树的时候预防到这一点，留出空隙，露出一片天空，等待月亮出没，这样就不管白天黑夜，都能享受到它的益处了。

6. 黄杨

原文

黄杨每岁长一寸，不溢分毫，至闰年反缩一寸，是天限之木也。植此宜生怜悯之心。予新授一名曰"知命树"。天不使高，强争无益，故守困厄为当然。冬不改柯，夏不易叶，其素行原如是也。使以他木处此，即不能高，亦将横生而至大矣；再不然，则以才不得展而至瘵，弗复自永其年矣。困于天，而能自全其天，非知命君子能若是哉？最可悯者，岁长一寸是已，至闰年反缩一寸，其义何居？岁闰而我不闰，人闰而己不闰，已见天地之私，乃非止不闰，又复从而刻之，是天地之待黄杨，可谓不仁之至，不义之甚者矣！乃黄杨不憾天地，枝叶较他木加荣，反似德之者，是知命之中又知命焉。莲为花之君子，此树当为木之君子。莲为花之君子，茂叔知之；黄杨为木之君子，非稍能格物之笠翁，孰知之哉？

◈ 译文 ◈

黄杨每年长高一寸，不会超出分毫，到了闰年反而缩短一寸。此树受天命限制，种它应当有怜悯之心。我给它取了个新名字，叫"知命树"。老天爷不让它长高，强争也没有用，所以把安守困厄看作当然，冬天不改枝，夏天不换叶，它历来就是这样始终如一痴心不改。假使别的树木处在它这样的境遇，即便不能长高，也会枝叶横生，长得很宽大；要不然就会因为施展不了才能而日渐憔悴，不会享其天年了。黄杨遭受上天不公平的待遇，却能享其天年，如果不是知天安命的君子，能做到么？最可怜的是，每年长高一寸也就罢了，到了闰年反而缩短一寸，这有什么道理？年闰而黄杨却不闰，人闰而黄杨却不闰，由此已经可见老天爷太不公道了；可是黄杨不但不闰，还要克扣，老天爷这样对待黄杨，可说是不仁不义到极点了。而黄杨不恨天地，枝叶长得比别的树木更茂盛，反而像感激似的，真是知命之中又知命了。莲花是花中君子，黄杨当是树中君子。莲花是花中君子，周敦颐了解它；黄杨是树中君子，除了尚能穷究不舍的李笠翁，又有谁能了解它呢？

7. 棕榈

◈ 原文 ◈

树直上而无枝者，棕榈是也。予不奇其无枝，奇其无枝而能有叶。植于众芳之中，而下不侵其地，上不蔽其天者，此木是也。较之芭蕉，大有克己妨人之别。

◈ 译文 ◈

棕榈树直上直下，没有树枝。我对于它没有枝并不奇怪，奇怪的是没有枝却有叶子。把它种在百花丛中，下面不侵占地皮，上面不遮蔽阳光。跟芭蕉比起来，实在有一个克制自己，一个妨害别人的区别。

8. 枫、柏

◈ 原文 ◈

　　草之以叶为花者，翠云、老少年是也；木之以叶为花者。枫与柏是也。枫之丹，柏之赤，皆为秋色之最浓，而其所以得此者，则非雨露之功，霜之力也。霜于草木，亦有有功之时，其不肯数数见者，虑人之狎之也。枯众木而独荣二木，欲示德威之一斑耳。

◈ 译文 ◈

　　草本植物当中以叶子为花的，是翠云和老少年；木本植物当中以叶子为花的，是枫和柏。枫的丹、柏的赤，都是秋色当中最浓的颜色。它们之所以这么红，不是雨露的功劳，而是霜的力量。霜对于草木，也有有功的时候，它之所以不肯经常这样做，是怕人们爱它玩它因而亵渎了它。秋霜来到的时候，别的树木都干枯了，唯独让这两种树荣耀，这是秋霜稍稍露一手，让人们看到它的恩德和威严。

9. 冬青

◈ 原文 ◈

　　冬青一树，有松柏之实，而不居其名；有梅竹之风，而不矜其节，殆"身隐焉文"之流亚欤！然谈傲霜砺雪之姿者，从未闻一人齿及。是之推不言禄[1]，而禄亦不及。予窃忿之，当易其名为"不求人知树"。

◈ 译文 ◈

　　冬青树有松柏的实质，而不占松柏的名义；有梅、竹的风骨，而不自以为有气节，大概可以算是花草中的隐士吧！当人们谈论起草木傲霜砺雪的英姿的时候，从没听到有人提到它。这就像春秋时的介之推不计较封赏，而封赏也从来没有轮到他一样。我私下里为他抱不平，应当给它改一个名字，叫作"不求人知树"。

注释

[1]之推不言禄——之推：也作介推、介子绥，春秋时晋人。传说晋文公回国，赏赐流亡时的从属，他没有得到提名，就和母亲隐居山中。晋文公为逼他出来，放火烧山他坚持不出，结果被烧死。

第八卷　颐养部

一、行乐

小　引

伤哉！造物生人一场，为时不满百岁。彼夭折之辈无论矣，姑就永年者道之，即使三万六千日，尽是追欢取乐时，亦非无限光阴，终有报罢之日。况此百年以内，有无数忧愁困苦，疾病颠连，名缰利锁，惊风骇浪，阻人燕游，使徒有百岁之虚名，并无一岁二岁享生人应有之福之实际乎！又况此百年以内，日日死亡相告，谓先我而生者死矣，后我而生者亦死矣，与我同庚比算，互称弟兄者又死矣。噫！死是何物？而可知凶不讳，日令不能无死者，惊见于目而怛闻于耳乎？是千古不仁，未有甚于造物者矣。虽然殆有说焉。不仁者仁之至也。知我不能无死，而日以死亡相告，是恐我也。恐我者欲使及时为乐。当视此辈为前车也。康对山构一园亭[1]，其地在北邙山麓[2]，所见无非丘陇。客讯之曰："日对此景，令人何以为乐？"对山曰："日对此景，乃令人不敢不乐。"达哉斯言！予尝以铭座右。兹论养生之法，而以行乐先之，劝人行乐，而以死亡怵之，即祖是意。欲体天地至仁之心，不能不蹈造物不仁之迹。

养生家授受之方，外藉药石，内凭导引，其藉口颐生，而流为放辟邪侈者，则曰"比家"。三者无论邪正，皆术士之言也。予系儒生，并非术士，术士所言者术，儒家所凭者理。《鲁论·乡党》一篇，半属养生之法。予虽不敏，窃附于圣人之徒，不敢为诞妄不经之言以误世。有怪此卷以《颐养》命名，而觅一丹方不得者，予以空疏谢之。又有怪予著《饮馔》一篇，而未及烹饪之法，不知酱用几何，醋用几何，虀椒香辣用几何者。予曰："果若是，是一庖人而已矣，乌足重哉？"人曰："若是，则《食物志》《尊生笺》《卫生录》等，尝何以备载此等？"予曰："是诚庖人之书也。士各明志，人有弗为。"

译文

　　可悲啊！造物主生人一场，而给人的生命不足百年。那些夭折的人就不说了，单说那些长寿的，即使三万六千个日子都是寻欢作乐的时候，也不是无限光阴，总有完结的一天。何况这百年之内，有数不清的忧愁困苦、疾病折磨、名利的枷锁、惊风骇浪，妨碍人们追求快乐，使人空有百岁的虚名，并没有一年两年享受人生应有的幸福。又何况这百年之内，每天都有死亡的消息传来，说先我而生的人死了，后我而生的人也死了，跟我同岁、互相称兄道弟的人又死了。唉！死是什么呢？竟然这样明目张胆横行无忌，每天都让死亡的事情发生，使活人看见心惊、听了胆寒呢？有史以来，没有比造物主更不仁慈的了。虽然如此，还是可以解释的。造物主之所以这么不仁慈，实际上是为了实现至高无上的仁道。它知道人不能没有死亡，却每天以死亡相告，是在吓唬人。之所以要吓唬人，是想让人及时行乐，把死者当作前车之鉴。康对山曾经建造一处园林，地点在北邙山麓，那里到处都是坟墓。有客人问他："面对这种景象，怎么能快乐呢？"康对山回答说："面对这种景象，令人不敢不快乐。"这话真是达观！我曾经把它作为座右铭。如今探讨养生的方法，把行乐放在前面来谈，劝人行乐，却先用死亡来吓人，就是出于这样的考虑。要想体现造物主至高无上的仁道之心，就不能不像造物主那样，暂且干点儿不仁慈的事儿。

　　养生家传授的方法，有的外借药石，有的内凭练气，那些借口养生而流为歪门邪道的，则叫作"比家"。这三样不论邪正，都是术士之言。我是读书人，不是术士；术士讲的是术，书生讲的是理。《论语·乡党》一篇，一半讲的是养生的方法。我虽不才，私下里以圣人的学生自居，不敢用荒诞不经的话贻误世人。有人责怪这一卷题目叫作《颐养》，其中却找不到一个丹方，对此我只能承认自己见识短浅，表示歉意。还有人责怪我写《饮馔》一篇，而没有谈到烹饪的方法，不知道酱用多少，醋用多少，盐椒香辣用多少。我说："果真像那样的话，只是一个厨子而已，还有什么值得重视的呢？"有人说："这样说来，《食物志》《尊生笺》《卫生录》等书，为什么全都讲到了这些?"我说:"那些确实是厨子用的书。人各有志,人各有所不为。"

◈ 注释 ◈

[1]康对山——康海,字德涵,号对山。明代武功人,弘治进士第一,授修撰。曾经挟歌妓酣饮,谱曲作歌,以排遣忧郁。

[2]北邙山——又称芒山、郏山、北山,在今河南洛阳市东北。汉魏以来,王侯公卿贵族的葬地多在于此,后以此泛称墓地。

1. 贵人行乐之法

◈ 原文 ◈

人间至乐之境,惟帝王得以有之;下此则公卿将相,以及群辅百僚,皆可以行乐之人也。然有万几在念,百务萦心,一日之内,除视朝听政,放衙理事,治人事神,反躬修己之外,其为行乐之时有几?曰:不然。乐不在外而在心。心以为乐,则是境皆乐;心以为苦,则无境不苦。身为帝王,则当以帝王之境为乐境;身为公卿,则当以公卿之境为乐境。凡我分所当行,推诿不去者,即当摈弃一切,悉视为苦,而专以此事为乐。谓我为帝王,日有万几之冗,其心则诚劳矣,然世之艳慕帝王者,求为片刻而不能,我之至劳,人之所谓至逸也。为公卿将相,群辅百僚者,居心亦复如是,则不必于视朝听政,放衙理事,治人事神,反躬修己之外,别寻乐境,即此得为之地,便是行乐之场。一举笔而安天下,一矢口而遂群生,以天下群生之乐为乐,何快如之?若于此外稍得清闲,再享一切应有之福,则人皇可比玉皇,俗吏竟成仙吏,何蓬莱三岛之足羡哉?此术非他,盖用吾家老子"退一步"法,以不如己者视己,则日见可乐;以胜于己者视己,则时觉可忧。从来人君之善行乐者,莫过于汉之文景;其不善行乐者,莫过于武帝。以文景于帝王应行之外,不多一事,故觉其逸;武帝则好大喜功,且薄帝王而慕神仙,是以徒见其劳。人臣之善行乐者,莫过于唐之郭子仪,[1]而不善行乐者,则莫如李广[2]。子仪既拜汾阳王,志愿已足,不复他求,故能极欲穷奢,备享人臣之福;李广则耻不如人,必欲封侯而后已,是以独当单于,卒致失道后期而自刭。故善行乐者,必先知足。二疏云[3]:"知足不辱,知止不殆。"不辱不殆,至乐在其中矣。

译文

　　人间最快乐的境界，只有帝王才能拥有；帝王以下的公卿将相，以及群臣百官，都是可以行乐的人。但是，这些人日理万机，有各种事务缠心，一天当中，除去视朝听政、放衙理事、治理百姓、恭奉鬼神、反躬修己，在这以外还有多少行乐的时间？我说不对，快乐不在身外，而在于内心。内心认为快乐，就到处都有快乐；内心认为痛苦，就无处没有痛苦。身为帝王，就应当把帝王的处境当作乐境；身为公卿，就应当把公卿的处境当作乐境。凡是自己分内应做的事情，推卸不掉的，就应当放弃一切其他事情，把它们看作是苦事，而专把自己所从事的事情当作乐事。这样想一想：我做帝王，日理万机，确实劳神费力；然而世人羡慕帝王，想做片刻都做不成；对我来说很劳苦的事情，对别人来说却很安逸。公卿将相、群臣百官心里也这样想，就不必在视朝听政、放衙理事、治理百姓、恭奉鬼神、反躬修己以外，另外寻找乐境，处身于有所作为之地，就是行乐的场所，一举笔而安天下，一开口而利众生，把天下众生的快乐当作自己的快乐，还有比这更快乐的吗？如果在此之外，稍稍有一些清闲，再享受其他人生应有的幸福，那么人间的帝王可以比得上天上的玉皇大帝，人间的官吏竟成了仙吏，蓬莱三岛有什么值得羡慕的呢？这没有别的，只是用了我的本家老子的"退一步"法，拿处境不如自己的人对照自己，就会每天都感到快乐；拿处境胜过自己的人对照自己，就会每时每刻都觉得忧心忡忡。有史以来，帝王当中最善于行乐的，要数汉朝的文、景二帝；最不善于行乐的，要数汉武帝。因为汉文帝、汉景帝在帝王应做的事情之外一件事也不多做，所以觉得安逸；汉武帝却好大喜功，而且鄙视帝王而羡慕神仙，所以只见他的徒劳。大臣当中最善于行乐的，要数唐朝的郭子仪；而最不善于行乐的，要数汉朝的李广。郭子仪被封为汾阳王，心满意足，不再追求别的，所以能穷奢极欲，享尽了人臣的幸福；李广却把赶不上他人视为羞耻，必欲封侯而后已，因此亲自带兵征讨匈奴，导致失败后自杀。所以说，善于行乐的人必须首先懂得满足。疏广、疏受说："懂得满足就不会招来屈辱，见好就收就不会招来灾祸。"没有屈辱和灾祸，最大的快乐也就在其中了。

注释

　　[1] 郭子仪——唐朝华州人，唐玄宗时任朔方节度使，平安史之乱。吐蕃、回纥分道来犯，郭子仪率数十骑出征，卸掉盔甲会见敌酋，回纥舍兵下马而拜。遂与回军

汇合，大败吐蕃。以一身系时局安危者二十年。官至太尉、中书令，封汾阳郡王，号"尚父"，世称"郭汾阳"，又称"郭令公"，新、旧《唐书》皆有载。

[2] 李广——汉朝陇西人。善骑射，汉文帝时击匈奴有功，为武骑常侍。武帝时任右北平太守，匈奴不敢来犯，号称"飞将军"。广为将，与士卒共饮食，家无余财，众乐为用。与匈奴先后七十余战，然未得封侯。元狩四年随大将军卫青击匈奴，迷失道路受处分，自以耻于刀笔吏，因自杀。《史记》《汉书》有传。

[3] 二疏——西汉的疏广、疏受叔侄二人，官至太傅、少傅，年老辞官，日与宾客故旧为乐，不为子孙置田产。

2. 富人行乐之法

◈原文◈

劝贵人行乐易，劝富人行乐难。何也？财为行乐之资，然势不宜多，多则反为累人之具。华封人祝帝尧富寿多男，尧曰："富则多事。"华封人曰："富而使人分之，何事之有？"由是观之，财多不分，即以唐尧之圣，帝王之尊，犹不能免多事之累，况德非圣人，而位非帝王者乎？陶朱公屡致千金[1]，屡散千金，其致而必散，散而复致者，亦学帝尧之防多事也。兹欲劝富人行乐，必先劝之分财。劝富人分财，其势同于拔山超海[2]，此必不得之数也。财多则思运，不运则生息不繁。然不运则已，一运则经营惨淡，坐起不宁，其累有不可胜言者。财多必善防，不防则为盗贼所有，而且以身殉之。然不防则已，一防则惊魂四绕，风鹤皆兵，其恐惧觳觫之状，有不堪目睹者。且财多必招忌。语云："温饱之家，众怨所归。"以一身而为众射之的，方且忧伤虑死之不暇，尚可与言行乐乎哉？甚矣！财不可多，多之为累，亦至此也。然则富人行乐，其终不可冀乎？曰：不然。多分则难，少敛则易。处比户可封之世，难于售恩；当民穷财尽之秋，易于见德。少课锱铢之利，穷民即起颂扬；略蠲升斗之租，贫佃即生歌舞。本偿而子息未偿，因其贫也而贳之，一券才焚，即噪冯驩之令誉[3]；赋足而国用不足，因其匮也而助之，急公偶试，即来卜式之美名[4]。果如是则大异于今日之富民，而又无损于本来之故我。觊觎者息而仇怨者稀，是则可言行乐矣。其为乐也，亦同贵人，可不必于持筹握算之外，别寻乐境；即此宽租减息，仗义急公之日，听贫民之欢欣赞颂，即当两部鼓吹；受官司之奖励称扬，便是百年华衮。荣莫荣于此，乐亦莫乐于此矣。至于悦色娱声，眠花藉柳，构堂建厦，啸月嘲风诸乐事，他人欲得，所患无资，业有其资，何求弗遂？是同一富也，昔为最难行乐之人，今为最易行乐之人。即使帝尧不死，陶朱现在，彼丈夫也，我丈夫也，吾何畏彼哉？去其一念之刻而已矣。

译文

　　劝贵人行乐容易，劝富人行乐困难。为什么呢？钱财是行乐的资本，但不应该过多，多了反而成为累赘。华封地方的一个官吏祝福尧长寿多子，尧说："富了就多事。"那个官吏说："富有而让人分享，怎么会多事呢？"由此看来，财富多了不跟别人分享，即使是唐尧那样的圣人，以他帝王的尊严，也免不了多事之累，何况就德行来说算不上圣人，就地位来说比不上帝王的人呢？春秋时范蠡很会赚钱，有好几次赚到了千金，但每次都把钱财分给了兄弟朋友，赚了就分，分了再赚。他之所以要这样做，也是向尧学习，预防多事。现在要劝说富人行乐，必须先劝说他们分财；劝富人分财，就像能够拔起高山，超越大海一样，简直是不可能的。钱财多了就要筹划经营，不经营就不能有更多的利息。但是不经营则罢，一旦经营起来，肯定得殚精竭虑，坐立不安，有说不尽的劳累。钱财多了必须善于防范，不防范就会被盗贼掠去，而且连性命都搭上。但是不防范则罢，一旦防范起来，就会担惊受怕，草木皆兵，那恐惧战栗的样子，真令人不忍目睹。而且，钱财多了会招人忌恨，俗话说："温饱之家，众怨所归。"人的一生成为众矢之的，忧伤怕死还来不及，哪里谈得上行乐呢？钱财不能多，钱财多了就会成为牵累，其惨状竟会达到如此严重的地步！这样说来，富人行乐就终究没有希望了吗？我说不是。钱财多了，把它们分出去确实很难，但是少聚敛一些还是很容易办到的。在家家户户殷实富足的年月，难以显示出一个人的恩德；在民穷财尽的时候，则容易看出一个人的德行。少收一点儿利息，穷苦人就会颂扬你的恩惠；略微免去一点点地租，贫穷的佃户就会载歌载舞歌颂你的美德。偿还了本钱，拖欠了利息，因为他贫穷而免收，一张债券刚刚焚毁，似冯驩的声誉迅即大起；自己征够了赋税，而国家财力不足，因为国家财力匮乏而出资相助，急公众之所急，虽是偶尔一试，也会赢来卜式的美名。如果真的能做到这样，就会跟当今的富人大不相同，既对自己没有什么损害，而且，觊觎你的人消失了，仇恨你的人减少了，这样就可以讲究行乐了。行乐的方法，也跟贵人一样，不必在算账以外另找别的乐境，就在你宽租减息，急公众之所急，仗义疏财的时候，听到穷人的欢欣赞颂，就可以当作两个戏班子吹吹打打；受到官府的表彰奖励，便是百年荣耀。没有比这更光荣，也没有比这更快乐的了。至于纵情声色、美女相伴、建造高堂广厦、吟诗作赋等等快乐的事情，别人想做，还发愁没钱，既然有资本，还怕不能随心吗？这样一来，同样是富有，从前是最难行乐的人，现在则成了最容易行乐的人。就是帝尧不死，陶朱公还在，他们是大丈夫，我也是大丈夫，怕他个啥子？不过是去除心中那点儿刻薄自私的念头而已。

◈ 注释 ◈

［1］陶朱公屡致千金，屡散千金——陶朱公：即范蠡，春秋时楚国人，字少伯，曾辅佐越王勾践灭吴。后离开越国到齐国，改名鸱夷子皮。至陶称朱公，经商致富，十九年中，三次治下千金家产，一再分给贫交和疏远的兄弟。

［2］挟山超海——《孟子·梁惠王》："挟泰山以超北海，语人曰：'我不能。'是诚不能也。"

［3］冯谖——战国时齐国孟尝君的门客。他去薛地收债，矫命尽焚债券，为主人收买人心。

［4］卜式——汉武帝时的畜牧业主。他的朝廷与匈奴开战，国用不足的时候，多次捐款，被任命为中郎，后官至御史大夫。

3. 贫贱行乐之法

◈ 原文 ◈

穷人行乐之方，无他秘巧，亦止有退一步法。我以为贫，更有贫于我者；我以为贱，更有贱于我者；我以妻子为累，尚有鳏寡孤独之民，求为妻子之累而不能者；我以胼胝为劳，尚有身系狱廷，荒芜田地，求安耕凿之生而不可得者。以此居心，则苦海尽成乐地。如或向前一算，以胜己者相衡，则片刻难安，种种桎梏幽囚之境出矣。一显者旅宿邮亭，时方溽暑，帐内多蚊，驱之不出，因忆家居时，堂宽似宇，簟冷如冰，又有群姬握扇而挥，不复知其为夏，何遽困厄至此？因怀至乐，愈觉心烦，遂致终夕不寐。一亭长露宿阶下，为众蚊所啮，几至露筋，不得已而奔走庭中，俾四体动而弗停，则啮人者无由厕足。乃形则往来仆仆，口则赞叹嚣嚣，一似苦中有乐者。显者不解，呼而讯之，谓"汝之受困，什伯于我，我以为苦而汝以为乐，其故维何？"亭长曰："偶忆某年为仇家所陷，身系狱中。维时亦当暑月，狱卒防予私逸，每夜拘挛手足，使不得动摇。时蚊蚋之繁，倍于今夕，听其自啮，欲稍稍规避而不能。以视今夕之奔走不息，四体得以自如者，奚啻仙凡人鬼之别乎？以昔较今，是以但见其乐，不知其苦。"显者听之，不觉爽然自失。此即穷人行乐之秘诀也。不独居心为然，即铸体炼形，亦当如是。譬如夏日苦炎，明知为室庐卑小所致，偏向骄阳之下，来往片时，然后步入室中，则觉暑气渐消，不似从前酷烈。若畏其湫隘而投宽处纳凉，及至归来，炎蒸又加十倍矣。冬月苦冷，明知为墙垣单薄所致，故向风雪之中，行走一次，然后归庐返舍，则觉寒威顿减，不复凛冽如初。若避此荒凉而向深居就燠，及其再入，战栗又作何状矣！由此类推，则所谓退步者，无地不有，无人不有，想至退步，乐境自生。予为两间第一困人，其能不死于忧，不枯槁于迍邅蹭蹬者，皆用此法。又得管城一物，相伴终身，以扫千军则不足，以除万虑则有余。然非善作退步，即楮墨亦能困人。想虞卿著书[1]，亦用此法；我能公世，彼特秘而未传耳。

由亭长之说推之，则凡行乐者，不必远引他人为退步，即此一身，谁无过来之逆境？大则灾凶祸患，小则疾病忧伤。"执柯伐柯，其则不远。"取而较之，更为亲切。凡人一生奇祸大难，非特不可遗忘，还宜大书特书，高悬座右。其裨益于身者有三：孽由己作，则可知非痛改，视作前车；祸自天来，则可止怨释尤，以弭后患；至于忆苦追烦，引出无穷乐境，则又警心惕目之余事矣。如曰省躬罪己，原属隐情，难使他人共睹。若是则有包含韫藉之法，或止书罹患之年月而不及其事；或别书隐射之数语，而不露其详，或撰作一联一诗，悬挂起居亲密之处，微寓己意，不使人知，亦"淑慎其身"之妙法也[2]。此皆湖上笠翁瞒人独做之事，笔机所到，欲讳不能，俗语所谓"不打自招"者非乎？

译文

穷人行乐的方法，没有别的秘诀，也只是退一步法。我自以为贫穷，就想一想还有比我更贫穷的；我自以为卑贱，就想一想还有比我更卑贱的；我把妻子儿女当作牵累，就想一想还有鳏寡孤独的人，想求得妻子儿女的牵累还得不到；我把干粗活儿当做劳苦，还有身陷牢狱，荒芜了田地，想要求得安安心心地靠种田、干手工活儿过日子都办不到的。能这样想，苦海就能够全部成为乐境。如果有时往前想一想，拿比自己境遇好的人来衡量，就会片刻难安，就像自己身陷牢狱、套上了枷锁，坏心情就产生了。有一个显贵在邮亭过夜，当时正值盛夏，床帐里面有很多蚊子，赶不出去，于是回想自己在家的时候，住的是高堂广厦，睡的是冰凉的席子，还有一大群姬妾在一旁挥着扇子，让人忘记了此时正是夏天，怎么今天困厄到如此地步？因为心里怀念着在家时的痛快，更觉得心烦，以致通宵睡不着觉。当时还有一个亭长露宿在台阶下面，蚊子咬得他皮肤都快挠烂了，不得已只好在院子里跑来跑去，让身体不停地移动，这样蚊子就没地方立足了；身体来来往往劳累不堪，但嘴里却在不停地喊叫赞叹，俨然一副苦中有乐的模样。显贵对此不能理解，把他叫来问道："你的境况比我差多了，我认为很苦，而你却这么快乐，这是为什么呢？"亭长说："我偶然回忆起有一年被仇人陷害，被关在牢里。当时也是盛夏，狱卒为防止我偷偷跑掉，每天夜里铐住我的手脚，使我动弹不得。当时蚊子比今晚要多上一倍，当时只能听任蚊子咬我，想稍稍躲开一点儿都不可能。那情景，跟今晚我能够不停地奔走、四肢得以活动自如，相比之下，简直是一个天上、一个地下，一个是人、一个是鬼。拿从前跟现在相比，所以我只觉得乐，不知道苦。"显贵听了，不禁恍然大悟，明白自己错了。这就是穷人行乐的秘诀。不光是心里要这么想，还应当在形体上这样磨炼自己。比如夏天苦于闷热，明知道是屋子的矮小造成的，偏要走到骄阳之下，来来回回走上一会儿，然后再回到屋子里，就会觉得暑气渐渐消散，不像先前那么酷热了。如果嫌屋子窄小，跑到宽敞的地方乘凉，等回来时，闷热又会增加十倍。再比如冬天苦于太冷，明知道是墙壁单薄造成的，但是故意到风雪之中走一次，然后再回到屋子里，就会觉得寒气顿时减弱了，不像当初那么凛冽了。如果为躲避冰冷，跑到深宅大院中去求得暖和，等再回来，就不知道会战栗成什么样子了。由此类推，那么所谓的"退一步"法，无论在任何地方、对任何人来说都适用。凡事退一步想想，自然就会感到快乐。我是天地之间最困窘的人，之所以没有被忧愁愁死、没有被穷困潦倒搞得枯槁不堪，都是因为用了这种方法。而且我还有这支笔，与我相伴终身，用它来横扫千军虽然不足，用它来驱除种种忧虑，则是绰绰有余。但是如果不善于使用退步法，就是纸墨也能把人困住。想来虞卿写书，也是用了这个方法，只是我能公开讲出来，他却秘而不宣罢了。

由亭长的话推论开来，凡是行乐的人，不必参照别人为退步，就是自己，谁没有经历过逆境？大的有灾凶祸患，小的有疾病忧伤。《诗经》上说："拿着斧子砍斧柄，方法就在眼前。"把自己经历过的逆境拿来比较，更为亲切。凡是人的一生经历过的大灾大难，不但不应当遗忘，还应当大书特书，把它作为座右铭，高高地挂起来。这样做对人有三点好处：如果是自己作孽，就可以认识到自己的错误，痛改前非，把它看作是前车之鉴；如果祸从天降，就可以不必怨天尤人，以消后患；至于回忆痛苦、追想烦恼，引出无穷乐境，则可以警惕自己保持清醒。如果反省自己的过错，那过错本是隐情，不宜让别人知道，那么有一种隐含不露的方法：或者只写遭受祸患的年月，而不写事实；或者另外写上几句话来暗指，而不表露详情；或者撰写一副对联、一首诗，悬挂在日常起居经常能看到的地方，把自己的意思包含其中，不让别人知道，这也是修养自身、谨慎行事的妙法。这都是我李笠翁瞒着别人独自做的事儿，信笔写来，想瞒也瞒不住，这不就是俗话所说的"不打自招"吗？

注释

［1］虞卿——战国时人，为赵国上卿，主张合纵抗秦，后困于梁，穷愁著书，《汉书·艺文志》有《虞氏春秋》十五篇，今失传。

［2］"淑慎其身"——语出《诗经·邶风·燕燕》。淑慎：婉善而恭慎。

4. 家庭行乐之法

原文

世间第一乐地，无过家庭。父母俱存，兄弟无故，一乐也。是圣贤行乐之方，不过如此。而后世人情之好向，往往与圣贤相左。圣贤所乐者，彼则苦之；圣贤所苦者，彼反视为至乐，而沉溺其中。如弃现在之天亲，而拜他人为父；撇同胞之手足，而与陌路结盟；避女色而就娈童，舍家鸡而寻野鹜。是皆情理之至悖，而举世习而安之，其故无他，总由一念之恶旧喜新，厌常趋异所致。若是，则生而所有之形骸，亦觉陈腐可厌，胡不并易而新之，使今日魂附一体，明日又附一体，觉愈变愈新之可爱乎？其不能变而新之者，以生定故也。然欲变而新之，亦自有法。时易冠裳，叠更帏座，而照之以镜，则似换一规模矣。即以此法而施之父母兄弟，骨肉妻孥，以结交滥费之资，而鲜其衣饰，美其供奉，则"居移气，养移体，"一岁而数变其形，岂不犹之谓他人父，谓他人母，而与同学少年，互称兄弟，各家美丽，共缔姻盟者哉？有好游狭斜者，荡尽家资而不顾，其妻迫于饥寒而求去，临去之日，别换新衣而佐以美饰，居然绝世佳人。其夫抱而泣曰："吾走尽章台，未尝遇此娇丽。由是观之，匪人之美，衣饰美之也。倘能复留，当为勤俭克家，而置汝金屋。"妻善其言而止。后改荡从善，卒如所云。又有人子不孝而为亲所逐者，鞠于他人，越数年而复返，定省承欢，大异畴昔。其父讯之，则曰："非予不爱其亲，习久而生厌也。兹复厌所习见，而以久不睹者为可亲矣。"众人笑之，而有识者怜之。何也？习久而厌其亲者，天下皆然，而不能自明其故；此人知之，又能直言无讳，盖可以为善之人也。此等罕譬曲喻，皆为劝导愚蒙。谁无至性，谁乏良知？而俟予为木铎？但观孺子离家，即生哭泣，岂无至乐之境，十倍其家者哉？性在此而不在彼也。人能以孩提之乐境为乐境，则去圣人不远矣。

◎译文◎

　　家庭是人世间最快乐的地方。孟子说："父母都在，兄弟没有意外变故，是人生的一大乐事。"圣贤行乐不过如此。而后世的人情喜好，往往跟圣贤相反，圣贤认为快乐的，他却以为苦；圣贤认为苦的，他却看作是至高无上的快乐而沉溺在里面。例如抛弃生父而拜别人为父，离开同胞兄弟而跟陌路之人结拜，回避女色而找男妓，舍弃妻妾而追玩妓女，这些都十分违背人情事理，但世人却全都心安理得地这样做。这不是别的什么缘故，都是由于喜新厌旧，厌恶寻常、追求新奇的心理造成的。如此说来，一个人生来就有的形象，时间长了也会令人觉得陈腐可厌，为什么不也一起把它换成新的，今天魂附一体，明天又附一体，时变时新，越变越新，使人觉得可爱呢？人的形体之所以不能变旧成新，是因为生来就是定了形的。不过要想把它变旧成新，还是有办法的。时常更换衣帽，不断变换环境的布置，用镜子照照，就像换了一副模样了。用这个办法对待父母、兄弟和妻子，拿乱交朋友浪费的钱财给他们买来新鲜的衣服首饰，置办丰盛的食物，那么就会像孟子所说的："环境改变人的气质，奉养改变人的体质。"一年之内几次改变他们的形象，这不就等于拜别人为父、称别人为母；跟同学少年称兄道弟；跟各家的美女缔结姻缘了吗？有个人喜欢寻花问柳，荡尽了家产而不顾，妻子被饥寒所迫，要离开他。临走那天，妻子换上了新衣服，戴上漂亮的首饰，居然是一位绝代佳人。丈夫抱着她哭道："我走遍了妓院，也没有遇到过像你这样美丽的女子。由此看来，不是妓院里的女人长得美，而是衣服首饰使她们显得很美。你如果能留下来，我会勤俭持家，振兴家业，让你住在金屋里。"妻子听他说得这么好，就留下了。后来这个人改掉了恶习，真的说到做到了。还有一个人不孝顺，被父亲赶出了家门，别人收养了他。过了几年他回到家里，恭恭敬敬地侍奉父母，跟从前大不相同。父亲问他，他说："不是我不爱父母，只是因为在一起时间长了，心里厌烦。现在看到的还是从前的父母，但是因为长时间不见，就觉得可亲了。"大家都嘲笑他，而有见识的人却同情他。这是为什么呢？因为跟父母在一起待的时间长了就会感到厌烦，天下人都一样，但不能自己说出原因；这个人明白，又能直言不讳，因此他的本性是善良的，是能够变好的。我这么绕着弯子打比方，都是为了劝导那些不开窍的人。谁没有天性？谁缺乏良知？用得着等我去唤醒人们吗？小孩儿一离开家就会哭泣，难道就没有比家里更快乐的地方了吗？他之所以要哭，是因为小孩儿的天性决定了孩子的快乐在家里而不在外头。如果人们能把小孩子的快乐当作快乐，就离圣人不远了。

5. 道途行乐之法

原文

"逆旅"二字，足概远行，旅境皆逆境也。然不受行路之苦，不知居家之乐，此等况味，正须一一尝之。予游绝塞而归，乡人讯曰："边陲之游乐乎？"予曰"乐"。有经其地而惮焉者曰："地则不毛，人皆异类，睹沙场而气索，闻钲鼓而魂摇，何乐之有？"予曰："向未离家，谬谓四方一致，其饮馔服饰，皆同于我；及历四方，知有大谬不然者。然止游通邑大都，未至穷边极塞，又谓远近一理，不过稍变其制而已矣。及抵边陲，始知地狱即在人间，罗刹原非异物，而今而后，方知人之异于禽兽者几希。而近地之民，其去绝塞之民者，反有霄壤幽明之大异也。不入其地，不睹其情，乌知生于东南，游于都会，衣轻席暖饭稻羹鱼之足乐哉？"此言出路之人，视居家之乐为乐也。然未至还家，则终觉其苦。又有视家为苦，借道途行乐之法，可以暂娱目前，不为风霜车马所困者，又一方便法门也。向平欲俟婚嫁既毕[1]，遨游五岳；李固与弟书[2]，谓周观天下，而独未见益州，似有遗憾；太史公因游名山大川，得以史笔妙千古。是游也者，男子生而欲得，不得即以为恨者也。有道之士，尚欲挟资裹粮，专行其志；而我以糊口资生之便，为益闻广见之资。过一地，即览一地之人情，经一方，则睹一方之胜概，而且食所未食，尝所欲尝，蓄所余者而归遗细君，似得五侯之鲭[3]，以果一家之腹，是人生最乐之事也。奚事哭泣阮途，而为乘槎驭骏者所窃笑哉？

译文

"逆旅"二字，完全概括了长途旅行的滋味儿，旅行的处境都是逆境。但是不经受旅行的苦楚，就不知道居家的快乐，其中的滋味必须一一尝试。我游历边塞回来，乡里人问我："你这趟边塞之游快乐吗？"我说"快乐"。有去过那地方并且畏惧那里的人说："地里不长东西，人也都是异类，看见沙场就使人丧气，听到钲鼓就使人魂摇，有什么快乐呢？"我说："从前在家里，误以为各地都一个样，饮食服装都跟我们相同。等到游历各地，才知道完全不是这样。但是只游历了一些大城市，没有到过遥远的边塞，还以为远近都一个样，只是那里的生活方式跟我们相比稍有变化罢了。到了边境，才知道地狱就在人间，罗刹原来不是异物；才懂得人和禽兽的差异并不太大，而内地

· 418 ·

的百姓跟边境的百姓倒是天差地别。不亲自到那里走一走，不亲眼看一看那里的情况，怎么知道生活在东南沿海、游玩在大都市、穿的轻坐的软、吃米饭喝鱼汤的快乐呢？"这是说出门在外，才知道居家的快乐；然而在回家之前，还是觉得它苦。还有在家嫌苦，借旅游暂时取乐，不为风霜车马所困的。这又是一个方便法门。向子平想等儿女婚嫁完毕之后，遨游五岳；李固给弟弟写信，说自己周游天下，只是没到过益州，似乎很遗憾；司马迁因为游历了名山大川，才得以使自己的著作流芳千古。可见旅游是男人生来就有的欲望，得不到满足就会成为恨事。有道之士，还想带着盘缠和干粮，专心一志地从事旅行；何况我可趁着糊口谋生的方便。借出门旅行增长见闻。路过一个地方就考察一个地方的人情，经过一个地方就观赏一个地方的胜景，而且吃自己没有吃过的，尝自己想尝的，并把剩下的东西留着，带回来送给老婆孩子，简直就像弄来"五侯之鲭"让家人吃个够，真是人生最快乐的事情。何必像阮籍那样在路上哭哭咧咧，让在朝当官的富贵之人笑话呢？

注释

[1] 向平——向子平，名长。《后汉书·逸民列传》中记载：向子平在儿女婚嫁完毕后就不问家事，跟朋友禽庆同游五岳名山，不知所终。

[2] 李固——东汉人，字子坚，博学直言，冲帝时任太尉，后受诬陷被害。

[3] 五侯之鲭——西汉成帝时，娄护曾把王氏五侯馈赠的珍膳合而为鲭，世称"五侯鲭"。鲭：肉和鱼同烧的杂烩。

[4] 阮途——三国时魏人阮籍，纵酒谈玄，每至穷途，就放声恸哭而返。

6. 春季行乐之法

原文

人有喜怒哀乐，天有春夏秋冬。春之为令，即天地交欢之候，阴阳肆乐之时也。人心至此，不求畅而自畅，犹父母相亲相爱，则儿女嬉笑自如；睹满堂之欢饮，即欲向隅而泣，泣不出也。然当春行乐，每易过情，必留一线之余春，以度将来之酷夏。盖一岁难过之关，惟有三伏，精神之耗，疾病之生，死亡之至，皆由于此。故俗话云："过得七月半，便是铁罗汉。"非虚语也。思患预防，当在三春行乐之时，不得纵欲过度，而先埋伏病根。花可熟观，鸟可倾听，山川云物之胜，可以纵游；而独于房欲之事，略存余地。盖人当此际，满体皆春。春者，泄尽无遗之谓也。草木之春，泄尽无遗而不坏者，以三时皆蓄，而止候泄于一春，过此一春。又皆蓄精养神之候矣。人之一身，能保一时尽泄，而三时皆不泄乎？尽泄于春，而又不能不泄于夏。虽草木不能不枯，况人身之浮脆者乎？欲留枕席之余欢，当使游观之尽致。何也？分心花鸟，便觉体有余闲；并力闺帏，易致身无宁刻。然予所言，皆防已甚之词也。若使杜情而绝欲，是天地皆春而我独秋，焉用此不情之物，而作人中灾异乎？

译文

人有喜怒哀乐，天有春夏秋冬。春天正是天地交欢、阴阳行乐的时节。人的心情到了这时候，不求畅快自然就会畅快，就像父母相亲相爱，则儿女嬉笑自如；看到满堂欢乐的景象，即使想对着墙角哭泣，也哭不出来。但是春天行乐，往往容易忘情，必须保留一点儿精力，以度过即将到来的酷暑。因为一年当中比较难过的关口，只有三伏天，精气的消耗，疾病的产生，死亡的到来，都由此而起。所以俗话说："过得七月半，便是铁罗汉。"这不是空话。应当在春天行乐的时候预防忧患，不能纵欲过度，以致埋下病根儿。可以赏花，可以听鸟，可以纵情游览山川名胜，唯独在房事方面，应当留有一点儿余地。因为人在这个季节，浑身充满了情欲，人们常把情欲比喻为春。春，是泄尽无遗的意思。草木之春，能够泄尽无遗而不坏，是因为它在其他三个季节都在积蓄，只等春天来宣泄，过了春天，又都是蓄精养神的时候了。人的精气，能保证一时泄尽而其他三个季节都不泄么？在春天已经泄尽了，又不能不在夏天再泄，如此地一泄再泄，即便是草木也不能不枯萎，何况人身的脆弱呢？要想留得枕席之欢，就应当尽情去游览。为什么呢？把心思分散到花鸟上面，就会觉得精力饱满，游刃有余；把精力都用到房事上，容易导致身体没有片刻的安宁。不过我所讲的，都是防止过度的话。如果把情欲完全摒弃，那就成了天地万物生机盎然，而唯独人自己老气横秋，哪能让这种无情的东西成为人们中的灾异呢？

7. 夏季行乐之法

原文

酷夏之可畏，前幅虽露其端，然未尽暑毒之什一也。使天只有三时而无夏，则人之死也必稀，巫医僧道之流，皆苦饥寒而莫救矣。止因多此一时，遂觉人身叵测，常有朝人而夕鬼者。《戴记》云："是月也，日长至，阴阳争，死生分。"危哉斯言！令人不寒而栗矣。凡人身处此候，皆当时时防病，日日忧死。防病忧死，则当刻刻偷闲以行乐。从来行乐之事，人皆选暇于三春，予独息机于九夏。以三春神旺，即使不乐，无损于身；九夏则神耗气索，力难支体，如其不乐，则劳神役形，如火益热，是与性命为仇矣。月令以仲冬为闭藏。予谓天地之气，闭藏于冬；人身之气当令闭藏于夏。试观隆冬之月，人之精神，愈寒愈健，较之暑气铄人，有不可同年而语者。凡人苟非民社系身，饥寒迫体，稍堪自逸者，则当以三时行事，一夏养生。过此危关，然后出而应酬世故，未为晚也。追忆明朝失政以后，大清革命之先，予绝意浮名，不干寸禄，山居避乱，反以无事为荣。夏不谒客，亦无客至，匪止头巾不设，并衫履而废之。或裸处乱荷之中，妻孥觅之不得；或偃卧长松之下，猿鹤过而不知。洗砚石于飞泉，试茗奴以积雪，欲食瓜而瓜生户外，思啖果而果落树头，可谓极人世之奇闲，擅有生之至乐者矣！后此则徙居城市，酬应日纷，虽无利欲熏人，亦觉浮名致累。计我一生，得享列仙之福者，仅有三年。今欲续之，求为闰余而不可得矣。伤哉！人非铁石，奚堪磨杵作针？寿岂泥沙，不禁委尘入土。予以劝人行乐，而深悔自役其形。噫！天何惜于一闲，以补富贵荣肵之不足哉！

译文

酷暑的可怕，前面已经讲过一点儿，但还没有说到暑毒的十分之一。如果自然界只有春、秋、冬三季，而没有夏天，死人的事儿会少得多，巫医僧道之流就会无事可做，没饭吃没衣服穿，因而饿死冻死。只因为多了这一季，就觉得人生叵测，常有早晨还是人，晚上就成了鬼的。戴氏《礼记》中说："是月也，日长至，阴阳争，生死分。"这话听起来太可怕了！令人不寒而栗。人在这个季节，都要时时刻刻预防疾病，每天每日担心死亡。预防疾病、担心死亡，就应当时时刻刻偷闲行乐。历来人们行乐，大都选择在春天里进行，我偏偏在夏天忙里偷闲，及时行乐。因为春天里人的精力旺盛，即使不乐，对身体也没有什么损害；而三伏天则会精气耗尽，体力不足，如果不乐，就会使精神和身体俱都劳累不堪，如同给火加热，这就是跟自己的性命作对了。《月令》以仲冬为闭藏。我认为天地之气冬天闭藏，人身之气却应当让它夏天闭藏。试看严寒的冬天，人的精神越冷越强健，比起暑气消磨人，真是不可同日而语。凡是没有公事在身、饥寒迫体，能够稍享安逸的人，就应当在春、秋、冬三个季节做事，在夏天养生。过了这个险关，然后出来应酬世故，也为时不晚。回想明朝垮台以后，大清改朝换代开始的时候,我摒弃虚名,不求官职,住在山里躲避战乱,反以无事为荣。夏天不出去访客,也没有客人来,不但不戴头巾,连衣服鞋子也不穿,有时赤身裸体待在乱荷之中,老婆孩子找不到我;有时躺在长松之下,猿、鹤从我身边经过我都不知道;在飞泉瀑布之下涮笔洗砚,用积雪煮水沏茶;想吃瓜,瓜就长在门外:想吃果,果就生在枝头。这可以称得上是享尽了人间的闲暇,占尽人生至高无上的快乐了。在这以后,我移居城市,每天都有太多的应酬,虽然没有利欲熏心,也觉得虚名致累。屈指算来,我一生当中得以享受神仙之福的时光,总共只有三年。现在想继续这样的生活,哪怕是一个月也得不到了。可悲啊!人又不是铁石,怎么经得起磨杵成针那样的损耗?寿命难道是泥沙,可以随意丢进尘土?我通过劝人行乐,而对自身的劳役感到深深的懊悔。唉!但愿老天爷不那么吝啬就好,给我一点点行乐的空闲,以弥补我荣华富贵的不足吧!

8. 秋季行乐之法

原文

过夏徂秋,此身无恙,是当与妻孥庆贺重生,交相为寿者矣。又值炎蒸初退,秋爽媚人,四体得以自如,衣衫不为桎梏,此时不乐,将待何时?况有阻人行乐之二物,非久即至。二物维何?霜也,雪也。霜雪一至,则诸物变形,非特无花,亦且少叶,亦时有月,难保无风。若谓"春宵一刻值千金",则秋价之昂,宜增十倍。有山水之胜者,乘此时蜡屐而游,不则当面错过。何也?前此欲登而不可,后此欲眺而不能,则是又有一年之别矣。有金石之交者,及此时朝夕过从,不则交臂而失。何也?襁褓阻人于前,咫尺有同千里;风雪欺人于后,访戴何异登天?则是又负一年之约矣。至于姬妾之在家,一到此时,有如久别乍逢,为欢特异。何也?暑月汗流,求为盛妆而不得,十分娇艳,惟四五之仅存,此则全副精神,皆可用于青鬓翠黛之上。久不睹而今忽睹,有不与远归新娶,同其燕好者哉?为欢节欲,视其精力短长,总留一线之余地,能行百里者至九十而思休,善登浮屠者至六级而即下。此房中秘术,请为少年场授之。

译文

夏去秋来,身体没出什么毛病,此时应当和妻子儿女庆贺重生,互相祝福。而且正值炎热初退,秋色凉爽宜人,四肢得以伸展自如,衣衫不再是累赘,这时不行乐,还要等到什么时候？况且有两样妨碍人们行乐的东西不久就要来了。这两样东西是什么呢？就是霜和雪。霜、雪一来，万物改变了形象，不但没有花，而且叶子也都凋零败落所剩无几了；虽说有时也有美丽的月色，但是难保不会刮风。如果说"春宵一刻值千金"，那么秋天的价格应当比春宵贵上十倍。喜爱山水美景的，就应当趁此时机收拾行装出游，否则就错过了大好时光。为什么呢？因为在此之前不能登山，在此之后不能远眺，又得等上一年了。有好朋友的，应当在这个时候经常走动，早晚拜访，不然就失之交臂了。为什么呢？因为在此之前暑气逼人，妨碍人们交往，朋友虽然近在咫尺，却如同相隔千里；在此之后风雪袭人，访友不是比登天还难吗？这样就又负一年之约了。至于家中的姬妾，一到这个时候，如久别相逢，那欢乐跟寻常又大不相同。为什么呢？夏天里汗流浃背，不能盛装艳抹，十分的姿色只能剩下四五分；此时却是全部的精力都可以用在梳妆打扮上。而且好久以来没有心思看，而今忽然看上去，就像新娶的女人一样令人兴奋喜悦。寻欢作乐应当节制欲望，根据自己精力的多少，留有一点儿余地，打个比方：能走一百里的走到九十里就应当考虑休息，攀登宝塔的爬到第六层就应当下来。这是房中秘术，让我传授给年轻人吧。

9. 冬季行乐之法

◈ 原文 ◈

冬天行乐，必须设身处地，幻为路上行人，备受风雪之苦，然后回想在家，则无论寒燠晦明，皆有胜人百倍之乐矣。尝有画雪景山水，人持破伞，或策蹇驴，独行古道之中，经过悬崖之下，石作狰狞之状，人有颠蹶之形者。此等险画，隆冬之月，正宜悬挂中堂。主人对之，即是御风障雪之屏，暖胃和衷之药，若杨国忠之肉屏[1]，党太尉之羊羔美酒[2]，初试或温，稍停则奇寒至矣。善行乐者，必先作如是观，而后继之以乐，则一分乐境，可抵二三分，五七分乐境，便可抵十分十二分矣。然一到乐极忘忧之际，其乐自能渐减，十分乐境，只作得五七分，二三分乐境，又只作得一分矣。须将一切苦境，又复从头想起，其乐之渐增不减，又复如初。此善讨便宜之第一法也。譬之行路之人，计程共有百里，行过七八十里，所剩无多，然无奈望到心坚，急切难待，种种畏难怨苦之心出矣。但一回头，计其行过之路数，则七八十里之远者可到，况其少而近者乎？譬如此际止行二三十里尚余七八十里，则苦多乐少，其境又当何如？此种想念，非但可为行乐之方，凡居官者之理繁治剧，学道者之读书穷理，农工商贾之任劳即勤，无一不可倚之为法。噫！人之行乐，何与于我？而我为之嗓敝舌焦，手腕几脱，是殆有媚人之癖，而以楮墨代脂韦者乎？[3]

译文

　　冬季行乐，必须设身处地，把自己想象为路上的行人，受尽了风雪严寒之苦，然后再把心思收回来，想想自己还在家里，那么不管天气冷暖、是阴是晴，其快乐都会胜过别人百倍。有的雪景山水画，画上的人物拿着破伞，或者赶着瘸驴，独自走在古道之中，从悬崖下面经过，石头的形状狰狞可怖，人看上去劳累不堪。这种使人看了害怕的画，隆冬季节正适合挂在中堂。主人面对这样的画，就是躲避风雪的屏障、暖胃和衷的药物。像杨国忠的"肉屏"，党太尉的羊羔美酒，最初尝试或许会觉得温暖，稍一停下来就会觉得更加寒冷。善于行乐的，必须首先把自己的境遇想象得很苦，然后再想想眼前的快乐，那么一分快乐，可以抵得上二三分；五七分快乐，可以抵得上十分十二分了。因此，一旦快乐达到了极点，忘掉了所有的烦恼，那么人的快乐就会减轻，十分的快乐，只能变作五分七分，二三分的快乐，又只能剩下一分了。必须将所有的苦境又从头想起，快乐才会渐增不减，还像当初一样。这是讨便宜的最佳办法。比如赶路的人，要走的路总共有一百里，走过七八十里，剩下的路不多了，但是一心盼望到达目的地，心中急不可耐，就会产生种种害怕困难抱怨痛苦的情绪。但是只要回头算一算已经走过的路程，那么，七八十里的路程都可以走完，何况剩下的很少一段路呢？试想：假如此时只走了二三十里，还剩下七八十里，苦多乐少，境况又将怎样呢？这种想法，不但可以做为行乐的方法，凡是当官处理公务，做学问读书穷理，农夫、工匠、商人辛勤劳作，没有一样不可以采取这种方法。唉！别人行乐，能给我什么好处？而我却为此说几乎破了嗓子，写得手腕子差点儿脱臼，大概是我这个人有爱向人献媚的毛病，写起东西来太圆滑了吧？

注释

　　[1]杨国忠之肉屏——唐玄宗外戚杨国忠，冬天挑选肥胖的婢妾列在身前遮风取暖，叫作"肉屏"。

　　[2]党太尉之羔羊美酒——党太尉：名进，宋代人，有家姬名辟寒，后为陶谷妾。一日大雪，谷命取雪水烹茶，问道："党家有此景否？"妾答道："彼粗人，安识此景？但能于销金帐下，浅斟低唱，饮羊羔美酒耳。"

[3] 脂韦——脂：油脂；韦：软皮。比喻阿谀、圆滑，是廉洁正直的反面。唐人孤独及《为杨右丞祭李相公文》："危言献可，未尝脂韦取容；直躬而行，不为权幸改操。"

10. 随时即景就事行乐之法

◆ 原文 ◆

行乐之事多端，未可执一而论。如睡有睡之乐，坐有坐之乐，行有行之乐，立有立之乐，饮食有饮食之乐，盥栉有盥栉之乐；即袒裼裸裎如厕便溺种种秽亵之事，处之得宜，亦各有其乐。苟能见景生情，逢场作戏，即可悲可涕之事，亦变欢娱。如其应事寡才，养生无术，即征歌选舞之场，亦生悲戚。兹以家常受用，起居安乐之事，因便制宜，各存其说于左。

◆ 译文 ◆

行乐的事情多种多样，不能一概而论。比如睡觉有睡觉的乐趣，坐着有坐着的乐趣，行走有行走的乐趣，站着有站着的乐趣，饮食有饮食的乐趣，梳洗有梳洗的乐趣，即使敞身裸体上厕所大小便等等不堪启齿的事情，处理得当，也各有各的乐趣。如果能够见景生情，逢场作戏，即使是可悲可泣的事情，也能变得快乐。如果处理事情缺乏才能，养生无方，即使处身于歌舞场上，也会感到悲伤。现将家庭日常起居等事，按照方便易行的原则，分别介绍如下。

睡

◆ 原文 ◆

有专言法术之人，遍授养生之诀，欲予北面事之。予讯益寿之功，何物称最？颐生之地，谁处居多？如其不谋而合，则奉为师，不则友之可耳。其人曰："益寿之方，全凭导引；安生之计，惟赖坐功。"予曰："若是则汝法最苦，惟修苦行者能之。予懒而好动，且事事求乐，未可以语此也。"其人曰："然则汝意云何？试言之，不妨互为印政。"予曰："天地生人以时，动之者半，息之者半。动则旦而息则暮也。苟劳之以日，而不息之以夜，则旦旦而伐之。其死也可立而待矣。吾人养生亦以时，扰之以半，静之以半。扰则行起坐立，而静则睡也。如其劳我以经营，而不逸我以寝处，则岌岌乎殆哉！其年也，不堪指屈矣。若是，则养生之诀当以善睡居先。睡能还精，睡能养气，睡能健脾益胃，睡能坚骨壮筋。如其不信，试以无疾之人，与有疾之人，合而验之。人本无疾，而劳之以夜，使累夕不得安眠，则眼眶渐落而精气日颓，虽未即病，而病之情形出矣。患疾之人，久而不寐，则病势日增，偶一沉酣，则其醒也，必有油然勃然之势。是睡非睡也，药也；非疗一疾之药，乃治百病，救万民，无试不验之神药也。兹欲从事导引，并力坐功，势必先遣睡魔，使无倦态而后可。予忍弃生平最效之药，而试未必果验之方哉？"其人艴然而去，以予不足教也。予诚不足教哉？但自陈所得，实为有见而然，与强辩饰非者稍别。前人睡诗云："花竹幽窗午梦长，此中与世暂相忘。华山处士如容见[1]，不觅仙方觅睡方。"近人睡诀云："先睡心，后睡眼。"此皆书本唾余，请置弗道，道其未经发明者而已。睡有睡之时，睡有睡之地，睡又有可睡不可睡之人，请条晰言之。由戌至卯，睡之时也。未戌而睡，谓之先时，先时者不祥，谓与疾作思卧者无异也。过卯而睡，谓之后时，后时者犯忌，谓与长夜不醒者无异也。且人生百年，夜居其半，穷日行乐，犹苦不多，况以睡梦之有余，而损宴游之不足乎？有一名士善睡，起必过午，先时而访，未有能晤之者。予每过其居，必俟良久而后见。一日闷坐无聊，笔墨具在，乃取旧诗一首，更易数字而嘲之曰："吾在此静睡，起来常过午。便活七十年，止当三十五。"同人见之，无不绝倒。此虽谑浪，颇关至理。是当睡之时，止有黑夜，舍此皆非其候矣。然而午睡之乐，倍于黄昏。三时皆所不宜，而独宜于长夏。非私之也，长夏之一日，可抵残冬之二日；长夏之一夜，不敌残冬之半夜。使止息于夜而不息于昼，是以一分之逸，敌四分之劳。精力几何？其能堪此？况暑气铄金，当之未有不倦者；倦极而眠，犹饥之得食，渴之得饮，养生之计，未有善于此者。午餐之后，略逾寸晷，俟所食既消，而后徘徊近榻，又勿有心觅睡，觅睡得睡，其为睡也不甜。必先处于有事，事未毕而忽倦，睡乡之民，自来招我桃源天台诸妙境[2]，原非有意造之，皆莫知其然而然者。予最爱旧诗中有"手倦抛书午梦长"一句。手书而眠，意不在睡；抛书而寝，则又意不在书，所谓莫知其然而然也。睡中三昧，惟此得之。此论睡之时也。睡又必先择地。地之善者有二：曰静，曰凉。不静之地，止能睡目，不能睡耳。耳目两岐，岂安身之善策乎？不凉之地，止能睡魂，不能睡身。身魂不附，乃养生之至忌也。至于可睡可不睡之人，则分别于忙闲二字。就常理而论之，则忙人宜睡，闲人可以不必睡，然使忙人假寐，止能睡眼，不能睡心，心不睡而眼睡，犹之未尝睡也。其最不受用者，在将觉未觉之一时，忽然想起某事未行，某人未见，皆万万不可已者。睡此一觉，未免失事妨时。想到此处，便觉魂趋梦绕，胆怯心惊，较之未睡之前，更加烦躁。此忙人之不宜睡也。闲则眼未阖而心先阖，心已开而眼未开，已睡较未睡为乐，已醒较未醒更乐。此闲人之宜睡也。然天地之间，能有几个闲人？必欲闲而始睡，是无可睡之时矣。有暂逸其心以妥梦魂之法，凡一日之中，急切当行之事，俱当于上半日告竣，有未竣者，则分遣家人代之，使事事皆有着落，然后寻床觅枕以赴黑甜，则与闲人无别矣。此言可睡之人也。而尤有吃紧一关，未经道破者，则在莫行歹事。半夜敲门不吃惊，始可于日间睡觉，不则一闻剥啄，即是逻倅到门矣。

译文

有个专讲法术的人，到处传授养生的诀窍，要我拜他为师。我问他：延年益寿的功夫哪一种最好？什么地方最适合养生？如果他说的跟我不谋而合，我就拜他为师，否则就只做个朋友。那人说："延年益寿的方法，全凭练气；养生的窍门，只靠坐功。"我说："如此说来，你的方法最苦，只有修苦行的才能做到。我这个人懒而好动，而且事事求乐，咱俩是说不到一块儿的。"那人说："那么你的意见如何？说说看，不妨互相印证一下。"我说："造物主让人活在世上，是安排好了时间的，一半时间活动，一半时间休息，早晨起来活动，到了晚上休息。如果白天干活儿，夜里还不让人休息，天天这样损害他，人就离死不远了。我们人类养生也应当安排好时间，一半活动，一半静止，活动就是行起坐立，静止就是睡眠。如果光是用劳作使我疲倦，而不让我休息，那就很危险，人的寿命也就不可能长久。如此说来，养生的诀窍，应当首推睡觉。睡觉能够恢复精力，能够蓄养气力，能够益脾健胃，能够强筋壮骨。如果不信，拿没有病的人和有病的人一块儿来试一试。人本来没有病，而让他夜里干活儿，使他夜夜不得安眠，眼眶就会渐渐凹陷下去，精气一天天颓丧，即使还没有立即病倒，而病态已经出现了。得了病的人，长时间不睡觉，病情就会日益加重，偶然沉睡一次，醒来的时候一定会出现病情好转的势头。因此，睡觉不是睡觉，而是治病的良药；而且不是只能医治一种病的药，是医治百病、拯救万民、无处不灵验的神药了。如今你主张练气，还要打坐练功，势必要赶走睡魔，没有倦态才行。我怎么能抛弃生平最有效的良药，而尝试这未必灵验的方术呢？"那人生气地走了，认为我这个人不值得一教。我难道真的不值得一教吗？我只是陈述自己的心得，确实是有所发现，才这样说的，跟强词夺理的狡辩是不同的。前人写过描写睡眠的诗，诗中写道："花竹幽窗午梦长，此中与世暂相忘。华山处士如容见，不觅仙方觅睡方。"近代人有"睡诀"说："先睡心，后睡眼。"这些都是书本上的东西，是别人说过的话，请允许我不讲，还是说说那些没人说过的吧。睡觉有睡觉的时间，睡觉有睡觉的地方，睡觉还有可睡与不可睡的人，请让我一一道来。从戌时到卯时，是睡觉的时候，不到戌时就睡觉，就是睡得过早，睡得太早不好，跟发病时想躺下没什么两样。过了卯时才睡觉，就是睡得太晚，睡得太晚犯忌，跟长眠不醒没什么两样。况且，人的一生，一半是白天，一半是夜晚，用整个白天来行乐，还嫌时间不够，何况还要以多余的睡眠来占用本来就不多的时间呢？有一个名士特别爱睡觉，总是过了中午才起床，前些时候我去拜访他，从来都没能会面。我每次路过他家，一定要等好久才能见面。一天闷坐无聊，笔墨都在，于是取来一首旧诗，改了几个字嘲笑他："吾在此静睡，起来常过午。便活七十年，止当三十五。"朋友见了，无不叫绝。这虽然是开玩笑，但却很有道理。这是说睡觉应当在黑夜，除此以外都不是睡觉的时候。但是，午睡的乐趣比黄昏睡觉更大。春、秋、冬三个季节都不适宜睡午觉，唯独在漫长的夏天，适宜午睡。不是对夏天有所偏爱，而是因为夏季的一个白天，可以抵得上残冬的两个白天；夏季的一个夜晚，抵不上残冬的半个夜晚。如果夏季光是夜里休息而白天不休息，以一成的休息，去抵偿四成的劳累，人有多少精力？能够承受得了吗？况且暑气之热，简直可以熔化金属，在酷热之中，没有人不感到疲倦；疲倦的时候而睡觉，就像饿了得吃、渴了得喝一样，养生之道没有比这更合适的了。午饭之后，稍稍过上一会儿，等食物消化了，再溜溜达达走到床前。也不要在没有睡意的时候故意去睡觉，这样去睡，睡着了也不香甜。必须先做些事情，事情没做完，忽然感到疲倦，不知不觉地进入梦乡。桃源、天台的美妙梦境并不是故意造出来的，都是不知不觉之中梦到的。我最喜欢旧诗当中有"手倦抛书午梦长"这一句，手里拿着书睡着了，心思不在睡觉；扔掉书本倒头而睡，心思又不在书上，这就是所谓的不知不觉沉入梦乡。只有如此，才是懂得睡觉的奥妙。这是说睡觉的时间。睡觉还必须选择地方，适合睡觉的地方有两种：安静的地方、凉爽的地方。不安静的地方，眼睛睡着了，耳朵睡不着。眼睛和耳朵拧着劲儿，岂是安身的良策？不凉爽的地方，魂睡着了，身体睡不着，身和魂不能合一，乃是养生的大忌。至于可睡的人和不可睡的人，则从忙、闲二字来区别。从常理上说，忙人应当睡觉，闲人不必睡觉。不过话又说回来，忙人打盹儿，眼睛睡着了，心没有睡着，心不睡眼睡，跟没睡一个样。最不应该的，是在要醒没醒的时候，忽然想起某件事情还没有做，某个人还没有见，而又是非做不可、非见不可的，睡了这一觉，说不定把事情耽误了。想到这些，就觉得魂牵梦绕，胆战心惊，跟没睡之前相比，更加烦躁。因此忙人又不适宜睡觉。闲着没事儿的时候，眼睛还没合上，心已经先合上了，心已经开了，眼睛还没有开。睡着之后比睡着之前快活，醒来以后比醒来之前更快活。因此闲人适宜睡觉。但是天地之间能有几个闲人？一定要闲着没事儿的时候才睡，就没有可睡的时候了。有一种方法，可以使人暂时定下心来，安心睡觉：凡是一天当中急着要做的事，都应当在上午做完，有没做完的，就分派家人替你做，使得每件事情都有着落，然后躺在床上放心地大睡，这就跟闲人没有区别了。这是说可以睡觉的人。还有要紧的一样没有说破，那就是不要干坏事，"半夜敲门不吃惊"，才能够在白天安心睡觉；不然的话一听到敲门声，就是巡逻的士兵上门了。

注释

[1] 华山处士——陈抟，字图南，宋代真源人，举进士不第，先后隐居武当山、华山，自号"扶摇子"，宋太宗赐号"希夷先生"。著有《指玄篇》，讲养生还丹之事。

[2] 天台——指汉代刘晨、阮肇在天台山（在浙江境内）采药，进入仙境的故事。

坐

原文

从来善养生者，莫过于孔子。何以知之？知之于"寝不尸，居不容"[1]二语。使其好饰观瞻，务修边幅，时时求肖君子，处处欲为圣人，则其寝也，居也，不求尸而自尸，不求容而自容，则五官四体，不复有舒展之刻。岂有泥塑木雕其形，而能久长于世者哉？"不尸不容"四字，绘出一幅时哉圣人，宜乎崇祀千秋，而为风雅斯文之鼻祖也！吾人燕居坐法，当以孔子为师，勿务端庄而必正襟危坐，勿同束缚而为胶柱难移。抱膝长吟，虽坐也，而不妨同于箕踞；支颐丧我，行乐也，而何必名为坐忘？[2]但见面与身齐，久而不动者，其人必死，此图画真容之先兆也。

译文

有史以来，没有比孔子更善于养生的了。怎么知道的呢？从"寝不尸，居不容"这两句话看得出。如果孔子喜欢装饰外表，总想端庄严肃，时时追求要像个正人君子，处处想要做个圣人，那么他的寝和居，不求尸而自尸，不求容而自容；那么五官四肢，不会再有舒展自如的时候了。哪里有泥塑木雕式的人物，能长久活在世上呢？"不尸""不容"四个字，画出了一幅时髦的圣人，怪不得被崇祀千秋，成为风雅斯文的鼻祖呀！我们日常的坐法，应当学孔子的样子，不要为了端庄就一定正襟危坐，不要自我束缚弄得死板僵固。抱膝长吟，虽说也是坐着，不妨如同箕居；托着下巴忘情而坐，也是行乐，又何必非得"坐忘"？只要见谁面孔跟身子平齐，长时间不动，那么这个人必死无疑。这是绘制遗像的先兆。

注释

[1]"寝不尸，居不容"——语出《论语·乡党》。尸：像尸体一样躺得僵直。容：仪容。

[2]坐忘——庄子用语。指端坐而忘却一切物我、是非差别的精神状态。这里强调的是不必端坐。

行

原文

贵人之出，必乘车马。逸则逸矣，然于造物赋形之义，略欠周全。有足而不用，与无足等耳。反不若安步当车之人，五官四体，皆能适用。此贫士骄人语。乘车策马，曳履褰裳，一般同是行人，止有动静之别。使乘车策马之人，能以步趋为乐，或经山水之胜，或逢花柳之妍，或遇戴笠之贫交，或见负薪之高士，欣然止驭，徒步为欢，有时安车而待步，有时安步以当车，其能用足也，又胜贫士一筹矣。至于贫士骄人，不在有足能行，而在缓急出门之可恃。事属可缓，则以安步当车；如其急也，则以疾行当马。有人亦出，无人亦出；结伴可行，无伴亦可行。不似富贵者假足于人，人或不来，则我不能即出。此则有足若无，大悖谬于造物赋形之义耳。兴言及此，行殊可乐。

译文

贵人外出，总是乘车马。这样舒服是舒服了，但是对上天赋予身体的意义说来，还略欠周全。有脚不用，跟没有脚一样，反而不如安步当车的人，五官四肢都能适用。这是穷人嘲笑富人的话。乘车马和徒步走路，一样都是走路，只是有动静的区别。如果乘车骑马的人能把步行当作快乐，或者路经山水名胜，或者遇到娇妍的花木，或者遇到头戴斗笠的穷朋友，或者看见担柴的隐士，欣然下车，徒步而行，有时安车代步，有时安步当车,这样用脚,又比穷人高出一筹了。说到穷人之所以会嘲笑富人,不在于穷人有脚能走路,而是因为遇事无论轻重缓急,步行出门很方便,这是富人做不到的。如果事情不急,就不妨安步当车,慢慢地走;如果事情紧急,就可以快步如飞,权当骑马。有人帮助能出门,没人帮助也能出门;结伴可以赶路,没有伴儿也能赶路,不像富贵之人要借用别人的脚,人家如果不来,自己就不能出门,这样有脚跟没脚一个样,很是违背造物赋形的初衷。说到这里,才发现步行实在可乐!

立

◈ 原文 ◈

立分久暂,暂可无依,久当思傍。亭亭独立之事,但可偶一为之,旦旦如是,则筋骨皆悬,而脚跟如砥,有血脉胶凝之患矣。或倚长松,或凭怪石,或靠危栏作轼,或扶瘦竹为筇,既作羲皇上人,又作画图中物,何乐如之?但不可以美人作柱,虑其础石太纤,而致栋梁皆仆也。

◈ 译文 ◈

站立分长久和短暂两种,短暂的站立可以不用倚靠,长时间站立就必须考虑倚靠了。亭亭独立的事儿,只能偶尔干一次,天天如此,就会筋骨松脱、脚跟硬邦邦的,有血脉凝固的后患了。或倚长松,或凭怪石,或靠着栏杆做扶手,或扶瘦竹为手杖;既做羲皇时代的古人,又做图画里面的人物,还有什么比这更快乐的?只是不能把美人当柱子,只怕她身体纤弱犹如房基不稳,力不能支,那就难免要房倒屋塌了。

饮

◈ 原文 ◈

宴集之事,其可贵者有五:饮量无论宽窄,贵在能好饮;伴无论多寡,贵在善谈;饮具无论丰啬,贵在可继;饮政无论宽猛,贵在可行;饮候无论短长,贵在能止。备此五贵,始可与言饮酒之乐;不则曲糵宾朋,皆凿性斧身之具也。予生平有五好,又有五不好,事则相反,乃其势又可并行而不悖。五好五不好维何?不好酒而好客,不好食而好谈;不好为长夜之欢,而好与明月相随而不忍别;不好为苛刻之令,而好受罚者欲辩无辞;不好使酒骂坐之人,而好其于酒后尽露肝膈。坐此五好五不好,是以饮量不胜蕉叶，而日与酒人为徒。近日又增一种癖好癖恶。癖好音乐，每听必至忘归；而又癖恶座客多言，与竹肉之音相乱。饮酒之乐，备于五贵五好之中，此皆为宴集宾朋而设。若夫家庭小饮，与燕闲独酌，其为乐也，全在天机逗露之中，形迹消忘之内。有饮宴之实事，无酬酢之虚文。睹儿女笑啼，认作斑斓之舞[1]；听妻孥劝诫，若闻《金缕》之歌[2]。苟能作如是观，则虽谓朝朝岁旦，夜夜元宵可也，又何必座客常满，樽酒不空，日藉豪举以为乐哉？

◎ 译文 ◎

宴会当中有五样可贵的：酒量无论大小，贵在能够喝好；酒伴儿无论多少，贵在善谈；酒具无论丰俭，贵在够用；酒政无论宽严，贵在可行；喝酒的时间无论长短，贵在见好能收。具备了这五样，才谈得上饮酒之乐；否则酒水宾朋，都是损害身心东西了。我生平有五好，又有五不好，事情虽然相反，却可以并行不悖。这五好、五不好是什么呢？不好酒而好客；不好吃而好谈；不好长夜之饮，而好与明月相随而不忍别；不好为苛刻之令，而好受罚者欲辩无辞；不好酒后撒疯之人，而好其尽吐真言。有这五好、五不好，所以酒量虽小，却每天跟酒徒为伍。近来又添了一种嗜好和一种嫌恶：嗜好音乐，每听音乐都听得乐而忘返；而又嫌恶在座的客人多说话，把音乐声都搅乱了。饮酒的乐趣，在五贵、五好当中都讲了，这些都是为宴会宾客准备的。至于家庭小饮，悠闲独酌，那种快乐全在自然而然，用不着拘束自己的形体，只享受宴饮的快乐，而没有虚情假意的应酬；看儿女欢笑，当作是斑斓之舞；听妻子劝诫，像听《金缕》之曲。如果能够这样看待身边的事物，就说是天天过年、夜夜元宵，也是可以的；何必总是宾朋满座、杯酒不空，每天都搞得奢侈豪华才算快乐呢？

◎ 注释 ◎

[1] 斑斓之舞——即老莱子舞彩衣。见《词曲部·科诨》注。
[2]《金缕》——《金缕曲》，词牌名。

谈

◎ 原文 ◎

读书，最乐之事，而懒人常以为苦；清闲最乐之事，而有人病其寂寞。就乐去苦，避寂寞而享安闲，莫若与高士盘桓，文人讲论。何也？"与君一夕话，胜读十年书。"既受一夕之乐，又省十年之苦，便宜不亦多乎？"因过竹院逢僧话，又得浮生半日闲。"既得半日之闲，又免多时之寂，快乐可胜道乎？善养生者，不可不交有道之士；而有道之士多有不善谈者。有道而善谈者，人生希觏，是当时就日招，以备开聋启聩之用者也。即云我能挥麈，无假于人，亦须借朋侪起发，岂能若西域之钟簴不叩自鸣者哉？

译文

读书本来是一件很快乐的事情，但是常常懒人把它当作一件苦差事；清闲本来是一件很快乐的事情，但是却有人嫌它太寂寞。追求快乐远离痛苦，逃避寂寞享受安闲，没有比跟高士文人坐而论道、谈话聊天更好的了。为什么呢？"与君一夕话，胜读十年书。"既享受了一夕的快乐，又省去了十年的辛苦，岂不是太便宜了吗？"因过竹园逢僧话，又得浮生半日闲。"既得到了半天的清闲，又免去了长时间的寂寞，这种快乐还说得完吗？善于养生的人，不能不跟有道之士交朋友，但是有道之士又大多不善谈。有道而又善谈的高人，生活中很少见到，因此，对这样的人应当时常登门拜访、时常请来做客，以开阔自己的眼界，接受新的信息。一个人即使用不着依赖别人，也能随心所欲高谈阔论，还是需要借朋友的刺激和引发，怎么能像西洋的自鸣钟不叩自鸣呢？

沐浴

原文

盛暑之月，求乐事于黑甜之外，其惟沐浴乎？潮垢非此不除，浊汗非此不净，炎蒸暑毒之气，亦非此不解。此事非独宜于盛夏，自严冬避冷，不宜频浴外，凡遇春温秋爽，皆可借此为乐。而养生之家，则往往忌之，谓其损耗元神也。吾谓沐浴既能损身，则雨露亦当损物，岂人与草木，有二性乎？然沐浴损身之说，亦非无据而云然。予尝试之。试于初下浴盆时，以未经浇灌之身，忽遇澎湃奔腾之势，以热投冷，以湿犯燥，几类水攻。此一激也，实足以冲散元神，耗除精气。而我有法以处之：虑其太激，则势在尚缓；避其太热，则利于用温。解衣磅礴之秋，先调水性，使之略带温和，由腹及胸，由胸及背。惟其温而缓也，则有水似乎无水，已浴同于未浴。俟与水性相习之后，始以热者投之，频浴频投，频投频搅，使水乳交融而不觉，渐入佳境而莫知。然后纵横其势，反侧其身，逆灌顺浇，必至痛快其身而后已。此盆中取乐之法也。至于富室大家，扩盆为屋，注水于池者，冷则加薪，热则去火，自有以逸待劳之法，想无俟贫人置喙也。

译文

盛夏时节，除了睡觉，快乐的事情大概要数洗澡了吧？如果不洗澡，潮垢就除不去，脏东西就去不掉，炎蒸暑毒之气也不解。此事不仅适合盛夏，除了严冬避冷，不适宜多洗澡以外，凡是到了春暖花开、秋高气爽的时节，都可以借此为乐。但是养生家们常常忌讳洗澡，认为洗澡会损耗元气。在我看来，如果洗澡会损害身体，那么雨露也会损害生物，难道说人与草木的性质不一样吗？不过洗澡损害身体的说法也不是没有根据的。我曾经做过试验，在刚进浴盆时，凉冰冰的身子，突然进入滚烫的热水里，以热投冷，以湿犯燥，几乎就像水攻。这样一激，确实会冲散元神，损耗精气。但是我有办法处理：怕它太激，就慢慢进入；避免太热，就用温水。在脱衣之前，先调节水的温度，让它温和一些，从肚子到前胸，从前胸到后背，一点儿一点儿地洗来。由于水的温度合适，洗得慢些，有水就跟没水一样，洗着像没洗一样。等到人和水性适应之后，再加入热水，边洗边加，边加边搅和，使得冷热交融，渐入佳境，人却浑然不觉。然后再变换身体的姿势，翻来覆去，倒着洗顺着浇，直到全身痛快才罢休。这是盆中取乐的方法。至于有钱的大户人家，把澡盆扩成澡堂，往池子里面注水，水凉了就加柴，水热了就撤火，自有其以逸待劳的办法，想来是用不着穷人多嘴的了。

听琴观棋

原文

弈棋尽可消闲，似难藉以行乐；弹琴实堪养性，未易执此求欢。以琴必正襟危坐而弹，棋必整槊横戈以待，百骸尽放之时，何必再期整肃；万念俱忘之际，岂宜复较输赢？常有贵禄荣名，付之一掷，而与人围棋赌胜，不肯以一着相饶者，是与让千乘之国，而争箪食豆羹者何异哉？故喜弹不若喜听，善弈不如善观。人胜而我为之喜，人败而我不必为之忧，则是常居胜地也。人弹和谐之音而我为之吉，人弹噍杀之音而我不必为之凶，则是长为吉人也。或观听之余，不无技痒，何妨偶一为之；但不寝食其中而莫之或出，则为善弹善弈者耳。

译文

下棋尽可以消闲,但似乎很难借它行乐;弹琴能够养性,却不容易靠它找乐子。因为弹琴的时候一定要正襟危坐,下棋的时候必须全副武装严阵以待。整个身体放松的时候,何必还指望端庄严肃?万念俱忘的时候,怎能再计较输赢?常有把荣华富贵抛在一边,跟人下棋赌胜,不肯让人一招的人。这和放弃千乘之国而争夺箪食豆羹,丢了西瓜拣芝麻,有什么区别呢?所以喜欢弹琴不如喜欢听琴,善于下棋不如善于观棋。有人赢了,我为他高兴,有人输了,我却不必为他难过,这样就能够总是立于常胜之地;有人弹奏和谐的声音我会感到吉祥,有人弹奏悲伤的声音我却不必为之担惊受怕,这样就可以常做吉祥之人。有时在观听之余,不无技痒,也可以偶尔为之,但是并不沉溺在里面废寝忘食出不来,这才是善于弹琴下棋的人。

看花听鸟

原文

花鸟二物,造物生之以媚人者也。既产娇花嫩蕊以代美人,又病其不能解语,复生群鸟以佐之。此段心机,竟与购觅红妆,习成歌舞,饮之食之,教之诲之以媚人者,同一周旋之至也。而世人不知,目为蠢然一物,常有奇花过目而莫之睹,鸣禽悦耳而莫之闻者。至其捐资所购之姬妾,色不及花之万一,声仅窃鸟之绪余,然而睹貌即惊,闻歌辄喜,为其貌似花而声似鸟也。噫!贵似贱真,与叶公之好龙何异?予则不然,每值花柳争妍之日,飞鸣斗巧之时,必致谢洪钧,归功造物,无饮不奠,有食必陈,若善士信妪之佞佛者。夜则后花而眠,朝则先鸟而起,惟恐一声一色之偶遗也。及至莺老花残,辄怏怏如有所失。是我之一生,可谓不负花鸟;而花鸟得予,亦所称"一人知己,死可无恨"者乎?

译文

花鸟这两样东西,是造物主生它们出来媚人的。既然造出了娇嫩的花蕊代替美人,又嫌它们不能解语,于是又生出群鸟作为辅助。如此良苦的用心,竟然和寻购美女,让她们学习唱歌跳舞,供她们吃供她们喝,教她们训练她们,让她们媚人,同样十分的周到。但是世人不懂,把它们看得很愚蠢,常有奇花过目但却视而不见,鸣禽悦耳但却听而不闻的。至于花钱买来的侍妾，姿色赶不上花的万分之一，声音仅仅算得上鸟声的零头，但却看见她们就心惊，听到她们唱歌就兴奋，因为她们的容貌似花而声音似鸟。唉！以似为贵，以真为贱，这和叶公好龙有什么两样？我就不这样。每到草木葱茏百花争艳之日，百鸟齐飞争鸣斗巧之时，总要感谢苍天，归功造物，有酒就祭奠，有吃的就供奉，就像善男信女沉迷于佛事。夜里比花睡得迟，早晨比鸟起得早，生怕偶然遗漏了一声一色。每到鸟儿老了，花儿谢了，就心情不快，若有所失。我这一辈子，可以说得上没有辜负花鸟；对花鸟来说，有了我，也可以说得上是"一人知己，死可无恨"了吧？

蓄养禽鱼

原文

　　鸟之悦人以声者，画眉、鹦鹉二种。而鹦鹉之声价，高出画眉上，人多癖之，以其能作人言耳。予则大违是论，谓鹦鹉所长，止在羽毛，其声则一无可取。鸟声之可听者，以其异于人声也。鸟声异于人声之可听者，以出于人者为人籁，出于鸟者为天籁也。使我欲听人言，则盈耳皆是，何必假口笼中？况最善说话之鹦鹉，其舌本之强，犹甚于不善说话之人；而所言者，又不过口头数语。是鹦鹉之见重于人，与人之所以重鹦鹉者，皆不可诠解之事。至于画眉之巧，以一口而代众舌，每效一种，无不酷似，而复纤婉过之，诚鸟中慧物也。予好与此物作缘，而独怪其易死，既善病而复招尤，非殁于己，即伤于物。总无三年不坏者，殆亦多技多能所致欤？

　　鹤、鹿二种之当蓄，以其有仙风道骨也。然所耗不赀，而所居必广，无其资与地者，皆不能蓄。且种鱼养鹤，二事不可兼行，利此则害彼也。然鹤之善唳善舞，与鹿之难扰易驯，皆品之极高贵者；麟凤龟龙而外，不得不推二物居先矣。乃世人好此二物，又以分轻重于其间，二者不可得兼，必将舍鹿而求鹤矣。显贵之家，匪特深藏苑囿，近置衙斋，即倩人写真绘像，必以此物相随。予尝推原其故，皆自一人始之，赵清献公是也[1]。琴之与鹤，声价倍增，讵非贤相提携之力欤？

　　家常所蓄之物，鸡犬之外，又复有猫。鸡司晨犬守夜，猫捕鼠，皆有功于人，而自食其力者也。乃猫为主人所亲昵，每食与俱，尚有听其搴帷入室，伴寝随眠者。鸡栖于埘，犬宿于外，居处饮食，皆不及焉。而从来叙禽兽之功，谈治平之象者，则止言鸡犬，而并不及猫。亲之者是，则略之者非；亲之者非，则略之者是，不能不惑于二者之间矣。曰有说焉：昵猫而贱鸡犬者，犹癖谐臣媚子[2]，以其不呼能来，闻叱不去，因其亲而亲之，非有可亲之道也。鸡犬二物，则以职业为心，一到司晨守夜之时，则各司其事，虽豢以美食，处以曲房，使不即彼而就此，二物亦守死弗至。人之处此，亦因其远而远之，非有可远之道也。即其司晨守夜之功，与捕鼠之功，亦有间焉。鸡之司晨，犬之守夜，忍饥寒而尽瘁，无所利而为之，纯公无私者也。猫之捕鼠，因去害而得食，有所利而为之，公私相半者也。清勤自处，不屑媚人者，远身之道，假公自为，密迩其君者，固宠之方，是三物之亲疏，皆自取之也。然以我司职业于人间，亦必效鸡犬之行，而以猫之举动为戒。噫！亲疏可言也，祸福不可言也。猫得自终其天年，而鸡犬之死，皆不免于刀锯鼎镬之罚。观于三者之得失，而悟居官守职之难，其不冠进贤[3]，而脱然于宦海浮沉之累者，幸也。

译文

　　以声音讨人喜欢的鸟，有画眉和鹦鹉两种。鹦鹉的声价高过画眉，人们大多偏爱鹦鹉，因为它能模仿人说话。我的看法与此大不相同，我认为鹦鹉的长处只在羽毛，声音却没有什么可取之处。鸟的声音之所以可听，就在于它跟人的声音不同。之所以会不同，是因为人发出的声音是人籁，鸟发出的声音是天籁。我如果要听人说话，满耳都是，何必借笼中之鸟的嘴呢？何况即使是最会说话的鹦鹉，舌根之僵硬，比不善于说话的人还厉害；而且，它会说的又只有口头几句。由此说来，鹦鹉见重于人和人看重鹦鹉，都是不可理解的事情。画眉却很灵巧，一张嘴能够学出各种鸟的叫声，每模仿一种叫声，无不酷似，而且叫得比别的鸟更婉转动听，真是鸟类中有灵性的东西。我喜欢养画眉鸟，但是只怪它容易死，又爱得病，病了就招人怨恨，不是自己死掉，就是被别的东西所伤，总之活不上三年就完了，大概是多才多艺造成的吧？

　　鹤和鹿应当蓄养，因为这两种动物有仙风道骨。但是花钱太多，住的地方又要很大，没有钱财和地皮都做不来。而且鱼和鹤不能一块儿养，鹤会伤害鱼类。但是鹤善鸣善舞，鹿很温顺，它们都是品质高贵的动物，麟、凤、龟、龙以外，不能不数它们排名在先。但是世人喜欢这两种动物，又有轻重之别，两者不能兼有，就要舍弃鹿而养鹤。富贵人家不仅把鹤深藏园圃，养在房子旁边，就连请人给自己画像，画上也总是用鹤相陪。我曾经研究过这个做法的起源，都是出自一个人，那就是赵清献先生。琴和鹤声价倍增，难道不是得益于这位贤相的提携吗？

　　家常所蓄养的动物，除了鸡、狗之外，还有猫。鸡报晓，狗守夜，猫捕鼠，都是对人类有贡献而又自食其力的动物。但是猫却被主人格外地亲昵，跟它一起吃饭；还有人听任它钻帘子进来，跟人一块儿睡觉的。鸡待在鸡窝里，狗露宿室外，吃的住的都比不上猫。但是历来人们一评论动物的功劳，谈起它们对于人世太平所做的贡献，却只说鸡狗，并不提猫。在这方面亲近，又在那方面忽略；在这方面忽略，又在那方面亲近，这不能不使人疑惑。我认为这中间包含着一种道理：人们之所以跟猫亲近而看不起鸡狗，就像偏爱谄媚的臣子，因为它不用招呼自己就来，赶也赶不走，只是因为它跟人太黏乎了，所以才亲近它，并不是有什么可亲的道理。鸡、狗这两种动物，却忠于职守。一到报晓守夜的时候，就各司其职，哪怕给它们吃好的，住好的，让它们离开自己的岗位到这里来，它们还是死守自己的岗位，不肯来。正因为它们跟人疏远，所以人也就疏远它们，并不是有什么可疏远的道理。而且，鸡、狗报晓守夜的功劳，跟猫捕老鼠的功劳又有不同的地方：鸡报晓、狗守夜，忍饥受冻，鞠躬尽瘁，得不到什么好处，完全是大公无私的；而猫捕老鼠，是在除害的同时为自己谋食，是有好处才干的，一半是为公，一半是为私。清白廉洁、勤勤恳恳，坚持自己的操守，不屑于取媚于人，这是明哲保身之道；假公济私，亲近主子，这是邀宠的策略。鸡、狗、猫三种动物有的被人宠爱，有的被人疏远，是它们自己的选择。但是，人活在世上，从事各项工作，应当学习鸡、狗的做法，而以猫的举动为戒。唉！亲近和疏远说得清，是福是祸却说不定。猫能享尽天年而死，可是鸡、狗却都不能免于挨刀被煮。看这三种动物的得失，可以悟出做官守职之难。不戴进贤帽，超脱宦海沉浮之累，真是幸事。

注释

［1］赵清献——北宋大臣赵抃，谥清献。他匹马入蜀，以一琴一鹤自随，为政简易。

［2］谐臣——俳优，宫廷中以舞乐作谐戏的艺人，此处有所指。

［3］进贤冠——古代文儒戴的黑布帽子，从公侯到博士、小吏、学生，以梁数多少区别贵贱。

浇灌竹木

原文

"筑成小圃近方塘，果易生成菜易长。抱瓮太痴机太巧。从中酌取灌园方。"此予山居行乐之诗也。能以草木之生死为生死，始可与言灌园之乐；不则一灌再灌之后，无不畏途视之矣。殊不知草木欣欣向荣，非止耳目堪娱，亦可为艺草植木之家，助祥光而生瑞气。不见生财之地，万物皆荣；退运之家，群生不遂。气之旺与不旺，皆于动植验之。若是则汲水浇花，与听信堪舆，修门改向者无异也。不视为苦，则乐在其中。督率家人灌溉，而以身任微勤，节其劳逸，亦颐养性情之一助也。

译文

"筑成小圃近方塘，果易生成菜易长。抱瓮太痴机太巧，从中酌取灌园方。"这是我作的山居行乐之诗。一个人能把草木的生死当作自己的生死，才能与他谈浇灌园林的乐趣；不然的话浇过一次两次之后，没有人不把它看作是一件可怕的事情避而远之。殊不知草木欣欣向荣，不但使人耳目愉悦，也可以为种植草木的人家增添吉祥之气。没看见吗？生财之地，万物都显出一派繁荣的景象；运气败落的人家，各种有生命的东西都长不好。气的旺盛不旺盛，都通过动植物的长势得到验证。因此，汲水浇花，跟听信风水、修改门窗没什么两样。不把它看作是一件苦事儿，就能从中得到乐趣。督促率领家人浇灌园圃竹木，自己多多少少干一点儿，劳逸结合，也是一种有助于修身养性的方法。

二、止忧

小　引

原文

忧可忘乎？不可忘乎？曰：可忘者非忧，忧实不可忘也。然则忧之未忘，其何能乐？曰：忧不可忘而可止，止即所以忘之也。如人忧贫而劝之使忘，彼非不欲忘也，啼饥号寒者迫于内，课赋索逋者攻于外，忧能忘乎？欲使贫者忘忧，必先使饥者忘啼，寒者忘号，征且索者忘其逋赋而后可，此必不得之数也。若是则"忘忧"二字，徒虚语耳，犹慰下第者以来科必发，慰老而无嗣者以日后必生，迨其不发不生，亦止听之而已。能归咎慰我者而责之使偿乎？语云："临渊羡鱼，不如退而结网。"慰人忧贫者，必当授以生财之法；慰人下第者，必先予以必售之方；慰人老而无嗣者，当令蓄姬买妾，止妒息争，以为多男从出之地。若是则为有裨之言，不负一番劝谕。止忧之法，亦若是也。忧之途径虽繁，总不出可备难防之二种，姑为汗竹，以代树萱。

◎ 译文

忧愁能够忘记么？还是不能够忘记呢？我说：能够忘记的不是忧愁，是忧愁就忘不了。忧愁既然忘不了，人怎么能够快乐呢？我说：忧愁虽然不能忘记，但是可以消除，消除忧愁跟忘记忧愁是一样的。如果有人为贫穷而发愁，你劝他忘掉，他不是不想忘掉，家里饥寒交迫，大哭小叫；外头逼租要债，内外交困，能够忘记忧愁吗？要想叫穷困的人忘记忧愁，必须首先让饥寒交迫的人忘记饥寒，让身负债务的人忘记自己所欠的债务，这才行得通，但这肯定是办不到的。如此说来，"忘忧"二字就成了空话。就像安慰落第的人说，下次一定能考上；安慰老而无子的人说，日后一定会生儿子，等到后来考不上、没生出儿子，也只好拉倒，能归咎安慰的人，要他赔偿吗？古人说："临渊羡鱼，不如退而结网。"安慰那些为穷困而发愁的人，必须向他们传授生财的方法；安慰落第的人，必须先教给他必胜的诀窍；安慰老而无子的人，应当叫他蓄姬买妾，制止嫉妒平息纷争，为多生儿子创造条件。这样才是有用的话，不辜负一番劝导。消除忧愁的办法也是这样。忧愁的来路虽然多种多样，但总不超出可以预防的难以预防的两种，姑且把它们写出来，聊以为人解忧。

1. 止眼前可备之忧

◎ 原文

拂意之境，无人不有，但问其易处不易处，可防不可防。如易处而可防，则于未至之先，筹一计以待之。此计一得，即委其事于度外，不必再筹，再筹则惑我者至矣。贼攻于外而民扰于中，其可防乎？俟其既至，则以前画之策，取而予之；切勿自动声色。声色动于外，则气馁于中。此以静待动之法，易知亦易行也。

◎ 译文

不顺心的境遇，谁都会遇到，只看它是否容易处置，是否能够预防。如果容易处置，能够预防，就在它没有到来之前，先筹划一条计策对付它；有了这条计策，就可以把忧患置之度外，不必再去想它；再想来想去，就要产生疑惑了。就像一个国家，盗贼在城外攻打，百姓在城内捣乱，这怎么行呢？等忧患来了，就用事先筹划好的计策来对付，要不动声色。外面动了声色，里面就气馁了。这是以静待动的方法，容易懂也容易做。

2．止身外不测之忧

原文

不测之忧，其未发也，必先有兆。现乎蓍龟，动乎四体者，犹未必果验。其必验之兆，不在凶信之频来，而反在吉祥之事之太过。乐极悲生，否伏于泰，此一定不移之数也。命薄之人，有奇福，便有奇祸；即厚德载福之人，极祥之内，亦必酿出小灾。盖天道好还，不敢尽私其人，微示公道于一线耳。达者处此，无不思患预防，谓此非善境，乃造化必忌之数，而鬼神必睨之秋也。萧墙之变[1]，其在是乎？止忧之法有五：一曰谦以省过，二曰勤以砺身，三曰俭以储费，四曰恕以息争，五曰宽以弥谤。率此而行，则忧之大者可小，小者可无，非循环之数，可以窃逃而幸免也。只因造物予夺之权，不肯为人所测识，料其如此，彼反未必如此，亦造物者颠倒英雄之惯技耳。

译文

不可预料的忧患，在没有发生之前必有先兆。抽帖算卦算出来的，以及从身体上表现出来的，也未必真的灵验。那些忧患真会到来的先兆，不在凶信频繁，反而在那些过于吉祥的事情上显现。乐极就会生悲，坏运气埋伏在好运气之中，这是定数。命相不好的人，有奇福，必有奇祸；即便是德高有福的人，太吉祥了，必定会酿出小灾。因为天命轮回，不会把好处全给某人，有时也会在同一个身上显示一下自己的公道。达观的人处在快乐的境遇中，无不事先考虑忧患预防忧患，认为这不一定是什么好事，而必定是造化所忌讳的、鬼神所窥视的时候，或许身体内部不久就会出现什么不祥的变故。消除忧患的方法有五种：一是谦虚谨慎检讨自己的过失，二是勤勤恳恳磨炼自身，三是勤俭持家积蓄钱财，四是待人宽恕避免争端，五是为人宽厚消除诽谤。按照这五个原则行事，那么大的忧患可以化小，小的可以化无，如果不是命运轮回的定数，就能够逃脱忧患幸免于难。只因为造物主掌握着生杀予夺的大权，不肯让人识破，你预料它会这样，它反而那样，这也是造物主让英雄好汉命途多舛惯用的伎俩。

注释

[1]萧墙之变——语出《论语·季氏》:"子曰:……'吾恐季孙之忧不在颛臾,而在萧墙之内也。'"形容忧患不是来自外部,而是来自内部。

三、调饮啜

小 引

原文

《食物本草》一书,养生家必需之物;然翻阅一过,即当置之。若留匕箸之旁,日备考核,宜食之物则食之,否则相戒勿用,吾恐所好非所食,所食非所好,曾皙睹羊枣而不得咽[1],曹刿鄙肉食而偏与谋[2],则饮食之事亦太苦矣。尝有性不宜食而口偏嗜之,因惑《本草》之言,遂以疑虑致疾者。弓蛇之为祟,岂仅在形似之间哉?食色,性也,欲藉饮食养生,则以不离乎性者近是。

译文

《食物本草》一书,是养生家必备的;但是翻阅一遍之后,就应当把它撇开。如果把它放在餐桌上,每天用来考证,书上说什么东西该吃,就照着去吃;书上说什么东西不该吃,就互相告诫不要吃,那就恐怕爱吃的东西吃不到,能吃的东西又都是人不爱吃的,曾皙看到羊枣干眼馋吃不到,曹刿不爱吃肉而偏偏让他吃,饮食这件事也就成了一件苦差事了。有的人生性不喜吃某种东西,但是嘴上偏偏在吃,因为受了《食物本草》一书的迷惑,于是忧心忡忡,因此得病。有人看到弓就认为是蛇,吓得惊慌失措,难道只是弓和蛇在形状上相似吗?"食色是人的本性",要想凭借饮食养生,不违背人的本性就可以了。

注释

[1]曾皙——孔子弟子,嗜食羊枣。《孟子·尽心》:"曾皙嗜羊枣,而曾子不忍食

羊枣。"羊枣：果名，初生色黄，熟则黑，似羊矢，故名。

［2］曹刿——春秋时期鲁国人，曾说："肉食者鄙，未能远谋。"

1. 爱食者多食

◈ 原文 ◈

生平爱食之物，即可养身，不必再查《本草》。春秋之时，并无《本草》，孔子性嗜姜，即不撤姜食；性嗜酱，即不得其酱不食，皆随性之所好，非有考据而然。孔子于姜、酱二物，每食不离，未闻以多致疾。可见性好之物，多食不为祟也。但亦有调剂君臣之法，不可不知。肉虽多，不使胜食气，此即调剂君臣之法。肉与食较，则食为君而肉为臣，姜、酱与肉较，则又肉为君而姜、酱为臣矣。虽有好不好之分，然君臣之位不可乱也。他物类是。

◈ 译文 ◈

生平爱吃的东西就能够养身，用不着再查《食物本草》。春秋的时候并没有《食物本草》一书，孔子酷爱吃姜，凡是与姜有关的食物每餐必备，又酷爱吃酱，没有酱就不吃饭，都是随着自己性之所好，不是考据以后才这样的。孔子每餐不离姜和酱，没听说他因此得病。可见生性爱吃的东西，多吃是不会作怪的。但是还是应当调节主次关系，这一点不能不知道。"肉虽多，不使胜食气。"这就是所谓的调节主次关系，拿君臣关系打一个比方：肉食和饭食相比，饭食就像是君，肉食就像是臣；姜、酱和肉食相比，又应当以肉为君，以姜、酱为臣。虽然人有时爱吃这样不爱吃那样，但是君臣的位置是不能颠倒的。

2. 怕食者少食

◈ 原文 ◈

凡食一物而疑滞胸膛，不能克化者，即是病根，急宜消导。世间只有瞑眩之药，岂有瞑眩之食乎？喜食之物，必无是患，强半皆所恶也。故性恶之物，即当少食，不食更宜。

译文

凡是吃了一样东西堵在胸口，不能消化的，就是病根儿，应当赶快疏导。世上只有治糊涂的药，并没有治糊涂的食物。吃自己喜欢吃的东西，就肯定不会有这样的麻烦，大半是吃了那样自己厌恶的东西造成的。所以本性厌恶的东西应当少吃，不吃更好。

3. 太饥勿饱

原文

欲调饮食，先匀饥饱。大约饥至七分而得食，斯为酌中之度，先时则早，过候则迟。然七分之饥，亦当予以七分之饱。如田畴之水，务与禾苗相称，所需几何，则灌注几何，太多反能伤稼。此平时养生之火候也。有时迫于繁冗，饥过七分而不得食，遂至九分十分者，是谓太饥。其为食也，宁失之少，勿犯于多，多则饥饱相搏，而脾气受伤，数月之调和不敌一朝之紊乱矣。

译文

要想调剂饮食，必须首先调匀饥饱。大致说来，饿到七分的时候进食，这才合适，提前吃就太早了，迟后吃就太晚了。但是七分的饿，也应当吃到七分的饱。这就像田里的水，一定要与禾苗相称，需要多少水，就灌多少水，水太多了就会伤害庄稼，这是平时饮食养生的尺度。有时被繁忙的工作所迫，已经饿过了七分还吃不上饭，于是饿到九分十分，这就饿得过分了。此时进食，宁可吃得少，不要吃得多，如果吃多了，饥饱相交，就会伤害脾胃，几个月的调剂，也抵不上这一天的紊乱了。

4. 太饱勿饥

原文

饥饱之度，不得过于七分，是已；然又岂无饕餮太甚，其腹果然之时？是则失之太饱，其调饥之法亦复如前，宁丰勿啬。若谓逾时不久，积食难消，以养鹰之法处之，故使饥肠欲绝，则似大熟之后，忽遇奇荒。贫民之饥可耐也，富民之饥不可耐也，疾病之生，多由于此。从来善养生者，必不以身为戏。

译文

饥饱的尺度，不能超过七分，这是对的，然而哪能没有贪吃过度、撑得肚子发胀的时候？这就吃得太饱了。调剂的方法也跟前面说的一样，只是宁可吃得多一点儿，不要太少。如果觉得没过多长时间，肚子里的食物还没有消化，于是采取养鹰的方法，故意把自己饿得饥肠辘辘，这就像丰收之后忽然遇到饥荒。穷人闹饥荒是可以忍受的，而富人闹饥荒是不可忍受的，疾病的产生大都由此而来。历来善于养生的人，一定不会拿自己的身体当儿戏。

5. 怒时哀时勿食

原文

喜怒哀乐之始发，均非进食之时。然在喜乐犹可，在哀怒则必不可。怒时食物，易下而难消；哀时食物，难消亦难下。俱宜暂过一时，候其势之稍杀。饮食无论迟早，总以入肠消化之时为度。早食而不消，不若迟食而即消；不消即为患，消则可免一餐之忧矣。

译文

喜怒哀乐刚刚发生，都不是进食的时候。但是高兴的时候进食尚且说得过去，在哀伤愤怒的时候却一定不要进食。生气的时候吃东西，吃下去容易，消化起来困难；哀伤的时候吃东西，既难下咽又难以消化。都应当稍稍过些时候，等喜怒哀乐的情绪稍稍平息一点。饮食不论早晚，总之以消化的时间为尺度。吃得过早食物不容易消化，不如吃得晚一点儿，消化得快一些。不消化就是病，消化了就不会有这样的麻烦了。

6. 倦时闷时勿食

原文

倦时勿食，防瞌睡也，瞌睡则食停于中而不得下。烦闷时勿食，避恶心也，恶心则非特不下而呕逆随之。食一物，务得一物之用。得其用则受益，不得其用，岂止不受益而已哉!

译文

疲倦的时候不要吃东西,是为了提防打瞌睡,一旦打起瞌睡来,食物就会停在胃里下不去。烦闷的时候不要吃东西,是为了避免恶心,一旦恶心起来,食物不但下不去,反而会呕出来。吃一样东西,就必须发挥一样东西的作用,发挥其作用才会受益;发挥不了作用,岂止不会受益而已,反而会带来损害。

四、节色欲

小 引

原文

行乐之地,首数房中,而世人不善处之,往往启妒酿争,翻为祸人之具。即有善御者,又未免溺之过度,因以伤身,精耗血枯,命随之绝。是善处不善处,其为无益于人者一也。至于养生之家,又有近姹远色之二种,各持一见,水火其词。噫!天既生男,何复生女,使人远之不得,近之不得,功罪难予,竟作千古不决之疑案哉?予请为息争止谤立一公评,则谓阴阳之不可相无,犹天地之不可使半也。天苟去地,非止无地,亦并无天。江河湖海之不存,则日月奚自而藏?雨露凭何而泄?人但知藏日月者地也,不知生日月者亦地也;人但知泄雨露者地也,不知生雨露者亦地也。地能藏天之精,泄天之液,而不为天之害,反为天之助者,其故何居?则以天能用地,而不为地所用耳。天使地晦,则地不敢不晦,迨欲其明,则又不敢不明。水藏于地,而不假天之风,则波涛无据而起;土附于地,而不逢天之候,则草木何自而生?是天也者,用地之物也。犹男为一家之主,司出纳吐茹之权者也。地也者,听天之物也,犹女备一人之用,执饮食寝处之劳者也。果若是,则房中之乐,何可一日无之?但顾其人之能用与否。我能用彼,则利莫大焉。参苓芪术,皆死药也,以死药疗生人,犹以枯木接活树,求其气脉之贯,未易得也。黄婆姹女,皆活药也,以活药治活人,犹以雌鸡抱雄卵,冀其血脉之通,不更易乎?凡借女色养身而反受其害者,皆是男为女用,反地为天者耳。倒持干戈，授人以柄，是被戮之人之过，与杀人者何尤？人问：执子之见，则老氏"不见可欲，使心不乱"之说，不几谬乎？予曰：正从此说参来，但为下一转语：不见可欲，使心不乱；常见可欲，亦能使心不乱。何也？人能摒绝嗜欲，使声色货利，不至于前，则诱我者不至，我自不为人诱。苟非入山逃俗，能若是乎？使终日不见可欲，而遇之一旦，其心之乱也，十倍于常见可欲之人，不如日在可欲之中，与若辈习处，则是"司空见惯浑闲事"矣。心之不乱，不大异于不见可欲而忽见可欲之人哉？老子之学，避世无为之学也；笠翁之学，家居有事之学也。二说并存，则游于方之内外，无适不可。

译文

行乐之地，首推房中。但是世人处理不得法，往往引发嫉妒酿出争端，反而使它成了害人的东西。即使有处理得法的，又未免沉溺过度，因此伤害了身体，耗干了精血，以致断送了性命。如果这样的话，不管处理得得法不得法，对人都是无益的。养生家对此有两种不同主张：一种是接近女色，一种是远离女色，二者各持己见，水火不相容。唉！上天既然造出了男人，何必又造出了女人，使人远了不是，近了也不是，功罪难定，以致成了一桩千古疑案呢？请让我来说句公道话，以平息人们的争执。在我看来，阴阳相辅相成，一样也不能缺少，就像天和地不能光有一半。天如果离开了地，那么不但没有地，天也就没有了。江河湖海不存在了，日月将藏在何处？雨露将向何处宣泄？人们光知道地藏日月，却不知道地也能生日月；人们光知道雨露宣泄在地上，却不知道地也能滋生雨露。地能使天的精华得以保存，使天地精液得以宣泄，而不成为天的祸害，反而是天的助手，这是什么缘故？这是因为天能利用地，而不被地所利用。天让地阴晦，地就不敢不阴晦，等要它光明，它又不敢不明。水藏在地上，天不刮风，就掀不起波澜；土附在地上，不合天的季节，草木怎么生长？因此说天是地的使用者，就像男人为一家之主，是当家理财掌管出纳的。地是听天使用的，就像女人一样，操持吃饭睡觉等活计。真的像这样的话，房中的快乐又怎能一日没有？就看人是否善于利用，能善于利用，就没有比它益处更大的了。人参、茯苓、黄芪、白术等等，都是没有生命的药物，用没有生命的药物来医治有生命的人，就如同把死树嫁接在活树上，要想使它们气脉贯通不太容易。黄脸丑婆娘和美妇人，都是有生命的药物，用有生命的药物来医治有生命的人，就像母鸡孵雄卵，要想它们血脉贯通，不更容易吗？凡是借女人养身反倒受了女人之害的，都是男人被女人所利用，阴阳颠倒，反地为天的。倒持干戈，授人以柄，这是被杀的人的过错，跟杀人的人有什么相干？有人问：照你说来，老子"不见可欲，使心不乱"的说法，不就错了吗？我说：我正是从老子的话中参悟出来的，只是为它下了一个转语："不见可欲，使心不乱；常见可欲，也能使心不乱。"这是为什么呢？假如人们能够彻底摒弃欲望，使得声色货利不到眼前，那么诱惑我的人不来，我当然不会被人诱惑。如果不出家上山当和尚，能做到么？假如整天见不到女色，那么一旦遇上了，人内心的骚乱，将比常见的严重十倍。倒不如每天待在女人堆儿里，跟它们朝夕相处，那就是司空见惯闲事一桩了，内心不乱，不是跟不见女色而忽然见到大不一样了吗？老子的学说是避世无为的学说，我李笠翁的学说是家居有事的学说，两种说法并存，那么不管是居家作俗人还是出家当和尚，无处不可。

1．节快乐过情之欲

◆ **原文** ◆

乐中行乐，乐莫大焉。使男子至乐，而为妇人者尚有，他事萦心，则其为乐也。可无过情之虑。使男妇并处极乐之境，其为地也，又无一人一物，搅挫其欢，此危道也。决尽堤防之患，当刻刻虑之。然而但能行乐之人，即非能虑患之人；但能虑患之人，即是可以不必行乐之人，此论徒虚设耳。必须此等忧患，历过一遭，亲尝其苦，然后能行此乐。噫！求为三折肱之良医，则囊中妙药，存者鲜矣，不若早留余地之为善。

◆ **译文** ◆

乐中行乐，没有比这更快乐的了。如果男人很快乐，而女人心里还有别的事情烦着，此时行乐，不必害怕过情。如果男女都处在极乐之境，没有什么人什么事搅挫她的欢心，这就危险了，应当时时提防决堤之患。然而，能够行乐的人，就不担心祸患；担心祸患的人，就是可以不必行乐的人，这话实际上等于没说。必须亲自经历一回，亲身尝到其中的苦头，然后才能发现它的乐趣。唉！想做一个良医，可是囊中的妙药没有多少了，不如早留余地为好。

2. 节忧患伤情之欲

◈ 原文 ◈

忧愁困苦之际，无事娱情，即念房中之乐。此非自好，时势迫之使然也。然忧中行乐，较之平时，其耗精损神也加倍。何也？体虽交而心不交，精未泄而气已泄。试强愁人以欢笑，其欢笑之苦，更甚于愁，则知忧中行乐之可已。虽然，我能言之，不能行之，但较平时稍节则可耳。

◈ 译文 ◈

忧愁困苦的时候，没有别的事情来娱悦性情，就想房中行乐。这不是出于自己的愿望，而是被情势所逼才这样的。然而，忧愁的时候行乐，跟平时相比，会加倍地损耗精神。为什么呢？因为此时行乐，身体虽然在交合，但是心思不在交合上，精还没泄，气已经先泄了。试看强迫忧愁的人欢笑，他笑起来比愁还使人难过，就会知道忧愁的时候是不能行乐的。虽然如此，我却说得到做不到，只比平时稍加节制也就行了。

3. 节饥饱方殷之欲

◈ 原文 ◈

饥、寒、醉、饱四时，皆非取乐之候。然使情不能禁，必欲遂之，则寒可为也，饥不可为也，醉可为也，饱不可为也。以寒之为苦在外，饥之为苦在中；醉有酒力之可凭，饱无轻身之足据。总之交媾者，战也，枵腹者不可使战；并处者，眠也，果腹者不可与眠。饥不在肠，而饱不在腹，是为行乐之时矣。

◈ 译文 ◈

饥饿、寒冷、醉酒、吃得太饱的时候，都不适合行乐。但是，有时情之所至，不能自己，非要得到满足不可，那么天冷时可以同房，饥饿时不可同房；醉酒的时候可以同房，吃得太饱则一定不要同房。因为寒冷的苦在身体之外，吃得太饱的苦在身体之内；醉酒的时候可以凭借酒力，吃得太饱身子就不轻便。总之，房事如同打仗，空着肚皮的人是不能打仗的；并处一起是指睡觉，吃得饱饱的不能一起睡觉。饥不在肠，饱不在腹,才是行乐的好时光。

4. 节劳苦初停之欲

◆ 原文 ◆

　　劳极思逸,人之情也,而非所论于耽酒嗜色之人。尝有喘息未定,即赴温柔乡者,是欲使五官百骸,精神气血,以及骨中之髓,肾内之精,无一不劳而后已。此杀身之道也,疾发之迟缓,虽不可知,总无不胎病于内者。节之之法有缓急二种:能缓者,必过一夕二夕;不能缓者,则酣眠一觉以代一夕,酣眠二觉以代二夕。惟睡可以息劳,饮食居处,皆不若也。

◆ 译文 ◆

　　过度劳累的时候就想休息,这是人之常情,但是沉湎于酒色的人却不是这样。有人喘息未定就亲近女色的,这是想叫五官百骸,精神气血,以及骨中之髓,肾中之精,没有一样不受劳苦才罢休。这是杀身之道,发病的早晚虽不能确定,总没有不种下病根儿的。节制的方法有缓急两种:能缓的,一定过上一夜两夜;不能缓的,就睡上一觉代替一夜,睡上两觉代替两夜。只有睡觉可以消除疲劳,饮食居处都比不上它。

5. 节新婚乍御之欲

◆ 原文 ◆

　　新婚燕尔,不必定在初娶,凡妇人未经御而乍御者,即是新婚。无论是妻是妾,是婢是妓,其为燕尔之情则一也。乐莫乐于新相知,但观此一夕之为欢,可抵寻常之数夕,即知此一夕之所耗,亦可抵寻常之数夕。能保此夕不受燕尔之伤,始可以道新婚之乐。不则开荒辟昧,既以身任奇劳,献媚要功,又复躬承异瘁。终身不二色者,何难作背城一战?后宫多嬖侍者,岂能为不败孤军?危哉危哉!当筹所以善此矣。善此当用何法?曰:静之以心。虽曰燕尔新婚,只当行其故事。说大人,则藐之[1],御新人则旧之,仍以寻常女子相视,而不致大动其心。过此一夕二夕之后,反以新人视之,则可谓驾驭有方,而张弛合道者矣。

译文

新婚燕尔，不一定是刚刚娶来的时候，凡是女人未曾有过房事而第一次同房的，就是新婚。无论是妻是妾，是婢是妓，新婚的快乐都是一样的。没有比新相知更使人快乐的了，只要看这一夜的快乐可以抵得上平常的几夜，就可以知道这一夜的消耗也可以抵得上平常几夜的消耗。能保证这一夜不受新婚的快乐所伤，才能谈得上新婚的快乐，不然的话，就像开荒垦地，身体承受过度的劳累，献媚邀功，弄得疲惫不堪。一生只跟一个女人同房的，在这一夜背水一战，尚且不难；后宫女人太多的，就会成为落花流水丢盔卸甲的败兵。危险哪！太危险啦！应当想个好办法才行。用什么办法呢？我说有四个字：静之以心。虽说是燕尔新婚，只当在做旧事。"说大人，则藐之"，跟新人同房，就把她看作是旧相知。这样就可以称为驾驭有方，张弛合道了。

注释

[1]"说大人，则藐之"——语出《孟子·尽心》："说大人，则藐之，忽其巍巍然。"意思是跟诸侯权贵们谈话，心里应当首先是藐视他们，不要把他们看成高大了不起的，对他们不予畏惧，才能心意舒展，言语也才能尽意表达清楚。

6. 节隆冬盛暑之欲

原文

最宜节欲者隆冬，而最难节欲者，亦是隆冬。最忌行乐者盛暑，而最便行乐者，又是盛暑。何也？冬夜非人不暖，贴身惟恐不密，倚翠偎红之际，欲念所由生也。三时苦于襁褓，九夏独喜轻便，袒裼裸裎之时，春心所由荡也。当此二时，劝人节欲，似乎不情，然反此即非保身之道。节之为言，明有度也，有度则寒暑不为灾，无度则温和亦致戾。节之为言，示能守也，能守则日与周旋而神旺，无守则略经点缀而魂摇。由有度而驯至能守，由能守而驯至自然，则无时不堪昵玉，有暇即可怜香，将鄢是集为可焚，而怪湖上笠翁之多事矣。

译文

最应当节制欲望的时候是隆冬，而最难节制欲望的时候也是隆冬。最忌讳行乐的时候是盛夏，而最便于行乐的时候也是盛夏。为什么呢？冬天夜里不跟人睡在一起就不暖和，身体唯恐贴得不紧。跟女人身体偎依耳鬓厮磨之际，欲望就由此产生了。其他三个季节都有衣衫束缚，唯独三伏天衣着轻便，袒身露体的时候，春心就由此荡漾了。在这两种时候，劝人节制欲望，似乎不近情理，然而不这样就违背保身之道。所谓的节制，是有度的意思。行之有度，那么不管严寒酷暑，都不会带来灾祸；行之无度，那么温暖舒适的时候也会出问题。所谓的节制，是指善于自我保护，善于自我保护，即使每天跟女人周旋，也会精力旺盛；不善于自我保护，那么稍稍接触一点儿就会心神摇荡。由行之有度到能够自我保护，由能够自我保护到自然而然，那么男女之欢、房事之乐，什么时候都可以做。到那时人们就会觉得此书可以烧掉，而怪我李笠翁多事了。

五、却病

小 引

◈原文◈

　　病之起也有因，病之伏也有在。绝其因而破其在，只在一字之和。俗云："家不和，被邻欺。"病有病魔，魔非善物，犹之穿窬之盗，起讼构难之人也。我之家室有备，怨谤不生，则彼无所施其狡猾；一有可乘之隙，则环肆奸欺而祟我矣。然物必先朽而后虫生之，苟能固其根本，荣其枝叶，虫虽多，其奈树何？人身所当和者，有气血脏腑脾胃筋骨之种种，使必逐节调和，则头绪纷然，顾此失彼，穷终日之力，不能防一隙之疏。防病而病生，反为病魔窃笑耳。有务本之法，止在善和其心。心和则百体皆和。即有不和，心能居重驭轻，运筹帷幄，而治之以法矣。否则内之不宁，外将奚视？然而和心之法，则难言之。哀不至伤，乐不至淫，怒不至于欲触，忧不至于欲绝。"略带三分拙，兼存一线痴，微聋与暂哑，均是寿身资。"此和心诀也，三复斯言，病其可却。

译文

疾病的产生是有原因的,疾病的潜伏是有其所在的。杜绝疾病产生的原因、破除疾病潜伏的所在,只在于一个"和"字。俗话说:"家不和,被邻欺。"病有病魔,病魔不是好东西,它就像穿墙入户的盗贼,起讼构难的小人。我的家室有所防备,没有人怨恨我,没有人诽谤我,那么坏人再狡猾,也无计可施;一旦有隙可乘,周围的坏蛋就会跟我捣乱了。拿树木打一个比方:树木总是先腐烂后生虫子,如果能使它的根基牢固,使它枝叶茂盛,虫子虽多,又能把树怎么样?人的身体应当调和的,有气血、脏腑、脾胃、筋骨等等,如果一定要逐项调和,就会头绪繁多,顾了这样顾不了那样,成天防备,也难保没有一线疏忽。防来防去仍旧生病,反而要让病魔窃笑了。根本的解决方法,在于善于调和内心,内心和谐就能整个身心都和谐,即使还有不和谐之处,内心也能居重驾轻,运筹帷幄,用相应的方法来治理;否则的话,内心不安宁,外面谁来管?然而怎样调和内心,又是很难说清的。虽有悲哀,但不至于伤心;虽有快乐,但不至于过分;虽有愤怒,但不至于愤怒得撞墙;虽有忧愁,但不至于愁断肝肠,"略带三分拙,兼存一线痴;微聋与暂哑,均是寿身资。"这是调和内心的口诀,时时记住这些话,或许就能远离疾病。

1. 病未至而防之

原文

病未至而防之者,病虽未作而有可病之机,与必病之势,先以药物投之,使其欲发不得,犹敌欲攻我而我兵先之,预发制人者也。如偶以衣薄而致寒,略为食多而伤饱,寒起畏风之渐,饱生悔食之心,此即病之机与势也。急饮散风之物而使之汗,随投化积之剂而速之消。在病之自视如人事,机才动而势未成,原在可行可止之介,人或止之,则竟止矣。较之戈矛已发而兵行在途者,其势不大相径庭哉?

译文

在疾病没有到来之前预防它,是说疾病虽然没有发作,但是已经有了生病的可能和必然生病的征兆,必须先用药,使它想发作而不能发作,就像敌人想攻打我,我出兵先发制人那样。例如偶然由于衣衫单薄而着了凉,或者由于略微多吃了一点儿而伤饱，因寒怕风，因饱厌食，这就有可能发病，而且必然要发病。应当赶快喝些祛风散寒的药物来发汗，立即用些化积的汤剂来加速消化。对待病情就像对待人和事一样，刚刚出现不好的苗头但是还没有酿成大势，还在可能发展和可能停止之间，人如果去干预，就能使它停止。这比起敌兵已经全副武装地上了路，二者的形势不是大不相同吗？

2. 病将至而止之

原文

病将至而止之者，病形将见而未见，病态欲支而难支，与久疾乍愈之人，同一意况。此时所患者，切忌猜疑。猜疑者，问其是疾与否也。一作两歧之念，则治之不力，转盼而疾成矣。即使非疾，我以是疾处之，寝食戒严，务作深沟高垒之计，刀圭毕备，时为出奇制胜之谋，以全副精神，料理奸谋未遂之贼，使不得揭竿而起者，岂难行不得之数哉？

译文

在疾病即将到来的时候阻止它，是说病情即将出现但还没有出现，病体想要支撑而难以支撑，这跟久病初愈的人所处的境况差不多。这时最忌讳的是猜疑，所谓猜疑，就是怀疑自己是不是真的生了病。有这种矛盾的想法，就不会积极治病，疾病转眼就来了。即使不是真的生了病，也要当作有病对待，睡觉吃饭小心谨慎严加防范，备好药物严阵以待，及时筹划出奇制胜的谋略，用全部的精神，来对付奸计尚未得以施展的贼兵，使他不能揭竿而起，怎么能说这一定做不到呢？

3. 病已至而退之

原文

病已至而退之，其法维何？曰：止在一字之静。敌已至矣，恐怖何益？剪灭此而后朝食[1]，谁不欲为？无如不可猝得。宽则或可渐除，急则疾上又生疾矣。此际主持之力，不在卢医扁鹊，而全在病人。何也？召疾使来者，我也，非医也。我由寒得，则当使之并力去寒；我自欲来，则当使之一心治欲。最不解者，病人延医，不肯自述病源，而只使医人按脉，药性易识，脉理难精。善用药者时有能悉脉理而所言必中者，今世能有几人哉？徒使按脉定方，是以性命试医，而观其中用否也。所谓主持之力，不在卢医扁鹊而全在病人者，病人之心专一，则医人之心亦专一；病者二三其词，则医人什百其径，径愈宽，则药愈杂，药愈杂，则病愈繁矣。昔许胤宗谓人曰[2]："古之上医，病与脉值，惟用一物攻之。今人不谙脉理，以情度病，多其药物以幸有功，譬之猎人，不知兔之所在，广络原野，以冀其获，术亦昧矣。"此言多药无功，而未及其害。以予论之，药味多者，不能愈疾而反能害之。如一方十药，治风者有之，治食者有之，治痨伤虚损者亦有之。此合则彼离，彼顺则此逆，合者顺者即使相投，而离者逆者又复于中为祟矣。利害相攻，利卒不能胜害，况其多离少合，有逆无顺者哉？故延医服药，危道也。不自为政，而听命于人，又危道中之危道也。慎而又慎，其庶几乎？

译文

在疾病到来以后打退它，用什么法子呢？我说只在一个"静"字。敌人已经来了，光是害怕又有什么用呢？"剪灭此而朝食"，谁不想这样？无奈不能马上做到。缓一缓或许能够渐渐除去，一着急就会病上加病。这时起决定作用的，不是医生，而全在于病人自己。为什么呢？因为引来疾病的是自己，而不是医生。自己由于受了风寒而得病，就应当全力驱除风寒；自己由于纵欲而得病，就应当一心控制欲望。最难以理解的是病人请医生治病，不肯自己讲述病因，而只叫医生号脉。药物的性能容易识别，而脉搏的原理很难精通。善于用药的常有，而深通脉理，一说就准，当今之世能有几个人做到呢？只靠号脉来决定处方，是用性命来考验医生，看他中用不中用。之所以说起决定作用的不在于医生，而全在于病人自己，是因为病人用心专一，医生的心思也就专一；病人含糊其词，说不清楚，医生也就找不到确切的治病门路，越是这样，用的药物就杂，用的药物越杂，病就越多了。唐代名医许胤宗对人说："古代高明的医生给人看病，通过号脉来检查病情，能够把握得非常准确，只用一种药物来治疗。现在的人不懂得脉搏的原理，仅仅根据一些表面现象来推测病情，多用药物，来显示自己的治得好。这就像猎人不知道兔子在哪里，在原野上到处张网，以指望抓到兔子，这方法太拙劣了。"这是说药物用多了起不到作用，但是还没有说到它的害处。在我看来，药物用多了，不但不能治好病，反而能害人。比如一个药方当中，有十味药，其中有治风寒的，有治积食的，也有治累伤虚损的，这一样跟病症相符，那一样就跟病症不相符，这一样顺应了病症，那一样就跟病症相抵触，符合、顺应病症的即使有作用，可是跟病症不符而相抵触的又会在中间捣乱。利害互相冲突，利总不能胜害，更何况符合、顺应病症的少，跟病症不符而相抵触的多呢？所以请医服药是很危险的。不自己作主，而听命于人，又是危险中的危险了。慎而又慎，或许稍稍好一点儿。

注释

[1] 剪灭此而朝食——语出《左传·成公二年》。春秋时齐顷公在先后打败了鲁国和卫国之后，回师攻打晋国，一次作战前，齐军的早饭已经准备好，齐顷公说："余姑剪灭此而朝食！"匆忙出击，结果大败。

[2] 许胤宗——唐代义兴人，仕陈，为新蔡王外兵参军，精通医术，武德年间官至散骑侍郎。

六、疗病

小 引

原文

"病不服药，如得中医。"此八字金丹，救出世间几许危命！进此说于初得病时，未有不怪其迂者；必俟刀圭药石，无所不投，人力既穷，而沉疴如故，不得已而从事斯语。是可谓天人交迫，而使就"中医"者也。乃不攻不疗，反致霍然，始信八字金丹，信乎非谬。以予论之，天地之间，只有贪生怕死之人，并无起死回生之药。"药医不死病，佛度有缘人。"旨哉斯言！不得以谚语目之矣。然病之不能废医，犹旱之不能废祷，明知雨泽在天，匪求能致，然岂有晏然坐视，听禾苗稼穑之焦枯者乎？自尽其心而已矣。予善病一生，老而勿药，百草尽经尝试，几作神农后身；然于大黄解结之外，未见有呼应极灵，若此物之随试随验者也。生平著书立言，无一不由杜撰，其于疗病之法亦然。每患一症，辄自考其致此之由，得其所由，然后治之以方，疗之以药。所谓方者，非方书所载之方，乃触景生情，就事论事之方也；所谓药者，非《本草》必载之药，乃随心所喜，信手拈来之药也。明知无本之言，不可训世，然不妨姑妄言之，以备世人之妄听。凡阅是编者，理有可信则存之，事有可疑则阙之。不以文害辞，不以辞害志，是所望于读笠翁之书者。

药笼应有之物，备载方书，凡天地间一切所有，如草木金石，昆虫鱼鸟，以及人身之便溺，牛马之溲渤，无一或遗。是可谓两者至备之书，百代不刊之典。今试以《本草》一书，高悬国门，谓有能增一疗病之物，及正一药性之讹者，予以千金，吾知轩岐[1]复出，卢扁再生，亦惟有屏息而退，莫能觊觎者矣。然使不幸而遇笠翁，则千金必为所攫。何也？药不执方，医无定格，同一病也，同一药也，尽有治彼不效，治此忽效者。彼是则此非，彼非则此是，必居一于此矣。又有病是此病，药非此药，万无可用之理。或被庸医误投，或为臧获谬取，食之不死，反以回生者。迹是而观，则《本草》所载诸药性，不几大谬而不然乎？更有奇于此者，常见有人病入膏肓，危在旦夕，药饵攻之不效，刀圭试之不灵，忽于无心中瞥遇一事，猛见一物，其物并非药饵，其事绝异刀圭，或为喜乐而病消，或为惊慌而疾退。救得命活，即是良医，医得病痊，便称良药。由是观之，则此一物与此一事者，即为《本草》之所遗，岂得谓之全备乎？虽然，彼所载者，物性之常；我所言者，事理之变。彼之所师者人，人言如是，彼言亦如是，求其不谬则幸矣；我之所师者心，心觉其然，口亦信其然，依傍于世何为乎？究竟予言似创，实非创也，原本于方书之一言："医者意也。"以意为医，十验八九，但非其人不行。吾愿以拆字射覆者，改卜为医，庶几此法可行，而不为一定不移之方书所误耳。

译文

"病不服药，如得中医。"这八字金丹，救了世间多少危急的性命！在刚刚得病的时候说这句话，听的人没有不说你愚蠢的，一定要等到请过了医生，什么苦都受过了，什么药都吃过了，办法都用尽了，而病情却依然如故，才照这句话去做。这真可称得上是天人交迫，才走上正道。等到不就医不吃药，病情反而一下子好转了，才相信这八字金丹确实没错。在我看来，天地之间只有贪生怕死的人，而没有起死回生的药。"药医不死病，佛度有缘人。"这话说得太对了！不能把它看作是一般的谚语。但是话又说回来了，人生了病就不能不治，就像抗旱不能不祈雨一样，明明知道雨水在天上，不是通过祈祷就能下来的，但是有谁能够心安理得地坐视不管，听任庄稼枯死呢？只不过尽了人的心思，然后听天由命罢了。我得了一辈子病，到老了就不吃药了。百草都尝过了，几乎成了神农第二，然而在我看来，除了大黄能够解结之外，再没有像它那样效果极灵，一试就见效的药了。我生平著书立说，无一不是出于自身的经验而作，在治病方面也是这样。每得一次病，就自己考察导致生病的原因，原因找到了，然后拟定措施、选择药方进行治疗。我所说的药方不是书上记载的药方，而是触景生情，就事论事的药方；我所说的药，也不是《本草》当中必载的药，而是随心所欲，信手拈来的药。明知道没有根据的话，不能拿来教导世人，但是不妨姑妄言之，以供世人姑妄听之。如果读者认为我什么地方说得有道理，就不妨参考参考；如果认为什么地方可疑，就把它撇在一边。不因辞害文，不以辞害意，这是我李笠翁对读者的期望。

　　药笼里应有的东西，药书上都有记载，大凡天地之间一切所有，如草木金石、昆虫鱼鸟，以及人和牛马的便溺，没有一样遗漏的，可以说是最完备的药书、千年不能改动的经典了。如果把《本草》一书高悬国门，说有谁能够增加一种药品，或者纠正一种药物性能的错误，就赏给他一千两银子。我想即使是黄帝、岐伯复出，扁鹊再生，也只能屏息而退，不敢觊觎这份奖。但是如果不幸遇到我李笠翁，那么这一千两银子一定会让我夺得。为什么呢？因为用药不能拘于药方，治病没有固定不变的方法。同样一种病，同样一种药，常有治那种病不灵，治这种病一下子见效的。治得了那种就治不了这种，治得了这种就治不了那种，二者必居其一。还有这样的情况：有时病是这种病，药不是这种药，本来没有万万没有用这种药的道理，可能被庸医错用，或由仆人误取，病人吃了没死，反而起死回生了。由此看来，《本草》一书所记载的那些药物的性能，不是也有很多搞错的吗？还有比这更奇怪的：常见有的病人已经病入膏肓，危在旦夕，用什么药都不见效，开刀针灸都不灵，忽然无意中遇到一件事情，猛然看见一件东西，而那件东西并不是药，那件事情也不是开刀针灸，可是却因为喜悦或者惊慌，病情一下子减退了。能够救活人命的，就是良医；能够把病治好的，就称得上是良药。由此看来，病人所看见的这件东西和他所遇到的这件事情，就是被《本草》一书遗漏了的良药，怎么能说它完备呢？即便如此，它所记载的是通常的药物性能；我所说的，却是变化的事理。它所师法的是人，别人这么说，它也这么说，只要不出错误就是万幸了；我所师法的是心，心里怎么想，嘴上就怎么说，为什么要附和世人呢？不过说到底，我说的话看上去像是首创，其实也不首创，是根据药书上的一句话"医者意也"发展来的。以意为医，十有八九灵验，不过这不是什么人都能做到的，必须胜任才行。我希望那些测字变戏法的人，扔掉抽帖算卦，改为行医，这个办法或许行得通，而不被固定不变的药书所贻误。

第八卷　颐养部

注释

［1］岐伯——古代名医，相传为黄帝的大臣，黄帝曾和他探讨医术。今所传《内经》，是战国、秦、汉时期医家假托岐伯与黄帝论医之语。

1. 本性酷好之药

原文

一曰本性酷好之物，可以当药。凡人一生，必有偏嗜偏好之一物，如文王之嗜菖蒲菹，曾皙之嗜羊枣，刘伶之嗜酒[1]，卢仝之嗜茶[2]，权长孺之嗜瓜，皆癖嗜也。癖之所在，性命与通，剧病得此，皆称良药。医士不明此理，必按《本草》而稽查药性，稍与症左，即鸩毒视之，此异疾之不能遽瘳也。予尝以身试之。庚午之岁，疫疠盛行，一门之内，无不呻吟，而惟予独甚。时当夏五，应荐杨梅，而予之嗜此，较前人之癖菖蒲，羊枣诸物，殆有甚焉，每食必过一斗。因讯妻孥曰："此果曾入市否？"妻孥知其既有而未敢遽进；使人密讯于医，医者曰："其性极热，适与症反，无论多食，即一二枚亦可丧命。"家人识其不可，而恐予固索，遂诡词以应，谓此时未得，越数日或可致之。讵料予宅邻街，卖花售果之声，时时达于户内。忽有大声疾呼而过予门者，知其为杨家果也。予始穷诘家人，彼以医士之言对。予曰："碌碌巫咸[3]，彼乌知此？急为购之！"及其既得，才一沁齿而满胸之郁结俱开，咽入腹中，则五脏皆和四体尽适，不知前病为何物矣。家人睹此，知医言不验，亦听其食而不禁，病遂以此得痊。由是观之，无病不可自医，无物不可当药。但须以渐尝试，由少而多，视其可进而进之，始不以身为孤注。又有因嗜此物，食之过多，因而成疾者，又当别论。不得尽执以酒解酲之说[4]，遂其势而益之。然食之既厌而成疾者，一见此物，即避之如仇。不相忌而相能，即为对症之药可知己。

译文

第一，生性酷爱的东西，可以当药。大凡人的一生，肯定偏嗜偏爱某一种东西，比如周文王爱吃菖蒲酱，曾皙爱吃羊枣，刘伶酷爱喝酒，卢仝爱喝茶，权长孺爱吃瓜，都是偏嗜偏爱的例子。偏嗜所在，与性命相通，病重时有了它，都可称得上是良药。医生不明白这个道理，一定要按照《本草》一书来考查药性，与病症稍有不合，就把它看成是毒药，这样，一些比较特殊的病是不能很快治好的。我曾经亲身体验过。庚午年，瘟疫大规模流行，家家户户都有染病的，唯独我病得最厉害。当时正值五月，是杨梅上市的时节，而我恰恰爱吃杨梅，跟古人爱吃菖蒲酱、羊枣等等比起来，还有过之而无不及，每次能吃一斗多。于是我问妻子："杨梅上市了没有？"妻子知道市场上已经有了，但是不敢眼下让我吃，派人偷偷去问医生。医生说："这东西性质极热，正好跟病症相反，不用说多吃，即使只吃一两个，也能丧命。"家人知道了这东西不能吃，但是又怕我一定要吃，就用假话来应付我，说现在还没有，过几天或许能够买到。谁知我的宅子临街，外面买花卖水果的声音时时传进门来，忽然有人高声叫卖着从我的门前经过，我知道这是卖杨梅的。我于是追问家人，家人把医生说的话告诉了我。我说："庸庸碌碌的巫医，他知道什么？快去买来！"等买来以后，刚咬一口，满胸的郁结全都化开了，咽到肚子里，就觉得五脏和四肢全都和和美美舒舒服服，不知道刚才的病是什么样子了。家人看到这幅情景，知道医生的话不灵，也就听任我吃而不制止，病就这样痊愈了。由此看来，没有什么病人不能自己医治，没有什么东西不能当药的。但是应当慢慢尝试，由少到多，见它可以吃再吃，这才不会用性命来孤注一掷。还有因为爱吃某种东西，吃得过多而得病的，这又当别论，不能完全听信"以酒解酒"的说法，来个火上浇油。不过因为吃厌了某种东西而生病的，一看到这种东西就会像避开仇人那样回避它。由此可知，不互相排斥而互相适应，就是对症之药。

注释

［1］刘伶——晋代沛国人，字伯伦，与阮籍、嵇康等人友好，称"竹林七贤"。性嗜酒，每出门，必携一酒壶，让人扛着锄头相随，说："死便埋我。"曾著《酒德颂》，自称"惟酒是务，焉知其余。"

［2］卢仝——唐代范阳人，号玉川子，家贫好读书，初隐好室山，不求仕进，后为宦官所杀。

［3］巫咸——商王太戊的大臣，相传是用筮占卜的创始者。这里指巫医。

［4］以酒解酲——《世说新语·任诞》："天生刘伶，以酒为命，一饮一斛，五斗解酲。"酲：病酒。

2. 其人急需之药

原文

　　二曰其人急需之物，可以当药。人无贵贱穷通，皆有激切所需之物，如穷人所需者财，富人所需者官，贵人所需者升擢，老人所需者寿，皆卒急欲致之物也。惟其需之甚急，故一投辄喜，喜即病痊。如人病入膏肓，匪医可救，则当疗之以此。力能致者致之，力不能致，不妨给之以术。家贫不能致财者，或向富人称贷，伪称亲友馈遗，安置床头，予以可喜，此救贫病之第一着也。未得官者，或急为纳粟，或谬称荐举。已得官者，或真谋铨补，或假报量移。至于老人欲得之遐年，则出在星相巫医之口，予千予百，何足吝哉？是皆"即以其人之道，反治其人之身"者也。虽然，疗诸病易，疗贫病难。世人忧贫而致疾，疾而不可救药者，几与恒河沙比数。焉能假太仓之粟，贷郭况之金[1]，是人皆予以可喜，而使之霍然尽愈哉？

译文

　　第二，一个人迫切需要的东西，可以当药。人无论贵贱，是穷困还是通达，都有他急切需要的东西，比如穷人需要财富，富人需要官职，贵人需要提升，老人需要长寿，这些都是他们急切地想要得到的。正因为需要的迫切，所以一旦满足了心愿，就会高兴起来，一高兴病就好了。如果一个人已经病入膏肓，不是用药能救的，就应当采取这个办法来治。能够办到的，就努力去办；办不到的，不妨骗他一下。家里穷找不到钱财的，或可向富人借贷，假装说是亲戚朋友赠送的，放在病人的床头，让他高兴，这是挽救穷病人最好办法。没当上官儿的，或者赶快去给他买个官职，或者假装说他得到了举荐；已经做了官儿的，或者真的去谋求补缺升官，或者假装说是被提升了职务。至于老年人想长寿，就让星相巫医说他可以长寿，给他一千岁一百岁，有什么好吝惜的？这都是"即以其人之道，还治其人之身"。话虽是这么说，治疗疾病容易，治疗穷病却很困难。世人由于遭受贫穷而生病，病得不可救药的，简直数不胜数。怎样才能从朝廷的粮仓借出米来，或者从郭况家里借出钱来，让每个人都高兴，而使他们的疾病一下子都痊愈呢？

注释

[1] 郭况——东汉藁城人,光武郭皇后的弟弟。受光武帝多次赏赐,赏金丰盛,世人称其家为"金穴"。

3. 一心钟爱之药

原文

三曰一心钟爱之人,可以当药。人心私爱必有所钟,常有君不得之于臣,父不得之于子,而极疏极远,极不足爱之人,反为精神所注,性命以之者,即是钟情之物也。或是娇妻美妾,或为狎客娈童,或系至亲密友,思之弗得,与得而弗亲,皆可以致疾。即使致疾之由,非关于此,一到疾痛无聊之际,势必念及私爱之人,忽使相亲,如鱼得水,未有不耳清目明,精神陡健,若病魔之辞去者。此数类之中,惟色为甚,少年之疾,强半犯此。父母不知,谬听医士之言,以色为戒。不知色能害人,言其常也,情堪愈疾,处其变也。人为情死,而不以情药之,岂人为饥死,而仍戒令勿食,以成首阳之志乎?凡有少年子女,情窦已开,未经婚嫁而至疾,疾而不能遽瘳者,惟此一物,可以药之。即使病躯羸弱,难使相亲,但令往来其前,使知业为我有,亦可慰情思之大半。犹之得药弗食,但嗅其味,亦可内通腠理,外壮筋骨,同一例也。至若闺门以外之人,致之不难,处之更易,使近卧榻,相昵相亲,非招人与共,乃赎药使尝也。仁人孝子之养亲,严父慈母之爱子,俱不可不预蓄是方,以防其疾。

译文

第三,一心钟爱的人,可以当药。人心里一定有偷偷钟爱的人。常常有这样的情况:君臣不相爱,父子不相爱,而对于极其疏远的极不值得爱的人,反而投入全部的精神,赔上性命也要去爱,这就是所谓的钟情之物了。或是娇妻美妾,或是狎客娈童,或是至亲密友,心中思念却得不到,得到了却不能亲近,都可以导致疾病。即使得病的原因跟这没关系,一到病痛无聊的时候,必然会想念自己心中爱着的人,这时让他们忽然亲近,如鱼得水,没有不耳清目明,精神一下子起来,好像病魔逃走了似的。上述几种情形当中,只有女色最厉害,年轻人得病,多半是由此而起。父母不懂得这个道理,错误地听信医生的话,禁止儿女接近异性。哪知色情能害人,是一般情形；爱情能够治病，这是适应变化的特殊方法。人由于爱情而死，却不用爱情来医治，难道人因为饥饿而死，也不让他进食，让他像伯夷叔齐一样饿死在首阳山么？凡是少年男女，情窦已开，没结婚而生病，生了病又不能很快痊愈的，只有这种方法可以医治。即使病人身体虚弱，难以让他们互相亲近，但是只要能在眼前来往走动，让病人知道他（她）已经是我的人了，也能够使病人的感情获得很大的安慰，这跟有药不吃，光闻一闻味道，也可以疏通脾胃，强壮筋骨，是一样的道理。至于那些闺门以外的人，想得到并不难，处置起来更容易，让他（她）走近病床，跟病人亲近，这不是把人招来跟病人共处，而是买药来给病人吃了。养亲的仁人孝子，爱儿女的严父慈母，都不能不事先为他们准备好这种药方，以防他们得上这种病。

4. 一生未见之药

原文

四曰一生未见之物，可以当药。欲得未得之物，是人皆有，如文士之于异书，武人之于宝剑，醉翁之于名酒，佳人之于美饰，是皆一往情深，不辞困顿，而欲与相俱者也。多方觅得，而使之一见，又复艰难其势，而后出之，此驾驭病人之术也。然必既得而后留难之，许而不能卒与，是益其疾矣。所谓异书者，不必微言秘笈，搜藏破壁而后得之；凡属新编，未经目睹者，即是异书，如陈琳之檄，枚乘之文，皆前人已试之药也。须知奇文通神，鬼魅遇之，无有不辟者。而予所谓文人，亦不必定指才士，凡系识字之人，即可以书当药。传奇野史，最祛病魔，倩人读之，与诵咒辟邪无异也。他可类推，勿拘一辙。富人以珍宝为异物，贫家以罗绮为异物，猎山之民，见海错而称奇，穴处之家，入巢居而赞异。物无美恶，希觏为珍。妇少妍媸，乍亲必美，昔未睹而今始睹，一钱所购，足抵千金。如必俟希世之珍，是索此辈于枯鱼之肆矣。

译文

第四，一生没有见过的东西，可以当药。有的东西，人想得到而却得不到。人人都有这种心理，比如文人对于奇书，武士对于宝剑，醉翁对于名酒，佳人对于美饰，都是一往情深，不辞劳苦地要跟它们在一起。想方设法把那些东西找来，让病人看上一眼，又要显得来之不易，然后再拿出来，这是驾驭病人的技巧。但是，在得到以后却留不住，许诺了他最后又不能给他，这会使病情加重。所谓奇书，不一定是从墙洞里搜来的罕见书籍，凡是没有见过的新书，就是奇书，比如陈琳的讨曹檄文，枚乘的《七发》，都是前人已经尝试过的药物。应当知道，奇文可以通神，鬼怪遇上它没有不回避的。我所说的文人，也不一定专指有才华的人，凡是识字的人，就可以用书当药。传奇野史，最能驱除病魔，请人读了，跟念咒辟邪没有什么不同。其他可以类推，不拘一格。富人把珍宝当异物，穷人把丝绸当异物，猎户看到海味就感到奇怪，住山洞的人进了小房子里就觉得新奇。东西不论好坏，少见的就成了宝贝；女人不在于美丑，最初亲近肯定美妙。从前没有见过的东西如今刚刚见到，花一分钱买来的，可以抵得上千金。如果一定要等待稀世的珍宝，那就像到干鱼市上找宝贝一样，是万万做不到的。

5. 平时契慕之药

原文

五曰平时契慕之人，可以当药。凡人有生平向往，未经谋面者，如其惠然肯来，以之当药，其为效也更捷。昔人传韩非书至秦，秦王见之曰："寡人得见此人与之游，死不恨矣！"汉武帝读相如《子虚赋》而善之，曰："朕独不得与此人同时哉？"晋时宋纤有远操[1]，沉静不与世交隐居酒泉，不应辟命，太守杨宣慕之，画其像于阁上，出入视之。是秦王之于韩非，武帝之于相如，杨宣之于宋纤，可谓心神毕射，寤寐相求者矣。使当秦王、汉帝、杨宣卧疾之日，忽致三人于榻前，则其霍然起舞，执手为欢，不知疾之所从去者，有不待事毕而知之矣。凡此皆言秉彝至好，出自中心，故能愉快若此；其因人赞美而随声附和者不与焉。

译文

第五，平时心思投合倾慕的人，可以当药。凡是平生向往，却没有见过面的人，如果他愿意前来惠顾，以此当药，收效更快。古人传说韩非的信到了秦国，秦王读了以后说："我要是能够见到这个人，跟他一同交往，死而无憾！"汉武帝读了司马相如的《子虚赋》，认为很好，说："遗憾的是我没能跟这个人生在同一时代！"晋代宋纤胸怀远大抱负，性格稳重，不与世俗交往，隐居酒泉，朝廷召他做官他不去。太守杨宣敬慕他，把他的画像挂在阁楼上，出来进去都要望上一会儿。秦王对待韩非，汉武帝对待司马相如，杨宣对待宋纤，可称得上是心驰神往、梦寐以求的了。假如在秦王、汉武帝、杨宣病倒的时候，这三个人突然来到他们的床前，那么可想而知，他们必定霍然而起，握手言欢，病痛早已不知去向了。这些都是说一片真情出自内心，所以能够如此愉快，那些因为别人赞美自己就随声附和的，不在此列。

注释

[1]宋纤——晋代人，字令艾，一作令文。少有远操，隐居酒泉南山，受业弟子三千多人。当时有人称赞他说："名可闻而身不可见，德可仰而形不可睹，今而后，知先生人中龙也。"

6. 素常乐为之药

原文

六曰素常乐为之事，可以当药。病人忌劳，理之常也；然有"乐此不疲"一说作转语，则劳之适以逸之，亦非拘士所能知耳。予一生疗病，全用是方，无疾不试，无试不验。徙痈浣肠之奇，不是过也。予生无他癖，惟好著书，忧藉以消，怒藉以释，牢骚不平之气，藉以铲除。因思诸疾之萌蘖，无不始于七情。我有治情理性之药，彼乌能祟我哉？故于伏枕呻吟之初，即作开卷第一义，能起能坐，则落毫端。不则但存腹稿，迨沉疴将起之日，即新编告竣之时。一生刳剔，孰使为之？强半出造化小儿之手。此我辈文人之药，"止堪自怡悦，不堪持赠君"者。而天下之人，莫不有乐为之一事，或耽诗癖酒，或慕乐嗜棋，听其欲为，莫加禁止，亦是调理病人之一法。总之御疾之道，贵在能忘；切切在心，则我为疾用，而死生听之矣。知其力乏，而故授以事，非扰之使困，乃迫之使忘也。

译文

第六，平常喜欢干的事情，可以当药。病人都害怕劳累，这是常理；不过有"乐此不疲"一说作转语，让他劳动恰恰是让他获得休息，这不是迂腐的儒生所能明白的。我一生治病，全用这个方法，每次得病都这样做，没有一次不灵验，除疮洗肠的奇效，也不能超过它。我没有别的嗜好，只是喜欢著书，忧愁的时候靠它来消解，愤怒的时候靠它来平息，牢骚不平之气靠它来铲除。因此我想：各种疾病的产生，没有一样不是从人的七情六欲开始的，我有治理性情的方法，疾病又能把我怎么样呢？所以，每当我刚刚卧病在床的时候，就开始进行创作构思；能起能坐了，就拿起笔来写，否则就只打腹稿；等到病快好的时候，一部新作也就完成了。我一生的著作，是谁叫我写的？都是出自造化那小子之手。这是我们文人的药物，"只可以自己感到愉悦，但这种愉悦无法赠予他人"。不过天下人也都各有其喜欢做的某一件事情，有的醉心于诗歌，有的嗜好喝酒，有的喜欢音乐，有的爱好下棋，听任他去做，不加禁止，也是调理病人的一种方法。总之治病之道，贵在能够忘记自己得了病；如果心里念念不忘，人就只能被病魔操纵，是死是活就得听它的了。知道病人乏力，却故意让他做事，这不是要去困扰他，是想促使他把病忘掉。

7. 生平痛恶之药

原文

七曰生平痛恶之物，与切齿之人，忽而去之，亦可当药。人有偏好，即有偏恶。偏好者致之，既可已疾，岂偏恶者辟之使去，逐之使远，独不可当沉疴之《七发》乎？无病之人，目中不能容屑，去一可憎之物，如拔眼内之钉。病中睹此，其为累也更甚。故凡遇病人在床，必先计其所仇者何人，憎而欲去者何物，人之来也屏之，物之存也去之。或诈言所仇之人，灾伤病故，暂快一时之心，以缓须臾之死。须臾不死，或竟不死也，亦未可知。刲割股救亲，未必能活；割仇家之肉以食亲，痼疾未有不起者。仇家之肉，岂有异味可尝，而怪色奇形之可辨乎？暂欺以方，亦未尝不可。此则充类至义之尽也。愈疾之法，岂必尽然？得其意而已矣。

以上诸药，创自笠翁，当呼为"笠翁本草"。其余疗病之药，及攻疾之方，效而可用者尽多。但医士能言，方书可考，载之将不胜载。悉留本等之事，以归分内之人，俎不越庖，非言其可废也。总之此一书者，事所应有，不得不有；言所当无，不敢不无。"绝无仅有"之号，则不敢居；"虽有若无"之名，亦不任受。殆亦可存而不必尽废者也。

译文

第七，生平痛恨的人和物，忽然除去，也可以当药。人有偏好，就有偏恶。得到了偏好的东西既然可以治病，难道把偏恶的除去，把它们赶得远远的，却不能当病重之时的良药吗？没有病的人，眼睛里容不得渣滓，除掉一件可憎的东西，就像拔掉了眼睛里的钉子；生病的时候见到可憎之物，其危害更甚。所以，凡是遇到有人卧病在床，必须先考虑他所仇恨的人是谁，痛恨并且想要除掉的东西是什么，人来了就挡驾，东西在旁边就拿走，或者谎称他所仇恨的人已经遭灾死了，让他开心一时，暂时延缓死亡的到来，这会儿不死，或许竟然就死不了，这也很难说。割股救亲，病人未必能活；割仇人的肉给父母吃，顽疾没有不好转的。仇人的肉，难道有什么奇特的味道可尝，有什么奇怪的颜色形状可辨吗？暂时骗他一骗，也不是不可以的。这么做算是仁至义尽了。治病的方法千奇百怪，怎能完全相同？掌握大意就是了。

　　以上各种药，是我李笠翁的独创，应当把它们称为"笠翁本草"。其他治病的药物和方法，有效可用的很多。但医生能讲，有药书可考，这里想载录是载录不完的。应该把这些事情留给分内的人去做，我不越俎代庖，并不是说那些药方没有价值。总之这一本书，事所应有的，不得不有；事所当无的，不敢不无。"绝无仅有"的称号，我不敢当；"虽有若无"的批评，也不能接受，大概属于可以保留而不必全部废掉的了。

后 记

二十世纪九十年代初，出版界出现过一阵古籍热，古文今译盛极一时。我在书界朋友的鼓励下，两年里翻译了五本书，译文100多万字。其中就包括李渔的《闲情偶寄》。这本书1996年由天津古籍出版社出版，距今已28年。

至今记得当年挥汗如雨在电脑前工作的情景。那时刚做教师不久，囊中羞涩，稿费是教书以外重要的经济来源，所以格外珍惜卖文赚钱的机会，每有约稿，来者不拒，没日没夜地"码字"，青春就这样在笔尖和键盘上悄悄溜走了。

当时法大昌平校区地处偏僻，交通不便，手头的资料和工具书有限，又没有网络资源可用，加之自己在大学时代的专业兴趣上另有所好，对古籍文献研究并不十分擅长，所以常常为了翻译一段文字枯坐半日，苦思冥想，字斟句酌。回顾那段点灯熬油译古书的日子，我是发扬了邱少云烈火烧身不逃跑的坚忍精神，蚂蚁啃骨头的顽强和韧性，还有年轻自负无知无畏，才完成了那些书稿。

这些年来，不同版本的《闲情偶寄》今译本相继问世，林林总总，风格水平参差不齐，不知凡几。每发现一本新书，忍不住要么驻足浏览、要么买回来细读。浸淫愈久，发现的问题愈多，既为别人译文中的谬误感到惋惜，也为自己曾经犯下的错误而羞愧。有时也会发现某些译本照搬我的译文，沿袭了同样的错误。《闲情偶寄》慢慢成了我的一块心病，一直惦记着有机会把它重新翻译出版。岁月倥偬，直到一场疫情到来，居家禁闭百无聊赖之时重操旧业，这个愿望终于得以实现。

我在自己的各类译注作品中偏爱《闲情偶寄》，因为它跟我的教学生涯和个人兴趣有关。戏剧是我钟爱的事业，当年的翻译工作给我很多滋养，读《闲情偶寄》如同与老友交流心得。《闲情偶寄》还是一本令人愉快的书。它氤氲着人间烟火气，让人在市

后 记

井生活怀抱田园理想，于庸常的生活中发现点滴的美好。这些潜移默化影响和塑造了我。随着年龄的增长，越发对中国古人创造的质朴而斑斓的生活色彩着迷。所以我更愿意把《闲情偶寄》推荐给身边的朋友。千百年来，中国文人饱读圣贤之书，谨遵圣贤之道，把治国平天下作为毕生追求。但是，也有人偏爱风花雪月，专门把心思花在没用的事情上，在一花一树、一餐一饮之间雕刻时光，享受生命。古人云："不为无益之事，何以遣有涯之生。"人生草草，奔波往复，忙碌的间隙翻一翻《闲情偶寄》，何尝不是对人生的慰藉。

所以读李渔的书，应当选择在清静的地方和清静的时刻，远离功名利禄，听不到车马喧闹。"绿蚁新醅酒，红泥小火炉"，雪夜闭门读好书；或者听雨声淅沥，窗前树影婆娑；或者最好躺在密林深处，林间光影斑驳，读李渔的文章，方能享受到它的美妙。

在本书付梓之际，首先感谢陆昕教授，病中为本书撰写序言。其中颇多溢美之词，凸显了陆老仁厚之风、奖掖后进之意。还要感谢我的妻子晓辉，她多年来主持家政，纵容我游手好闲，把时间和精力放在无用的事情上。她对生活的热爱和对生活细节的精心营造，让我时常对李渔主张的生活美学有更深刻的理解。感谢法大科研处杜彩云老师给予出版本书的支持和帮助。感谢中国戏剧出版社高峰、周忠建两位老师为本书的编辑工作付出的心血。

李忠实

2024 年 5 月写于法大格物楼戏剧实验室

8 月改于俄勒冈莎士比亚戏剧节